Las horas rebeldes

ÉRIC MARCHAL

Las horas rebeldes

Traducción de
Teresa Clavel

Grijalbo

Papel certificado por el Forest Stewardship Council®

Título original: *Les heures indociles*
Primera edición: octubre de 2021

© 2018, S.N. Éditions Anne Carrière, París
© 2021, Penguin Random House Grupo Editorial, S. A. U.
Travessera de Gràcia, 47-49. 08021 Barcelona
© 2021, Teresa Clavel Lledó, por la traducción

Printed in Spain – Impreso en España

ISBN: 978-84-253-6009-1
Depósito legal: B-12.842-2021

Compuesto en La Nueva Edimac, S. L.

Impreso en Black Print CPI Ibérica
Sant Andreu de la Barca (Barcelona)

GR 6 0 0 9 1

A Emmanuelle, a Rébecca,
a mis padres,

a Fabienne y Laure, princesas de China

Uno solo es un rebelde.
Dos juntos son peligrosos.
Tres son incontrolables.

I

Londres, martes 30 de junio de 1908

1

Las piedras de las fachadas exudaban lentamente el calor que la megalópolis británica había engullido desde el amanecer. Sentado en la esquina de Sackville Street y Piccadilly, el limpiabotas contaba las monedas que llevaba en el bolsillo, haciéndolas tintinear. Había elegido aquel lugar por el polvo terroso que levantaban sin parar los peatones, cuya afluencia y circulación no cesaban de aumentar.

—¡Zapatos brillantes por un penique! —proclamó sin convicción en el momento en que una joven llegaba a su altura.

El estado de los zapatos de la transeúnte expresaba su indiferencia por el cepillo. La joven le respondió con una sonrisa, que valía —se dijo el limpiabotas— todas las monedas conseguidas desde el inicio de la jornada, y se adentró en Piccadilly Street. El chico la siguió con la mirada hasta la fachada de color verde imperial de la librería Hatchards, donde la vio entrar. Suspiró y reanudó su actividad abordando a un grupo de hombres con traje y chistera, cuyos zapatos acharolados habían perdido el lustre como consecuencia del polvo levantado por el intenso tráfico de coches y caballos.

—Es un libro francés que se publicó hacia 1900 —precisó la joven mientras el dependiente se frotaba la barbilla con expresión de perplejidad.

El hombre se puso las gafas para leer de nuevo el papel que ella le había dado. *Zamore y Mirza* no le sonaba de nada, como tampoco el nombre de la autora, Madame de Gouges. Le devolvió la hojita con aire de resignación y se quitó los anteojos con montura metálica.

—Pero ¿cómo? ¿Ya se da por vencido? ¡Es increíble! —exclamó la joven recalcando su decepción—. Es una reedición, el original data de la Revolución francesa. Si la librería más antigua de Londres no puede ayudarme, ¿quién podrá hacerlo?

El argumento hirió en su amor propio al librero, que recobró el brío, es decir, solo la flema necesaria para copiar la referencia y prometerle a su cliente que pediría información al editor francés.

—Dígame su nombre, señora.

—Lovell. Olympe Lovell —respondió ella mientras recorría despreocupadamente con la mirada el bosque de libros cuyas hojas llegaban a una altura de varios metros y que desprendía un agradable olor a tinta y papel. La joven advirtió una ligera elevación de las cejas que no supo interpretar si era de admiración o de reprobación. Su apellido había aparecido en la prensa los últimos meses. Figuraba en las listas de las mujeres detenidas por alteración del orden público—. Esta tarde hay una gran manifestación en Parliament Square para apoyar a nuestra delegación de sufragistas. —Nueva elevación de cejas por parte del librero y miradas inquietas en derredor. Los otros dos clientes parecían absortos en sus respectivas búsquedas—. Vamos a presentar una petición al gobierno —añadió Olympe sin bajar la voz, pese a la incomodidad manifiesta del comerciante—. ¿Está usted a favor del derecho de las mujeres al voto?

El hombre carraspeó, con los ojos clavados en su libreta de encargos.

—Mire, señorita… Lovell, yo no me dedico a la política. Yo vendo libros.

—No se trata de política, sino de justicia. Somos la mitad de la humanidad. Una mitad privada de todos sus derechos. —Su voz suave y zalamera contrastaba con la gravedad de sus palabras—. Así que, venga, únase a nosotras. Usted tiene madre, hermanas, prometida, hágalo por ellas, ¿de acuerdo?

Él movió la cabeza en sentido afirmativo y esbozó una tímida sonrisa de asentimiento.

Olympe salió sin esperar respuesta. El hombre dejó escapar un suspiro de alivio y se aflojó el cuello de la camisa en busca de aire. Detestaba las confrontaciones y las justas verbales, y, por encima de todo, consideraba que las mujeres necesitaban a los hombres para que las protegieran y las dirigieran con tino. ¿Qué idea era esa de querer hacer la revolución?

Saludó al cliente que salió justo detrás de ella, confiando en que no fuera a causa de las palabras de la sufragista; se sintió tentado de disculparse, pero renunció a hacerlo y rasgó la hoja en la que había escrito la referencia bibliográfica antes de arrojarla a una papelera.

—Lo siento, el libro está agotado —masculló—. Y no tengo prometida.

En el exterior, la multitud había crecido y convergía hacia Westminster Palace. La mayoría de los manifestantes llevaban cintas de colores en la ropa o en el sombrero.

—Derecho al voto para las mujeres —murmuró Olympe.

La invadió una sensación de orgullo casi sensual. Nueve días antes, cerca de doscientas cincuenta mil personas se habían reunido en Hyde Park y, aunque no todas eran militantes o simpatizantes, su causa se había convertido en un elemento relevante de la vida pública gracias a la WSPU, la Women's Social and Political Union de Emmeline Pankhurst y sus hijas, Christabel y Sylvia.

Un grupo de niños les increpó desde la acera de enfrente.

—¡Las mujeres en casa! —gritaron hasta que unos transeúntes los dispersaron.

Los críos echaron a correr riendo y volvieron al ataque cien metros más allá, para ser de nuevo ahuyentados.

Cuando llegó a la altura de Caxton Street, la calle estaba abarrotada y rodeada por un cordón de policías montados a caballo. Olympe tuvo que esperar, guardándose de manifestar su impaciencia, hasta que le permitieron acceder al Caxton Hall, donde se celebraba la sesión del Parlamento de Mujeres.

—Date prisa, llegas tarde —le dijo Betty, con quien había adquirido la costumbre de vender el periódico de la WSPU—. Es en la sala grande —añadió, señalándole la escalera.

Olympe la subió sin apresurarse y permaneció un instante inmóvil ante la doble puerta batiente, desde donde le llegaba el runrún febril de una sala abarrotada. Titubeó y finalmente volvió sobre sus pasos para colocarse tras la vidriera que daba a la calle, bajo un ancho rayo de luz. El calor relajante del sol disipó el presentimiento confuso que la oprimía. Se había dado cuenta de que, desde hacía varios días, un hombre la seguía a todas partes sin demasiada discreción; lo había visto en la librería y ni siquiera intentaba despistarlo. «Te has convertido en una de las nuestras —había bromeado Christabel—. Ahora, Scotland Yard ya no te dejará en paz. Pero tú eres más astuta que ellos. Más astuta que todas nosotras.»

Desde la gran sala le llegó un rumor.

En el interior, las doce representantes se habían acercado a la tribuna y se sentaron entre ovaciones. Emmeline Pankhurst, que las encabezaba, lanzó una mirada discreta a su hija, que adivinó su pregunta. La decimotercera no había acudido a la cita.

—Ya sabes lo reacia que es Olympe a toda autoridad —le susurró Christabel—. Debe de estar esperándonos fuera.

—Lo achacaremos a la superstición por el número —contestó Emmeline, y se dirigió al auditorio—. Señoras, voy a leerles la resolución y a continuación pasaremos a la votación.

Ataviada con un elegante vestido largo y sombrero, ambos negros, Emmeline, que rebasaba los cincuenta años, poseía un carisma natural y un arrojo físico que despertaban la admiración de todos, incluidos sus adversarios. Circulaban numerosas anécdotas sobre ella, que el movimiento se encargaba de alimentar.

—Nuestra petición va dirigida al gobierno, a fin de que extienda a las mujeres el derecho de elegir a los miembros del Parlamento, dado que en la actualidad el voto es una prerrogativa exclusiva de los hombres. Pedimos que esa reforma se transforme de inmediato en ley.

La moción fue aceptada casi por unanimidad, solo hubo una abstención.

En el momento de abandonar la sala, Emmeline se volvió hacia el estrado vacío, en el cual una gran pancarta proclamaba: «Hechos, no palabras». «En eso estamos», pensó antes de dirigirle una amplia sonrisa a Olympe, que iba a su encuentro.

Su salida fue seguida de una aclamación que recorrió la multitud como una ola excéntrica. El inspector encargado de mantener el orden las precedía unos metros y dirigía la maniobra de los policías, a fin de contener al gentío que animaba y aplaudía a las trece mujeres, rodeadas de numerosos fotógrafos y reporteros, y seguidas por el cortejo de militantes.

Olympe observó varios destacamentos de policía en las calles adyacentes y en el recinto de la abadía de Westminster. Detrás de la verja de los jardines de la abadía, un opositor gritó amenazas y tuvo que refugiarse en el interior, abucheado por los manifestantes. El avance por Victoria Street fue lento, la masa humana se había convertido en un bosque compacto de sombreros que la policía empujaba sin contemplaciones. El palacio de Westminster con sus cámaras parlamentarias estaba al alcance de la vista.

En cuanto llegaron ante el porche de Saint Stephen, la escolta se alejó de las trece mujeres y un destacamento de policía capitaneado por un oficial de civil se les encaró.

—El inspector Scantlebury ha hecho acto de presencia —le susurró Christabel a Olympe.

Scantlebury desapareció en el gran vestíbulo. Todo quedó en suspenso durante un rato. Varios diputados habían salido al atrio para presenciar la escena. Otros las observaban desde las ventanas del palacio. A las sufragistas de más edad les pesaba estar de pie durante aquella prolongada espera, pero ninguna dio la menor muestra de debilidad.

El inspector salió de nuevo media hora más tarde y se dirigió a Emmeline de forma protocolaria.

—¿Es usted la señora Pankhurst y es esta su delegación?

—Sí.

—Tengo la orden de no dejarlas entrar en la Cámara de los Comunes.

—¿Ha recibido el primer ministro mi carta?

—Sí. El señor Asquith no ha dejado ninguna respuesta para usted, señora —dijo el inspector, devolviéndole el sobre.

—¡No puede negarse a recibir a los portadores de una petición! ¡Va contra la ley! —intervino Olympe dando un paso adelante.

Scantlebury la miró de arriba abajo con desdén.

—Miss Lovell, ¿qué va a hacer esta vez? ¿Encadenarse en la Cámara de los Comunes? ¿No tuvo bastante con su última estancia en la cárcel?

—Hemos respetado escrupulosamente la ley —continuó Emmeline asiendo a Olympe de un brazo para impedir que siguiera avanzando—. El señor Asquith estaba avisado de nuestra visita.

—La respuesta a su petición les llegará por correo. Ahora, tengan la bondad de proceder a dispersar su manifestación.

Las trece mujeres se reunieron con la multitud de partidarios, de la que se elevaron gritos y abucheos cuando Emmeline les informó de la negativa del gobierno a admitir su petición.

—Nos reuniremos en Caxton Hall, pero desde este mismo momento les pido que vuelvan esta tarde a Parliament Square y permanezcan aquí, con calma pero con determinación.

—¡Todos aquí esta tarde, a las siete! —añadió Olympe entre vítores—. Hasta ahora, nuestra causa ha sido pacífica, pero nunca se nos ha escuchado. ¡Ha llegado el momento de los sacrificios y la revuelta!

El hombre que la seguía, perdido entre un grupo de simpatizantes a unos metros de ella, cerró su libreta y se alisó el bigote.

2

Cuando el Big Ben inició la sintonía de los Westminster Quarters, Parliament Square y las calles circundantes estaban repletas de gente y un bosque de piernas llenaba las calzadas. Al sonar el séptimo martillazo contra el bronce de la campana, los participantes aplaudieron. Pese a los cinco mil policías que se desplegaron para impedir el acceso, el rumor anunciaba la presencia de cien mil personas.

—¡Bravo! Bonita demostración de nuestras fuerzas del orden —masculló un miembro del gobierno que observaba lo que pasaba desde una de las terrazas del palacio.

—¿Qué quiere que hagamos? ¿Que carguemos contra una multitud pacífica para tener también a la prensa en contra? De momento, seguimos controlándola —replicó Gladstone.* Esperemos a que esas furibundas pasen a la acción y acabarán todas en Holloway.**

—Según mis hombres, la familia Pankhurst no se halla presente esta noche, señor —indicó el inspector que ayudaba a Scantlebury, ocupado en impartir órdenes desde la terraza.

—Es una buena noticia: empiecen por las otras, no tienen la misma aura entre el público. Dejen tranquilas a las de más edad, acabaremos con ellas a fuerza de desgaste, y vayan a por las más jóvenes, como esa Lovell. Asústenlas para que abandonen.

—Señor, con todos los respetos, la WSPU no es un club de bridge. Están organizadas como un ejército, y decididas a todo.

—¡Vamos, amigo, no seré yo quien le enseñe a hacer su trabajo! —lo reconvino Gladstone, cuyo rostro rollizo se había teñido de rojo.

—Son simplemente mujeres, no anarquistas —dijo Scantlebury, que se había acercado al oír la reprimenda ministerial—. Tenemos la situación controlada, señor.

—Una breve estancia en la cárcel con un tratamiento especial, y todas volverán al redil —insistió Gladstone—. Pero ¿se puede saber qué es ese alboroto? —añadió, fuera de sí, mientras unas voces subían desde el Támesis.

El inspector les hizo una seña a dos policías, que se alejaron corriendo.

Gladstone se abrochó la levita. El día había sido templado, pero el fresco húmedo del río empezaba a envolverlos. Entonces se dio cuenta de que su mujer había desaparecido.

* Ministro del Interior hasta febrero de 1910.
** Prisión para mujeres de Londres.

—¿Dónde está la señora Gladstone? —le preguntó entre dientes a su guardaespaldas.

—Ha bajado al salón, señor, vestida de fiesta tenía frío.

—Por un momento he pensado que había ido a sumarse a esas arpías —dijo en broma, pero nadie captó su sentido del humor y eso le hirió en su amor propio—. ¿Qué le pasa, Winston? —le preguntó a su vecino—. Desde el atardecer parece contrariado.

—Llevan años acosándolo y han conseguido que salga derrotado en las legislativas parciales de Manchester —bromeó Lloyd George.*

Churchill, que había apoyado los codos en la barandilla, se incorporó, le lanzó una mirada desprovista de amabilidad y acto seguido volvió a observar la calle.

—Ganó en Dundee el mes pasado, el honor está a salvo, ¿no? —apuntó Gladstone.

—En realidad, yo creo que nuestro amigo está decepcionado porque ha perdido la apuesta sobre el resultado de la final de Wimbledon —rectificó Lloyd George—. Gore venció a Barrett. De todas formas, necesitó cinco sets, y eso es una derrota honorable para Barrett.

—¿Y usted no se ha arruinado, Winston? —ironizó Gladstone—. Gana tanto con el libro sobre su antepasado que ningún revés puede afectarle, ¿verdad?

Churchill continuaba sin hacerles caso. La aparente indiferencia de los miembros del gobierno le irritaba. Le llamó la atención que pequeños grupos de mujeres hubieran tomado posiciones en diferentes puntos de la plaza y las calles circundantes, distribuyéndose de un modo que no tenía nada de anárquico o improvisado. Hizo partícipe de su observación al inspector, quien intentó informar del hecho a Scantlebury, pero este hizo oídos sordos y siguió conversando con el ministro del Interior.

—Los gritos proceden de una embarcación, señor. Hay dos hombres al timón y una mujer con un megáfono está profiriendo palabras favorables a las sufragistas. Uno de nuestros barcos está interceptándolos.

* Ministro de Hacienda hasta mayo de 1915.

En ese momento, la voz nasal dejó de oírse.

—Hecho, señor —declaró Scantlebury con la voz henchida de orgullo.

El silencio duró poco. Dos manifestantes encaramadas a las barandillas que cercaban la parte antigua del palacio comenzaron a arengar a la multitud, y muy pronto las siguieron otras, de pie en los escalones de los despachos de Broad Sanctuary y Parliament Street, a uno y otro lado de la plaza. La policía intervino rápidamente y las obligó a bajar de sus tribunas improvisadas, lo que provocó movimientos de la masa, silbidos y aclamaciones al paso de las sufragistas, rodeadas y transportadas por los miembros de las fuerzas del orden, como si fueran descargadores acarreando mercancías en los muelles. A algunas las conducían a los furgones, mientras que al resto las soltaban en el exterior del perímetro cerrado por miles de hombres con uniforme azul.

Cada vez que se llevaban a una oradora, surgía otra de la masa y ocupaba su lugar. El juego se prolongó durante casi una hora, al término de la cual la tensión había subido varios grados.

—¿Quiere arrestarlas a todas? —preguntó Churchill—. ¡Holloway se quedará pequeña!

—Soltaremos a la mayor parte y encerraremos solo a las cabecillas —precisó Scantlebury—. Mis hombres tienen la lista —añadió para anticiparse a la pregunta del parlamentario.

—¿Viene, Winston? Vamos a pasar a la mesa —dijo Gladstone, que empezaba a cansarse del espectáculo.

—Más tarde. Tengo cosas que hacer.

—La situación está bajo control.

—No las subestime, Herbert. Le aconsejo que las estudie para combatirlas mejor.

—¿Un recuerdo de su carrera militar? Bueno, si le divierte… Por cierto, vamos a tener que pasar por el sótano para salir, de lo contrario serían capaces de lincharnos. Le pondremos una escolta.

Winston y el ayudante de Scantlebury permanecieron uno junto a otro, en silencio, observando cómo se desarrollaban los acontecimientos ante sus ojos. De vez en cuando, un inspector les informaba de las últimas tentativas de las militantes para penetrar en el recinto del Parlamento. Acababan de interceptar en el vestíbulo de Saint Stephen a una mujer que había entrado con las camareras por la puerta de servicio. Otra se había encadenado a un autobús vestida de hombre. Las oleadas no iban a menos.

—¿Qué es ese furgón?

Winston señalaba una camioneta de reparto que había cruzado el cordón policial de Parliament Street y se dirigía hacia ellos.

—El postre, una sorpresa para el primer ministro. Lo han hecho en Bertaux.

El vehículo pasó otro control y avanzó hacia Westminster Hall.

—¿No debería dirigirse hacia una entrada de servicio?

El inspector reaccionó de inmediato y dio una orden al tiempo que hacía señas a los policías más cercanos para que lo interceptaran. El furgón se había detenido y seis sufragistas salieron enarbolando sus banderas y gritando: «El voto para las mujeres», una escena que los fotógrafos presentes se apresuraron a inmortalizar. Una de las que componían el grupo se subió a la estatua de Cromwell y ató a ella una pancarta ante las aclamaciones de Parliament Square. Tardaron unos diez minutos en sacarlas de allí; ellas no opusieron resistencia.

—Nuestro primer ministro debería estar en esta terraza. Para ver y para comprender —masculló Churchill—. Todo hombre tiene una esposa, una madre, una hija que potencialmente puede convertirse en una espía de su causa, ¿es consciente de eso? La mujer del pastelero, la hija del repartidor, la madre de uno de los invitados, cualquiera puede haberlas ayudado, hombres también: mire esa multitud, hay casi tantos bombines como sombreros femeninos. ¿Sabe qué significa eso? Que si no cambiamos de estrategia, estamos perdidos.

3

Olympe se había beneficiado del efecto sorpresa. Contrariamente a los inspectores que se habían precipitado hacia el vehículo, los dos policías que estaban de guardia delante del porche de la entrada pública no tenían ni idea de la identidad real de la mujer de la alta sociedad que se presentaba ante ellos portando un mensaje destinado a lord Willoughby de Eresby. La hicieron pasar al vestíbulo de Saint Stephen mientras un ujier iba en busca del diputado conservador refunfuñando para sus adentros, pues le parecía el momento menos indicado para una cita en el Parlamento.

La búsqueda, además, se alargaría, porque el edil acababa de recibir un mensaje de su esposa, Eloise, exhortándolo a regresar urgentemente a su domicilio por razones graves. Lord Willoughby había salido de Westminster hacía media hora sin sospechar que su sobrina había sustraído sus tarjetas de visita e invitado a su tía a cenar. La confusión tendría alejado al diputado durante el resto de la velada.

Olympe se había sentado en uno de los bancos de piedra recubiertos de piel verde que decoraban ambos lados de la sala reservada a los visitantes. Se trataba del espacio contiguo al gran vestíbulo central, una ancha estancia octogonal cargada de vidrieras y estatuas, que permitía el acceso a la Cámara de los Comunes, al sur, y a la de los Lores, al norte. El reloj empotrado en el artesonado, sobre la puerta de entrada, marcaba las ocho y media.

No le temblaban las manos; no sentía miedo, solo la excitación de la acción, que ocultaba bajo una calma engañosa. La indumentaria, una falda y una levita blancas con finas rayas negras, se la había prestado la hija del virrey de las Indias, también miembro activo de la WSPU. Esas prendas le conferían la elegancia aristocrática indispensable para no atraer la atención, pero, al quedarle muy ajustadas, le dificultaban los movimientos, al igual que los zapatos, que tenía previsto quitarse cuando tuviera que correr del vestíbulo octogonal a la Cámara de los Comunes. Había estudiado cuidadosamente el camino que tendría que recorrer en el momento del relevo de los policías encargados de la seguridad interior: una vez en la capilla central, tomar el pasillo de la izquierda y correr, correr lo más deprisa posible hasta la Cámara de los Comunes, a cincuenta metros, al final de la sucesión de vestíbulos que estarían sin vigilancia gracias a una maniobra de distracción que llevarían a cabo otras militantes.

«Espero que hayan podido entrar», pensó Olympe mirando a su alrededor, poblado exclusivamente de hombres. La pancarta que desplegaría estaba cosida en algunos puntos del interior de su levita y podría arrancarla fácilmente cuando llegara el momento de enarbolarla.

—¿Puedo ayudarla en algo?

Era el tercer empleado que se acercaba para interesarse por la razón de su presencia allí. Ella repitió la historia, que pareció convencer a este también, puesto que se alejó en dirección a Westminster Hall ante la mirada indiferente de las dos hileras de estatuas que representaban a los personajes importantes de la historia de Inglaterra, ninguno de ellos mujer.

Mientras se desataba los cordones sin atraer la atención, Olympe pensó que quizá un día Emmeline Pankhurst figuraría entre aquellos personajes. En Saint Stephen solo se hallaba presente, en el lado opuesto al que ella ocupaba, otro visitante, entretenido en releer sus notas. Un empleado del Parlamento fue a buscarlo. Los dos hombres pasaron por delante de ella sin preocuparse de su presencia, hablando mal del diputado Churchill.

—Está prometido con la hija de Asquith, pero, por lo que sé, corteja a otra —dijo uno de ellos, que Olympe supuso que era periodista.

El acompañante asintió y ambos se alejaron hacia la Cámara de los Comunes. Los gritos de la multitud le llegaban del exterior en oleadas sucesivas, punteadas por el desarrollo de los acontecimientos, mientras que, dentro del palacio, el ambiente permanecía tan tranquilo e imperturbable como de costumbre. Olympe tenía la sensación de que el tiempo se había diluido y que los minutos ascendían por la esfera del reloj con gran dificultad.

Por fin, las agujas marcaron las nueve. El momento del relevo, confirmado por la desaparición del vigilante de guardia ante la puerta del vestíbulo central, así como por la sintonía del Big Ben.

Olympe se quitó con calma los zapatos. Cuando empujó los botines debajo del banco, se oyeron gritos, ruido de refriegas amplificado por el eco en las piedras. Dentro del palacio había pelea. Al sonar la última campanada, la joven entró corriendo en la habitación octogonal donde los cuatro policías presentes mantenían inmovilizadas contra el suelo a las dos sufragistas que habían detenido. El camino estaba libre. Olympe se había preparado para ese momento y no apartó los ojos de la puerta cerrada de la Cámara de los Comunes, que estaba en su punto de mira. Apretó el paso gradualmente y oyó carreras tras ella. Se le deshizo el moño y sus cabellos, liberados, flotaron como un estandarte. Llevaba treinta metros de ventaja cuando entró en el vestíbulo de la Cámara de los Comunes. El lugar había sido abandonado por la policía, ocupada en correr tras otras militantes, y los pocos empleados presentes vieron con estupor cómo lo atravesaba: nadie había visto nunca a una mujer de la alta sociedad correr por allí, y, por si fuera poco, descalza.

Una cómplice que trabajaba en el Parlamento había abierto la puerta que daba acceso a la galería del piso superior reservada al público masculino, y que, por motivos de seguridad, siempre cerraban con llave. Olympe estaba a punto de lograr su objetivo.

Subió los dos primeros peldaños, alargó el brazo para asir el pomo y sintió que tiraban con fuerza de ella hacia atrás agarrándola del pelo. Cayó pesadamente sobre la escalera y la arrastraron unos metros hasta que quedó cubierta por un montón de uniformes azules. Tenía el corazón desbocado, se ahogaba. A su alrededor, todo el mundo gritaba, pedían refuerzos. Cuanto más se debatía, más se cerraba la montaña de músculos sobre ella como un sarcófago, privándola de aire. Olympe dejó de luchar, su cuerpo la abandonaba. Intentó gritar para que los diputados la oyeran, pero no pudo más que murmurar: «El voto para las mujeres...».

4

—¿Querían matarla? ¡Márchense ya!

El hombre, vestido de paisano, era mayor que los policías que la rodeaban. Estos se apartaron con respeto.

—Señorita, ¿cómo se encuentra?

Olympe no respondió. Miraba al techo. Había perdido el conocimiento antes de ser transportada al vestíbulo y se hallaba tendida sobre la piel verde del banco donde había esperado pacientemente. Regreso al punto de partida. No había visto venir al que la había detenido.

Le dolían la cabeza y la nuca. Intentó incorporarse y se percató de que tenía las costillas magulladas.

—Soy el sargento de armas —dijo el hombre mientras la ayudaba a sentarse—, el responsable de garantizar la seguridad de este lugar para que nadie…, repito, nadie…, altere en ningún momento su tranquilidad. La próxima vez que entre aquí sin haber sido invitada, me ocuparé de usted personalmente. Y el hecho de que sea una mujer no cambia nada. La ley es la misma para todo el mundo. Considérese avisada. —Olympe se sentía aún demasiado débil para plantar batalla—. Harry y Frank, quítenle las esposas. En el estado en que se encuentra, no hay riesgo de que se les escape. Vigílenla hasta que lleguen los inspectores —ordenó—. Si yo estuviera en su lugar, la enviaría directamente a la comisaría de Canon Row en busca de un billete para Holloway.

Un policía entró corriendo en el vestíbulo, salvó de un salto los tres peldaños y, al fallarle un pie al ponerlo en el suelo, se le cayó el casco, que rodó hasta los pies del grupo. La risa de Olympe fue reprimida por un codazo que le cortó la respiración.

—Gracias, Harry —dijo con ironía—, ha vuelto a ponerme… las costillas… en su sitio.

—Yo soy Frank.

—Gracias, Harry —repitió la joven.

—Mientras no comprenda lo que es el respeto… —concluyó el sargento alejándose con su mensajero.

La súbita crispación de su rostro alegró a Olympe: las noticias del exterior no eran buenas.

—Sonría, la vida es bella, pronto saldrá a tomar el aire, Frank —dijo volviéndose hacia Harry, que no le hizo ningún caso.

El sargento de armas impartió las órdenes oportunas y dio unas palmadas en el hombro al agente para animarlo.

—Jefe… —lo llamó Olympe, indicándole por señas que volviera—. Quiero hablar con usted.

El hombre suspiró y obedeció, acercándose mucho a su cara para recibir sus disculpas.

—Está equivocado —susurró ella.

—¿Sobre qué?

—La ley no es la misma para todo el mundo. Las mujeres son

propiedad de su marido, a quien le deben obediencia. Todos nuestros bienes le pertenecen. ¿Qué imperio reduce a la esclavitud a la mitad de su población?

—¡Dios santo, qué error!

—¿Verdad?

—¡Qué error no haberla amordazado! —precisó él, satisfecho de su golpe de efecto.

Olympe hizo un gesto que él consideró una muestra de claudicación. El sargento sintió un poco de vergüenza ante un combate tan desigual. La observó largamente mientras ella fingía que no se daba cuenta.

Sus cabellos castaños, cuya largura tanto le había perjudicado, le cubrían la espalda hasta la cintura. Su fina mandíbula realzaba unos labios carnosos que protegían una dentadura de rectitud perfecta y que nunca dejaban aparecer las encías, lo que daba a sus sonrisas un aire burlón. Las pecas que salpicaban su rostro tenían la misma textura que las de la familia política del sargento de armas, originaria de la costa sur de Irlanda. La nariz de Olympe, pese a los rasguños causados por la caída y la rudeza del arresto, era fina, ligeramente hundida y respingona, y sus grandes ojos redondos parecían interrogarte sin parar. El sargento de armas le encontraba un parecido físico con la joven de un cuadro de Romney cuyo retrato había visto expuesto en el British Museum, donde había trabajado antes de ingresar en la policía londinense. Estaba intrigado y, pese a que sentía cierto malestar, impresionado por aquella mujer provocadora y valiente.

Le tendió su pañuelo a la sufragista al ver que un hilillo de sangre le brotaba del labio, cuya herida se había reabierto.

—Sus amigas se han acercado a Downing Street —le dijo—. Tendrá compañía en la cárcel.

No cogió el pañuelo cuando ella hizo el gesto de devolvérselo y se alejó, reclamado por sus hombres, cuyo número en el interior del palacio se había incrementado. La agitación no formaba parte de las costumbres del lugar y Olympe percibía la febrilidad de las fuerzas del orden.

Se inclinó para recuperar los zapatos, pero sus dos guardianes malinterpretaron el gesto y la retuvieron por los hombros. Ella profirió un grito de sorpresa que acabó en gemido de dolor mientras Frank le mantenía la espalda firmemente apoyada contra la pared y Harry metía un brazo debajo del banco.

—¡Falsa alarma! —exclamó, mostrándole los botines a su compañero.

—¿Qué creían? ¿Que había escondido un artefacto explosivo? ¿O un arma? Nuestra revuelta es pacífica. No infringimos ninguna ley.

—Eso lo decidirán los jueces —dijo Harry sentándose de nuevo.

—La justicia está a las órdenes de los señores de este lugar —replicó ella quitándole los zapatos de las manos.

—Llevo años oyendo eso en boca de los acusados.

—El juez que condenó a mi amiga lady Brackenbury le confesó que sus sentencias las dictaba el señor Gladstone. Nos juzgan tribunales de policía a las órdenes del gobierno.

—Dejémoslo, señorita.

—¿Y saben por qué? ¡Porque ante un jurado popular seríamos absueltas!

—¡Cállese ya!

—¡Su calvario ha terminado, amigos!

Todos se volvieron hacia dos hombres a los que no habían oído acercarse. Uno de ellos era el inspector que la seguía, y el otro, el que ella había confundido con un periodista.

—Ha llegado el momento del relevo —dijo el primero.

—Tenga la bondad de levantarse, miss Lovell —ordenó el segundo, cuyo fino bigote y semblante demacrado le recordaron los de Guy Fawkes.

—Es mi cochero —les dijo Olympe a los dos policías—. Llega tarde, Guy —añadió obedeciendo—, haré el resto del trayecto a pie.

El hombre la agarró de un brazo mientras ella daba un paso hacia la salida.

—Por el otro lado —le señaló—. Y póngase los zapatos, eso nos evitará tener que correr detrás de usted.

Ella se tomó su tiempo para abrochárselos. El que había estado siguiéndola empezaba a impacientarse y, después de indicarle que se levantara, metió las manos bajo su levita.

—¡Eh!, ¿qué hace? ¡No tiene ningún derecho a registrarme! —proclamó ella con autoridad.

El hombre, sin contestar, sacó de un tirón la pancarta y se la enseñó a los demás.

—¡El voto para las mujeres! —gritó Olympe leyendo la inscripción.

Su bravuconada atrajo a otros dos guardias, preocupados por una nueva incursión de las sufragistas.

—Ya está bien —dijo el inspector de bigote fino agarrándola—. Todo está en orden, señores —añadió para tranquilizarlos.

—Harry, Frank, encantada de conocerlos. ¡Y gracias de nuevo por su apoyo a nuestra causa! —les espetó a los dos policías, dejándolos boquiabiertos.

Frank, alarmado, hizo un gesto negativo a los dos inspectores, que no le prestaron ninguna atención. Harry y él miraron cómo se adentraban en el vestíbulo central.

—Qué mujer más rara.

—Qué tipos más raros.

—¿Los conoces?

—No. Parece que son de New Scotland Yard, y que son tipos duros.

—Pero ¿adónde la llevan?

—¡Da igual! ¡Con tal de que sea lejos…!

5

Olympe había optado por el silencio y se concentraba en el camino conectándolo con el plano del palacio que había memorizado. Después de atravesar una habitación cuyo acceso estaba estrictamente prohibido al público, según rezaba un cartel, y otra que servía de almacén de material de oficina, se encontraron frente a una puerta de madera maciza coronada por una curva en arco apuntado. El tipo que tenía el encargo de seguirla la abrió con ayuda de una llave que parecía tan vieja como el palacio.

La joven retrocedió instintivamente al ver una escalera de piedra que descendía hacia un sótano débilmente iluminado.

—¿Adónde vamos?

—Baje.

—No lo haré hasta que me hayan respondido —dijo ella cruzando los brazos para expresar su determinación.

Los dos inspectores cruzaron una mirada antes de que «Guy» —sin duda el de rango superior, pensó— respondiera:

—Quería ver al primer ministro, ¿no?

—Que yo sepa, el señor Asquith no recibe en el sótano. Aunque ese sea el nivel en el que se encuentra su política.

—Oficialmente, se niega a hablar con las sufragistas. Oficialmente... —repitió, insistiendo en la palabra—. Debería mostrarse más cooperadora, miss Lovell.

—En ese caso, después de ustedes, señores.

El que tenía la misión de seguirla le enseñó unas esposas con un gesto elocuente, lo que la decidió a bajar delante. Los peldaños eran anchos, e incitaban a bajarlos. El lugar, iluminado con electricidad, conducía a una pequeña escalera de caracol, rodeada de columnas de estuco. Desembocaron, un piso más abajo, en la gigantesca sala de máquinas situada justo debajo del vestíbulo central, que propulsaba aire caliente a todo el palacio.

El ambiente era húmedo. El ronroneo de los motores rivalizaba con el chirrido de los pistones de varios metros de longitud y con el ruido de ventilación de las inmensas palas proporcionales al tamaño del edificio. Olympe tuvo la impresión de que se encontraba en el vientre caliente del *Lusitania,* que había visitado cuando lo botaron, hacía un par de años. Una gota de agua le cayó en la cara y rodó por su mejilla como una lágrima.

Rodearon la instalación, tomaron el pasillo principal, lleno de gruesos tubos que subían por las paredes hasta el techo, y después recorrieron pasillos secundarios, más angostos, con menos conductos que rozaran sus cabezas. La joven intentó localizar su posición, pero, después del quinto cambio de dirección, reconoció que estaba perdida. La marcha acabó al final de una galería sin salida. El inspector del bigote fino invitó a su esbirro a abrir la puerta metálica incrustada en la pared del fondo y le ordenó que montara guardia, tras lo cual empujó a Olympe al interior sin contemplaciones, entró él también y cerró la puerta.

—Oiga, Guy…

—Para empezar, no me llamo Guy —la interrumpió él dejando caer descuidadamente el bombín sobre una mesa atestada de manuales técnicos y periódicos viejos—. Además, no quiero oír ninguno de sus argumentos. Y, por último, el señor Asquith ha tenido que ausentarse y siente mucho no poder recibirla. Ni ahora ni nunca —concluyó, quitándose los guantes.

Olympe comprendió la trampa en la que había caído. Se abalanzó hacia la puerta, se desgañitó gritando «¡Auxilio!» y «¡Ayuda!» mientras la aporreaba ante la mirada burlona de su carcelero. El local era el antiguo cuarto para los encargados de la calefacción que se quedaban de guardia durante las sesiones nocturnas de la Asamblea.

—Vamos —dijo, sofocando una risa cercana al rebuzno—, vamos, no malgaste sus fuerzas. Nadie oirá sus gritos. Aunque hubiera cien mil personas sobre nuestras cabezas, no podrían hacer nada por usted. Está sola. Qué ironía, ¿no?

Olympe dio una patada a la plancha metálica y se le rompió el tacón del zapato izquierdo.

—La única ironía es que no va a conseguir ninguna información de mí: ¡se ha tomado todas estas molestias para nada! —le soltó, arrojando el tacón roto contra el inspector.

Este lo esquivó despreocupadamente y la agarró por las muñecas.

—Siéntese en esa cama y deje de protestar, si no, acabaré atándola.

Por toda respuesta, ella gritó hasta quedarse sin voz.

Preocupado por el alboroto, el otro hombre entró: su cómplice estaba intentando amordazar a la sufragista.

—Ven a ayudarme —pidió este último echando pestes y sacudiendo una mano ensangrentada y dolorida a causa de una mordedura profunda—. ¡La muy zorra!

Entre los dos consiguieron esposarle una mano a cada lado del cabecero de la cama y quitarle el calzado. Olympe no paró de debatirse y pedir ayuda, pero sus gritos, sofocados por la tela que le lastimaba la boca, eran como gemidos. Se detuvo, agotada, vencida, tumbada con los brazos en cruz y la falda subida hasta las rodillas. Tenía un desgarrón en la blusa, de la que habían saltado dos botones.

—¿Sabe que así resulta aún más deseable? —dijo el inspector, apartándole el mechón de pelo que le tapaba la frente.

La joven volvió la cara. Él se acercó y aspiró el perfume de su nuca.

—Hummm…, como a mí me gusta, sensual y salvaje. Para que vea, me han dado carta blanca y habría podido propinarle unos sopapos, parece ser que eso calma a todas las histéricas, pero no quería estropear un rostro tan bello, así que he decidido…

El final de la frase se le quedó en la garganta: Olympe acababa de asestarle un cabezazo en la barbilla. El golpe no había sido fuerte, pero las mandíbulas del hombre chocaron una contra otra, y le mordieron la punta de la lengua. El inspector la abofeteó.

—Le gusta el sabor de la sangre, ¿eh? ¡Usted se lo ha buscado! ¡Tú, vuelve al pasillo a vigilar! —le ordenó al otro, que había permanecido a un lado—. ¡Vamos!

El hombre protestó y salió mascullando. Durante los días que había estado siguiéndola, había sentido cómo lo invadía un deseo físico irreprimible hacia aquella mujer, que había derivado en la idea de abusar de ella en cuanto se le presentara la ocasión de hacerlo sin ser importunado. Le parecía injusto que su superior se aprovechara de ella antes que él. Después de todo, la idea era suya. Esa joven era su presa.

Arrojó contra uno de los conductos una piedrecita que había cogido del suelo, que impactó contra una abrazadera metálica con un ruido de cacerola.

—¡La puerta! —se impacientó su superior.

El hombre se sintió tentado de no hacer caso, pero finalmente se encogió de hombros y cambió de opinión. Sin embargo, algo no cuadraba: aunque el pasillo estaba vacío, percibía una presencia. Una respiración ligera y rápida.

6

El inspector se había quitado la chaqueta con cuidado y estaba arremangándose al tiempo que observaba a su víctima. Buscaba indicios de miedo en su rostro, pero Olympe lo miraba desafiante. Oyó a su esbirro emitir un extraño suspiro, se volvió y, a través de la puerta, que había quedado abierta, vio que este caía al suelo, inconsciente. Un desconocido apareció en el hueco y se abalanzó sobre él tan deprisa que lo único que acertó a hacer fue dar un derechazo que golpeó el vacío. El hombre le agarró el brazo y se lo inmovilizó en la espalda antes de asestarle un puñetazo en el tórax, un codazo en la cara y un rodillazo en el abdomen, encadenándolos a una velocidad pasmosa. Mientras el inspector se desplomaba, con la respiración entrecortada, lo remató dándole un último golpe con el antebrazo en la parte posterior de la cabeza.

—No pasa nada, puede estar tranquila —dijo mientras registraba los bolsillos del policía, que gemía con cada exhalación al respirar.

Todo había sido tan repentino e inesperado que Olympe se quedó unos segundos atónita. Cuando se recuperó, señaló con los ojos la mesa donde estaban las llaves. El desconocido las cogió y le quitó la mordaza.

—Pero ¿cómo lo ha hecho? ¿Quién es usted? —le preguntó mientras él abría los dos pares de esposas.

—Haremos las presentaciones más tarde —respondió el hombre, esposando a los policías inconscientes—. ¡Póngase los zapatos y vayámonos!

Ella le mostró su calzado, que había quedado inutilizable. Él lo cogió, arrancó el tacón que quedaba y se lo devolvió.

—¡Lady Litton Constant me matará! —dijo ella calzándose y constatando el estado de su ropa—. Y todo por culpa de estos… de estos… —se acercó al cuerpo inerte y le dio una patada en las costillas— ¡cerdos!

El golpe tuvo por efecto despertar al inspector.

—Somos de la policía… —anunció con media lengua.

—¡Miserable! —le espetó ella.

—Déjelo ya —dijo el desconocido urgiéndola a salir al pasillo mientras ella se disponía a propinarle otra patada al inspector—. Vámonos.

—Está cometiendo un grave error, señor —continuó este, que no podía levantarse, tenía la cara contra el suelo y las manos atadas tras la espalda—. Esa mujer está arrestada. ¡Va a convertirse en su cómplice!

—Mire, Guy…

—¡No me llamo Guy! —protestó el inspector en un arrebato de energía que le produjo un acceso de tos.

—Sea quien sea, y cualquiera que sea su función, si vuelve a acercarse a esta dama, el rey en persona pedirá su traslado a los confines del Imperio.

—Usted no me asusta, yo recibo las órdenes del gobierno.

El desconocido se acercó y le habló en voz baja. El inspector le respondió quedamente, pero Olympe pudo oír cómo se disculpaba sin rodeos.

Una vez en el pasillo, su salvador cerró la puerta y dejó la llave puesta en la cerradura.

—Ya no le causarán más problemas. Sígame.

—¿Qué le ha dicho? ¡Espere!

El hombre había comenzado a internarse en la red de galerías y no dedicó ni un minuto a contestarle. Recorrió los pasillos, que parecía conocer como la palma de su mano, esperándola de vez en cuando y echando a andar de nuevo aún más rápido cuando ella lo alcanzaba, en una especie de danza silenciosa, hasta que llegaron a una habitación sin salida donde los recibió un ruido ensordecedor que hizo vibrar las paredes de los cimientos. Una melodía que Olympe reconoció de inmediato.

—Estamos debajo del Big Ben, cerca de la salida —confirmó el hombre señalándole una reja que daba a un sótano. El lugar olía a humedad y a moho. Las paredes y el techo abovedado estaban construidos con piedras de tamaño irregular, y el suelo, de tierra, estaba cubierto de guijarros alisados por siglos de pisadas, todo ello débilmente iluminado por bombillas atadas a modo de una guirnalda provisional—. Este camino conduce a la orilla del Támesis, justo pasado el puente de Westminster —precisó.

—Quizá ha llegado el momento de hacer las presentaciones, ¿no? —propuso Olympe ralentizando el paso.

—No —dijo él sin volverse.

Ella se desató los botines sin tacón y lo alcanzó.

—¿Es un efecto de mi imaginación? No estoy segura de que

su presencia en este edificio sea oficial… —El ruido de sus pasos fue la única respuesta que obtuvo—. En cualquier caso, quería darle las gracias, señor…

—¡Avancemos!

—Encantada, señor Avancemos. No es un nombre muy inglés, y, por cierto, también diría que usted tiene un ligero acento.

Él se volvió y le puso la mano sobre la boca a la vez que le indicaba que se callara. Olympe se apresuró a apartarla y susurró:

—¡Era broma!

—Chisss… Preste atención…

Los crujidos, al principio lejanos, se oían cada vez con más claridad: alguien caminaba detrás de ellos.

—Deprisa, van a alcanzarnos.

La cogió de la mano y aceleró el paso.

—Pero ¿quiénes?

—El primer ministro y su séquito.

La respuesta le causó a Olympe el mismo efecto que un electrochoque. Se detuvo y dio media vuelta. Él le dio alcance e interrumpió su carrera.

—¡Suélteme! —dijo ella debatiéndose—. ¡Tengo que verle!

—¿Cree que va a darle audiencia aquí? ¿No entiende que huye de la multitud, que huye de la confrontación, que huye de usted?

—¡Precisamente por eso! ¡Es una ocasión única, debo aprovecharla!

—No —contestó él, agarrándola con más firmeza—. Sus guardaespaldas la arrestarán. No tendrá tiempo de decirle una sola palabra.

—¡Me hace daño! ¡Tengo que ir!

—Entonces ¿de qué habrá servido que la ayude? Acaba de evitar una violación y la cárcel, ¿y quiere darles una segunda oportunidad de conseguirlo?

Los pasos y las sombras se acercaban. No tardarían en aparecer ante sus ojos.

—Tendrá muchas ocasiones, créame. Pero, si lo hace ahora, me pondrá a mí en apuros, no al señor Asquith.

Ella lo miró directo a los ojos, cosa que las mujeres inglesas no hacen nunca, con aire desafiante, y eso le incomodó.

—Tiene razón —reconoció Olympe—. Lo siento.

—Vamos, deprisa.

Cruzaron sin trabas la verja exterior, vigilada por dos militares que, a diferencia de sus compañeros de las calles vecinas, se aburrían solemnemente.

El desconocido, que había cogido a Olympe del brazo como si fueran novios, llevó la desenvoltura hasta el punto de bromear con los dos guardias. Les advirtió de la llegada inminente del primer ministro, lo que reforzó aún más su confianza, y se alejó con la joven sin apresurarse. Juntos subieron la escalera que llevaba al muelle Victoria y se encontraron frente a Portcullis House, detrás de un cordón policial que protegía la entrada del embarcadero y les impidió cruzar. Pese al llamamiento a la dispersión, la multitud todavía era densa. A las militantes y simpatizantes, se habían sumado grupos de golfos desocupados y borrachos que buscaban pelea con todo el mundo y merodeaban como rapaces alrededor de las mujeres no acompañadas.

El desconocido le indicó a Olympe con un gesto que siguiera la orilla hacia el muelle de Westminster, a un centenar de metros. El lugar estaba iluminado y había una lancha de la policía amarrada junto al barco desde el que una sufragista había dado la señal de inicio de la rebelión con ayuda de un megáfono. El amplificador de voz destacaba ahora sobre el puente, junto a varias pancartas, trofeos arrebatados al enemigo. Olympe sintió desazón al cruzar el embarcadero. New Scotland Yard estaba muy cerca y la imagen del inspector que la había atado en la habitación no la abandonaba, al igual que el olor a tabaco de mascar que despedía su aliento y el de sudor de su ropa. Unos metros más allá, cuatro hombres de paisano aguardaban alrededor de un automóvil con el motor en marcha. Olympe comprendió que Asquith iba a remontar el Támesis por el muelle para dirigirse al 10 de Downing Street para evitar al grueso de los manifestantes.

—Ni lo piense siquiera —dijo el desconocido anticipándose a la idea de la sufragista.

—Un primer ministro que se protege de las mujeres con tantas fuerzas del orden es una imagen bastante lamentable, ¿no? —replicó ella sin siquiera mirarlas—. No se preocupe, no voy a arrojarme bajo sus ruedas. No tendremos necesidad de hacerlo.

El hombre apretó el paso hasta llegar a Charing Cross, donde se apartaron de la orilla por la escalera adyacente al puente ferroviario.

—Aquí ya no corre ningún peligro. Le deseo buena suerte en su lucha.

—¿A quién debo darle las gracias?

—A la Providencia. Y a su buena estrella —concluyó el hombre.

—El voto para las mujeres —proclamó Olympe muy bajito, para que solo la oyera él.

El desconocido le sonrió por primera vez y cruzó la calle sin volverse. La oscuridad lo engulló rápidamente.

Olympe había tomado una decisión antes incluso de salir del sótano. La ocasión era demasiado buena. Volvió sobre sus pasos y se acercó al coche, que aún no había arrancado.

—¡Usted y yo nos veremos las caras, señor Asquith!

II

7

Miró por la ventana, un simple marco de madera en el que faltaban la mitad de los cristales. En la calle, un abigarramiento de cuchitriles, el aire húmedo transportaba un olor de putrefacción ácido y grasiento. La noche agonizante ya no lograba ocultar la miseria con su velo de pudor. En el interior, la misma penuria. Unas cucarachas se disputaban improbables migas sobre la mesa de madera. En un rincón colgaba la ropa de casa de la familia, impregnada del hedor ambiental.

—Tengo que irme —dijo, dejando una moneda de un chelín encima de la mesa—. Volveré la semana que viene.

El padre no contestó y bajó la cabeza. Era un viejo de cuarenta años consumido y abotargado. Su mujer todavía no había vuelto del trabajo en la fábrica de plomo cercana. Los niños aún dormían, tres en la única cama y dos últimos debajo de ella. Solo uno de ellos, dos quizá, pasaría de los cinco años. Los dos adolescentes esperaban junto a su padre. La llama de la inocencia había desaparecido ya de sus ojos, reemplazada por el brillo de la renuncia.

La mirada del hombre se detuvo en un tiesto con una flor marchita.

—El Comité de Parques y Jardines regaló plantas a todos los

36

habitantes del barrio —explicó el padre—. Para que las colgáramos en las ventanas. No han sobrevivido. Aquí no sobrevive nada.

El visitante los miró a todos una última vez y salió sin decir una sola palabra.

Recorrió Whitechapel por Old Montague Street. Por todas partes había hombres, mujeres y, con frecuencia, niños encogidos contra las fachadas o tumbados en bancos o sillas, dormidos o alertas, preparados para levantarse en cuanto se produjera la menor intervención de la policía. Se detuvo ante el número 4 de Osborne Street, intrigado por la postura de una anciana, tirada contra los escalones de entrada del inmueble. Su abrigo mugriento estaba cubierto de parásitos, y su rostro tenía la tez terrosa y un rictus que él conocía bien. Se agachó junto a ella y le habló, pero al ver que no reaccionaba le puso la mano sobre la carótida.

—¿Qué hace usted?

No había visto a los dos *bobbies* que aparecieron de improviso y se enfadó consigo mismo.

—Intento ayudar a esta infeliz.

—¿Puede levantarse? —dijo uno de ellos sacando la porra de la funda.

El hombre obedeció mientras el otro policía intentaba despertar a la indigente empujándola con un pie.

—Vamos, arriba, no puede dormir en la calle —insistió el que llevaba galones de sargento.

—Es inútil, señor agente. Está muerta.

—¿Muerta? ¿Cómo lo sabe? —preguntó el primero.

—Tiene razón —confirmó el sargento, que se había inclinado sobre la anciana—. Apesta a cadáver.

—Pero usted estaba registrándola cuando hemos intervenido.

—Quería socorrerla.

—¿Y eso qué es? —preguntó el *bobby* dando golpecitos con la porra sobre el bulto que se apreciaba bajo el abrigo del hombre.

—¡Pare! Es mi material —dijo este dando un paso atrás.

—¡Eh, eh! Quieto ahí —ordenó el sargento apuntándolo con la porra de madera—. Va usted a darnos ese material, muy despacio.

El hombre se desabrochó el abrigo de tweed raído y les tendió el maletín que llevaba debajo sin apartar la vista de ellos. Los *bobbies* se habían puesto nerviosos. El primero abrió el maletín, sacó unos frascos, unas vendas y un estuche, y extendió este último.

—¡Cuchillos! —dijo el segundo extrayendo uno de los escalpelos.

—Es material sanitario. Soy médico.

—Señor, ningún médico se arriesga a entrar en este barrio, y menos aún de noche. Y a usted lo hemos encontrado con armas cortantes junto a una mujer muerta.

—Y con opio —añadió el otro al leer la etiqueta de uno de los frascos.

—¡Esa mujer ha muerto de hambre y enfermedad, se ve perfectamente!

Al hombre le entraron ganas de darles esquinazo. Habría sido fácil: dos agarres de pierna, y los policías se habrían encontrado en el suelo. Sin embargo, renunció a ello y relajó sus músculos que se habían preparado para actuar. Se identificó, presentó su carnet profesional y respondió a las preguntas que suscitaba su nacionalidad, siempre las mismas.

—Va a acompañarnos a la comisaría y allí comprobaremos lo que dice. El último médico que pasó por aquí se llamaba Jack el Destripador.

El *bobby* no bromeaba. El hombre protestó para guardar las formas, pero no se resistió a que se lo llevaran. En el momento de entrar en la celda, les dio el nombre de varias personas de moral intachable que confirmarían su identidad y permitirían que lo soltaran lo antes posible.

—Los llamaremos mañana por la mañana —declaró el sargento, poco impresionado.

—Mi turno empieza dentro de dos horas, deben ponerse en contacto con ellos ahora.

El policía, acostumbrado a este tipo de réplicas, no contestó. Iba a terminar su trabajo y dejaría que los siguientes se ocuparan de las consecuencias del arresto. Cumplimentó el registro y bostezó ruidosamente. ¡Quién sabía! ¿Y si hubiera detenido a un discípulo del Destripador? Mientras se imaginaba en la primera página de los periódicos, su compañero se reunió con él y profirió un gruñido al ver los nombres de los testigos citados.

—Ese tipo no tiene pinta de pervertido. Creo que nos hemos equivocado.

—Tranquilo. Hemos hecho nuestro trabajo: ninguna persona normal se pasea por Whitechapel de noche con una colección de escalpelos en el bolsillo. Seguro que tiene algo que ocultar.

—De todas formas, voy a llamar antes de irme.

La celda era grande y contaba con bancos colocados en forma de U. Tenía cabida para unas veinte personas, pero la pesca de la noche no había sido nada del otro mundo. El banco central lo ocupaban dos noctámbulos que, después de una velada en el London Pavilion y el Café Royal, habían ahogado su aburrimiento en champán a bordo de un simón cuyo cochero había recibido el encargo de dar vueltas sin fin alrededor de la estatua de Eros. Se habían negado a pagar la carrera con la excusa de que el cochero los había recogido en Piccadilly Circus y no había salido de allí. Ahora dormían roncando ruidosamente en espera de ser conducidos al tribunal. Frente al recién llegado, un joven con un chaleco raído y una gorra bien encasquetada en la cabeza miraba fijamente el suelo, con los brazos cruzados. Lo imaginó como vendedor de periódicos voceando los titulares por las calles, uno de tantos en el barrio de Westminster. Su rostro adolescente estaba salpicado de sangre seca y tenía rasguños en la mejilla derecha. Parecía aún bajo los efectos de la conmoción.

—¿Qué le ha pasado?

—Un accidente de coche, señor —respondió el muchacho apretando la mandíbula.

—¿Por qué no lo han llevado al hospital? ¿Y dónde está el conductor?

—Era yo. ¡No lo he robado, lo juro!

El médico se acercó al joven. Su palidez le preocupaba. Su tez se había tornado grisácea.

—Soy médico, puedo examinarle. Se ha hecho daño.

—No es nada.

—No era una pregunta. Es evidente que no está bien. Túmbese.

El joven obedeció sin rechistar, se tumbó de lado y después se colocó boca arriba.

—¿Le duele mucho, aquí, debajo de las costillas del lado izquierdo?

El muchacho asintió y añadió:

—La cabeza también. Y eso que no iba deprisa. Una carreta me ha obligado a frenar en una curva. He chocado con el caballo. —Sus ojos se movían de un lado a otro, en busca de las imágenes del accidente—. Me he golpeado con el volante y he acabado sobre el capó. Mi padre va a matarme.

El médico le tomó el pulso en las dos muñecas a la vez, aplicando tres dedos, y luego en otros puntos del cuerpo, algo que el joven no había visto nunca hacer hasta entonces.

—Eh, doctor, ¿de dónde es usted? —preguntó tocándose la frente con una mano—. Ay, ay, ay, la habitación da vueltas… No me encuentro bien —dijo arrastrando la voz—. No he robado el cacharro, es de…

Se le cerraron los ojos. Su cabeza se inclinó hacia un lado.

—¡Sargento, venga, deprisa! —gritó el médico. Los dos juerguistas se despertaron y se acercaron—. ¡Ayúdenme! ¡Pidan ayuda, va a morir!

Mientras los dos hombres vociferaban y golpeaban los barrotes, él comprobó que el muchacho seguía respirando. Al palparlo para tomarle el pulso, había identificado un problema en el bazo. Se había producido una hemorragia interna, cuya presencia detectaba por la contracción del abdomen. Le quitó el zapato izquierdo e intentó tonificar el meridiano del órgano mediante presiones en el dedo gordo del pie. Sin embargo, sabía que esa técnica no servía de nada en el caso de un traumatismo de aquella importancia. La medicina clásica debía tomar el relevo.

Al cabo de cinco minutos, el sargento se dignó acudir, empuñando la porra para manifestar su irritación. Puso fin a la agitación de los dos juerguistas dando un golpe en los barrotes con la porra. El médico se volvió sin soltarle el pulso al muchacho.

—¡Pida una ambulancia! ¡Hay que operarlo inmediatamente!

—Otro cuentista que quiere escabullirse de la justicia. Los conozco de lejos. Ha robado un coche y será juzgado hoy por el procedimiento de urgencia.

—Pues, si no hacemos nada ahora, ¡lo que va a llevar ante el juez será un cadáver!

—Señor, ocúpese de sus asuntos —ordenó el policía, cuya seguridad empezaba a debilitarse.

—Tráigame mi maletín. Necesita atención urgente, tiene el bazo perforado y está perdiendo sangre. ¡Por favor, confíe en mí!

El otro *bobby* acababa de llegar.

—He hablado con el Barts. Es verdad que es médico. Trabaja en urgencias. El doctor Etherington-Smith va a venir a buscarlo.

El sargento lo miró con expresión de contrariedad.

—Trae su instrumental —ordenó tras un instante de vacilación—. ¡Todo el mundo se queda en la celda! ¿Qué hace? —dijo al ver que estaba tumbando al muchacho en el suelo.

—Es tarde para esperar a la ambulancia, voy a operarlo ya.

—¿Operarlo? ¿Aquí?

—Aquí.

—Pero… eso es imposible.

El médico no contestó. El *bobby* había entrado y le tendía el maletín. Sacó todo el material y diluyó el contenido de una ampolla y luego llenó una jeringuilla con el líquido. Sin manifestar precipitación alguna, calentó una larga y fina aguja con ayuda de un mechero.

—Tengo que anestesiarlo —anunció.

—Pero… eso es imposible —repitió el sargento, desconcertado.

Su compañero se ofreció a ayudar.

—Desnúdelo —indicó el médico—. Chaleco, camisa y camiseta.

Cuando el joven tuvo el torso desnudo, el médico le aplicó un líquido antiséptico en el abdomen y se impregnó las manos con él.

—Ayúdeme a ponerlo de lado y sujételo así —dijo, inclinando la cabeza del hombre hacia delante—. Es fundamental que no se mueva.

Con un gesto rápido y preciso, introdujo la aguja entre la primera vértebra lumbar y la segunda y retiró el mandril, dejando que cayeran unas gotas de líquido cefalorraquídeo, antes de acoplar la jeringuilla e inyectar la anestesia. Tendieron al herido boca arriba y el médico colocó todos sus instrumentos sobre una banda de lona.

—Tenemos siete minutos por delante —dijo mientras extendía el estuche de escalpelos sobre el suelo.

Los embadurnó con antiséptico, y lo mismo hizo con una serie de pinzas que había seleccionado.

—¡Atiza, se ha empalmado! —exclamó uno de los juerguistas señalando la evidente erección bajo los pantalones del joven—. No parece que la cosa sea muy desagradable —añadió, tronchándose de risa.

—Es, sobre todo, lo que indica que podemos empezar: la anestesia surte efecto —explicó el médico.

Cogió el escalpelo, practicó una incisión oblicua costal, separó la carne con ayuda de unas pinzas e introdujo la mano. Los policías y los dos juerguistas, sorprendidos, se volvieron de espaldas.

—¡Qué horror! —dijo uno sin poder reprimir unas arcadas.

—Todo el mundo fuera —ordenó el sargento.

—No voy a poder seguir ayudándole, señor, lo siento —comentó el policía, con el semblante lívido y las manos trémulas.

Salieron todos a la recepción, adonde un elegante caballero acababa de entrar. Un hombre al que reconocieron porque había salido en la primera página de los periódicos el verano anterior.

—¡Doctor Etherington-Smith! Su colega... —empezó a decir el sargento.

—¿Puede ir a buscarlo? —lo interrumpió el recién llegado—. Tenemos trabajo esperándonos.

—Me temo que no va a ser posible.

—¿De verdad? ¿Qué va a impedirle salir de aquí? ¿Quieren un escrito del primer ministro? ¿O quizá del rey?

—Es que... está operando.

—¿Operando? ¿Es una broma?

—La celda... —balbució el sargento señalando el pasillo que conducía a la sala de desintoxicación.

Cuando Etherington-Smith entró, el médico tenía la mano en el interior del abdomen del muchacho, tendido sobre un charco de sangre.

—Está claro que no puedes evitar hacer proezas por dondequiera que pasas —dijo suspirando el director de la escuela médica de Saint Bartholomew.

—Siento mucho no ir a saludarte —contestó el otro intentando coger unas pinzas con la mano izquierda.

—¿Necesitas ayuda? —preguntó flemáticamente Etherington-Smith tendiéndole el instrumento.

—No quisiera ser el causante de que llegues tarde a la ceremonia de inicio de curso de los estudiantes. Todos te adoran.

—Tú también estás invitado —señaló su colega cogiendo la ampolla para leer la etiqueta—. ¿Novocaína? Caray, estás en la vanguardia del progreso. ¿Y siempre sales de paseo llevando encima lo necesario para operar?

—Como ves, hacerlo presenta ciertas ventajas. ¿Me prestas tu ayuda?

—¿Cuál es la situación?

—La hemorragia es menos importante de lo que temía. Pero tiene dos costillas rotas, un orificio en el diafragma y una herida de tamaño considerable en el bazo. El hemotórax no es abundante.

—¿Qué hacemos? ¿Operamos en el Barts? Será más cómodo —dijo Etherington-Smith mirando a su amigo, de rodillas e inclinado sobre su paciente.

—No hay tiempo. Ensanchamos el orificio del diafragma, extraemos el bazo y unimos el pedículo con el peritoneo esplénico.

—No me he aburrido contigo ni una sola vez —declaró el médico quitándose los guantes—. ¡Vamos allá!

—Sí, es el ocho con timonel. Etherington-Smith se llevó la medalla de oro en los últimos Juegos Olímpicos —dijo el sargento—. Lo sé porque he practicado remo en un club.

—Yo leí un artículo sobre él en el último *Vanity Fair*, ese hombre acumula éxitos —intervino uno de los juerguistas—. Medalla, cirujano y profesor en el Barts. Y pensar que es más joven que yo…

—¿Han visto su coche? ¡Es un Humber 30-40! —exclamó con admiración su compañero de farra, que se había situado en la entrada para respirar el aire de la calle fumando en pipa—. ¡Qué clase! —añadió, extasiado, ante el vehículo de capó cilíndrico y habitáculo abierto.

—¿Cree que lo salvarán? —preguntó el *bobby*, provocando las protestas de los otros, que hacían lo imposible por olvidar la visión traumática de la operación.

—¡Ya está, señores! —anunció Etherington-Smith irrumpiendo entre ellos. Acabó de limpiarse las manos con una venda empapada de sangre y la dejó sobre el mostrador de recepción—. Está vivo —dijo mientras el sargento se apresuraba a tirar la venda a la papelera—. Se despertará dentro de una hora. Sería conveniente que la ambulancia viniera a buscarlo antes. Y no estaría mal tampoco que uno de ustedes lo acompañara para las formalidades de rigor. Les dejaré que avisen a la familia.

—¿Está fuera de peligro? —preguntó un juerguista, a quien, pese a que la curiosidad lo empujaba a ir a ver el resultado, el olor de vísceras echó para atrás.

—De momento, sí, pero su pronóstico vital sigue siendo comprometido. Es posible que haya que operarlo de nuevo.

—¿Puedo estrecharle la mano, doctor Etherington-Smith? —dijo el otro juerguista—. Es un honor haberle conocido.

—No es a mí a quien hay que dar las gracias, sino a mi amigo, que hace milagros todos los días en el Barts —respondió el médico bajándose las mangas de la camisa.

—¿Y cuál es el nombre de ese mago?

—Thomas Belamy —dijo el *bobby*, entusiasmado—. ¡No cabe duda de que hemos hecho bien en detenerlo!

El Humber avanzaba por Cannon Street mientras sus dos ocupantes guardaban silencio desde que habían salido de la comisaría. Tuvieron que detenerse cerca de la catedral de San Pablo a causa de un tranvía tirado por caballos al que se le había partido un eje. Los pasajeros habían bajado y se agolpaban alrededor del vehículo.

—Tranquilízame: no practicas ninguna operación ilegal en el East End, ¿verdad? —preguntó Etherington-Smith, que estaba preocupado por ese asunto.

Belamy no respondió.

—Señor, no puede ser verdad... ¿Sabes a lo que te expones?

—No hago nada que pueda perjudicar al hospital. Pero, créeme, es mejor para todo el mundo que no sepas nada de mis actividades.

—Tienes razón, prefiero no saber. Y también preferiría no tener que venir a buscarte todas las semanas a una celda, ni siquiera transformada en sala de operaciones.

—No volverá a pasar.

La circulación se había reanudado por obra de un agente que había ido a regular el tráfico, el cual empezaba a hacerse denso.

—Voy a seguir a pie —decidió Belamy abriendo la portezuela—. Necesito andar. Olvidar.

—Thomas, has salvado a ese muchacho cuando nadie habría sido capaz de hacerlo. Ni siquiera yo —dijo Etherington-Smith sin hacerle caso al agente, que hacía grandes gestos dirigidos a él.

—No me refiero a lo de esta mañana.

Fue directamente a su apartamento, en los edificios reservados al personal sanitario y situados frente al centro hospitalario. Necesitaba, como cada vez que volvía, sentirse limpio, y llenar la bañera le ayudaba a vaciar su memoria de las imágenes de la noche. Permaneció sumergido en el agua hasta que la campana de Saint Bartholomew-the-Less dio las ocho. La jornada de Thomas Belamy podía empezar.

8

Tarde. El estudiante llegaba tarde a su primer día de internado. La culpa era de su patrona, le había parado en la escalera para quejarse del ruido procedente de su habitación, que le había impedido dormir. La culpa era de sus amigos, que habían celebrado con él el inicio del nuevo curso universitario en el hospital Saint Thomas. La culpa era de su padre, que le había obligado a continuar en el Barts únicamente porque era uno de sus benefactores. La culpa era del chófer del ómnibus que había arrancado pese a sus señas desesperadas para que lo esperase en la estación de Paddington. La culpa era de la piel de fruta que había pisado y había hecho que resbalara y cayera sobre una pequeña extensión de girasoles, delante del Banco de Inglaterra, de donde se había levantado, con el tobillo y el codo derechos doloridos, después de comprobar que nadie había sido testigo de su infortunio.

Sabía que ninguno de los argumentos sería admisible ante el bedel para justificar su retraso y que la acumulación de ellos haría que su declaración resultara todavía más increíble. La única salida que le quedaba era hacer propósito de enmienda y confiar en que nadie reparara en su vínculo de parentesco con sir Jessop, uno de los más generosos mecenas comprometidos en la renovación de los edificios de Saint Bartholomew.

El joven bordeó el hospital por Giltspur Street a paso rápido y un tanto renqueante, y decidió meterse en el centro por el servicio de urgencias, que le parecía el mejor atajo. Pasó junto a la cola evitando las miradas enconadas, y en el momento en que una monja salía de una sala acompañando a un niño con la cabeza vendada un hombre lo agarró de una mano, arrancándole un grito de dolor.

—¡Suélteme, soy médico! —dijo, debatiéndose sin energía.

A su alrededor, las risas y las pullas pusieron fin a sus erráticas explicaciones.

—A la cola, como todo el mundo —vociferó el hombre, que llevaba un delantal de carnicero de Meat Market.

El estudiante cedió y se batió en retirada entre las burlas de los pacientes, que habían encontrado en él un tema de entretenimiento. La monja lo llamó desde el fondo de la sala, pero él no contestó, maldijo las malas decisiones que había tomado desde que se había levantado y volvió a la calle, con sus piedras grises y la llovizna. Recorrió los trescientos metros que lo separaban de la entrada principal sin darse prisa alguna y con la cabeza alta, como su educación le había enseñado, a fin de recuperar un poco de prestancia en la adversidad. Desembocó en West Smithfield y se metió bajo el porche sin dedicar una mirada a la ilustre fachada que su padre le había descrito minuciosamente, al igual que le había contado la historia del hospital más antiguo de Londres, que a él no le interesaba en absoluto y que se había apresurado a enterrar en los meandros de su memoria.

Cuando llegó al patio central, consultó los carteles indicadores de los diferentes servicios y masculló:

—Obstetricia, dermatología, cirugía de fracturas, electricidad… Pero ¿dónde está?

—¿Puedo ayudarle, señor?

La enfermera despertó su interés por el lugar. Se quitó la cofia blanca que le ceñía el pelo, dejando que este envolviera su rostro redondeado. Tenía la misma nariz respingona de punta redonda que la familia de criados que servía a los Jessop desde hacía generaciones.

—Busco el Gran Salón. La ceremonia de inicio de curso de la escuela de medicina. Soy interno —precisó, para que no lo confundiera con un vulgar alumno principiante.

—El edificio está detrás del ala este. Yo voy en esa dirección, le acompaño —decidió ella—. Tiene suerte, Raymond aún no ha empezado a pronunciar el discurso —añadió—. Va con retraso.

—¿Raymond? ¿Quién es Raymond?

Ella se echó a reír creyendo que era una broma y se hizo de rogar antes de responderle.

—El doctor Etherington-Smith. Entonces ¿no lo conoce? Pero ¿qué clase de interno es usted? Bueno, hemos llegado. Suba la escalinata, es en el primer piso.

—¿En qué servicio trabaja? —preguntó el joven, animado por el encuentro.

—Confío en usted para que me encuentre —dijo ella, divertida—. Le deseo un buen inicio de curso.

La subida era impresionante. Dos inmensos frescos murales enmarcaban la escalera, cuyos peldaños estaban cubiertos de terciopelo rojo, bajo una lámpara de diez bombillas que colgaba del cable eléctrico en el centro del hueco. El Gran Salón era, como el conjunto del hospital, ocho veces centenario: solemne e impregnado de todas las emociones pasadas. Las amplias ventanas, que aportaban una luminosidad excepcional, estaban separadas por paredes cubiertas con los nombres de los profesores y benefactores que habían formado parte de su historia o contribuido a ella.

El suyo debía de estar entre los apellidos más prestigiosos, pero decidió no buscarlo. Etherington-Smith estaba de pie delante de la chimenea del fondo, y el estudiante, pese a no verlo, comprendió, por lo seductora que era su voz, la fascinación que ejercía sobre los demás. El médico desgranaba los nombres de los internos y su destino, daba la impresión de que los conocía a todos y les tenía reservada la mejor suerte posible en su carrera.

Cuando ya se había anunciado la mayoría de los puestos, el joven cruzó los dedos a su espalda.

—Electricidad no —murmuró—, lo que sea menos electricidad médica...

La petición hizo sonreír a su vecino, que se inclinó hacia él.

—No hay de qué preocuparse, amigo, este año no hay ningún puesto ahí.

—Entonces ¿qué queda?

—... el servicio de urgencias —anunció Etherington-Smith a la audiencia—. Y el que va a tener el honor de acompañar al doctor Belamy en nuestra nueva joya, inaugurada el año pasado, es...

—Un tipo con suerte —susurró el vecino—. A mí me ha tocado dermatología.

—... Reginald Jessop —dijo el director de la escuela de medicina.

Reginald advirtió la impresión que el nombre de Belamy había producido en los asistentes pero no supo cómo interpretarla.

—Con esto finaliza la sesión de apertura de curso, señores —concluyó Etherington-Smith—. Y no olviden nunca que nuestra misión prioritaria es aliviar y curar a nuestros pacientes más pobres. La caridad siempre ha sido la razón de ser de Saint Bartholomew.

El médico, al que la medalla olímpica confería un aura de semidiós, cruzó el Gran Salón estrechando todas las manos que se tendían hacia él y desapareció arrastrando tras de sí a la mayoría de los participantes, como la cola atada al cuello de un rey.

—Usted debe de ser Reginald —dijo su vecino—. Es la única cara desconocida entre los presentes.

—He cursado los estudios en Saint Thomas —explicó el aludido después de haber asentido con la cabeza—. ¿Conoce al doctor Belamy?

—¿Quién lo conoce realmente? Thomas Belamy es tan misterioso como luminoso es Raymond. Son las dos caras de una misma moneda que siempre cae del lado de Etherington.

9

La placa informaba de la inauguración de las consultas externas y las urgencias por el príncipe de Gales el 23 de julio de 1907, pese a lo cual los locales tenían aspecto de estar esperando aún el paso de los gremios para los acabados. Antes incluso de que él hiciera ninguna pregunta, la monja que había recibido a Reginald le explicó que se había publicado en la prensa la puesta en marcha de una nueva suscripción para realizar la última etapa de las obras. Un tranquilizador olor de yodo flotaba en los pasillos. El servicio estaba dividido en dos partes por una inmensa chimenea abierta que la clemencia del final del verano había dejado descansar. La primera mitad se dividía en ocho salas donde oficiaban los tres médicos, los internos, sor Elizabeth y las enfermeras encargadas de los vendajes y apósitos. La segunda estaba separada en dos espacios colindantes, cada uno de los cuales permitía albergar a veinte pacientes; el de la izquierda estaba reservado a las mujeres. A cada cama le correspondía una ventana, para los más afortunados, o una serie de retratos de la familia real y de monumentos londinenses para el resto. Todas contaban con un aplique eléctrico de pared, así como con una barra hemisférica destinada a servir de soporte a una cortina que no en todos los casos había llegado. La intimidad seguiría esperando.

Aquella mañana que ya llegaba a su fin, las camas estaban ocupadas por los pacientes cuyo estado no había requerido hospitalización, la mayoría de los cuales saldrían ese mismo día o el siguiente.

—Le esperaba antes de las nueve, señor Jessop.

Sor Elizabeth miró con insistencia el reloj colgado encima del mueble con aspecto de proceder de una ferretería y que servía para almacenar el material sanitario, lo que causó en Reginald el mismo efecto que un sermón. La religiosa le pareció idéntica a las que había conocido en Saint Thomas: distante y arisca con los estudiantes, pero dotada de una experiencia y unos conocimientos prácticos con los que podía dar lecciones a los cirujanos más aguerridos.

—La tercera sala del lado izquierdo es la que le corresponde a usted para hacer los reconocimientos —continuó—. Las consultas se realizan hasta las doce. Después de comer, visitará a los pacientes que haya ingresado usted, así como a los del doctor Belamy.

—Sí, ¿y cuándo…?

—Tendrá que hacer los informes del día y luego dispondrá de una hora aproximadamente para ir a buscar los resultados de los análisis y las biopsias antes de la visita de la tarde con el médico.

—¿Y cuándo podré…?

—Como interno, dispone de una habitación en el centro, y tiene derecho a las comidas y el lavado del delantal. Tiene suerte: el internado está justo al lado de urgencias, así que se ahorrará atravesar todo el hospital o acceder por la entrada de los enfermos —dijo en tono irónico, ya que en cuanto lo vio había reconocido en él al joven que se las había visto con los pacientes que guardaban cola—. ¿Tiene preguntas?

—Puedo explicárselo todo…

—He dicho «preguntas», jovencito, no le pido una confesión.

—¿Cuándo podré ver al doctor Belamy? —preguntó, desesperado.

—En la visita de la tarde, si no se retrasa usted demasiado —respondió ella y al instante rectificó, al ver la cara de desconcierto del muchacho—. Está en la sala cinco, podrá presentarse cuando haya acabado.

El interno rezó para que el médico no fuera como la hermana. Clavó los ojos en el parquet, que brillaba más que un lago helado y gemía bajo sus pies.

—Una cosa más: lleve cuidado, el suelo resbala. Se les fue la mano con la cera después de colocarlo y ya hemos tenido varios accidentes; uno de ellos lo sufrió un paciente en el momento de salir. Acabó en el edificio Jorge V, en cirugía de fracturas. Así que acuérdese de traer unos zapatos con las suelas apropiadas. En Cloth Fair, muy cerca de aquí, hay un zapatero. Le ayudará Frances, la enfermera que se le ha asignado para las consultas de la mañana —añadió la hermana y acto seguido llamó a la enfermera, ocupada ordenando pinzas en los cajones del mueble.

Esta se volvió y no pareció sorprendida al descubrir que el interno era el mismo al que había ayudado a llegar al Gran Salón.

—No ha tardado mucho en encontrarme —dijo, manteniendo una distancia prudencial con el joven.

Reginald le sonrió, pero ella fingió no darse cuenta desviando la mirada hacia el enfermo más cercano. De repente, sor Elizabeth le pareció más soportable al joven, quien decidió que su estancia en urgencias sería de lo más agradable. La autopersuasión siempre había sido su fuerte.

—Le esperan en la sala tres. ¡No olvide ponerse el delantal!

La habitación era más grande de lo que parecía por su configuración. El primer paciente de Reginald lo esperaba sentado a una pequeña mesa central, de espaldas, con la mano sobre un cuadrado de tela blanca. Contra una de las paredes había una cama, y, en el lado opuesto, todo el material necesario para curas y pequeñas intervenciones estaba colocado en un orden preciso sobre un mueble moderno, de aspecto funcional, despojado de toda ornamentación. No había ventana, sino una potente luz eléctrica que facilitaba los exámenes minuciosos.

Reginald saludó al entrar y acabó de atarse las cintas del delantal antes de sentarse frente a él.

Los dos hombres se reconocieron al mismo tiempo y se quedaron un instante desconcertados.

—¿Se conocen? —preguntó Frances.

El paciente era el hombretón de Meat Market que lo había echado de la entrada de urgencias dos horas antes. El hombre bajó los ojos.

—No… —dijo Reginald—. Bien, ¿qué razón le ha traído aquí, señor…?

—Middlebrook —leyó Frances consultando su ficha.

El carnicero mostró su pulgar izquierdo, tumefacto y con la uña completamente negra. Se había aplastado el dedo golpeando una pieza de carne de buey para ablandarla.

—Fue el sábado —precisó—, y desde entonces no puedo sujetar nada con él. Me duele continuamente y no me deja dormir.

Reginald observó con atención el dedo herido y presionó ligeramente sobre la uña, arrancándole al hombre un rugido.

—¡Pare! ¡Le he dicho que me duele!

—Es una onixis traumática —anunció el interno sin inmutarse.

—¿Una qué? ¿Qué le pasa a mi dedo?

—Un hematoma subungueal —aclaró Reginald—. Y no tiene muy buen aspecto.

—¿Y eso qué quiere decir? ¿Se me va a curar? ¿Cuándo podré volver a trabajar?

El joven lanzó una mirada a la enfermera en señal de complicidad, pero ella hizo como si no la hubiera visto.

—La buena noticia es que no hay pus, pero tardará en recuperarse y se le va a caer.

—¿El dedo?

—No, la uña, solo la uña. Voy a recetarle unos emolientes.

—Ah… ¿y eso qué es? ¡Tiene que dejar de dolerme! ¡Tengo que ponerme a trabajar hoy mismo!

—Lo siento, pero no podrá utilizar esta mano durante varias semanas. Y, teniendo en cuenta su oficio, habrá que vendarla para que no se infecte y no infecte usted la carne que vende.

El hombre se inclinó hacia él y lo agarró con la mano sana.

—No lo ha entendido, doctor, tengo que ir a trabajar. ¡Deme medicamentos para que no me duela y acabemos con esto!

Reginald se desasió sin brusquedad. No acababa de estar seguro de cuánto había de bravuconería en el carnicero.

—Desde luego, señor Middlebrook, lo suyo es una verdadera manía —dijo en un tono que intentaba que fuese indiferente—. La única manera de acelerar su curación es trepanar la uña.

El hombre frunció el ceño. El dique de su paciencia empezaba a ceder. Frances salió discretamente.

—Es una operación indolora —explicó el interno, que nunca la había practicado ni visto hacer—. Un golpe de bisturí y la retiramos.

—¿Es doloroso?

—No, si se practica con anestesia local.

—¿Y caro?

—Está en el Barts. No tendrá que pagar nada.

—¡Entonces, adelante! —dijo el hombre colocando la mano delante de él.

—En contrapartida, tendrá que venir todos los días para que le cambien el vendaje y le apliquen unas pomadas —advirtió Reginald dirigiéndose al mueble.

—No tendré tiempo.

—Su curación depende de eso —insistió el interno rebuscando en una caja llena de escalpelos—. De lo contrario, los tejidos se pueden infectar y necrosarse.

El hombre dio un puñetazo en la mesa.

—¡Oiga, doctor, no entiendo ni una sola de las palabras que utiliza! Va a curarme, si no, seré yo quien le ampute un dedo a usted, ¡y no tardaré semanas!

—Vamos a aplicarnos a fondo, señor Middlebrook —contestó una voz a su espalda.

Frances había vuelto acompañada de un hombre joven que llevaba una larga bata médica blanca con las mangas recogidas y de la que sobresalía un cuello de camisa abierto. Se había atado los cabellos negros en la nuca con una discreta cinta. Su rostro, de piel tostada, presentaba unos rasgos finos, nariz y barbilla cortos, así como unos ojos rasgados y una mirada bondadosa que le conferían una gracia felina. Reginald había advertido su ligero acento, que no supo asociar a ninguna colonia del Imperio.

La despreocupación en el atuendo y la actitud que se desprendía de él sorprendió e irritó a Reginald, que lo tomó por un enfermero de ambulancia o un estudiante extranjero de los muchos que había en los mejores hospitales del mundo.

—El doctor Thomas Belamy —precisó Frances al detectar desprecio en el interno.

Reginald, incrédulo, se quedó mirándolo. El médico se sentó frente al paciente, que se tranquilizó.

—Solo quiero poder trabajar. No puedo permitirme estar enfermo.

—Comprendo —dijo Belamy observando el pulgar herido sin tocarlo—. Bajo la uña hay sangre, y esa sangre es la que le causa un dolor insoportable.

El carnicero asintió. Frances dejó un mechero junto al médico.

—Mi colega ha formulado el diagnóstico correcto y le ha propuesto un tratamiento que le curará. Pero exige un tiempo de convalecencia que usted no puede permitirse.

—Sí, exacto, eso es.

—Existe una operación nueva que le permitirá conservar la uña y que deje de dolerle. Aún no ha sido reconocida oficialmente, pero yo ya la he practicado. ¿Quiere que se la explique?

—Sí —respondió entusiasmado Reginald adelantándose al carnicero.

Belamy sacó un clip del bolsillo de su bata.

—Voy a calentar este alambre de acero al rojo vivo para perforarle la uña en varios puntos y evacuar la sangre. El dolor desaparecerá.

El hombre tragó saliva.

—Un clip Gem —dijo el médico volviéndose hacia Reginald—. Es la mejor marca para este uso. —Lo desplegó en parte, encendió el mechero y colocó el extremo bajo la llama rectilínea. El acero se ennegreció rápidamente—. ¿Van bien las cosas en Meat Market? —le preguntó al carnicero mientras la punta empezaba a ponerse roja.

—No nos quejamos —respondió el hombre tras un instante de sorpresa.

—¿Buey? ¿Ternera?

—Sí, y también cordero. Un poco de oveja. Tengo una esperándome colgada de un gancho.

—¿Puede mirar a nuestra enfermera a los ojos, pase lo que pase?

Frances se colocó al lado del médico y el paciente se dijo que le habían pedido cosas menos agradables. Un olor de queratina quemada le llegó a las fosas nasales, el mismo que el de los cuernos cuando los serraba de la cabeza de los bovinos.

—Avíseme cuando vaya a empezar —pidió sin apartar la vista de los ojos con ribetes marrones de la joven, que le recordaban los de su hija.

—No creo que pueda, ya he terminado.

—¿Que ha terminado?

Middlebrook, incrédulo, observó el dedo, cuya uña había recuperado su color normal. El médico tiró la compresa empapada de sangre.

—¡Pero si no he notado nada!

—La enfermera va a proceder a un lavado con un producto contra los gérmenes. Vuelva dentro de una semana para una revisión —añadió, para acabar, el médico.

El interno se acercó y presionó el pulgar herido sin que el hombre reaccionara.

—Ya no me duele —confirmó el carnicero—. ¡Es un verdadero milagro!

«Presiento que aquí voy a pasármelo bien», pensó Reginald.

10

El muchacho recobró el conocimiento en una de las camas del servicio de urgencias y se asustó. Su último recuerdo se remontaba a la celda de la comisaría y a un extraño preso que le hacía preguntas con insistencia. Sor Elizabeth le explicó la razón de su presencia allí, así como la de una gran cicatriz bajo sus costillas y el dolor agudo que le retorcía el abdomen. Después de la visita de Reginald, le puso una bolsa de hielo y le administró analgésicos. El policía que lo acompañaba se fue a las once de la mañana: el muchacho estaba en libertad bajo fianza hasta que se celebrara el juicio, cuya fecha se fijaría para cuando saliera del hospital.

—No soy culpable, es un error judicial —le dijo a la enfermera que fue a tomarle la temperatura—. Era el coche de mi padre.

Frances le sonrió y pasó a la cama de al lado para darle al enfermo que la ocupaba una píldora de sangre bovina.

—No tiene más que esa frase en la boca —le dijo el hombre en voz baja después de habérsela tomado—. Desde que se ha despertado, la repite como un benedícite.

—Ya que habla de comidas, usted casi no ha tocado la suya —señaló la joven retirando la bandeja.

—¡Y usted repite esa frase sin parar! —refunfuñó el hombre, *maître* del Claridge—. Aquí todo sabe igual. Todo parece papilla. ¡En cuanto salga, me voy corriendo a un asador!

—No falta mucho —replicó ella, confiando sinceramente en que fuera así.

El hombre se había mostrado con el personal tan duro como los clientes del lujoso hotel solían serlo con él.

Frances se cruzó con Etherington-Smith encabezando una delegación de médicos. El médico le pidió que avisara al doctor Belamy: iban a ver al paciente milagrosamente curado, el que había operado en la comisaría, de quien ya hablaba todo el hospital. Frances fue al despacho de los médicos; Thomas estaba hablando por teléfono. Por educación, le preguntó a Reginald, que estaba actualizando los historiales de los pacientes, cuáles eran sus primeras impresiones del servicio. El interno respondió con un discurso encendido que ella interrumpió cuando el médico colgó el auricular. La enfermera le informó de la visita y del aumento de la temperatura del joven herido, que había superado los treinta y ocho grados.

—Contrólele las constantes y añada un hemograma diario —decidió Belamy—. Los leucocitos aumentarán durante unos días, pero eso será transitorio —dijo dirigiéndose al interno, que asintió con aire de entendido cuando, en realidad, no sabía nada de aquello—. En cambio, al no tener bazo, estará más expuesto a las infecciones, en particular las neumonías.

—Sus dos vecinos están aquí a causa de sendos accidentes —señaló el interno consultando el cuaderno del que no se separaba jamás—. Tendremos cuidado, doctor, y evitaremos que haya enfermos de los pulmones cerca de él.

—Tener cuidado no es suficiente. Tome la costumbre de cepillarse y desinfectarse las manos siempre que vuelva de la sala de disección. No se limite a lavárselas. Y lleve siempre las uñas cortas.

—Así lo haré, doctor.

—Otra cosa: sin duda sor Elizabeth aún no se lo ha dicho, pero en este servicio hay unas reglas muy estrictas en cuanto a la etiqueta y las normas indumentarias.

—Ah.

El estupor del joven interno, que había observado una gran libertad jerárquica, hizo reír por lo bajo a Frances.

—Cuente conmigo, doctor —balbució Reginald ante la duda.

—La regla número uno es que no es obligatorio llamarnos por nuestros respectivos títulos y que a toda persona dotada de un nombre de pila pronunciable se la puede llamar por él o, contando con su acuerdo, por un diminutivo. Eso debe ser una decisión personal. La segunda es que llevar una prenda protectora tiene la ventaja de ocultar las diferencias de gusto en el vestir, los cambios en la moda y todos los miasmas que traerá del exterior. He impuesto su uso en este servicio: delantal o bata para los hombres. Pero también puede ponerse un uniforme de enfermera o de religiosa si se le antoja, nunca le criticaré por ello, en cambio le sancionaré si entra en las salas con ropa de calle. Lo importante es que respete siempre este protocolo de higiene.

Reginald sorprendió la sonrisa que Frances reprimía: lo imaginaba vestido con su uniforme, estaba seguro.

—La bata me parece muy apropiada —se creyó obligado a contestar, con las mejillas teñidas de rojo.

—Raymond le espera —le recordó Frances a Thomas.

—Voy corriendo, antes de que transformen nuestro servicio en una cueva de Lourdes. Los veo a todos esta tarde a las cuatro, para pasar visita.

Etherington-Smith estaba a los pies de la cama, rodeado de los principales jefes de servicio, de modo que el enfermo había desaparecido detrás de un bosque de delantales blancos entre los que el recién llegado se vio obligado a abrirse paso para acercarse a él.

—¡Aquí está su salvador! —dijo Raymond recibiendo a Belamy—. Thomas, le he contado tu intervención con todo detalle.

El muchacho parecía dividido entre el dolor y la incomodidad por ser objeto de aquella atención impúdica. Belamy se sentó sobre la taquilla destinada a los efectos personales del enfermo y pidió a los asistentes que se apartaran de la cama a fin de respetar su espacio vital.

—Ahora que le hemos curado, no vamos a asfixiarlo —bromeó.

El paciente de al lado, que se encontró con una hilera de espaldas blancas junto a su cama, intentó empujarlas, pero nadie le hizo caso.

—¿Cómo se encuentra? —preguntó Etherington-Smith.

—Me duele, doctor, es peor que un puñetazo en la barriga.

—El dolor irá atenuándose. ¿Tenía dolores en el vientre y dolores de cabeza antes del accidente?

—Sí, ¿cómo lo sabe?

Thomas se arrepintió de haberle contado a Raymond lo que había descubierto en el momento de la operación, pero ahora la locomotora Etherington-Smith estaba lanzada a toda velocidad y nada la detendría.

—Tenía una malformación congénita del bazo que provocaba esos dolores —anunció Raymond con esa mezcla de flema y orgullo que seducía a sus oyentes—. Habría sido preciso operarlo de todas formas.

—¿Quiere decir que, gracias al accidente, ha descubierto una anomalía fisiológica? —preguntó atónito un cirujano de barba poblada y cara de osito de peluche.

—Sí —confirmó Etherington-Smith—. Tenía el bazo móvil.

—¿Cómo que móvil? —intervino el paciente.

—Muchacho, su bazo no estaba correctamente fijado al abdomen: no tenía ligamentos. Solo estaba unido a él por el pedículo.

—No lo entiendo —dijo el joven buscando ayuda en Belamy.

—Es como un cordón umbilical —explicó un tocólogo—. El pedículo aporta la sangre necesaria al órgano. Pero si el bazo puede moverse, el pedículo acaba por enrollarse sobre sí mismo. Al retorcerse, retuerce también los vasos sanguíneos y el bazo ya no puede alimentarse.

—Y ese era su caso: estaba atrofiado y había empezado a gangrenarse —recalcó Raymond—. Ayer, nuestro amigo le salvó dos veces la vida.

—¡Vaya! —repuso suspirando el paciente, que no estaba seguro de haber entendido lo que ocurría, salvo que estaba vivo, cosa que, por lo visto, los presentes consideraban una curiosidad.

Todos los médicos se pusieron a hablar al mismo tiempo. Uno pidió ver una radiografía del resultado; otro, desconfiado, puso en duda la posibilidad de extirpar un bazo sin tener que efectuar la resección de varias costillas, cosa que irritó a Etherington-Smith; un tercero quiso saber detalles sobre la colocación de los drenajes.

—Señores, señores, señores —intervino Belamy subiendo la voz cada vez que repetía la palabra—. Por favor, continuaremos esta conversación en una futura comparecencia en el anfiteatro principal y responderemos a todas sus preguntas. Gracias a todos —concluyó mostrándoles la salida, lo que dio lugar a un concierto de protestas, aunque todos acabaron obedeciendo, incluido Raymond, que los acompañó.

Cuando se quedó solo con su paciente, Thomas lo auscultó con el estetoscopio y le tomó el pulso en las dos muñecas.

—Habría preferido decírselo de otro modo —se disculpó—, pero es verdad que tenía el bazo dañado. Cuando se reponga de la operación, se encontrará mucho mejor.

Belamy se inclinó hacia el joven para que no le oyera su vecino el *maître*, que se había pasado la vida escuchando a los demás con disimulo.

—Pero, sintiéndolo mucho, no he podido evitar que informaran a la prensa. Le preguntarán también por el accidente.

—Ese coche era de mi padre —repitió el muchacho con voz cansada.

—Estoy al corriente de sus argumentos y el asunto no es de mi incumbencia. Pero ellos querrán saber más. La policía me ha llamado: su padre murió hace diez años.

Thomas fue directamente a pasar visita al servicio de consultas externas. En cuanto hubo acabado, fue en busca de sor Elizabeth para preguntarle por el nuevo interno. Su habitación estaba situada al lado de urgencias, cerca de la cocina del servicio, y aquella estancia de decoración acogedora, que tanto contrastaba con el carácter austero de la religiosa, siempre había sorprendido al médico. Su relación había sido áspera los primeros meses debido a lo difícil que le había resultado a Elizabeth adaptarse a la medicina que practicaba el doctor Belamy, tan alejada de sus propios dogmas. Sin embargo, ante unos resultados espectaculares, que al principio ella atribuyó al azar, tuvo que reconocer que la suerte no tenía nada que ver en ello. Se habían amansado el uno al otro y habían acabado por trabar una relación basada en la confianza mutua y el aprecio. Thomas necesitaba una implicación sin reservas de la monja, que era el alma del servicio, en el que vivía de forma permanente; había hecho todo lo posible para implicarla en sus decisiones hasta conseguir que naciera una auténtica complicidad entre ellos.

—Será un buen elemento, cuando haya dejado a un lado todo su orgullo de experto en medicina —resumió—. Al menos por lo que he podido ver y oír a lo largo de una mañana.

El juicio de Elizabeth era certero, y el médico reafirmó el suyo. Desde su llegada, ella solo se había equivocado una vez. Y fue sobre él.

11

Todo el equipo lo esperaba en el umbral de la sala reservada a las mujeres. Reginald, que estaba acostumbrado a la preeminencia doctoral y las entradas solemnes por orden de importancia en el sistema médico, encontró divertida la ausencia de todo simbolismo jerárquico, pero prefirió pasar el segundo, a fin de que no lo confundieran con un estudiante que debía cerrar la marcha.

Belamy saludó a su primera paciente, una niña, y a su madre, que estaba con ella jugando a las cartas, y luego se sentó, como tenía por costumbre, sobre la taquilla. Toda su escolta se situó al otro lado y Reginald, indeciso, se quedó al pie de la cama, no sin cierta incomodidad.

—Buenas tardes, señorita Sybil. ¿Cómo se encuentra?

—Igual —dijo la niña con voz tímida.

—Vomitó mucho hace un rato —añadió su madre acariciándole el pelo.

Reginald había ordenado el ingreso de Sybil a última hora de la mañana y le invitaron a resumir su caso.

—A su llegada, la paciente presentaba dolor de cabeza, náuseas y una fuerte disnea. La hemos tenido en observación y todos los síntomas se han agravado. En mi visita de la tarde, he constatado, además, algidez, una coloración negruzca en los labios y las uñas, y tendencia a la taquicardia. También tenesmo rectal y vesical —añadió consultando sus notas.

Mientras escuchaba atentamente, Thomas no había dejado de mirar a la niña, a quien las palabras no parecían asustar, al contrario que a su madre, que se inquietó al oír aquellos términos abstrusos. Antes de continuar, sonrió.

—¿Y qué conclusión saca de todo eso, doctor Jessop?

—Podría tratarse de una asistolia cardíaca aguda, pero necesitaría la opinión de un colega especialista. O de cólera nostras.

—¿Cólera?

La madre apretó la mano de su hija en la suya. El doctor Belamy la tranquilizó con la mirada y se acercó a su paciente para tomarle el pulso del modo inusual con que el interno le había visto tomarlo esa misma mañana, después le examinó minuciosamente la lengua, los oídos y las fosas nasales.

—¿Qué edad tienes?

—Diez años —respondió Reginald, cuyo apresuramiento hizo sonreír al grupo.

—Tenemos los médicos más precoces de Londres —concluyó Thomas mientras cogía el par de botines que descansaba en la taquilla—. ¿Son tus zapatos?

—Sí, me los regalaron por mi cumpleaños.

—Le gustan mucho —intervino la madre para explicar su presencia allí.

—Tienes razón, son muy bonitos. Oye, Sybil, ¿me los prestas hasta mañana? Te prometo que no me los pondré.

La observación arrancó unas carcajadas a la pequeña, que aceptó de buen grado.

—Mañana por la mañana volveremos a vernos, y me parece que las cosas irán mejor.

—Doctor, ¿qué terapia aplicamos? —preguntó Reginald cuando el médico se dirigía a la cama siguiente.

—¿Qué propone usted?

—Una poción de cafeína y analgésicos a base de morfina. También he pedido un análisis de heces.

—Le recomiendo empezar por un caldo y una infusión de cardo mariano. Sybil, si esta noche te duele la cabeza, dile a sor Elizabeth que vaya a buscarme.

Thomas dejó los zapatos en manos de Frances y le dio una indicación en voz baja. La enfermera salió del servicio mientras el grupo se desplazaba hacia la cama siguiente y Reginald intentaba comprender qué se le había podido escapar en el diagnóstico.

Las visitas se sucedieron, acompañadas de su porción de buenas o malas noticias. Al llegar a la cabecera de mistress May, el doctor Belamy pidió que lo dejaran solo con ella. El equipo se colocó alrededor de sor Elizabeth, junto a la cama más apartada; estaba libre y desde ella se veía la entrada de ambulancias.

—Va a comunicarle que se le ha reproducido el cáncer de mama —explicó la religiosa.

—¿Por qué quiere estar solo? Lo habitual es que todo el equipo esté presente.

—Aquí, cuando las noticias son malas, no. Es el método Belamy.

—Y lo mismo en caso de operaciones: nunca se comunican en público —añadió Frances.

—¿Se puede operar el tumor? —quiso saber Reginald.

—No. Está demasiado extendido. Hay fuertes adherencias y los ganglios están afectados. Le propondrá que se someta a radioterapia.

—He visto casos en los que los rayos X han permitido que el tumor sea operable —dijo el interno, pero nadie parecía prestarle atención.

Se distrajo con la actividad exterior y vio a Raymond Etherington-Smith salir del hospital al volante de su Humber 30-40, saludando a las personas con las que se cruzaba. Reginald decidió que aquel personaje era sin duda lo que él deseaba ser, el hombre de éxito en todo.

—Reginald…

El grupo se había acercado al doctor Belamy y le esperaba.

—Se encargará del traslado de nuestra paciente al servicio Paget —indicó—. Mistress May es consciente de los peligros que representan esos rayos y haremos todo lo posible para atenuarlos. Frances, reserve la sala Uncot* para los jueves a las diez de la mañana.

—Los tratamientos experimentales del doctor Belamy —le susurró esta última a Reginald, que aprovechó para apreciar las fragancias de rosa y clavel de su perfume.

El joven quiso inclinarse hacia ella para preguntarle acerca de la naturaleza de esos tratamientos, pero Frances ya se había alejado.

El equipo volvió a reunirse en la cocina alrededor de un té, a fin de intercambiar las últimas instrucciones sobre los pacientes, y Belamy invitó a Jessop a acompañarlo al laboratorio de patología.

—Por lo menos contigo no nos aburrimos nunca —dijo el microscopista mostrándole los zapatos de la chiquilla dispuestos sobre la mesa de laboratorio alicatada—. Ya sé que es una muestra de piel, pero deberías haberte dirigido a un veterinario.

Thomas le explicó los síntomas de su paciente.

—Tu intuición era correcta —aprobó su colega—. He ido al laboratorio de química y hemos llegado a la conclusión de que el tinte utilizado es negro de anilina. Y lo han puesto recientemente. Mira —añadió rascando con un escalpelo uno de los botines para dejar al descubierto una piel de color amarillo canario—. El vendedor les ha cambiado el color, seguramente porque no conseguía venderlos.

—Entonces, se trata de una alergia, ¿no? —preguntó Reginald examinando también el zapato.

* *Unconventional treatments*, tratamientos no convencionales.

—Una intoxicación debida a los vapores de la anilina —explicó Thomas—. Algunos zapateros aplican una sola capa espesa, de un negro muy intenso, en vez de varias de un tinte más diluido. Venga, tengo que enseñarle una cosa.

Cruzaron el patio cuadrado en dirección al ala este.

—Quería decirle que su diagnóstico me ha impresionado mucho, señor —aseguró Reginald, que aún no se atrevía a llamarlo por su nombre de pila.

—No se deje impresionar nunca por colegas mayores que usted. Simplemente, tienen más experiencia, y, sean cuales sean sus cualidades, a su edad aún no puede beneficiarse de ella. Tuve un caso igual en Francia hace unos años. Es así de sencillo. La pequeña Sybil podrá marcharse mañana, todos los síntomas habrán desaparecido. Ya llegamos —indicó, entrando en el edificio que hacía esquina entre Smithfield y Duke Street—. Voy a enseñarle la sala Uncot.

El antiguo servicio de urgencias era un edificio de treinta metros por diez, iluminado por un tejado de cristal, al que cientos de pacientes habían acudido todos los días durante decenios. Todo el mobiliario seguía instalado allí, era como si el lugar esperara serenamente su apertura matinal. Lo atravesaron y se internaron en un pasillo a cuya entrada había una placa esmaltada con la inscripción «Reservado al personal médico» sujeta solo por un tornillo. Belamy abrió la puerta del fondo con una llave que llevaba colgada al cuello con una cadena. La única ventana, protegida por una reja, daba a una callejuela y ofrecía una débil fuente de luz. El médico accionó el interruptor y lo que había sido el almacén de material, del que quedaban dos armarios, una mesa de despacho y una camilla, y que habían reconvertido en la sala Uncot, se iluminó. De la pared colgaban dos dibujos anatómicos que representaban a un hombre sin piel de cara y de espaldas, atravesado por canales que Reginald no conocía. La mesa estaba cubierta de documentos, entre ellos un tratado abierto por una página en la que se veía un extraño pentagrama.

—Los estudiantes y los internos no están autorizados a trabajar conmigo en estos tratamientos experimentales. En realidad, nadie lo está. Pero prefiero hablarle de ellos antes de que oiga comentarios de todo tipo sobre mí. Lo que se hace aquí se tolera, pero no se debe enseñar. Dicho de otro modo, doctor Jessop, esto no existe legalmente.

III

Londres, miércoles 21 de octubre de 1908

12

Las dos mujeres parecían frágiles insectos ante la gigantesca puerta de arco apuntado, más imponente que un puente levadizo. Esperaban desde hacía media hora que fueran a abrirles, última humillación administrativa, cuando una vigilante —una de las más humanas de la prisión de Holloway— atravesó el patio y descorrió el cerrojo de la pequeña puerta lateral, dejando aparecer un rectángulo de luz en un horizonte azabache. La vigilante cruzó el porche empujando la silla de ruedas en la que iba sentada una de las mujeres, con la pierna derecha aprisionada en una férula. La otra mujer esperó a que le dieran permiso para salir.

La luminosidad cegó a Olympe, que acababa de pasar tres meses en la penumbra de una celda de aislamiento de cinco metros cuadrados, y se mareó. Pero notó casi de inmediato el brazo protector de Emmeline Pankhurst y oyó la voz familiar de Christabel.

—¿Cómo te encuentras?

Olympe abarcó con la mirada la libertad, que presentaba el aspecto de un gran espacio vacío rodeado de casas tristes, y luego se volvió hacia sus amigas. Les respondió con una sonrisa, expresión que había echado tanto de menos como la palabra, antes de acercarse a la segunda sufragista liberada, quien estaba a la espera de que la metieran en una ambulancia alquilada por su marido para trasladarla al hospital.

—Reprueba nuestra lucha, pero no quiere una mujer con mala salud —bromeó.

—Me mantendré al corriente de tu estado —aseguró Olympe—. Venceremos, compañera. No pierdas la esperanza.

—Aunque esté incapacitada, no abandonaré.

Olympe miró cómo se alejaba el vehículo traqueteando y no pudo contener las lágrimas. Christabel la consoló abrazándola. El contacto suave y cálido de su amiga la tranquilizó. Su ropa olía bien, mientras que la indumentaria de presa de Olympe estaba impregnada del hedor de la celda. El atuendo, compuesto de un delantal blanco, una cofia y un largo vestido negro de tela de yute con patas de oca blancas pintadas —el motivo de Holloway—, se había convertido en la imagen de la opresión por el poder masculino.

Olympe se desasió del abrazo de Christabel disculpándose por su debilidad pasajera.

—No tengo ganas de hablar de este asunto —dijo para evitar cualquier pregunta sobre las condiciones de su encarcelamiento—, al menos, no por ahora.

—Lo que sucede dentro de esa prisión podría destruir a las más fuertes de nosotras —replicó Emmeline suspirando.

—Sé que desapruebas los honores —comentó Christabel tendiéndole una caja—, pero son símbolos importantes.

Olympe la cogió, pero no la abrió. Sabía que contenía la medalla de las sufragistas, un broche que representaba la pata de oca de Holloway con los tres colores del movimiento sufragista, violeta, blanco y verde, sobre un portón. La condecoración se entregaba a todas las mujeres después de haber estado en prisión, con independencia del tiempo que hubieran permanecido encerradas. En su caso, era la segunda estancia y había durado más de cien días.

Olympe había sido detenida el 30 de junio por «altercado grave y agresión contra representantes del orden público», tras haberse abalanzado delante del coche del primer ministro Asquith, que huía de la multitud de manifestantes congregada a orillas del Támesis. En el juicio, que se celebró al día siguiente, se negó a explicar cómo había llegado al otro lado del cordón policial que protegía el palacio de Westminster. También se negó a pagar la multa. Olympe fue conducida a Holloway, donde solicitó el estatus de presa política, pero el gobernador de la prisión no se lo concedió. Ya en el primer paseo se salió de la fila india en señal de protesta y por esa razón la enviaron a la segunda división de celdas, reservada a las sufragistas recalcitrantes, donde permaneció aislada por acto de amotinamiento hasta que acabó de cumplir el resto de la pena.

—Ahora nos toca a nosotras exponernos a ir a la cárcel —dijo Emmeline invitándola a subir al automóvil que las esperaba.

Su hija y ella habían sido detenidas en la sede de la WSPU la semana anterior, pero las soltaron a la espera de su comparecencia en el tribunal.

—Todo el mundo estará allí: la prensa, nuestras militantes… —Christabel estaba entusiasmada—. ¡Y hemos citado a comparecer a dos miembros del gobierno!

—Pero sin bravatas ni golpes de efecto —intervino Emmeline para moderar los ánimos, pensando en Olympe—. Debemos conseguir que se plieguen ante la justicia. Y te hemos reservado una maravillosa sorpresa: ¡agua, jabón y una verdadera comida!

El baño caliente borró el dolor físico y las dudas. Olympe estaba de nuevo lista para comerse el mundo. Cuando llegaron ante la comisaría de Bow Street, la multitud de simpatizantes que no habían podido entrar les aplaudió y las militantes entonaron «La marsellesa de las mujeres» con la música de Rouget de Lisle:

> *¡Marchemos, marchemos*
> *hacia el alba,*
> *el alba de la libertad!*

En respuesta, el cordón policial las obligó a retroceder varios metros. La sala de audiencias estaba situada en el piso superior del austero edificio de ladrillo rojo que ocupaba una esquina. Habían autorizado a entrar a cincuenta militantes, que formaban una extraña mezcla con los miembros del Parlamento y sus asistentes. Los policías los flanqueaban a uno y otro lado, dispuestos a intervenir a la menor manifestación de hostilidad. «Parecen malas hierbas alrededor de un parterre de rosas podadas», pensó, divertida, Olympe.

Las Pankhurst se sentaron en la primera fila y Olympe tomó asiento justo detrás de ellas, al lado de Betty, que se había comprometido en la lucha al mismo tiempo que ella. Esta no pudo evitar canturrear el himno de su causa mirando fijamente al inspector que, de pie junto al secretario judicial, tomaba fotos de la sala. Emmeline intervino para que dejara de provocar. Para su defensa, habían designado a Christabel, en vez de un abogado profesional. La joven había cursado los estudios, pero, debido a su condición de mujer, no tenía el título, reservado exclusivamente a los hombres. Todo el mundo se levantó a la llegada del juez Curtis-Bennett. La tensión era palpable, incluso para los que actuaban en nombre de la justicia. El primero en ser llamado a declarar fue el Chancellor of the Exchequer.*

—Señor Lloyd George, ¿estaba usted presente en nuestro mitin de Trafalgar Square?

La voz de Christabel era clara y firme. Sus manos, que sostenían un fajo de notas, no temblaban en absoluto. Olympe se sentía muy cercana a la mayor de las Pankhurst, cuya fluidez oratoria, además del carisma y el valor, admiraba.

—Lo estaba, permanecí allí unos diez minutos.

—¿Leyó la octavilla que se repartió allí?

—Sí. Me invitaban a lanzarme sobre la Cámara de los Comunes —dijo sonriendo en dirección a otro miembro del gobierno.

Christabel hizo caso omiso del desdén y la condescendencia del tono. Cuanto menos desconfiara de ella, más lo llevaría a donde ella quería ir.

—¿Puede definir el verbo «lanzarse»?

—No, no lo haré.

—Voy a sugerirle una definición, tomada de un diccionario —dijo Christabel buscando en sus notas la página correspondien-

* Ministro británico encargado de todos los asuntos económicos y financieros.

69

te—. Aquí está: «resolverse a emprender o hacer algo sin reparar en sus dificultades o riesgos». ¿Qué le parece?

—Me parece que no puedo competir con un diccionario.

Del parterre de rosas podadas escaparon algunas risas.

—Puesto que está de acuerdo con el diccionario, admite que la definición de «lanzarse» no presupone violencia. Otra pregunta —prosiguió mientras él esbozaba un gesto de protesta—: ¿Oyó a mistress Emmeline Pankhurst, a mí o a otra oradora amenazarle, a usted o a cualquier otro representante del Estado?

—No.

—¿Invitó mistress Pankhurst a su público a que le atacara? ¿Profirió amenazas físicas contra usted?

—No.

—¿Sugirió que se armase?

—¡Oh, no!

—¿Sugirió que había que arremeter contra la propiedad pública o privada a fin de lograr sus objetivos?

—Yo no oí nada en ese sentido.

—Entonces ¿no oyó ningún llamamiento a la violencia por parte de las oradoras?

—¡Mistress Pankhurst invitó a los asistentes a lanzarse sobre la Cámara de los Comunes, y eso no se puede hacer sin violencia!

La irritación empezaba a asomar en Lloyd George, que se sentía como un boxeador arrinconado por los golpes.

—Señor ministro, en su mitin de este mes en Swansea, usted invitó a sus partidarios a, cito textualmente: «echar despiadadamente a las mujeres de la sala». ¿No es eso una incitación directa a la violencia?

Lloyd George pareció sentirse ofendido y se volvió hacia el juez, que intervino.

—La observación está fuera de lugar, la manifestación del señor ministro era un mitin privado.

—Era un mitin público, sir —replicó Christabel con aplomo—. La convención del Partido Liberal galés. Podemos presentar pasquines que demuestran que cualquier ciudadano podía asistir.

—Era, en cierto modo, un mitin privado. Tenga la bondad de proseguir.

La negativa rotunda del magistrado a admitir el argumento no permitía oposición alguna; Christabel no insistió. Miró de arriba abajo al Chancellor of the Exchequer y prosiguió.

—¿No es un hecho que usted mismo nos habló de un ejemplo de revuelta, antes incluso de Swansea?

—Yo nunca he incitado a una multitud a la violencia.

—¿Nunca? ¿Ni siquiera en el episodio del cementerio galés?

Se trataba de un asunto antiguo, pero había hecho pasar al joven Lloyd George de la sombra a la luz. Había animado a unos campesinos de un pueblo galés a desenterrar a uno de los suyos, un disidente que las autoridades eclesiásticas anglicanas inhumaron en un lugar alejado de las demás tumbas del cementerio, para enterrarlo junto a su hija, de conformidad con sus deseos. Christabel había conseguido encontrar un ejemplar del periódico local que reproducía las palabras del futuro ministro.

—«Romped la verja y, si es necesario, derribad el muro, porque estáis en vuestra casa, en vuestra tierra» —leyó, y le pasó el diario al juez—. No puede negar que aconsejó romper un muro y exhumar un cuerpo.

—Di un consejo que los magistrados consideraron legal —replicó el ministro mirando al juez.

En su momento, el juicio causó mucho revuelo y el joven desconocido se convirtió en el adalid del nacionalismo galés.

—Olvida precisar que aquel fallo fue anulado por el Lord Chief Justice —replicó Christabel con un placer indisimulado—. Al fin y al cabo, llama usted a la revuelta violenta cuando le parece legítima.

—Miss Pankhurst, vuelve a decir cosas que están fuera de lugar. ¡El señor ministro está aquí en calidad de testigo! —intervino el magistrado, mientras Lloyd George asentía reiteradamente con la cabeza.

—No tengo más preguntas. Llamo a mistress Brackenbury a declarar.

Olympe escrutó la sala: aparte de los policías de uniforme y el fotógrafo, más interesados en la audiencia que en el debate, todo el mundo estaba fascinado con los argumentos y la personalidad de Christabel. Una musiquilla invadía sus cabezas, la melodía su-

surraba que estaban asistiendo a un momento histórico y que, por primera vez, un juez se veía obligado a reconocer la legitimidad de su lucha.

Mary Brackenbury era una militante de la WSPU de ojos claros y voz pausada. Lucía con orgullo el broche de la pata de oca en la solapa de su chaqueta. Declaró bajo juramento que el juez que la había enviado seis semanas a la cárcel le confesó que había pronunciado una sentencia severa a petición de las autoridades. Y aunque no era esta una revelación que el magistrado de Bow Street pudiera tomarse en serio, le permitió a Christabel un segundo golpe de efecto:

—Por eso llamo a declarar al señor ministro del Interior.

13

Reginald dio unos golpecitos sobre la radiografía para respaldar su diagnóstico.

—La tibia se ha fracturado de forma oblicua, en la unión del tercio medio con el tercio inferior. La punta del fragmento superior forma un saliente, pero no hay peligro para los tejidos. Y el peroné presenta una fisura encima de la línea de fractura.

Habían llevado a la mujer al hospital hacia las once, cuando él acababa de terminar las consultas. Estaba pálida y demacrada, pero no parecía conmocionada.

—Hay un elemento que me intriga. ¿Me ha dicho que se ha caído en una escalera?

El interno se había sentado sobre la taquilla que estaba junto a la cama de la paciente, a la manera del doctor Belamy. El mimetismo que se había producido divertía a todo el servicio de urgencias. Reginald era consciente de ello, pero imitar a su tutor era para él una muestra de admiración, y le daba más seguridad.

—¿Ve esa pequeña bola, ahí, al nivel de la fractura? Es un callo fibroso que está empezando a formarse. Eso significa que la herida data de hace ocho o diez días. ¿Puede decirme cuándo se produjo el accidente?

—El once de octubre.

—¿Por qué ha tardado tanto tiempo en venir? —preguntó Reginald dejando la radiografía sobre la cama—. Es indudable que le dolía mucho.

—Sí.

Al interno no le gustaban los pacientes callados. Prefería a los charlatanes, con los que podía seleccionar la información en lugar de tener que adivinarla.

—¿Puede contarme qué pasó? —insistió.

—Le he prometido a mi marido que no hablaría de eso, lo siento.

Reginald se sintió incómodo: ¿era una acusación velada? Ella se dio cuenta de lo que pensaba, se incorporó en la cama haciendo una mueca de dolor y precisó:

—No me malinterprete, él no estaba cuando sucedió. Le pido que me cure, eso es todo.

Reginald cedió y la examinó de nuevo. Entonces se fijó en las discretas rojeces que tenía en las muñecas. La piel había sufrido una fricción importante.

—Tendremos que escayolar la pierna —anunció mientras se preguntaba qué le habría pasado—. Voy a buscar a la enfermera para que me ayude a mantenérsela estirada.

«No se mueva», estuvo a punto de añadir, pero se contuvo y balbuceó una frase incomprensible. Esas meteduras de pata oratorias, habituales en él, eran la diversión del hospital y le habían hecho ganarse el afecto de todo el servicio. Reginald fue a la cocina, donde Frances leía el *Morning Post* en compañía de sor Elizabeth, que estaba preparando té.

—Tengo que hablar con usted, Frances, es urgente. Hermana, sería preferible que usted no lo oyera.

—Aquí todo es urgente, hijo, es la naturaleza de nuestro servicio. En cuanto a mis oídos, le agradezco su solicitud, pero a lo largo de treinta años de ejercicio profesional su solidez ha quedado demostrada. Le escuchamos —contestó mientras escaldaba las hojas de *souchong* que siempre mezclaba con *pekoe* para mejorar el sabor.

—Se trata de la paciente que tiene la tibia fracturada. Me temo que se deba a una… práctica carnal inconfesable —dijo escogiendo cuidadosamente las palabras.

—¿Carnal inconfesable? —repitió Frances doblando el diario—. ¿Puede ser más preciso?

—Fetichismo, onanismo, exhibicionismo, sadismo, masoquismo —enumeró sor Elizabeth ante un Reginald boquiabierto—. Pero ¿qué cree? Por urgencias pasan todas las perversiones sexuales, muchacho. Y durante muchos años he sido yo quien ha redactado todos los informes. Así que, vamos a ver, ¿qué sospecha, doctor Jessop?

Reginald se sirvió un té antes de responder.

—Presenta marcas de ataduras en las muñecas. A esa mujer la han atado y le han pegado, la fractura es consecuencia de eso. Me asegura que su marido no tiene nada que ver, pero yo creo que miente porque tiene miedo. ¿Qué debemos hacer?

—Escayola —dijo sor Elizabeth sin inmutarse—. Voy a prepararla. Lo que sucede en la intimidad de un matrimonio no nos incumbe.

—Pero ¿no tenemos el deber de intervenir? —preguntó el interno buscando en Frances un apoyo más activo.

—Esperemos a que venga el doctor Belamy —sugirió ella soplando su taza caliente.

—No se abrirá con un hombre, Frances.

—Deje de importunar a nuestra enfermera, joven —intervino Elizabeth—. Yo hablaré con esa dama e intentaré averiguar algo más.

—¿Usted? Pero, hermana…

—¿Le puede ser de ayuda para el tratamiento?

—Sin duda.

—Entonces, lo haré. Dios sabe cuántas veces me las he visto con el demonio, aquí.

—Se lo agradezco. Podemos trasladarla a mi sala —propuso el interno—, tendrán más intimidad. Frances y yo prepararemos la escayola y el aparato para mantener la pierna extendida.

—Deje que me acabe antes el té —exigió la religiosa—. Me horroriza bebérmelo frío.

Cuando sor Elizabeth entró, vio inmediatamente el broche violeta, blanco y verde prendido en la blusa de la paciente, y comprendió el malentendido del interno. No era la primera sufragista que pasaba por el hospital tras haber sufrido malos tratos en la cárcel.

Durante una manifestación que había tenido lugar en septiembre, Ellen, que vivía en el Soho, puso una pancarta en la estatua de Victoria en los jardines de Kensington. La augusta soberana se encontró luciendo un cinturón que reclamaba el voto para las mujeres, lo que hizo las delicias de una pequeña parte de la prensa, mientras que la mayoría de los diarios silenció aquel gesto tan impactante, que, como una golondrina, anunciaba bandadas de gestos similares. A su llegada a Holloway, se negó a someterse a la disciplina de la prisión y la aislaron con las manos esposadas a la espalda. Al día siguiente la arrastraron por la escalera agarrándola del pelo. Se rompió la tibia al golpearse con un peldaño, pero sus guardianas no se inmutaron, pese a los gritos de dolor. Hasta dos días antes de su salida no la llevaron a la enfermería, donde el médico le puso una férula sin siquiera examinarla. La religiosa no sentía ninguna simpatía por la lucha de las sufragistas. ¿No había dicho la propia reina Victoria que la causa del voto de las mujeres era una locura diabólica y que estas merecían una buena tunda? No obstante, la caridad cristiana le imponía a sor Elizabeth compasión por el sufrimiento de aquella mujer, aun cuando se olía que había ido demasiado lejos y consideraba que era en parte responsable de lo que le había pasado.

El silencio reinó un momento en la sala, hasta que se reanudó la rutina del trabajo. Reginald se sentía ridículo, Elizabeth tenía dudas sobre cómo debía comportarse y Frances rebosaba de admiración por un valor que ella no tendría jamás. Ellen, por su parte, estaba exhausta después de diez días luchando contra el dolor.

—Las láminas de lino, enfermera —dijo el interno.

Cuando estaba contrariado, Reginald llamaba a todo el mundo por su función y se mostraba distante, algo que nunca duraba mucho tiempo, pero tenía la virtud de irritar sobremanera a sus compañeros. Frances puso las telas acolchadas sobre la cara dorsal del pie y las fijó con una cincha de tarlatana húmeda. El interno enrolló una tira de tela nueva en el pie de la paciente y la pasó por detrás de su propia espalda. Elizabeth ató los dos extremos de la tira sobre las lumbares del interno, quien, apoyándose en el borde de la cama, retrocedió para tirar con fuerza. La pierna estaba a punto para ser escayolada.

Reginald aflojó la presión. Titubeaba. Si no intentaban hacer algo para consolidar la fractura, Ellen se quedaría coja de por vida. El médico había observado un acortamiento de tres centímetros en la pierna rota. Pero el retraso en la atención médica había sido tan considerable que el callo fibroso había empezado a soldar las dos partes del hueso. La paciente era joven, por eso él no podía arriesgarse a convertirla en una discapacitada, pero, por otro lado, no se sentía capaz de operarla. La radiografía mostraba numerosas dificultades y el procedimiento exigía anestesia y experiencia. Incluso dudaba de que algún cirujano del Barts aceptara tratar de romper aquel callo.

—Doctor…

La voz impaciente de Elizabeth, al igual que su mirada, no expresaba ninguna duda.

—Traiga la pasta, hermana. Vamos a escayolar.

14

Herbert Gladstone se presentó. Su semblante era grave, y sus andares, más envarados que de costumbre. Se sentó y esperó las preguntas sin siquiera dirigir una sola vez la mirada hacia la familia Pankhurst. Christabel no se mostró impresionada.

—Como ministro del Interior, ¿tiene usted un control directo de la policía londinense?

—No, no tengo un control directo sobre ella, eso le corresponde al prefecto.

—¿Es usted quien nombra a los magistrados de la policía de la metrópolis? ¿Y quien controla las reglamentaciones?

—Señora Pankhurst, no puede hacer preguntas relativas al funcionamiento del Estado —se interpuso el juez—. El testigo no debe responder.

—Voy a formular una pregunta que concierne directamente al

testigo: señor ministro, ¿ha dado usted instrucciones a los magistrados para que las sentencias contra las sufragistas sean lo más duras posible?

El dibujante del *Illustrated London News*, que estaba trazando un retrato al carboncillo, se detuvo para escuchar. A Olympe le costaba respirar. Hacía calor y todas las ventanas estaban cerradas.

—No tengo por qué responder a esa insinuación —dijo Gladstone dando golpecitos con los guantes en la barandilla que tenía delante—. Solo diré que las mujeres que mediante acciones violentas se sitúan fuera de la ley no merecen castigos más leves que los de los hombres. Si quieren los mismos derechos que nosotros, quizá tendrían que empezar por aceptar las mismas penas, señora Pankhurst.

Satisfecho de su réplica, Gladstone sonrió y se volvió hacia sus colaboradores, que habían trabajado mucho en los argumentos que convenía exponer. Este, sin embargo, le había salido espontáneamente.

—No me ha contestado y eso equivale a una confesión, pero no he terminado, señor ministro del Interior —dijo ella sin darle tiempo al juez a intervenir—. Acaba de mencionar la violencia de nuestras acciones. ¿Cree que en las últimas manifestaciones había riesgo de sublevación?

—Era una posibilidad.

—¿Cree que las sufragistas podían ser violentas?

—Sí.

—¿Cómo describiría los daños ocasionados a los edificios públicos?

—Han sido… escasos.

—¿Escasos, o mínimos? ¿Puede precisar?

—Mínimos, en efecto —reconoció el ministro a regañadientes.

—¿Sabe cuántas personas fueron detenidas en nuestra última manifestación?

—Según mis servicios, treinta y siete.

—¿Treinta y siete detenciones por unos daños mínimos? ¿No es exagerado? Pero tienen que acusarnos de violencia, ¿y sabe por qué? Porque las autoridades, es decir, ustedes, quieren juzgarnos en un tribunal de simple policía, por eso no se nos acusa de reunión ilegal. Porque, ante un jurado, seríamos absueltas. ¡Se nos priva de un jurado! ¡Se nos priva del derecho a recurrir, y eso es ilegal!

Entre las malas hierbas se elevó un murmullo. A las militantes les costaba no manifestar su aprobación. Olympe notaba una sensación de opresión. Betty le dirigió una mirada que expresaba inquietud, pero al verla sonreír se tranquilizó.

—Tenemos una reivindicación —prosiguió Christabel—. Según la ley inglesa, estamos en nuestro derecho. ¡No hacemos más que seguir los pasos de los hombres que están actualmente en este Parlamento!

—¡Las mujeres jamás podrán luchar como lo hicieron los hombres para conseguir el derecho al voto! —replicó Gladstone.

—¿Y por qué el mérito debería ser menor? ¡Si los liberales en el poder no pueden reconocernos ese derecho esencial, perderán la calidad de hombres de Estado!

Una parte de la asistencia aplaudió. Olympe se levantó. Todo zumbaba a su alrededor. Salió cuando el juez estaba amenazando con echar fuera a todos aquellos que no guardaran un respetuoso silencio. Alguien le preguntó si se encontraba bien, pero ella lo apartó sin siquiera mirarlo. Bajó la escalera intentando controlar la respiración y se encontró frente a un cordón de policías que se apartaron para dejarla pasar. En el exterior, la multitud, creyendo que la audiencia había terminado, se agolpó a su alrededor.

—Necesito respirar. ¡Por favor, déjenme, déjenme!

Olympe cruzó la calle y caminó hasta Victoria Park sin detenerse. Acababa de salir de la celda donde estuvo encerrada durante tres meses y medio, veintitrés horas al día, sin poder dar más de cinco pasos en línea recta, y aquella sala abarrotada se había convertido de pronto, para ella, en una nueva prisión con muros de carne y hueso.

Olympe se cruzó con unos niños que jugaban al aro en Grove Road, se apartaban cada vez que pasaba un vehículo y recuperaban después su sitio como estorninos en un campo. Se sentó en un banco cerca de ellos y se dejó invadir por sus risas y sus gritos. Su cuerpo recobró rápidamente la serenidad y se sintió estúpida y avergonzada por haber salido de la sala; lo consideraba una huida ante el enemigo en el momento en que Christabel necesitaba todos los apoyos. Pero no se sentía capaz de volver. Necesitaba aún un poco de tiempo, más del que había tenido hasta entonces, para acostumbrarse de nuevo a la vida en el exterior.

Pasó un grupo de obreros haciendo crujir, al pisarla, la alfombra de hojas amarillas y marrones que cubría la alameda. Olympe tomó conciencia de que, la última vez que había visto árboles, las hojas ofrecían a Londres su verde intenso y lleno de esperanza. Las autoridades también le habían robado la estación más bonita de la ciudad. Uno de los hombres la miró con insistencia y estuvo a punto de detenerse para abordarla, pero cambió de opinión: su partida de dardos en el pub no esperaría.

Olympe se acordó del desconocido que la había salvado tres meses antes. Lo había convertido en su amigo secreto y pensaba en él en los momentos en que la estrechez de su celda la asfixiaba, cuando le faltaba el aire, cuando la privación de libertad resultaba alienante. Y aquel hombre, a fuerza de diálogos imaginarios, se había vuelto alguien indispensable para ella. Se había prometido que lo buscaría cuando saliera de la cárcel, ella, la chica de la libertad y la independencia, pero esa idea, que le había hecho más llevadera la vida durante el encarcelamiento, ahora le parecía absurda. Debía olvidarla.

Junto a la fuente Victoria, un orador intentaba convencer a unos curiosos de que apoyaran una petición contra el derroche del gobierno en armamento naval, que él calificaba de indecente. Más allá, unos niños hacían chirriar la hilera de columpios, mientras sus niñeras o sus madres ocupaban los bancos charlando animadamente. El sonido de la campana del vendedor ambulante de helados provocó un tumulto.

Olympe había frecuentado bastante el Speakers' Corner del parque. Ahí fue donde vio por primera vez a la familia Pankhurst, hacía dos años. Christabel arengaba a un grupo formado al principio por unas pocas personas, al que se sumaron rápidamente unas treinta más. Olympe se mantuvo apartada, como tenía por costumbre, pero escuchó con tal atención que todavía era capaz de repetir las palabras de la oradora que la había cautivado.

Después de veinte años de oposición civilizada, ya no era momento de permanecer expectantes, sino de pasar a la radicalización y la lucha, único medio, según Christabel, de obligar a las autoridades a tomar en cuenta sus reivindicaciones. El auditorio fue bastante benévolo y receptivo, con excepción de un grupo de cinco individuos que, al pasar junto al Speakers' Corner, profirieron insultos y amenazas. Después tomó la palabra Emmeline, una palabra potente, clara y alentadora, hasta que los cinco hombres volvieron y les tiraron huevos podridos y pimienta. Las dos oradoras se protegieron con sus sombreros de ala ancha hasta que se encontraron rodeadas por sus agresores, que se presentaron como seguidores del Partido Liberal, a cuya derrota en numerosos condados las Pankhurst acababan de contribuir.

—¡Vosotras tenéis la culpa! —vociferó uno de ellos.

Su atuendo y su dicción los señalaban como miembros de la *middle class*, de esos estudiantes o empleados que se sentían atraídos por un movimiento político con amplia implantación en las grandes ciudades, que preconizaba el librecambio y el fin de los privilegios aristocráticos.

—No nos oponemos a la política del Partido Liberal —contestó sin amilanarse Emmeline—. Pero no podemos aceptar su negativa a extender a las mujeres el derecho al voto.

—¡Las mujeres no tienen que ocuparse de la política! —replicó levantando el puño uno de ellos, el mayor y el más virulento—. ¡Fuera de aquí!

El público se dispersó rápidamente por las alamedas del parque. La disputa no iba con ellos.

—¡Fuera de aquí! —repitió el cabecilla rebuscando en un bolsillo de los pantalones.

—Estamos en un espacio de libre expresión —replicó Emmeline— y...

El hombre le tiró un puñado de pimienta en la cara y, aunque ella lo había previsto, no pudo evitar inhalarla y empezó a toser. Los cinco estrecharon el cerco. Su hostilidad era enorme.

—¡Déjenlas en paz! —Olympe acababa de proferir un grito de rabia, un alarido animal que dejó paralizado a todo el grupo—. ¿Es que no hay ningún hombre entre ustedes? ¿Han perdido acaso todo rastro de urbanidad? —añadió abalanzándose hacia ellos con los puños apretados.

Los hombres, sorprendidos, se apartaron para dejar que la joven se reuniera con las dos mujeres. Olympe, con los brazos en jarras, se interpuso entre los dos grupos. Las Pankhurst, situadas detrás de ella, mantuvieron la dignidad.

—¿Quién es esta histérica? —se burló el cabecilla.

—Ya estamos —contestó ella—. Su arma favorita, nuestra supuesta debilidad psicológica. Pero hoy, señores, es su día de suerte: ¡se han topado con una histérica de verdad!

Y Olympe se puso a gritar, a bramar, a pedir ayuda, a denunciar robo, crimen, agresión, sin que nada pudiera hacerla callar, ni siquiera los cinco tipos, que, tras amenazarla sin éxito, se marcharon antes de que llegara la policía, cosa muy probable teniendo en cuenta hasta qué punto el tumulto había roto la tranquilidad del parque.

Desde aquel momento no se habían separado, y Olympe se había convertido en un miembro esencial de la WSPU.

Ese recuerdo le subió la moral, pero una sensación desagradable volvió a asaltarla. Olympe estaba segura: alguien la había seguido al salir de la comisaría.

15

La aguja de plata presionó la piel, la hundió ligeramente y penetró sin ninguna dificultad en la cara externa del muslo. El doctor Belamy comprobó la reacción del pulso en relación con el órgano afectado y la retiró al cabo de diez minutos.

—¿Puede colocarse boca abajo?

El paciente, que estaba tendido sobre el costado derecho, con la pierna izquierda flexionada, obedeció en silencio, aunque no le resultó fácil. Un fruncimiento de dolor ensombreció sus facciones.

Thomas masajeó suavemente un punto a la derecha del sacro y cogió otra aguja. Esta se hundió en la dermis sin que el hombre sintiera dolor. La reacción del pulso pareció satisfacer al médico, que extrajo la aguja, la depositó en una palangana, corrió la cortina contigua a la camilla y regresó a su mesa.

—Puede vestirse, sir. Hemos terminado —le anunció.

—¿Terminado? ¿No va a hacer nada más?

—No. Con esto debería encontrarse mejor.

El hombre se sentó con prudencia en el borde de la camilla, desde donde se deslizó lentamente hasta apoyar los pies en el suelo.

—¡Por san Jorge, tiene usted toda la razón! —exclamó, avanzando—. ¡Podré bailar el vals con mi nieta el día de su boda! —Dio unos pasos de baile y luego se puso la chaqueta con cuello de visón—. El doctor Etherington me dijo que sus métodos eran extraños, pero enormemente eficaces. Le confieso que no las tenía todas conmigo, pero estoy impresionado.

—No cometa excesos, la ciática puede despertar de nuevo. Sigue teniendo un pinzamiento del nervio.

—¡En tal caso, amigo mío, volveré y usted me curará! ¿Cómo se llama su método?

—Es acupuntura, sir. Una medicina tradicional de Asia.

—¿De qué parte del Imperio es usted? —preguntó el hombre mirándolo con insistencia—. ¿De Singapur?

—Soy francés, sir. Anamita.

—¡Ah! Qué lástima que no sea británico, le habría recomendado para entrar en mi club. En fin, le informo de que haré un donativo al hospital y felicitaré efusivamente a Etherington. ¿Dónde he dejado el sombrero?

Protegido detrás de las cortinas de su consultorio, Thomas Belamy miró distraídamente cómo su paciente salía a Duke Street y montaba en el asiento posterior de su Horch. El chófer cerró con cuidado la portezuela, que no hizo ningún ruido. Un nuevo «Smith» le había consultado. A este le había puesto el nombre de pila de Patrick. El hospital recibiría el abono de los honorarios, que permitirían tratar en Uncot a varios enfermos necesitados o de condición humilde.

Thomas sumergió las agujas en una solución desinfectante, rellenó la hoja del informe indicando los puntos de los meridianos que había pinchado —Huan Tiao y Xiao Chang Shu— e hizo girar el interruptor, sumiendo la habitación en su claroscuro habitual.

De regreso en urgencias, estuvo un rato con sor Elizabeth y luego se reunió con Reginald, quien en ese momento estaba hablando con el periodista del *Daily News* que había ido a informarse de los casos del día. A los lectores les entusiasmaba la columna en la que relataba los accidentes más espectaculares o increíbles, y los hospitales estaban encantados al ver citado su nombre, en particular cuando uno de sus médicos salvaba a un paciente destinado a una muerte segura. Thomas, por su parte, execraba esa práctica.

El hombre, a todas luces falto de interés, dio unos golpecitos con el lápiz sobre su cuaderno al escuchar los casos que le ofrecían.

—Nada interesante hoy —le dijo al interno adoptando la actitud de un jefe descontento de su empleado—. Volveré a pasar.

—Espere, está el caso de la pierna rota —insistió Reginald, que soñaba con que le mencionaran en el *Daily News*.

—¿Una pierna rota? —El periodista le lanzó una mirada poco afable—. Joven, ese tipo de desventura es el pan nuestro de cada día en todos los hospitales de Londres y no merece una sola línea en nuestros periódicos, salvo quizá en el *Sportsman*, si el herido es un atleta famoso. ¿Es ese el caso?

—Se trata de un caso más grave —respondió Reginald bajando la voz.

El interno relató la historia de Ellen, lo que atrajo la atención de Thomas, a quien hasta aquel momento la conversación había dejado indiferente.

El hombre le escuchó educadamente, sin tomar notas, y luego se volvió hacia Belamy.

—Querido doctor, cuento con usted para explicarle a su aprendiz por qué mi periódico se negará a divulgar rumores sobre presuntos malos tratos a sufragistas en la prisión de Holloway.

—¿Cómo se llama? —preguntó Thomas sin dignarse responder al periodista—. ¿Está la mujer aún en el servicio?

La energía de la pregunta dejó a Reginald desconcertado durante varios segundos.

—Yo les dejo —dijo el columnista en el intervalo.

—Está esperando la ambulancia que la llevará a su casa. El yeso ya se ha secado.

El interno observó cómo el doctor Belamy salía del departamento corriendo y casi chocaba con la lavandera, que llevaba vendas limpias.

—¿Qué le pasa? —preguntó el periodista movido por un reflejo profesional de recelo.

Reginald desplegó una sonrisa falsa.

—Bienvenido a urgencias —dijo.

Gracias a las campañas de donativos, el Barts contaba desde hacía más de un año con una flota de ambulancias motorizadas que era su orgullo. Cuando Thomas entró en la zona reservada a los vehículos, no había ninguna estacionada. Un camillero le informó de que la paciente se había marchado hacía media hora.

—¿Puede describírmela? —le preguntó el médico.

El joven se esforzó en ser lo más preciso posible. Thomas le dio las gracias y apoyó la espalda en uno de los árboles del patio interior. Había pensado mucho en la desconocida desde su encuentro. Consultaba con regularidad en los periódicos las noticias sobre las manifestaciones de las militantes defensoras del derecho al voto; algunos, como el *Daily News*, a veces publicaban fotos de los sucesos. Pero no había encontrado ningún indicio que lo condujera a ella. Un día que se encontraba en el barrio de Westminster, pasó por delante del cuartel general de la WSPU, cuya fachada estaba decorada con cintas de los colores del movimiento feminista, y por un momento tuvo intención de entrar, pero al final siguió su camino. No tenía ni idea de qué haría si daba con ella, ni de qué le diría. Quizá simplemente lo movía la curiosidad por saber cómo había podido encontrarse una sufragista atrapada por unos inspectores de Scotland Yard en los sótanos del lugar mejor vigilado del Reino Unido; al menos esa era la razón que le gustaba repetirse como un mantra y le evitaba pensar en el vacío que sentía y que no le decía nada bueno. Su única certeza, después de haber oído la descripción del camillero, era que la mujer a la que Reginald había atendido no era su misteriosa sufragista.

El sonido ronco y estremecedor de la sirena de una ambulancia interrumpió sus pensamientos: llevaban a un obrero que se había caído de un tejado. La realidad se imponía.

Habían encontrado al hombre inconsciente al pie del edificio en el que trabajaba. Había aterrizado sobre unos haces de paja que le habían salvado la vida. Lo tendieron en la camilla. Su ropa y sus cabellos estaban cubiertos de polvo y briznas.

—¿Y no se acuerda de nada? —preguntó Reginald mientras preparaba el estetoscopio.

—No, señor —respondió el herido sin mirarlo—. Estaba clavando unas tejas de pizarra en esa nave y de pronto me he despertado en la ambulancia. No sé cómo me he caído. He debido de resbalar.

—El tiempo es seco —señaló el interno mirando al exterior como para confirmar su afirmación—. Hoy no ha habido tormenta en Londres. Creo que puede haberse tratado de un desmayo. Tiene el pulso rápido —añadió tomándoselo a la manera de Belamy, con tres dedos sobre la muñeca.

—¿Puede decirme su nombre y a qué día estamos? —intervino Thomas, que lo había observado en silencio.

—Viernes…, miércoles —masculló el obrero con la mirada perdida.

—Confusión mental —indicó Reginald.

El hombre se volvió hacia él por primera vez:

—No, doctor, mi apellido es Viernes,* y estamos a miércoles 21 de octubre de 1908.

—Tiene razón —dijo Frances, que tenía en la mano su documentación.

—¿Puede quitarse la camisa solo, o necesita ayuda? —preguntó Belamy.

El obrero se la desabrochó, levantó el brazo derecho para quitársela y dejó escapar una retahíla de maldiciones.

—Es el hombro —se quejó—. No puedo.

* Friday (viernes) es un apellido inglés.

Frances cogió unas grandes tijeras y se las mostró para que le diera su consentimiento.

—Adelante —dijo él—. No voy a ponérmela más. Me ha traído mala suerte.

La enfermera cortó la camisa en dos por la espalda y tiró despacio de cada una de las partes. Hizo lo mismo con la camiseta. Reginald le puso al hombre el estetoscopio sobre el tórax.

—Noto un soplo potente en la base del corazón; se prolonga durante el segundo tiempo. Y algunas extrasístoles.

—¿Padece alguna enfermedad del corazón? —preguntó Thomas examinando el hombro dolorido.

—No, que yo sepa. Siempre he gozado de buena salud.

—¿Cree que podría tratarse de una dolencia cardíaca? —sugirió Reginald—. ¿Solicito la hospitalización en el ala oeste?

Belamy le indicó que observara la espalda del paciente. Una quemadura profunda cruzaba el omóplato izquierdo y una parte del brazo, una escara negruzca semejante a un violento latigazo. Al examinarlo, vieron otra quemadura en un pie.

—¿Qué es eso? —exclamó el interno.

—¿Qué tengo? —preguntó el herido.

—Frances, aplique el ungüento que pedí la semana pasada a la farmacia, el de la microcidina. Altérnelo cada cuatro horas con una pomada de clorhidrato de cocaína. Señor, ¿hay una fábrica de electricidad cerca de esa nave?

—Sí. Justo en la esquina.

—¿Los cables aéreos pasan cerca del tejado?

—Muy cerca, apenas un metro por encima. ¿Quiere decir que…?

—Que ha tenido una inmensa suerte. Debería conservar la camisa como amuleto.

16

El hombre observó cómo Olympe se levantaba del banco y caminaba en dirección al East Lake, un pequeño lago compuesto de varios islotes de vegetación sobre unas aguas de reflejos caqui. Estaba convencido de que ella había reparado en su presencia; él había hecho todo lo posible para que así fuera.

Cruzó el Speakers' Corner con paso indolente, deteniéndose unos segundos para escuchar al orador, luego enfiló el camino que conducía al East Lake y rodeó el lago, pero no encontró a la sufragista. Repitió por segunda vez el mismo recorrido mirando atentamente los islotes con árboles desnudos y se reprochó que hubiera desaprovechado la ocasión única que se le había presentado de abordar a la mujer con absoluta discreción. Se había equivocado al pensar que preferiría la confrontación a la huida, y eso le contrarió.

—¿Y si…? —masculló.

Como no quería darse por vencido, hizo caso de su intuición y se dirigió al antiguo jardín inglés. Olympe estaba sentada en uno de los cuatro asientos que rodeaban un estanque circular. Tenía treinta centímetros de profundidad y estaba unido a otro estanque más pequeño mediante un canal por el que corría un hilo de agua. El hombre se colocó detrás del banco que ocupaba Olympe, a un metro de ella. La sufragista, que sentía su presencia, permanecía inmóvil, con las manos apoyadas en los listones del asiento. El lugar, apartado, estaba desierto. El hombre se puso los guantes, se ajustó el cuello de piel de la chaqueta y se dirigió a ella en voz baja.

—Miss Lovell, no corre usted ningún peligro, pero voy a pedirle que no se vuelva. Por la seguridad de ambos.

Ella permaneció impasible, lo que reafirmó al desconocido en su idea: lo esperaba y le manifestaba que no tenía miedo de él. La nuca desnuda, los cabellos recogidos bajo el sombrero lo demostraban: no era una víctima ofrecida en sacrificio, su actitud era provocadora. Aquella franja de piel fina, visible, que sobresalía del abrigo desafiaba al mundo entero y le gritaba: «Venga, venga a intentar estrangularme, inténtelo si puede», y por eso le parecía más admirable aún.

—¿A quién tengo el honor de escuchar? —preguntó sin levantar la voz—. ¿Al señor Landyard? ¿Scott Landyard?

El hombre reprimió una sonrisa. La sufragista era tal como se la habían descrito, impertinente y provocadora.

—Lamentablemente, voy a tener la desfachatez de no presentarme. Créame que esta conversación no es algo premeditado. Estaba en el tribunal, como usted, y he aprovechado su salida para seguirla. Quería verla en un lugar discreto.

Ella no contestó y miró el arbusto que tenía enfrente. Las hojas de boj se habían enroscado al secarse y formaban numerosos agujeros por los que se insinuaba la luz; unos gorriones se peleaban aleteando y a picotazos. El hombre decidió seguirle el juego y se calló también. Pero en la cárcel Olympe había aprendido a permanecer horas inmóvil, sin hablar. Él se dio cuenta de que no podría luchar y se rindió enseguida.

—¿Sabe que esos estanques son una reproducción exacta de los de la Alhambra?

Ella descruzó las piernas y volvió a cruzarlas para expresar su aburrimiento.

—¿Conoce Granada? —insistió el hombre—. Es un lugar encantador.

—¿Conoce usted Holloway? —replicó ella, cortante—. Es un lugar destructor. Sus amigos me encerraron allí.

—Se equivoca, miss, yo repruebo esas detenciones.

—¿Quién es usted? ¿Un periodista? ¿Un político? ¿Un militante laborista? ¿Un pervertido que sigue a las mujeres en los parques? ¿O quizá un poco de cada una de estas cosas?

En su arrebato, había movido con cierta brusquedad la cabeza. Unos mechones le cayeron sobre la nuca.

—No puedo revelarle mi identidad. Pero le pido que me escuche hasta el final —le anticipó para evitar que se marchara precipitadamente—. No me envía nadie. Algunos pensamos que la posición actual de nuestro gobierno acabará desembocando en una radicalización dramática y violenta. La población ya está muy dividida sobre este asunto.

—Nosotras no somos las culpables de esta situación. Nuestras reivindicaciones son justas.

—Estoy al corriente de sus quejas y no he venido para debatir sobre ellas. Ustedes no tienen ni idea de hasta dónde llega su determinación. Ustedes desafían el orden, y el hecho de que sean mujeres les resulta aún más insoportable. Lo saben todo de ustedes, miss Lovell, hasta un punto que no pueden imaginar, y podrían doblegarlas a una tras otra.

—Por cada militante encarcelada, se encontrarán con diez más, cien mujeres más que se alzan. Su poder no comprende que nuestro movimiento es irreversible.

—Créame, me gustaría contribuir desde dentro a que la situación evolucione, a fin de que las mentes se abran en lugar de enfrentárseles. Estoy mejor situado para convencerlos que la familia Pankhurst, que provoca a nuestros ministros y preconiza acciones violentas.

—Pues hágalo, señor —dijo ella en un tono hastiado.

El hombre retrocedió, como si fuera a marcharse, lo que no desencadenó ninguna reacción por parte de ella. Él juntó las manos en señal de súplica.

—Necesitamos tiempo y usted debe ayudarme siendo paciente.

—¿Me ha seguido para eso? ¿Para ordenarme que sea paciente? Desde que nací, las mujeres piden educadamente que se les conceda el derecho a votar y no han conseguido nada. Es demasiado tarde, señor.

—Usted y yo podemos tratar de acercar los puntos de vista de nuestros respectivos bandos.

—Lamento decirle que, en realidad, usted sabe muy poco sobre mi persona. La policía me considera una agitadora incontrolable.

—Lo sé.

—Jamás traicionaré mi causa, ni a mistress Pankhurst.

—Lo sé.

—No espere nada de mí.

—Estoy convencido de que usted es la única persona que puede establecer un vínculo sólido entre nosotros y mistress Pankhurst. Ante sus amigas, no puede ser sospechosa de connivencia con el poder. Infórmela de nuestra conversación. Me pondré en contacto con usted cuando la situación lo requiera. Sepa que corro riesgos hablando con usted. Considérelo una prueba de mi sinceridad.

Olympe se levantó sin avisar y se volvió, pero el desconocido se había refugiado detrás del generoso tronco de un castaño.

—Como ve, no puede confiar en mí —dijo acercándose a él.

—A mí me parece bastante previsible —contestó el hombre escondiendo la cara tras el cuello de piel de su abrigo chesterfield.

La joven dejó atrás el árbol sin dirigirle una mirada al hombre.

—Vuelvo al tribunal.

—Firmaré los mensajes con el seudónimo El Apóstol —dijo él mientras la veía alejarse—. Le llegarán a la sede de la WSPU. En cuanto al tribunal, es inútil, miss Lovell: el magistrado tiene instrucciones. No conseguirán la absolución.

Emmeline acababa de tomar la palabra. Eran más de las siete. Los ministros no se habían dignado quedarse para escuchar a la acusada.

—Hemos presentado las peticiones de reforma más completas que se han llevado a cabo en este país —dijo con fuerza y dominio—. Hemos organizado mítines más concurridos que los de los hombres, pese a las dificultades. Hemos hecho frente a muchedumbres hostiles en las calles. Nuestra lucha ha sido deformada, ridiculizada, nos han arrojado comida y han incitado a la multitud ignorante a agredirnos, nosotras les hemos hecho frente sin armas ni protección. Al igual que era el deber de nuestros antepasados luchar por sus derechos, hoy es el nuestro conseguir para la mujer una posición mejor en el mundo.

La tensión reflejada en los rostros había sido sustituida por la emoción. Los ojos estaban empañados. Incluso al juez le costaba mantenerse impasible.

—Quedan aún muchos testigos citados por la defensa —dijo este después de haberse aclarado la voz—. Reanudaremos esta audiencia mañana. Las acusadas permanecerán en libertad bajo fianza hasta que se dicte sentencia. Les deseo buenas noches, señoras.

En cuanto entró en la antesala, se quitó, sin mirarse en el espejo, la peluca, que le producía picores en la cabeza desde hacía horas, y la toga. Sabía que, cualesquiera que fuesen las últimas declaraciones, condenaría a Emmeline Pankhurst a tres meses de prisión incondicional, y a Christabel, a diez semanas.

17

Mientras trabajaba en el tejado de la nave, el obrero había tocado con el hombro uno de los dos cables eléctricos de la línea procedente de la fábrica, que transportaba una corriente de cinco mil voltios.

—Debió de salir proyectado hacia delante al recibir el latigazo y cayó del tejado —explicó Thomas al equipo, reunido alrededor de unos *scones* todavía calientes que sor Elizabeth había llevado.

A todos les gustaban esos ratos compartidos en torno a un té y unas pastas, y el hecho de ser el único equipo que contaba en ellos con la presencia de su médico titular constituía un atractivo añadido. Thomas había iniciado esa práctica a su llegada y se había convertido en un ritual inmutable e indispensable. Debido a sus orígenes escoceses, la religiosa les ofrecía invariablemente *scones*, palabra que ella pronunciaba de un modo totalmente distinto que los londinenses, quienes le daban un aire majestuoso. Solo Belamy la adornaba con una musicalidad que le añadía encanto.

—¿Cómo ha podido sobrevivir a una corriente tan potente? —preguntó la religiosa proponiendo otra ronda.

—Por lo que me ha dicho, estaba clavando tejas cuando se produjo el accidente. Como la pizarra es un magnífico aislante, la corriente quedó considerablemente atenuada, pero pudo pasar a través de los clavos hasta las vigas metálicas y acabar en el suelo. Nuestro paciente ha tenido la suerte de no tocar los dos cables, si no, habría muerto en el acto. Aun así, la corriente y las chispas producidas le han causado quemaduras. Por otro lado, la paja almacenada en la nave le ha salvado, al amortiguar el golpe de la caída.

—Y la corriente ha provocado su anomalía cardíaca —añadió Reginald mientras lo anotaba en su informe, sembrado de migas.

—Es el único punto en el que soy escéptico —objetó Belamy—. Nunca he visto que una electrocución produzca un soplo. Nunca. En todas las autopsias en las que he participado, las válvulas estaban sanas.

—¿Ha examinado muchos casos como este? —preguntó Frances, que, como la mayoría de las veces, se había quedado en el umbral de la cocina, a fin de vigilar las idas y venidas en el pasillo.

—La electricidad es una ventaja, pero a veces es un flagelo para la medicina. Nuestro corresponsal del *Daily News* da cuenta todas las semanas de accidentes de trabajo o domésticos. A principios de año, atendimos a un mayordomo, nuevo en una casa, que había intentado encender una bombilla como si fuera una lámpara de aceite.

—Me acuerdo, le extrajimos los fragmentos de cristal que tenía clavados por toda la cara —confirmó sor Elizabeth.

—En el Saint Thomas también vi un caso así cuando era estudiante —dijo Reginald ofreciendo el *souchong* que acababa de preparar. Sirvió el té en silencio antes de continuar—: Mi padre se niega a instalar electricidad en casa. Le da miedo y piensa que es una moda pasajera.

—Sir Jessop es uno de nuestros mayores benefactores —declaró la religiosa, dejando a los presentes desconcertados.

—Ser adinerado no te convierte en visionario. —Reginald suspiró—. Pero ser visionario puede hacerte rico —añadió, satisfecho de su ingenio—. Ahí está el ejemplo de Edison.

—Quiero aclararle, Reginald, que le elegí por sus capacidades prometedoras, no para garantizarnos una contribución mayor por parte de uno de nuestros administradores —aseguró Thomas.

—Me siento orgulloso de estar en este departamento y aprendo mucho de sus métodos, señor.

—Por cierto… —empezó a decir el médico—. ¿Pueden dejarnos? —les pidió a las dos mujeres, y esperó, sorbiendo el té ya frío, a que ellas salieran—. Por cierto, Reginald, ¿sabe cuántos pulsos hay en la medicina que practico?

—Están los pulsos central, carotídeo y femoral, y los pulsos periféricos, como el de la arteria radial…

—No —lo interrumpió el médico—. No le pido una clase magistral de fisiología. ¿Sabe por qué utilizo tres dedos en lugar de uno solo?

—Para mejorar la sensibilidad. Lo he probado y es eficaz.

—No, Reginald. Son los pulsos chinos. Hay muchos, y no sirven únicamente para tomar las pulsaciones cardíacas. Cada uno está unido a un órgano y nos informa sobre su estado.

—Eso no concuerda con las clases de fisiología del doctor Clark, pero me interesa mucho.

—No es exactamente que no concuerde, es que es inconcebible para nuestra medicina occidental: tres ubicaciones en cada muñeca, con un nivel superficial y un nivel profundo.

—¡Eso da doce posibilidades! —dijo el interno—. Enséñeme.

—Catorce, porque a la altura de la apófisis de la muñeca derecha y por debajo hay también un nivel medio. Y, si le digo que el pulso tomado sobre la apófisis en el nivel medio me indica el estado de salud del páncreas, me tachará de brujo y me pondrá en la picota. Concéntrese en la medicina académica, Reginald.

—Enséñeme —insistió este último.

—Cada tipo de pulso se caracteriza por una treintena de aspectos diferentes: su dureza, su amplitud, su anchura, su forma…, y todos estos factores son los que hay que tomar en consideración para evaluar la disfunción del organismo. Eso exige años de aprendizaje y no le aportará más que burlas de sus colegas.

—Pero sus resultados son concluyentes, doctor. Todo el mundo le respeta.

—Todo el mundo me tolera. Pero mi medicina choca con sus dogmas.

—Enséñeme —imploró el interno.

—Aunque quisiera, no puedo hacerlo: adquirí ese compromiso con el hospital. Este asunto está zanjado, doctor Jessop.

Reginald se ocupó de sus pacientes hasta entrada la noche y, mientras, no dejó de darle vueltas a su conversación con el doctor Belamy. Se negaba a darse por vencido.

Redactó los informes en la biblioteca para que no lo molestaran y luego fue a la cocina en busca de la cena fría que tenía intención de comerse en su habitación, como acostumbraba. Estaba situada cerca de las casas de las enfermeras, y el interno solía ir allí a última hora de la tarde con la esperanza de encontrarse con Frances e invitarla a cenar. Aunque la mayoría de los londinenses preferían pasar la velada en clubs reservados a los hombres, la moda de cenar en la ciudad estaba en auge, impulsada por chefs de cocina franceses que se habían instalado en la capital y mujeres para quienes la emancipación incluía también salidas mixtas. Ya había elegido el restaurante al que la llevaría cuando ella aceptara, pero hacía un mes y medio que trabajaba en el hospital y no se había cruzado nunca con Frances fuera de las horas de trabajo y del departamento de urgencias.

Al pasar por delante de la cantina, compuesta por unas mesas dispuestas al fondo de la cocina, Reginald vio a la enfermera sentada en compañía de un médico al que no conocía. Decidió unirse a ellos, pese a su timidez y a la incomodidad que le producía la idea de molestarlos. Aquel hombre era, forzosamente, un potencial rival.

—¿Puedo sentarme con ustedes? —preguntó mostrando su fiambrera, que contenía carne fría cubierta por una pirámide de guisantes.

—Yo los dejo —anunció Frances levantándose—. Puede ocupar mi sitio, Reginald.

Él no supo qué contestar, vio que la enfermera y el médico cruzaban una mirada y eso le desagradó.

—Haviland —dijo este último para presentarse—. Cirugía de la garganta —añadió haciendo el gesto de practicar una incisión.

—Jessop —contestó Reginald observando a Frances, que se alejaba por el pasillo sin volverse.

—Es mi último año aquí y espero obtener un puesto de titular en el gran Londres —continuó Haviland en un tono jovial—. ¿Jessop? Entonces ¿fue usted quien me envió a un paciente con una fractura de nariz? Habría podido quitarle las amígdalas, pero no estoy seguro de que le hubiera gustado. Lo reenviamos al servicio Lawrence. No se preocupe, ese tipo de errores es habitual al principio, cuando no se conocen todos los departamentos.

El doctor Haviland era de naturaleza locuaz, y Reginald olvidó su decepción imaginando que había ayudado a Frances a librarse de las garras de un pretendiente demasiado latoso, lo que le tranquilizó. Haviland era tres años mayor que él y le dio montones de consejos, que iban desde la mejor hora para comer (aquella en la que los cocineros servían doble ración de *pie and mash*) hasta la marca del bourbon que era de buen tono regalarle por Navidad al doctor Cripps, administrador del centro. Pero el tema que más interesaba e intrigaba a Reginald era su tutor, y sobre él Haviland tenía poca información que darle.

—El doctor Belamy llegó hace dos años en el marco de un

intercambio con el hospital parisiense de la Salpêtrière. Lo acompañaban dos enfermeras. Ellas fueron las que atrajeron mi atención: ¡qué chicas tan guapas nos envió la Entente Cordiale! ¿Sabía que las enfermeras francesas tienen derecho a casarse?

Reginald sintió que la indignación lo invadía: ¿cómo podía un caballero hablar con tal libertad de las mujeres siendo pretendiente de Frances? No obstante, refrenó sus ganas de abofetearlo, de retarlo en duelo, y fingió que el tema le interesaba: el resultado fue que su interlocutor se embarcó en una digresión sobre los méritos de las mujeres solteras en los hospitales.

—Un estropicio de esos en los que los franceses son especialistas —concluyó para gran alivio de Reginald, que se había puesto a comer frenéticamente a fin de abreviar aquella conversación—. En resumen, ellas se marcharon al cabo de dos meses y Belamy se quedó. Nuestro buen Raymond lo había acogido bajo su ala en cirugía y luego el administrador lo puso al frente del servicio de urgencias, que estaba en plena reorganización. ¡Me crea o no, Regi, tiene el mejor índice de curaciones de todo el centro, dejando aparte la maternidad! ¿Puedo llamarle Regi? —Haviland no esperó la respuesta para continuar—: Esto no lo diga por ahí: algunos llevan muy mal ese éxito. Más aún teniendo en cuenta que sus métodos no son convencionales.

—Su manera de auscultar es absolutamente nueva para mí —reconoció Reginald.

Haviland rompió a reír y dos auxiliares sanitarios que estaban comiendo en una mesa vecina se volvieron hacia ellos.

—Pues le esperan más sorpresas. Le dejo, tengo que ir a ocuparme de mis colmenas.

—Yo también tengo que irme —dijo Reginald, que no quería ser menos—. ¿Es usted apicultor? ¿Vive en el campo?

—No, me alojo aquí, las colmenas están al lado de la escuela de medicina. Debo prepararlas para el otoño. Proveo al cuerpo profesoral, y algunos enfermos se han curado con mi miel. Las abejas son beneficiosas para todo el mundo. Libaban en el campo de girasoles que está frente al Banco de Inglaterra. Digo «libaban» porque el mes pasado un vándalo destrozó ese campo, sí, como se lo cuento.

Su ira contra el pretendiente Haviland se había transformado en vergüenza. Fue Reginald quien destruyó la fuente de miel del hospital. En vez de regresar a su casa a digerir la noticia, decidió ir a comprobar los daños y fue a la esquina de Giltspur Street con Newgate: el campo de girasoles había sido arrasado, en su lugar solo quedaba una parcela de tierra removida.

Detrás de él, una sombra se alargó y, al pasar junto a una farola, se encogió. Reginald se volvió y, pese al abrigo raído que llevaba y la gorra de obrero, reconoció a Belamy. El médico caminaba a paso apresurado y silencioso y no vio a su asistente, quien lo observó mientras giraba en Milk Street y, sin saber por qué, decidió seguirlo.

Belamy se había adentrado en Gresham Street y el joven estuvo a punto de perderlo. Volvió sobre sus pasos y distinguió su silueta cuando estaba llegando a Lothbury. Reginald mantenía una distancia considerable que le habría costado reducir sin echar a correr. Al acercarse a Broad Street Station, el médico torció a la derecha y siguió por un trazado de callejuelas que el interno no conocía. Se dio cuenta de que bordeaban Whitechapel Street e iban directos hacia el East End.

Para su gran sorpresa, no sentía ninguna vergüenza por seguir al doctor Belamy. La negativa de Thomas a desvelarle sus conocimientos de la medicina china y su afición al secreto eran como llamamientos a averiguar más cosas sobre él.

La placa esmaltada indicaba Brick Lane, y las farolas de gas iluminaban débilmente dos hileras de fachadas idénticas, con los cristales rotos o directamente sin ellos, las contraventanas arrancadas, las paredes infectas. Reginald, demasiado ocupado en no distanciarse más, no se había percatado de la transición entre las casas amplias, blancas y circundadas de jardines de Smithfield y los cuchitriles de ladrillo rojo, similares unos a otros en su aspecto sucio y miserable, que lo rodeaban ahora. Había entrado de pronto en la más profunda de las miserias, en los bajos fondos, de los que había oído hablar, pero con los que nunca había tenido contacto, ni siquiera en el hospital. Sintió que el miedo lo invadía, pero su vacilación duró poco: delante de él, el doctor Belamy no manifestaba temor alguno mientras atravesaba la oscuridad en dirección a Spitalfields. Reginald, en cambio, tenía la impresión de que estaba metiéndose en un pantano en el que se hundía a cada paso que daba, en medio de un agua fangosa y opaca plagada de peligros ocultos.

Ninguna estrella resultaba visible en un cielo que seguía siendo gris, incluso durante la noche. Un olor acre le irritó las fosas nasales, un olor que reconoció porque había trabajado bastante tiempo en el laboratorio de química de la facultad, el del ácido sulfúrico, presente por doquier en la atmósfera del East End. Habían pasado junto a una larga cola de gente que aguardaba delante de un refugio del Ejército de Salvación, que no abriría hasta dos horas más tarde. Thomas había continuado andando a paso enérgico, sin mirar a las decenas de hombres harapientos que la componían, como si todo aquello le resultara familiar. En ningún momento se había vuelto. De repente, se adentró en una calle a su izquierda.

Reginald comprendió que habían llegado a su destino y aceleró, pero, cuando desembocó en Flower & Dean Street, ya no vio a Thomas. Sí distinguió varias siluetas con la espalda apoyada en la pared, sombras femeninas que, al verlo titubear, comenzaron a decirle cosas. La que se encontraba en la esquina de las dos calles se acercó: su tez era de una palidez diáfana, y su cabellera, grasienta, se le pegaba a la frente, y estaba devastada por la sarna en la parte superior de la cabeza y las sienes. No tenía dientes, y sus labios parecían succionados en el interior de la boca. Olía a sudor, orina y alcohol, y lo abordó en un *cockney** incomprensible pero con un gesto inequívoco.

Reginald nunca había estado con prostitutas, salvo en la consulta, y aquellas le parecían salidas de la peor de las pesadillas. Mientras balbuceaba una negativa educada, ella le puso una mano en la entrepierna y empezó a masajearlo. Él la apartó con repugnancia, lo que le valió un aluvión de insultos, reconocibles pese a su extravagancia. Dos sujetos salieron de la oscuridad de un andamio y, como en una danza sincronizada, se acercaron sin hacer ruido ni

* Argot del East End.

apresurarse. Reginald sintió que una corriente fría descendía por su espalda desde la nuca. Quería huir, pero estaba paralizado. Acababa de recordar de qué le sonaba el nombre de Flower & Dean Street: el *Times* la había presentado como la calle «más inmunda y peligrosa de la metrópolis». Y Dios acababa de castigarlo por su curiosidad.

Una voz ronca y seca, procedente de una ventana alta, gritó una orden en irlandés. Los maleantes regresaron a su nicho de sombra y las prostitutas se desinteresaron de Reginald para adoptar de nuevo sus poses quiméricas. El interno calmó la aceleración de su corazón respirando hondo y retrocedió unos pasos antes de dar media vuelta. Esperó a salir de Brick Lane para echar a correr sin parar hasta la estación de Broad Street y se metió en la boca del metro jurándose que jamás volvería a salir del Barts. La velada le había deparado dos enseñanzas: el doctor Belamy tenía muchos secretos que debían seguir siéndolo y el diablo tenía acento irlandés.

IV

16 y 17 de febrero de 1909

18

Saint Bartholomew, Londres, martes 16 de febrero

A las siete, Etherington-Smith entró en el patio de urgencias al volante de su Humber 30-40, ante la mirada de admiración de dos camilleros que fumaban en espera del inicio de las dificultades del día. El hecho de que el Barts fuera el centro sanitario más venerable de Londres, capital del mayor imperio del mundo, era suficiente, a sus ojos, para convertirlos en la élite en su terreno.

El médico aparcó delante del edificio de las consultas externas. Como todas las mañanas, antes de bajar del vehículo acarició la cubierta del *Vanity Fair* que le rendía honores y que siempre dejaba dentro del coche, como si fuera una pata de conejo. La jornada iba a empezar con una reunión del consejo de administración del centro, que debía validar el presupuesto de la última fase de las obras de ampliación. Los donativos estaban en alza, así como las inscripciones de los estudiantes, cosa de la que Raymond se felicitaba y, era consciente de ello, en parte se debía a los resultados del doctor Belamy, al que reemplazaba con diligencia en la prensa londinense.

Perdido en sus pensamientos, no vio el cabriolé que acababa de entrar en el recinto de urgencias a una velocidad excesiva.

—¡Cuidado! —gritó el cochero tirando con fuerza de las riendas para detener al caballo.

El animal, lastimado por el bocado, se encabritó, resbaló en los adoquines recién puestos y cayó de costado, arrastrando al vehículo en su caída.

Etherington-Smith, con reflejos de deportista, se echó hacia atrás para evitar que lo derribara. El taxi del que tiraba el caballo continuó su carrera a lo largo de dos metros hasta la puerta de entrada, de donde, atraídos por el estruendo, salieron varios pacientes que aguardaban su turno.

Reinaba una enorme confusión. Algunos intentaban tranquilizar al caballo, que, asustado, hacía desmañados esfuerzos para levantarse. El cochero había salido disparado de su puesto en la parte trasera del cabriolé y se tambaleaba sujetándose las costillas. Los camilleros le ayudaron a sentarse apoyado en la fachada del edificio.

—¿Qué ha pasado? —preguntó Etherington-Smith con la calma autoritaria que le confería su posición.

—¡La culpa es de esos malditos adoquines! —dijo el hombre enviándole su aliento impregnado de alcohol—. ¡Y de mi cliente, que está en el interior!

El médico se encaramó al vehículo volcado, abrió la portezuela y se metió en el habitáculo. El pasajero descansaba, inconsciente, contra la puerta izquierda. Etherington-Smith lo incorporó con dificultad para apoyarlo en el asiento: el hombre tenía una considerable estatura y complexión de deportista. Llevaba una sotana negra ribeteada en rojo y botones de ese mismo color. Su mano derecha se había quedado enganchada en el cordón de la cruz pectoral. Etherington-Smith constató que sus extremidades estaban frías, y sus labios, lívidos. No le encontró el pulso ni apreció signo alguno de la respiración, pero la estrechez del coche le impedía realizar un examen a fondo.

—Vaya a buscar una parihuela —le ordenó a un camillero que había ido a ayudarle.

La segunda persona que asomó la cabeza por la abertura superior fue sor Elizabeth, quien, al ver al herido, se santiguó dos veces.

—Avise a Thomas —dijo Etherington-Smith antes de salir.

Habían desmontado el tiro, y el caballo, de pelaje oscuro, cojeaba de la pata posterior izquierda. Varios testigos se apresuraron a levantar el cabriolé, que ya estaba apoyado sobre las ruedas cuando llegó Belamy. Este subió al habitáculo mientras Raymond se apostaba en la puerta, cuyo cristal se había hecho añicos.

—Necesito tu diagnóstico antes de enviarlo al depósito —le dijo a su amigo.

Thomas tendió al paciente en el asiento, puso sus manos sobre las muñecas del clérigo y cerró los ojos para percibir mejor los pulsos.

—¿Qué hace? —preguntó un hombre que había ido a urgencias porque le dolía un tobillo y había dejado su lugar en la cola para asistir al espectáculo.

Nadie se tomó la molestia de responderle. Una multitud se había congregado alrededor del vehículo.

El cochero había recogido a su cliente una hora antes en una estación del Soho. El clérigo había pedido que lo llevara al Barts.

—¡Qué día! ¡Qué día! —se lamentó el cochero—. ¡Y mi coche destrozado!

—Me temo, amigo, que su pasajero no le pagará la carrera —adelantó Etherington-Smith. Una parte de la multitud de curiosos se santiguó al oírlo.

Thomas cogió una aguja clavada en su bata y pinchó la piel del clérigo a la altura de la última falange del meñique derecho, junto al anular, manteniendo la otra mano en la muñeca del herido. Repitió la operación varias veces antes de concluir:

—La energía sigue circulando. Este hombre está vivo.

El traslado se llevó a cabo con rapidez; el director de la escuela de medicina quiso acompañar al cliente del cabriolé a una de las habitaciones donde se examinaba a los pacientes. Le tomó de nuevo el pulso, pero no lo encontró.

—¿Cómo puedes estar seguro de que este hombre está vivo? —preguntó mientras Belamy abría una ampolla para disolver su contenido.

—Ya lo sabes. He tonificado el séptimo meridiano del corazón y...

—Prefiero no oírlo —le interrumpió Raymond—. Acabaré por tomar conciencia de que estoy loco por permitirte estas prácticas.

—… y he percibido un pulso. Débil, pero presente. Este hombre se halla en un estado comatoso relacionado con un debilitamiento del corazón —concluyó Thomas haciendo brotar líquido de la jeringuilla. Inyectó la sustancia en el brazo del clérigo, que seguía inconsciente—. Tranquilo, he pasado a la medicación clásica.

—¿Cafeína?

—Digitalina. Enseguida sabremos si tenía razón.

Etherington-Smith cogió un estetoscopio y colocó la campana sobre el tórax del paciente.

La respuesta no tardó en llegar y se manifestó en forma de un silbido admirativo.

—Tenías razón, vuelve a funcionar —dijo el médico—. ¡Y pensar que, de no ser por ti, lo habríamos enviado directamente con sus antepasados! Pero noto un soplo diastólico —añadió antes de dejar el estetoscopio.

—Vinculado al pulmón. Lo he notado al percibir el primer pulso profundo.

—Otro milagro en las urgencias del Barts. Y tratándose de un servidor de Dios, ya estoy viendo el artículo en el *London News*. Por cierto, ¿dónde está su interno? —le preguntó Raymond a la religiosa.

—Ayudando en una operación —respondió ella, sin apartar los ojos del hombre con sotana.

—¡Madre mía! ¡La reunión del consejo, voy a llegar tarde! —dijo Etherington-Smith sacudiéndose el polvo de la ropa—. Esto me servirá como anécdota para el discurso. Y me juego lo que quieran a que, a partir de mañana, las donaciones se dispararán.

—¿Debemos avisar al obispado, doctor? —preguntó la monja.

—¿Y por qué razón?

—Nuestro paciente no es un sacerdote cualquiera, señores. Lleva una sotana de obispo.

19

Saint Bart, Londres, martes 16 de febrero

Belamy puso contra la ventana la radiografía que Reginald acababa de llevar y todo el equipo presente en la cocina se agrupó alrededor de ellos. Era tan difícil interpretarla que nadie se atrevía a
hablar antes de que el médico formulara un diagnóstico. Pese a que
todas sus constantes habían vuelto a la normalidad, el clérigo continuaba en coma. Thomas ordenó que prepararan una de las salas
para aislar al enfermo, que, por el momento, aún no había sido
identificado.

Frances entró con unas pastas, pero su llegada no provocó la
habitual aglomeración. Las dejó sobre la mesa y ella se incorporó
al silencioso grupo.

—¿Qué opina? —acabó preguntando sor Elizabeth—. ¿Le han
alcanzado fragmentos de obús? ¿Un artefacto explosivo?

La hermana señaló con el dedo los ocho pedazos de metal que
salpicaban el tórax.

—Su cuerpo solo presenta dos cicatrices, una al final de la
espalda y la otra debajo del omóplato —contestó Thomas—. Yo
me inclinaría más bien por una bala de tipo dum-dum. Entró, se
rompió en varios trozos, luego rebotó en el omóplato y salió
—dijo señalando el trayecto con el dedo.

—¿Está usted diciendo que acaban de disparar contra un obispo? —saltó Reginald. Todos lo miraron con una expresión de
reproche—. Perdón, es una idiotez, no sangraba —rectificó al darse cuenta de su error.

—La herida es antigua —confirmó Thomas—. Pero la posición de su corazón no es nada habitual, supongo que una hemorragia interna lo ha comprimido, así como el pulmón. Miren este
fragmento: está muy cerca de la cavidad pericárdica. El menor
impacto violento por el lado derecho podría desgarrar la pared
ventricular y provocar un paro.

—¿O una muerte aparente? —sugirió sor Elizabeth.

—Es solo una hipótesis. Este hombre es un misterio —dijo
Belamy devolviéndole la placa a Reginald.

—¿Qué hacemos? —preguntó Frances.

—Vamos a repartirnos estos deliciosos *muffins* antes de que se enfríen —decidió Thomas, provocando una reacción de aprobación general.

Reginald cortó las pastas por la mitad, puso sobre ellas mantequilla salada, que se fundió extendiéndose sobre la superficie ligera y esponjosa de la masa, y las repartió mientras la enfermera calentaba el agua para el té. La conversación giró en torno a la manifestación de las cinco mil madres de West End que el día anterior habían desfilado, con sus hijos en brazos, de Cavendish Square a Grosvenor Place, para protestar contra la pobreza en la que el paro o la viudez las habían dejado. El interno observó discretamente a Belamy, que no hizo ningún comentario sobre el tema. Eso lo llevó a concluir que, en el servicio, nadie estaba al corriente de las salidas nocturnas de Thomas por las calles con fama de ser las más peligrosas del barrio obrero. Según el periódico, una delegación de las madres había sido recibida a continuación en la Cámara de los Comunes, algo que las sufragistas no habían conseguido. Frances y sor Elizabeth expresaron pareceres opuestos y todo el mundo participó en el debate, incluido Thomas, aunque habitualmente él no expresaba opiniones políticas, amparado por su posición de extranjero.

En el momento en que Reginald untaba con mantequilla el tercer *muffin*, entró un camillero y dijo, sin aliento:

—¡Dos heridos por arma en Cleveland Row! Nunca había visto algo así —añadió quitándose la gorra.

Belamy fue el primero en salir al pasillo. El interno dudó entre dejar la pasta o comérsela, y optó por meterse en la boca el trozo que tenía en la mano antes de seguirlo. Los dos heridos estaban conscientes, tumbados en sendas parihuelas, acompañados por otro hombre. Los tres llevaban las prendas blancas con el escudo del Club de Esgrimidores de Londres.

—¿Qué ha pasado? —preguntó Thomas indicándole a Frances que cortara el peto manchado de sangre del primer herido.

—Un accidente —respondió el testigo—. Estaban combatiendo, yo era el árbitro, y en pleno ataque las dos hojas de la espada se han partido. En alguna ocasión he visto romperse una de ellas, pero las dos al mismo tiempo no lo había visto nunca.

—Se han ensartado el uno al otro —comentó el camillero—. Como en un asador.

La imagen hizo reír a Reginald, de cuya boca, todavía llena de *muffin*, salieron migas disparadas. El interno fingió tener un acceso de tos, se tragó lo que le quedaba y se aclaró la garganta constatando que nadie se había fijado en él.

El segundo esgrimidor, tendido sobre el costado izquierdo, gemía con los ojos entornados, cubierto con una sábana sin rastro de sangre. Al retirarla, Belamy descubrió que la hoja que lo había atravesado seguía allí: salía unos diez centímetros del pulmón y, por detrás, asomaba por debajo del omóplato derecho.

—Nadie se ha atrevido a tocarlo, hemos venido enseguida —precisó el acompañante.

Thomas cogió a este último por el brazo y lo alejó del grupo.

—Tendrían que haberlo dejado donde estaba y haber llamado a un médico, pero eso ya da igual. Ahora va a decirme lo que ha pasado de verdad, señor. Nadie se hiere de un modo tan violento en un enfrentamiento entre caballeros —añadió ante las protestas del hombre.

El esgrimidor acabó agachando la cabeza y, dando la espalda a las camillas, le contó la historia de una rivalidad. Rivalidad de grado de dos militares del mismo regimiento, uno asistente y el otro teniente, y rivalidad amorosa, ya que ambos cortejaban a la misma mujer. Lo que al principio no era sino un simple combate de esgrima se había transformado en un duelo. Los otros espadachines presentes no quisieron detenerlos. Los dos contrincantes luchaban con rabia, cada uno de ellos quería eliminar de su vida al otro. Una cuestión de honor.

—Espero que no les queden secuelas —concluyó el hombre, a quien el sentimiento de culpa empezaba a corroer.

Thomas no tenía ni tiempo ni ganas de explicarle que uno de ellos estaría muerto antes del amanecer y que el otro tenía muchas posibilidades de reunirse con él. Regresó con los duelistas.

—¿Qué siente? —le preguntó Belamy al primer herido, cuyo torso desnudo presentaba una herida regular que no sangraba en abundancia; Frances la estaba taponando con ayuda de gasa impregnada de colodión.

—Tengo frío y me cuesta respirar —dijo el hombre con voz débil y entrecortada.

Thomas acercó el estetoscopio y detectó matidez en el conjunto del tórax. Tal como se temía, todos los ruidos respiratorios habían desaparecido: la sangre había llenado el pulmón.

—¿Ha muerto este bastardo? —preguntó el otro paciente, que no podía ver a su adversario. Intentó en vano levantar la cabeza—. Espero que sí y que no perjudique a nadie más —insistió mientras el teniente le respondía con un gemido que parecía un intento de maldición.

—Que todo el mundo se prepare para las operaciones —ordenó Belamy.

—Raquianestesia —se anticipó sor Elizabeth.

—Estovaína —completó el médico—. Vamos a la sala cuatro.

—¿Y el otro herido? —preguntó Frances.

—Los dos en la misma sala —explicó Thomas—. Yo me ocupo del teniente y dirigiré a Reginald, que operará al asistente. Y traigan el aparato de radiografía con la pantalla Gehler-Folie.

El interno se sintió aliviado de no tener que retirar él la hoja. Los dos hombres se enjabonaron antebrazos, manos y uñas, y los cepillaron minuciosamente. Frances los ayudó a enjuagarse vertiendo agua hervida. Se pusieron una bata y un delantal limpios y sumergieron las manos en una palangana de agua con ácido fénico.

—Reginald, siga mis instrucciones y no se aparte de ellas pase lo que pase —indicó el médico sacudiendo los brazos para que se secaran—. ¿Entendido?

—Seré sus manos, y lo salvaremos —respondió el interno.

—Su hombre tiene un hemoneumotórax.

—Pero no presenta hemoptisis —objetó Reginald.

Frances los interrumpió.

—Doctor, el asistente escupe sangre. Y se le ha inyectado la anestesia.

—De acuerdo, presenta hemoptisis —rectificó el interno.

—Empezará abriendo una ventana torácica en la zona de la herida y la mantendrá abierta con unos separadores de Farabeuf. Practique una incisión en forma de U el doble de ancha de lo que le han enseñado sus profesores. Y apriete bien los dos extremos de cada intercostal. Le iré explicando cómo seguir a medida que vaya avanzando —concluyó Thomas colocándose delante de su paciente.

Sor Elizabeth se encargó de la radiografía. La hoja que atravesaba el tórax se recortó en azul violáceo sobre la pantalla blanca.

—No ha pasado lejos del corazón —comentó Belamy—. Ni de la aorta. Búsqueme un rompepiedras, voy a retirarla.

Cogió con la mano derecha las pinzas con garras que Frances le tendía y colocó la mordaza en el extremo de la hoja. Con la mano izquierda sujetó la base del hierro y tiró lentamente, sin parar, al tiempo que guiaba a Reginald, quien, por su parte, había practicado la resección de tres costillas a fin de abrir una ventana centrada en la herida.

—¿Qué ve? —preguntó.

—Una sola herida, bastante delgada, con sangre y aire que escapan en el momento de la espiración —respondió el interno, que se había colocado de forma que Belamy y él quedaran uno frente a otro.

—Desbride a fondo el orificio externo y lávela bien —indicó Thomas sin dejar de estar concentrado en la hoja que extraía pacientemente—. Hermana, vamos a hacer otra radiografía.

La religiosa colocó el aparato en la posición adecuada y Belamy examinó largamente la pantalla.

—Prepare diez pinzas hemostáticas y algunas pinzas de Kocher —le pidió—. Lo que viene ahora parece más complicado. ¿Reginald?

—El lóbulo está lleno de sangre.

—Puncione y luego dele la vuelta para observar la cara interna.

Thomas reanudó la extracción y, cuando sacó la punta rota de la hoja del cuerpo del desdichado, la sangre empezó a manar desde la parte inferior de las costillas. La comprimió con un dedo, deteniendo la hemorragia.

—Mamaria interna —le indicó a la monja.

Se complementaban tanto que ella preparó la intervención sin necesidad de más precisiones. Thomas abrió también una ventana torácica. Pese a sus precauciones, la hoja había cortado la arteria mamaria, a la que estaba pegada. Los gestos del médico, fluidos y precisos, no mostraban ni nerviosismo ni tensión.

—Sigo teniendo sangrado, señor —intervino Reginald, cuyo tono había perdido la flema que intentaba ajustar a la de su tutor—. Cara interna, por debajo del pedículo. ¿Procedo a un taponamiento de tipo Mikulicz?

—No, hay que encontrar el origen y ligar. Ya ha perdido demasiada sangre.

—¡Pero están todas las ramas vasculares inferiores! ¡Temo obliterar un tronco demasiado grande! ¡Ayúdeme!

—Necesito la legra, hermana, una aguja curva e hilo —dijo Thomas antes de contestarle al interno—: Comprima toda la superficie punto por punto con ayuda de un dedo. Lo encontrará.

Belamy localizó la arteria mamaria por el reguero adiposo que la rodeaba, la aisló de la cavidad pleural y presionó por encima y por debajo de la herida. Con ayuda de la aguja curva, pasó el hilo alrededor de los dos extremos de la arteria seccionada y los ató. De vez en cuando observaba a Reginald, que desde hacía unos minutos no le preguntaba nada. El joven médico había encontrado el origen del sangrado y se preparaba para atar la arteria con cátgut.

—Practique una ligadura encadenada del pedículo —indicó Belamy antes de que Reginald se lo preguntara—. Después, una resección del segmento herido y una buena sutura de la herida. Nos vemos en la cocina antes de que el té se haya enfriado.

Reginald entró, radiante, para anunciar que los dos hombres habían sido trasladados al servicio de cirugía torácica, en el ala oeste. Las urgencias habían hecho su trabajo. Le explicó con detalle a Thomas el desarrollo de la operación, sin darse cuenta de que el médico había estado todo el rato pendiente de ella, y había considerado el trabajo de su interno muy alentador. Belamy lo felicitó efusivamente, bebió un último sorbo de *sichuan* y lo dejó para ir a ver al obispo. Thomas colocó el taburete junto a la cama, se sentó y le tomó los pulsos al paciente. Pinchó varias veces sobre el séptimo meridiano del corazón y luego sobre el decimoprimero, ambos situados en la mano. Sor Elizabeth había entrado sin que él la oyera, pero reconoció el olor de almidón de su ropa. La monja esperó a que hubiese acabado para hablar.

—El obispado acaba de llamar al hospital —anunció—. Lo han comprobado: todos sus obispos se encuentran bien de salud. Este hombre es un impostor.

Thomas percibió la ira fría de la religiosa, para quien la función era sagrada. Sor Elizabeth precisó que Scotland Yard enviaría a un investigador al día siguiente.

Cuando se quedó solo, Belamy abrió la taquilla del enfermo y sacó los ropajes sacerdotales. Registró los bolsillos y solo encontró un pañuelo con unas iniciales bordadas: HVC. En la parte interior de la sotana, una etiqueta indicaba la dirección de un comercio de Covent Garden. Thomas consultó el reloj y decidió ir allí: el establecimiento era una tienda de vestuario de teatro.

20

Saint Bart, Londres, martes 16 de febrero

Todo estaba casi a punto. Los mil doscientos metros cúbicos de gas, obtenidos, a falta de hidrógeno, por destilación de hulla, habían inflado la lona del globo. Además de los dos ocupantes, la barquilla iba cargada de miles de octavillas para ser lanzadas sobre Londres. Varios cientos de simpatizantes rodeaban la aeronave, cuya cabeza gigante se balanceaba sobre el terreno situado cerca del pub Old Welsh Harp, en Hendon. Las condiciones meteorológicas eran buenas, con un viento del noroeste ligero, aunque irregular.

Sin embargo, un tropiezo había retrasado la hora de salida: el motor de la aeronave, que supuestamente debía propulsarla a quince kilómetros por hora en cualquier dirección, se había negado durante mucho rato a ponerse en marcha, hasta que el ruido característico de los pistones arrancó las aclamaciones de la multitud presente. A las dos menos diez, el piloto se limpió las manos manchadas de aceite y arrojó el trapo al interior de la barquilla, luego subió para reunirse con la pasajera.

El aeronauta dio la señal de salida.

—¡Suelten todo!

—¡El voto para las mujeres! —gritó la pasajera a través de un megáfono. La frase destacaba en letras negras sobre una pancarta que colgaba de la aeronave.

Los asistentes aclamaron a la sufragista repitiendo la frase hasta que el globo no fue más que una estrella en el cielo.

Por espacio de unos minutos, Olympe olvidó su lucha, a la que había dedicado su vida desde hacía dos años, y se sintió como un pájaro planeando en la inmensidad del mar azul. Admiró lo que le pareció el paisaje más increíble de la Creación: bajo el globo, hasta donde le llegaba la vista, una marea de casas y edificios de la que brotaban los pétalos verdes de los parques, dividida por la serpiente parduzca del Támesis. Y, por encima de todo, el silencio. Un silencio profundo, roto tan solo, de vez en cuando, por los ruidos que escapaban de la ciudad, el silbido de un tren, la bocina de un automóvil, las risas de un grupo de niños, que les llegaban como burbujas que estallaban en sus oídos. Olympe, que desconfiaba de sus emociones y se había acostumbrado muy pronto a no expresarlas, se limitó a desplegar una sonrisa mirando al piloto. Este, un fotógrafo francés que trabajaba para una productora cinematográfica, había llevado una cámara panorámica Bell equipada con un gran angular —el más ligero del mundo, precisó— que le permitiría hacer cinco fotografías. Tomó la primera al volar sobre una masa de vegetación.

—Kensington —dijo, señalando el palacio situado en la entrada de Hyde Park.

Eduardo VII luchaba contra el amodorramiento. La comida se había compuesto, como de costumbre, por una sucesión de manjares cuyo nombre ni siquiera conseguía recordar, pero cuya calidad le había dejado boquiabierto. Salivó pensando en el plato más extravagante del almuerzo, una codorniz rellena de hortelano, relleno este de trufa rellena a su vez de *foie gras*, fruto de la imaginación de un cocinero perverso pero divino que, él sospechaba, era galés. Una irregularidad del suelo en Tothill Street sacudió el vehículo, como para recordarle su deber. El rey saludó maquinalmente a sus súbditos apiñados detrás de una doble hilera de policías. La carroza negra, con el techo y las ruedas recubiertas con pan de oro, avanzaba, tirada por seis Windsor Grey y seguida por el regimiento de los Horse Guards. Los cascos de los caballos golpeaban el suelo acompañados por el ruido del aguacero sobre los tejados de Londres. Al soberano no le gustaba la interminable ceremonia de la reanudación de la actividad parlamentaria, pese a que la había reintroducido él mismo en el protocolo. Miró el fragmento de cielo visible desde la ventanilla y después los árboles plantados delante de Westminster Abbey, cuyas copas oscilaban nerviosamente, y se refugió en la perspectiva consoladora de un *pêche melba* como postre en la cena.

Se había levantado viento y soplaba con regularidad, lo que contrarió al piloto. Podía seguir controlando la dirección del aparato, pero no fue capaz de mantener la altitud de quinientos metros que se había fijado. La aeronave subió hasta los novecientos metros. El francés no podía abrir la válvula: la maniobra les habría hecho perder altitud, pero no tenían suficiente gas para aterrizar en un campo de las afueras de Londres. Hizo un gesto de impotencia dirigido a Olympe, acompañado de un «¡Lo siento!» lleno de tristeza. Ella comprendió que su plan iba a fracasar: quería dirigirse al rey desde el cielo, al igual que otras sufragistas lo habían hecho en junio desde una embarcación en el Támesis. Se trataba de una iniciativa personal y no había informado de ella a la familia Pankhurst hasta esa misma mañana. Emmeline había tratado de disuadirla. Ella sabía que las posibilidades de sobrevolar el tramo entre el palacio de Buckingham y el Parlamento en el mismo momento que Eduardo VII cubría ese trayecto eran escasas, pero había confiado en su buena estrella. Le quedaban las octavillas que iban a alfombrar las calles de la zona de Westminster y los artículos en los periódicos del día siguiente. Sin embargo, Olympe detestaba la adversidad y las leyes de la física que estaban a punto de hacerla fracasar. Le tendió el plano de la ciudad a su compañero.

—¿Está dispuesto a seguirme, señor Delhorme?

En las inmediaciones del palacio de Westminster, las filas prietas de policías habían sido sustituidas por Scots Guards, alineados como árboles con la copa de piel de oso. El rey se acercaba a la entrada situada bajo la torre Victoria. Tenía ganas de fumar, pero el protocolo no toleraría semejante práctica y tuvo que aguantarse. Eduardo VII hizo un repaso mental de sus principales amantes clasificándolas de acuerdo con la satisfacción que le habían proporcionado. Dudó sobre el puesto que debía darle a una famosa actriz francesa antes de relegarla al tercero, dado que su relación había sido demasiado fugaz para su gusto. Otra actriz, Lilly Langtry, obtuvo el segundo puesto. Le gustaban las cortesanas, que tenían el buen gusto de ser profesionales en sus relaciones y con las cuales sabía a qué atenerse. Alice Keppel acabó en cabeza, tanto por la fascinación que su belleza ejercía sobre él como por su relación, que todavía duraba. Era también la que más había influido en él, y Eduardo VII echaba de menos los momentos en que la veía, durante la ausencia de su marido, en su casa de campo. El rey suspiró de añoranza al pensar que no estaba entre sus brazos, pero la reina Alejandra, sentada a su izquierda, lo tomó como un signo de cansancio pasajero y le dio unos golpecitos en la mano con la punta de los guantes para animarlo.

La carroza entró bajo el porche y se detuvo oscilando ligeramente. Los dos lacayos, que habían saltado del vehículo dos metros antes, tomaron sus posiciones, uno para abrir la portezuela y el otro para sacar el estribo. La reina bajó la primera, con ayuda, cosa que rechazó su marido. En el momento en que, precedido por el lord gran chambelán, se disponía a iniciar la subida de la escalera hacia el Parlamento, un clamor de entusiasmo se elevó de la muchedumbre apiñada en el exterior.

El aeronauta había abierto la válvula. Justo lo suficiente para descender a quinientos metros. Llegaron por el oeste, sobrevolando la abadía de Westminster. La ciudad entera parecía la maqueta de un diorama. Olympe pudo distinguir a la guardia a caballo, inmóvil y alineada en varias filas en Old Palace Yard, junto a la torre Victoria. Pero no se veía ningún punto dorado en el camino.

—Demasiado tarde —le dijo al francés—, ya está en el palacio.

Cogió el megáfono y formuló las reivindicaciones de las sufragistas. Inmediatamente, desde el suelo les llegó el sonido de miles de gritos: la multitud presente le respondía ovacionándola.

—¡Me oyen! ¡Me oyen! —exclamó antes de repetir su mensaje.

En la vertical del Parlamento, cogió los montones de octavillas y los arrojó desde la barquilla, junto con una bolsa llena de monedas de un penique, mientras el piloto tomaba otras dos fotografías. Ella vio cómo se dispersaban por el cielo de la capital como una lluvia multicolor. El globo recuperó un poco de altura, sobrevoló el Támesis y se alejó del centro de Londres hacia Tooting.

—Solo queda rogarle a Dios que sus cálculos sean exactos —comentó Olympe, que se había sentado en el banco de la barquilla. El aeronauta maniobró para poner rumbo sur-sudeste en dirección a Dulwich, donde el gran número de espacios verdes les permitiría aterrizar sin obstáculos—. ¡Y que le llevemos suficiente ventaja a Scotland Yard! —añadió la joven—. Me gustaría poder devolverle el globo a su propietaria, ¡ya le estropeé un par de zapatos! —Se quedaron un rato en silencio y luego el piloto le pidió que posara con la pancarta en la que se leía: «El voto para las mujeres», para tomar las últimas fotos—. No tengo la impresión de que perdamos altura —señaló ella mirando los edificios de Vauxhall, que le parecían tan minúsculos como el palacio de Westminster.

—Se equivoca, hemos bajado a cien metros. El gas se enfría.

Al preguntarle ella sobre su presencia en Londres, Irving Delhorme le contó la historia de su vida, en el seno de una familia como la que ella, que había estado encorsetada desde su más temprana edad, había soñado tener, ¡una familia extraordinaria que vivía en la Alhambra, en Granada!*

—Mi padre fue el responsable de mi afición a volar. Era un gran aeronauta —dijo cuando Dulwich ya estaba a la vista—. Quizá el más grande. —Hizo una comprobación en el mapa y llegó a la conclusión de que el aterrizaje podría hacerse en Crystal Palace—. El parque es extenso y seguro que encontramos ayuda.

El impacto fue brutal. La barquilla rebotó, dio la impresión de

* Véase *Allí donde se construyen los sueños*, de Éric Marchal, Grijalbo, 2018.

que el globo quería emprender de nuevo el vuelo antes de volver a descender y tocar el suelo. Delhorne lanzó el ancla, que surcó la tierra de un campo hasta que se clavó en la tierna madera de un joven olmo. El piloto abrió al máximo la válvula de los gases y tiró de una cuerda que rasgó el envoltorio.

—Tenemos tiempo antes de que llegue la policía. Voy a recoger el material y lo esconderemos en un granero cercano. Vendré a buscarlo todo dentro de unos días.

—¡Me habría gustado tanto alcanzar el éxito esta vez! —se lamentó Olympe mientras recogía sus cosas.

—¡Pero si ha sido un éxito! —la animó él—. Mañana toda la prensa lo contará. Sé que saldrá victoriosa en su lucha —concluyó, tirando con todas sus fuerzas del ancla para extraerla del árbol.

A lo lejos, un grupo de paseantes corría hacia ellos para ayudarles.

«¿Cuál será el precio que habrá que pagar?», pensó Olympe.

Al final, la ceremonia, que le pareció muy lograda, le había levantado el ánimo. El rey había pronunciado el discurso del trono en la Cámara de los Lores, había insistido en la importancia de aumentar el presupuesto de la Navy y después había seguido al sargento de armas hasta la carroza que lo esperaba bajo la torre Victoria. En el camino hacia Buckingham, vio a grupos de policías llenando bolsas de tela de papeles que cubrían el suelo.

—¿Qué hacen? —preguntó la reina Alejandra, que también se había fijado en ellos.

En cuanto se apeó del vehículo, Eduardo VII mandó convocar al oficial responsable de su seguridad y entró en uno de los gabinetes del palacio, donde pudo inhalar la primera bocanada de un Benson & Hedges con un placer que le pareció inigualable.

—Dígame qué ha pasado —ordenó, antes incluso de que el hombre tuviera tiempo de inclinarse ante él—. Y espero que su versión coincida con la de la prensa de mañana —añadió, rodeado de una voluta blanca.

—Las sufragistas, majestad —respondió el hombre sin vacilar—. Han lanzado mensajes de propaganda desde una aeronave.

—Las sufragistas... Pero ¿qué necesitan para renunciar a su absurda idea? Tenemos el dominio de los mares y los aires, habría que evitar que esas activistas pusieran en ridículo al Imperio. Asquith debe solventar ese asunto. La Nación tiene otros problemas mucho más importantes.

Movió la cabeza con aire contrariado y le volvió la espalda al oficial, que se inclinó antes de marcharse, aliviado por no haber tenido que mostrarle el crimen de lesa majestad cometido en las monedas de un penique que habían encontrado junto con las octavillas: el perfil del soberano estaba perforado con la frase «El voto para las mujeres».

21

Covent Garden, Londres, martes 16 de febrero

Al entrar, Belamy hizo tintinear con fuerza la campanilla de la tienda de Willy Clarkson. El diseñador de vestuario, que estaba planchando una chaqueta de granadero, se sobresaltó y la ceniza de su cigarrillo cayó sobre la prenda. La sacudió con un gesto malhumorado y apareció refunfuñando detrás del mostrador. Su rostro se ensombreció al ver a un desconocido con coleta, como los actores de compañías itinerantes que constituían el grueso de su clientela, pero tenían propensión a pagar con retraso y a menudo por partes.

—¿Señor Clarkson?

La respuesta fue un gruñido digno de un spaniel, con el que el individuo compartía algunos rasgos.

—Me llamo Thomas Belamy. ¿Esta prenda procede de su establecimiento? —preguntó tendiéndole la sotana.

—¿Dónde la ha encontrado? —replicó el comerciante, receloso.

—Soy médico. El hombre que la llevaba es ahora mi paciente —respondió Thomas dejándola sobre el mostrador.

—¿Qué ha pasado? —preguntó Clarkson manipulando la sotana para comprobar su estado.

—Esperaba que usted me ayudara a averiguarlo —dijo Belamy después de explicarle su situación—. Ni siquiera sabemos su nombre.

Clarkson suspiró como si esperara aquel momento desde hacía mucho; en ese suspiro se escondía un alivio por no tener que tratar con la policía. Había visto por primera vez al desconocido tres años antes, en su tienda. Aquel aristócrata alto, de maneras desenvueltas y rostro de actor capaz de evocar toda la gama de sentimientos, de la tranquilidad a la locura, iluminado por un par de ojos con el iris de un azul intenso y límpido, y, sobre todo, luciendo un bigote ancho y poblado, cuyo conjunto, asociado a un aplomo sin fisuras, le daba un carisma impresionante, se había presentado como «doctor en farsas de primera clase» y, con la mayor seriedad, le había encargado un disfraz de sultán de Zanzíbar, maquillaje incluido, cosa que le había exigido al diseñador de vestuario realizar búsquedas iconográficas exhaustivas, si bien se había visto recompensado por un pago a la altura, en el que se incluía su silencio cuando en el *Daily Mail* descubrió que el disfraz había servido para engañar al alcalde y a la Universidad de Cambridge, en una mistificación que había hecho reír a toda Inglaterra. Desde entonces, el hombre había acudido a él regularmente a proveerse para diferentes bromas, que, si bien no todas habían salido en la primera página de los periódicos, habían alimentado las conversaciones del todo Londres e incrementado su creciente popularidad.

—Vino a buscar la sotana ayer, aunque no me explicó para qué era. Tenía que devolvérmela mañana. Si supiera su nombre, no se lo daría: nuestra relación se basa en la discreción —dijo con desdén. Cogió unas tijeras de sastre y retiró la etiqueta de su establecimiento—. Si informa a la policía, lo negaré todo —añadió.

—Señor Clarkson, necesito hablar con su médico y avisar a su familia. ¿Conoce a otras personas que puedan ayudarme a identificarlo?

El comerciante se acercó a la puerta y la abrió de par en par. La conversación había terminado. Esperó a que Thomas hubiera salido y dijo:

—La familia Stephen, en el 29 de Fitzroy Square. Y…

—No informaré a la policía. Gracias, señor Clarkson.

La campanilla de la puerta fue la señal de su despedida.

La mujer encendió un cigarrillo y aspiró el tabaco con delicadeza, distraídamente. Guardó de nuevo el paquete en el bolsillo de su chaqueta, adornada con anchos bordes moteados de azul. Delante de ella, sobre la hierba de Fitzroy Square, dos adolescentes jugaban al críquet con las mejillas coloradas por el esfuerzo, se reían de todo, de sus mediocres reflejos, de su imprecisión, de su falta de fuerza, felices. La imagen le recordó las partidas interminables con su hermana en su casa de Saint Ives.

—¡Cucú, cabritilla!

La voz de su hermano, su respiración cálida en el cuello y el olor de su perfume la sacaron de sus pensamientos.

—Adrian, ¿cuándo vas a dejar de llamarme así?

—Cuando te hayas convertido en una dama respetable de Bloomsbury —dijo él conduciéndola hacia uno de los inmuebles de la plaza.

—Van todas empolvadas para disimular su cara abotargada, enrojecida…

—¡No sigas! ¡Para mí, siempre serás mi Virginia pálida y delgada!

Llegaron al número 29, cuya fachada estaba cubierta por una glicinia que colgaba del balcón del piso superior hasta la puerta de entrada. Virginia repetía hasta la saciedad que aquella planta de efímeras tonalidades malvas era lo que la había decidido a mudarse allí, pero él sabía que esa no era la razón. Vivían los dos solos después de que su hermana Vanessa se casara y se quedara con la casa familiar del 46 de Gordon Square.

Sophie, su única sirvienta, se apresuró a avisarles antes incluso de que se hubieran quitado las prendas de abrigo.

—Ha venido un señor que quiere hablar con ustedes. Dice que viene de parte del señor Clarkson. Le he acompañado al salón. Espero que les parezca bien —añadió al descubrir la mirada interrogante que cruzaron los hermanos.

—Es otra vez por Cole —dijo la chica con desdén.

—Yo me ocupo de esto —contestó Adrian—. Está bien, Sophie.

Adrian se reunió con su visitante, que se presentó como médico del Barts, y le escuchó distraídamente mientras lo observaba con detenimiento. Le parecía guapo, más guapo que Duncan, el pintor escocés del que estaba enamorado; el color de su piel, en particular, era magnífico comparado con la palidez moteada de Duncan. Apartó de su mente esos pensamientos perturbadores y se concentró en el relato de Thomas. Había identificado inmediatamente al desconocido que este describía.

—Horace de Vere Cole. Venga, salgamos y le explicaré la situación. Me temo que ha sido víctima de una broma, doctor Belamy.

Las farolas estaban encendidas, y las calles, animadas por transeúntes impacientes por reunirse con su familia al atardecer, momento en que toda la actividad diurna se había dado cita para el día siguiente. A través de las ventanas iluminadas se podían distinguir las viviendas equipadas con electricidad, que daba una luz clara de intensidad constante, de aquellas alimentadas con velas o con el hogar, de tonalidades cambiantes. En Bloomsbury abundaban las plazas ajardinadas y los hospitales destinados a una burguesía deseosa de bienestar. Adrian caminaba con pasos largos y flexibles, cuya aparente lentitud se veía acentuada por su manera de hablar desenfadada.

—Horace es amigo mío desde la universidad —dijo proponiéndole a Belamy entrar en Park Crescent— y siempre le ha gustado organizar bromas. Es algo que forma parte de su naturaleza profunda, una forma de expresar el desagrado que le produce nuestra sociedad. Pone poesía en cada uno de sus engaños. —Se detuvo delante de la estatua del duque de Kent y se quedó frente a la placa de bronce mientras proseguía—: El año pasado, en Venecia, pidió que le llevaran a su domicilio excrementos de caballo y por la noche los repartió por las calles de la ciudad. ¿Se imagina la cara de los venecianos a la mañana siguiente, convencidos de que coches de caballos habían recorrido la ciudad cuando en ella está prohibida la circulación de todo tipo de vehículos? Reconozco que no todas sus bromas son de muy buen gusto, pero me hacen reír y escandalizan a la sociedad conformista eduardiana, lo cual me complace por partida doble.

—Señor Stephen, lo siento, pero el estado de su amigo es preocupante. Tiene todos los síntomas de un coma. Lleva más de ocho horas inconsciente.

—Horace no tiene ningún límite y sin duda ha encontrado una manera de engañarle. Es su estilo. Yo lo he visto tirarse desde un acantilado que acababa de escalar con un grupo, solo para poner a prueba los pitones que retenían toda la cordada. Mi amigo es un temerario, doctor Belamy.

Las facciones del rostro de Thomas se tensaron. Intentaba desenredar el ovillo de las posibilidades. Le parecía increíble simular un coma, pero todo indicaba que Vere Cole era un personaje especialmente increíble.

—Necesito toda la información sobre su salud —dijo—. ¿Sabe por qué tiene fragmentos de bala cerca del corazón?

—Entonces ¿es serio? ¿Cree de verdad que está entre la vida y la muerte? Venga, hay un pub a dos pasos de aquí. La cerveza es amarga, pero el ambiente, tranquilo.

Virginia cenó sola. A las ocho recibió la visita de su hermana Vanessa y su marido. Estuvieron charlando de la cola que se formaba para comprar en la tienda Lipton, del precio excesivo de los alquileres en Bloomsbury, del vestido azul de Virginia, que le había costado diez chelines, y de sus ganas de tener un perro al que llamaría Tinker, luego pasaron a la política y cómo detestaban el orden liberal, amante de la norma y el conformismo. Vanessa le enseñó a su hermana la moneda de un penique con la frase «El voto para las mujeres» grabada, que había encontrado aquella misma tarde en la calle. Aunque la familia Stephen no militaba activamente, era partidaria de la causa de las sufragistas.

Virginia había empezado a acercarse con frecuencia a la ventana, pendiente del regreso de Adrian, cuando este entró en la habitación. Les anunció el accidente de Horace, que los dejó en un estado de patente indiferencia teñida de escepticismo. Un problema de salud les parecía de una terrible banalidad en alguien que a lo largo de los años los había acostumbrado a comportarse como el bufón del rey. Adrian sabía que su amigo no contaba con la estima de su familia, que lo consideraba un individuo zafio y vulgar, pero no perdía la esperanza de que un día llegara a apreciarlo en su justo valor.

—Me pondré en contacto con su hermana Annie, que vive en Birmingham, para que venga —añadió—. El médico ha dicho que quizá lo operará el jueves, si no recobra antes el conocimiento.

22

Saint Bart, Londres, miércoles 17 de febrero

Reginald no conseguía terminar su informe. Releía incansablemente las pocas frases escritas, pero no lograba concentrarse, obsesionado por las imágenes de la operación. La biblioteca se había vaciado a la hora de la comida, que él se había saltado para terminar el trabajo.

—Debería irse a descansar. La mañana ha sido larga.

No había oído acercarse al doctor Belamy. Se dio cuenta de que nunca oía los pasos de su superior, ni siquiera en el Gran Salón.

—Ha muerto, señor —dijo Reginald tendiéndole sus notas—. El asistente murió anoche. La culpa es mía.

—No, Reginald —contestó Thomas sin siquiera leerlas—. Era inevitable. Con o sin operación. Usted siguió mis instrucciones e hizo un buen trabajo. Métase eso en la cabeza y olvídelo —concluyó, devolviéndole el documento.

—He asistido a la autopsia. Obliteré una vena pulmonar al mismo tiempo que el vaso afectado. Maté a mi paciente, señor.

—Reginald…, ¿conoce el *ruou trang*?

—¿Es uno de los meridianos de la medicina china?

—No, es una medicación que le pondrá las ideas en su sitio. Venga.

Belamy llevó a su interno a uno de los laboratorios científicos de los que tenía la llave, abrió una estantería y sacó dos recipientes de cristal graduados, así como una botella llena de un líquido ligeramente turbio. Lo sirvió y le tendió uno de los vasos de precipitado.

—Vino de arroz —dijo.

—¿Asociado a qué beneficio?

—A ninguno. Permite no perder la moral cuando uno deja de creer en su vocación médica.

—¡Entonces es para mí! —confirmó Reginald, y se lo bebió de un trago.

La quemazón que descendió por su garganta le dibujó la anatomía de su esófago más claramente que una clase de fisiología de sir Trentham, y un estremecimiento gélido le recorrió el cráneo. Se quedó sin respiración unos segundos, transcurridos los cuales pudo respirar profundamente, como un recién nacido abriéndose al mundo.

—¡Dios mío! —exclamó, con la cabeza entre las manos, al sentir que la euforia se apoderaba de él—. ¡Qué eficacia!

Le tendió el vaso a Belamy para otra ronda.

—Despacio, tiene cuarenta grados —le advirtió Thomas tapando la botella.

—Pero ¿quién le proporciona esta terrible arma?

—Lo destilo yo mismo —dijo el cirujano mostrándole el alambique que había sobre una mesa de laboratorio—. Es una receta de Anam, la tierra donde crecí.

—Perdone mi ignorancia, pero ¿dónde se encuentra ese estado?

—Es un protectorado francés situado en el mar de China —respondió Thomas apurando su vaso.

Dejó que algunas burbujas de recuerdos estallaran ante sus ojos: la Compañía de Bebidas Destiladas de Tonkín, que tenía el monopolio de la producción anamita; su padre, que la administraba; su madre, perteneciente a la familia del emperador de Anam, que había tenido la osadía de amar a uno de los hombres de la colonización, y el olor del aguardiente que llenaba los toneles vacíos dentro de los cuales él se escondía cuando jugaba y que siempre acababa embriagándolo.

—Habría que imponerles el consumo de *ruou trang* a nuestros pacientes —dijo Reginald para romper el silencio que se había instalado entre ellos—. Y al personal, por supuesto. Eso me permitiría ser más hábil durante las intervenciones.

—El hombre al que operó estaba condenado —repitió Thomas recuperando el hilo de la realidad—. Había perdido demasiada sangre, sus desequilibrios eran demasiado grandes. Por esa razón decidí dejar que lo operase usted. Solo el teniente tenía posibilidades de salvarse.

—Si era una intervención condenada al fracaso, ¿por qué la hicimos? No lo entiendo.

—Por respeto a ese hombre y a su familia. Porque usted debía dar lo mejor de sí mismo. Y lo hizo. No intentar nada es la mejor manera de no progresar. Mire por el microscopio —dijo invitándolo a sentarse ante la mesa de laboratorio.

El interno examinó la placa colocada bajo la lente del binocular.

—Parece un cúmulo de glóbulos rojos —observó.

—Exacto. He estado con el profesor Landsteiner, de Viena, que recientemente ha identificado varios grupos sanguíneos. Cuando se pone en contacto el suero de dos personas de diferente grupo, los hematíes se aglutinan, como en esta placa. Si son del mismo grupo, quedan en suspensión. Esto podría ser la clave para la transfusión de sangre. Sin duda la solución está ahí, ante nuestros ojos.

—¿Se imagina el número de vidas que podríamos salvar? —se entusiasmó Reginald—. ¿Por qué no lo intentamos ayer?

—El tiempo que se habría tardado en hacer esta prueba en el laboratorio, en identificar a una persona compatible y en realizar la transfusión, lo habría convertido en un intento vano. No estamos preparados. Comprendo su frustración y la comparto. La medicina avanza a pasos de gigante, pero siempre habrá un último enfermo o un último herido que muera por falta de conocimientos suficientes. Es así, y ni usted ni yo podemos hacer nada para evitarlo —concluyó Belamy, y le ofreció otro vaso de aguardiente.

Bebieron en silencio y Reginald pudo apreciar el amargor y las notas especiadas de la bebida.

—Yo añado algunas plantas —reconoció Thomas—. En la provincia de Tanan, se utiliza sobre todo serpiente o geco. Pero aquí no encuentro.

—Le agradezco el cambio —confesó el interno reprimiendo una arcada.

—Reginald, ¿cree que es posible simular un coma? —preguntó Thomas antes de contarle su visita a la familia Stephen. La pregunta le tenía obsesionado desde su regreso.

—¿Cómo podría hacerlo? Todos nosotros hemos estado con él un rato. Frances le tomó una muestra de sangre. Ayer incluso se hizo sus necesidades encima, tuvimos que cambiarlo. Esta mañana, la enfermera en prácticas le ha administrado la segunda inyección de digitalina y ha tenido que hacer dos intentos para encontrar la vena.

—¿A qué hora ha sido eso?

—Hacia las ocho.

—A menos que… —Una idea se abría paso en su cabeza. La intuición de haber tomado el camino equivocado. La pregunta correcta no debía ser coma o simulacro de coma.

—Tengo que ir a ver al gerente y al cocinero —anunció.

—¿Le preocupa algo relacionado con la comida, señor?

—No, pero quizá ahí esté la solución a nuestro problema.

Belamy le hizo una visita convencional a su paciente: le tomó los pulsos y consultó las constantes vitales anotadas por Frances, y luego le comprobó los reflejos una vez más. Desenvolvió una hoja de papel de periódico que contenía una piel de conejo y la puso sobre el cuello del paciente, que no reaccionó.

—Querido señor Vere Cole —comenzó a decir tras sentarse en el borde de la cama—, quería contarle una historia que justo ahora he acabado de entender, trata de un hombre que se dispone a poner en práctica una broma disfrazándose de obispo de Madrás y envía al hospital un telegrama anunciando su llegada. —Se inclinó hacia él y le susurró al oído—: El gerente acaba de confirmármelo. —Volvió a su posición inicial y prosiguió—: Se supone que el falso religioso va a visitar a los enfermos y a confesarlos. Pero resulta que el cochero, ebrio desde las siete de la mañana, se equivoca de entrada y el coche acaba volcando delante de la puerta de urgencias.

Mientras hablaba, no apartaba los ojos de Vere Cole, que parecía profundamente dormido y cuyo rostro no delataba tensión alguna.

—Entonces entra en escena un detalle de la vida de este hombre, un detalle que tiene su importancia. El asunto se remonta a ocho años atrás, el dos de julio de 1900, en Sudáfrica, cerca de la ciudad de Lindley. Es la guerra de los Bóeres y un francotirador toma al joven capitán de caballería como blanco. Lo dejan abandonado todo un día, acribillado de plomo, y lo dan por muerto, hasta que la Cruz Roja lo repatría. Desde entonces, su vida pende de unos milímetros, la distancia que separa un fragmento de dumdum de su corazón. Un impacto en el costado derecho puede ser fatal. Y, de forma inesperada, ese impacto tuvo lugar ayer por la mañana. Acto I: sufre usted un síncope y cae realmente en coma. —Thomas subió ligeramente la piel de conejo para cubrirle por completo el cuello hasta la barbilla—. Pero la segunda inyección de digitalina le ayuda a despertar. A partir de ese momento, las pulsaciones suben diez latidos por minuto en cada comprobación, y la temperatura, medio grado. Mi equipo, que ayer pasó mucho tiempo con usted, está ahora menos disponible. Usted se da cuenta enseguida de la oportunidad y aprovecha la situación para llevar su broma hacia una conclusión espectacular. Acto II: decide representar su despertar en el momento más oportuno. Y completar su farsa con la resurrección de un obispo en el hospital, ante testigos. Una bonita jugada. El problema es que, por falta de camas, le hemos dejado solo en esta habitación.

Belamy esperó a que su paciente se diera por vencido y abriera los ojos. Ninguna de las dos cosas sucedió.

—Un último punto: su amigo Adrian Stephen me ha dicho que es usted muy sensible al pelo de conejo. Por desgracia, este animal formaba parte del menú de mediodía y nuestro cocinero me ha regalado la preciosa piel que adorna su cuello. Tranquilo: si está en coma, no estornudará. Voy a dejarle un momento para que reflexione —concluyó mientras se levantaba.

Al salir oyó que lo llamaba Etherington-Smith, quien le anunció que un juez lo había citado: el joven huérfano al que había operado del bazo había presentado una demanda contra él. Se quejaba de que padecía dolores de cabeza y torácicos como consecuencia de la intervención.

—Es un aprovechado que quiere ganar dinero a nuestra costa;

lo demostraremos fácilmente, nuestro abogado no está en absoluto preocupado. Han nombrado a un médico de Saint Thomas como experto. Confío por entero en su diagnóstico. Le has salvado la vida a un ingrato, amigo mío.

Una salva de estornudos apocalípticos les llegó desde la habitación.

—¿El mitómano ha salido del coma? —preguntó Raymond entrando sin esperar la respuesta.

Horace de Vere Cole, de pie junto a la cama, se atusaba con la yema de los dedos su inmenso bigote.

—El doctor Belamy, supongo —le dijo a Etherington-Smith.

23

Clement's Inn, 4, Londres, miércoles 17 de febrero

La sede de la WSPU era para Olympe como su casa, y la habitación que ocupaba en el cuarto y último piso del inmueble señorial del 4 de Clement's Inn era su refugio. Sencilla, pero de grandes dimensiones, estaba equipada con un lavabo y un espejo, y daba a la calle, con sus altos árboles, todavía desnudos en febrero, por encima de los cuales asomaban los tejados y la aguja del cercano Real Tribunal de Justicia. Olympe formaba parte de las cuatro privilegiadas que vivían allí de forma estable, lo que a veces la incomodaba, consciente de que a cientos de militantes su marido o su casero las habían puesto en la calle a causa de sus ideas. Pero Olympe dedicaba todo su tiempo a la WSPU. La familia Pankhurst la consideraba un eslabón indispensable para la organización y la cabeza pensante de sus operaciones más arriesgadas.

Llamó a la puerta de la habitación contigua, ocupada por Betty, que no se encontraba allí. Estaba en el piso de abajo, el de la editorial Women's Press, acabando el cierre de su semanario *El voto para las mujeres*. Lo habían vendido juntas durante un año, cambiando de barrio cada trimestre, soportando todas las contrariedades posibles, y eso había forjado su argumentario y su amistad. La tirada de la publicación era en ese momento de cuarenta mil ejemplares, y el conjunto de números les aportaba un botín de guerra de más de doce mil libras.* Betty se sentía muy orgullosa de ello.

Cuando Olympe le contó su ascenso en globo, su amiga le reprochó enérgicamente que no se lo hubiera contado antes, aunque tuvo que acabar aceptando las razones por las que no lo había hecho: sabía que la familia Pankhurst era la única que decidía las operaciones y que Emmeline habría rechazado un vuelo en aeronave sobre el trayecto del rey, demasiado arriesgado en caso de fracaso. También sabía que solo Olympe podía desobedecer de ese modo sin que se la excluyera del movimiento. Betty decidió cambiar la primera página y retrasar la impresión hasta el día siguiente por la mañana para contar el acontecimiento, lo que la obligaría a trabajar toda la noche. Pero ninguna militante se quejaba nunca, la causa de la WSPU pasaba por delante de cualquier consideración personal.

Olympe se dirigió al segundo piso, donde había almacenada una cantidad impresionante y variada de objetos producidos para alimentar la caja de la organización. Las insignias, las cintas y los fulares con la tríada violeta, blanca y verde, alineados en decenas de cajas de cartón, ocupaban la mitad de una de las habitaciones, mientras que la otra mitad parecía un guardarropa, ya que en ella se apilaban prendas de vestir, cinturones, sombreros, zapatos y joyas. Olympe se probó un vestido, se calzó unos zapatos de tacón y se puso pendientes y un sombrero mientras observaba en el espejo su transformación en mujer de la burguesía inglesa; ella, que solía salir con la cabeza desnuda, a veces con pantalones de hombre y camisa de lienzo, reacia a la etiqueta que imponía cambiar de indumentaria según la hora y las actividades del día. Se sentía indiferente a la moda que convertía las prendas en lastres de siete u ocho capas superpuestas, combinación, corsé, camisola, enaguas, todas esas piezas recubiertas por una falda larga que la nueva tendencia, procedente de Francia, quería estrechar, impidiendo que las piernas de las mujeres dieran pasos de más de veinte centímetros o accedieran al estribo del tranvía.

«Nadie frenará jamás mis pasos —pensó—, y menos aún los costureros.»

---

* El equivalente a un millón ciento treinta mil euros actuales.

Christabel la sorprendió frente al espejo y la felicitó. Olympe era una de esas mujeres que realzan cualquier prenda, la mayor de las Pankhurst lo señaló, incluyendo en su descripción la indumentaria de la prisión de Holloway. Olympe detestaba los cumplidos, incluso los más sinceros, pues los sentía como una amenaza para su independencia y su libertad. No sabía cómo responder a ellos y los esquivaba con una pirueta o un sonrojo, a veces ambos a la vez; eso fue lo que hizo en esa ocasión rehuyendo la mirada de su amiga y desviando la conversación hacia los naipes de una baraja que estaban esparcidos sobre la mesa, entre octavillas y carteles, que le intrigaban. En la caja ponía: «El gran juego de cartas Panko: sufragistas contra antisufragistas».

—¿Me explicarás las reglas? —pidió Olympe dándole la carta que tenía en la mano, en la cual se veía a una mujer detenida por un *bobby*—. ¿Panko es por Pankhurst?

—Sé lo que piensas, pero a veces es necesario personificar un movimiento en torno a una o varias figuras —respondió Christabel dejándola sobre el estuche—. Resulta indispensable para la motivación de todos, y más aún en vista de los acontecimientos que vivimos y continuaremos viviendo.

—No tienes que convencerme.

—No creo que nos hayamos convertido en unas autócratas. Por lo demás, es un nombre que no tiene femenino. El juego no saldrá a la calle hasta diciembre, ¡quién sabe si entonces no habremos conseguido ya nuestros objetivos! —concluyó antes de proponerle que fueran a la planta baja para reunirse con las demás. Las estaban esperando para su reunión semanal.

Como Emmeline no estaba presente, dirigió la sesión Christabel. Ella era la única que estaba al corriente de la agenda de su madre, obligada a acudir de manera irregular a la sede de la WSPU, donde ya había sido detenida por las fuerzas policiales, y a cambiar con frecuencia de lugar de residencia.

En ningún momento se habló de la acción de Olympe. Las diferentes organizaciones femeninas no se habían unido en el seno de una estructura coordinada, y todo lo que tenía lugar fuera de la WSPU no les concernía. No había una rivalidad real: su objetivo era el mismo, pero los caminos que seguían para alcanzarlo diferían. Al final, todas se complementaban, y la WSPU se hallaba en la vanguardia de la lucha.

—En la entrada hay un crío que quiere verte.

Betty había interrumpido la reunión para avisarla, a sabiendas de que a Olympe le aburría soberanamente escuchar la exposición de las cuentas del movimiento. El niño era un vendedor de periódicos al que ella había visto a menudo trabajando en Fleet Street. El chico le sonrió tendiéndole un sobre y se marchó corriendo.

La joven desdobló la nota que contenía el sobre.

> Ya saben que es usted la instigadora del vuelo de la aeronave sobre Westminster. Permanezca tranquila unos meses. Corre un gran peligro. El Apóstol.

Olympe examinó instintivamente la calle, que formaba un recodo y estaba desierta. Se sentía observada desde una de las numerosas ventanas de los pisos superiores del Real Tribunal de Justicia, situado enfrente. No le cabía ninguna duda, estaba ahí y esperaba respuesta. Por primera vez, el gobierno era presa del pánico ante las sufragistas. Rompió la carta de manera ostensible y entró para proponer al comité un endurecimiento de la acción. Se votó su propuesta y se aceptó que ella encabezara un comando de mujeres encargado de romper las ventanas de edificios oficiales. Olympe se asignó el Home Office.* La declaración de guerra ya era un hecho.

24

Saint Bart, Londres, miércoles 17 de febrero

—Yo soy el doctor Etherington-Smith —rectificó Raymond—, y este es el doctor Thomas Belamy. Teníamos algunas preguntas que…

—Ah, entonces ¿es usted? —le cortó Horace desentendiéndo-

* Ministerio del Interior.

se de él y mirando con curiosidad a Thomas—. ¡Pues me ha salvado la vida, con la ayuda de Dios, hijo mío! ¡Bendito sea, es un milagro! ¿Es creyente al menos?

Una larga salva de estornudos durante la cual los dos médicos se interrogaron con la mirada interrumpió su discurso. Thomas le confirmó a Raymond, haciendo una seña con la cabeza, que no tenía ninguna duda sobre su propia versión.

—¿Puede usted…? —comenzó este último.

—Estaba en el limbo, he visto a los ángeles y Dios me ha hablado —continuó Vere Cole abriendo los ojos como platos—. Me ha dicho que no me había llegado la hora y que debía llevar su palabra como su hijo Jesús hizo antes que yo. Estoy vivo gracias a Él. Y un poco gracias a usted, doctor Belamy, aunque su método no es muy académico —añadió señalando la piel de conejo que estaba en el suelo.

—Quisiéramos aclarar…

—¡Aleluya! ¡Hosanna! ¡Debo ir a propagar esa palabra sin tardanza! —proclamó Vere Cole precipitándose hacia el exterior. Se volvió inmediatamente y, mostrando el camisón de enfermo que llevaba, preguntó—: ¿Dónde está mi ropa? ¿Y mi sotana?

—En la tienda de su propietario —respondió Thomas, a quien el aplomo de Vere Cole divertía.

—Ah, es una prueba que Dios me envía, ¿es eso? *Vade retro!* —gritó en dirección a Etherington-Smith, que se acercaba.

Formó una cruz con el índice de ambas manos, como para inmovilizarlo, y echó a correr por el servicio gritando ante los enfermos, boquiabiertos o inquietos, que se había producido un milagro. Raymond llamó a Reginald y a dos estudiantes que estaban vendando a un paciente para que fuesen tras él, y luego se volvió hacia Thomas.

—¿Ese hombre está loco? —dijo.

—No lo creo. Es una especie de anarquista de la broma. Un artista.

—Artista o no, vamos a demandarlo.

—Eso es lo que busca, que se hable de él. Y los periódicos nos ridiculizarán. Nos interesa silenciar este asunto, y él lo sabe.

Raymond se mostró enseguida de acuerdo con su amigo.

—Es tarde. Vayamos a tranquilizar a los enfermos y volvamos a casa.

Etherington-Smith fue directamente a una fiesta benéfica, a la que llegó tarde; Reginald, que no había podido alcanzar al paciente, se reunió con otros internos en el pub Saint Bartholomew, donde jugaron a los dardos hasta el cierre del local; Thomas anotó la alergia de Vere Cole en su informe, sin mencionar su simulación, y luego regresó a su domicilio, uno de los apartamentos destinados a los médicos en un edificio que hacía esquina con Little Britain. Se dio una larga ducha en el cuarto de baño común para toda la planta, se secó el pelo y se lo recogió en una trenza, se puso una túnica anamita de seda negra bordada y encendió una hilera de velas, a cuyo resplandor realizó unos ejercicios de flexibilización exhaustivos, a fin de corregir las contracturas de sus músculos dorsales, causadas por las doce horas de trabajo diario en el hospital. Terminó con unos movimientos encadenados de vovinam. No podía practicar oficialmente este arte marcial en Londres, pero frecuentaba la trastienda de un establecimiento en el 15 de Limehouse Causeway, en Poplar, donde la pequeña comunidad asiática lo hacía a salvo de las miradas del Imperio. Había vuelto en dos ocasiones a Westminster Palace, siempre por el sótano, y la imagen de la desconocida se borraba cada vez un poco más.

El timbre lo interrumpió. De todos los inventos que el nuevo siglo escupía a una velocidad desenfrenada, este le parecía el más inútil y perjudicial. Detestaba el sonido escandaloso que producía el martillo epiléptico sobre la minúscula campanilla, y en el hospital todo el mundo tenía en cuenta que, si quería que Thomas respondiera, debía llamar a la puerta dando unos golpes con los nudillos. El desconocido insistió alargando la duración y el número de los timbrazos. El médico dudó sobre si cambiarse de ropa, pero acabó abriendo la puerta y delante se encontró a Horace de Vere Cole, ataviado con un elegante chesterfield con el ancho cuello de terciopelo subido y tocado con un sombrero Homburg gris claro.

—¡Mi salvador! —dijo abriendo los brazos.

—Mi mitómano… —replicó Thomas poniéndose en guardia.

—Quería darle las gracias —anunció Horace dando un paso adelante para entrar—. No he tenido ocasión de hacerlo antes.

Belamy no se apartó y Vere Cole retrocedió.

—¿Iba a una recepción, quizá? —preguntó examinando la intrigante vestimenta del médico—. ¿No? Mejor. Venga, le invito, tenemos que hablar.

El Café Royal era el punto de encuentro entre el antiguo y el nuevo mundo, el improbable presente donde pasado y futuro se codeaban todos los días. El establecimiento, situado en el número 68 de Regent Street, atraía a artistas, cortesanas, modelos, actrices y periodistas, toda la bohemia real o supuesta de Londres, que a veces acompañaba a los burgueses y la aristocracia del Imperio cuyas costumbres compartían y por quienes, con más frecuencia, mostraba indiferencia. Todo ese mundo refinado o ese mundillo de conductas equívocas se observaba, como dos comunidades de animales salvajes que hubieran ido a beber al mismo manantial. El desenfreno y la provocación se entreveraban con lo socialmente correcto en el ambiente humoso y la decoración rococó del lugar más apreciado del momento. Las paredes del café estaban cubiertas de espejos encastrados en marcos de molduras doradas, que sostenían cariátides en poses lascivas. Ya desde la entrada, la vista era atraída por el rojo del terciopelo de los cortinajes y los asientos, y el blanco de los delantales que evolucionaban entre las mesas de mármol.

Vere Cole invitó a Belamy a sentarse a la única mesa de esquina, que tenía reservada, y pobre del que se aventurara a ocuparla sin su permiso. Thomas se quedó sorprendido por la indiferencia de los clientes hacia su vestimenta, pero no lo dejó traslucir. El lugar parecía acoger todo tipo de excentricidades. Todos conocían a Vere Cole y la mayoría ya estaba al corriente del episodio del hospital, cuyos contornos él había retocado para convertirlo en una oda a su leyenda de mistificador.

—¿Le gusta el Teeling? Es whisky irlandés —le preguntó Horace—. También tienen champán. Sé que usted es francés, bebamos champán —decidió sin preocuparse de los deseos de su invitado—. ¿En las colonias lo producen?

—Yo nací en Anam, no es una colonia. Procedo de un estado que se halla bajo protectorado —contestó Thomas mientras observaba las otras mesas a través de los espejos.

—Todo eso son detalles administrativos y polvo retórico. ¡Usted es un indígena mestizo sin más!

Thomas pensó que su aspecto siempre lo remitiría a los confines de los imperios.

—¿Y cómo se siente en Londres quien ha crecido en el condado de Galway, en Irlanda? —preguntó para devolvérsela.

—¡Ah! Adrian ha hecho de biógrafo —comentó, divertido, Vere Cole—. Quede claro que todo lo que ha dicho es verdad, incluso puede que esté por debajo de la verdad. Mario —dijo llamando al camarero—, una botella de Ruinart.

—A mí, su estado me incitaría a la prudencia y a la dieta. Ayer por la mañana no habría apostado mucho por su presencia aquí esta noche.

—Razón de más. Algunos vinos son beneficiosos, y la prudencia no figura en mi diccionario, querido amigo.

Descorchó la botella él mismo con un gesto brusco, dejando que la espuma se extendiera sobre el mármol.

—¿Adrian le ha hablado de mi broma de Cambridge? —le preguntó a Thomas tendiéndole su copa—. El sultán de Zanzíbar.

—Lo ha hecho su diseñador de vestuario.

—Ese Clarkson es un canalla, pero nos caracteriza de maravilla. ¡Por mi salvador! —repitió Vere Cole antes de apurar la copa de un trago.

—¿Por qué ha venido esta noche a mi casa?

—Ya se lo he dicho, para expresarle mi gratitud. En el momento de despertar, el de verdad, oí a uno de sus colaboradores decirle a la enfermera que, de no ser por usted, habría acabado en el depósito de cadáveres. Así que ¡por usted, doctor Belamy! —brindó tras servirse de nuevo—. La poesía y el humor ingleses le agradecen que me haya salvado la vida.

—La modestia francesa me impide recibirlo con gran pompa —contestó Thomas, a quien el personaje le resultaba divertido—.

Pero hay algo que no acabo de entender: ¿por qué fue al Barts haciéndose pasar por un confesor? Habría bastado con ir a una iglesia.

—Los que gozan de buena salud no me interesan. Los enfermos se muestran siempre más dispuestos a confesar sus pecados inconfesables, si tienen la impresión de estar al borde de la muerte. Me habría enterado de algunos secretos bien guardados y se los habría revelado a mis conocidos periodistas, para dañar a nuestra ignominiosa sociedad de la simulación que encorseta Inglaterra. Un acto de salubridad pública, en cierto modo... —Horace estornudó ruidosamente—. En cambio, usted podría haberme matado con el conejo —añadió en un severo tono de reproche.

Thomas no conseguía distinguir qué había de exageración incluso en sus más pequeños gestos y qué de burla de sí mismo en sus palabras. Acabó llegando a la conclusión de que el propio Horace confundía permanentemente el juego y la realidad. Vere Cole habló largamente, sin asomo de falso pudor, de su tema preferido, es decir, él mismo, sus hazañas y su existencia de bohemio que no necesita trabajar para mantener un tren de vida de hombre de mundo.

—Para ser sincero, he venido a verle por otra razón —acabó por admitir mirando la botella vacía con aire de desconsuelo—. ¿Pasamos al whisky?

Belamy lo dejó hacer, pese a que se había tomado él solo cinco de las seis copas servidas. El médico no tenía ningunas ganas de entrar en la competición a la que el irlandés le incitaba.

—Usted no es como los demás doctores —comenzó diciendo Vere Cole—. No solo a causa de su procedencia exótica y su forma de vivir, ni de sus prácticas chinas de las que me han hablado, sino porque no tiene ese gran defecto de mis compatriotas que consiste en conceder una importancia desmesurada a la mirada exterior y a esa educación encorsetada que nos transmitimos de generación en generación, sin que a nadie se le ocurra nada que objetar. ¿Por qué cree que mis bromas funcionan tan bien en mi patria? La mayoría serían puestas al descubierto de inmediato en Italia o en Francia, donde el espíritu de contestación es mucho más acusado. Aquí, no tengo más que llevar una sotana para que se me reverencie, porque, por mucho que despierte dudas, nadie se permitirá jamás exponerlas. ¡Mis farsas tienen aún grandes días por delante, créame! —Se sirvió un trago de Teeling y se lo bebió de forma automática, como se arroja un tronco al hogar para mantener el fuego, luego continuó—: Y precisamente hay una mistificación que llevo tiempo madurando, pero que hasta ahora no he podido realizar porque requiere una complicidad, digamos, especial. Y estoy seguro de que esa complicidad la encontraré en usted.

—¿De qué se trata? —preguntó Thomas, a la vez divertido y preocupado.

—Le confesaré que ya he ido varias veces al Barts este año, doctor Belamy. Al anfiteatro de las disecciones de anatomía, ya que están abiertas al público.

—¿Le interesa la medicina?

—Me interesa esa ceremonia en la que se entrega al ser humano en ofrenda al dios pagano de la medicina. Reina en ella una enorme tensión dramática; lo que está en juego es a la vez insignificante y tremendamente poderoso, ya que el médico forense va en busca del más íntimo de los secretos vinculados a un ser humano: el de su muerte. Ese momento es fascinante. Y no vea en ello ninguna inclinación necrófila. A donde quiero llegar… —Dos estudiantes vestidos de negro que se levantaban ruidosamente para marcharse atrajeron la mirada de Thomas—. No está escuchándome —se interrumpió Vere Cole adoptando una actitud ofendida.

—¿Son miembros del Coster Gang? —preguntó el médico.

Horace se encogió de hombros. El Coster Gang estaba compuesto de estudiantes de arte vestidos de la cabeza a los pies como verduleros, cuyas principales ocupaciones se limitaban a provocar peleas con otras bandas u otros estudiantes, y todo ello para demostrar que el arte moderno no tenía nada que ver con el esteticismo del siglo anterior.

—Sí, y no presentan ningún interés. Forman parte del decorado.

—Yo no estoy tan seguro —dijo Thomas al ver que se aproximaban a ellos.

Los estudiantes se acercaron a la mesa hablando en voz bien alta para que se les oyera.

—Parece que el zoo de Londres ha abierto un poblado colonial —dijo uno de ellos.

—Sí, pero hay que avisarles de que se ha escapado un indígena —contestó el otro.

Se detuvieron delante de Thomas, quien hizo una seña a Vere Cole para indicarle que no respondiera.

—Podemos acompañarlo —añadió el primero dirigiéndose a Thomas, y el otro rompió a reír.

Horace se levantó sin brusquedad y los gratificó con una amplia sonrisa.

—Señores, ustedes no ignoran quién soy.

—En efecto. Usted es quien invita a beber a todos los artistas fracasados que andan por aquí.

—Por lo tanto, tengo que invitarlos a mi mesa. Debo reparar mi error y embriagarme con ustedes.

—Ah, ¿sí? ¿Nos insulta? —dijo el primero, que estaba esperando la respuesta para iniciar una pelea.

No tuvo tiempo de acercarse a Horace, pues se encontró con la nariz pegada a la mesa y los brazos inmovilizados en la espalda, en una torsión dolorosa. La velocidad de ejecución de Thomas había sorprendido a todo el mundo, incluido el segundo estudiante, quien, tras un momento de vacilación, soltó una palabrota y se quedó paralizado: Horace había apoyado el cañón de un revólver en su nuca.

—Como me conoce, sabe que soy capaz de hacerlo —precisó este último amartillando el arma. El hombre de negro asintió—. Ahora, saldrán de aquí con calma. Mi amigo y yo necesitamos hablar en un ambiente tranquilo.

—¡Incidente acabado! —dijo el gerente, que, en cuanto le advirtieron de lo que pasaba, bajó de su despacho—. ¡Y que no vuelva a verlos por aquí! —añadió mientras los dos estudiantes salían—. Lo siento, señor Vere Cole. ¿Puedo ofrecerle una copa?

El local recuperó poco a poco su animado bullicio.

—¿Cómo lo ha hecho? —preguntó Horace bebiendo un whisky—. No me lo esperaba.

—¿Sale siempre armado?

—Una Webley Mark IV, la he conservado como recuerdo de

la guerra de los Bóeres —explicó guardándola en un bolsillo interior de su chesterfield—. A veces la saco a tomar el aire, es mi único animal de compañía.

—¿Habría disparado?

—Sin dudarlo. Porque sé que usted lo habría salvado.

V

25

Holloway, Londres, viernes 2 de julio

El Black Maria avanzaba al paso. El furgón policial se componía de dos hileras de cinco exiguos compartimentos individuales que no permitían libertad de movimientos, una especie de cajones con aspecto de ataúdes verticales en los que se había practicado una estrecha ventana para que entrara un poco de luz. A Olympe le dolía la espalda. Le resultaba imposible sentarse y el traqueteo del vehículo sobre el suelo desigual de las calles del norte de Londres la zarandeaba adelante y atrás. El trayecto de ocho kilómetros duraría una hora.

El silencio reinaba en el Black Maria. Dos policías montaban guardia en el interior, en asientos de madera, dispuestos a reprimir cualquier tipo de intercambios entre las sufragistas. Pero el agotamiento de las mujeres era tal que ninguna de ellas tenía ganas de provocar a los *bobbies*. El miedo también se hallaba presente: miedo a lo desconocido para algunas, miedo al reencuentro con las vigilantes inhumanas y con las celdas de la sección dos para otras. Dentro de los compartimentos, el olor era insoportable, una mezcla de moho, orina y sudor. Olympe intentaba alejar todos los sentimientos negativos que aquel viaje se suponía debía generar;

lo que perseguía con él la administración penitenciaria era erradicar el más mínimo intento de rebelión antes incluso de la llegada a la prisión. La joven intentaba convencerse de que sus dos experiencias anteriores iban a ayudarla a soportar mejor esta nueva estancia. Un bache más grande que los demás hizo tambalear el furgón. Las mujeres gritaron. Olympe se golpeó la parte posterior de la cabeza con un saliente del cajón. Dobló las piernas hasta que sus rodillas tocaron la puerta que la encerraba y, pese a la incomodidad de la postura, intentó recuperar fuerzas. Su detención había sido accidentada.

Tres días antes, una delegación de la WSPU había ido a Westminster Palace para presentarle al primer ministro una petición en favor del derecho de las mujeres al voto. Olympe tuvo la impresión de que la historia se repetía exactamente un año después de su primer intento. Había una gran aglomeración de gente, policía montada y cordones de *bobbies*. De nuevo se les cerró el paso en el vestíbulo de Saint Stephen y el inspector Scantlebury salió a su encuentro para comunicarles la negativa del señor Asquith a admitir la petición e, inmediatamente, las fuerzas del orden las obligaron a retroceder hacia Victoria Street. Scantlebury cantó victoria demasiado pronto, al rato comprendió que habían caído en la trampa tendida por las sufragistas.

Olympe había mandado alquilar treinta oficinas en las calles vecinas, de donde las mujeres salieron en grupos de ocho, cada uno de ellos con un edificio concreto como objetivo. Las piedras hicieron añicos los cristales de las ventanas del Home Office y varios ministerios más mucho antes de que llegaran refuerzos policiales. Los arrestos que siguieron fueron numerosos, más de un centenar. Olympe se libró, pero el viernes por la mañana los hombres de Scantlebury se presentaron en la sede de la WSPU y, justo cuando acababa de recibir por correo el libro que estaba buscando desde el año anterior, la detuvieron. Se defendió, les propinó varios golpes con el libro, pero acabó rindiéndose para evitar que acusaran a sus amigas de flagrantes delitos. El tribunal la juzgó y la condenó en el acto, después de que se negara a pagar la fianza de ochenta libras, y aquel 2 de julio, a las once de la mañana, la metieron en un compartimento del Black Maria.

La salida del furgón le permitió recuperar el uso de las piernas, cuyos extremos ya no sentía. En medio de un silencio únicamente turbado por el avance de las mujeres en fila india arrastrando los pies, estas fueron conducidas hacia la sección dos, la de las presas comunes. Olympe, que iba en cabeza, se plantó delante de la jefa de las vigilantes y reivindicó el estatus de presa política. Las dos mujeres se habían reconocido enseguida. La carcelera, de figura andrógina y con el pelo corto, tenía un rostro de facciones toscas, las comisuras de la boca hacia abajo le daban un aire despreciativo y la asemejaban a un dogo, mote que le habían puesto las reclusas. La mujer la había tratado con dureza durante sus encarcelamientos anteriores, mucho más allá de lo que la ley autorizaba, y Olympe se había jurado que jamás le perdonaría que la hubiera sometido a lo que ella consideraba tortura moral y física. Pero Holloway era un lugar al margen del derecho para las mujeres recluidas, abandonadas a la voluntad de sus carceleras.

—Solicitamos que nos conduzcan a la sección uno —concluyó la militante en un tono firme y, confiaba en ello, desprovisto de emoción.

La mujer, que a todas luces se esperaba esa demanda, les leyó una carta del Ministerio del Interior en la que rechazaban cualquier estatus de favor para aquellas mujeres, a las que la administración calificaba de criminales causantes de disturbios en el orden público.

—¿Alguna petición más? —dijo la guardiana en un tono irónico y provocador—. Bien, podemos realizar las formalidades habituales.

Olympe sabía que era inútil insistir y que debía dedicar toda su energía a luchar contra el proceso de deshumanización que en aquel momento comenzaba. La condujeron a una primera sala, donde una vigilante novata le ordenó que dejara todas sus cosas. La joven, manifiestamente nerviosa, no se atrevía a sostenerle la mirada mientras vaciaba el bolso que la militante había conservado en la confusión del arresto.

—Lea este libro. —Olympe señaló *Zamore y Mirza*—. Lo escribió durante la Revolución la sufragista francesa más destacada.

La guardiana hizo como si no la hubiera oído.

—Le devolverán sus cosas cuando salga —dijo guardándolas con cuidado—. Firme aquí.

En otra habitación, obligaron a Olympe a desnudarse para llevar a cabo el registro corporal, en presencia de dos carceleras y de una mujer médico cuyo examen se redujo a unas preguntas sobre su estado de salud, en busca de posibles particularidades físicas. Le ordenaron que se sumergiera en un baño de agua caliente, la misma agua que serviría para el resto de las presas recién llegadas. Cuando se secó, la midieron y pesaron, luego se puso el traje característico de Holloway y se convirtió en el número 12. La secuencia le pareció menos humillante que las veces anteriores. «Seguramente por la costumbre», pensó con tristeza mientras le daban un par de zapatos gastados, unas sábanas, una toalla y un pocillo de chocolate frío acompañado de un trozo de pan. Tuvo que esperar a que todas las sufragistas hubieran superado la misma etapa, de la que algunas salían llorando o con los ojos enrojecidos, y solo entonces condujeron a todo el grupo al edificio de la sección dos.

Las celdas, de tres metros sesenta por dos, no tenían ventilación, y la única abertura, más cercana a un tragaluz que a una ventana, daba a otra ala de la prisión, de modo que solo pasaba a través de ella una luz indirecta que apenas permitía leer. En el primer mes las cartas estaban prohibidas, al igual que las visitas, Olympe se resignó a ello. La cama era una simple tabla de madera que durante el día podía levantarse contra la pared, a fin de ganar el máximo espacio vital. Cada celda disponía de un taburete, sobre el que habían puesto una manta, y un minúsculo mueble esquinero que servía de mesa y de estantería, donde se guardaban los objetos de las presas: una palangana, una jarra, sal, cubiertos, un peine, una biblia, un libro de oraciones y una colección de cánticos. Un cubo para la basura y un orinal que despedía potentes olores completaban el inventario. Olympe lo abrió y vio que no lo habían vaciado. Estaba prohibido colgar dibujos y fotografías, así como escribir en las paredes de ladrillo, que estaban pintadas de un rojo burdeos hasta media altura.

Una vigilante a la que no conocía fue a llevarle la jarra de menos de un litro de agua destinada a bebida y abluciones diarias. Un único consuelo: el tiempo no era caluroso, podría dedicar una pequeña parte para lavarse. Le sorprendió que el entorno le resultara más soportable, incluso el olor a moho que reinaba y que respiraría veintitrés horas al día.

Olympe no tenía intención de cumplir la pena de tres meses que le habían impuesto. Tenía un plan, lo pondría en marcha esa misma noche.

Pasó un rato arreglando su celda, cambiando varias veces de sitio los objetos, hasta sentirse satisfecha del espacio que había conseguido despejar, y luego se sentó en el taburete y permaneció inmóvil, con los ojos cerrados, hasta que fueron a buscarla para el paseo.

El aire era fresco, transportaba vaharadas azufradas que emanaban de las fábricas cercanas; una bandada de cornejas revoloteaba graznando alrededor de la torre principal. No obstante, para Olympe, la escena tenía el sabor de la libertad. No podía apartar la mirada de las nubes, aureoladas de jirones de sol rosáceo. El recorrido por el patio estaba establecido con antelación: las sufragistas tenían la obligación de caminar una detrás de otra, a una distancia de un metro, y les estaba terminantemente prohibido hablar entre ellas, so pena de ser castigadas con el aislamiento. Sin embargo, cada cruce de miradas que podían robar les permitía recuperar valor y un poco de confianza hasta el día siguiente. Al sonar el silbato, las presas regresaron a sus celdas sin romper el silencio.

Olympe volvió a sentarse en el taburete. Y, aunque lo había sepultado hacía meses, el rostro del desconocido de Westminster surgió ante sus ojos cerrados. Se había convertido en el compañero de sus evasiones. Esta vez se juró que lo buscaría cuando saliera.

El tintineo de la llave en la cerradura la devolvió a la realidad. Le llevaban la cena. La novata entró, seguida de una vigilante experimentada y preparada para intervenir en caso necesario, dejó una escudilla y un trozo de pan en el suelo y retrocedió sin darse la vuelta, tal como le habían enseñado, a la manera de un domador en la jaula de los leones.

—Espere —dijo Olympe—. Lléveselo, no lo quiero.

La joven titubeó, miró a la otra, y esta última le indicó que lo dejara y le advirtió a la presa:

—No tendrá nada más hasta mañana.

—Lléveselo —repitió Olympe—. Y dígale al director que empiezo una huelga de hambre. Soy una presa política.

26

Saint Bart, Londres, lunes 5 de julio

—¿Qué edad tiene su hija, señora?

—Tres meses y cinco días, doctor.

Reginald observó a la niña, que se había calmado en brazos de su madre. No tenía ni idea de la causa de lo que acababa de ver, que le parecía absolutamente increíble. Frances, a su lado, seguía conmocionada a su vuelta del servicio de lavandería, adonde había ido a buscar urgentemente un montón de toallas limpias. Cuando la madre le había dado de mamar a su hija, toda la leche engullida con avidez le había salido por la oreja derecha, ante la mirada incrédula de todos.

La enfermera le tendió una toalla para que limpiara al bebé mientras el interno preparaba el otoscopio. Después del episodio de Vere Cole, por un momento el médico pensó que se trataba de una broma, pero la mujer, una costurera del Soho, parecía sinceramente asustada. La niña gimió cuando él introdujo el instrumento y luego se resignó. Reginald se abstuvo de hacer comentarios: el tímpano derecho estaba completamente destrozado.

—Doctor, ¿qué le pasa a mi hija?

—¿Qué le pasa? —repitió Frances.

—¿Puede ayudarme a abrirle la boca? —preguntó él mientras preparaba un depresor para mantener la lengua bajada.

Esta maniobra no resultó tan fácil, ya que el bebé se resistía obstinadamente, pese a la colaboración de la enfermera. La madre consiguió por fin forzar con un dedo la abertura, provocando lloros y gritos en unas octavas que solo los bebés son capaces de alcanzar. Frances corrió a cerrar la puerta, donde ya se congregaban varios curiosos que esperaban a ser atendidos. Pero Reginald había podido distinguir lo que presentía: la bóveda palatina presentaba una ancha fisura. Acababa de encontrar el camino que había seguido la leche materna.

—¿Ha tenido su hija una otitis recientemente? ¿Dolor de oídos? ¿Fiebre?

—Hace un mes que no llora. Pero yo creía que era por debilidad, porque mi leche no la alimentaba. No crece mucho.

Reginald le explicó que la leche, como consecuencia de dos patologías independientes, había podido pasar a través del paladar y del oído interno antes de salir por el conducto auditivo externo. Pero no tenía ni idea del tratamiento que había que aplicar.

—¿Va a curarla?

—Estamos aquí para eso. Ahora vuelvo —añadió, saliendo en busca del doctor Belamy.

—Sala uno —le susurró Frances, que había comprendido.

El interno se reprochaba su reacción de tranquilizar siempre a los pacientes, incluso en los casos desesperados. Cuántas veces había tenido ganas de decirles la verdad, que era impotente, que no podía hacer nada, aparte de aligerar su sufrimiento, y que solo Dios tenía el poder de decidir retenerlos en la Tierra o llevárselos con Él. Sin embargo, desde que trabajaba en urgencias, tenía una opción suplementaria que utilizaba como si fuera un comodín en un juego de cartas y que ya le había permitido salvar a varios enfermos.

Thomas y sor Elizabeth estaban atendiendo a un anciano cuyos gruñidos se situaban en una gama de bajos que solo unas cuerdas vocales deterioradas por el alcohol y el humo podían alcanzar. El médico depositó una serie de pinzas junto a la mesa donde el paciente estaba tumbado mientras el interno le detallaba sus observaciones.

—¿Puede examinar a la niña? —dijo a modo de conclusión—. No quisiera haber pasado por alto nada importante.

Belamy sumergió las manos en una solución de potente olor yodado.

—¿Cuánto tiempo hace que tiene esos derrames?

—Dos semanas, no más.

—Es mucho. ¿Cuál es el principal inconveniente de la leche, Reginald?

—Es una materia grasa y dulce.

—Por lo tanto…

—Por lo tanto, voy a realizar lavados de las cavidades con agua hervida a fin de evitar que haya sedimentos.

—Bien —dijo el médico mientras sor Elizabeth le enjuagaba los brazos—, pero añada un agente antiséptico adecuado para la edad del paciente. El principal peligro de la leche es que puede fermentar. Temo una complicación por la parte del mastoides o una necrosis del peñasco.

—¿Una solución fénica? ¿Ácido bórico?

Thomas se secó las manos antes de responder.

—No… Habrá que pulverizar con una mezcla de plantas. ¿Está seguro de que no hay otros síntomas?

—Yo no he visto nada más.

Belamy pareció contrariado. Detrás de ellos, el anciano continuaba quejándose del vientre.

—Tengo que verla… Ayude a sor Elizabeth a preparar a su paciente, yo me ocupo del bebé.

—¿Mi paciente?

—Va a operarlo usted. Y mañana saldrá en el *London Daily News*. Este hombre ha batido un récord. Elizabeth se lo explicará —dijo, dejándolos solos.

La religiosa le tendió a Reginald la jeringuilla llena de clorhidrato de cocaína que acababa de preparar para la anestesia.

—Tenemos a un hombre de sesenta y cinco años que llegó anoche con fuertes dolores abdominales. Fiebre persistente, sudor fétido, aliento hediondo, lengua reseca. Pulso débil.

—¿Cuál es el diagnóstico? —preguntó el interno acercándose al anciano, que pareció aliviado de convertirse de nuevo en el centro de atención.

—Ranas.

—¿Ranas?

—Treinta ranas engullidas de una sentada.

—¡Pero qué cosa más nauseabunda! ¿Quién puede hacer algo así, aparte de un francés?

—Yo soy escocés —saltó el hombre, ofendido—. Y me gustan las ranas.

—Lo peor es que el señor se lo ha comido todo, la carne y los huesos —precisó la monja.

—No me queda ni un diente —explicó él, apoyándose en un codo—. ¿Cuándo va a curarme? ¡No aguanto el dolor!

—El doctor Jessop va a anestesiarle —precisó Elizabeth.

—¿Tiene una radiografía del estómago? —preguntó Reginald limpiando la zona con ayuda de una toalla mojada.

—¿Del estómago? No —respondió la religiosa esbozando una sonrisa que inquietó al interno—. No es ahí donde va a intervenir. La radiografía está sobre la mesa de preparación: los huesos están amontonados en la ampolla rectal. He preparado unas tenazas Tuffier. Ahora le toca a usted entrar en acción, doctor.

Frances estaba acabando su hora de descanso para comer cuando Reginald entró y se dejó caer con todo su peso en una silla, que se tambaleó.

—¡Estoy agotado! ¡Una hora y media! He necesitado una hora y media para sacar un tapón de fémures de rana del trasero de mi paciente. Había tantos huesos que aquello parecía un túmulo.

La observación hizo reír a la enfermera, una risa clara pero contenida, aderezada con una pizca de preciosismo que a él le parecía encantador y elegante. Como Frances se escabullía cada vez que él le proponía que quedasen, había decidido seducirla mediante su ingenio, cosa que, teniendo en cuenta su falta de gracejo y desenvoltura en la conversación, le parecía una prueba incuestionable de sus sentimientos amorosos. La miró, dispuesto a dispensar otro rasgo de humor, pero no se le ocurrió nada y se contentó con pedir noticias del bebé tras un breve pero demasiado largo silencio.

—La fisura de la bóveda palatina no era congénita —le informó la enfermera—. El doctor Belamy ha acabado encontrando huellas de contusiones en el hombro y la espalda. La niña ha sufrido malos tratos.

—Dios mío, qué espanto, con lo dulce que parecía la madre —lamentó Reginald partiendo un trozo de pan.

—Se ha sincerado con el doctor Belamy: su marido está en paro y se ocupa del bebé desde que nació. A veces se pone violento.

—Una historia muy triste. ¿Dónde están ahora? —preguntó mientras extendía una gruesa capa de paté sobre el pan.

—En la unidad de sir Trentham, en cirugía de la garganta.

Reginald se metió la rebanada de pan en la boca y se relamió de gusto.

—Este pan está delicioso. ¿Qué pasa en la cocina? ¿Han decidido dejar de castigarnos?

—Han contratado a un francés y el doctor Belamy lo ha convencido de que haga *baguettes* para nuestro servicio.

—Creo que me quedaré aquí toda mi carrera, se lo advierto —dijo sonriendo y atento a su reacción.

—Esto no le conviene a su línea, doctor Jessop —contestó ella devolviéndole la sonrisa, antes de coger la *baguette* para guardarla en la panera.

Reginald no supo cómo interpretar aquella frase y decidió que, si mostraba interés en cuidar de él, todo era posible.

—¿Hay que informar a la policía en una situación así?

—Solo si la madre está de acuerdo.

—¿Y lo está?

Frances suspiró antes de responderle con una negativa. Reginald percibió su emoción y no insistió.

—¿Dónde está Thomas?

El interno, que continuaba dirigiéndose al médico como «doctor Belamy», había tomado la costumbre de llamarlo por su nombre de pila cuando se hallaba ausente, lo que divertía a todo el equipo.

—Han reclamado sus servicios en el exterior. Mire, ahora se va —constató mirando por la ventana abierta.

Reginald se acercó para asomarse. La enfermera no retrocedió y sus cuerpos se rozaron. Él sintió deseos de besarla, pero no lo manifestó. El perfume de la joven había cambiado. Era menos floral, despedía fragancias amaderadas, y Reginald pensó que quizá llevaba sobre la piel el regalo de un amante. Se reprochó no haberle expresado sus sentimientos en el momento de su llegada. Ella no parecía haberse dado cuenta de sus maniobras, o al menos se mostraba indiferente.

En el patio, Thomas montó en un lujoso carruaje que se puso en marcha de inmediato.

—¿Adónde va cuando se marcha así?

—Nadie lo sabe.

—Me dijeron que también tenía libre acceso a Buckingham Palace.

—El paciente de la cama diez quiere verlo —dijo Frances para poner fin a la conversación—. Le espero allí.

El perfume se evaporó rápidamente al marcharse ella.

Frances dedicó la tarde a las curas de los enfermos y, al terminar el servicio, se sentó en un banco del patio central, junto a la fuente, para leer un libro de obstetricia. El verano era suave, y la temperatura, ideal. Un viento inconstante arrastraba cúmulos de nubes sobre la capital. Le gustaba mirar cómo se desplazaban por el cielo luminoso y a menudo jugaba a buscar en ellos formas de animales o humanas. Le gustaba el verano de Londres, el patio cuadrado del Barts y las palomas que se acercaban a sus pies en busca de migas; la pila de la fuente donde sumergía la mano y luego, agitando los dedos, dejaba que cayeran de ellos las últimas gotas de agua; los grandes árboles de hoja caduca que ofrecían frescor y alivio, bajo los cuales, durante las olas de calor, instalaban a los enfermos encamados; los cuatro patios de madera rectangulares en los que se sentía como si estuviera en uno de los numerosos parques de Londres; le gustaba su trabajo, no lo cambiaría por nada del mundo.

Frances evitaba la biblioteca, demasiado frecuentada por los médicos, la mitad de los cuales, como mínimo, la cortejaba. Le quedaba un examen final tras cuatro años como alumna. Ya tenía una propuesta para trabajar con el tocólogo, en el servicio Martha, pero, desde que el doctor Belamy había llegado a urgencias, dudaba sobre su futuro destino. Incluso sor Elizabeth se había ablandado con ella y durante la ceremonia del último View Day había hablado muy bien de la enfermera.

Cuando el día empezó a declinar, Frances se levantó del banco y abandonó la tranquilidad de la plaza ajardinada. Tomó la alameda que se extendía entre las alas este y sur, y cruzó Duke Street. Al llegar junto al edificio de las enfermeras, se aseguró de que nadie la observaba. A esas horas, todo el mundo estaba cenando y la calle estaba desierta. Frances giró a la derecha y entró en la primera casa, en la esquina con Little Britain, de donde no salió hasta la mañana siguiente para ir a trabajar.

27

Holloway, Londres, viernes 9 de julio

El agua le refrescó la boca, bajó por el esófago y se le acumuló en el estómago sin producirle náuseas ni espasmos. Por primera vez desde que había empezado la huelga de hambre, no le dolía la barriga. Dos días antes, Olympe había dejado la cama sobre el suelo y desde entonces se pasaba la mayor parte del tiempo tumbada. Si permanecía de pie, sentía vértigo. Se notaba débil y le costaba concentrarse. Desde el martes no había vuelto a salir para dar el paseo. La administración, que en un primer momento se había desentendido de ella, había acabado por comprender la gravedad de su decisión, y el director de la prisión iba a verla a diario para intentar convencerla de que desistiera sin contrapartidas. Había recomendado al ministerio que rechazara las reivindicaciones de la sufragista; para él, reconocerla como presa política era inaceptable. Todas las mañanas transmitía a sus superiores un parte de su estado de salud. La presa había comenzado a perder peso a partir del tercer día; además, le había bajado la tensión, así como el ritmo de las pulsaciones cardíacas. El primer periódico que se hizo eco de la noticia fue el *London Evening Standard*.

Olympe había organizado sus jornadas interminables en torno a su ritmo de hidratación. Se permitía tres sorbos por hora, cada vez que sonaba la campana de la iglesia más cercana, para repartir la pinta y media a lo largo del día. Entre toma y toma, dejaba que su mente escapara de un cuerpo que era ya un fardo. Prestaba atención a todos los ruidos de la cárcel, la mayoría metálicos y fríos, así como al correteo de los roedores que pasaban de una celda a otra y al roce de las alas de las cucarachas. Su olfato se había exacerbado y Olympe ya no soportaba los hedores carcelarios. Había vomitado mucho antes de que las arcadas se atenuaran. A medida que se debilitaba, los síntomas cambiaban. Esa mañana se había despertado sintiendo una opresión en la cabeza. Había pedido que la llevaran a la enfermería, pero la joven vigilante le había dicho, con expresión apenada, que, antes de negociar cualquier compromiso, tenía que comer. Era la única que parecía humana, la única que veía en ella a una mujer digna y libre, y en cuya mirada había compasión. La prisión la transformaría, al igual que cambiaba a las presas. En Holloway, todo acababa en grisura.

Olympe se despertó a primera hora de la tarde. Tenía frío y se sentía débil. El médico le había advertido de que ya había quemado todas las grasas y que su cuerpo empezaría a comerse los músculos para sobrevivir unas semanas más. Había intentado disuadirla por todos los medios y se había marchado furioso, al negarse ella a dejar que la examinara y exigir que la viera una doctora. Su primer pensamiento fue para el desconocido de Westminster. La ayudaba a soportar la espera. Olympe repasaba mentalmente una y otra vez el momento en que entraría en aquella celda para salvarla de nuevo. Su imaginación lo había adornado con todas las cualidades y se había convencido a sí misma de que no podía sino simpatizar con la causa. A fuerza de idealizarlo, forzosamente le resultaría decepcionante, como todos los hombres que se habían cruzado en su camino y cuya sinceridad había desaparecido junto con su deseo. O nunca había existido. Olympe no soportaba ninguna forma de dominación, su lucha por la libertad de las mujeres era en primer lugar su propia lucha.

El tiempo parecía en suspenso. La ventana de su celda, formada por dos hileras de siete cristales pequeños, estaba empotrada en la pared y no se podía abrir. A su llegada, Olympe había roto uno de ellos con la taza, por este motivo la habían acusado de amotinamiento y habían aumentado su pena en una semana, pero eso le permitía oír los ruidos del exterior, los sonidos de la libertad. Cuando el pitido anunció el comienzo del paseo, había vuelto a dormirse.

Se despertó sobresaltada. Alguien la llamaba. ¿O quizá lo había soñado? Seguía doliéndole la cabeza, su mente estaba tan débil como su cuerpo, pero la segunda vez oyó la voz con claridad. Era Christabel. Hizo un esfuerzo que le pareció sobrehumano para levantarse y subirse al taburete. Solo veía uno de los edificios de la prisión y, a su izquierda, el último piso de un inmueble de viviendas de alquiler. Los gritos le llegaron de nuevo, Christabel la llamaba. Luego, un coro entonó «La marsellesa de las mujeres». Sus amigas estaban allí. Debían de haber alquilado un piso en ese edificio y le gritaban palabras de ánimo. En el patio, las sufragistas encarceladas les hicieron eco y aclamaron a Olympe antes de que los pitidos entrecortados de las carceleras pusieran fin al alboroto. Como castigo, las aislaron a todas. Olympe intentó gritar para decirles que juntas eran invencibles, pero de su boca no salió sonido alguno. Bajó con cuidado del taburete y a cuatro patas se acercó a la jarra. Se bebió toda el agua que le quedaba, se encaramó de nuevo a la banqueta y rompió otro cristal, se desgañitó hasta que consiguió emitir una voz audible. Las mujeres, en el patio, la oyeron y corearon «¡El voto para las mujeres!», una escalofriante letanía que solo se acalló a fuerza de pitidos.

El manto del silencio cubrió el mundo exterior. Las presas habían entrado, y la policía debía de haber desalojado el piso donde estaban Christabel y las demás militantes. Olympe se sentó y lloró, de pena, de alegría, de agotamiento. Sentimientos encontrados chocaban en su interior y acabaron mezclándose para no ser sino uno, y Olympe olvidó por qué lloraba. Las lágrimas eran una liberación, un desahogo. Se tumbó, exhausta, rebosante de esa esperanza que le habían insuflado sus amigas y del temor de no estar a la altura de sus expectativas. El tiempo se diluyó de nuevo. No oyó el martilleo de las horas. El médico no fue a examinarla, ninguna guardiana le llevó su ración diaria de agua. «Es el final —pensó mientras se hundía en el sueño comatoso que la acompañaba desde el día anterior—. Quieren matarme.»

Cuando la puerta se abrió, ya era pleno día en la celda, pero no fue la luz lo que despertó a Olympe. Alguien la zarandeó, le tomó el pulso y habló con otra persona. Las voces le llegaban deformadas, interminables y disonantes; no sabía si sus ojos veían el sueño o la realidad. Todo era muy extraño. La joven guardiana le sonreía. El médico le enseñaba un papel y le hablaba, pero no había coordinación entre su voz, sus palabras y sus gestos. Había otra persona que tenía el rostro de El Apóstol, luego del extranjero, luego del director, y ese rostro se volvió plano, al igual que los demás, y la celda empezó a oscilar. Olympe tuvo la impresión de que caía en un abismo sin fondo, como Alicia, pero ningún país de las maravillas la esperaba al final, solo la muerte que sentía merodear a su alrededor.

—Es simplemente un desvanecimiento vagal —dijo el médico para tranquilizar a los demás—. En cuanto sepa que ha sido liberada, se alimentará de nuevo.

—Pero tendrá que volver a la cárcel cuando esté mejor —advirtió el director, papel en mano—. El ministro ha aceptado su liberación por razones humanitarias, no por otra cosa. Por pura humanidad —insistió.

—Eso llevará semanas —puntualizó el médico—. Un cuerpo que hace huelga de hambre lo paga durante mucho tiempo.

—Nadie la ha obligado. Lo que hace es un chantaje inadmisible. Si yo estuviera en el gobierno, no habría cedido. Esta mujer es la única responsable de sus actos.

—¡Está despertándose! —anunció la joven guardiana—. ¡Se ha salvado!

28

Saint Bart, Londres, sábado 10 de julio

El doctor Belamy cerró con llave la puerta de la sala Uncot después de haber pasado toda la mañana aliviando los cuerpos doloridos y corrigiendo los equilibrios mediante la acupuntura. Su éxito era tal que había tenido que abandonar las urgencias media jornada más a la semana. Sin embargo, pese a la demanda, el hospital descartaba por completo oficializar la apertura de un servicio de medicina china en el centro de medicina occidental más antiguo del Imperio. Thomas había conseguido utilizar lo mejor de las dos escuelas combinándolas de un modo tan natural que los pacientes solo veían una: la del Barts.

—Tendrás que seguir actuando con mucha discreción —le aconsejó Etherington-Smith cuando lo recibió en su despacho—. A algunos colegas, tu éxito les parece una insolencia y están esperando el primer error para señalarnos. Tú y yo sabemos que ocurrirá. Debemos estar preparados.

—Raymond, te conozco lo suficiente para imaginar que no me has hecho venir por eso —contestó Belamy mientras admiraba las copas que su colega había ganado en las competiciones de remo.

—Sabes que respeto tu vida privada, Thomas —continuó este colocándose a su lado ante los trofeos.

—Pero…

—Pero está el asunto de tus «actividades» en el East End, y el rumor de que tienes una relación con una enfermera de tu servicio…

—Nuestras enfermeras no están casadas, y yo tampoco.

—Comprende que todo esto pueda chocar, amigo mío. Y está también ese falso sacerdote, ese mitómano que ha estado a punto de perjudicarnos. Te han visto con él en el Café Royal.

—Veo que Londres se ha convertido en un pueblo —comentó Thomas, divertido—. Supongo que el que me ha visto no estaba allí con su mujer.

—Eso da igual —replicó Etherington-Smith un tanto irritado, quitándole de las manos su medalla olímpica—. ¿Ves a Vere Cole?

—Es más desinhibido que nuestro consejo de administradores, ¿no te parece?

—Estoy de acuerdo, pero ellos nos traen dinero y él no puede sino causarnos problemas.

—No te preocupes.

—Ya me lo dijiste cuando te saqué de la cárcel hace diez meses…

—Y no ha pasado nada desde entonces —concluyó Thomas cogiendo el periódico que estaba doblado encima de la mesa de

Etherington-Smith—. Me lo llevo. ¿Cómo fue la operación del bebé?

—Hemos hecho todo lo que hemos podido, pero se quedará sorda del oído derecho. En cuanto a la fisura palatina, vamos a aplicar tu idea de la placa, pero aún no he encontrado un proveedor capaz de hacer una a medida, ni tampoco la manera de fijarla. Mientras tanto, su madre la trae tres veces por semana para que le hagamos lavados antisépticos. Habría que evitar que el padre eche por tierra todos nuestros esfuerzos maltratándola de nuevo.

—Está en la cárcel desde hace dos días. Un caso de encubrimiento. Como ves, frecuentar el East End puede ser útil.

—No me dirás que tienes algo que ver con eso. Tranquilízame, Thomas…

—Gracias por el *Daily News* —se escabulló Belamy desplegando una sonrisa enigmática—. Mi equipo me espera.

A Thomas le tenía sin cuidado la opinión del cuerpo médico sobre él. Estaba acostumbrado desde siempre a verse marginado, a ser el de fuera. De pequeño, su mestizaje lo convertía en un colono para los autóctonos; de estudiante, era anamita para los metropolitanos, y en Londres, era en toda circunstancia un extranjero al que se aceptaba debido a la Entente Cordiale. Pero en ningún caso querría causarle problemas a su amigo Etherington-Smith, de modo que se metía en su personaje cuando la conveniencia lo exigía. Para que no se preocupara, había omitido precisarle que Vere Cole lo había invitado en repetidas ocasiones desde que se conocían y que él había declinado la invitación. Sin embargo, detrás de las observaciones de su amigo percibía toda la presión del conservadurismo eduardiano, y su espíritu de contradicción no podía soportarlo: esa misma noche vería a Horace, que le había propuesto compartir unas localidades en el Empire Music Hall. Le gustaba la forma poética con la que Vere Cole convertía su vida en una experiencia absurda y sin límites, algo que consideraba un acto de rebelión contra el orden establecido.

Thomas dejó el periódico en la cocina, abierto por la página en la que un artículo de unas líneas mencionaba la extracción de las ranas y daba al periodista ocasión de hacer bromas fáciles sobre el tema.

—¡El primero sobre usted, Reginald, felicidades! Nos debe una semana de té o de *scones*, lo que prefiera. Y no olvide nunca que, sin su equipo, no es nada.

El interno le dio las gracias y cortó la página del *Daily News* para guardarla con mimo en su billetero, lamentando que Frances se hubiera ido al laboratorio a buscar los resultados de las pruebas del día.

A su regreso, hicieron la ronda de visitas a los enfermos. En el lado de los hombres, el último paciente había sido admitido esa misma mañana por sor Elizabeth, a causa de un adelgazamiento generalizado como consecuencia de la imposibilidad de alimentarse correctamente.

—Todas las pruebas indican que padece un estrechamiento del esófago, señor Connellan —anunció Reginald—. Hemos hecho una radiografía con ingestión de leche de bismuto —continuó, tendiéndole una placa a Thomas—. Aquí está el resultado. La estenosis es evidente, no es preciso un examen endoscópico suplementario. —Thomas se sentó, como tenía por costumbre, sobre la taquilla del paciente—. Propongo una dilatación aplicando anestesia local, señor —concluyó el interno en espera de la aprobación del médico.

Belamy no respondió. El hombre presentaba una complexión robusta que podía hacerle pasar por un luchador de feria.

—¿Cuál es su oficio?

—El señor Connellan es descendiente del ilustre historiógrafo de Su Majestad Jorge IV —indicó Reginald.

—Puestos a decirlo todo, yo no ejerzo en ese campo, para disgusto de mis padres —dijo el hombre de aspecto jovial, que llevaba un bigote fino, enrollado en las puntas—. Soy tragasables.

El interno no ocultó su incredulidad ante el hecho de que un Connellan no perpetuara una tradición familiar tan prestigiosa, ni su decepción por no haber tenido en cuenta una cuestión tan importante.

—Cuando digo cuál es mi profesión, siempre se produce el mismo efecto —añadió sonriendo el paciente—. Soy una atracción de circo.

—Su oficio ha permitido en numerosas ocasiones que la medicina avance —lo defendió Belamy—. En su caso, nos indica el origen de su problema. El doctor Jessop ha propuesto el tratamiento adecuado y practicará la operación mañana por la mañana. Pero usted tendrá que elegir entre su trabajo y su salud, señor Connellan: si vuelve a tragar sables, el esófago se le irritará y se encogerá invariablemente.

Reginald no pestañeó al anunciarle Thomas que él llevaría a cabo la dilatación, pero, cuando estuvieron en el despacho del médico, le confesó sus temores. La operación era delicada y la menor desviación podía desgarrar el frágil tejido del esófago. Aún no se sentía capaz.

—Si se lo he propuesto, es porque confío en usted —lo tranquilizó Belamy—. Además, tiene el paciente ideal: tragar un tubo recto es su oficio. Ni siquiera habrá necesidad de administrarle anestesia local, con todos los riesgos de padecer efectos secundarios que eso implica. Realizará la operación despacio y todo irá bien. Termine su jornada y vaya a distraerse. No es un consejo, sino una orden: nada de informes ni libros esta noche. Nuestra conversación acaba de poner punto final a su jornada.

Reginald, animado, le propuso a Frances celebrar su primer artículo yendo al pub Saint Bartholomew con otros compañeros, y, para su sorpresa, la joven aceptó. De ello sacó dos conclusiones: su obediencia a Belamy era ciega y las mujeres tenían una lógica que, debía reconocerlo, se le escapaba. Decidió olvidarse del día siguiente y no pasarse la velada esperando algún pequeño gesto de interés por parte de la enfermera, dispuesto a aprovechar el momento presente sin reservas.

29

Empire Music Hall, Londres, sábado 10 de julio

El presentador de la revista apartó ligeramente el telón para echar un vistazo a la sala. Le alegró ver que había tres cuartas partes de las butacas ocupadas. Miró la lista de los números en su hoja y empezó a comprobar que todos los artistas estuvieran presentes. Miss Scott, la cantante, calentaba la voz haciendo caso omiso de los cumplidos de Wilkins, uno de los tres cómicos, que gozaba de los favores del público y de la prensa del momento. Marie Kay, la bailarina, estiraba los músculos de las piernas contra una pared en compañía de Peace y Ward, cuyo número de boxeo burlesco sucedería al suyo. El ventrílocuo Thora dormitaba, sentado en una silla, y McCann cepillaba a sus perros amaestrados. Mephisto daba la espalda a los demás mientras verificaba los mecanismos de sus trucos de ilusionismo. Clementine Dolcini limpiaba el visor de la carabina para su número de Guillermo Tell.

«¿Guillermo Tell? ¿Y dónde está su compañero?», se preguntó el presentador contando de nuevo el número total de artistas. Faltaba uno.

—Señorita Clementine, ¿dónde está el señor Lee?

—Tom está en el lavabo. Siempre se pone nervioso antes de un número.

—Tienen tiempo, son los últimos en salir. ¡Atención, vamos a empezar! —les indicó a los otros.

El presentador se colocó en el centro del escenario y dio la orden de que abrieran el telón. Los aplausos, breves, oscilaron entre la educación y el alivio. El hombre anunció la primera canción de miss Scott, «No podía volver a casa en medio de la noche», título que hizo reír a Horace.

—Me encanta esta poesía de la calle, es dura, sexual y vulgar donde las haya —le confesó a Thomas, para el que había reservado un asiento junto al suyo.

Vere Cole había alquilado el palco más grande para llevar a su grupo de amigos del Café Royal, entre ellos Augustus John. El pintor, que era el mascarón de proa del movimiento contemporáneo y el gran animador de la bohemia londinense, no podía evitar hablar en voz muy alta y reír en todas sus intervenciones. Adrian era el único que les había dado plantón para quedarse con su círculo de amigos.

—Todos viven en el mismo barrio y se pasan el tiempo perorando sobre la poesía tibetana o la vida sentimental de una mesa de cocina, hablando de libertinaje sin practicarlo y despreciando los convencionalismos a la vez que crean otros. Pero Adrian no es como ellos, la prueba es que es mi mejor amigo.

Los números se sucedieron en el escenario. Los cómicos Woods, Welld & Wilkins acabaron su *sketch* «El afinador de pianos» entre los nutridos aplausos del público, que pedía más.

—Esto me da una idea para una broma —dijo Horace a los ruidosos ocupantes del palco, adeptos sin fisuras a su causa.

—Otra ocasión para celebrar un éxito más —aprobó Augustus levantando la copa que tenía permanentemente en la mano—. ¿Y la idea de la autopsia? ¿Avanza?

—Todavía no he puesto al doctor Belamy al corriente.

—Y no quiero estarlo —añadió Thomas, que, a diferencia de los demás, tenía interés en ver el espectáculo.

Marie Kay había empezado su número de baile, «Goodbye Cingalee», con una música original interpretada por la orquesta.

—Estos músicos ejecutan la pieza como un pelotón de fusilamiento abatiría a un condenado —se burló Vere Cole lo bastante fuerte para que se le oyera desde el foso—. Tocan fatal. —Giró el asiento para quedar de espaldas a la sala—. No terminamos nuestra última conversación, doctor: necesito un cómplice médico que me permita hacerme pasar por un fiambre.

—¿Un fiambre? —se sorprendió Thomas sin apartar los ojos de Marie Kay.

—Para ser precisos, usted tendría que arreglárselas para que yo pudiera estar en el anfiteatro en el lugar del difunto durante una clase de anatomía. Pareceré un auténtico muerto gracias al maquillaje de Clarkson.

—Debo reconocer que es una materia en la que no tiene rival —dijo Thomas volviéndose hacia Horace.

Vere Cole lo tomó como un cumplido y se atusó el enorme bigote con el índice y el pulgar.

—Como le decía, yo estoy tumbado, con el rostro cerúleo e impasible. Su colega, desbordante de docto saber, les explica a los asistentes lo que va a practicar conmigo, les facilita los detalles de mi próxima autopsia… No se preocupe, le prometo que no flaquearé ante el enunciado de sus actos sádicos. Después, se vuelve hacia mí, todo el mundo se estremece, él levanta el escalpelo y…

—… le corta en y griega antes de que usted haya podido abrir los ojos. Le prometo un bonito bordado —se burló Belamy mientras la bailarina saludaba antes de salir del escenario.

—No, porque en el momento en que levanta el cuchillo yo abro los ojos y me siento inmediatamente en la mesa de disección gritando que quiere asesinarme.

Todo el grupo rio y aplaudió al oír la nueva extravagancia del maestro, a contracorriente del espectáculo. El presentador de la revista les lanzó una mirada sombría antes de anunciar al gran Mephisto y la mujer cortada en dos.

—Este es el tipo de número que tendría que hacer —bromeó Thomas mientras la pareja entraba en escena al mismo tiempo que un sarcófago de madera.

Vere Cole les aplaudió e inmediatamente se desinteresó de ellos.

—¡Me levanto de la mesa y salgo corriendo, llamando a la policía!

—¿En cueros vivos?

—Hummm… no había pensado en ese detalle —admitió pellizcándose los labios—. Digamos que eso reforzará el carácter realista de la escena y su verosimilitud. Es divertido, ¿no? ¡Imagínese la cara de los participantes! Bueno, ¿qué le parece? Eso no ha pasado nunca en un hospital, supongo…

—¿Que un desequilibrado se someta voluntariamente a una autopsia? Usted será el primero. ¡Pero le pronostico unos espléndidos titulares en la prensa, sin ninguna duda!

El público gritó de miedo: Mephisto estaba serrando el sarcófago.

—Por lo menos, mis bromas tienen la ventaja de ser originales. ¡Estos magos no pueden ser más aburridos! —comentó Horace haciendo una mueca exagerada—. ¿Acepta ayudarme, doctor Belamy?

—Prométame una cosa.

—Todo lo que quiera, queridísimo amigo. Estaré en deuda con usted.

—Sus ojos. Legue sus ojos a la ciencia, los meteremos en un tarro para nuestro museo de anatomía.

Una parte del grupo profirió una exclamación.

—No serás deudor, sino acreedor, hermano —dijo Augustus riendo—. ¡Siempre he sabido que acabarías convertido en reliquias, como los santos!

—¡Dios mío, qué horror! —contestó Horace, cuyos iris azul grisáceo miraban a Belamy con aire desafiante—. Verá, para mí es importante mantener cierta distinción, incluso en el más allá, y me temo que, sin ellos, mi encanto se vea afectado.

—Será admirado por generaciones de estudiantes que, incluso dentro de cien años, se quedarán sorprendidos por su color único.

—Mi madre estaba muy orgullosa de ellos, es verdad, pero nadie me había hecho nunca una proposición tan retorcida. ¿No le interesaría mi bigote? Es un bello ornamento de estilo Kitchener, y se lo cedería más fácilmente.

—¿Confiesa que le disgustaría hacerlo?

—Me sentiría mejor con ellos una vez que esté en la tumba. Como Abel.

—Comprenda que yo no seré su Caín, Horace. No le ayudaré a llevar a cabo la broma que está de más.

—Se ha marcado un punto, querido amigo. Pero volveré a la carga.

Thomas le dio interiormente las gracias a Adrian por haberle contado la aprensión que le producía a Horace la pérdida de su integridad física *post mortem*.

—Es el descanso —señaló Vere Cole—. Vayamos a saludar a los artistas.

Condujo al grupo hasta detrás del escenario, donde los únicos que trajinaban eran los maquinistas.

—Cruickahank, ya no se te ve por el Café Royal —le dijo a un hombre que esperaba sentado, fumando un cigarrillo, con la espalda encorvada y el cuello metido entre los hombros—. Estabas muy bien en tu imitación de viejo manzano en el Tivoli —añadió mientras el mimo le daba las gracias con un saludo silencioso—. La próxima vez deberías intentar la de la tortuga —concluyó tendiéndole una de las copas de champán que Augustus estaba repartiendo.

Horace presentó a Belamy a la bailarina y observó un poco celoso el efecto que producía en ella. Tiró de él cogiéndolo de un brazo para continuar su recorrido, bromeó con el ventrílocuo Thora y se entretuvo con Clementine Dolcini, que había encontrado a su pareja de tiro.

—¿Puedo? —le preguntó al ver la carabina—. ¿Es una Remington modelo 10?

—Sí, el último que ha visto la luz —respondió ella tendiéndole el arma.

Él la manipuló con gesto experto.

—¿Utiliza cartuchos del 12? —preguntó apuntando a los maquinistas que estaban en el escenario.

—Exacto. Es más espectacular para destrozar las manzanas —precisó.

Horace apuntó a Augustus, que se agachó para salir de su línea de mira.

—Ve con cuidado, hermano, a ver si voy a acabar derramando champán —dijo en un tono indolente que ocultaba mal su inquietud.

—Y, además, está cargada —advirtió miss Dolcini.

Al oír esas palabras, todos los que estaban en el escenario salieron de él, sin precipitación, pero a un ritmo constante. Tan solo los dos caniches se quedaron sobre el entarimado, indiferentes al movimiento de repliegue. Horace apuntó al primero, que olfateaba el suelo y le presentaba su perfil izquierdo.

—No irá a disparar… —dijo, preocupada, Clementine—. Devuélvamela, vamos a salir de nuevo.

Vere Cole continuaba apuntando la cabeza rizada, de un gris plateado, del perro.

—¡Alto! —gritó una voz procedente del pasillo de los palcos.

El amaestrador, vestido con esmoquin negro, entró precipitadamente en el escenario y se abalanzó hacia sus animales para protegerlos con su cuerpo. Horace levantó el cañón.

—McCann, ¿siempre empieza su número haciendo una pirueta? —preguntó con malicia—. No habrá creído que iba a disparar, ¿verdad?

El hombre, todavía tumbado en el suelo, no respondió. Acariciaba a sus caniches, que se habían subido encima de él para practicar aquel nuevo ejercicio que no conocían.

—No puede haber creído que iba a disparar, ¿verdad? —preguntó Horace sin dirigirse a nadie en particular—. ¡Doctor, ayúdeme!

—Debe de conocerle lo suficiente para saber que es capaz de hacerlo —contestó Thomas.

—Le confesaré que era tentador —reconoció Horace devolviéndole la carabina a su propietaria, que se alejó por seguridad.

El presentador apareció. Se arregló el pelo con las manos, se puso el sombrero de copa y dispersó a todo el mundo: el espectáculo estaba a punto de reanudarse. La alegre panda se instaló de nuevo ruidosamente en el palco. Horace había vuelto a ocupar su asiento y permanecía inmóvil, con aire pensativo. De repente, su gran cuerpo cobró vida con la elegancia que buscaba en toda circunstancia.

—Pero ¿dónde se ha metido mi médico preferido?

—Se ha marchado —le respondió Augustus dejando su copa vacía sobre el borde del palco.

—¿Se ha marchado?

—Sí, con la bailarina. Se han eclipsado al final del intermedio.

—Este francés es un pillo. ¡Qué bien escondía su juego! —Vere Cole suspiró y cogió la copa tambaleante—. ¡Sírveme un buen trago, presiento que la segunda parte va a ser interesante!

30

WSPU, Londres, sábado 10 de julio

«Le inspiraste amor y fue para que se convirtiera en tu tirano…»

Olympe había salido esa misma mañana de Holloway y su primer gesto fue ponerse a leer *Zamore y Mirza*, pero a la segunda página se había dormido. Al despertar, tomó una sopa que le produjo dolores abdominales. Se quedó acostada en su habitación hasta la noche, alimentándose regularmente con una cucharada de caldo de verduras cuya ingestión la fatigaba tanto como una marcha de las sufragistas a Westminster, y entre dos ratos de amodorramiento recibió a sus amigas. Tenía sentimiento de culpa: a

Olympe no le gustaba sentirse ni dependiente ni inútil. Y ya estaba impaciente por lanzar un nuevo ataque verbal a la cara del poder.

—Calma —le dijo Christabel, que fue a su habitación con Emmeline, para llevarle otro cuenco de sopa—. El médico ha sido tajante: como mínimo, una semana de convalecencia sin salir. Seguramente más.

En los pisos inferiores reinaba la actividad febril de los preparativos para la siguiente manifestación.

—Tengo intención de bajar mañana para ayudar a hacer las banderas.

—Estás demasiado débil —intervino Emmeline—. Y, si sales, te detendrán para que acabes de cumplir la pena.

—Estoy dispuesta a empezar de nuevo.

—Razón de más. Deja que las demás luchen en tu lugar, tú estás al frente desde el principio. Aún no eres consciente de lo mucho que tu gesto ha hecho avanzar la causa: ¡por primera vez hemos conseguido que cedan!

—Hemos decidido proseguir las huelgas de hambre —dijo Christabel—. Todas aquellas cuyo estado de salud se lo permita, seguirán tu ejemplo cuando las detengan. Se verán obligados a liberarnos hasta que reconozcan que somos presas políticas.

—Es un gran sacrificio, para ti y para todas nuestras hermanas, pero la causa requiere acciones llamativas ante la opinión pública —completó Emmeline—. Iremos hasta el final. Aunque, de momento, tienes que recuperar fuerzas. Y no intentes siquiera discutirlo.

—Te traeremos lectura y ayudarás a Betty a redactar los artículos —propuso Christabel—. ¿Lees en francés? —preguntó, hojeando *Zamore y Mirza*.

—Es la primera obra de Olympe de Gouges, la feminista más importante de la Revolución francesa —anunció Olympe, transportada por la simple evocación de su heroína—. Trata de la esclavitud. Decidí adoptar este nombre por ella.

—Ah, ¿Olympe no es tu nombre? —preguntó, sorprendida, mistress Pankhurst.

—Ya lo es. El otro lo he dejado caer en el olvido, junto con mi pasado. Toma, te lo presto —dijo tendiéndole el libro—. Tarda el tiempo que necesites para leerlo.

Emmeline pensó que no sabía nada de la vida de la sufragista. Ni siquiera su verdadero nombre de pila, a diferencia de la policía, que lo conocía todo desde su primera detención, y se dijo que quizá Olympe tuviera un punto débil que Scotland Yard podría aprovechar. Sin embargo, confiaba tanto en ella como en su propia hija. Le lanzó una mirada interrogativa a Christabel, que la tomó por la señal para irse.

—Tengo que acompañar a mamá. Abajo hay alguien que estaba con nosotras cuando te apoyamos en Holloway y que quería saludarte. Cantaba «La marsellesa de las mujeres» más fuerte que todas las demás. Te dejo con ella —dijo besando a su amiga en la frente.

—¿Quién es?

Las Pankhurst salieron sin responder. Desde la escalera le llegó a Olympe el ruido característico de un bastón golpeando los peldaños. Un minuto más tarde, la sorpresa adoptó la forma de la sufragista con la pierna fracturada que la había acompañado durante su segunda estancia en la prisión.

—¡Ellen!

Se conocían poco, pero aquella chica había sido su vecina de celda y ese simple hecho las unía con unos lazos indestructibles. Olympe la oía cantar, y las notas se insinuaban entre las piedras como hilillos de agua de una fuente fresca que ella recogía para refrescar su mente. Todos los muros de Holloway, incluso los más gruesos, incluso los más injustos, rezumaban libertad. Los cantos galeses de Ellen hablaban de combates, de espera, de regreso. Olympe había grabado palabras. Las palabras de las demás, las suyas también, y todas florecían en la superficie irregular de los ladrillos de sus celdas.

—¿Sigue doliéndote la pierna?

—Creo que lo hará hasta el fin de mis días. Yo culpo a la administración penitenciaria porque se negó a prestarme atención médica, y mi marido culpa al hospital porque se negó a operarme. Va a llevarlos a juicio. Pero a quien habría que demandar es a Holloway, no al Barts.

—Entonces, hazlo, Ellen. La causa puede ayudarte. Tenemos abogados que trabajan para nosotras.

—Mi marido no querrá —contestó la sufragista, cuyos ojos imploraban ayuda—. Y me lo hará pagar.

—La WSPU presentará sola esta demanda por malos tratos. Iremos hasta el final para ganar, aunque la indemnización sea simbólica. Tu marido tiene negocios en la India, ¿no? —dijo levantándose con una energía que a ella misma le sorprendió.

Olympe parecía haber recuperado fuerzas con la conversación. La injusticia era su motor.

—Importa materias primas y las vende en la Bolsa de Londres —confirmó Ellen.

—¿Y de dónde le viene su fortuna?

—De mis padres. Cuando nos presentaron, él solo tenía deudas y un título nobiliario.

—Razón de más para pelear, ¿no?

—Es verdad que se ha hecho rico con mi dinero. Muy rico —precisó la sufragista masajeándose la rodilla que la martirizaba.

En el piso de abajo, varias máquinas de coser repiqueteaban bajo los enérgicos movimientos de pie de las militantes ocupadas en unir los tres colores de sus banderas. La WSPU era una colmena de actividad incesante.

—¿Te has preguntado simplemente qué habrías hecho con ese dinero si hubieras podido disponer de él a tu antojo? —Ellen se quedó sorprendida por la pregunta, que no se había hecho jamás, y permaneció en silencio—. ¿Lo habrías invertido todo en la importación de azúcar o de cereales de las colonias? —insistió Olympe.

—¡Dios mío, no! —respondió espontáneamente Ellen—. Quizá habría montado un criadero de caballos —añadió tras un momento de vacilación—. O habría viajado por Europa… Sí, Francia e Italia siempre me han hecho soñar. Me habría instalado en la Toscana, en una gran granja rodeada de tejos. Y habría cocinado yo misma —dijo riendo.

—¿Qué te impide hacerlo?

—Lo sabes tan bien como yo: la ley. La ley de la dominación masculina. Siempre nos tendrán sometidas.

Olympe se había apoyado en el marco de la ventana abierta.

Fuera, la sombra gigante del Real Tribunal de Justicia sobrepasaba los árboles, pletóricos de verdor, y parecía vigilarlos.

—Pero soñar sienta bien, ¿no?

—¿Para qué? Lo único que se consigue es que la realidad sea más fría —dijo Ellen golpeteándose la pierna con el bastón—. Pagamos un tributo excesivamente alto por haber querido soñar demasiado. Mírate… —añadió refiriéndose a la delgadez del rostro de Olympe.

—Si pudiera dar mi vida…

—¡No digas eso!

—Si pudiera dar mi vida para que nuestra causa triunfara, lo haría. Tengo la impresión de vivir permanentemente con las manos atadas a la espalda. Si tienes dinero, pasa a manos de tu marido, y, si no tienes, te prohíben ejercer oficios que no sean los de la clase obrera. Yo he optado por no casarme, pero, hoy por hoy, ¿qué sería sin la WSPU? ¿Lavandera? ¿Dependienta en Harrods?

—O en Selfridges, que acaba de abrir en Oxford Street —la corrigió Ellen—. Está más de moda. —La observación las hizo reír—. Sé que, a diferencia de ti, no puedo quejarme —añadió—, yo siempre seré cliente en esos almacenes, nunca dependienta.

—El lugar que ocupas no lo has usurpado, lo mereces, a diferencia de tu marido. Y tu sacrificio es mayor que el mío, pues nada te obliga a hacerlo. Para mí, que no tengo otra opción que luchar, es más fácil.

—Me gustaría mantener siempre la misma determinación que tú.

—¿Sabes qué hago los días que tengo ganas de abandonarlo todo? Leo el artículo de un médico que se publicó este año —dijo Olympe cogiendo una página de periódico recortada que descollaba entre el desorden de su escritorio—. Es de un profesor de psicología que se llama Max Baff. Este docto universitario ha encontrado la principal razón de nuestra existencia:

> El movimiento de las sufragistas no es sino una epidemia de locura emocional. La excitación emocional es lo que impulsa a las sufragistas a hablar en las esquinas, provocar disturbios de orden público y enfrentarse a la policía. En realidad, no quieren votar,

simplemente piensan que lo quieren. Padecen histeria. El hecho de ser extremadamente sugestionables es la causa de su conducta. Las mujeres quieren hacer lo que los demás quieren hacer. Quieren seguir a la masa.

—Seguir a la masa es muy masculino —señaló Ellen.
—Aquí hay un párrafo que me parece aún más curioso. Se refiere a nosotras:

La razón de que el movimiento sufragista en su conjunto exista es que algunas mujeres excitan a los demás miembros de su sexo. Como atraen a masas y se suben a un estrado y dicen que quieren el voto, todas las demás mujeres piensan que ellas también lo quieren. Vean de qué modo una multitud puede inflamarse fácilmente para desear cosas que no entrarían en la cabeza de las individualidades que la componen. Las mujeres ven a los hombres entrar en las cabinas de votación y quieren imitarlos.

—Gracias al doctor Baff, por fin he comprendido que mi deseo secreto es remedar a los hombres —concluyó Olympe doblando la página—. Esta es la clase de individuos que siempre me darán fuerzas para luchar. Quédate el artículo, te lo doy.
—Gracias de todo corazón. Había venido para apoyarte en este momento difícil y eres tú quien me devuelve el valor.
Olympe acompañó a su amiga, pero se detuvo en el rellano. Subir la escalera habría sido un ejercicio demasiado duro.
—¿Tu marido cuenta con apoyos políticos? —preguntó en el momento de despedirse. Una idea atravesaba su mente.
—Forma parte de la comisión de comercio y de la administración de las colonias. Ha llegado a ser íntimo de Winston Churchill y recibimos a sir Asquith en casa. Pero las sufragistas son un tema tabú en presencia de sus amigos. ¡Si se me ocurriera defender nuestra causa delante de ellos, creo que conseguiría que me internaran y pediría el divorcio! Si al menos pudiera ser más útil…
—Puedes serlo, Ellen: interésate por su trabajo, hazle hablar, sobre todo de ese falócrata que es Churchill, invita a su joven esposa, que sepamos dónde se encuentra y en qué momento. Desde

que lo esperamos cuando sale a la calle, sus desplazamientos se llevan en el más estricto secreto. Si consiguiéramos saber que va a un astillero, iríamos a manifestarnos en el tren que cogiera, en el muelle, en el puente del barco que fuera a bautizar, una y otra vez, sin descanso, hasta que dejara de considerar nuestra reivindicación con desprecio. ¿Lo ves? Eres esencial, como todas nosotras. Así es como nuestra revolución triunfará.

31

Saint Bart, Londres, sábado 10 de julio

Las manos de Belamy recorrían suavemente el cuello de Marie Kay. La bailarina estaba tumbada, con los ojos cerrados. Él la levantó empujándola con delicadeza por la nuca hasta que se quedó sentada, luego se colocó detrás de ella, le puso de nuevo los dedos en el cuello y le hizo girar lentamente la cabeza, primero hacia la derecha y luego hacia la izquierda.

—Bueno, ¿qué? —preguntó Marie tras abrir los ojos y levantarse de la camilla.

—Tranquilícese, no hay nada alarmante. La glándula tiroides ha aumentado de tamaño. Padece usted una forma ligera de la enfermedad de Basedow, que tiene tratamiento y no requiere operación.

—Le confieso que, cuando me ha propuesto salir del teatro, me esperaba otro tipo de velada —dijo mientras se abrochaba la blusa.

Cuando Horace los presentó, Thomas se fijó en la rapidez de los latidos de su pulso a la altura de la carótida, el temblor de los músculos de la mandíbula, el excesivo sudor y el perpetuo movimiento de su cuerpo. El examen del corazón, que había revelado un soplo arterial y venoso, y la palpación completaron el cuadro.

—Esto explica mi cansancio y mi estado de ánimo durante las últimas semanas. Así que no tengo mal carácter; eso le tapará la boca a mi exmarido. Le debo mucho, doctor.

Mistress Kay tenía una mirada lánguida causada por su ligera exoftalmia y un rostro de facciones redondeadas que le daban un aire de adolescente. No se había entretenido en cambiarse y, con la diadema de bisutería, parecía la reina de un inverosímil país de ficción.

Thomas le explicó los tratamientos disponibles, los que estaban más en boga eran el suero tirotóxico de conejo, la sangre glicerinada de caballo o la leche de cabra etiroidada, el polvo de hipófisis de buey, la faradización eléctrica, el baño electrostático o sinusoidal y la radioterapia. Él era reacio a su utilización en el caso de Marie, ya que todos ellos presentaban índices de éxito de entre el diez y el treinta por ciento, y efectos secundarios frecuentes y nefastos. Le propuso unas sesiones de acupuntura en Uncot, y, al ver que ella abría los ojos como platos, le explicó en qué consistía el método. En comparación con los tratamientos clásicos, unas cuantas agujas indoloras clavadas en la piel por un hombre que le atraía casi le parecían un juego erótico.

—Apostemos por la acupuntura. Puesto que solo la practica usted, sabré que serán sus manos las que me tratan —dijo mientras le abría la palma de la mano derecha—. Hermosa línea de la vida —comentó—. Pero no veo la línea del amor —añadió con una franqueza como solo las artistas se podían permitir sin exponerse a ofender al género masculino—. ¿Podría darse el caso de que esté solo?

Antes de que Thomas pudiera responder, ella se inclinó hacia delante para besarlo. Marie tuvo el tiempo justo de posar sus labios sobre los de Thomas, un contacto que no olvidaría jamás y que la seguiría estremeciendo mucho tiempo después de haberlo perdido de vista, unos labios suaves y tersos, con sabor a cereza, que ella rozaba con la lengua cuando la sorprendió una voz a su espalda.

—Perdón, lo siento, no sabía… —Reginald había entrado en la sala de tratamientos sin llamar—. Lo siento, doctor —repitió—, he visto luz…

—No lo sienta —dijo Belamy sin manifestar el menor apuro—. Iba a acompañar a mistress Kay.

—Le buscaba porque tenemos una urgencia complicada, doctor. Un accidente en el Empire Music Hall.

En la habitación reinaba una gran confusión. El director del local y el presentador hablaban ruidosamente con el policía al que habían llamado. Varios artistas se hallaban presentes: McCann sin sus perros, la cantante miss Scott y el mago Mephisto con la cara entre las manos, traumatizado por lo que había visto. Horace era el único que tenía aspecto sereno, y su grupo había desaparecido.

En el centro, Clementine Dolcini sostenía la mano de su pareja, inconsciente. Tom Lee tenía sangre en la cara, un delgado hilillo que descendía desde un orificio situado en la parte alta de la frente hasta la base de su mejilla izquierda.

La llegada de Belamy en compañía de mistress Kay causó sensación, pero, en vista de las circunstancias, todos se abstuvieron de hacer comentarios.

—Les ruego que salgan —dijo Reginald, que los acompañaba.

La agitación cesó y nadie se hizo de rogar.

—Va a salvarlo —dijo Horace indicando por señas a los presentes que se retiraran—. Este hombre obra milagros.

—Usted también —precisó Thomas—. Solo puede quedarse mistress Dolcini.

Horace puso cara de ofendido, pero la mirada hostil de la tiradora lo empujó a obedecer.

Una vez solos, Belamy se sentó junto al herido y le tomó los pulsos.

—Nunca había errado el tiro, nunca —dijo Clementine con voz trémula—. Tenía la manzana en el visor, no lo entiendo.

—La bala ha entrado por el frontal y ha salido por el centro del parietal —indicó el interno—. Las funciones vitales están intactas, pero no ha recobrado el conocimiento desde el accidente.

—Él no se ha movido. Tom ha respetado las instrucciones —continuó diciendo Clementine para sus adentros—. La manzana estaba bien colocada y él no se ha movido —repitió, confusa—. No debería ni haberle rozado.

—Reginald, desbride las dos heridas, retire las astillas y las briznas óseas, limpie los orificios y coloque un pequeño drenaje, sujételo cuidadosamente con gasa aséptica seca y una después las incisiones de desbridamiento. Yo me ocupo de controlar el equilibrio de las constantes.

El interno comenzó a realizar concienzudamente el minucioso trabajo. Belamy sacó varias agujas de su estuche. Había detectado numerosas disfunciones que resultaría difícil reparar.

—¿Cree que estará repuesto para el lunes? Tenemos que actuar tres noches en la Alhambra. —Clementine mostraba su preocupación mientras miraba cómo el interno trabajaba en la zona donde el proyectil había impactado—. Con un poco de maquillaje, no se notará mucho.

Reginald interrogó en silencio a Thomas: mistress Dolcini rechazaba la realidad que tenía ante los ojos.

—Hábleme de él, hábleme del señor Lee —le pidió el médico.

Una sonrisa iluminó el rostro de Clementine.

—Tom es más que mi pareja artística, es un amigo muy querido. Nos conocemos desde siempre. Crecimos en el mismo barrio. Es indispensable para alcanzar este grado de confianza.

—Comprendo —dijo Belamy cambiando de sitio las agujas—. ¿Desde cuándo hacen este número?

—Desde hace ocho años y medio —respondió ella sin dudarlo—. Lo hemos hecho más de trescientas veces. En toda Europa. ¡Si supiera la cantidad de cabezas coronadas que han venido a vernos! Tom tiene otro número que hace él solo y es irresistible. ¡Es muy divertido!

De pronto se calló, como si se hubiera quedado sin energía, se sentó y rompió a llorar.

—La culpa la tiene ese Vere Cole, ha desajustado la mira. Lo ha hecho expresamente, estoy segura. No se lo perdono, habría podido dejarlo tuerto.

—Reginald, ¿puede acompañarla fuera? —dijo Belamy, que estaba tomando de nuevo los pulsos al paciente.

El interno la cogió del brazo y la llevó al pasillo, donde esperaban los demás.

—Todo va bien, estaremos en la Alhambra el lunes —anunció Clementine a los presentes, que manifestaron un alivio teñido de escepticismo.

—¿Es verdad, doctor? —preguntó el presentador.

—Les dije que mi amigo hace milagros —confirmó Horace.

Reginald no respondió y regresó a la sala de tratamientos.

—Dios mío, ¿qué pasa? —dijo al ver a Belamy practicar tracciones ritmadas en el paciente.

—Se ha quedado sin respiración y sin pulso. Tome el relevo —ordenó, mientras buscaba pinzas y legras entre el material de operar.

Thomas practicó una ventana torácica en un tiempo que Reginald jamás habría creído posible, abrió el pericardio y cogió el corazón para comprimirlo al mismo ritmo que el interno realizaba las tracciones.

—¡Responde!

La alegría duró poco, los latidos cesaron al minuto. Los dos hombres practicaron de nuevo una reanimación experimental.

—Uno, dos, tres, cuatro —contó Thomas comprimiendo el órgano con la mano.

Pero el corazón no podía latir solo cuando se interrumpían los masajes. Al cabo de cinco minutos, Reginald suspendió las tracciones.

—Es inútil.

—¡Sigamos, sigamos! —dijo Belamy.

Los movimientos permitieron de nuevo que circulara la sangre.

—¡Vamos, Tom, vamos, ayúdenos! —suplicó el cirujano.

Llevaban veinte minutos manteniendo artificialmente la vida del joven Tom Lee cuando Reginald abandonó.

—Lo siento, señor, no tenemos derecho a obcecarnos de este modo.

Thomas retiró su mano del corazón, que latió débilmente una vez más antes de detenerse de forma definitiva. El médico se sentó para recobrar el aliento. Permanecieron varios minutos sin hablar.

—¿Qué hora es?

—Las dos y cuarto. Yo me ocupo de coserlo.

—No, voy a hacerlo yo. Tiene razón, no debería haberme obcecado tanto. Los desequilibrios eran demasiado grandes.

—Leí una tesis que relataba un caso en que los médicos consiguieron que volviera a ponerse en marcha un corazón después de haber estado dos horas parado. Ha hecho bien en intentarlo todo.

—¿El paciente vivió?

—Era un perro, y murió al día siguiente. Estaba paralizado y era incapaz de comer.

—Algún día será posible, Reginald.

—Sí, y ese día yo estaré a su lado. Usted será el primero en reanimar a un muerto, estoy seguro.

Una semana más tarde, el juez de Bow Street dictó un veredicto de muerte accidental y condenó al music-hall por «actuación peligrosa». Mistress Dolcini fue puesta en libertad, y Horace, declarado inocente. Todos los testigos que estaban cerca del escenario confirmaron que Tom Lee se movió ligeramente en el momento del disparo. Una mosca que se había posado sobre su párpado fue la causa del accidente.

VI

32

Café Royal, Londres, viernes 17 de septiembre

Horace sabía dónde encontrar a su amigo. Adrian lo esperaba en el Café Royal. Su rostro se reflejaba hasta el infinito en el juego de espejos. Tenía la mirada temerosa y la sonrisa triste de todos los miembros de la familia Stephen. Horace percibía en ellos un aura romántica que formaba parte de su encanto y su misterio, aunque en ocasiones los hermanos en su conjunto le parecían excesivamente altivos y centrados en sí mismos. Adrian no era solo su amigo, era su mejor amigo, sin duda el único a costa del cual se prohibía gastar una broma; así era como había tomado conciencia de la fraternidad única que los unía. Con menos de treinta años, vivían como se les antojaba sin preocuparse de los convencionalismos.

Vere Cole detuvo a uno de los camareros asiéndolo del brazo, le pidió champán, lo soltó citando un verso de Shakespeare y se sentó resoplando ruidosamente a fin de que todo el mundo le viera y le oyera. La importancia de hacer una entrada triunfal.

Le contó su jornada a Adrian con todo detalle, sin omitir absolutamente nada, aprovechando su voz potente, feliz de notar la atención de una parte de la sala. Augustus John fue a saludarlos acompañado de una mujer de gran belleza que llevaba en brazos un pequinés cuyo morro negro parecía sepultado bajo su abundante pelaje rubio y que emitía gruñidos sofocados con una regularidad de metrónomo; su ama, por su parte, dejaba escapar leves gemidos a modo de asentimiento en la conversación. Se sentaron a una mesa de esquina, ocupada ya por algunos artistas de vanguardia. Al igual que a Horace, a Augustus le encantaba conchabarse con todos aquellos que podían representar una amenaza, aunque fuera simbólica, para el orden del Imperio.

Vere Cole, haciendo gala de su actitud favorita, la del poeta en plena inspiración divina, con la cabeza apoyada en la palma de la mano derecha y el codo en la mesa, miró a la pareja un largo instante y después declaró:

—Ella no seguirá mucho tiempo con él. Se prendará de mí.

Adrian sabía que Horace estaba convencido de ello y, sobre todo, que tenía razón. Las mujeres se enamoraban de él sin que tuviera que hacerles la corte, y él, en contrapartida, las envolvía en un romanticismo exacerbado, deificando cada una de sus conquistas y cubriéndolas de oprobio cuando el romance finalizaba. Porque, pese a sus ojos azul claro de mirada infinitamente dulce, Vere Cole no podía dominar mucho tiempo su carácter impulsivo y sus celos enfermizos.

—He hecho el cálculo —dijo a la vez que, con un gesto, pedía otra copa—, y he pasado más tiempo sintiéndome desdichado que disfrutando de una felicidad completa. Pero, qué se le va a hacer, uno no se recupera tan fácilmente. ¿Sabes que sigo pensando en ella?

—¿En aquella americana de Roma?

Horace había conocido a Mildred hacía un par de años en casa de su marido, el conde Pasolini, donde estuvo alojado tras fracturarse varias costillas al caer de un caballo.

—Me estremezco con solo oír su nombre, Adrian. ¡Me llamaba su Hércules de bolsillo!

—Supongo que decirte que la olvides no serviría de nada. Vive a miles de kilómetros, Horace.

—Mil ochocientos exactamente, menos de tres días de viaje y estará en mis brazos para siempre.

—¡Pero si no ha habido nada entre vosotros!

—Ella no quiere a su marido, me lo confesó. Es desdichada, y yo tengo el deber de liberarla. Le escribo todas las semanas. No voy a tardar mucho en ir, amigo mío.

—Hace un año, le escribías todos los días. Ya verás cómo se te pasa, como con todas las demás. Cualquier mujer del Café Royal te hará olvidar a esa tal Mildred, créeme —afirmó Adrian abarcando con la mirada la sala repleta de gente.

—Lo dices como si tú hubieras intentado...

—No es mi caso, yo estoy enamorado —anunció.

—¡Esta sí que es una buena noticia! ¡Camarero, otras dos copas de champán!

—Horace, ya me siento achispado...

—Bueno, dime, ¿lo conozco?

—No es asunto tuyo.

Horace hablaba en voz muy alta, como hacía siempre en sociedad, cosa que sus detractores tomaban como una manifestación de su temperamento grosero y orgulloso. Adrian era uno de los pocos que sabían que padecía de sordera parcial, consecuencia de una difteria contraída a los diez años.

—Todo lo que te concierne es asunto mío, ya lo sabes —insistió Vere Cole.

—No.

—¿No? ¿No me concierne?

—No, no lo conoces. Y esto no es asunto tuyo.

—Vamos, su apellido, yo sé ser discreto —dijo acercándose para prestar oídos.

—Ni hablar —articuló lentamente Adrian—. Te conozco demasiado bien.

—¡Horace de Vere Cole! —vociferó un hombre corpulento que acababa de entrar y lo señalaba con el dedo.

Todas las conversaciones cesaron. El individuo, acompañado de dos compinches con expresión trágica de testigo, atravesó la sala, ebrio de furor, sin prestar la menor atención a los camareros, que evitaron cruzarse en su camino protegiendo sus bandejas.

—¿Qué significa esto? —preguntó Adrian mientras Horace, sentado de espaldas a la entrada, se volvía.

—¿Esto? Dos toneladas de problemas —contestó, flemático.

—*Abydocomist! Dalcop! Fopdoodle!** —le espetó el hombre, después de plantarse delante de su mesa, apuntando al objeto de su ira con el bastón-espada que empuñaba.

—Vamos, lord Dunsany, cálmese —dijo Vere Cole levantándose—. Está en presencia de gente bien. Además, sus insultos están anticuados. ¡Todo eso parece del siglo XVII! —añadió mirando de hito en hito a los dos acompañantes.

—¿Cuáles son sus agravios, señor? —intervino Adrian, que se había visto involucrado en repetidas ocasiones en las locuras de su amigo, y, por lo tanto, sabía que una explicación franca y unas disculpas anticipadas solían ser suficientes para neutralizar los conflictos.

Sin embargo, en esta materia Horace era más imprevisible que en el amor. Dunsany pareció serenarse y desvió la punta de su arma hacia el suelo.

—Resulta que hoy he recibido en mi domicilio, a la misma hora, no menos de cinco pianos, servidos por cinco tiendas diferentes: Mills & Co, Hastings, Brinsmead & Sons... ¿Quién más? —le preguntó al testigo de su izquierda.

—Challen.

—¡Incluso Challen! —exclamó el lord poniendo por testigos a los presentes—. Y otro cuyo nombre he olvidado. ¡La calle estaba bloqueada por los vehículos de reparto! ¿Puede usted creerlo?

El Café había recuperado su dicotomía habitual, dividido entre diversión y oprobio. Augustus se había acercado, dispuesto a defender a su compañero de farra, con el que había firmado un pacto de sangre a cuchillo, en el asiento posterior de un coche de punto. El pequinés aumentó la frecuencia de sus gruñidos.

—He hecho mis indagaciones y el resultado es que usted es el autor de esa sórdida broma. Usted, Horace de Vere Cole —acusó Dunsany, que a duras penas contenía su furia.

—Me siento honrado por la paternidad de una broma de tan buen gusto y la acepto encantado —replicó el interesado—, aunque no tengo ni idea de quién es su autor. ¡Se trata de algo digno de mí!

---

* ¡Embustero petulante! ¡Mentecato! ¡Mamarracho!

—Vamos, señores, no nos enfademos por tan poca cosa —intervino Adrian, que veía venir el incidente.

—¿Tan poca cosa? ¡Tan poca cosa! —exclamó, enfadado, el hombre, cuyos ojos se empañaron.

—Lord Dunsany perdió a su mujer anteayer —precisó el testigo de su derecha—. ¡Este acto incalificable es una provocación estúpida! El coche fúnebre ni siquiera ha podido acceder a su domicilio.

—Compartimos su pena —se apresuró a contestar Adrian— y le rogamos que acepte nuestras más sentidas condolencias, lord Dunsany. ¿Verdad? —añadió dirigiéndose a Horace, mientras la mayoría de los clientes los observaban.

—Desde luego, sí, lo sentimos mucho —aprobó este en un tono jocoso—. Ha perdido a su esposa, pero ¿está seguro de que nadie la ha encontrado?

Horace recibió una bofetada, y Augustus se abalanzó sobre los tres hombres y los derribó como si fueran bolos. Dos caballeros intentaron salir en su defensa y apartaron de la pelea al pintor para vapulearlo. Varios artistas acudieron en su auxilio y echaron a los dos infortunados en nombre de la solidaridad del arte moderno. Horace cogió un sifón, regó a los esbirros del lord y lo lanzó hacia dos corredores de apuestas que arremetían contra Adrian. La cabeza de este último desvió la trayectoria del proyectil, que, con gran estruendo, rompió uno de los espejos. El espectacular incidente hizo huir a los últimos testigos de la escena. La trifulca que siguió fue apoteósica y solo consiguieron interrumpirla los toques de silbato de la policía, avisada por los camareros. Todavía se produjo otro intercambio de golpes antes de que volviera la calma, exceptuando al pequinés, que no paraba de ladrar girando sobre sí mismo. Encontraron a su asustada propietaria en los lavabos. La joven recuperó al animal, que, una vez en sus brazos, volvió a ser un dócil muñeco, y salió del local sin dirigir una mirada a Augustus ni a Horace.

Los empleados se pusieron a limpiar la sala entre el ruido de cristal triturado, mientras el gerente del establecimiento intentaba disuadir al inspector enviado al lugar de los hechos de que practicara detenciones por alteración del orden público. El incidente estaba zanjado y Horace propuso pagar el espejo nuevo y las sillas dañadas. Lord Dunsany era una personalidad honorable, y Vere Cole, una de las atracciones del Café Royal.

—A petición del establecimiento, no iniciaremos ninguna actuación judicial —concluyó el representante de New Scotland Yard—. El señor Vere Cole nos ha asegurado por su honor que es ajeno a esta desafortunada aventura. Señores, como caballeros que son, les pido que se estrechen la mano.

El apretón de manos de los dos hombres fue glacial. Dunsany evitó la mirada de Vere Cole y salió del local sin decir una sola palabra, seguido de sus dos acompañantes.

—¿Una copa de champán? —propuso Horace a los presentes para marcar el fin de las hostilidades.

Todos rechazaron la invitación salvo Augustus, que rodeó la barra para ir a servirse. Vere Cole cogió hielo, lo envolvió en una servilleta y la ató a modo de hatillo, se sentó al lado de Adrian y se lo tendió.

—¿Cómo está tu cabeza? Lo siento, siempre he sido muy mal lanzador.

—Tengo un buen chichón, pero ya no sangra —respondió su amigo poniéndose la improvisada bolsa en la parte posterior de la cabeza—. ¿Por qué siempre tienen que acabar las cosas así contigo y tus amigos?

—A la gente no le gustan los artistas. Envidian su libertad.

—No, Horace, lo que quiero decir es por qué tienes que ir siempre tan lejos. Bastaba con explicarle que tú no habías tenido nada que ver, en lugar de provocarle. La próxima vez dejo que te las arregles solo.

—La próxima vez conseguiremos hacer una obra de arte. Y el tal Dunsany es un patán, ¡mira que haber olvidado el nombre del último piano! Era un Grover & Grover de New Southgate. Su mujer era una artista lírica y a mí me parece que rodearla de pianos para rendirle homenaje es mucho más romántico que enviarle coronas de flores. ¡Un poco de poesía, qué demonios!

La importancia de hacer una salida triunfal.

33

Bingley Hall, Birmingham, viernes 17 de septiembre

Una hora antes de que empezara el mitin, más de siete mil simpatizantes del Partido Liberal, así como numerosos curiosos, llenaban la sala. Las mujeres, sin embargo, tenían prohibida la entrada. En las inmediaciones del Bingley Hall, y a lo largo de todo el trayecto desde la estación, los policías también se contaban por miles. Todos los agentes del condado habían sido movilizados: en cuanto se anunció que el primer ministro iría a Birmingham, las sufragistas planearon una acción de envergadura para boicotear la visita de Asquith, y, como consecuencia, se desplegó un derroche de precauciones alrededor de su persona y un ambiente de estado de sitio se adueñó de la ciudad, habitualmente apacible.

Un hombre se abrió paso entre las primeras filas, se detuvo delante del escenario, se secó la frente y le enseñó la entrada a su vecino, como para justificar su presencia allí.

—¡Tengo el pase! He tenido que presentarlo nada menos que seis veces antes de llegar aquí. Pero lo he conseguido, ¡aquí estoy! —concluyó, dejándose caer con todo su peso en el banco.

Miró la hora, se enjugó de nuevo la frente, se quejó del calor y cerró ruidosamente la tapa de su reloj antes de guardarlo de nuevo en el bolsillo del chaleco, muy ajustado a su cuerpo debido a la redondez de la barriga. Los espectadores de las gradas superiores entonaron un canto activista que el jovial participante silbó entre dientes. Miró varias veces a su vecino, un joven de facciones finas y tez clara y pecosa, y, en vista de que permanecía callado, intentó entablar conversación.

—¿Usted también está intrigado?

—¿Intrigado por qué?

—Por lo que va a pasar con esas histéricas. Por sus provocaciones.

—No —dijo el otro sin siquiera mirarlo.

—En cualquier caso, yo no cederé a la amenaza, y menos viniendo de esas tipejas.

—No puedo sino elogiar su valor —contestó su vecino, por

cuya sonrisita el hombre comprendió que se lo estaba tomando a chacota.

Pasó por alto el desaire y le explicó con seriedad y montones de ejemplos que, al atacar a los liberales, las sufragistas los debilitaban y favorecían a los conservadores, que protegían mucho menos al pueblo.

—Y por eso he venido esta noche, para apoyar a nuestro primer ministro por su proposición de que se implante un impuesto sobre la propiedad que los lores quieren impedir. Es un proyecto justo que favorecerá a los más necesitados en detrimento de los más ricos —argumentó, y volvió a entonar a coro *For he's a jolly good fellow* con todo el público, mientras Asquith subía al estrado.

El político había utilizado un paso subterráneo para ir de la estación al hotel, desde donde lo habían llevado en coche al Bingley Hall, siguiendo un itinerario secreto. Detestaba esas demostraciones exageradas de protección, pensaba que solo beneficiaban a las sufragistas, al darles la importancia de un enemigo de Estado. Sin embargo, había cedido a las razones del ministro del Interior ante las declaraciones repetidas de mistress Pankhurst y las sufragistas prometiéndole una velada de pesadilla. Sonrió al público, que le dispensaba una calurosa acogida, e hizo una seña para que cesaran los cánticos y pudiera empezar su discurso.

—A juzgar por vuestro entusiasmo, no habéis venido esta noche por simple curiosidad, ni tampoco para ver un espectáculo —dijo a fin de desactivar desde el principio la presión de las sufragistas sobre aquella reunión.

—¡No! —respondió el público, un «no» que el jovial adepto gritó hasta hacer estallar los tímpanos de los que le rodeaban.

—Habéis venido para manifestar vuestra voluntad de que el equilibrio del presupuesto del Estado se alcance mediante una distribución equitativa de los impuestos —prosiguió Asquith, desencadenando una sucesión de aclamaciones.

—Faltan dieciséis millones y no somos nosotros quienes tenemos que pagarlos —dijo el hombre a los que estaban a su alrededor.

—Con el sistema impositivo actual, dadas las necesidades del Estado, ahora mismo faltan dieciséis millones de libras, y este presupuesto se ha elaborado para paliar ese déficit.

—Lo que yo les decía —comentó el hombre dándole unas palmadas en el hombro a su vecino, cuya mirada le disuadió de insistir.

—Se recogerán mediante un impuesto sobre la propiedad, que no es un impuesto sobre las tierras, como nuestros adversarios quieren hacer creer, sino un impuesto sobre las plusvalías —recalcó el presidente de gobierno—. Plusvalías que, hoy por hoy, no están gravadas con impuestos y solo benefician a una minoría. Debemos facilitar el acceso a la propiedad al mayor número de personas y...

—¿Por qué no les concede a las mujeres el derecho a votar? —gritó una voz en las primeras filas.

La pregunta sorprendió a Asquith y a todo el público. El militante de jovialidad desvanecida miraba, incrédulo, a su enclenque vecino, ese joven que le había escuchado distraídamente, sin tomar partido, y que acababa de interrumpir el discurso.

—¡Derecho al voto para las mujeres! —gritó de nuevo este último, provocando el abucheo del público.

El hombre inmovilizó al pelmazo y le obligó a tumbarse en espera de que llegara una veintena de miembros del servicio de seguridad, mientras el orador reanudaba su discurso.

—Debemos cambiar la ley en favor de los pobres, debemos ayudar a los trabajadores frente a los riesgos de la vida industrial.

Su voz, más titubeante, delataba su incomodidad. Asquith dejó que los aplausos siguieran un buen rato a fin de recobrar la serenidad y esperar a que hubieran sacado al joven perturbador de la sala. Los silbidos y los insultos del público sonaban a su paso.

En el exterior del Bingley Hall, lo entregaron a la policía, que lo metió en uno de los vehículos previstos por si había arrestos, pero el joven se negó a dar su nombre. Las militantes y sus partidarios que se habían mezclado en la calle con la multitud entonaron sus eslóganes y abuchearon a las fuerzas del orden, que se disponían a cargar contra ellos. La chispa acababa de encender la mecha.

Olympe había seguido el desarrollo de las operaciones en compañía de Betty desde su escondrijo, sobre el tejado de una fábrica adyacente al Bingley Hall que habían ocupado por la mañana, mucho antes de que las fuerzas del orden cortaran las calles. Se habían aprovisionado de tejas y ladrillos para lanzarlos contra el techo de cristal del edificio, pero este había sido cubierto con una lona por precaución y sus tentativas resultaron vanas. Como no habían detectado su presencia, asistieron al accidentado arresto del valeroso joven y a los enfrentamientos con la policía que siguieron. Olympe sabía que, en cuanto hubiera acabado de pronunciar el discurso, Asquith se marcharía para dirigirse a Cambridge Street y dar otro mitin en el Curzon Hall.

El coche del ministro aparcó discretamente en la parte trasera del edificio. Las puertas se abrieron y el político montó en él, protegido por sus guardaespaldas. El vehículo arrancó discretamente y circuló despacio junto al parque central. Las dos sufragistas previeron el recorrido y, a una señal de Olympe, arrojaron un ladrillo cada una. El primero rebotó en el tejado y se hizo añicos en el suelo, a los pies de un *bobby*. El segundo se estrelló directamente contra la calzada. El coche aceleró con un chirrido de neumáticos. Los policías, que habían localizado el origen de los proyectiles, cerraron los accesos al edificio en menos de un minuto. La pareja, sin arredrarse, gritó:

—¡El voto para las mujeres!

Aquello atrajo la atención de las otras militantes y desplazó los enfrentamientos hacia la fábrica, que estaba rodeada. Los policías tuvieron que vérselas con los manifestantes y soportar una lluvia de tejas que se abatió sobre ellos. Acabaron por ampliar el cordón alrededor del edificio. Uno de los inspectores de Scotland Yard les pidió a los bomberos presentes que utilizaran la manguera para desalojar a las dos sufragistas.

—Nosotros estamos aquí para sofocar incendios, no revueltas, piense lo que piense de ellas —le contestó el capitán responsable de la unidad.

—Entonces la requiso. Tengo facultades para hacerlo —amenazó el oficial.

Por toda respuesta, el bombero se cruzó de brazos. El inspector designó a tres de sus hombres que conocían el manejo de las mangueras para que, desde el suelo, regaran el tejado. Pese a la distancia, la potencia del chorro y la baja temperatura del agua debilitaron a las dos mujeres, que resistieron agarrándose a una de las chimeneas. La maniobra era peligrosa, se exponían a resbalar y caer en cualquier momento. La violencia de los enfrentamientos alrededor del Bingley Hall, a pedradas y con lanzamiento de proyectiles de metal, había sorprendido a las fuerzas del orden y multiplicado su dureza. Olympe arrancó el remate de cinc de la chimenea y lo arrojó en su dirección, pero el agua desvió el proyectil y se perdió en el parque. Pese a sus esfuerzos, los policías eran incapaces de obligarlas a bajar, de modo que un segundo equipo trepó hasta el tejado y hubo que detener el diluvio. La tregua duró poco, ya que, en cuanto recuperaron el aliento, Betty y Olympe se encontraron rodeadas por una decena de hombres uniformados.

—¡No nos toquen! ¡Exigimos que nos dejen bajar solas! —dijo Olympe, tiritando bajo la ropa empapada—. ¡No nos pongan las manos encima!

La única respuesta fue un breve combate cuerpo a cuerpo, en el transcurso del cual las jóvenes fueron inmovilizadas, esposadas y transportadas por los *bobbies* cual mercancías. Las llevaron al furgón, donde se vieron obligadas a esperar un rato que se les hizo interminable. Mientras tanto, el rumor de la calle se extinguió poco a poco. Ambas buscaban el valor en la mirada de la otra, apagada por la penumbra.

—Creo que nos espera a las dos una dieta de varios días —bromeó Olympe.

—No sé si tendré agallas para hacer una huelga de hambre —advirtió Betty.

—Lo conseguirás, ya verás. Y dentro de una semana estaremos de nuevo en el número cuatro de Clement's Inn. En casa.

Un silencio aplastante se había instalado en el exterior, el silencio viscoso del aturdimiento que sigue a la violencia.

—Betty…, voy a contarte un secreto. No le he dicho a nadie cómo pude escapar de Westminster Palace el año pasado.

La imagen del desconocido había vuelto a su mente.

—Les diste esquinazo a tus guardianes.

—Lo que no os dije es que no estaba sola.

Olympe le contó el episodio del sótano sin omitir nada.

—¿Y no has vuelto a verlo?

—No.

—Pero ¿cómo era? ¡Descríbemelo!

La puerta del vehículo se abrió bruscamente y el jefe de policía local les ordenó que salieran.

—Scotland Yard toma el relevo. Vuelven a Londres.

Los altercados habían cesado, pero la calle estaba cubierta de objetos diversos, zapatos, sombreros y algunas sombrillas.

—Miren, este es el resultado de su revuelta. ¡Qué desastre!

—El verdadero desastre es obra de su gobierno, que reduce a la mitad de la nación a la servidumbre —replicó Olympe—. Todo esto es solo consecuencia de su ceguera.

—Cállese.

—Esto no es más que el principio, ¿cuándo van a comprenderlo? —dijo ella temblando de la cabeza a los pies, con la ropa fría pegada a la piel.

—¡Cállese! —ordenó el hombre, superado por los acontecimientos—. Espero que les caiga la pena máxima.

—La pena máxima ya nos ha caído, señor mío. ¿Qué cosa peor puede sucedernos que ser mujeres en este Imperio?

34

Saint Bart, Londres, domingo 19 de septiembre

Hacía más de una hora que el *souchong* se había enfriado en la taza cuando sor Elizabeth volvió a cogerla. Se bebió distraídamente el té, a sorbitos, mientras leía *The Standard*, que había comprado por descarte porque ya no quedaba ningún *London Daily News* en el quiosco.

—Creía que no le gustaba beberlo frío —comentó Reginald.

—¿El qué? —preguntó ella secamente.

—El té. Siempre se lo toma muy caliente.

—Tiene razón —reconoció ella dejando la taza en el fregadero—. Lo que pasa es que esas sufragistas me trastornan —añadió la monja señalando el artículo sobre los enfrentamientos de Birmingham—. Hacen gala de una violencia tan desaforada… ¡Algunas atacaron a la policía a hachazos y martillazos! Lea, lea, lo pone en el artículo: ¡qué vergüenza para las mujeres!

—El gobierno no las escucha —intervino Frances—. Es la desesperación lo que las empuja a reaccionar así.

Era la primera vez que la enfermera tomaba partido sobre esa cuestión, cosa que a Reginald no le pasó por alto.

—¡Ah, no! ¡Hija mía, no me venga usted también con esas! —la reconvino Elizabeth—. Ninguna persona sensata puede aprobar semejante avalancha de odio. Esas marimachos han sido condenadas a una pena de cuatro meses, es el máximo, y me alegro. Ellas mismas han infligido este duro golpe a su movimiento, y esa Pankhurst no tardará en dejar de pavonearse por las calles. Todo esto ha durado demasiado.

La enfermera bajó los ojos. La conversación sobre el asunto había acabado.

—Doctor Jessop, el señor Connellan le espera en la sala uno —dijo la religiosa.

—¿El tragasables?

—Una recaída —explicó ella con una pizca de condescendencia—. Él se lo contará.

Reginald hizo un gesto de decepción. Pensaba que la intervención que le había practicado dos meses atrás había sido un éxito.

—Voy con usted —dijo Frances previendo la necesidad de su presencia para una segunda dilatación del esófago.

Ninguno de los dos había olvidado las condiciones particulares de la primera operación. El día antes, Frances había aceptado su invitación al pub y, una vez allí, se mostró distante y se marchó temprano, lo que sumió a Reginald en un profundo desconcierto. Él ahogó sus penas con un número incalculable de cervezas que le valieron la peor cogorza de toda su vida y un retraso considerable en la llegada a urgencias a la mañana siguiente. Efectuó la intervención todavía bajo las consecuencias de la ingestión del alcohol, con una seguridad y una precisión que jamás, ni en sus sueños más optimistas, habría imaginado. Todos le felicitaron, incluido Thomas, y el interno se había guardado mucho de revelar el secreto de su éxito.

Sintió que un sudor frío le recorría la espalda e intentó alejarlo dando unas palmadas para infundirse valor.

—¡Bien! Vamos a devolverle al señor Connellan el uso de su instrumento de trabajo. Usted primero, Frances.

El hombre estaba más delgado que la vez anterior y les confesó que había esperado hasta el último momento para ir al Barts. La radiografía con bismuto confirmó que el estrechamiento era mayor aún.

—Comprendan que no he tenido otra opción —explicó con aire desolado—. Estaba curado, por supuesto, pero no tenía trabajo. Así que, al cabo de un mes, acepté realizar varias representaciones. Y hace una semana que no puedo tragar casi nada.

—Ya conoce el procedimiento —dijo Reginald preparando el material que Frances había sacado del mueble.

En el momento de embadurnar con aceite de oliva el tubo endoscópico esterilizado, tuvo la impresión de que todos se habían fijado en el ligero temblor de sus manos. El sudor frío recorrió de nuevo su espina dorsal.

—¿Puede esperar un momento? —preguntó antes de salir.

Era domingo por la tarde y el despacho de los médicos estaba vacío. Reginald abrió su taquilla y sacó un frasco de vino de arroz que había comprado en una tienda del barrio chino y que guardaba por si le asaltaba el pánico, como era el caso. Bebió tres largos tragos —no era momento de andarse con rodeos—, se arrepintió inmediatamente y se frotó la boca con hojas de menta para evitar que su aliento levantara sospechas. Cuando regresó a la sala de tratamientos todavía le temblaban las manos, pero le daba igual. Se sentía capaz de desatascar en cadena los estómagos de todos los pacientes del servicio y acto seguido pedirle la mano a Frances. El entrecejo fruncido de la enfermera le hizo comprender que la joven sabía leerle el pensamiento. Carraspeó y reanudó los preparativos, cogiendo uno a uno todos los instrumentos —tubo, pinzas, estilete portalgodón, mandriles, sacabocados y una impresionante serie de sondas blandas de diferentes tamaños— para desplazarlos unos centímetros.

—Aquí, eso es, ahora está perfecto —dijo para sí mismo frotando las manos con el delantal, con aire satisfecho.

Con ayuda de una cinta, Reginald fijó un espejo de Clar en su cabeza. La concavidad reflectante estaba iluminada por una bombillita y junto al centro había un orificio que permitía al médico realizar una observación monocular precisa. Después se puso los guantes, que le cubrieron una parte de los antebrazos.

—Parezco un minero equipado para bajar a una galería —comentó acompañando la frase con una risita seca que no era propia de él.

Sin esperar las indicaciones del médico, el señor Connellan se había tumbado boca arriba con la cabeza fuera de la camilla e inclinada hacia atrás. Frances se la sostenía por la nuca.

—Preparado —le dijo al médico.

Reginald se sentó en un taburete a la altura del paciente e introdujo el tubo endoscópico hasta el estómago sin que el tragasables manifestara ninguna reacción refleja de arcadas.

—Si todos mis pacientes fueran como usted, mi vida sería mucho más fácil —comentó sin apartar los ojos de la abertura del espejo—. ¡Dios del cielo! —exclamó al ver la impresionante estenosis que obturaba la entrada del órgano—. No tan fácil, no tanto...

Se quitó el espejo y retiró lentamente el tubo. Reginald pensó en salir para echar otro trago de alcohol antes de continuar —el que había invadido su sangre ya se había evaporado—, pero se contuvo. Había recuperado suficiente seguridad para no necesitar más. Seleccionó tres sondas blandas e introdujo la primera en la boca del paciente. El pequeño diámetro y el hecho de que el recorrido fuera recto le ayudaron a avanzar fácilmente hasta la entrada del estómago.

—Vamos a dilatar la estenosis con estas tres sondas. La primera tiene un centímetro de diámetro —explicó—. Ahora voy a colocar otra, del mismo tamaño, a su lado.

La maniobra fue igual de rápida, y el gesto de Reginald, seguro y preciso. Se imaginó ante un auditorio de estudiantes llenos de admiración, enseñándoles el arte de las exploraciones digestivas. Se incorporó y adoptó un tono docto.

—La última tiene un diámetro de cuatro centímetros, el triple que las otras —anunció como si fuese un profesor del colegio médico del Barts; al oírlo, el paciente arqueó las cejas—. Las dos primeras servirán de guía y esta permitirá la máxima dilatación. Pero para usted esto no será más doloroso que tragarse un pequeño sable como entrenamiento, se lo aseguro, señor Connella. Enfermera —dijo en un tono marcial, tendiendo la mano sin mirar a Frances.

La joven depositó sobre ella la sonda blanda con un gesto brusco, a modo de reproche por su actitud, pero Reginald ni siquiera se dio cuenta.

—¡*An!* —jadeó el paciente, con la boca abierta al máximo—. ¡*O-e-án!*

—¿Volverán? —preguntó Reginald interrogándolo con la mirada—. ¿Quiénes volverán, señor Connella?

—¡*O-e-án!* —repitió el paciente.

—¿Correrán? —propuso el interno—. ¿Es eso lo que intenta decir? No he utilizado cocaína —dijo mirando a Frances—. ¿Le duele en algún sitio, señor Connella?

—Creo que intenta decirle que se llama Connellan, doctor, no Connella. Con-ne-llan, como el famoso historiógrafo.

El paciente aprobó con un gruñido.

—Esperen un momento —replicó el interno.

Los dejó plantados para ir a su vestuario, bebió otro trago de vino de arroz y salió inmediatamente. En el pasillo se cruzó con Thomas, acompañado de Horace de Vere Cole.

—Creía que era su día de descanso, doctor —dijo el interno después de saludarlos.

—Lo era, pero me ha hecho el favor de visitarme de urgencia —explicó Horace.

—En cualquier caso, tiene muy buen aspecto para haber salvado la vida por milagro.

Reginald acompañó el comentario con una palmada amistosa en el hombro de Horace. En circunstancias normales, lo habría considerado una familiaridad inconcebible, pero en esta ocasión se limitó a regresar a la sala de tratamientos sin sostener la puerta, que se cerró de golpe tras de sí.

—Creía que los médicos bebían menos que sus pacientes —comentó Horace, lacónico.

—Mi asistente es un joven sobrio —contestó Belamy, que nunca había visto a Reginald tan extrovertido.

—Olía a alcohol, se lo aseguro.

—La desinfección es nuestra preocupación cotidiana.

—Tranquilíceme, amigo: no operan con los dientes, ¿verdad? Porque no eran sus manos las que habían sido sumergidas en aguardiente.

—Le llevo a Uncot, monseñor —dijo Thomas, dándose por vencido.

35

Saint Bart, Londres, domingo 19 de septiembre

Los tres extremos de las sondas blandas sobresalían de la boca del desventurado y caían perezosamente por la parte delantera de su cuerpo.

—Esto es un trabajo bien hecho, señor Connellan —dijo Reginald insistiendo en el final de su apellido—. Vamos a dejarlas así media hora y luego las retiraré. Si todo va bien, no habrá necesidad de otra sesión. Enfermera, ¿podría hablar con usted en privado?

La autoridad del tono sorprendió a Frances, que obedeció sin protestar. El interno optó por llevarla al gran patio cuadrado, de manera que todos los vieran pero nadie los oyera. Hacía más de un año que ejercía en urgencias y aún no comprendía el comportamiento de la enfermera con él. A veces se mostraba cálida; otras, distante, y siempre, imprevisible. Embriagado por el arroz fermentado, Reginald había improvisado el encuentro que acababa de solicitar.

Estaban de pie junto a uno de los bancos que rodeaban la fuente y, en ese momento preciso, mientras la joven lo miraba con curiosidad esperando descubrir la razón por la que la había convocado, el interno sintió que la euforia lo abandonaba y la duda lo invadía. No sabía por dónde empezar, no sabía qué decirle, volvía a ser el de siempre, un hombre tímido y dominado por el pánico en sus relaciones con las mujeres. Ella debía de encontrarlo estúpido y torpe, y no dejaría de contar el incidente al resto del equipo, que lo difundiría por todo el hospital. Enfrentarse a la mirada burlona de los demás era para él una tortura.

La salvación vino de Frances.

—Quisiera saber por qué parece descontento de mí.

—¿Descontento…? ¿Qué quiere decir?

—Me doy cuenta perfectamente por la forma en que a veces se dirige a mí durante las curas o las operaciones. Y me incomoda.

—Oh, lo siento.

—En esos momentos, parece contrariado, pero no me da indicaciones sobre lo que hago mal, y yo las necesitaría para mejorar.

—Comprendo —contestó él dando gracias al cielo por ayudarlo a salir cobardemente del callejón en el que se había metido solo.

—Tengo la impresión de que se resiste a reprenderme porque su naturaleza generosa se lo impide, pero debería hacerlo por mi bien.

—Ah, ¿le parece que tengo una naturaleza generosa? En fin, quiero decir, sí, no dejaré de compartir con usted mi experiencia, puede estar segura. Estamos aquí también para eso.

Reginald había hablado en un tono afectado, el que su padre, sir Jessop, le había enseñado según los códigos de la buena sociedad eduardiana. Ella le dio las gracias y miró hacia el edificio de urgencias para poner fin a la conversación.

—A decir verdad, no puedo sino sentirme orgulloso de usted, Frances. Sinceramente. Pero le confieso…

—¿Sí?

El pensamiento de que la enfermera había sido vista una noche entrando en el apartamento del doctor Belamy acudió a su mente, como le sucedía con frecuencia cuando la pasión por ella lo dominaba. Se sintió ridículo de cortejar a una mujer que era la amante de su superior.

—Le confieso que yo también tengo mucho que aprender de los demás. Eso es lo que quería decirle. Gracias por haberme concedido su tiempo, Frances.

Horace estaba sentado en un taburete con el brazo apoyado en la camilla. Thomas le clavó la aguja de plata y cinc en la parte posterior de la muñeca izquierda, en la prolongación del índice.

—Ahora, acerque el meñique a la palma y luego levántelo —indicó el médico observando la mano de su paciente.

Introdujo otra aguja en el lugar que la punta del dedo había tocado.

—¿Cuándo se va?

—Embarco mañana por la mañana para Calais. Después, un día y medio en tren. Estaré en Roma el miércoles.

Finalmente, Horace se había decidido: iría a liberar a la bella Mildred de las garras de su brutal marido y se casaría con ella en cuanto se hubiera dictado la sentencia de divorcio. Cada vez que se enamoraba, el romanticismo de Vere Cole lo transformaba en un caballero desbordante de nobles sentimientos, e, invariablemente, su pasión devoradora lo conducía a la catástrofe.

—¿Desde cuándo nota estos trastornos en el ritmo cardíaco? —le preguntó Thomas colocando un estetoscopio flexible sobre su pecho.

—Desde hace tres días. Empezaron por la mañana, cuando me desperté, y no han cesado desde entonces. ¿Qué opina?

—Arritmia extrasistólica. No hay un verdadero tratamiento, la causa es el fragmento de bala que se halla alojado en la zona del corazón. Eso es lo que produce la excitación nerviosa que desemboca en esos fallos en los latidos.

—Me refiero a Mildred y a mí: ¿qué opina? —rectificó con malicia.

—Que su cuerpo expresa a través del corazón lo que su alma siente por esa mujer —se escabulló Thomas mientras escuchaba la evolución del ritmo cardíaco.

—¡Tomémoslo como una señal positiva! Y demostraría una gran clase si me desplomara sin vida a sus pies a causa de un corazón que ha palpitado demasiado por ella. ¿Qué prueba de amor podría haber más bella?

—La prueba más bella sería seguir vivo para sacarla de su jaula dorada, ¿no?

—¡Tiene razón! Viviremos juntos y felices el resto de nuestros días, si Dios quiere. ¡Dios y mi médico favorito!

Thomas retiró la oliva del estetoscopio de su oreja. Cogió la primera aguja, la hizo rodar tres veces entre el índice y el pulgar, y repitió la operación con la segunda, para escuchar de nuevo los ruidos del corazón.

—Parece que responde favorablemente a la acupuntura —dijo—. Haremos otra sesión cuando vuelva del viaje.

—Tengo una idea mejor, amigo mío: ¿por qué no se viene conmigo? Así podrá vigilar a su enfermo preferido y disfrutar de una estancia en Italia. —Belamy no respondió y dejó el estetoscopio sobre la camilla—. Yo correré con los gastos y haré una donación al hospital —añadió Horace—. Una donación importante.

—Muy generoso de su parte.

—No, es completamente egoísta. Me gustaría llegar a casa de Mildred con mi médico personal. Eso la tranquilizaría sobre mi nivel de vida. Bueno, ¿qué me dice?

—No me necesitará para tener éxito en su empresa, Horace. Y yo tengo muchos pacientes que me esperan la semana próxima.

—¡No será por no haberlo intentado! Al menos esto me tranquiliza sobre su integridad. ¿Me quita esos pinchos de la mano? Tengo la impresión de ser objeto de un rito vudú.

—Un poco más de paciencia —contestó Thomas antes de hacer rodar de nuevo las agujas entre sus dedos.

—¿No tiene Teeling? ¿Y brandi? El perfume de su interno me ha dado sed.

Belamy dejó que se hiciera de nuevo el silencio, algo que Vere Cole, a quien nada gustaba más que ocupar el espacio de las conversaciones, realmente detestaba.

—Hablando de su colaborador, haría bien en decirle que desconfíe de los comatosos.

Mientras prestaba asistencia médica al falso obispo, Reginald le había contado a Frances que había visto al doctor Belamy en una calle poco recomendable del East End, sin precisarle que lo había seguido.

—Así que merodea por Spitalfields de noche —dijo Horace para chincharle.

—Sí, lo que me convierte en una persona a quien hay que evitar, sobre todo cuando uno quiere casarse con la mujer de un conde. Razón de más para no llevarme a Roma, no pertenezco a su mundo.

—¿No le ha dicho Adrian que viví dos años en Toynbee Hall?

El nombre tocó la fibra sensible de Thomas. Toynbee Hall era un experimento socialista utopista, creado hacía veinticinco años en el East End, con el objetivo de que vivieran en un mismo edificio obreros y jóvenes ricos; pretendía poner a los representantes de la clase acomodada de la sociedad inglesa en contacto directo con la realidad de la pobreza. Allí, Vere Cole había ayudado a organizaciones caritativas, sobre todo las que se dedicaban a los niños.

—Y eso que los niños me horrorizan. No sé por qué, detesto su presencia. Pero lo hice. No soy un simple vividor, amigo mío. Y mi corazón no palpita únicamente por las mujeres atractivas y deseables. Conozco el East End, allí vi la miseria y la desesperación de los niños.

—Quizá un día le muestre por qué paso las noches en el peor infierno de toda la ciudad. Y se quedará sorprendido. Bueno, ya está —dijo Thomas retirando las dos agujas—. Está preparado para afrontar el amor, querido Horace.

A su regreso a urgencias, había una aglomeración en la primera sala de tratamientos. Todo el equipo sanitario, así como algunos enfermos, estaban reunidos alrededor de Reginald, quien, gesticulando mucho, explicaba lo que acababa de suceder. La llegada de Thomas le alivió y volvió a comenzar su explicación.

—Después de haber introducido el material de dilatación en el esófago del señor Connellan, he salido unos minutos al patio, después hemos tenido una afluencia continua de pacientes como consecuencia de un accidente de tranvía.

—Unos cuantos heridos sin gravedad, el vehículo cayó de costado sobre la calzada —precisó Elizabeth.

—Cuando he vuelto a la sala, había transcurrido algo más de una hora.

—Una hora y media —le corrigió Frances.

—El paciente ya no estaba. Ha dejado una nota —continuó Reginald, tendiéndole el papel a Thomas.

Querido doctor:

En vista de que la espera se prolonga, me permito regresar a casa con estos instrumentos que sin duda me serán muy útiles de nuevo dentro de unas semanas. Así, en el futuro no volveré a molestarlos. Esperando simplificarles la vida, su muy devoto H. R. Connellan.

—El conserje lo ha visto salir y ya no llevaba los tubos dentro de la boca —añadió el interno.

—Se los habrá retirado en la sala —completó Frances imaginando la escena.

—La culpa es mía, iré inmediatamente a su casa para recuperar el material —dijo Reginald quitándose el delantal—. Solo espero que no le haya pasado nada grave, ni una hemorragia, ni una lesión en la pared del esófago…

—Quizá esté tumbado en su casa desangrándose —dijo la enfermera yendo más allá.

—¡Qué mala pata! ¡La culpa es mía! —concluyó Reginald cuando todo el mundo empezaba a hablar al mismo tiempo.

—¡Basta, cálmense todos! —ordenó Thomas para acallar el guirigay que llenaba la sala—. Los que no tienen nada que hacer aquí que salgan. En cuanto a usted, Reginald, es inútil que vaya corriendo a casa de su paciente. Nuestro hombre está mucho más capacitado que nosotros para introducir y retirar catéteres en su garganta. Le recuerdo que es su oficio.

La observación calmó al joven interno, que apoyó la espalda contra una de las paredes y ocultó el rostro tras las manos un breve instante, durante el cual Belamy lo vio contener las lágrimas. Reginald se frotó las mejillas antes de respirar y recuperar la sangre fría.

—Voy a llamar al puesto de policía más cercano para que vayan a su casa —declaró.

—Esa es la mejor decisión. Su trabajo está aquí, donde las urgencias no son una simple hipótesis. Ahora que todo el mundo ha recobrado el sentido común, empecemos la visita —dijo Thomas metiéndose la mano en el bolsillo—. Pensándolo bien, faltan diez minutos —rectificó—. Me he dejado el estetoscopio en la camilla de Uncot.

Atravesó el hospital. La calma dominical en los distintos servicios contrastaba con la actividad de su departamento, acompañado de un presentimiento que resultó ser exacto. El instrumento no estaba: Horace se lo había llevado.

36

Holloway, Londres, sábado 25 de septiembre

El director observaba el paseo de las presas desde su ventana. Las mujeres caminaban en fila india y en silencio, conforme al reglamento. Ninguna sufragista se hallaba presente. Todas estaban en aislamiento a causa de la huelga de hambre. Pensó que le resultaba más fácil dirigir a presas comunes que a esas militantes feministas que perturbaban la vida cotidiana de su centro e incluso la moral de sus guardianas. Una de ellas había dimitido la semana anterior. Por suerte, podía contar con las más antiguas, ya que él acababa de ser destinado a ese puesto. Pero aquella situación le inquietaba.

—Miss Lovell está en el octavo día —dijo el médico-jefe desgranando a su espalda el nombre de las presas y la duración del ayuno—. Es el momento de actuar. Si no, tendremos que liberarla mañana.

—¿Está seguro? ¿Ha recibido una orden escrita? —preguntó el director sin volverse hacia él.

—Las más altas instancias me lo han pedido expresamente. El propio rey le ha escrito al ministro del Interior.

—¿Ha visto usted el documento?

—Por supuesto que no, estamos entre personas de palabra. Le recuerdo, señor, que tenemos la orden de alimentarlas a la fuerza.

—Todo esto es enojoso —dijo el director meneando la cabeza—. En el momento en que su movimiento pierde crédito entre la opinión pública, ¡les devolveremos el prestigio!

—Usted y yo obedecemos órdenes.

El director se acercó a su mesa y se sentó delante del médico.

—Nos van a acusar de malos tratos —dijo.

—Es un gesto humanitario —contestó el hombre de ciencia antes de cerrar su cuaderno—, nada más. Empezaremos a mediodía con esa Lovell. Le agradezco su apoyo, señor director.

Cuando la puerta de la celda se abrió, Olympe se levantó. Estaba preparada para salir, después de una huelga de hambre que había sido más difícil aún que la primera. Pero algo no cuadraba: el elevado número de guardianas, cuatro, y la presencia de dos médicos, uno de los cuales llevaba una gran toalla alrededor del cuello. Antes de que pudiera reaccionar, dos carceleras le inmovilizaron los brazos y la obligaron a sentarse en el taburete. La tercera la agarró de las piernas. Olympe se debatió con todas sus fuerzas, pero las guardianas dejaron que cesara la carga y la prisionera se debilitó rápidamente. El primer médico, que se había colocado detrás de ella, la obligó a echar la cabeza hacia atrás, mientras que la última carcelera extendía la toalla sobre su torso y sus brazos.

—¡No, no…! ¡Nooo…!

El grito de Olympe, su alarido de desesperación, se oyó en toda la prisión. Las palabras de ánimo de las demás presas le respondieron. El director, que se había quedado en su despacho, dejó de escribir y se tapó los oídos con las manos.

Olympe intentó gritar de nuevo, un médico aprovechó para obligarla a mantener las mandíbulas abiertas y el otro le metió una mordaza entre los dientes. Esperaron unos segundos para que recobrara el aliento y luego, mientras la guardiana aumentaba la presión sobre su cabeza anticipándose a la reacción de la presa, el médico-jefe le introdujo un tubo flexible en la fosa nasal izquierda. Se produjo un cosquilleo y, enseguida, una quemazón, aguda, viva, que le invadió toda la nariz y descendió hacia su garganta. Olympe se quedó paralizada un instante durante el cual creyó que su corazón había dejado de latir; luego, como una ola, la quemazón la invadió de nuevo, acompañada de arcadas. Se sentía pillada en una trampa, incapaz del menor movimiento, violentada y forzada a deglutir aquella serpiente de goma y su cortejo de dolores. Notó cómo esta avanzaba rápidamente hasta el estómago. Las náuseas no cesaban, los espasmos que recorrían su cuerpo la debilitaban todavía más. Estuvo a punto de desmayarse, pero su voluntad la mantuvo consciente. Los desafió mirándolos directamente a los ojos, y la mirada expresaba su rabia. Podían doblegar su cuerpo, pero no su causa.

El segundo médico preparó el otro extremo del tubo añadiendo un embudo de porcelana y estiró la goma levantando el brazo.

—La solución de Bengers —dijo dirigiéndose a una de las carceleras.

El tono era neutro, distante, clínico. La mujer vertió una pinta entera de líquido y se apartó. Sus ojos miraban el suelo. El día anterior, le había implorado a Olympe que ingiriera la cucharada de caldo que le acercaba a la boca.

El paso al estómago fue rápido. Olympe notó que el líquido frío se acumulaba allí. Creyó que su órgano iba a explotar, le golpeaba el diafragma. Apareció una dolorosa sensación de saciedad. Y, de nuevo, la quemazón. Subió del esófago a la garganta y de ahí a la nariz. El médico arrojó el tubo a una palangana de agua caliente, que se enturbió y se tiñó de rojo.

Le tomaron el pulso, la trasladaron a la tabla que le servía de cama, la taparon con una manta. Olympe tosía y escupía, todo se había vuelto borroso, solo la quemazón seguía en su interior como la cicatriz provocada por aquella violación.

—Todo ha ido bien —concluyó el médico-jefe—. Mañana la alimentarán con cuchara. Si se niega a comer, volveremos a utilizar la sonda el próximo sábado.

Olympe se acurrucó. Las lágrimas fluyeron y se mezclaron con la sangre y la mucosidad que manaban de sus fosas nasales. Pensó en su desconocido, esta vez no la había protegido. Lo había llamado, pero él no había acudido y ella decidió que, en lo sucesivo, odiaría los sábados.

37

Jardines de Luxemburgo, París, martes 28 de septiembre

Horace le pagó a la mujer que alquilaba sillas en los jardines de tipo inglés y la colocó bastante lejos del estanque, junto al que correteaban decenas de niños acompañados de sus niñeras. Por superstición, pensando en la patria de la mujer de la que estaba enamorado, se sentó frente a la réplica de *La Libertad iluminando el mundo*, apartado de las frecuentadas y anchas alamedas, a la sombra frágil de los grandes árboles semidesnudos. Desde su llegada a París, se le habían ocurrido montones de bromas posibles, pero no estaba con ánimos para diversiones.

Dejó sobre sus rodillas el libro que tenía en la mano y se deleitó contemplando el parque. Desde un terreno de juego que no quedaba lejos, le llegaban los jadeos de los que practicaban el *jeu de paume*. Un hombre vestido de negro, desde los zapatos hasta el sombrero hongo, recorría la alameda a paso vivo. Era el único que andaba con premura, en medio del deambular calmoso del resto de los paseantes que disfrutaban del jardín y los estanques; daba la impresión de ser una mosca irritada zigzagueando alrededor de un apacible rebaño. Horace prefería las *squares* londinenses, más pequeñas pero disponibles en todos los barrios, como los cafés en París, en las que había un ajetreo continuo. Le parecía que la vida ahí iba al ralentí comparada con Londres, por no hablar de la mosca negra que se le acercaba haciéndole señas.

—¿Señor de Vere Cole? —preguntó el hombre levantando el sombrero con una mano y tendiéndole la otra entre efluvios de sudor seco—. Llevo veinte minutos buscándolo —añadió modulando el tono para que no sonara a reproche.

—Su oficio es encontrar a la gente, señor Capulet —replicó Horace llamando a la mujer que alquilaba sillas.

—En efecto, pero normalmente son los clientes los que vienen a mí —objetó el hombre observando a los curiosos más cercanos con un aire exageradamente profesional.

Pagó y se sentó, aliviado por el francés perfecto de su interlocutor. Su secretaria le había dejado una nota indicando que un cliente inglés lo esperaba junto al estanque de los Jardines de Luxemburgo para un asunto de la mayor importancia. El bigote kitcheneriano de Horace le habría permitido reconocerlo entre mil parisienses.

—Y bien, señor de Vere Cole, ¿en qué puedo ayudarle?

—¿Conoce a Somerset Maugham?

—Todavía no —dijo el detective anotando el nombre—. ¿Es la persona a la que hay que encontrar?

—¡Dioses egregios, no! —exclamó Horace, divertido—. Es uno de nuestros jóvenes autores con más talento, y, mire por dónde, me he traído su última novela para el viaje. *El mago* —dijo enseñándole la cubierta—. He empezado a hojearla mientras le esperaba, y cuál no ha sido mi sorpresa…

Le leyó las dos primeras páginas, cuya acción se desarrollaba en los Jardines de Luxemburgo, donde dos de los protagonistas se habían dado cita. El señor Capulet fingió interesarse en lo que consideraba un no-acontecimiento.

—Veo en ello una señal del destino —afirmó Vere Cole cerrando el libro, para gran alivio del detective—. La suerte nos será favorable de nuevo.

En Roma, nada sucedió como estaba previsto. En cuanto llegó, Horace informó a Mildred de su intención de liberarla de su marido, aunque tuviera que retar en duelo al conde para matarlo. El sábado fue al teatro con un amigo de la pareja, Francesco Ruffo, joven aristócrata que le pareció el intermediario ideal para su plan. Durante el entreacto, Horace le confesó la pasión que le unía a Mildred y le pidió ayuda. Regresó al hotel rebosante de esperanza y animado por la música de Verdi, que el tenor Caruso había encumbrado con su voz. Al día siguiente a mediodía aún canturreaba *Aida*, pero, cuando el cochero de la casa Pasolini llamó a su puerta, toda la dicha prometida se evaporó en un instante: el joven Ruffo se había dado muerte la noche anterior porque no soportaba saber que Mildred estaba enamorada de otro cuando él languidecía de amor por ella. La condesa, aterrorizada más que asustada, al pensar en el escándalo que salpicaría a una familia romana de vieja raigambre, había huido de su marido y de su amado, de su presente y de su futuro, así como del oprobio que la cubriría toda la vida, tomando un tren con destino desconocido. La sagacidad de Horace, y también un billete de diez libras que le dio al cochero, le permitieron averiguar que se dirigía a París. Esa misma noche hizo las maletas, llegó a la capital francesa y se puso en contacto con el mejor detective de la ciudad, según el conserje del hotel Des Modes, situado en el número 15 de la rue de la Ville-l'Évêque, donde había reservado una habitación para toda la semana.

—Ahora ya lo sabe todo, señor Capulet. Le pido que la encuentre lo antes posible, debido a su estado de desesperación, pero con la mayor discreción: el conde no debe saber que estoy buscándola —concluyó Horace después de que el sol se hubiera diluido detrás de una estola de nubes y un repentino fresco ahuyentara a las tatas y a sus protegidos.

—De acuerdo, esto no debería plantear ninguna dificultad —afirmó el detective releyendo sus notas.

—No tiene más que buscar en los hoteles de lujo de París. Una Montague no puede alojarse en un hotel de segunda clase. Se marchó con una amiga francesa, madame d'Ermont.

El detective se levantó y dejó caer su libreta en el bolsillo interior del abrigo con un gesto que pretendía ser elegante, pero que a Horace le pareció vulgar.

—Me pondré en contacto con usted enseguida, señor de Vere Cole, seguramente mañana mismo.

Se despidieron, el hombre de negro dio dos pasos y se volvió.

—En cualquier caso, tiene gracia que un Capulet esté buscando a una Montaigu. Qué ironía, ¿no?

—Es Montague. Con «e» final y sin ninguna «i».

—Ah. No se preocupe, lo he apuntado bien en mi libreta. De todas formas, tiene gracia —insistió Capulet marchándose sin esperar respuesta.

Horace, que se había levantado, lo vio alejarse con paso rápido y bamboleante. Sujetando el libro entre las manos, observó la estatua de la Libertad con aire dubitativo. ¿Cómo podría un hombre que no conocía en absoluto a Somerset Maugham y mal a Shakespeare ayudarlo a encontrar a Mildred, aunque se alojara enfrente de su casa?

38

Rue de Rivoli, París, jueves 30 de septiembre

Contra toda expectativa, el señor Capulet demostró ser muy eficiente. Al día siguiente, a última hora de la tarde, le hizo llegar a Horace un sobre que contenía dos hojas de papel dobladas en cuatro. La primera indicaba la dirección de Mildred, y la segunda, sus honorarios, pagaderos a discreción en el plazo de ocho días. La noticia de haberla encontrado restó importancia al elevado coste del servicio, pero Vere Cole se prometió organizar una broma para Capulet en su siguiente visita a París.

Envió una nota al hotel Regina, en la rue de Rivoli, donde la dama se había instalado. Mildred no se hizo de rogar y aceptó una cita para aquel mismo día, en uno de los salones del hotel. La arritmia cardíaca de Horace, que había reaparecido en Roma, cesó súbitamente.

El tiempo estaba tormentoso desde la mitad del día cuando entró en el Regina. Vere Cole había deambulado durante dos horas por las tiendas de la place Vendôme reprimiendo el deseo de comprar joyas y perfumes para su amada. Todavía eran momentos de duelo y de incertidumbre; él no debía precipitar nada pese al fuego que ardía en su interior. La visita a las tiendas también le había servido para ponerlo en su lugar: él no formaba parte del mismo mundo que Mildred y sus medios económicos eran ínfimos comparados con los del conde o la familia Montague. Pero, por el momento, nada podía estropear su reencuentro, ni siquiera la presencia de madame d'Ermont, que los vigilaba a dos mesas de distancia bebiendo un chocolate caliente.

—Es una locura que haya venido a verme aquí —dijo Mildred

después de que él le hubiese dispensado un besamanos con contacto.

—Una locura de lo más dulce. Habría recorrido el mundo entero hasta encontrarla para protegerla, incluso de usted misma.

Horace se sentía transportado en su presencia. Mildred tenía la cintura de avispa más bonita que jamás había visto y las muñecas finas. Su rostro era regular, y sus facciones, apaciguadoras, mientras que sus ojos despedían una pizca de tristeza que a él le parecía romántica y que se desvanecía en su presencia, algo en lo que él había reparado ya en su primer encuentro.

Vere Cole se había repetido mentalmente aquella escena decenas de veces, toda la noche, y no había podido conciliar el sueño. Tenía muchas cosas que decirle, pero no quería agobiarla con sus arrebatos sentimentales, que Adrian y su hermana Virginia habían calificado a menudo de grandilocuentes, incluso de victorianos, lo que en su boca era un insulto supremo. Su romanticismo trillado les sorprendía tanto más cuanto que Horace frecuentaba el ambiente libertino de los artistas y los cabarets, lo que lo convertía en una paradoja viviente, a la que él se adaptaba muy bien.

—Conoce mis sentimientos por usted, se los he expresado, pero estoy enfadada —prosiguió ella—. Usted es el responsable de esta situación, Horace de Vere Cole. Un hombre ha muerto y yo me siento deshonrada. ¿Qué voy a decirles a mis padres?

—La verdad, amiga mía, la verdad desnuda: que no puede continuar viviendo con ese hombre brutal y despreciativo, que recupera su libertad para unirse a quien la quiere más que nadie en el mundo.

—Pero esos argumentos no son suficientes para divorciarse, Horace. No lo entenderán.

Mildred hablaba sin levantar la voz, jugando con la entonación y la expresión de su rostro para formular lo que sentía. El ambiente silencioso del salón tranquilizó a Horace, que nunca le había confesado a su amada su sordera parcial. La ausencia de bullicio le permitía no tener que elevar el tono.

—Iré a Chattanooga a pedirles su mano. Sabré convencerlos como he convencido a mi propia madre. Ella bendice nuestra unión —añadió exagerando la reacción de Mary de Vere.

—Todo esto va demasiado deprisa… Dios mío, ¿qué he hecho? —se lamentó Mildred, como si descubriera su situación en ese preciso momento—. Pero ¿qué voy a decirles a mis padres? —repitió rozando la mano de Horace sin que su carabina se percatara.

Vere Cole dejó pasar unos instantes en silencio, y también lo hizo el camarero que revoloteaba alrededor de ellos escuchándolos con interés.

—Me he enterado… —empezó a decir, con la impresión de estar susurrando como un conspirador—, gracias a un informador que se encuentra en Roma me he enterado de que el conde Pasolini no ha movido un dedo para encontrarla. Eso es una aceptación tácita de la situación.

—Desengáñese, es puro fingimiento en espera de que vuelva.

Madame d'Ermont, que había pedido otro chocolate, daba muestras de impaciencia. Horace decidió no seguir fijándose en ella.

—Entonces me reuniré con él. Haré que venga aquí, a París. Es preciso acabar esto cuanto antes.

—No podré soportar verlo. Es superior a mis fuerzas.

Vere Cole observó en ella la misma expresión expectante que el día en que se habían abierto el uno al otro, bajo la luna dorada, sentados en la terraza de la residencia de verano de los Pasolini, en Coccolia. Ella esperó a que él diera el primer paso antes de confesarle sus sentimientos. Horace debía actuar y ella lo seguiría.

—La llevo a Irlanda, alquilaremos una casa. Conozco una bonita villa italiana en el condado de Wicklow, allí estará segura. Yo volveré para resolver el asunto de la separación con su marido y, a mi regreso, podremos vivir sin tener que rendir cuentas a nadie.

—Todo esto parece tan inesperado… ¿No es una quimera lo que perseguimos? —preguntó Mildred, cuyos ojos se empañaron.

La condesa estaba agotada por el sentimiento de culpa y la falta de sueño desde su marcha precipitada de Roma.

—Mildred, Mildred…, ¿sigo siendo su Hércules de bolsillo?

—Es mi Hércules de tamaño natural —dijo ella esbozando una sonrisa.

—Le pido que crea en mí, querido amor mío.

—Me pongo en sus manos, Horace. No me decepcione. No me abandone jamás.

—Jamás, lo juro. Usted es mi único sol, sin usted moriría.

—¡No diga eso! ¡No lo diga nunca! ¡Lo quiero vivo, todo para mí!

Madame d'Ermont se levantó para indicar que las normas del decoro habían alcanzado su límite de duración. Horace tranquilizó una vez más a Mildred sobre la perdurabilidad de sus sentimientos y miró cómo las dos mujeres salían del salón y desaparecían en la gran escalera de mármol.

Regresó a pie al hotel Des Modes, bordeando el Sena hasta el Louvre y atravesando la plaza de la Concordia a una hora en que los coches de caballos y los vehículos de motor formaban un bloque compacto difícilmente franqueable alrededor del Obelisco. El establecimiento, fruto de la restauración de una casa sin encanto, era nuevo; su interior, agradable y moderno, tenía una serie de saloncitos en la planta baja y una exposición de cuadros en el gran vestíbulo. Lo frecuentaban principalmente los abonados de la revista *Les Modes*, representantes de la burguesía provinciana para la que había sido construido. Horace no le había indicado a Mildred su lugar de residencia y ella no se lo había preguntado, le estaba agradecido por ello. La diferencia de clase entre los dos establecimientos era llamativa y a él le avergonzaba. Por su apellido, Mildred tenía un rango cuyo mantenimiento él, un simple terrateniente, no podría garantizarle mucho tiempo. Él sabía que su fortuna le permitía causar sensación en los medios mundanos, pero no en la alta sociedad, a la que pertenecían los Montague. Sin embargo, ella lo amaba, y ese amor estaría por encima de tales consideraciones, al menos Horace intentaba convencerse de ello.

Cuando llegó a su habitación, llenó una palangana de agua caliente para aliviarse los pies tras la caminata que acababa de dar, se sentó ante el secreter y, en una hoja, hizo una lista de sus bienes: una casa de campo de veintitrés habitaciones y dos mil quinientos acres de terreno, cinco jardines, un lago, nueve bosques, un conjunto de catorce casas, una iglesia y su rectoría, una escuela con el alojamiento de la maestra, una lavandería, cinco granjas, un ómnibus, siete carretas, dos vehículos de motor y numerosos caballos. El inventario lo tranquilizó. Decidió enviárselo a Mildred, como el tesoro que un aventurero pondría a los pies de la reina de Saba, miró sus propios pies sumergidos en el agua, que se había enfriado, y consideró que era indigno de ella por escribirle aquello. Se puso un traje nuevo de tela de Escocia, se calzó sus lustrosas botas y bajó al salón del correo para escribir una carta apasionada que mandó llevar inmediatamente al hotel Regina. Esperó la respuesta, que no llegó, se olvidó de cenar, subió a acostarse a las once, escuchó con el estetoscopio los latidos de su corazón, regulares de nuevo, y volvió a salir enseguida en dirección a la rue de Londres, donde la agencia Capulet tenía su oficina: el momento de las bromas había llegado de nuevo.

VII

1-3 de octubre de 1909

39

Palacio de Westminster, Londres, viernes 1 de octubre

La Cámara de los Comunes estaba medio llena y la sesión del Parlamento se desarrollaba a un ritmo de lord. Asquith y los pocos ministros presentes hablaban o se intercambiaban notas bajo la mirada benevolente del presidente, embutido en su larga toga negra.

—Tiene la palabra el señor Keir Hardie —anunció este último con voz tan amortiguada como el ambiente del lugar.

El diputado laborista se levantó y, cuando formuló su pregunta al gobierno, todos interrumpieron sus conversaciones. El rostro del primer ministro se ensombreció, mientras que el del ministro del Interior manifestó su desaprobación. Los diputados liberales cubrieron su voz con un concierto de abucheos y sarcasmos.

—Protesto enérgicamente contra esas prácticas bárbaras consistentes en alimentar a la fuerza a unas presas con ayuda de un tubo introducido por la boca o la nariz, mientras las infelices son amordazadas e inmovilizadas —continuó, subiendo el tono para que se le oyera—. ¡Es inhumano e indigno de un país civilizado como el nuestro!

El alboroto subió de intensidad. Sentado en una de las filas reservadas a los visitantes, Belamy apretaba los puños.

—Relájate —le aconsejó Etherington-Smith—. Es el juego. Esta Cámara no es más que un gran teatro destinado al pueblo.

Unos días antes, Thomas se había enterado por las personas del East End con las que se relacionaba que unas presas sufragistas habían sido alimentadas por la fuerza en Holloway y en el centro penitenciario Winson Green de Birmingham. Había alertado a sus colegas, algunos de los cuales conocían a los médicos de la cárcel, y estos les confirmaron que la alimentación forzada era un hecho. Acto seguido escribió una carta de protesta que firmaron ciento dieciséis profesionales de la medicina y que Raymond aceptó apadrinar.

—El doctor Etherington-Smith —continuaba Keir Hardie—, eminente profesor de la escuela médica del hospital Saint Bartholomew, cirujano y atleta emérito, ha presentado hoy mismo un manifiesto en la oficina del primer ministro cuyo contenido les voy a revelar: «Los abajo firmantes, médicos, protestamos contra el tratamiento de alimentación artificial de las presas sufragistas. Ponemos en su conocimiento que ese método de alimentación puede tener las más graves consecuencias si el paciente resiste, que pueden producirse accidentes imprevistos y que su salud puede verse seriamente comprometida. Consideramos que esa práctica es imprudente e inhumana. Por consiguiente, le pedimos encarecidamente que intervenga para que cese de inmediato». Por mi parte, le pido, señor ministro del Interior, que nos diga qué piensa hacer para que cese esta atrocidad denunciada por el cuerpo médico.

—El *Times* ha aceptado publicarla —susurró Etherington-Smith.

—Gracias, Raymond, gracias por tu valiosa ayuda.

—No lo hago por amistad, sino porque semejante método es inadmisible. Tengo tantas convicciones como tú. No, tengo más —añadió sin perder la seriedad.

Herbert Gladstone se levantó. El aire de contrariedad no lo había abandonado.

—Acabamos de tener conocimiento ahora mismo de esa carta

y responderemos a ella con la mayor minuciosidad, señor diputado. Pero quisiera poner en guardia a esos médicos que hacen referencia a artículos publicados en periódicos que están mal informados sobre esos tratamientos médicos.

—¿Tratamientos médicos? Señor ministro, ¿cómo puede llamar a esas brutalidades bárbaras «tratamientos médicos»?

—Según mis informaciones, se han empleado porque una alimentación por las vías normales no era posible. Por lo demás, me remito a los médicos de las prisiones afectadas, evidentemente yo no soy un especialista en la cuestión.

—Señor ministro, ¿sabe cuántas presas han padecido esas prácticas crueles?

—Ninguna presa ha padecido lo que usted describe. Que nosotros sepamos, solo dos sufragistas han recibido tratamientos adecuados para su caso.

—Permítame que cuestione sus cifras. Según nuestras informaciones, hay decenas de casos registrados.

—Salgamos —susurró Belamy—. No puedo seguir soportando esas mentiras.

Los dos hombres se encaminaron hacia el vestíbulo de Saint Stephen, donde Thomas detuvo a su amigo asiéndolo de un brazo.

—Quisiera enseñarte algo. Tengo un secreto que me gustaría compartir contigo.

Dieron media vuelta, atravesaron el vestíbulo central y siguieron por un pasillo con numerosas puertas por las que entraban y salían empleados de la administración del palacio, indiferentes a su presencia, cargados de carpetas, mientras se incubaba la crisis, ya que el presupuesto seguía sin aprobarse por falta de consenso. El coste exorbitante de los acorazados que se habían encargado a los astilleros debían cubrirlo con el impuesto sobre la propiedad que la Cámara de los Lores se negaba a avalar. Asquith estaba en apuros y las sufragistas solo eran una piedrecita más entre todas las que tenía en los zapatos.

Thomas entró en el despacho del sargento de armas, donde su asistente, un oficial de la policía de Londres que estaba organizando las rondas de la noche, lo saludó con familiaridad. El hombre no puso ninguna objeción a abrirle una puerta que daba acceso al sótano. Los dejó bajar por la escalera y cerró con llave detrás de ellos.

—Espero que sepas lo que haces —se inquietó Raymond, fascinado por el dédalo de pasillos y tubos que formaba el vientre del palacio.

Thomas lo condujo a la habitación donde Olympe había sido secuestrada. No estaba echado el cerrojo y no había signos de que nadie la hubiera ocupado desde el año anterior. En la cama, las sábanas revueltas mostraban aún las formas de la prisionera y los viejos periódicos seguían extendidos sobre la mesa. Belamy le contó el episodio, y Etherington-Smith puntuó el relato con exclamaciones de incredulidad.

—No sé quién es y nunca he intentado volver a verla —dijo Thomas para acabar.

—Pero el asunto no es tan sencillo, ¿verdad? —adivinó Raymond—. Tengo la impresión de que esa mujer te atrae irresistiblemente, nuestra presencia aquí es prueba de ello.

Thomas sonrió e invitó a su amigo a salir.

—Si tu pregunta es si habría iniciado la petición en caso de que no hubiera encontrado a esa desconocida, la respuesta es sí. A la derecha —dijo al detenerse Raymond en una intersección de pasillos.

—No, mi pregunta es: ¿esto te plantea un problema relacionado con Frances?

—¿Con Frances?

—Siento ser un tanto brusco, pero corre con insistencia el rumor de que mantienes una relación con tu enfermera.

Se detuvieron en una estancia cuadrada que parecía no tener salida.

—Estoy al tanto, pero, aun a riesgo de decepcionar a todo el servicio, tengo que decirte no hay nada de eso —replicó Thomas, y abrió la reja que daba a una galería. Su chirrido confirió a su afirmación un tono solemne.

—Así que este es el famoso sótano de la conspiración de la pólvora, ¿no? El que les sirve a todos los gobiernos para escapar de las manifestaciones.

—Exacto —dijo Thomas—, y también lo utilizan todos los invitados que deben permanecer en la sombra.

Dieron unos pasos en silencio y Raymond retomó el asunto que le interesaba.

—Frances pasa noches enteras en tu casa.

—En efecto.

—¿Y aseguras que no hay ningún tipo de relación íntima entre vosotros?

—En efecto.

Cuando los dos hombres llegaron a la salida, el vigilante de guardia les abrió la verja y los saludó.

—¿Cuántas veces por semana vienes aquí? —preguntó Raymond con admiración. Consciente de que no iba a obtener respuesta, continuó—: Solo se me ocurren dos posibilidades: si no hay ningún tipo de relación íntima entre vosotros, es que o bien os une un vínculo de parentesco que nos ha pasado inadvertido, o bien prefieres a los hombres, cosa que también nos ha pasado inadvertida.

—La solución está en otra parte, amigo mío.

—¿En otra parte? ¿Quieres decir que me mientes?

Thomas lo invitó a sentarse en un banco que ofrecía sus listones de madera al fresco húmedo del Támesis.

—Quiero decir que tus prejuicios te ciegan.

—¿Yo, prejuicios? ¿Yo? Y, suponiendo que sea así, ¿por qué no quieres abrirme los ojos?

—Dejaré que encuentres tú mismo la solución. Es muy sencilla —dijo, divertido, Belamy.

—¿Estás insinuando que no soy perspicaz?

—Es una posibilidad —contestó Thomas cruzando los brazos.

Observaron una chalana que iba río abajo en dirección a los muelles, seguida por un grupo de ruidosas gaviotas. Los dos hombres permanecían como boxeadores preparados para reanudar un round.

—Hablando de perspicacia, me pregunto cómo te las arreglas para no saber el nombre de la sufragista —soltó Raymond, sus cejas arqueadas sobre unos ojos como platos.

—¿Cómo podría encontrar a una desconocida en la ciudad más grande del mundo?

—Es un juego de niños —afirmó Raymond, feliz de haberle tomado ventaja a su amigo.

—Te estás marcando un farol, no es más que una venganza por tu parte porque te sientes ofendido —se defendió Thomas.

La embarcación hizo sonar la sirena, que dio resonancia a sus palabras.

—Quizá me siento ofendido por no ser capaz de resolver un enigma digno de Sherlock Holmes —confesó Raymond—, pero el tuyo es infantil. —Sacudió el polvo de la ribera que se había posado en su abrigo y continuó—: Si de verdad quieres encontrarla, no es muy complicado. La policía facilita a los periódicos los nombres de las sufragistas detenidas a fin de que se hagan públicos.

—Olvidas que la ayudé a escapar.

—Razón de más para publicar su nombre. Es un medio de presionar a su entorno. El suyo debió de aparecer al día siguiente de los sucesos, me apuesto lo que quieras.

—¿Lo dices en serio? ¿No es una broma?

La reacción de Thomas, que se había levantado, sorprendió a su amigo.

—Un Etherington no bromea nunca —confirmó—. Mis antepasados Smith un poco más, son de Hampshire, pero sobre una cuestión tan seria como los sentimientos se habrían contenido.

—La lista de las sufragistas…

—Ve a ver a nuestro gerente, conserva todos los ejemplares del *Daily News* en los que se cita al Barts. Sería el colmo que no hubiera sucedido nada ese día.

—Están todos ahí.

Cuando le pidió el diario del 1 de julio del año anterior, Arthur Watkins, que dirigía el economato del hospital desde hacía más de diez años, ocultó su satisfacción bajo una mirada impasible. Desde que se le metió entre ceja y ceja archivar los periódicos generalistas, como hacía el bibliotecario del centro con las revistas especializadas, se había convertido en blanco de las pullas del cuerpo médico, que, paradójicamente, había sido el primero en ir a buscar las noticias de los casos clínicos espectaculares o dramáticos que habían sido tratados en Saint Bart.

Thomas encontró con facilidad el ejemplar que buscaba en la

caja del año 1908; los periódicos estaban guardados en ella siguiendo un orden cronológico impecable, por lo que felicitó al gerente. El artículo sobre la manifestación ocupaba dos columnas de la página siete. Aparecía una lista con los treinta nombres de las sufragistas detenidas, pero el periodista no mencionaba que ninguna de ellas hubiera escapado tras el arresto.

—Kenny, Feloon, Phillips, Cove, Brey, Olford... —leyó en voz alta. Ningún nombre familiar que pudiera eliminar, ninguna pista que explorar con prioridad—. Townsend, Dunlop, Lovell, Leight y Wentworth —finalizó, tomando nota de todos ellos—. Gracias, señor Watkins. Por cierto, ¿cómo va su hernia?

—Mucho mejor. Desde que me aplicó el tratamiento ya no me duele, solo noto una pequeña molestia perfectamente soportable.

—No dude en venir a verme para otra sesión en Uncot, si la necesita. Otra cosa: quería pedirle un último favor...

—Concedido —dijo el hombre sonriendo mientras tendía la mano para coger la lista—. Tengo que buscar cuáles han sido admitidas en el Barts, ¿no?

Al regresar a su apartamento, Thomas solo tenía una certeza: ninguna de las doce sufragistas de la lista que habían sido atendidas en urgencias desde julio de 1908 era su desconocida, lo que reducía la amplitud de la búsqueda.

Se deshizo del abrigo, que arrojó hecho una bola a un sillón, y entró enérgicamente en su dormitorio para cambiarse.

—¡Huy, perdón! —exclamó al ver a la joven acostada en su cama—. Había olvidado que es lunes, lo siento —dijo cerrando la puerta.

Belamy se sirvió una copa de la botella de Teeling que le había regalado Horace. No tenía noticias de Vere Cole desde que el excéntrico irlandés le había telegrafiado para pedirle consejo sobre un hotel suficientemente chic, pero al mismo tiempo no demasiado caro, en el centro de París. Thomas se había acordado del director de la revista *Les Modes*, al que había tratado cuando todavía era interno en La Salpêtrière, y se puso en contacto con él a fin de que reservara una habitación para Horace en su establecimiento.

Se tomó lentamente el whisky pensando en la descripción sensorial y poética que su amigo le había hecho de él una noche en el Café Royal, vibrante homenaje al *single malt* que no había bastado para conseguir que la bebida le gustara. Oyó el contacto de una pulsera con el pomo de cobre de su dormitorio. La puerta se abrió y apareció la joven. Llevaba la túnica de seda negra de Thomas encima de la blusa blanca.

—¿Le he sorprendido? ¿No ha visto mi chaqueta en el perchero? —preguntó sentándose en el canapé, frente a él.

—No, y eso me enseñará a estar más atento —dijo Thomas.

—¿No sale esta noche?

—Tengo muchas cosas que hacer aquí; además, ha sido una jornada agotadora.

—¿Por qué me mira como si algo le divirtiera?

—Por nada, Frances. Mi túnica le sienta muy bien.

—Es tan suave… Me la pongo siempre que vengo. Lo siento, me había dormido. ¿Quiere que me vaya?

—No, quédese. Si no tiene miedo de tomar una copa con su amante oficial, se la ofrezco con mucho gusto.

—Debería hablar con el personal del servicio para que se sepa la verdad.

—Déjelo, no haría más que reafirmarlos en su convicción. A mí no me importa.

Frances sabía que lo decía en serio y lo admiraba más aún por ello. Su jefe de servicio era el único hombre que había conocido en toda su vida al que le era sinceramente indiferente la opinión de los demás sobre él.

—Lo que me gustaría es que me hablara de la WSPU y de miss Pankhurst. Sé que acaba de adherirse a su movimiento.

40

Holloway, Londres, sábado 2 de octubre

La hora se acercaba. Era el día de la alimentación forzada en Holloway. Ninguna de las presas había cedido: todas continuaban haciendo huelga de hambre, para disgusto de la administración penitenciaria, que debía enfrentarse a una campaña de prensa de determinados periódicos y a la indignación de una parte de la población. Los médicos iban a pasar de celda en celda, utilizando —humillación suplementaria— el mismo tubo para todas las sufragistas. Olympe era la primera de la lista.

La habían alimentado a la fuerza con cuchara durante la semana, pero las tentativas de sus carceleras y de los médicos se habían saldado en casi todos los casos con un fracaso: mientras las guardianas le inmovilizaban los brazos y la cabeza, un médico le tapaba la nariz hasta que se veía obligada a respirar por la boca, y en ese momento le metía una cuchara llena de una solución nutritiva a la vez que le masajeaba el cuello para forzarla a deglutir. Olympe fingía que tragaba e invariablemente escupía el líquido, que caía a modo de lluvia sobre sus torturadores. Le habían pegado dos veces. En otra ocasión, no había tenido más remedio que tragar; la alegría pueril del médico casi le había dado lástima. Pero sabía que ese día iba a ser peor y, como se negaba a vivir de nuevo esa experiencia, había decidido actuar.

A las doce y media de la mañana, Olympe levantó la tabla que le servía de cama y la colocó como un puntal contra la puerta. Puso la rinconera detrás de la tabla, y luego el taburete entre la rinconera y la pared del fondo. Quedaba un espacio de diez centímetros por llenar. Añadió la manta y sus calcetines, tuvo dificultades para introducirlos, y constató, satisfecha, que la sucesión heterogénea de objetos tenía exactamente la profundidad de la celda, tres metros sesenta, como había calculado. El conjunto formaba un apoyo que impedía abrir el calabozo. Se sentó en el suelo con las piernas cruzadas y esperó.

A la una, el equipo encargado de la alimentación forzada entró en el edificio de la sección dos y avanzó por el pasillo hasta la celda número doce. Las suelas chirriaban de impaciencia sobre el tosco suelo.

La llave penetró en la cerradura y los pestillos salieron del cerradero con un chasquido seco. Transcurrieron unos segundos sin que sucediera nada; luego, los pestillos hicieron un recorrido nervioso de ida y vuelta. Olympe imaginó con deleite el desconcierto de la guardiana, que creía que el dispositivo no funcionaba bien y comprobaba que el pestillo estaba perfectamente abierto. Oyó que abrían la portezuela de la ventanilla de vigilancia y, a continuación, unos cuchicheos: la había tapado con un trozo de tela del uniforme. Al otro lado, despejadas ya las dudas, alguien intentó abrir empujando la puerta con el hombro; la esquina superior se entreabrió muy ligeramente por efecto del golpe, pero la puerta resistió con arrogancia. La jefa de las guardianas llamó a Olympe por su número y exigió que abriera, amenazándola con sancionarla si no lo hacía. Ante su silencio, reiteró las amenazas, absolutamente en vano. Los médicos tomaron el relevo, ayudados por otras guardianas que golpeaban la puerta con sus porras. Al cabo de un rato, el alboroto cesó, hubo idas y venidas, y de nuevo cuchicheos, a los que les siguió un ruido infernal: unos guardianes que habían ido como refuerzo arremetían contra la puerta con barras de hierro. El estruendo duró unos minutos, con intervalos en los que los atacantes se relevaban, pero la puerta, metálica y gruesa, continuó resistiendo. Se oyeron gritos, maldiciones, de nuevo amenazas y, por último, se hizo el silencio.

Olympe había permanecido inmóvil. Se sentía ligera e indiferente a las consecuencias de su acto. ¿Qué podía ser peor que la alimentación forzada? Percibía la presencia humana al otro lado, imaginaba el nerviosismo en el despacho del director, la espera de las órdenes, los timbrazos roncos del teléfono y al responsable enjugándose febrilmente la frente ante aquella situación que jamás habían imaginado y para la que no estaban preparados. Olympe sabía que la lucha era desigual y que acabaría por rendirse, pero el peligro llegó de donde no lo esperaba.

—¡Si no abre inmediatamente, utilizaremos la manguera contra incendios! —gritó una voz.

—¡Jamás extinguirán mi rebeldía! —contestó ella, desafiante.

No tenían ninguna posibilidad de derribar la puerta con la presión del agua y no comprendió hasta más tarde el sentido de la amenaza. Olympe se volvió hacia el tragaluz que iluminaba la celda y vio el extremo superior de una escalera de mano. Apareció un hombre, que rompió un cristal con un martillo e introdujo la manguera.

—¡Ya! —gritó.

La joven se encontró aplastada contra la pared por la potencia del chorro y creyó que iba a desfallecer. El agua estaba fría, muy fría, como si fuera hielo. Consiguió volverse para recobrar el aliento e intentó escapar del chorro, pero la seguía a todas partes.

—¡Ríndase y abra la puerta! —le gritó el hombre.

Ella negó con la cabeza. Como no había nada detrás de que refugiarse, Olympe se acurrucó en un rincón de la celda. Como el agua no tenía por dónde salir, había empezado a subir de nivel y cubría sus piernas flexionadas.

Necesitaba aire, se ahogaba, le dolía todo, estaba exhausta, magullada por miles de agujas que se clavaban en su espalda. La ropa, pegada a su cuerpo, era como un sudario helado. Quería desmayarse, huir de la realidad, pero su cuerpo aún no se declaraba vencido y continuaba luchando.

—¡Basta!

Al cabo de un tiempo que le pareció infinito, el diluvio cesó de golpe. La orden había venido del exterior.

—¡Abra! —vociferó el hombre desde la escalera.

Olympe se sentía incapaz de moverse.

—¿Cuál es la situación? —preguntó una voz desde abajo.

—Está inerte —indicó el hombre con un amago de inquietud en la voz—. ¡Señora, abra! —repitió.

Olympe estaba encogida como una muñeca de trapo abandonada en un rincón de la celda, en la que reinaba un enorme caos. Unas hojas de papel y el gorro de presa flotaban en el agua estancada. Había prendas de vestir y cubiertos desperdigados junto a la puerta.

—Señora, ¿me oye?

El hombre, uno de los guardianes más experimentados de Holloway, repitió la pregunta varias veces, soltó una maldición y empezó a bajar la escalera.

—¿Qué pasa? —preguntó el representante del Ministerio del Interior, al que habían enviado urgentemente a la prisión.

—¡No debería haberle hecho caso, era muy mala idea! —respondió el guardián golpeándole el pecho con el dedo índice—. Ve a buscar unas palanquetas, rápido —añadió dirigiéndose al carcelero que había puesto en marcha la bomba de agua—. ¡Y una maza!

Una detonación lejana los sobresaltó.

—Ha sido en la zona de King's Cross. Otra explosión de gas, seguro —masculló el hombre observando la nube de humo que se extendía en el cielo—. ¡Van a enterrarnos vivos a todos con su «progreso»!

Subió al piso superior y entró en la sección dos a paso de carga. Una decena de personas se hallaban delante de la puerta de la celda número doce.

—¿Cómo ha ido? —preguntó el director, que se había desplazado hasta allí.

—Espero que encuentre una explicación convincente para la prensa, señor director —dijo el hombre mientras observaba las esquinas de la puerta aseguradas con pernos.

—Dios mío, ¿está…?

—No lo sé, pero yo no cargaré con la culpa. No he hecho más que obedecer órdenes.

El material estuvo disponible en menos de dos minutos. Con ayuda de un destornillador, el guardián rompió el cristal de la ventanilla y quitó el trozo de tela que la taponaba. Olympe no estaba en su campo de visión.

—John, súbete a la escalera —le dijo a su compañero—. Solo tú la verás. Si vuelve en sí, o si hay peligro de que la puerta caiga encima de ella, nos avisas. Los demás, nos centraremos en el lado derecho para forzarlo con la palanca.

El trabajo se prolongó casi diez minutos, durante los cuales las palanquetas doblaron la puerta centímetro a centímetro, hasta que se abrió una ranura en la esquina superior derecha. El guardián preguntaba de vez en cuando por la presa a su compañero de la escalera, que invariablemente le informaba de que no había recobrado el conocimiento. Olympe seguía inerte, su cuerpo a merced del agua, que le llegaba a la cintura.

El guardián encajó una cuña de madera en la abertura y golpeó con una maza para ensancharla. La parte superior de la celda resultaba visible.

—Sigue sin moverse —dijo el hombre que miraba a través de la ventana.

La lentitud del avance puso furioso de pronto al guardián, que hizo retroceder a todo el mundo y arremetió contra el panel de metal directamente con la maza, acompañando cada golpe con gritos rabiosos a duras penas cubiertos por el ruido ensordecedor de los impactos. Cuando por fin pudo, se metió en el triángulo formado por la puerta doblada y cayó al suelo muy cerca de Olympe. Propinando desde allí una fuerte patada a la tabla que servía de cama, hizo ceder el puntal improvisado. Cogió en brazos a la sufragista mientras sus compañeros abrían la puerta con dificultad, bajo la fuerza del agua que salía hacia el corredor. El guardián la depositó sobre la cama de la celda de al lado, que habían dejado libre y donde aguardaban dos médicos.

—Creo que respira —le dijo a su colega, que le ofrecía una toalla para que se secara.

—Piel helada y cianótica —constató el médico al tiempo que escuchaba los latidos del corazón—. Está en bradicardia severa.

—Dilatación de las pupilas y ausencia de reflejos —añadió el otro antes de retirar el termómetro que había introducido en la boca de Olympe. Comprobó dos veces las marcas antes de informar—: ¡Treinta grados! Hay que hacerla entrar en calor.

—¿Han necesitado todos esos aparatos para llegar a esa conclusión? —intervino el carcelero acercándose a la presa.

—Pero ¿qué hace?

—La desnudo. ¡Hay que secarla y taparla con mantas cuanto antes!

—¡Salga! ¡Salga ahora mismo y llame a la jefa de las guardianas! —ordenó el médico—. ¡Y pida una ambulancia para trasladarla al London Hospital! ¡Por san Jorge, qué desvergonzado!

El guardián obedeció y, mientras la carcelera le quitaba la ropa a la presa, decidió que no iba a esperar a que llegara una ambulancia, se la llevaría en el Black Maria sin decírselo al director, que había buscado refugio en su despacho y estaba preparándose para las repercusiones que tendría lo que él llamaría «el incidente». Los demás seguían esforzándose en borrar las señales de la intervención cuando el vehículo salió de Holloway.

WSPU y Saint Bart, Londres, sábado 2 de octubre

Christabel estaba sentada en el suelo, delante de un gran cuadrado de tela. Trazaba con aplicación los contornos de las letras que iba a pintar, antes de fijar la tela en un asta.

—«Hechos, no palabras» —leyó, observando el resultado.

La frase era más que un simple eslogan, se había convertido en un mantra de virtudes mágicas que estaba presente en todas sus manifestaciones. A Christabel le gustaba el ambiente de los días dedicados a los preparativos, esos momentos de ajetreada actividad en los que las sufragistas se turnaban, diez en cada habitación llena de banderas y pancartas, entre el ruido de las máquinas de coser y la alegre algarabía de sus comentarios y risas. Aquel edificio era el único lugar donde se sentían protegidas e invencibles.

Frances había llegado a las ocho. Christabel la había tomado bajo su ala protectora, y la nueva adepta se había integrado rápidamente, aunque aún no había pasado la prueba iniciática: la venta de su revista en las calles de la ciudad la convertiría en una militante oficial de la WSPU. Todavía no se sentía capaz de enfrentarse a la hostilidad de los contrarios a su causa —con las críticas de sor Elizabeth tenía más que de sobra— y Christabel no quería forzar las cosas: una enfermera era un don de Dios para su movimiento, en particular los días de manifestación, pues en los últimos meses la brutalidad policial había ido en aumento.

—Después de esta, hacemos un descanso —dijo Christabel dándole los dos trozos de la última bandera para que los cosiera.

Frances llevó a cabo la tarea con una gran destreza heredada de su madre, que se había pasado la vida en uno de los talleres de confección de Mayfair. Cuando la acabaron, las dos mujeres salieron al umbral del inmueble, donde otras sufragistas se habían congregado para observar el humo de un incendio en medio de la bruma gris de la ciudad.

—Ha explotado un conducto de gas cerca de la estación de Saint Pancras —dijo una de ellas—. Al parecer hay muchos heridos. Un edificio ha resultado dañado y un tranvía ha volcado.

—¡Qué horror, pobre gente! Ya verás, seguro que algunos periodistas nos acusarán de haber provocado nosotras la explosión —repuso Christabel—. ¿Frances? —añadió, preocupada, mientras la joven, tras un instante de vacilación, cruzaba la calle.

—¡Lo siento, tengo que irme, me necesitarán en el Barts!

Las militantes la vieron alejarse en medio de un silencio admirativo. Christabel anunció enseguida el final del descanso y la colmena reanudó su actividad habitual.

Miss Pankhurst acababa de entrar en su despacho cuando un sargento de la policía londinense se presentó en la entrada. Su llegada provocó una gran agitación entre las sufragistas; todas sin excepción bajaron de los pisos superiores, dispuestas a defenderse por si había un registro, pero el hombre estaba solo. Dijo que quería ver a Christabel, quien lo invitó a hablar en presencia de las militantes. El *bobby* había recibido el encargo de informarla de que miss Lovell había sido trasladada al London Hospital en estado grave.

Al llegar las primeras ambulancias al Barts, sor Elizabeth ya había preparado el servicio para recibir a las víctimas del accidente. Había enviado a casa a los pacientes que podían esperar hasta el día siguiente y derivado a los demás a los departamentos más adecuados. Llegaban muchos heridos del London Hospital, que se había visto rápidamente superado en medios y camas, y Reginald quedó encargado de establecer un orden de prioridad entre los accidentados.

Cuando las entradas y salidas de ambulancias cesaron, el interno pudo empezar a trabajar en la sala donde Belamy estaba operando a un hombre que tenía un brazo fracturado como consecuencia de su caída del tranvía. El chorro de la explosión había levantado el vehículo, que cayó sobre un costado; el impacto expulsó a los pasajeros del piso de arriba y lanzó a los demás contra las paredes del habitáculo. Algunos vecinos del inmueble más cercano resultaron heridos a causa de los fragmentos de cristal y madera que les habían alcanzado. Un balcón cayó al suelo, pero no hubo que lamentar ningún muerto.

La muñeca del hombre presentaba una deformación en dorso de tenedor y su mano formaba un ángulo inverosímil con el brazo. Reginald admiró el entendimiento perfecto entre el médico y su enfermera, quien, sin esperar las indicaciones de Belamy, mantenía el antebrazo en pronación mientras este último reducía la fractura del radio. Ella le tendió un aparato de Hennequin para la inmovilización, y él lo colocó y sujetó con una rapidez inigualable. Frances llamó a un camillero que estaba en el pasillo y en menos de un minuto Belamy ya había pasado a la urgencia siguiente.

Reginald y sor Elizabeth se ocupaban de suturar una herida en el cuero cabelludo de un paciente, y no disfrutaban de la misma sincronización. La religiosa acompañaba la operación con comentarios que parecían órdenes y él no se atrevía a cuestionarlas. No pudo elegir el hilo, Elizabeth le había tendido crin con un gesto perentorio, ni tampoco la cánula. Consiguió pedir un apósito seco muy acolchado antes de que ella le impusiera su criterio, lo que le liberó de sus frustraciones. Reginald se dejó invadir poco a poco por la excitación de la urgencia, encadenando las curas. Sabía que los casos más difíciles eran tratados por el doctor Belamy o por los especialistas de otros servicios, pero disfrutaba de esa sensación de formar parte del grupo de personas más importante de Londres en aquel preciso momento.

Cuando dispuso que se llevaran a su último paciente, al que, tras haberle diagnosticado un desgarro de los ligamentos cruzados, le había practicado una punción en la articulación de la rodilla y se la había inmovilizado, Reginald estiró los músculos de los brazos y la espalda, y luego se incorporó al grupo que se había formado alrededor de Thomas.

—¡Esta maldita temperatura sube demasiado despacio! —exclamó el médico que estaba atendiendo a Olympe.

La joven seguía inconsciente y los primeros intentos de tratar la hipotermia habían sido un fracaso. Al baño caliente habían seguido mantas y bolsas de agua caliente.

—Treinta y tres grados —dijo la enfermera, desconsolada, y le tocó instintivamente la frente.

Olympe tenía el rostro frío y la piel continuaba cianótica. El elevado número de heridos como consecuencia de la explosión había causado una gran desorganización en una parte del hospital, y el personal trajinaba alrededor de ella preparando camas para los pacientes que les enviaba el servicio de urgencias.

El médico de la prisión había permanecido a un lado. Ya no estaba en su esfera de influencia y no quería interferir con sus colegas, sobre todo porque tenía poca experiencia en ese terreno: ¿cómo iba a imaginar que una presa pudiera verse en peligro por estar sumergida en agua helada? El policía encargado de vigilar a la que seguía siendo una presa se acercó para ofrecerle té y él aceptó. Los dos hombres se sentaron en un sofá al final del pasillo para aislarse del ajetreo generalizado y charlar con una placidez que contrastaba con su entorno. Un interno les informó de que le habían dejado de aplicar bolsas de agua caliente, su contacto con la piel había producido el efecto inverso al que buscaban: la sangre fría de las extremidades se había desplazado hacia el interior del cuerpo y la temperatura no subía. Iban a recurrir a la diatermia.

—No he entendido bien lo que ha dicho —confesó el *bobby* cuando el interno se hubo marchado.

—¿Lo de la diatermia? Van a aplicarle sobre la piel corrientes eléctricas de alta frecuencia. Eso generará calor por el efecto Joule. No la había visto utilizar nunca con un ser humano. Al final, me alegro de haberme quedado: podré asistir a un experimento interesante —declaró el médico devolviéndole la taza vacía.

—Ah… —dijo el hombre, que seguía sin comprender por qué el fenómeno que había fracasado con las bolsas de agua caliente iba a funcionar con la electricidad.

Sin embargo, los hombres de ciencia parecían estar seguros de lo que hacían, lo cual le tranquilizó.

Cuando se produjo la explosión, el señor Stevenson se hallaba asomado al balcón, contemplando la actividad de la calle y fumando en pipa. La tenía aún en su agarrotada mano cuando el equipo de salvamento lo había sacado de debajo de los cascotes para trasladarlo al Barts. Reginald había diagnosticado una hemorragia interna. Thomas lo anestesió, practicó una abertura del esternón al ombligo y en ese momento estaba buscando la procedencia del sangrado palpando la zona afectada.

—No es el bazo… No es el riñón… —iba diciendo a medida que avanzaba. Manipuló largamente el hígado sin conseguir encontrar el origen de la hemorragia—. ¿Cómo está el señor Stevenson? —le preguntó a Frances, que estaba tomándole el pulso.

—Ligera bradicardia, señor, pero se encuentra estable.

—Ya no nos queda mucho tiempo. Voy a necesitar su ayuda, Reginald.

—Estoy preparado, señor —contestó este colocándose entre él y Frances.

—Sé que va en contra de toda su educación y que no me hará caso, pero, por lo que más quiera, deje de llamarme «señor». No soy inglés, y a duras penas francés.

—Para ser sincero, nunca podré llamarle Thomas…, con todo el respeto que le tengo, señor —replicó Reginald.

—A mí me pasa lo mismo —dijo Frances.

Imaginó los pensamientos sobre ella que debían de atravesar todas las cabezas y no se atrevió a levantar la suya.

—¿El pulso? —preguntó de nuevo Thomas.

—Ningún cambio.

—¡Está aquí! —exclamó Belamy—. ¡La tengo! Una ancha fisura en el lado posterior del lóbulo de Spiegel. —Empujó con precaución el hígado contra el arco costal mientras el interno reabsorbía la sangre que cubría el órgano—. Te veo, amiguita —dijo Thomas distinguiendo el extremo de la fisura—. Cátgut. Grosor cinco. ¿Alguien fue al concierto de Caruso en el Royal Albert Hall?

Las digresiones de Belamy eran famosas en todo el hospital. Les permitían liberarse de la tensión en los momentos delicados, tanto a él como a sus asistentes, y aquella sutura era uno de ellos.

—Una amiga mía estuvo —respondió Frances—. Parece ser que triunfó.

—¿Qué día fue? —preguntó Reginald limpiando la zona.

—El domingo pasado —intervino sor Elizabeth, que seguía la escena un poco apartada.

—¿Estaba usted? —preguntó, extrañado, Thomas.

—Sí. ¿Le sorprende?

—No imaginaba que fuese una admiradora de Verdi. ¿El pulso?

—Sube ligeramente.

—¿Se supone que solo me puede gustar la música sacra?

—No, tiene razón, perdone mi falta de delicadeza.

—¿Más compresas? —propuso el interno.

—No hace falta, Reginald, hemos cortado la hemorragia. Puede retirar la mano.

—¿Está todo suturado? —preguntó, incrédulo.

—Y el pulso está a sesenta latidos por minuto —completó la enfermera.

—Eso pone fin a la intervención. Yo me ocupo de rematar y les propongo continuar esta conversación delante del *souchong* y de unos *scones*. ¿Y Debussy le gusta, Elizabeth?

Christabel estuvo más de una hora en el departamento de admisiones del London Hospital hasta que le confirmaron que Olympe no había sido ingresada en ese centro. Desde allí fue al Barts, donde reinaba el mismo ajetreo. El gerente había vuelto de los servicios con la lista de las víctimas. Tranquilo por no tener que anunciar ningún fallecimiento, explicaba sin prisas a los presentes el alcance de las heridas de sus allegados. Cuando Christabel le pidió noticias de Olympe, se inclinó hacia ella para preguntarle en un susurro:

—¿Es usted un familiar de miss Lovell?

—Soy su única familia —respondió la sufragista—. Y, para que no perdamos el tiempo ninguno de los dos, sé que va a decirme que es una presa de Holloway y que se encuentra bajo vigilancia policial. Pero ninguna ley me impide hablar con el médico que la ha atendido.

—Miss Lovell se encuentra en el servicio de maternidad —la informó el gerente sin hacerse de rogar—. La explosión del conducto de gas nos ha obligado a repartir a los demás heridos por los departamentos que tenían camas disponibles, y Scotland Yard nos ha pedido una habitación para ella sola. El médico es el doctor Cripps. ¿Quiere que le indique cómo ir hasta allí?

Christabel aceptó, pero, perdida en sus pensamientos, no escuchó con la suficiente atención y se extravió en los pasillos del ala norte. Le pidió ayuda a un médico ataviado con un delantal manchado de sangre que salía del laboratorio de patología.

—Está en el extremo opuesto —le dijo Belamy—. Tiene que ir al ala Jorge V. La acompaño.

Pese a su determinación de no depender jamás de un hombre, ni siquiera por la razón más fútil, Christabel aceptó. Recorrieron el trayecto en silencio.

—La maternidad se encuentra en el primer piso, la escalera está en el centro de la planta baja. Felicidades para la afortunada mamá.

Thomas regresó a urgencias, cuya aparente calma después de la tormenta de ingresos le recordó el ojo de los ciclones que había vivido en el reino de Anam. De pequeño le gustaban los tifones, los vivía con la inconsciencia de los niños, esa sensación de que, entre los brazos de su madre, los arrebatos de ira de la naturaleza eran inofensivos. También le gustaban los olores potentes de tierra y palma que seguían al paso de estos fenómenos. En el Barts, el olor de las infusiones era lo que marcaba el final de las tempestades cotidianas.

Thomas compartió aquel momento con su equipo, hasta que el gerente fue a actualizar su lista de admisiones. El señor Watkins aprovechó para participar con ellos en la ceremonia del té, y después tomó a Belamy aparte en el pasillo para hablarle al oído, como solía hacer con la jerarquía médica, algo que molestaba a los que quedaban al margen de sus confidencias y reafirmaba su reputación de depositario de todos los secretos del Barts.

—No sé si esto le interesará, doctor —comenzó—, pero he apuntado en los ingresos del día uno de los nombres de su lista.

Reginald, que los vigilaba por el rabillo del ojo en espera de poder interrogar al médico sobre el caso del hombre de la pipa, vio que Belamy echaba a correr, se detenía de pronto y se volvía para preguntarle algo al gerente, que le gritó «¡Lovell!» y luego desapareció en dirección al patio central. El interno llegó a la conclusión de que, en su servicio, lo más inesperado no siempre procedía de los pacientes.

Thomas no llegó a ver a Christabel Pankhurst, ya que el periodista enviado para entrevistar a los heridos de la explosión la había acaparado.

—Soy el médico de urgencias —le dijo al policía que montaba guardia delante de la habitación.

El *bobby* dudó en dejarle pasar, pero el delantal manchado acabó de convencerlo, como si el personal sanitario de ese servicio no pudiera presentar otro aspecto. Abrió él mismo la puerta y la cerró cuando Belamy hubo entrado. Christabel se acercó con la intención de pasar ella también.

El doctor Cripps estaba inclinado sobre Olympe en compañía del médico de la prisión, a modo de dos experimentadores sobre su cobaya. La joven estaba despierta, con los ojos entornados, y los brazos y las piernas, incluidos los muslos, cubiertos parcialmente de vendajes bajo los que descansaban finas placas de cobre. Cables eléctricos trenzados salían de los dispositivos para unirse al aparato de diatermia.

—No, el calor no penetra profundamente en el cuerpo —constató Haviland, termómetro en mano—. En cambio, quema la piel —añadió señalando las rojeces en las zonas donde estaban los electrodos.

—Pruebe con frecuencias más elevadas —propuso su colega de Holloway—. Tiene que funcionar.

—¡Paren inmediatamente! —los interrumpió Thomas desconectando el aparato.

—¿Doctor Belamy? ¿Qué pasa? —preguntó Cripps, irritado por que alguien invadiera su territorio.

—Esta joven es mi paciente —respondió Thomas quitándose el delantal manchado.

—Nos la ha enviado su servicio, por lo que yo sé.

—Ha sido un error. Debe volver a urgencias. ¿Cuál es su diagnóstico?

—¿Es su paciente o no? —insistió Cripps.

—Desde hace más de un año —respondió Thomas, que se había acercado a Olympe.

Ella lo seguía con los ojos, el semblante impasible pero la mirada implorante. Cripps accedió de mala gana a resumirle el caso.

—La temperatura sigue por debajo de lo normal, faltan aún tres grados —completó su colega—. Pero la paciente ha recobrado la conciencia.

Thomas se inclinó hacia ella y le cogió la mano.

—¿Cómo se encuentra?

—Esta vez ha tardado —respondió Olympe con un hilo de voz. Cerró los ojos y sonrió.

42

Cadogan Place, Londres, domingo 3 de octubre

Sobre la blusa blanca de crepé, el estetoscopio subía y bajaba al ritmo de la respiración de Mildred. Horace lo cambió varias veces de posición dejando escapar suspiros lánguidos.

—El sonido de su corazón es tan dulce a mi oído, es tan dulce a mi alma... ¡Por él estaría dispuesto a ir al infierno! —proclamó retirando el aparato de sus oídos.

—Es usted un vil adulador —dijo ella, melindrosa, sacudiéndose la ropa como para borrar las huellas de unos retozos apasionados.

—¿Cómo puede seguir dudando de la integridad de mis sentimientos, después de todo lo que acabamos de vivir?

—Tiene razón, perdóneme, sería injusto por mi parte. Me ha demostrado su amor salvándome de mi calabozo marital y siempre le estaré agradecida.

—¡No es su agradecimiento lo que necesito, sino su pasión!

—Es toda suya, mi Hércules, pero aún no está todo solucionado. Mi esposo...

—Ha aceptado verme en París dentro de ocho días. Muy pronto será oficialmente mía.

—Mis padres...

—Después de haber conquistado una montaña, bien podremos cruzar una colina.

—¿Tiene siempre respuesta para todo, mi héroe? —dijo ella acariciándole los dedos con los suyos.

La campanilla del timbre sonó y les arrancó una mueca a ambos.

—Ya está aquí madame d'Ermont. Pero ¿qué hora es? —Horace suspiró y buscó con los ojos el reloj sobre la repisa de la chimenea, que dispensaba un calor sofocante a la habitación.

—No me queda más remedio que decirle que sea paciente: debemos respetar los convencionalismos —sentenció ella acercándose a la ventana.

Horace removió las brasas con el atizador.

—Me duele que tenga razón —dijo, echando un leño al hogar—. Pero mi vivienda es grande, habría podido instalarse aquí con su carabina sin que nadie tuviera nada que objetar.

Mildred había vuelto a sentarse en la butaca, frente al fuego avivado.

—No nos lamentemos —contestó, eludiendo el tema—. ¿Cuándo salimos para Dublín?

—Mañana como muy tarde —dijo Horace tirando de la otra butaca para acercarla a él. Se sentó tras haber comprobado que la distancia entre ellos se consideraría decorosa—. Derrybawn House está a sesenta y cinco kilómetros de Dublín —continuó—. Estaremos mejor retirados del mundo, incluso con madame d'Ermont como espía, amor mío.

—Cállese, va a oírnos —susurró mientras sonaban unos pasos sobre las tablillas del parquet.

El mayordomo de la residencia Vere Cole entró y le tendió un telegrama a su señor.

—Gracias, mayor —dijo Horace, haciendo una seña para indicarle que no esperara respuesta.

Había tomado la costumbre de llamar así a su criado —que había sido suboficial en el ejército de las Indias—. Le daba la sensación de que de ese modo recuperaba sus privilegios de oficial, perdidos después de su paso por Sudáfrica.

—¿No lo abre? —preguntó Mildred al ver que él lo dejaba sobre su secreter.

—Nada puede desviar mi atención de usted. Aunque la tierra se hundiera... —Se interrumpió al darse cuenta de que la pregunta estaba nimbada de una entonación de sospecha, de una fragancia de celos—. Pero no tengo nada que ocultarle y usted lo sabe —añadió, abriendo el mensaje para leerlo.

Miró a Mildred, incómodo, leyó de nuevo el texto, dudó entre enseñárselo o no, y finalmente se lo guardó en el chaleco.

—¿Una mala noticia?

—Voy a tener que ausentarme… Es urgente, realmente urgente. Se lo explicaré a mi regreso… Sí, será más sencillo —dijo levantándose—. ¡Mayor! Necesito mi traje de médico. Vamos al Barts. ¡Ahora mismo!

—Pero…

—Y voy a necesitar también el estetoscopio. —Le mostró el aparato cuyo extremo acampanado sobresalía del asiento—. Creo que está sentada encima de él, amor mío.

43

Saint Bart, Londres, domingo 3 de octubre

Belamy había conseguido convencer a Cripps y al médico-jefe de Holloway de que debían trasladar a Olympe a una de las salas de urgencias aduciendo una fragilidad cardíaca que la debilidad de los latidos parecía corroborar, pero la tregua iba a durar poco: el médico de la cárcel pensaba ir a la mañana siguiente a fin de llevarla de vuelta a Holloway.

Esa misma noche, cuando la sufragista estuvo fuera de peligro, Belamy fue a casa de Etherington-Smith para ponerlo al corriente de la situación que el azar acababa de provocar.

—No ha sido el azar —replicó Raymond—, todas esas militantes obstinadas acabarán en el hospital, y recemos para que no sea con Moore, en el depósito.

Thomas abogó por retenerla en el hospital hasta que la justicia decidiera soltarla, pero Raymond se atrincheró tras la imparcialidad médica.

—No estamos aquí para proteger a unas personas que consideramos inocentes, y tú lo sabes, amigo mío —sentenció—. No debemos dejarnos llevar por nuestros sentimientos. Se marchará en cuanto su estado lo permita. El médico de Holloway no se dejará engañar, créeme.

Belamy intentó volver a la carga, y eso inquietó a Etherington-Smith, que se había comprometido a ocuparse personalmente del asunto el lunes por la mañana.

Thomas no podía apartar la mirada de sus facciones, tan armoniosas que se le habían quedado grabadas hasta en los más pequeños detalles desde la noche en el palacio de Westminster. Olympe se había vuelto a dormir hacia mediodía, después de que él la hubiera alimentado con cuchara. No se resignaba a dejarla volver a la cárcel y consideró todas las posibilidades, pero ninguna le satisfacía. Lo invadió el desaliento y decidió salir.

Belamy saludó con la barbilla al policía apostado delante de la sala, quien no pudo contener un bostezo después de haber pasado largas horas de guardia estática. El médico se metió en el laboratorio, donde almacenaba el vino de arroz, bebió dos vasos y se acomodó tras la ventana que daba a Giltspur Street, desde donde podía ver la hilera de casas de Cock Lane. Las parcelas de sol que se habían desplazado despacio durante toda la mañana detrás de una bruma insistente no tardarían en desaparecer del todo. Era consciente de que no podía contar con el apoyo de sus pacientes más influyentes, la gran familia de los «Smith», quienes consideraban que él solo valía para curar sus males y los de sus parientes. No tenía ninguna legitimidad ante ellos, ni tampoco existencia oficial, y nadie se expondría a ayudarlo por una sufragista.

Thomas dio un rodeo por la cocina, llenó una taza de té y se la llevó al policía de guardia, que en un primer momento la rechazó, pero luego se dejó convencer de que aquella infracción del reglamento no suponía ningún riesgo para él.

—Gracias, señor —dijo devolviéndole la taza vacía.

—¿Cuándo le sustituyen?

—A las dos de la tarde. Mi compañero estará aquí hasta esta noche.

—En vista de su estado, no hay riesgo de que su prisionera se escape.

—Por cierto, ha llegado el doctor Hoax,* le espera dentro.

—¿Hoax? —repitió Thomas disimulando su sorpresa.

No conocía a ningún médico que se llamara así, pero solo una persona era capaz de atribuirse ese nombre.

Horace estaba sentado junto a la cabecera de Olympe, todavía dormida. Iba disfrazado con un delantal y un gorro de cirujano.

—Doctor Hoax…, ¿no podría haber buscado un nombre menos llamativo? —dijo con frialdad Belamy a modo de introducción.

—Yo también me alegro de volver a verlo —replicó Vere Cole invitándolo a sentarse al otro lado de la cama.

—Horace, se trata de un asunto grave. No sé si se ha fijado, pero la policía está en la puerta —contestó Thomas al tiempo que ponía los dedos sobre la muñeca de la paciente.

—Yo haría lo mismo para conservar un tesoro así —afirmó señalando a Olympe—. He venido en cuanto me ha sido posible. Mildred está conmigo en Londres —anunció con orgullo.

—Me alegro sinceramente por usted —dijo Thomas sin apartar los ojos de ella.

—Le contaré mis aventuras más tarde. De momento, es usted quien debe decirme qué puedo hacer para ayudarle. ¿Qué le ha sucedido a esta joven?

Mientras masajeaba varios puntos a lo largo de un meridiano, Thomas le contó las circunstancias de sus dos encuentros con Olympe, envolviéndose en una neutralidad digna de un informe médico.

—Y no quiere dejar que vuelva a la cárcel —concluyó Horace.

—No puedo. Sería un acto criminal.

—Sí, le comprendo —dijo Horace, burlón.

Belamy se había levantado y estaba ahora junto a la entrada.

—Todavía no he encontrado la manera de liberarla sin poner en peligro la reputación del hospital… Pero ¿qué hace?

Vere Cole había sacado el estetoscopio del bolsillo, se había metido las olivas auriculares y había apoyado la campana en el pecho de la sufragista.

---

* *Hoax* significa «engaño» y «broma».

—Me gusta escuchar el corazón de las mujeres, me gusta su melodía, su lenguaje, esa intimidad me parece tremendamente sensual —explicó sin interrumpir su tejemaneje—. Escuche: pum, pum, pum… ¿Cómo puede permanecer insensible a esto? No lo entiendo.

—Esa es la distancia que separa al profesional del mirón, querido Horace.

—En ese caso, yo nunca seré un buen doctor —admitió este.

Olympe suspiró y movió la cabeza sin despertarse. Los dos hombres se inclinaron sobre ella, atentos al menor movimiento, pero no se produjo ninguno.

—Mírenos, parecemos dos padres rebosantes de ternura junto a la cuna de su recién nacido.

—Yo soy su médico y usted está comprometido con la mujer más guapa del mundo, si la memoria no me falla.

—Tiene razón. —Horace suspiró—. ¿Puedo quedarme el aparato? —preguntó mostrándole el estetoscopio.

—Se lo regalo. Viene de París.

—París… Allí me reuní con Mildred. Le regalé un zafiro como prueba de mi buena fe. En los jardines de Luxemburgo.

—Prométame que no se excederá en su uso.

—Tiene mi palabra de caballero. Nada de excesos en el uso de los jardines de Luxemburgo.

La réplica le arrancó una sonrisa a Belamy. Horace era un adolescente en un cuerpo de adulto, incapaz de imponerse el menor límite en ninguna circunstancia.

—Ahora, doctor Hoax, va a explicarme la razón de ese disfraz y cómo se ha enterado de que necesito ayuda.

—Por su telegrama, amigo mío.

—¿Qué telegrama? Yo no le he enviado ningún mensaje.

Vere Cole se atusó el bigote.

—A decir verdad, tuve dudas, el texto no era de su estilo. Pero me decía que viniera urgentemente al Barts disfrazado de médico y ¡aquí estoy!

Rebuscó en el bolsillo de su chaqueta y le tendió el papel. Thomas se sentó y lo leyó. Lo firmaba T. A. Belamy.

—¿Cómo ha podido averiguar…?

—Nuestra amistad no es un secreto y el Café Royal es un nido de soplones.

—No me refiero a eso, sino a mi segundo nombre de pila: no aparece en ningún documento oficial. Nadie lo sabe.

—Pues se trata de alguien muy bien informado. Deje que lo adivine… ¿Arthur?

—Y que nos conoce a los tres —dijo Thomas sin responder a su pregunta.

—No, Alfred —insistió Vere Cole.

—Pero ¿cuál puede ser el punto común entre nosotros?

—¿La rebeldía? —sugirió Horace—. Los tres somos insumisos. ¿Antoine?

—No insista, no se lo diré.

—No me cabe duda de que lo conseguiré. ¿Nos apostamos algo?

—¿Le parece que es un buen momento?

—Sepa que no hay ningún momento malo para apostar, amigo mío.

—Entonces ¿qué posibilidades le parece que tenemos de sacarla de aquí.

—El porcentaje era elevado antes de que yo llegara. Pero, con la ayuda de su desconocido y la del príncipe de los mistificadores, es decir, un servidor, ha descendido en picado. Habría preferido que me preguntara antes mi parecer: tengo que salir mañana para Irlanda con Mildred.

Los dos hombres se pusieron de acuerdo con la mirada: acababan de tener la misma idea.

—No es posible —dijo Horace—. Nadie está al corriente de mis intenciones… Aparte de mis amigos y mi familia —rectificó después de reflexionar.

—¿Cree que él nos sugiere que se lleve a miss Lovell con usted?

—Lo acepto encantado. Pero ¿no tiene la impresión de que alguien intenta forzarnos la mano?

—O simplemente ayudarnos.

—Pero ¿quién?

Callaron. Olympe había susurrado. Sus párpados se abrieron lentamente.

—El Apóstol… —repitió—. Se hace llamar El Apóstol.

—¿Está segura? —preguntó Vere Cole.

Ella asintió. Horace tragó saliva e hizo una mueca de inquietud.

—¿Lo conoce? —preguntó Thomas—. ¿Sabe quién es El Apóstol?

—Digamos que conozco a una decena. Yo entre ellos.

44

Saint Bart, Londres, domingo 3 de octubre

El estudiante leía el *Sketch* de la semana, tenía la mente aturdida por las brumas del alcohol después de la velada en el pub Saint Bartholomew. Le gustaba el semanario por sus ilustraciones y las noticias que daba de la aristocracia inglesa. Pero aquel domingo estaba de mal humor porque, aunque no le tocaba, había tenido que hacer la guardia del farmacéutico de servicio, ya que este había acabado su noche de parranda con una cogorza en fase comatosa. Rumiaba su resentimiento por no haber podido participar en el partido de rugby entre los Irlandeses de Londres y el Saint Bart, que se disputaba en aquel preciso momento y que era un desquite por la paliza recibida el año anterior.

Metió la mano en una caja metálica que destacaba sobre el camastro y sacó la última galleta Abernethy, cuya composición era obra de uno de los médicos del hospital para combatir los trastornos del tránsito digestivo, y que durante las guardias él engullía como si fueran golosinas. El aburrimiento le producía bulimia, y las guardias en la farmacia del hospital eran particularmente monótonas.

Se sobresaltó cuando llamaron a la puerta; apenas había tenido tiempo de sacudirse las migas diseminadas por el chaleco cuando vio entrar a un hombretón con un bigote impresionante. Empujaba una silla de ruedas en la que iba una paciente de tez anémica envuelta en una manta. La enferma esbozó una débil sonrisa.

—Soy el doctor Hoax —dijo Horace en tono cordial.

—¿Hoax? ¿En qué servicio está, señor?

—Soy nuevo en la casa, voy a ejercer en urgencias. Tendremos ocasión de volver a vernos, supongo —añadió con la pizca de condescendencia conveniente en el trato con los farmacéuticos.

—Yo soy estudiante —contestó el muchacho a fin de prevenir preguntas complicadas—. ¿Hay que preparar algún medicamento? —inquirió mirando a Olympe, asombrado de ver a una paciente en aquel recinto reservado al personal sanitario.

—No, vamos a cirugía, pero me han dicho que la farmacia es un atajo para llegar al patio principal —dijo Vere Cole interpretando su papel de tipo angelical, en el que sabía que era verosímil, más aún, excelente.

—Es verdad que el almacén da a la plaza —admitió el joven, sorprendido—, pero…

—Es dificilísimo empujar esta silla, y he pensado que aprovecharía la ocasión para presentarme al farmacéutico.

—Es muy amable por su parte, pero, como le he dicho, yo no soy más que…

—No tiene importancia, ya está hecho —lo interrumpió Horace avanzando hacia la puerta del fondo—. ¿Le importa indicarnos el camino?

El estudiante les invitó a atravesar el almacén, de aromas alcanforados, y ayudó a Horace a bajar con la silla los tres peldaños que conducían al patio. Los observó mientras lo cruzaban y regresó a su puesto, donde acabó de desmenuzar los artículos del periódico y cascó unas nueces que había descubierto en un tarro, en medio de una hilera de recipientes, imaginando el partido de su equipo y los ensayos que habría marcado si el farmacéutico titular hubiera aguantado mejor el alcohol. Al cabo de una hora, decidió ir a buscar un alimento más consistente a la cocina, abrió la puerta y chocó con un policía, al que estuvo a punto de derribar pese a su impresionante constitución física.

—Pero ¿qué demonios hace en la puerta de mi oficina? —protestó el estudiante frotándose el hombro.

—Lo siento, señor, son órdenes. Su paciente es una presa.

—No es mi paciente. ¿Y por qué la espera aquí?

—El doctor Hoax me ha dicho que la sesión duraría aproximadamente una hora. ¿Han terminado?

La chica reía y todos estaban perplejos. Reía, y las lágrimas que le corrían por las mejillas eran la expresión de su sufrimiento, al igual que su rostro hundido. El ataque acabó de repente, dejándola extenuada. Golpeó con un gesto rabioso la almohada que tenía entre los brazos. Solo las lágrimas continuaban rodando por los surcos de su piel.

—No puede más, doctor. No podemos más —dijo su padre retorciendo nerviosamente la gorra.

—Ayúdeme, por favor —imploró la joven.

Anny tenía dieciocho años. Los ataques de risa habían comenzado un mes antes, a raíz de una operación leve para la cual la habían anestesiado con protóxido de nitrógeno. Desde entonces no habían cesado, se producían sin motivo decenas de veces al día. El médico de familia le había recetado varios medicamentos, ninguno de ellos con éxito, hasta que llegó a la conclusión de que se trataba de una forma particular de histeria y se dio por vencido.

—Desde esta mañana, son casi continuos —declaró el hombre—. Por eso hemos decidido venir a verle —le dijo a Thomas—. Allí todo el mundo habla de usted.

Belamy comprendió que procedían del East End, tranquilizó a la joven y le indicó que se tumbara. Le tomó los pulsos y después le clavó una aguja de plata sobre *Dazhong*, en la parte posterior del pie.

—¿Quiere llevarla a Uncot? —intervino sor Elizabeth, preocupada al verlo practicar acupuntura en urgencias.

—No será necesario —respondió Thomas retirando la aguja—. No es el método apropiado. Vamos a intervenir de otro modo. Vaya a buscar cloroformo, vaselina y un pañuelo.

Elizabeth aprobó la decisión: lo que la anestesia había causado, la anestesia podría hacerlo desaparecer.

—Su problema es sin duda un efecto relacionado con el protóxido de nitrógeno que se utilizó para la operación que le practicaron. Nosotros vamos a utilizar otro agente. Estará dormida muy poco tiempo, quizá ni siquiera totalmente. ¿Cuándo comió por última vez?

—Anoche —respondió su padre—. Ya no se atreve a comer porque hacerlo suele provocarle los ataques.

—Pues eso va a sernos de ayuda: disminuye el riesgo de vómitos al despertar —le explicó a su paciente.

En el momento en que cogía la ampolla que la religiosa le tendía, un inspector, acompañado del policía de guardia, entró sin anunciarse.

—Doctor…

—¿Pueden esperar fuera, señores? Estoy en plena consulta.

—No, doctor Belamy, es urgente.

—En este servicio solo tenemos urgencias —se interpuso sor Elizabeth señalándoles la puerta.

—La presa que estaba bajo su responsabilidad se ha escapado —continuó el inspector sin tener en cuenta sus requerimientos.

—¿Quiere decir mi paciente? —intervino de nuevo Thomas dejando la ampolla de sustancia anestésica—. ¿No se suponía que usted la vigilaba?

—Un hombre que se ha hecho pasar por médico la ha ayudado —se defendió el *bobby*, incómodo.

—Al parecer, usted ha estado con él —añadió el inspector—. Un tal Hoax.

—Se ha presentado diciendo que pronto empezaría a trabajar con nosotros. Ahora, señores… —dijo señalándoles la salida.

—¿No lo conocía?

—No había oído hablar nunca del doctor Hoax hasta hoy.

—Se está burlando de nosotros, ¿no? —replicó el policía perdiendo los nervios.

A Anny, que se había tranquilizado en espera de la anestesia, la asaltó una risa loca e irreprimible que aumentó gradualmente y no tardó en ser reemplazada por lágrimas de desesperación que dejaron a los dos hombres atónitos.

—Lo… siento —consiguió decir entre risas espasmódicas.

—Lo sentimos —insistió su padre, cuya gorra ya no era más que un trozo de tela estrujado entre sus manos.

—Pero ¿qué le pasa? Señorita, ¿sabe algo acerca del doctor Hoax?

La pregunta hizo que su hilaridad y sus lágrimas se redoblaran.

Sor Elizabeth, que se había contenido, empujó sin contemplaciones a los dos hombres hasta que, pese a sus protestas, los echó fuera.

—La interrogaremos también a ella, interrogaremos a todo el mundo —amenazó el inspector al cruzar el umbral—. Aquí ha habido complicidad...

La continuación de la frase se perdió en el pasillo, la religiosa había cerrado la puerta. La joven tuvo algunos espasmos más, aunque fueron cesando poco a poco y desaparecieron en cuanto Thomas rompió uno de los extremos de la ampolla.

El médico vertió el cloroformo en un frasco graduado, mientras Elizabeth embadurnaba de vaselina los orificios nasales y la barbilla de la joven.

—Cuando le acerque el pañuelo, debe continuar respirando despacio —explicó Belamy—. Sentirá un cosquilleo y una sensación de ahogo. Eso es normal. Continúe respirando lenta y profundamente y todo irá bien. —Vertió varias gotas sobre un pañuelo y lo aplicó con suavidad contra la base de la nariz—. Contenga la respiración —le pidió después de que hubiera inspirado tres veces—. Adelante, respire de nuevo, con normalidad —dijo, indicándole el ritmo con un movimiento de la mano—. Eso es, ¡muy bien!

Al tercer intento, la paciente se durmió en el sillón. Belamy la auscultó: el corazón, los pulmones, todo era normal. Seguía concentrado en su tarea, pero imaginaba el encadenamiento de los sucesos: Etherington-Smith debía de estar respondiendo a las preguntas del inspector, informarían al administrador en plena preparación de la cena de octubre de los veteranos de los equipos médicos, lo que contribuiría a que la noticia se difundiera fuera del hospital, al que registrarían por completo, desde los sótanos hasta el desván. Thomas sabía que lo someterían a un interrogatorio por haber afirmado que Olympe era su paciente cuando ningún historial médico podía demostrarlo, y que sus salidas nocturnas y sus tratamientos no convencionales serían puestos en entredicho. Siempre había sabido que un día prendería el fuego y él haría lo que fuera necesario para apagar el incendio a su manera.

Anny abrió los ojos, pero le pesaban los párpados y volvió a cerrarlos. Luchó contra un cansancio plúmbeo para abrirlos de nuevo y, una vez ganado el combate, emitió una risa breve que no tuvo continuación.

Durante toda su vida, contendría la risa por miedo a no poder parar.

45

Saint Bart, Londres, domingo 3 de octubre

El Gran Salón tenía aspecto de sala de fiestas. Veinte mesas redondas, cubiertas con manteles de color verde agua, habían sido dispuestas sobre una superficie que ocupaba tres cuartos del total; en el espacio restante se hallaba instalada la orquesta de la Sociedad Musical, que había dejado de tocar al acercarse el momento de los discursos. El administrador del hospital pronunció una alocución destinada a los financiadores presentes, en la que resumía los principales logros conseguidos a lo largo del año y hablaba del proyecto de construcción de los nuevos edificios. Etherington-Smith optó por describir la jornada tipo de un médico del Barts, trufándola de anécdotas, entre ellas la desaparición de una presa bajo vigilancia policial, lo que hizo reír a su auditorio y permitió desdramatizar la situación frente a los responsables y la prensa presentes.

—Como ven, nada ha cambiado, pero todo evoluciona —concluyó el popular médico entre una salva de aplausos.

Raymond regresó a la mesa de honor y le guiñó discretamente un ojo a Belamy, sentado a su izquierda.

—Esta noche la pasaremos tranquilos —le susurró.

Thomas había sido informado de que el consejo se reuniría al día siguiente para pronunciarse sobre su caso. El doctor Cripps lo acusaba de haber retirado deliberadamente a miss Lovell de su servicio para ayudarla a escapar de la justicia. En el cuerpo médico del centro, algunos querían una sanción rápida y severa a fin de evitar que la justicia interviniese; otros, encabezados por Etherington-Smith, proclamaban con determinación la inocencia de su colega.

—He conseguido que, entre tanto, continúes trabajando en urgencias —aseguró Etherington-Smith mientras una ovación saludaba el último discurso y el comienzo de los festejos.

La orquesta empezó a tocar *Jerusalem* y la mayoría de los invitados lo entonaron a coro. Thomas se inclinó hacia Raymond y su aparte se prolongó a lo largo de toda la duración del himno. Aún no había dejado de sonar la última nota cuando el médico francés salió de la sala.

Volvió directamente a su apartamento, donde lo esperaba Frances. La joven tenía entre las manos un gran libro encuadernado en piel y lo estrechaba contra sí como si fuera un niño al que hubiese que proteger.

—Me temo que va a tener que renunciar a venir durante algún tiempo —le anunció abriendo el armario para sacar una bolsa de viaje.

—Entonces ¿son ciertos los rumores? ¿Lo detendrán?

La joven sintió que la invadía una mezcla confusa de deseo y sentimiento de culpa; le entraron ganas de dejarse llevar, de creer aquel otro rumor que los convertía en amantes, pero se quedó erguida e impasible, apretando más fuerte el libro.

—No, la policía no tiene nada que reprocharme. Pero no quiero que la molesten. Debo marcharme unos días —respondió el médico acercándose de nuevo al armario, del que sacó una pila de ropa preparada para los viajes—. Estaré de vuelta dentro de una semana.

Metió la ropa en la bolsa y añadió sus enseres de aseo.

—Frances, nadie creerá que viene aquí para estudiar medicina a escondidas.

La idea había partido de ella. Como otros muchos miembros del personal sanitario del hospital, le había pedido que le enseñara las bases de la acupuntura. Como siempre, él se había negado. Pero la joven tenía aptitudes para la medicina y era certera en sus diagnósticos. Thomas no recordaba el día en que se decidió, pero en el verano de 1908 le propuso poner a su disposición sus tratados de medicina occidental y china e iniciarla en la manera de combinar lo mejor de las dos prácticas. Frances tenía intención de matricularse en la escuela médica del Barts para obtener el título de médico, pero sin la ayuda de Belamy no se sentía capaz de afrontar todos los retos. Estudiaba en su casa las noches en que él salía, y a veces incluso cuando estaba. Él no había aprovechado nunca la situación para seducirla y ella se lo agradecía.

—A mi regreso podremos continuar como antes. Le prometí que la apoyaría y yo cumplo mi palabra —concluyó mientras cerraba la bolsa de viaje.

El Austin blanco circulaba a más de ochenta kilómetros por hora en dirección a Oxford. El habitáculo solo estaba protegido del viento, saturado de bruma, por una capota y un ancho parabrisas. El conductor y su pasajero, envueltos en sus mackintoshs relucientes por la humedad, debían forzar la voz para hacerse oír.

—¿Por qué habré aceptado ayudarte? —se lamentó Etherington-Smith dando un volantazo para esquivar una ancha y profunda rodera.

—¿Porque tienes sentimiento de culpa quizá? —sugirió Belamy, que se había agarrado a uno de los largueros laterales.

—Sí, me siento responsable —reconoció Raymond—. Si no te hubiera pinchado, no habrías encontrado a esa mujer. ¡Y esta noche no estaríamos metidos en este berenjenal! Pero aún estamos a tiempo de dar media vuelta, nadie se enterará de nada. Piénsalo, Thomas.

El francés había redactado el informe de los cuidados que había prodigado a Olympe, así como una declaración del estado físico de la joven en el momento de su admisión en el Barts. A la hipotermia se añadían numerosas equimosis debidas a la potencia del chorro de la manguera, secuelas inflamatorias relacionadas con la alimentación forzada y una pérdida de peso nociva para todas las funciones vitales. Había convencido a su amigo de que se lo hiciera llegar a Christabel Pankhurst a fin de denunciar los malos tratos sufridos durante su encierro y exigir su liberación por razones de salud.

—Pero ha huido, la justicia no aceptará validar un hecho como ese —objetó Raymond, que ralentizó al acercarse a la ciudad.

—La justicia hará lo que el poder le mande, y el poder decidirá hacer lo que le dicte su interés. Y lo que le interesa es cerrar este caso. Han estado a punto de matarla.

—Razón de más para no correr riesgos —insistió Etherington-Smith, que se había empeñado en que Thomas tomara el tren fuera de Londres—. No debe encontrarte nadie.

—Raymond, somos la última de sus preocupaciones, no unos criminales que se han dado a la fuga.

—Ningún riesgo —insistió Etherington-Smith.

—Entonces ¿por qué has cogido el coche de nuestro mayor financiador, de uno de los pares del reino?

—Porque el mío no tiene ni faros, ni techo, ni parabrisas. Y porque me vanaglorio de ser su amigo. Nadie irá a preguntarle nada. ¿Estás diciéndome que me he metido en un buen lío?

—Lo has hecho por mí, no haré nada que pueda perjudicarte.

—¡Pues no hagas nada en absoluto y vuelve enseguida a urgencias! Ahí está la estación de la Great Western Railway —dijo deteniendo el coche en la zona de la abadía de Rewley—. ¡Y no quiero ni saber adónde vas!

VIII

4-19 de octubre de 1909

46

Derrybawn House, Wicklow County, Irlanda, lunes 4 de octubre

La casa cumplía todas las promesas de Horace. Junto al mar de Irlanda, de reflejos turquesa, que dominaba desde una altura de diez metros, tenía una amplia balconada y un jardín protegido por un seto de boj. Un venerable enebro extendía sus ramas por encima de una mesa de madera trenzada, cual servidor sosteniendo un paraguas. A Mildred la había tranquilizado descubrir que la construcción se dividía en dos partes simétricas en las que se podía vivir de forma independiente. Solo madame d'Ermont tenía acceso a la suya y, como buena carabina, dormía en una habitación situada en el mismo piso que la de Horace y la suya.

La sufragista y su médico, que había llegado a la hora del almuerzo, ocupaban la segunda ala, en cuya planta baja se encontraba el office, mientras que la buhardilla la habitaban los dos sirvientes. Mildred se sentía dividida entre la felicidad de su amor tan nuevo y el temor a la postura de sus padres, cuya bendición Horace parecía considerar un hecho.

La joven hizo girar alrededor de su dedo el anillo que su amante le había regalado y le preguntó por tercera vez a la cocinera dónde estaba el señor de Vere Cole. Por tercera vez, esta le respondió que seguía encerrado en el saloncito con sus dos invitados. Mildred suspiró y le rogó a la empleada que sirviera el té en el jardín.

—Yo nunca he sido un buen apóstol.

Horace estaba de pie en su postura favorita —brazos cruzados y mano derecha en el mentón—, con los ojos clavados en un punto imaginario que parecía centrar su atención y atraer todos sus recuerdos.

—Cambridge tenía esa faceta horripilante: concentraba todo el esnobismo de la clase burguesa. Todavía lo tiene, de hecho, y siempre lo tendrá. Yo trabé amistad con Oscar Browning, uno de mis profesores, y él me animó a entrar en la Cambridge Conversazione Society.

—¿La sociedad de los apóstoles? —dedujo Thomas, apoyado en el marco de la ventana abierta.

—Sí. Una vieja camarilla casi centenaria. A mi llegada, éramos ocho apóstoles y Browning se había proclamado nuestro «arcángel». Todos estaban convencidos de su superioridad, él el primero. Alentaba un elitismo pedante. Nos reuníamos en secreto los sábados por la noche para cambiar el mundo adaptándolo a nuestra imagen. Por lo menos a la suya. Browning me decepcionó enseguida. Yo soy socialista, y su postura intelectual era un fraude. Otros se quedaron hasta el final. En la sociedad de los apóstoles conocí a mi amigo Adrian Stephen.

—¿Alguno de ellos podría coincidir con mi informador? —preguntó Olympe, tendida en el canapé.

Todavía estaba débil. Había comido alimentos sólidos que la cocinera había triturado muy finamente, una novedad desde su huelga de hambre. Los dos hombres, contentísimos, habían entonado *For she's a jolly good fellow* ante una Mildred que no sabía adónde mirar.

—Browning no, desde luego —dijo Horace retorciendo un extremo de su bigote—. Detesta a las mujeres y las considera inferiores. Los de mi grupo se han mantenido muy unidos y los veo regularmente en Bloomsbury, en casa de Adrian. Son artistas o pensadores, ninguno ha probado la política. Pero actualmente debe de haber por lo menos doscientos «ángeles» todavía vivos…, así es como se llama a sí mismos tras haber dejado la universidad —precisó—. Y toda esa gente bien, ángeles y apóstoles, se reúne una vez al año en un restaurante londinense que mantienen en secreto. Puedo asegurarles que continúan siendo igual de esnobs —añadió, satisfecho de su conclusión. Sacó del cubo lleno de hielo una botella de Ruinart y empezó a retirarle el morrión—. Para ser franco, me gustaba mil veces más formar parte de la Magpie & Stump. El alcohol corría a chorros y debatíamos toda la noche en la trasera de un burdel del mismo nombre. Al menos no teníamos miedo de conchabarnos con las clases trabajadoras —dijo haciendo saltar el tapón.

Bebieron en silencio. El alcohol le quemó la garganta a Olympe, que tuvo que dejar de beber después del primer sorbo. Los estigmas de la alimentación forzada permanecerían durante mucho tiempo en su cuerpo.

—Los que le han hecho daño lo pagarán muy caro, créame —dijo Horace con voz potente—. Palabra de caballero. —Se sirvió de nuevo y alzó la copa—: ¡El voto para las mujeres! —exclamó mirando hacia la ventana abierta—. ¡Vamos! Lo digo muy en serio —tuvo que precisar ante la falta de reacción de sus dos interlocutores—. Cada uno de nosotros es un rebelde a su manera. Dos juntos éramos peligrosos. ¡Tres seremos incontrolables! —vociferó arrojando la copa por la ventana.

—¿Señor?

La criada, que había entrado sin que él la viera, había presenciado la escena y aguardaba con timidez a que acabara su exhibición.

—¿Qué pasa, Babette?

—Lisette, señor. Es la señora, lo reclama.

—¿Todo va bien, Lisette?

—Sí, la señora está bien. Pero creo que lo necesita —balbuceó, incómoda por no haber encontrado una excusa más ingeniosa cuando Mildred, que lo quería a su lado, la había enviado a buscarlo.

—Mi princesa me llama —dijo con grandilocuencia. Cogió la

botella chorreante y le indicó a Lisette que se encargara de las copas—. Proseguiremos la conversación más tarde, ¡voy volando en su auxilio! Thomas, se me ha ocurrido una idea para una broma que le gustará...

—¿Cuándo tendrá lugar la próxima? —preguntó de pronto Olympe sin forzar la voz.

—¿La próxima broma?

—La próxima cena de los apóstoles. Nos ha dicho que se celebraba una al año.

—¡Cielos, querida, es usted perseverante! —dijo Horace mientras adoptaba de nuevo su postura favorita, olvidando la presencia de la botella, que goteaba agua helada sobre el parquet. La sirvienta sacó un paño y empezó a secar el suelo junto a los pies del irlandés—. Si su informador es realmente un antiguo apóstol, eso significa que se reunirá con sus condiscípulos el año que viene en abril. Tendrá que esperar todo ese tiempo para desenmascararlo.

Horace salió silbando y dejando a su paso un reguero de gotas, como piedrecitas blancas.

Thomas había convencido a Olympe de salir a caminar hasta el mar, cosa que ella consiguió hacer sin dificultad.

—Dentro de unos días estaré como si nada hubiera pasado —dijo sentándose en las rocas—. Y espero poder regresar a Londres y a Clement's Inn.

—Admiro su optimismo —reconoció Thomas, que se había situado frente a ella, de espaldas a las apacibles olas.

—No crea que soy una ingrata, nuestro anfitrión es adorable, pero se ocupa de mí como si fuese una muñeca de cera. Y yo no estoy acostumbrada a que me cuiden.

—Déjese llevar.

—Me incomoda. Sé que resulta difícil de entender, cualquiera quisiera estar en mi lugar en este momento. Pero a mí no me gusta sentirme en deuda con nadie.

—Y menos con un hombre, ¿no?

—Es más complicado, sí. —Olympe se quedó en silencio, dio la impresión de que dudara, que cambiara de opinión, que luchara contra su naturaleza, y luego prosiguió—: Sé que se ha arriesgado por mí. No se me dan bien los agradecimientos, pero aprecio su gesto. Espero que no tenga problemas en el Barts.

—No se preocupe, estoy acostumbrado a lidiar con ellos. Me acompañan desde hace mucho tiempo. Y Horace ha corrido más riesgos que yo, aunque tiende a pasarse de la raya.

—¿Se refiere a su propensión a auscultar a las mujeres? Solo dormía a medias, ¿sabe?

Rieron juntos y luego esperaron a que una pareja y su perro cruzaran la playa cerca de ellos. El silencio se prolongó. La tensión y el deseo eran palpables, pero su naturaleza indómita los mantenía a distancia.

—Me he preguntado muchas veces qué hacía en los sótanos del palacio de Westminster aquella noche —dijo por fin Olympe recogiéndose los cabellos, que vagabundeaban sobre su rostro, en una especie de moño.

—Lo siento, no puedo decírselo.

En sus momentos de soledad en Holloway, Olympe había imaginado todas las respuestas posibles, su doble imaginario se las daba invariablemente cada vez que lo convocaba para engañar el tedio de la soledad. El laconismo de la respuesta de Thomas la sorprendió y la decepcionó.

—¿Había ido a prestar asistencia médica a un ministro? ¿A sir Asquith? —insistió.

—Lo que cuenta es que estaba en los sótanos en el momento oportuno.

Thomas, que no podía ver el rostro de Olympe porque estaba a contraluz, fue a sentarse a su lado, frente al mar. Ella lo observó con un aire misterioso.

—No puedo decirle a quién había ido a visitar —se creyó obligado a conceder.

—¿Lo ve? ¡Lo confiesa! ¡Tiene pacientes en el Parlamento o en el gobierno, estaba segura! —exclamó entusiasmada Olympe.

—No tengo nada que confesar. A todo el mundo se le alcanza que no se hace ir a un médico a Westminster para reparar el Big Ben. Pero el resto forma parte del secreto médico.

—Muy bien. Y, sin romper el secreto, ¿puede organizar un

encuentro clandestino entre Emmeline Pankhurst y nuestro primer ministro?

La decepción cambió de bando.

—¿Quién le ha dicho que tengo influencia para poder hacerlo? —protestó Thomas.

—Usted penetra en la esfera íntima de nuestros gobernantes. Cuando los examina, está a solas con ellos, no hay ni consejeros ni guardaespaldas, ni siquiera sus esposas. Solo usted y ellos. La intimidad suficiente para transmitir un mensaje de nuestra parte sin que ellos pierdan la cara ante los suyos.

La pertinencia de la observación lo dejó sin réplica.

—¿Hay algún momento del día en que no milite?

Olympe fingió pensarlo antes de responder con una sonrisa irresistible:

—No. Entonces ¿acepta?

Thomas se tomó también tiempo para reflexionar.

—No —dijo finalmente, imitando la sonrisa irresistible de la joven—. Y no me pregunte…

—¿Por qué? —lo interrumpió ella mientras sus cabellos se soltaban de nuevo por efecto del viento.

—No me pregunte por qué.

—Yo creía que apoyaba nuestra causa, doctor Belamy.

—Y yo, que usted sabía tener en cuenta diferentes factores, miss Lovell. Yo atiendo a vagabundos y a poderosos, a sufragistas y a ministros, a enfermos de todo tipo, vengan del East End o de la Cámara de los Comunes. Soy simplemente un médico. No un militante de las causas de mis pacientes. Ni un intermediario. ¿Me convierte eso en sospechoso?

—Me ha salvado dos veces y sé lo que le debo, pero ¿por qué se ha expuesto tanto si no comparte mis ideas?

—Es mi profesión.

—¿Y ha venido hasta aquí únicamente por conciencia profesional?

—¿Quiere que lo lamente?

—Si no es usted sufragista, entonces ¿quién es?

—Si no tiene confianza en mí, entonces, confíe en su apóstol —le espetó él en un tono áspero del que se arrepintió de inmediato.

—Es usted hiriente, señor Belamy.

—Y usted, hostil, miss Lovell.

—Reacciona como los demás hombres, no me comprende. Y me juzga.

—Quizá deberíamos poner fin a esta conversación —propuso Thomas acercándose a ella para tenderle la mano.

—Le dejo volver —replicó ella cruzando los brazos, absorta en la contemplación del mar—. Necesito respirar mi libertad.

Horace se frotaba las manos cuando se reunió con Mildred en la terraza del jardín para su partida diaria de bridge.

—No sabía que este juego le divertía tanto —comentó ella.

—Son nuestros dos tortolitos: ¡se arrullan junto al mar!

—¿Ahora se dedica a vigilarlos? —dijo Mildred, falsamente ofendida, barajando las cartas.

—Ya conoce mi carácter romántico, amor mío. Sabía que esos dos estaban hechos para entenderse. Igual que nosotros —añadió besándole la mano—. ¡Qué día tan hermoso! —concluyó mientras se sentaba frente a ella.

Mildred suspiró exageradamente, pero Horace no pareció percatarse.

—Detesto el bridge a tres —acabó por reconocer la joven—. ¿Cuándo conseguirá un cuarto jugador?

Vere Cole, a quien las cartas atraían tanto como el agua gusta a los gatos, estuvo a punto de sugerirle que cambiaran de juego, pero se contuvo. Mildred tenía una adicción absolutamente inglesa al bridge que le sería útil para su futura integración, y él no quería refrenarla.

—Qué pena que sus invitados no sepan jugar —lamentó.

—¿Le ha preguntado a Lisette?

—¿Quién es Lisette?

—Nuestra criada.

—¡Pedirle a la criada que juegue al bridge conmigo! ¡Mi Hércules, qué cosas tiene!

—¿Por qué no va a saber?

—La cuestión no es esa. Mire, en Bray hay un club, búsqueme

249

alií una persona apropiada. —Mildred se impacientó y empezó a repartir las cartas—. Pero ¿se puede saber qué hace madame d'Ermont?

—La siesta, amor mío. Esa es una costumbre que deberíamos seguir —aseguró Horace mientras su mente luchaba contra una flojera posalmuerzo pasajera.

—Oigo pasos, ahí está —replicó su amada, triunfal—. Vamos a empezar.

La llegada de Thomas le arrancó una mueca de decepción. El médico les anunció su intención de coger el ferry esa misma tarde en Dublín.

—¡Pero si acaba de llegar!

Horace se levantó, llevado por el asombro, y condujo a su amigo al pasillo.

—¿Qué pasa?

—Miss Lovell está bien y no me necesita, a diferencia de mis pacientes del Barts —explicó Thomas sin ganas de convencerlo.

Vere Cole no insistió y le propuso acompañarlo hasta el puerto. Olympe no había vuelto aún cuando ellos salieron de Derrybawn.

47

Saint Bart, Londres, martes 12 de octubre

Reginald no cabía en sí de contento. Acababa de recibir la exención que le permitía quedarse un año más en el servicio de urgencias; para conseguirlo tuvo que intervenir su padre en persona. Pese a que le repugnaba deberle cualquier cosa, el joven interno no dudó en asediar la casa familiar, llegó incluso a cenar con sus padres varias veces por semana, a fin de salirse con la suya. Sir Jessop intentó disuadirlo por todos los medios, pero su hijo estaba dispuesto a todo para proseguir su aprendizaje en el departamento del doctor Belamy, aun a costa de prolongar el internado uno o dos años. Debido al caso de la sufragista, sir Jessop, intransigente en sus valores conservadores, estuvo a punto de dar marcha atrás. Sin embargo, la sentencia del tribunal, dictada el martes anterior, confirmó que, cuando la militante se había marchado del hospital, la administración ya no la consideraba una presa. El texto de los considerandos, un modelo de contorsión entre la realidad y las fechas, presentaba su salida de Holloway como una liberación por razones médicas. Retrospectivamente, nadie se había fugado, el honor estaba a salvo.

Después de tres días de ausencia, el doctor Belamy, más lúcido que nunca, se había puesto de nuevo al mando, y todo el equipo abordaba la semana con una moral a prueba de bomba y una reserva de hojas de *souchong pekoe* directamente traídas de los confines del Imperio por el hermano de Elizabeth.

Reginald no cabía en sí de contento y nada podía estropearle el día.

—¡Doctor, rápido, ayúdeme!

Las dos mujeres acababan de entrar y avanzaban por el pasillo de urgencias con el uniforme de trabajadoras de la lavandería Cyprus, situada en Finsbury Park. La mayor, que era también la más recia, había pasado la cabeza por debajo del hombro de la más joven, que estaba a punto de perder el conocimiento y en cuyo delantal blanco destacaba una larga mancha del color de los ladrillos del East End.

—¡Deprisa! ¡Escupe sangre!

La afirmación provocó la huida de los pacientes que se hallaban en el pasillo. Reginald y sor Elizabeth tomaron el relevo y llevaron a la enferma a la primera sala de curas, donde esperaba un excombatiente que había ido al hospital por unos dolores en el muñón de la pierna amputada. El hombre salió cojeando con las muletas sin que nadie lo hubiera invitado a hacerlo, dejando su prótesis apoyada contra la pared.

—¿Padece tuberculosis? —preguntó el interno después de haberla tumbado en la litera.

—No. Ha ingerido ácido fénico —explicó la mujer mayor—. Es mi hija, ¡sálvela!

La lavandera se apartó para no molestar al médico ni a la enfermera y para no seguir viendo el sufrimiento de su hija, cuyo rostro estaba consumido por el duro trabajo. Sin duda había sido guapa, pero, a los veintitrés años, los vapores saturados de disolventes tóxicos habían acabado con su juventud.

La muchacha tosió varias veces y expectoró un gran coágulo de sangre.

—¿Sabe cuánta cantidad ha ingerido? —preguntó Reginald a la madre, postrada en un rincón de la estancia.

—No, señor.

—¿Cómo ha sucedido? —prosiguió el interno señalándole a Elizabeth el cajón donde guardaban el tratado de los antídotos.

—No ha sido un accidente. Mi hija… mi hija ha intentado matarse… El trabajo en Cyprus es muy duro —explicó la madre—. Me avergüenzo.

—Usted no tiene la culpa, señora —intervino la religiosa hojeando la obra.

—Me avergüenza su gesto, eso no se hace, ni en el trabajo ni en ningún sitio. En nuestra casa tenemos orgullo. ¿Qué va a pensar la gente?

—Señorita, ¿me oye? —La joven, con los ojos cerrados, asintió con la cabeza—. ¿Le duele la cabeza? —De nuevo el mismo gesto doliente—. ¿Tiene náuseas?

A modo de respuesta, la muchacha sufrió un espasmo abdominal que la obligó a inclinarse hacia el suelo. Sor Elizabeth le acercó precipitadamente un cubo a la boca, pero solo le quedaba un poco de bilis que escupir. Se sentó en el borde de la litera y murmuró algo al oído de la religiosa.

—¿Puede darse la vuelta, doctor? —dijo Elizabeth dándole una palangana a la enferma.

Reginald aprovechó la circunstancia para consultar el tratado, abierto por la página oportuna, en busca del mejor antídoto para el ácido fénico, pero no encontró nada concreto. La religiosa le llevó la orina para que la examinara. Mientras, la madre se acercó a su hija y empezó a acariciarle los cabellos.

—Albuminosa y de color verde oliva —constató Reginald—. Ha debido de ingerir una dosis masiva. Lleve la muestra al laboratorio y pida una dosis de ácido fénico y albúmina.

Reginald, que le había dado las órdenes a Elizabeth impulsado por la exaltación de la urgencia, estuvo a punto de pedirle disculpas, pero la monja salió sin dar muestras de sentirse ofendida. En ese instante el interno supo que lo consideraba realmente un médico y sintió un efímero orgullo.

—Agua… —susurró la joven.

La realidad lo reclamaba. Le dio un vaso de agua indicándole que bebiera solo dos sorbos, muy despacio.

—Voy a administrarle analgésicos y albúmina mientras esperamos los resultados del análisis —le explicó con seguridad.

La muchacha preguntó si podía tumbarse. Tenía la tez cerosa. Reginald se preguntó cuánto debía de sufrir para haber llegado a tal extremo.

Frances entreabrió la puerta y asomó la cabeza.

—Busco la prótesis de mi paciente. Ah, está ahí —dijo señalando la pata de palo.

Reginald aprovechó para salir con ella al pasillo y resumirle el caso de su paciente.

—¿Puede preguntarle al doctor Belamy su opinión sobre el antídoto conveniente y decírmelo?

—¿Quiere que venga a ayudarlo?

—No, gracias, solo me hace falta el antídoto. Espero que los pulmones no estén demasiado dañados. Tardará en volver a trabajar.

—Seguramente eso es lo que intentaba conseguir, pero en semejantes condiciones… Gracias por la prótesis.

—Esta noche celebramos en el pub mi primer año en el servicio. ¿Vendrá?

—Sí. Hasta luego.

Reginald regresó con la paciente, sorprendido de su propia audacia, que achacó a su euforia de la mañana, mientras que Frances estaba también asombrada de haber aceptado tan fácilmente la invitación. Por primera vez, le apetecía ir.

El excombatiente había sido instalado en la cama que estaba más alejada de la entrada, en espera de recuperar su prótesis. Había perdido la pierna hasta medio muslo en la guerra bóer —la segunda, le gustaba a él precisar—, al encontrarse atrapado bajo la carreta que conducía de regreso de una noche de juerga, un detalle que él siempre omitía. Desde entonces, todas las prótesis que había llevado le producían dolores y los ungüentos del doctor Belamy eran los medicamentos más eficaces que había probado. Thomas acababa de aplicarle en el muñón hinchado una cataplasma, cuyo efecto inmediato había relajado al militar.

—Sacarato de calcio —indicó Belamy en respuesta a la pregunta de la enfermera—. Es lo más eficaz contra el ácido fénico. Tiene suerte, el farmacéutico preparó ayer. Vaya enseguida y dígale a Reginald que le dé una cucharada cada cuarto de hora.

Frances salió corriendo y estuvo a punto de chocar con el gerente, que buscaba al doctor Belamy. Le informó sin detenerse mientras se recolocaba la cofia, peligrosamente inclinada, y se disculpó por su precipitación.

—Nada más normal en el servicio de urgencias —le contestó él, divertido por la escena.

El gerente se acercó a Thomas en el momento en que este ponía una segunda cataplasma sobre el muñón del militar.

—Doctor, una dama pregunta por usted en recepción. Normalmente no me desplazo, pero se trata de un caso especial —añadió inclinándose hacia el médico para que no le oyera el excombatiente—. Es la sufragista de la semana pasada —le susurró.

Thomas se levantó sin soltar la gasa embadurnada con una papilla de harina de lino y cebada.

—Sostenga esto —le indicó al gerente— y eche aceite de oliva de vez en cuando. Ahora vuelvo.

—¡Eh, que no soy una brocheta de carne! —se quejó el militar.

—Apriétela bien contra la piel —insistió Thomas, y desapareció.

El gerente sonrió con cierto apuro al lisiado a la vez que apretaba la cataplasma.

—Puede confiar en el doctor Belamy —lo tranquilizó.

Thomas había cruzado corriendo la alameda que separaba las urgencias del ala oeste, pero aminoró el paso al acercarse a recepción.

Estaba convencido de que volverían a verse, de que no podían conformarse con el fracaso de Derrybawn. Olympe era igual que él, y esta vez tenía intención de no desaprovechar la oportunidad.

Subió sin precipitación los cinco peldaños de la entrada principal. La sufragista tenía el rostro oculto por un ancho sombrero de plumas y consultaba distraídamente el tablón de anuncios.

—Quería disculparme por... —dijo Thomas, pero al volverse ella dejó la frase en suspenso.

—¿Disculparse por...? —preguntó Christabel Pankhurst.

—Por haberla hecho esperar.

—No tiene importancia. Le agradezco que me conceda unos instantes. He venido para hablar con usted de su intervención en el caso de miss Lovell. ¿Podemos salir?

Se sentaron junto a la fuente, apartados de un grupo de enfermos, acostados en fila, y de sus camilleros, que fumaban con la espalda apoyada en uno de los castaños del patio central. Miss Pankhurst se quitó con cuidado el sombrero, que cubría sus cabellos recogidos en un moño.

—En primer lugar, quería expresarle nuestra sincera gratitud por haber prestado asistencia médica a Olympe después de los malos tratos de que fue víctima por parte de la administración penitenciaria.

—¿Cómo está?

—Mejor, mucho mejor. También quería decirle... —Christabel titubeó antes de continuar—: He venido a pedirle que no vuelva a sustraerla de la acción de la justicia.

48

Saint Bart, Londres, martes 12 de octubre

Etherington-Smith, de pie detrás de su mesa de la escuela médica, escuchaba a sir Jessop mientras se masajeaba la parte posterior del muslo, ya que el dolor se había vuelto a despertar. El día anterior había remado dos horas por el Támesis y, en el momento de bajar de la embarcación, se había quedado unos instantes con una pierna en la yola y la otra en el muelle, lo que le había provocado el estiramiento de un músculo que aún le dolía. El padre de Reginald había ido a verlo y, después de entregarle un cheque al portador para cumplir su promesa de hacer una donación, había hablado largo y tendido de los deberes del personal sanitario con las instituciones judiciales y policiales, para acabar contándole que varios médicos del hospital le habían mencionado las infracciones del doctor Belamy.

—Se trata de un malentendido entre el juez y los inspectores —explicó Raymond—. La sufragista estaba en libertad cuando llegó a nuestro hospital. No volverá a suceder, esté tranquilo.

Mientras dejaba que sir Jessop criticara el movimiento feminista, se acercó a la ventana y vio a Thomas en plena conversación en la plaza central.

—Corren muchos rumores sobre su colega —continuó el baronet—. Como comprenderá, no les prestaría atención si mi hijo no fuera el asistente del doctor Belamy y no le profesara un culto que considero insensato. Pero debo informarle de un hecho.

Las habladurías sobre Thomas, Etherington-Smith las había visto desde que aquel llegó, cual gaviotas alrededor de un pescador que recoge la red. Le traían sin cuidado. Sin embargo, esta le inquietó. Sir Jessop, visiblemente satisfecho por el efecto que sus palabras le causaron, manifestó entonces el deseo de ver a su hijo. Raymond le propuso que fueran primero a saludar al administrador del hospital, después lo acompañaría a urgencias.

La petición de Christabel Pankhurst le había impresionado. Thomas se había quedado en silencio unos segundos, dividido entre la sorpresa y la incomprensión, antes de reaccionar.

—Miss Lovell no estaba en condiciones de volver a la cárcel, créame. Tuve que tomar esa decisión para proteger su vida.

—No era la adecuada. Olympe habría soportado el encarcelamiento —afirmó fríamente la sufragista.

—Miss Pankhurst, no la entiendo. No sabía que fuera tan escrupulosa en el respeto de las leyes.

—Al secuestrarla, nos ha puesto a todos en la situación de tener que aceptar un compromiso, doctor. Un compromiso que nos obliga a silenciar el trato que Olympe recibió en su celda.

—¿Quiere decir que han negociado con la justicia?

—No, nada es nunca tan abierto. Pero nos han dado a entender que era la condición para oficializar su liberación, ya que se había convertido en una prófuga por su culpa. Si hubiera vuelto a la cárcel, habríamos podido movilizar a la prensa que nos es favorable y alertar sobre los malos tratos represivos del poder.

—¡Pero estaría muerta!

—Somos militantes, doctor, conocemos los riesgos que implica nuestra lucha. Esto es una guerra declarada contra nosotras. Todas estamos dispuestas a morir por la causa. Pero le tranquilizaré: estoy convencida de que habrían tenido mucho cuidado con ella. Involuntariamente, ha hecho que perdamos una ocasión única de unir a la opinión pública en favor del derecho a votar de las mujeres.

Un soplo de viento hizo caer el sombrero de la sufragista al suelo y Thomas lo recogió. Christabel tenía una carita redonda y tranquilizadora, casi infantil, que contradecía la rudeza de sus palabras.

—Puesto que ha venido a hablarme con franqueza, tendrá la mía a cambio: si tuviera que volver a hacerlo, lo haría sin la menor vacilación. Y, aunque su causa es justa, no apruebo su manera de ofrecer a miss Lovell en sacrificio. Ahora, permítame que regrese con mis pacientes —dijo dándole el sombrero.

Frances fue corriendo a buscar el antídoto, se lo llevó a Reginald, volvió junto al lisiado, que continuaba esperando en compañía del gerente, y liberó a este último de su papel de encargado de la cataplasma. Intentó colocar la prótesis en el muñón, en vano, pues no se había deshinchado lo suficiente, tuvo que soportar la ira del excombatiente por la lentitud en atenderle y, exhausta, se concedió unos minutos de descanso para tomar un té tibio en la cocina.

Thomas se reunió con ella para que lo pusiera al corriente de las últimas admisiones. Después bebieron en silencio. Ambos apreciaban que el otro no se sintiera obligado a decir nada, sin que ello perjudicara su relación. Desde el regreso del médico, la joven no había vuelto a su casa. No habían hablado del asunto y Frances esperaba que él se lo propusiera. Ella sabía que Thomas la ayudaría en su proyecto de cursar con éxito estudios de medicina y él sabía que Frances tenía determinación y aptitudes para conseguirlo; ese vínculo era un pacto entre ellos que no necesitaba alimentarse de palabras superfluas.

Etherington-Smith rompió el equilibrio con su llegada, acompañado de sir Jessop. Tras el intercambio de las frases de cortesía acostumbradas, que el padre de Reginald pronunció sin que se traslucieran en absoluto sus opiniones sobre Belamy, Frances fue en busca del interno mientras Raymond relataba por enésima vez que la apertura de piernas lo había convertido en un cojo temporal y lo había obligado a tomar prestada una muleta del servicio de cirugía de fracturas.

Le pidió a Thomas una sesión de acupuntura, elogiando de paso los resultados excepcionales de los tratamientos en Uncot. La enfermera regresó enseguida, después de transmitir la petición a sor Elizabeth, que volvía de la farmacia.

—Señor, nuestro excombatiente nos reclama —le dijo a Thomas.

Belamy esbozó una sonrisa cómplice que equivalía a un agradecimiento. Pero, contra toda expectativa, Etherington-Smith le propuso que lo acompañara en su visita a los pacientes, a fin de mostrar al invitado el nuevo departamento y el buen uso que se había hecho de las donaciones. Thomas no tuvo más remedio que empezar por el militar que gesticulaba tanto y gruñía tan fuerte, al fondo de la sala, que molestaba a todos los demás pacientes. Belamy le presentó su caso a sir Jessop, cuyo rostro se iluminó al oír mencionar la guerra bóer.

—¿La primera? —se apresuró a preguntar—. ¡Yo también la hice!

—¡Por supuesto que no! ¡La segunda! —se ofendió el hombre—. ¿Tengo aspecto de anciano?

—¿Magersfontein? ¿Stromberg? ¿Colenso? ¿Qué campaña hizo? —continuó Jessop, que parecía imbatible en la materia—. Yo recibí un bayonetazo en Colenso —dijo mostrando la cicatriz que se extendía desde la sien hasta la oreja derecha—. ¿Dónde le hirieron a usted?

—En la pierna, es evidente, ¿no? —se escabulló el lisiado. El muñón parecía reforzar sus palabras mediante movimientos espasmódicos de arriba abajo.

—Pero, en concreto… —insistió el generoso donante, totalmente decidido a obtener una respuesta—. ¿En el sitio de Ladysmith?

—¡No conozco a esa dama, ni tampoco el sitio, pero usted empieza a hartarme con sus preguntas! ¡Hace dos horas que me calientan la pierna con aceite y siguen sin poder ponerme mi pata de palo, y ahora usted llama a la policía militar para interrogarme sobre mi herida! Si esto sigue así, voy… voy… —El excombatiente se sonrojó, y el olor de *single malt* que despedían sus pulmones cada vez que pronunciaba una frase indicaba que el hombre había ido allí acompañado de su botella.

—Le aseguro que mi interés era sincero —se defendió sir Jessop—, en ningún caso pretendía ofenderle.

—¡Pues ya es demasiado tarde, el mal está hecho! —replicó el militar desplazándose hacia el borde de la cama—. Me voy, ¿dónde está mi bastón?

—Solo con el bastón, sin la prótesis, no podrá caminar —intervino Raymond—. Tome, coja mi muleta —dijo tendiéndosela.

El hombre se lo agradeció y dio unos pasos decididos. Regresó hacia la cama, cogió su pata de palo, cuyo cinturón de piel ató al de sus pantalones, los saludó y se marchó con el bastón en una mano, la muleta en la otra y la prótesis balanceándose a cada paso como una cola de caballo.

—¡Qué tristeza, esa guerra! —exclamó, afligido, Jessop, observándolo salir del servicio—. ¿Podemos continuar, doctor? ¡Esta visita es apasionante!

Etherington-Smith dio al grupo la señal de pasar a la cama siguiente.

Reginald llenó una jeringa de sacarato de calcio y la introdujo en la boca de su paciente. Empujó lentamente el émbolo a fin de que ingiriera el antídoto. La joven trabajadora seguía estando a medio camino entre la conciencia y el coma, con los ojos cerrados. El líquido se acumuló en la cavidad bucal y rebosó por las comisuras de los labios.

—Vamos, señorita, trague, trague —le susurró al oído. No sucedió nada—. Usted lo ha querido —añadió Reginald tapándole la nariz.

—Doctor… —intervino la religiosa, preocupada.

La deglución refleja entró en acción rápidamente.

—Eso es, muy bien —le dijo Reginald—. Vamos a repetirlo.

Llenó de nuevo la jeringa de solución límpida y transparente.

—Se ahoga —anunció sor Elizabeth, que se había quedado junto a ella.

La muchacha sufrió unos espasmos y escupió una gran cantidad de líquido. Reginald la auscultó con el estetoscopio y luego, mediante la percusión, constató la matidez de los sonidos.

—Los pulmones están llenos de líquido —concluyó—. Y tiene un edema en el cuello —añadió, palpándolo.

La dificultad respiratoria se agravó súbitamente. La boca se abrió buscando aire desesperadamente.

—Hermana, el material de traqueotomía —decidió con una calma que rayaba con la displicencia.

—¿Qué pasa? ¡Hija mía, hija mía! —La madre, que llevaba un rato postrada de rodillas contra una pared, se había levantado para interponerse entre ellos—. ¿Qué hace? —le preguntó a Reginald agarrándolo por el delantal.

—Señora, vamos a ayudar a su hija a que respire mejor, le ruego que salga.

La mujer dejó que sor Elizabeth la empujara con firmeza hacia la puerta, pero no cesó de formular preguntas como si fueran oraciones.

La religiosa se colocó delante de Reginald, que tenía un bisturí en la mano izquierda y había localizado la membrana cricotiroidea con la otra. La joven respiraba cada vez con más dificultad, daba la impresión de que se tragaba el diafragma en cada inspiración.

El interno practicó una primera incisión en la piel, perpendicularmente a la membrana, seguida de una segunda con la finalidad de abrir los tejidos subyacentes mientras Elizabeth la secaba con una compresa. Cambió el instrumento por un bisturí abotonado y comentó su procedimiento como hacía el doctor Belamy.

—El cricoides está cortado, ahora secciono los anillos, lentamente —dijo guiando el escalpelo con ayuda del índice derecho—. Con precisión y delicadeza, esenciales para no dañar la tráquea… Está perfecto —comentó Reginald.

La religiosa le tendió un separador antes incluso de que él lo pidiera. Reginald lo colocó y a continuación introdujo la cánula traqueal con cuidado. Los pulmones de la joven se hincharon parcialmente.

—Un problema menos —dijo Reginald escuchando los ruidos pulmonares con ayuda del estetoscopio—. ¿Tiene el resultado del análisis?

—Lo traerá el farmacéutico, la preparación requería una hora de calentamiento.

—La química no avanza tan deprisa como la medicina —fanfarroneó el interno.

—¿No cree que deberíamos haber intentado intubarla, doctor? —preguntó la monja limpiando la zona de la herida con un paño antiséptico.

—La traqueotomía es más rápida y más eficaz en una situación de urgencia, hermana.

—Tiene razón, pero vamos a tener dificultades para hacerle tragar el sacarato de calcio con esa cánula.

—Entre dos urgencias, he escogido la más perentoria —intentó justificarse Reginald.

—El intubado habría permitido alimentarla correctamente.

No había rastro de reproche en el comentario, pero él se lo tomó como tal y no contestó. Reginald permaneció con la mirada fija en la paciente, cuyo diafragma subía y bajaba con dificultad, pero sin sacudidas. Se dio cuenta de que, acuciado por los acontecimientos, no había realizado un examen en profundidad de la garganta de la joven, que el ácido fénico podía haber dañado, y buscó en el cajón de espátulas.

—Por cierto, su padre está en el servicio con el doctor Etherington-Smith y quería saludarle. Vaya, yo vigilo a la paciente. Tiene cinco minutos.

Elizabeth había recuperado su carácter mandón con el interno. La bonanza había durado poco.

—Es cinco veces más de lo necesario. —Reginald suspiró; para él, una conversación con su padre era un trance mucho peor que cualquier acto quirúrgico.

Se desató el delantal, que estaba manchado, mientras Elizabeth le tomaba el pulso a la joven.

—La camisa —le indicó la religiosa.

Reginald no se había dado cuenta hasta ese momento de que sobresalía un faldón por encima de los pantalones. Lo remetió, comprobó que llevaba bien abrochados todos los botones del chaleco y abrió la puerta. Apenas había dado un paso cuando Elizabeth lo llamó.

—¡Doctor, ha dejado de latirle el corazón! —dijo.

49

Saint Bart, Londres, martes 12 de octubre

Como a Etherington-Smith le dolía cada vez más la pierna, después de atender al tercer paciente propuso acortar la visita.

—Sí, vayamos a ver al interno, así podremos dejar libre a nuestro visitante —propuso Thomas.

—¿Qué le parece mi hijo? ¿Es un buen elemento? —preguntó sir Jessop, cuya relación con Belamy se había distendido a lo largo de la visita.

—Reginald tiene mucho potencial y grandes aptitudes de aprendizaje. Debe continuar por el camino que ha emprendido.

Sir Jessop se detuvo antes de contestar.

—Para ser sincero, doctor, no estoy muy convencido de eso.

Los abuelos de Reginald habían hecho fortuna en los astilleros y su padre no perdía la esperanza de que se integrara en el seno familiar, en un momento en que la construcción de acorazados para la Marina Real alcanzaba proporciones inéditas. Siempre había considerado la elección de su hijo un capricho pasajero que abandonaría en cuanto se diese cuenta de lo duro que era el oficio de médico, cosa que aún no había sucedido. Sir Jessop no comprendía qué interés podía verle alguien a chapotear en la enfermedad y la miseria de los cuerpos sufrientes, cuando tenía a su disposición una vida de placer y tranquilidad. Aquello no tenía sentido. Su intención era que Reginald se casara con una de las descendientes de la familia propietaria de las mayores fundiciones de Inglaterra. El asunto, que le permitiría controlar toda la cadena de fabricación de los barcos, estaba en marcha, y sir Jessop le concedía a su hijo un año más antes de hacerle entrar en la vereda de la que nunca debería haber salido.

—Comprendo sus reticencias —replicó Thomas—, pero se lo repito: su hijo será uno de los mejores médicos del Reino Unido, un cirujano muy bueno y, si él quiere, un excelente profesor para las generaciones venideras. Sería una pena que dejara de ejercer. No debe hacerlo.

El rostro de sir Jessop se tiñó de rojo. Raymond vio desfilar en una fracción de segundo la pérdida de los miles de libras prometidos por el interesado, la interrupción de las obras en curso en los laboratorios, la retirada de los otros donantes y, para acabar, la quiebra del hospital, cuyas paredes decrépitas y salitrosas se derrumbarían, sepultando todos los sueños de futuro que él había forjado para el centro.

—Le reitero mi confianza —aseguró el mecenas, que había percibido los temores del médico—. Pero las aguas volverán a su cauce cuando llegue el momento. Yo sé lo que le conviene a mi hijo. Ahora, ¿puedo verlo antes de marcharme?

Reginald había colocado la cabeza de la joven trabajadora en hiperextensión, con la barbilla hacia arriba, e insuflaba aire en su boca, que mantenía abierta con una mano al tiempo que le apretaba la nariz con la otra. Elizabeth había taponado la cánula, pero una pequeña cantidad de aire escapaba de la herida emitiendo un ligero silbido. El pecho de la joven se elevaba con cada soplo, pero no lo suficiente.

El interno hizo una pausa para recobrar el aliento. La cabeza le daba vueltas.

—Sin pulso todavía —constató la religiosa.

Reginald inspiró profundamente y empezó de nuevo, contando tres segundos en cada secuencia. El aire llegaba a los pulmones, la caja torácica se hinchaba a medias, pero el corazón permanecía en reposo.

—Doctor, me temo que se ha acabado —dijo Elizabeth colocando el brazo de la desventurada junto a su cuerpo.

Reginald sopló y, antes de inspirar profundamente, gritó:

—¡Vaya… —espiró el aire dentro de la boca otra vez y se incorporó— a buscarlo!

En cuanto la religiosa salió al pasillo, la agarró la madre de la muchacha, que estaba muerta de angustia. Elizabeth la apartó sin contemplaciones y vio al grupo hablando en la entrada de la sala donde estaban instalados los pacientes.

—¡Doctor Belamy! —gritó con voz potente, atrayendo la atención de todo el servicio—. ¡Sala uno, deprisa!

Thomas acudió corriendo, precedido de la religiosa y seguido de la madre.

—¿Qué pasa? —preguntó Jessop—. ¿Y dónde está Reginald?

—En el interior, sir —dijo Frances señalando el lugar donde el trío acababa de entrar.

—Me temo que hemos perdido a un paciente —explicó Raymond—. Le aconsejo que salude a su hijo en otra ocasión.

—Vamos, Etherington, si Reginald puede soportar ese espectáculo, yo también puedo hacerlo. Hice la guerra bóer, no lo olvide.

—La primera —se arriesgó a añadir Raymond—. Vamos, pues —cedió, invitándolo a entrar.

Los dos hombres se sumaron al grupo que rodeaba al interno, de pie detrás de la paciente tendida. Reginald apretaba la mano de la muchacha entre las suyas, en una actitud de plegaria. Los párpados de esta se abrían y se cerraban al ritmo del batir de alas de una mariposa. El joven levantó los ojos, que se empañaron al ver a su padre.

—Lo he conseguido… No sé cómo lo he hecho, pero lo he conseguido. ¡Está viva!

La biblioteca estaba desierta. Belamy dejó el portaplumas y colocó sobre el informe un papel secante que ya había absorbido cientos de males y no pocas curaciones. La jornada había sido para el equipo una marcha en equilibrio entre dos precipicios, como de costumbre. Un día normal, en el que habían superado los límites de su saber y sus técnicas. Y que había concluido con la resurrección de una joven que no quería seguir viviendo. Cogió el informe de Reginald y lo leyó una vez más.

Viendo que el boca a boca no daba ningún resultado, el interno se sintió tentado de abrir el tórax para masajear directamente el corazón, pero el tiempo que esta manipulación habría requerido era excesivo y Reginald decidió intentar la compresión torácica que había leído en publicaciones sobre los animales. Presionó con todas sus fuerzas el tórax de la paciente, a ritmo regular, y se produjo el milagro.

Exhortarían al interno a publicar lo que aún era un simple embrión de esperanza, no un método garantizado de éxito. Había abierto una vía.

Sin embargo, algo no cuadraba en el caso de la joven trabajadora. Thomas debía aclararlo. Salió de la biblioteca y atravesó el hospital para regresar a urgencias, en una de cuyas camas continuaba la paciente hasta que la trasladaran, previsiblemente al día siguiente. La chica no dormía, pero no podía hablar a causa de su debilidad y de la traqueotomía. El médico la tranquilizó, se sacó un depresor del bolsillo del delantal y dijo en voz baja:

—Quisiera ver el estado de su garganta.

Sor Elizabeth podía por fin descansar, tras una jornada todavía más extenuante de lo habitual. Sentada en la cocina, fumaba como de costumbre un Benson & Hedges mientras observaba el exterior, aprovechando la calma relativa que seguía a la febril actividad diurna de urgencias. La llegada inopinada del doctor Belamy la sobresaltó.

—Elizabeth, ¿sabe dónde está Reginald?

—Acaba de irse al pub —respondió ella, inquieta por la tensión inusual que el francés dejaba traslucir.

—¿Cuánto tiempo hace?

—Unos minutos. Debe de estar aún en el hospital. Saldrá por West Smithfield.

—¿Quién ha estado en contacto con su paciente, aparte de ustedes dos?

—¿En contacto directo? Solo su madre —dijo la religiosa antes de dar una larga calada al cigarrillo—. Pero ¿qué…?

—Póngalas a las dos en aislamiento y limpie la sala uno con antisépticos. Después, aíslese usted en su habitación, hermana.

—Dígame al menos qué pasa…

—No era el ácido fénico la causa de que se ahogara, sino un crup galopante. Su paciente padece difteria.

Correr formaba parte de la vida cotidiana del personal sanitario de urgencias y en el Barts a nadie le sorprendía ver a enfermeras, internos o médicos desplazarse a la carrera por las diferentes alas del centro, a veces incluso para ir a buscar la comida a la cocina. Todos los días, a todas horas, había que tomar decisiones que determinarían la suerte de un herido o un enfermo, y en ocasiones la del sanitario; decisiones que exigían una lucidez total en un entorno caótico. A Reginald, confundido por la imperiosa necesidad, le había faltado una fracción de segundo y no había visto el crup, esa falsa membrana que había cubierto las amígdalas de la paciente.

La joven trabajadora no había intentado quitarse la vida. Había intentado matar ese bacilo causante de una enfermedad que ella había ocultado, ese enemigo íntimo que colonizaba su garganta y la ahogaba poco a poco. Había elegido ácido fénico porque, como buena lavandera, sabía que ningún microorganismo se le resiste. Combatir el mal con el mal, a riesgo de perecer. Y al practicarle el boca a boca, Reginald se había expuesto al bacilo de la difteria.

Thomas atravesó el hospital hasta Uncot y cruzó la puerta de salida, que daba a Duke Street. Recorrió los cien metros que lo separaban de Long Lane con paso seguro y silencioso, pese a que los adoquines estaban húmedos tras los repetidos chaparrones del día, y a punto estuvo de darse de bruces con Reginald. El interno, sumido en sus pensamientos eufóricos, se apartó al ver la sombra que salió de improviso de la callejuela.

—¡Qué susto me ha dado! —dijo, sorprendido ante la visión de su superior con delantal y bata de trabajo, sin abrigo ni sombrero—. ¿Qué le pasa?

—Reginald, tengo una mala noticia. Volvamos al hospital.

—¿Es mi paciente? ¿Ha muerto?

—No, está bien. Venga —le instó Thomas señalando el edificio—. Estaremos mejor dentro.

Cayeron unas gotas, finas como agujas y frías como cubitos, pero la lluvia cesó enseguida, empujada por un viento que despeinó los árboles de Rotunda Garden y tapizó las alamedas de hojas multicolores.

—¿Se trata de mi padre? ¿Ha empezado otra vez? No pienso abandonar mi profesión, ¿por qué insiste?

—Reginald, el diagnóstico de la intoxicación no estaba completo.

—¿Se trata de mí? He cometido un error, es eso, ¿no?

Thomas, habitualmente tan sereno, tenía el semblante demudado. Se reprochaba haber dejado que su interno se ocupara solo de la joven cuando este le había preguntado por intermediación de Frances.

—Todos los cometemos, pero este tiene consecuencias para usted.

Reginald comprendió que la muchacha era portadora de una enfermedad infecciosa.

—Nunca se me han dado bien las adivinanzas ni las apuestas —bromeó para vencer el miedo que lo invadía—. ¿Tuberculosis?

—Un crup. Lo siento.

Reginald tuvo la impresión de que el tiempo se detenía. En el primer piso del inmueble que hacía esquina con la callejuela, una mujer se cepillaba la larga cabellera delante del espejo de la chimenea, iluminada por las llamas generosas y ambarinas de un fuego reconfortante. La frontera entre la dicha y el drama era una membrana tan fina y tan porosa… En aquel instante le habría gustado ser su marido, regresar de un trabajo administrativo aburrido pero seguro y acurrucarse entre sus brazos perfumados con sales de baño antes de pasar junto al fuego una velada llena de pequeñas insignificancias. Le habría gustado llevar una vida sin relieve ni sorpresas, la vida que su padre soñaba para él. Se sobrepuso y apartó aquellos pensamientos. Su conversación le parecía irreal, todo le parecía irreal.

—Dios mío…, y pensar que todos me esperan en el pub… y que Frances había aceptado…

—Volvamos al hospital. Debo ponerlo en cuarentena.

—Pero ¿quién va a avisarles? Empezarán a preocuparse.

—Vamos a proceder por orden de urgencia, doctor Jessop.

—Tiene razón. ¿Y la paciente? La salvará, ¿verdad?

Thomas sonrió por primera vez.

—Esa es la reacción que esperaba. Sabía que no me había equivocado con usted. Le quedarán secuelas pulmonares, pero el ácido fénico que ha ingerido quizá la salve. Y a usted también.

50

Océano Atlántico, a bordo del «Lusitania», domingo 17 de octubre

Una montaña flotando en el mar. Era el transatlántico más grande, potente y rápido de todos los que había construido el hombre. Y, sobre todo, les había arrebatado la Banda Azul a los alemanes, lo que añadía orgullo al respeto que inspiraba a todo el Reino Unido.

Horace se retorcía en su silla de la cubierta superior, debatiéndose con la mantita que el viento levantaba continuamente.

—Es inútil luchar contra los elementos, mi Hércules, no es usted Poseidón —dijo, divertida, Mildred—. Disfrute de los beneficios de este aire que nos embriaga —continuó, pero, al ver su expresión enfurruñada, añadió—: Navegamos a una velocidad de veinticuatro nudos y solo la cubierta de popa o nuestro camarote podrá protegernos.

—Nuestro apartamento —la corrigió él refiriéndose a las dos habitaciones y el cuarto de baño que ocupaban.

Mildred compartía una de ellas con madame d'Ermont, que una vez más los acompañaba en el viaje, el último como carabina, había precisado, cansada de las peripecias que vivía desde hacía varios meses y de las que Horace era responsable, a lo que este último había contestado con un vibrante: «¡Dios la oiga!». La amable dama de compañía hacía cuanto estaba en su mano para ser lo más discreta posible, siempre y cuando los dos tortolitos respetaran los límites de la decencia que Horace se proponía saltarse a la menor ocasión.

—Y hablando del apartamento, ¿y si fuéramos allí? Madame d'Ermont estará en el salón de lectura hasta la hora del almuerzo.

—No sería correcto, señor de Vere Cole, todavía estoy casada ante los ojos de la ley.

Horace le mostró la extensión movediza que los rodeaba hasta el infinito.

—Estamos en aguas internacionales —señaló—. No se aplica ni la ley inglesa ni la ley italiana.

—Entonces ¿cuál es la que está en vigor?

—La ley del capitán. Si él quiere, puede unirnos.

—No mientras yo sea la condesa Pasolini, querido Horace.

—Lo es muy poco, amor mío, muy poco. Si hubiera visto cómo se comportó ante mí su marido en la estación de Lyon… ¡La sombra de una sombra! Incapaz de batirse por usted —aseguró—. Reconoció su derrota y regresó a Italia con la cabeza gacha.

Mildred se levantó para asomarse a la cubierta inferior. Pese a lo mucho que detestaba a su marido, no le gustaba que Horace lo fustigase.

—Hasta madame d'Ermont lo ha reconocido: no es digno de usted —insistió él, pese a todo, antes de colocarse a su lado. Apoyó los codos en la barandilla y continuó exponiendo su argumentario—: Ya no está casada, puesto que arrojó la alianza al Támesis. El capitán puede unirnos.

—Lo hice porque usted me lo pidió, era un símbolo, no un acto administrativo, mi Hércules. Y jamás me casaré con usted sin el acuerdo de mis padres. Tenga paciencia, dentro de unos días nos darán su bendición.

Mildred le cogió la mano con discreción. Sus dedos remontaron la palma de su amada y ese simple contacto lo llenó de un deseo infinito.

—Por usted, soy capaz de todo, lo sabe muy bien. ¿Lo sabe? —repitió ante la falta de reacción de Mildred—. ¡Soy capaz de tomar el control de este barco y llevarla al fin del mundo!

—No vale la pena, amor mío, es ahí adonde vamos, y el capitán Turner lo hace muy bien.

—Por usted, soy capaz de todo, mi pasión no tiene límites.

—¿De todo? ¿De verdad?

—¡De todo! Pídame que arroje por la borda a ese señor de ahí —dijo señalando a un elegante pasajero que fumaba a unos metros de ellos—, y lo haré solo para complacerla.

—¿Quiere que ordene el asesinato del señor Morgan, uno de nuestros financieros más célebres al otro lado del Atlántico? Es una elección interesante y reveladora, mi querido Hércules.

Horace, que se sintió atacado a causa de la modestia de su fortuna, insistió.

—Entonces, ordéneme que construya el edificio más alto de Washington y, por sus preciosos ojos, obedeceré, y le pondré su nombre.

—Horace, mi tierno Horace, solo tengo un deseo: ¿podría no hacer nada para deslumbrarme durante la travesía, solo estar junto a mí y disfrutar del momento?

—¡Me pide un imposible!

—Yo lo apreciaré como tal. Simplemente deseo que me quiera y me proteja. Y que continúe haciéndome reír, como desde nuestro primer encuentro.

—Aquel día se rio a mis expensas, querida.

—Sospecho que se cayó deliberadamente del caballo a mis pies.

—¿Y también que me rompí deliberadamente dos costillas?

—Para quien se declara dispuesto a asesinar la economía neoyorquina por mí, me parece poco.

—¡En cualquier caso, bendita sea esa impericia ecuestre! De no ser por ella, hoy no estaría aquí con usted. Y sería un hombre desdichado.

El transatlántico validó la afirmación con un toque de sirena, que confirmaba también la hora de la comida. Fueron a cambiarse de ropa, esperaron a su carabina, que había ganado una competición de damas, y, descartando el uso de los ascensores eléctricos centrales, subieron juntos la gran escalera por uno de sus dos tramos. Se sentaron en el segundo piso del comedor de primera clase, que rodeaba el panel central de la cubierta de proa y desde el que se disfrutaba de una vista privilegiada sobre el mar.

Les habían asignado una mesa situada junto a la del comandante. La ausencia del pachá en la suya tranquilizó a Horace, poco amigo de compartir la atención de los demás, pero el señor Morgan fue a saludar a Mildred, puesto que era hija de su amigo Dwight Montague. La joven le propuso que se uniera a ellos, cosa que el financiero aceptó encantado, mientras que Horace intentaba ignorarlo con el arte consumado de la *gentry* inglesa. Mildred no mencionó la relación que había entre ellos y el hombre, como buen caballero, no hizo alusión a ese asunto, pero las miradas que le dirigió a Horace le demostraron a este que el financiero se había dado cuenta perfectamente de cuál era la situación. Esas miradas le desagradaron hasta el punto de incitarlo a hojear ostensiblemente el boletín del día, editado por la imprenta del barco. Morgan no se inmutó y dijo en tono jovial:

—Hace un año que la compañía instaló el telégrafo sin cable en el *Lusitania* y desde entonces su periódico está lleno de noticias del mundo. Nada me gustaba más que estar aislado del resto de la Tierra durante una semana y leer solo las noticias intrascendentes de lo que sucedía a bordo.

Se quedó callado a fin de dejar que Horace interviniera, y bebió un sorbo de vino. Ante el silencio del irlandés, se creyó obligado a continuar:

—Pero el progreso ya no tiene límites y nos alcanza vayamos a donde vayamos. Cuando estoy en medio del mar, no tengo ganas de saber cómo corre el mundo hacia su perdición.

—Sin embargo, en su profesión debe de serle muy útil —intervino Mildred, totalmente decidida a animar la conversación—. La economía necesita mantenerse informada.

Dos camareros llevaron el primer entrante a Mildred y a madame d'Ermont —gambas en conserva acompañadas de una tortilla de tomate—, y se cruzaron con los dos siguientes, que, en una danza perfectamente sincronizada, sirvieron a los dos hombres, luego anunciaron el plato y regresaron a la cocina. La conversación pudo reanudarse.

—Yo suelo decir que nuestro oficio es el de un buen inspector de Scotland Yard: consiste en saberlo todo antes que los demás —admitió Morgan, y se limpió delicadamente el fino bigote—. Y usted, señor de Vere Cole, ¿tiene una actividad profesional?

La pregunta, cuya respuesta era una evidencia a ojos de todos, pues Horace poseía todos los oropeles de la nobleza mundana —demasiado pelado para vanagloriarse de pertenecer a la alta sociedad, pero no lo suficiente para verse obligado a trabajar—, pretendía ser sutilmente hiriente, como el ataque con una espada de punta embotada. Horace se sintió herido en lo más vivo.

—Sí —afirmó contra toda expectativa—. Soy organizador de bromas de primera clase.

—¿Se dedica al comercio de artículos de broma? —preguntó el financiero neoyorquino disimulando su incredulidad.

—No, amigo mío, me dedico a la creación de bromas. Las mejores del Reino Unido —añadió, satisfecho de su réplica.

—Estas gambas están deliciosas —dijo Mildred en un intento de distraer la atención.

—¿Saben que esta tarde hay una competición de bridge? —informó madame d'Ermont, cuya intervención pasó inadvertida incluso para Mildred.

Los dos hombres se miraban de hito en hito como rivales dispuestos a enfrentarse. Las reacciones de Horace eran conocidas por ser imprevistas o violentas, como aquella tarde de 1907 en Roma, cuando amenazó de muerte con un cuchillo a un lord amigo que, jugando, había vertido mermelada en su albornoz. Con Vere Cole, las bromas solo se hacían en un sentido. Nadie sabía dónde se situaban sus límites, y él menos que los demás. Horace pensó en el lazo de amistad que unía a Morgan y a su futuro suegro, y decidió contentarse con el mínimo.

—Tiene razón, amigo mío. ¿De qué sirve enterarse aquí, en medio del océano, de que las acciones de la Union Pacific se desplomaron ayer en el Stock Exchange? Espero que no tenga participaciones en las compañías ferroviarias —concluyó tendiéndole el boletín al camarero que pasaba por su lado en ese momento.

El hombre de negocios, que había invertido en el ferrocarril, tenía los ojos puestos en la compañía ferroviaria del padre de Mildred, y la joven se arrepintió de haberlo invitado a su mesa. Morgan consideró la salida de Vere Cole una provocación y decidió no seguir prestando atención al liante, al tiempo que compadecía a Mildred por su elección.

Horace se levantó haciendo chirriar la silla sobre el suelo.

—Con su permiso, voy a retirarme —anunció—. Hay un plato que no soporto.

—¿Se ha mareado su amigo? Qué raro, porque el mar está en calma —comentó Morgan cuando Vere Cole hubo salido del comedor—. Y no ha probado bocado.

—La falta de costumbre —precisó Mildred—. Es su primer viaje transatlántico.

—La emoción de la travesía —supuso madame d'Ermont, a quien no se le ocurrió otra disculpa, pese a que también sabía que Horace estaba habituado a navegar.

La tensión ambiental disminuyó y la conversación giró sobre Italia, donde Morgan tenía negocios y un socio romano, lo que envolvió en un velo de tristeza a la excondesa Pasolini. Esta prefirió preguntarle sobre Estados Unidos y Tennessee, que había dejado atrás hacía cuatro años y de los que sentía nostalgia. El banquero le hizo una descripción prolija y enfática, interrumpida tan solo por la llegada, en una fuente de plata, de un pollo asado acompañado de una salsa de miga de pan. Morgan aprovechó para apurar su copa de vino y pedir champán con el postre. Conoció a Mildred cuando ella era adolescente y se la cruzaba vestida de amazona en la propiedad de los Montague en Chattanooga, durante las numerosas visitas que le hacía a su padre. Le había sugerido varias veces a Dwight que su hija, al llegar a la edad adulta, podría unir sus respectivas fortunas, y le apenó ver que se marchaba a Europa del brazo de un aristócrata sin carisma ni futuro. Compartir mesa con ella mientras navegaba hacia Estados Unidos le devolvía un apetito perdido.

Uno de los oficiales fue a informarles de que se había avistado un grupo de ballenas a un kilómetro del barco y los invitó a ir a observarlas. La sala se vació en unos segundos.

—¿No viene? —preguntó Morgan, viendo que Mildred permanecía sentada.

—No, vayan ustedes, yo iré luego —respondió la joven, que exhalaba una sorda melancolía desde que Horace se había marchado.

La respuesta parecía una orden, de modo que el hombre obedeció, de mala gana, enlazando el brazo que madame d'Ermont le tendía y consolándose con la perspectiva del espectáculo que los aguardaba. Era su segundo encuentro con los cetáceos; el primero, durante una travesía a bordo del *America*, había sido un momento inolvidable. Era más fácil observar cometas desde su ventana que ballenas en el Atlántico, y Morgan se sentía un privilegiado.

En cuanto se quedó sola, Mildred pidió un vaso de agua con gas preguntándose cómo podría contener los celos que despertaban en Horace los otros hombres, y decidió reunirse con él en el camarote, donde debía de estar esperándola enojado.

—Su agua, madame.

Ella sonrió sin levantar siquiera los ojos hacia el camarero, ya que había reconocido la voz de su amado.

—Lleve cuidado, pica mucho —añadió Horace dejándola delante de ella.

—¡Pero si es champán!

—Pagado por nuestro amigo, el señor Morgan. Eso significa que será bueno. —Horace se sentó a su lado y pidió dos postres—. Compota de ciruelas y arroz. Sé que le gusta.

—¿Y usted? ¿Y su indisposición?

—El plato que no soporto se ha ido a ver si las ballenas son azules. Y estamos mejor con todo el sitio para nosotros, ¿no? —contestó él abriendo los brazos como para abarcar toda la sala.

—¿Quiere decir que…?

—Que la Marina inglesa ya no es lo que era. Paga tan mal a los oficiales que aceptan participar en cualquier engaño. Nuestro teniente va a pasear por las diferentes cubiertas a esa buena gente que espera ver unos grandes animales que solo existen en mi imaginación. Por usted, amor mío —dijo Horace levantando la copa—. Aprovechemos este momento de intimidad merecida.

Bebieron en silencio. Mildred estaba prendada de aquel hombre imprevisible que le había prometido que seguiría siéndolo siempre.

—Me pregunto qué estarán haciendo en este momento —comentó Horace dejando su copa sobre la mesa.

—Su cómplice debe de estar convenciéndolos en la cubierta de popa de que las olas son ballenas.

—No, pensaba en el doctor Belamy y miss Lovell. Ya los echo de menos.

51

Saint Bart, Londres, lunes 18 de octubre

Seis días. El plazo máximo de incubación del bacilo de la difteria había transcurrido y no se había manifestado ningún síntoma. Reginald metía sus cosas en la bolsa destinada a la desinfección mientras esperaba la llegada del doctor Belamy. Había conseguido una de las escasas habitaciones de una cama del pabellón de los enfermos de difteria, cuya ventana daba a la parte posterior del ala oeste. El bloque, separado de los otros edificios por una distancia reglamentaria de trece metros y con capacidad para doce camas, estaba previsto para las fiebres contagiosas menos virulentas. La viruela tenía sus propios hospitales, apartados en los suburbios, en Homerton o en Stockwell, donde la proporción de casos entre la población vecina se había incrementado desde entonces.

A su alrededor, toses, ahogos, vidas que pendían de un hilo, peticiones de ayuda a la enfermera, que tenía su habitación en medio de aquella gehena de los tiempos modernos. Reginald se sentía dividido entre el alivio de tener un tabique que lo separase de los desdichados enfermos de difteria y el deseo de ayudarles. Solo entonces tomó conciencia de que el tributo que había que pagar a la medicina podía ser elevado, muy elevado. Aún no tenía suficiente experiencia para haber perdido a colegas víctimas de su deber, pero él mismo se hallaba en peligro de aparecer en la lista de *in memoriam* del Gran Salón.

El edificio estaba situado al sudoeste del hospital, a cincuenta metros de urgencias. Aunque las visitas estaban prohibidas, Frances y Elizabeth habían podido ir a verlo respetando el estricto protocolo de desinfección, y Thomas lo había examinado a diario en compañía del doctor Andrews, el médico encargado del pabellón.

Las muestras tomadas de la garganta de la joven trabajadora habían revelado que la ingestión masiva de ácido fénico había reducido considerablemente la carga del bacilo, aunque no lo había erradicado por completo. A ella también la habían trasladado al pabellón de los enfermos de difteria y ahora luchaba más contra las lesiones pulmonares que contra el crup, que se había reabsorbido. Reginald se preguntaba con frecuencia cuál era su tos entre todas las que oía, o si los gemidos de dolor que venían todas las noches de la habitación contigua eran suyos.

Seis días. Reginald había tenido que armarse de una paciencia de enfermo y aprovechó para releer un tratado de neumología y poner al día todos sus informes. No obstante, el encierro y la inacción le pesaban. «El aislamiento es algo extraño —escribió en su cuaderno—. Cuando estás solo, así, enclaustrado, no sabes si es a ti a quien se protege de los demás o a los demás de ti. Quizá sean las dos cosas.»

Sus padres no habían ido a verlo, de acuerdo con el reglamento, pero le habría gustado que le escribieran o le manifestaran algún gesto de empatía.

A las cuatro, Belamy entró con Andrews para llevar a cabo la última visita.

—¿Preparado para salir, doctor Jessop? —preguntó este último mientras sacaba un depresor del bolsillo de su delantal.

Por toda respuesta, Reginald abrió la boca al máximo. No había ningún principio de membrana ni tampoco indicios de anginas, y Andrews le comunicó el acuerdo al que habían llegado —saldría ese mismo día— y luego los dejó solos.

—Todo el mundo le espera en urgencias, Reginald —le aseguró Thomas mientras el interno guardaba sin muchos miramientos las últimas prendas de vestir en una bolsa de lona de yute.

—¿Cree que el doctor Andrews me autorizará a hacer un seguimiento de mi paciente…, bueno, su paciente?

—Antes tendremos que asegurarnos de que ya no se halla en situación de contagiarle. El bacilo puede seguir activo dos o tres semanas más.

El interno cogió la última camisa, la dobló distraídamente y, en lugar de guardarla, la dejó sobre la cama.

—No puedo… no puedo salir.

—¿Qué le pasa, Reginald?

—Creo que… Thomas, la garganta me arde desde hace dos horas. No he dicho nada porque pensaba que se me pasaría, pero está extendiéndose por la faringe. Creo que tengo anginas. Creo que me ha contagiado. —Sin esperar respuesta, cogió toda la ropa y, con un gesto de rabia, la arrojó hecha una bola al casillero—. ¡Con lo cerca que estábamos! ¡Qué mala suerte! —gritó golpeando la pared con la mano—. ¡Maldita sea!

—Su diagnóstico es un poco apresurado —dijo Belamy para intentar calmarlo, empujando un taburete hacia él—. Siéntese, ahora vuelvo.

El interno obedeció. El tiempo se le hizo interminable. El médico reapareció con material sobre una bandeja con ruedas. Preparó una solución de cocaína y, tras introducirla en un vaporizador, pulverizó con ella el fondo de la garganta de Reginald.

—No sabía que tenía este sabor. No es desagradable —consideró el interno, que había recobrado la calma—. ¿Cultivo o frotis?

—Vamos a hacer las dos cosas.

Reginald se dio cuenta del enorme encanto magnético y tranquilizador que la voz del médico tenía para los enfermos. Belamy había colocado un laringoscopio entre ambos. El aparato, que tenía el aspecto de un faro en miniatura, despedía un haz de luz que el médico desviaría con ayuda de un espejo provisto de un fino mango colocado en la boca del interno. Antes incluso de que Thomas se lo pidiera, Reginald emitió «as» y «es» que permitieron un examen en profundidad de la garganta y revelaron la presencia de una minúscula protuberancia entre la mucosa faríngea y la epiglotis, que el doctor Andrews no había podido detectar a simple vista. Thomas realizó una punción con las pinzas y envolvió la muestra en tafetán engomado.

—Es un principio de anginas, pero nada indica que vaya a

convertirse en crup —comentó mientras recogía el material—. Voy a llevarlo inmediatamente al laboratorio y haré yo mismo la interpretación. ¿Confía en mí?

—Solo confío en usted, Thomas. No me oculte nada.

Belamy siguió minuciosamente el protocolo bañándose en la cabina de desinfección y poniéndose ropa limpia. En materia de profilaxis, se mostraba de buena gana de acuerdo con Raymond en que Inglaterra había tomado cierta delantera a los hospitales franceses, antes de afirmar que los sueros y vacunas eran patrimonio de la nación tricolor, cosa que Etherington-Smith no podía por menos que reconocer, aunque a regañadientes.

Frotó la muestra sobre un portaobjetos de vidrio, la fijó pasándola sobre la llama de una lámpara de alcohol y utilizó un azul de Roux-Yersin para colorear el posible bacilo diftérico. Frances se reunió con él en el laboratorio en el momento en que colocaba el portaobjetos bajo el objetivo del microscopio de inmersión. Se sentía incapaz de trabajar sin conocer el resultado y había conseguido que Elizabeth le permitiera ausentarse —contra la voluntad del interno que reemplazaba a Reginald— cuando informaron a todo el equipo de la situación.

—Estoy preocupada —reconoció mientras miraba cómo desplazaba el portaobjetos bajo la lente del aparato.

Thomas no contestó y la invitó a mirar por el microscopio. Ella observó algunos bastoncillos alargados, que, de dos en dos, formaban extraños acentos circunflejos reunidos en grupos de tres o cuatro.

—La mala noticia es que estos microorganismos son bacilos de la difteria —explicó el médico.

—Hay muy pocos —señaló Frances—. ¿Desarrollará la enfermedad?

—Todavía no lo sé. La buena noticia es que no tiene otro tipo de microbios. Por lo tanto, no habrá complicaciones. Vaya a tranquilizar a todo el equipo, yo voy a buscar suero antidiftérico.

En urgencias, la jornada prosiguió dentro de la normalidad con la llegada de un anciano vendedor de nueces que había sido arrollado por un ómnibus, un artesano que fabricaba flechas y se había clavado una astilla de madera en la mano, un marino de velero que le enseñó a Frances el arte de los nudos de varios cabos, la trabajadora de una fábrica a la que el cabello se la había puesto verde debido al polvo de resina, un curtidor con la planta de los pies infectada porque trabajaba la piel de foca descalzo y, por último, un predicador gitano que animó el pasillo de espera con sus prédicas. Sin embargo, la ausencia de Reginald y de Thomas pesaba en el estado de ánimo de todos.

Su servicio terminó a las seis de la tarde. Elizabeth, que había observado la desazón de la joven enfermera, la invitó a ir a su habitación. Al igual que en el resto de los servicios, las religiosas tenían el opresivo privilegio de vivir permanentemente en su departamento. Elizabeth protegía su intimidad y nadie, aparte de Thomas, podía entrar allí. Frances se quedó sorprendida al ver numerosas fotos de los diferentes equipos que se habían sucedido, en la última de las cuales aparecían ella misma y Reginald.

—¿Se acuerda de ese momento? —preguntó Elizabeth al darse cuenta de que la enfermera observaba la imagen con el entrecejo fruncido.

—¿Cómo iba a olvidarlo? Fue en mayo, durante la ceremonia del View Day. La foto está tomada en la plaza ajardinada. Reginald estaba a mi lado. ¡Quién podía imaginar lo que iba a suceder!

—Vamos, vamos, todo irá bien. Actualmente la difteria se cura.

—No había suero en la farmacia del hospital y se necesitan semanas para elaborarlo.

La religiosa no contestó, se quitó la toca y la posó encima de la cama, dejando a la vista una melena corta que armonizaba con su rostro.

—¡Esto es como un corsé! —exclamó masajeándose las sienes y alborotándose el pelo—. Para mí, este es el momento más agradable del día, pero no se lo cuente a nadie.

Frances descubrió que, liberada de los accesorios propios de su función, era una mujer deseable, y la miró con ojos nuevos.

—A veces es preciso que la vida se tambalee para que uno se

dé cuenta de quién le importa realmente, ¿verdad? —dijo la religiosa esbozando una sonrisa cómplice.

—¿Mi preocupación es inapropiada, hermana?

—Eso depende de sus sentimientos, hija. Hace un año que él le hace la corte cada vez con menos discreción y usted no se decide. Acabará por encontrar la felicidad con otra, y no se le podrá reprochar nada. —La franqueza de Elizabeth desconcertó a la enfermera. Frances estaba convencida de que nadie había reparado nunca en la ambigüedad de su relación—. Y añado que, si ambiciona llegar a ser médico, ya no tendrá la excusa de que una enfermera no puede casarse con un doctor.

—Pero ¿cómo sabe que…?

—Los que hicieron nuestras leyes no previeron que hubiera mujeres médicos —la interrumpió—. Y yo tampoco, dicho sea de paso.

Desde que Thomas se había ido, Reginald estaba sentado en la cama sin moverse, frente a la ventana de su habitación, que no disponía de manilla para abrirla. El pabellón tenía una sola planta, y unas cortinas preservaban la intimidad de los enfermos. Solo el personal del hospital frecuentaba la alameda a la que daba la habitación. El interno veía pasar siluetas borrosas que atravesaban el cuadro, a veces solas, a veces en grupo, casi siempre silenciosas. El médico no había vuelto y Reginald lo consideraba una mala noticia, pero después pensó que un regreso rápido también habría podido ser sinónimo de mala noticia. Alejó esos pensamientos, atrapado por el paso de las formas impersonales. Una de ellas se detuvo delante de la ventana, se puso una mano encima de los ojos para mirar el interior y dio unos golpecitos en el cristal. Le pareció reconocerla y descorrió la cortina. La sonrisa que le ofreció Frances le desgarró el corazón, pero puso buena cara y la saludó con un gesto amistoso, conteniéndose para no comportarse con familiaridad. Ella llevaba una libreta en la mano y le enseñó la primera página, donde había escrito con letras mayúsculas:

Reginald le respondió levantando la voz:

—¡Más que nunca!

Pero el grosor del cristal, mayor del ordinario, amortiguó sus palabras y la enfermera hizo un gesto de interrogación articulando con los labios la palabra «¿Nunca?». Como no quería atraer la atención de todo el bloque gritando —la molestia ocasionada sin duda lo habría puesto más enfermo que la difteria—, Reginald garabateó la respuesta en su cuadernito y lo puso contra el cristal. La joven pasó una página de la libreta y mostró otra frase:

ESPERARÉ TODO EL TIEMPO QUE HAGA FALTA

Reginald sabía que había llegado el momento. Ayudado por la fiebre que notaba cómo le iba subiendo, escribió en varias páginas y las arrancó una tras otra para ponerlas contra el cristal:

SOLO VIVIRÉ
PARA ESE
MOMENTO
FRANCES
LA QUIERO

52

Victoria Park, Londres, martes 19 de octubre

London Hospital, Saint Thomas, Saint Mary, los hospitales de Royal Free, Westminster, Charity Cross… Belamy había recurrido a todos. Ninguno tenía existencias de suero de Roux. Desde el momento en que identificó el bacilo, Belamy inconscientemente supo que su búsqueda lo llevaría al último lugar al que le apetecía ir. Tomó el tren, que, tras recorrer una parte de la ciudad, lo dejó en la estación de Coborn Road. Quince minutos más tarde, Thomas entró en Victoria Park y lo cruzó en diagonal. A aquella hora temprana de la mañana, los numerosos transeúntes no eran paseantes, sino trabajadores, escolares o niñeras. A lo lejos, entre la bruma que se levantaba, distinguió a dos mujeres en el Speakers' Corner preparándose para arengar a una masa todavía inexistente. El propio día no existía aún.

Rodeó el East Lake, adonde a los londinenses les gustaba ir a remar en cuanto asomaban unas migajas de sol, pero a las nueve solo acogía a unas familias de ánades reales y a los que los alimentaban. Atajó por un parterre de césped que cubrió de rocío la piel de sus zapatos y salió del parque entre dos almacenes de cerveza para llegar a Victoria Park Road. Frente a la carretera se alzaba una inmensa construcción semejante a un palacio gótico, de arquitectura disimétrica, torres cuadradas o hexagonales y fachada de ladrillo rojo del este londinense. La Providence, que, con su iglesia pegada al edificio, parecía uno de los numerosos centros universitarios de Cambridge, era el hospital francés de la capital, fundado por los hugonotes exiliados hacía dos siglos.

Thomas se presentó confiando en encontrarse con un facultativo inglés, pero el nombre de su interlocutor no le dejó ninguna duda.

—Soy el doctor Louis Vintras —dijo el hombre con marcado acento francés que lo recibió en su despacho.

—Doctor Belamy —contestó Thomas en un inglés de pronunciación impecable.

—¿Belamy? Entonces ¿es usted el compatriota que practica la medicina china? —preguntó Vintras en francés.

—En efecto. Trabajo en las urgencias del Barts.

—Es un placer conocerle —dijo el otro ofreciéndole asiento—. Estaría encantado de asistir, si se presenta la ocasión, a una de esas sesiones que dan tanto que hablar. Hasta entonces, ¿en qué puedo ayudarle?

Thomas le refirió el contagio de Reginald de forma detallada.

—Esta mañana tenía el pulso a ciento cuarenta y la temperatura pasaba de treinta y ocho grados. La angina es exclusivamente diftérica, solo el suero puede curarle, pero no encuentro en ninguna parte.

—No me extraña —dijo el facultativo—, este tipo de tratamientos todavía se utilizan muy poco aquí, a diferencia de Francia. He visitado el Instituto Pasteur, ¿sabe? Un instrumento formidable para la investigación médica: seguiremos siendo los maestros durante décadas, créame.

Vintras divagó a continuación sobre la caridad inglesa, que había que solicitar continuamente.

—¿Asistió a la cena de mayo para la recogida de fondos? ¿No? Una maravillosa velada: excelente comida y un concierto magnífico. Recaudamos cuatro mil ochocientas libras. Por cierto, ¿cómo se llamaban los solistas?…

—Sobre el suero…

—Ah, sí, ahora diré que se lo entreguen. Espere, voy a buscar… —dijo Vintras abriendo un cajón del que sacó un montón de documentos—. El programa debe de estar aquí —añadió extendiéndolos sobre la mesa.

—Perdone que insista, doctor, pero lo necesito ya.

—¡Aquí está! —exclamó Vintras poniéndole una tarjeta de invitación delante de los ojos—. Miss Monteith y el signor Salvi, ¿los conoce?

—No tengo ese honor.

—Voy a pedir el suero a la farmacia ahora mismo —dijo por fin Vintras levantándose—. Entonces ¿cuento con usted para la gala del año que viene?

Cuando se quedó solo, Thomas buscó en la pared un título enmarcado en el que se indicara el lugar donde su anfitrión había estudiado, pero solo había una foto colgada. En ella aparecía el médico recibiendo una condecoración de manos del presidente Fallières.

Vintras regresó enseguida con el suero de Roux.

—La medalla de honor de Asuntos Exteriores. El presidente vino aquí hace un año —explicó, antes de mostrarle los dos frascos que tenía en la mano—: Veinte centímetros cúbicos deberían ser suficientes, pero he añadido otro tanto por si acaso.

—Se lo agradezco. El Barts le enviará el importe.

El médico estaba esperando el ofrecimiento para rechazarlo con un gesto magnánimo.

—Podemos ayudarnos entre colegas y compatriotas, ¿no? Por cierto, ¿dónde cursó usted los estudios?

—En París.

—Yo también. ¿En qué hospital?

—La Salpêtrière —respondió Belamy dando muestras de impaciencia.

—Yo estaba en Bichat —continuó el facultativo, plantado delante de la entrada—. No guardo más que buenos recuerdos de aquel lugar.

—Se lo agradezco de nuevo —dijo Thomas, aliviado, tendiéndole la mano.

Vintras la estrechó largamente, sumido en una intensa reflexión.

—Yo estaba en Bichat, pero Dardenne, mi colega cirujano, viene de La Salpêtrière. Martin Dardenne.

—Ese nombre no me resulta del todo desconocido, pero éramos varios cientos de médicos.

—No puede haberlo olvidado, era él quien conducía la famosa carroza del baile del internado en 1906. La carroza de las seis rosas biliares.

—No pude asistir.

—¡Ah! De todas formas, salió en la prensa. O a lo mejor lo dijo para presumir… En fin, da igual, le diré que su colega Belamy ha venido. Él debe de acordarse de usted, ¡tiene una memoria impresionante el muy bribón! No se olvida nunca de una cara.

—Gracias por el suero. Le debo una.

—Pronto estaremos en paz. Iremos a verle.

La niebla se había disipado sobre la extensión central de césped de Victoria Park. Betty puso los ejemplares de *El voto para las mujeres* sobre un taburete y Olympe empezó a arengar a los transeúntes. Los primeros apenas levantaron la cabeza; luego, dos niñeras con sus cochecitos de bebé se detuvieron y un grupo de trabajadoras y unos empleados de Lipton las imitaron. Un hombre con canotier aminoró el paso para escuchar y se sentó en un banco cercano. Dos estudiantes se aproximaron hablando en voz bastante alta y tomaron posiciones en primera fila para burlarse sin disimulo. Los gamberros fueron obligados rápidamente a marcharse por la incipiente multitud.

Olympe quiso volver a vender el semanario de la organización en la calle y Betty se había propuesto acompañarla, como en sus inicios en la WSPU. La convaleciente sintió la necesidad de reapropiarse de su propia lucha, de reapropiarse de su cuerpo maltratado tras su paso por Holloway. La necesidad de tranquilizarse respecto al apoyo que su lucha recibía mientras las sufragistas de la WSPU vivían en una burbuja en el número 4 de Clement's Inn. La necesidad de despejar la duda.

Estaba atenta a las reacciones del público ante sus afirmaciones, argumentaba las respuestas a las observaciones reprobadoras, insistía cuando la gente asentía, la incitaba al aplauso por las acciones realizadas, se metía con la gente y la llevaba a donde ella quería. Olympe se sentía revivir.

Una mujer elegante y el hombre de rostro juvenil que la acompañaba interrumpieron su paseo y, manteniéndose apartados, escucharon con atención a la sufragista, protegidos de la llovizna por una sombrilla de muselina amarilla que atraía la mirada como un girasol gigante entre la inmensidad de vegetación.

—El tiempo de las conversaciones con el poder ha pasado. Ha llegado el momento de la acción militante —concluyó—. Yo puedo dar fe de la violencia de que somos objeto en la cárcel, violencia tanto física como moral, mientras que en cada una de nuestras asambleas se nos tacha de histéricas. ¿Somos unas histéricas por proclamar alto y fuerte nuestra indignación? ¿Por reclamar lo que se nos debe? ¿Por reivindicar ese derecho fundamental del que la mitad de la humanidad se ve privada?

Olympe los convocó para la siguiente manifestación en Hyde Park y a continuación Betty vendió todos los ejemplares del periódico. Aunque carecía de la elocuencia de su amiga, tenía experiencia en la venta callejera y había adaptado sus trucos y su retórica.

El girasol gigante se había acercado y la pareja esperó a que la multitud se dispersara para abordar a Olympe.

—Me llamo Virginia Stephen, y este es mi hermano Adrian. Los dos somos feministas convencidos.

—¿Vendrán a Hyde Park? —preguntó Olympe mientras se ponía el abrigo, brillante por el uso, en el que la mirada de Virginia se demoró.

—No, una muchedumbre demasiado numerosa es como una

gran marea en Saint Ives, nada resiste su avance, ni siquiera la roca. No me gustan las demostraciones de fuerza, prefiero los riachuelos. Hace algún tiempo fui a una reunión en una casa de Kingsway. Ahí acaba mi contribución. Quizá sea demasiado remilgada —contestó Virginia dirigiéndose a su hermano.

—Digamos que apreciamos demasiado nuestra libertad para ser militantes —precisó Adrian.

—Usted puede permitirse ese lujo porque es un hombre, señor Stephen, pero su hermana no. La única libertad de la que disfruta es la de elegir entre luchar o no.

—El voto no es el alfa y el omega de la libertad de las mujeres —objetó Virginia—. Podemos ganar nuestra libertad mediante la palabra, mediante la escritura, mediante todas las palabras que una mujer no debería decir, mediante todos los comportamientos que no debería adoptar, y eso incluso sin el voto. Hablar de sexualidad nos hace libres, no cambiarse para cenar nos hace libres, vivir como mejor nos parezca nos hace libres.

—Con usted, los hombres ya han perdido, miss Stephen —aprobó Olympe esbozando una reverencia.

—Y es una derrota que me alegra infinito, querida —dijo Adrian inclinándose también ante su hermana.

Betty se despidió de todos y se marchó con el taburete entre los brazos como una niña con su muñeca fetiche. A Olympe le intrigaba esa familia inconformista.

—No se equivoquen —continuó—, la mayoría de las mujeres de nuestro movimiento no cuestionan la sociedad, sino únicamente nuestra alienación.

—Tengo la sensación de que hablamos el mismo idioma —señaló Virginia cerrando la sombrilla, dado que la atmósfera había dejado de rezumar insistentes gotitas.

—Parece que tenemos algunos puntos en común —concedió Olympe—. Y también algunas diferencias.

—Sería un placer que viniera a nuestra casa a tomar un té la semana que viene, el jueves por la tarde —propuso Adrian—. Podríamos continuar esta conversación.

—¿Soy libre de rechazar una invitación como esa? —contestó Olympe, divertida, mientras él le tendía una tarjeta.

—Recibimos a nuestro grupo de amigos y les resultará muy agradable escucharla. El tema nos interesa y nos divide.

—Iré, posiblemente —repuso Olympe, echándose atrás—, si no estoy en la cárcel.

—No sabemos cómo se llama…

—Olympe.

La joven se despidió, dio media vuelta y se marchó del Speakers' Corner. Adrian cogió a su hermana del brazo y la invitó a ir hacia la estación de Bow Road.

—No es frecuente conocer a personas interesantes en Victoria Park —señaló Virginia—. Has hecho bien en invitarla, pero creo que no vendrá.

—El jueves estará en casa. Es viva, inteligente e independiente a ultranza —resumió Adrian—. Vendrá para convencer a todos nuestros amigos, de uno en uno si es preciso.

—Y nos permitirá descansar de ese calamitoso charlatán de Vere Cole —dijo ella con un placer indisimulado.

—Virginia… —Adrian suspiró.

Horace se había convertido en un tema de discusión entre ellos y cada uno interpretaba su papel: acusador ella y defensor él.

—No es calamitoso, es un ser único.

—Un patán.

—Un poeta.

—Henchido de orgullo, y por añadidura irlandés.

—¡Es mi amigo!

—Eso debería estar prohibido. El nihilismo tiene sus límites.

La ocurrencia hizo reír a Adrian.

—No oigo, ya no oigo —dijo el joven tapándose los oídos.

—Te da vergüenza haberte reído de él.

—No… Sí, me da vergüenza, y no debería. Horace no es prisionero de la deferencia. Es más libre que todos nosotros juntos.

—Su libertad es la de los necios.

—Acabarás por quererlo, y un día no podrás pasar sin él.

Ahora fue Virginia quien rompió a reír.

—¿Qué hace aquí? —preguntó de pronto Adrian.

—¿A quién te refieres, mi querido hermano?

—A ese médico del Barts que atendió a Horace —dijo mirando al hombre que caminaba a paso rápido unos metros delante de ellos, en la otra acera—. Está lejos de su base.

Thomas sujetaba firmemente los dos frascos con la mano izquierda, bien protegidos en el bolsillo de su chaqueta. No vio a la pareja que lo siguió un momento antes de que entrara en la estación de Bow Road. Tomó el tren subterráneo, que lo dejó en Barbican. Cinco minutos más tarde, dejaba su ropa en la enfermería del pabellón de aislamiento, se ponía el equipo previsto para estas situaciones y sumergía los brazos en una solución antiséptica. Cuando entró en la habitación de Reginald, este se había dormido con una biblia abierta en la mano. El joven se despertó con dificultad. La temperatura le había subido cinco décimas.

Belamy le puso una inyección subcutánea de suero en el costado derecho y preparó una solución de Labarraque con la que el enfermo hizo gargarismos.

—La medicina ha hecho todo lo que puede hacer —resumió Thomas cuando el interno hubo escupido el líquido.

—Y yo he tomado mis precauciones, por si no fuera suficiente —añadió Reginald señalando el libro. Se arrellanó contra la pila de almohadas antes de continuar—: ¿Por qué no probamos con su medicina, que obra milagros?

—Lamentablemente, la acupuntura no curaría la causa de su mal. He consultado un tratado de medicina china: la difteria se trata con una mezcla de bilis de oso, bambú y cálculo biliar de mono. Sin garantías de éxito.

—Comprendo. Entonces, rezaré.

—Si la fiebre persiste, le haré tomar una infusión de plantas. Nuestro farmacéutico pondrá el grito en el cielo.

—Yo estoy dispuesto a todo, Thomas: tengo una cita en el pub a la que no puedo faltar.

IX

53

WSPU, Londres, miércoles 20 de octubre

Olympe le dio las gracias al cartero y les mostró el telegrama a las sufragistas presentes.

—¡Noticias de Emmeline!

Mistress Pankhurst había ido a Estados Unidos para dar una serie de conferencias.

—Ha llegado bien —informó Christabel, tras leerlo—. El lunes hablará en el Carnegie Hall ante dos mil quinientas personas.

—¿Solo? —fanfarroneó Betty, haciendo reír a las demás.

—En Hyde Park somos cien veces más —dijo otra.

—Va a reunirse con grupos feministas de todo el mundo —añadió Christabel—. ¡Nos hemos puesto a la cabeza de un movimiento mundial, señoras!

—Entonces, seamos las primeras en obtener nuestro derecho —dijo Olympe antes de salir.

—¿Qué le pasa? —le preguntó Christabel a Betty.

—Creo que le pesa la inacción.

Christabel motivó a sus tropas con un discurso que fue la primera en considerar convencional y luego fue en busca de Olympe, que se había refugiado en el piso de la editorial de la WSPU. La sufragista estaba limpiando la prensa antes de imprimir *El voto para las mujeres*. Toda la habitación estaba impregnada del olor a tinta fresca que solía acompañar la excitación de la salida de la revista. Sin embargo, aquel miércoles todas las militantes trabajaban en silencio. Christabel les pidió que salieran para quedarse a solas con Olympe, y ellas lo hicieron sin mostrar sorpresa. La joven Pankhurst se dio cuenta de que la ausencia de su madre, tan carismática, pesaba sobre la moral colectiva, pese a toda la energía que ella desplegaba para sustituirla.

—Sé lo que quieres decirme —se anticipó Olympe—. No vale la pena que perdamos el tiempo.

—Estás distinta desde que volviste de Holloway, desde que volviste aquí.

Olympe no contestó y arrojó su bola de cuero llena de tinta a una caja.

—Entre que mamá no está y que tú no abres la boca, todo recae sobre nosotras —añadió Christabel.

—Estamos en un momento bajo después de dos años avanzando con el ímpetu de una ola, pero no puedes hacerme a mí responsable de eso.

—Todo el mundo debe acatar las decisiones del movimiento o salirse de él; no puede haber disensión, nuestros adversarios aprovecharían la menor debilidad. En la WSPU solo hay una voz que dicta nuestras acciones. Todas somos soldados de una misma causa —insistió Christabel.

—¿He faltado a mi deber una sola vez? —protestó Olympe mientras engrasaba el mecanismo de los rodillos.

—No, claro que no…

—Entonces ¿por qué se me mantiene al margen de todo? Ya no me invitáis a las reuniones, ya no estoy al corriente de las acciones que vamos a emprender y ya no me consideráis apta para participar en ellas. He demostrado mi buena voluntad, vendo revistas, mi determinación permanece intacta, pero todo es inútil. ¿Puedes decirme con sinceridad cuál es el problema?

La incomodidad de Christabel era perceptible. Aquella mujer que había plantado cara a ministros no se atrevía a sostener la mirada de su amiga.

—Para empezar, está ese informador del que nos hablaste…

—¿El Apóstol?

—Sí. Ese misterioso desconocido que al parecer tiene contactos en el gobierno y quiere ayudarnos. Y, después, ese hombre que te escondió, el doctor Belamy.

—Es un médico. Actuó por ética.

—Seguramente…, es posible. Pero nos hemos informado sobre él. Es uno de los médicos oficiales de la familia real. Un visitante nocturno que también tiene vínculos con los golfos del East End.

—¿Y qué? —replicó Olympe, que no pudo evitar sentir admiración por Thomas, cuyos pacientes eran más ilustres que unos simples ministros.

—Sospechamos que esos dos hombres quieren infiltrarse en la WSPU.

—¿Quieres decir que sospecháis de mí? ¿Es una enfermedad contagiosa? ¿Me aisláis porque he estado en contacto con ellos? ¿Es eso?

—Por supuesto que no. Pero debemos ser prudentes. Sé que me entiendes.

—¡No, no te entiendo! —Olympe estaba furiosa—. ¡Eso no lo entiendo! ¡Después de todos los riesgos que he corrido por vosotras!

—Has corrido riesgos por la causa, no por nosotras —la rectificó Christabel, cuya calma rayaba en la frialdad—. Individualmente, no somos nada. Tranquilízate, esto es provisional.

—¿Provisional? ¿Y en qué momento decidiréis que vuelvo a ser alguien recomendable? ¿Cuando me haya inmolado bajo las ventanas de Westminster Palace?

Miss Pankhurst se reprimió para no dar una respuesta hiriente, Olympe se percató de ello. Esta última, adoptando una actitud de indiferencia, comprobó otra vez la antigua prensa La Indispensable, de Marinoni.

—La WSPU no es una propiedad familiar —dijo antes de volverse para afrontar la respuesta de Christabel.

—La fundamos mi madre y yo, y nos corresponde a nosotras decidir el rumbo sin desviarnos de nuestro objetivo.

La sonrisa que Olympe le dirigió aludía a la hermana de Christabel, que había participado en la fundación de la WSPU. Sylvia había sido la primera en manifestar puntos de vista divergentes sobre la estrategia que había que seguir y sobre el endurecimiento de las acciones que preconizaban los otros miembros de la familia Pankhurst. Su simpatía por la vida de pareja fuera del matrimonio le había hecho ganarse las iras de su madre hasta tal punto que acabó marginada en el seno del movimiento.

—Debemos permanecer unidas —dijo Christabel, cansada de discutir.

Olympe le mostró el *London Standard Evening* del día anterior, abierto por la página donde aparecían unas declaraciones de Winston Churchill.

—Lo he leído.

El ministro de Comercio señalaba que los desórdenes y la violencia de las sufragistas eran el principal obstáculo para cualquier discusión en el Parlamento sobre el voto de las mujeres.

—Están volviendo a la opinión pública contra nosotras, cuando los que hacen uso de la violencia son ellos. Casi habíamos logrado nuestro objetivo con la alimentación forzada —comentó amargamente Christabel—. Salió en la prensa de todo el mundo.

—La campaña de cristales rotos fue un error. Hay que continuar apuntando a los políticos, hostigarlos, incitarlos a cometer algún error. Esa es nuestra estrategia. No ponerse a la población en contra. Como ya no puedo decirlo en el comité, te lo digo a ti. Ahora, con tu permiso, tengo que poner la máquina en marcha.

Olympe salió para pedir refuerzos. La prensa plana requería la presencia de dos personas para hacer girar la inmensa rueda de metal mientras Olympe marcaba las hojas. Las tres mujeres trabajaron durante cuatro horas, hicieron un descanso y repitieron la operación a lo largo de toda la tarde. A las seis, habían producido quince mil ejemplares del periódico y Olympe no había vuelto a encontrarse con Christabel. La joven subió al cuarto de baño a lavarse los brazos y la cara, manchados de tinta. Llenó de agua una palangana, se enjabonó a conciencia y se enjuagó directamente bajo el grifo, del que salía un hilo de agua templada. La agradable temperatura del líquido le parecía un milagro, ella que en su infancia solo había conocido la fría agua del pozo de la institución de Watford. Betty interrumpió sus pensamientos: otro mensajero que traía una nota la esperaba en la entrada. El Apóstol estaba de vuelta.

54

Todo el equipo rodeaba al doctor Belamy, de regreso del pabellón de los enfermos de difteria. La temperatura de Reginald había bajado a menos de treinta y ocho grados, pero el pulso se le había acelerado y en reposo frisaba los ciento sesenta. La albúmina urinaria había subido por encima de lo razonable.

—Le he inyectado otra dosis de suero —dijo Thomas—. Volveré mañana por la mañana.

—¿Es preocupante? —quiso saber Elizabeth, formulando la pregunta que todos tenían en mente.

—Es simplemente la prueba de que el bacilo es resistente. Pero conseguiremos acabar con él.

La religiosa propuso rezar una oración, en la que todos participaron con fervor.

—¡Un médico! ¡Tenemos dos mujeres heridas! —gritó una voz en el pasillo.

—Londres se despierta. —Thomas suspiró y se santiguó—. ¡Todo el mundo a sus puestos!

Se ató el delantal y fue al encuentro del hombre que los había llamado, un sargento de la comisaría de Piccadilly.

—Explíqueme qué ha pasado —dijo Belamy señalando las salas de curas a los camilleros.

Las dos víctimas venían de una peluquería de Great Windmill Street, donde se había declarado un incendio poco después de que abriera el establecimiento. Al llegar, los bomberos habían encontrado a una clienta inconsciente y con el pelo chamuscado. La segunda paciente era la peluquera, cuyo estado de confusión le había impedido dar ninguna explicación.

—No se notaba olor de gas, pero olía a petróleo. Sospecho que la causa del accidente es un champú en seco —dijo el policía tendiéndole a Thomas una toalla que despedía sus característicos efluvios.

Desde hacía unos meses se había apoderado de la población y de la prensa una psicosis sobre la utilización de unos productos elaborados con derivados del petróleo, destinados a aclarar y fortalecer el pelo. Eran inflamables y ya habían causado algunos accidentes. La hija de un baronet no había sobrevivido a una parada cardíaca que se achacaba al tetracloruro presente en su champú. Pese a que no había tenido que lamentarse ningún accidente en otros países europeos, la desconfianza había aumentado hasta tal punto que un diputado había conminado al ministro del Interior a que tomara medidas para evitar su uso.

A la clienta de la peluquería no le quedaba ni un cabello sano, pero la piel de la cabeza solo estaba afectada superficialmente. Thomas le tomó los pulsos y notó que el del intestino era pleno y duro, a diferencia del pulso del corazón. Se hallaba en un estado de choque importante, pero esa era la única consecuencia traumática del accidente. Instintivamente pensó en dispersar la energía en el nivel del décimo punto del meridiano del triple calentador, pero no estaba en Uncot, y en urgencias no podía practicar la acupuntura.

—Tápela y vigílele la tensión y la temperatura —le indicó al interno que sustituía a Reginald—. Embadúrnele la cabeza con aceite de lino mezclado con agua de cal y repita la operación con frecuencia. Cuando se despierte, venga a verme.

Belamy cambió de sala y examinó a la segunda víctima. La peluquera presentaba quemaduras principalmente en la pierna y el brazo izquierdos. Repetía sin cesar la misma frase, que el policía anotó en su cuaderno. Thomas le indicó a Frances que le aplicara el mismo tratamiento, añadiendo un gránulo de atropina y otro de hiosciamina. El agente le hizo preguntas sobre su diagnóstico y se marchó para redactar el informe para el juicio que determinaría las responsabilidades en el accidente.

Belamy comenzó la tarde asistiendo a una reunión con la comisión encargada de las obras de construcción del laboratorio de salud pública, presidida por Etherington-Smith, en la que la derrota del Saint Bart contra los Irlandeses de Londres por ocho a tres seguía suscitando comentarios dos semanas después de haberse producido.

Cuando volvió a urgencias, estaba esperándolo un periodista del *London Daily News*. No era el corresponsal habitual de este medio, sino uno de los redactores que escribían artículos de sociedad y tenían derecho a varias columnas de la codiciadísima página cuatro, la que acogía también la previsión meteorológica.

—He venido a hacerle unas preguntas sobre el peligro de los champús en seco —anunció a bocajarro sacando una libreta de un bolsillo interior de la chaqueta como si desenfundara un revólver.

El hombre tenía la rudeza típica de los norteamericanos y no se tomaba la molestia de respetar las normas de cortesía locales. Thomas le propuso que entrevistara al doctor Etherington-Smith, pero el periodista negó con la cabeza, cubierta con un fedora que no había tenido la deferencia de quitarse.

—Es a usted a quien quiero entrevistar, doctor Belamy. Necesito su opinión como francés. Los peluqueros de París no entienden cómo han podido producirse aquí esos accidentes, cuando ellos utilizan los mismos ingredientes que nosotros desde hace años. Algunos aventuran que la atmósfera de Londres podría tener algo que ver. —Mordisqueó el lápiz en espera de una respuesta y, en vista de que no llegaba, añadió—: ¿A usted qué le parece?

—Me parece que estaríamos mejor delante de un té. —Thomas suspiró, cansado por anticipado de una conversación de la que habría prescindido encantado.

La propuesta no pareció entusiasmar al hombre, que aprovechó la preparación de la infusión para preguntarle al médico sobre su trayectoria profesional. Thomas respondió con una aplicación desganada y cuando le tendió una taza humeante cambió de tema.

—Esos champús son derivados del petróleo y simplemente requieren precauciones para que puedan utilizarse con total seguridad —explicó—. Las emanaciones son muy volátiles e inflamables.

—¿Y cuáles son las precauciones que hay que tomar?

—Hay que colocarse junto a una ventana abierta o en un local ventilado, y no manipularlos nunca junto a una fuente de calor, como la luz artificial.

—¿Cree que no se tomaron esas precauciones esta mañana?

—No lo sé. Debería preguntárselo a la policía.

—¿Vio usted accidentes como este cuando ejercía la medicina en París?

—No.

—Todos sabemos que la atmósfera de Londres transporta partículas procedentes de las fábricas. Se habla de azufre y de ácidos que quedan estancados a causa de la niebla. ¿Podrían ser peligrosos, combinados con los champús?

—No lo sé —repitió Thomas.

—Permítame que insista, la opinión pública se lo pregunta y el gobierno tarda en reaccionar.

—Puede que la dispersión de las emanaciones se produzca más lentamente en Londres, pero no hay motivos para preocuparse en exceso. Con mi nivel de conocimientos sobre la materia, es lo único que puedo decirle. Ahora, si me disculpa, debo preparar las visitas.

El periodista no había tocado el té y sus notas se reducían a unas pocas palabras escritas apresuradamente. Le dio las gracias y se despidió con un simple gesto de la mano.

Frances fue en busca del doctor Belamy cuando este se encontraba aún en la cocina, con aire pensativo y preocupado.

—La mujer del pelo chamuscado se ha despertado y nuestro interno le ha administrado unos gránulos de atropina —resumió—. Tiene el pulso a ochenta y cinco. El estado de la peluquera es estable.

—Voy a verlas ahora mismo —dijo Thomas, divertido por la denominación que la joven utilizaba para referirse al sustituto de Reginald, cuyo nombre no aparecía jamás en sus conversaciones.

Thomas se sentó en su sitio habitual, sobre la taquilla pegada a la cama de la paciente, mientras esta lo seguía con los ojos sin mover la cabeza.

—¿Cómo se encuentra? ¿Le duele?

—Un poco —respondió ella, compungida—, pero estoy bien.

—¿Recuerda lo que ha sucedido?

Ella se tocó la cabeza, embadurnada con aceite de lino, y asintió.

—No se preocupe, las quemaduras no son profundas.

—El pelo…

—Le volverá a crecer enseguida, y no quedará ninguna cicatriz visible.

La muchacha seguía bajo la conmoción del accidente y Thomas no quería agobiarla. Corrió la cortina, que producía una sensación de intimidad; los enfermos de las camas cercanas esperaban con impaciencia enterarse de algo más sobre su extraña vecina calva. Protegido de las miradas, Thomas apartó la parte inferior de la sábana, cogió la pierna derecha de la paciente y la levantó para masajear *San Yin Jiao*, el punto de convergencia de los tres yin, debajo de la pantorrilla, que la acupuntura designaba como uno de los más poderosos para calmar la mente.

Ella no pareció sorprendida. Los dos guardaban silencio. Belamy hizo una pausa para tomar los pulsos y reanudó el masaje.

—Eso me alivia.

La joven aún tenía la cara tiznada. Según los bomberos, el fuego se había extendido muy rápido y el establecimiento ya estaba totalmente destruido cuando llegaron.

—¿Cómo está? —preguntó ella, refiriéndose a la otra mujer.

Thomas la cubrió con la sábana y humedeció una gasa con una solución de ácido pícrico.

—Tiene quemaduras en una pierna y un brazo, pero se recuperará. Han tenido suerte las dos.

—¿De qué lado?

—El izquierdo.

—Menos mal, es diestra. Podrá continuar peinando, le apasiona.

—Parece que se conocen bien —constató Thomas sentándose en un taburete detrás de ella.

—Soy amiga suya y de su hermano.

El médico aplicó la gasa húmeda sobre la cabeza magullada.

—Su amiga no ha hecho más que repetir una frase desde su llegada. Si sabe cómo podemos ponernos en contacto con su hermano, lo haremos.

Por el ligero temblor de su cuerpo, Belamy comprendió que estaba llorando. Le tendió un pañuelo.

—No es tan sencillo —dijo la joven después de haberse limpiado la cara y sonado—. Estábamos prometidos y rompí nuestro compromiso hace dos meses.

—Ahora cuénteme qué pasó realmente en esa peluquería —dijo Thomas sumergiendo la gasa en aceite de lino—. El champú no se inflamó solo.

La joven se sentía en confianza. Miró fijamente la cortina nacarada y susurró como si estuviera confesándose:

—Yo había pedido hora para cortarme el pelo porque quería hablar con ella. Preguntarle por Paul. Me siento culpable de la ruptura y no quiero hacerle sufrir más, si se entera por casualidad de que voy a casarme. Puse al corriente a su hermana en el momento en que me aplicaba el champú. Yo no la veía, como a usted ahora, y eso hacía que me resultara más fácil decírselo. Fue entonces cuando…

—Se sonó otra vez antes de continuar—: A partir de ese momento se desencadenaron los acontecimientos. Me dijo a gritos cosas horribles, que era una furcia… Cogió una lámpara de petróleo y quitó el cristal. Me di cuenta de que quería quemarme el pelo. Solo tuve tiempo de levantarme y empujarla. Vi que su ropa se incendiaba y de repente noté ese olor, un olor espantoso de chamuscado, y comprendí que era mi pelo. Vi la palangana de agua para el aclarado y metí la cabeza, creo que gritaba, no podía parar de gritar, salí y perdí el conocimiento. La continuación ya la conoce, doctor.

Thomas seguía embadurnando en silencio su piel herida cuando la cortina se abrió y apareció Frances.

—¿Puedo hablar con usted?

—La cura ha terminado, volveré para la visita de la tarde —le dijo Belamy a su paciente.

Cogió la palangana con las compresas sucias y siguió a la enfermera hasta la cocina.

—La peluquera se ha puesto a hablar. Me ha contado cómo se ha desencadenado el drama. Su hermano estaba prometido con la otra paciente y la dejó hace dos meses. Ella lo llevaba muy mal, y eso había ocasionado discrepancias entre las dos mujeres… ¿Por qué sonríe?

—Tengo curiosidad por conocer esta versión.

La peluquera había recibido a la exnovia esa misma mañana nada más abrir el establecimiento. Esta última había esperado a tener la cabeza cubierta de champú para empezar a hablar de su malestar.

—No era la primera vez que iba a verla para hablar de su hermano. Estaba convencida de que podía volver a conquistarlo y siempre le pedía su ayuda, cosa que la peluquera le negaba una y otra vez. Y esta mañana ha ido a anunciarle que iba a casarse.

La peluquera, aliviada de que por fin pasara página, la felicitó, le dijo que su hermano también había entablado una relación amorosa y que consideraba seriamente prometerse. La chica se puso a gritar, se levantó y, después de coger la lámpara de petróleo, amenazó con inmolarse allí mismo si la peluquera no tomaba partido por ella.

—Sabía que era muy capaz de hacerlo, así que se ha abalanzado hacia ella para quitársela. En la refriega, la lámpara se ha roto. No recuerda cómo ha sido, pero su vestido ha empezado a arder al mismo tiempo que el pelo de la joven. Ha tenido los reflejos suficientes para echarle a ella una toalla húmeda sobre la cabeza, pero, por su parte, ha tenido que esperar a salir a la calle para revolcarse sobre el suelo mojado.

—La verdad es siempre una cuestión de punto de vista —concluyó Thomas después de haberle contado a Frances la otra versión.

—¿Qué va a hacer?

—Atenderlas médicamente, ¿qué otra cosa quiere que haga? Ya tendrán que soportar suficientes preguntas de la policía y la justicia.

—¿Sabe cuál de ellas miente?

—Yo creo que ninguna de las dos ha dicho la verdad. No ha sido ni una toalla ni agua lo que ha apagado el fuego que estaba quemándole el pelo a la joven que he visitado —dijo mostrándole la palangana—. He encontrado briznas de lana gruesas y negras en su cabeza. —Desprendió una de ellas de una de las gasas utilizadas para la cura y se la enseñó—. Sus cabellos eran rubios —añadió, anticipándose a la pregunta de Frances—. Así que había una persona más en la peluquería. Ahora tengo que ir al pabellón de los enfermos de difteria: el doctor Andrews me ha hecho saber que todas las constantes biológicas de Reginald han vuelto a la normalidad. ¿Quiere venir conmigo?

55

Saint Bart, Londres, viernes 22 de octubre

Etherington-Smith daba vueltas alrededor de su mesa, sobre la que estaba abierto el *London Daily News* del día. Su condición de atleta se traslucía aún más en esos momentos de ira en que sus desarrollados músculos hinchaban la camisa al máximo y crispaban las facciones de su rostro. Se desabrochó el chaleco en busca de más aire y aprovechó para mirar la hora en su reloj de bolsillo.

—¡Y ese abogado sigue sin llegar! —masculló.

—No lo necesitaremos —replicó Thomas, que estaba de pie delante de la gran librería acristalada de la habitación—. Iré a ver al director del periódico para decirle que yo no he pronunciado esas palabras.

En el artículo publicado en la página cuatro aquella mañana, las preguntas del periodista se habían convertido en afirmaciones del doctor Belamy. El médico francés ponía de relieve los progresos sanitarios de los peluqueros franceses, en oposición a sus colegas ingleses, cuyos establecimientos calificaba de tugurios mal ventilados, y describía Londres como la ciudad más contaminada del mundo, donde los champús podían arder en la cabeza de los clientes debido a la simple presencia del insano *fog*. Se trataba de un ataque burdo, pero ya había provocado reacciones dentro del hospital, varios de cuyos facultativos habían ido a quejarse a Raymond, y fuera de él, por parte de otros periodistas que habían invadido las urgencias para averiguar algo más sobre el ingrato médico que hablaba mal de su país de adopción.

—Tú no irás a ver a nadie, eso no haría más que empeorar la situación. Lo que me gustaría saber es quién está detrás de todo esto —masculló Etherington-Smith apretando los puños—. ¡En plena campaña de donaciones!

—Busquemos otro periódico que publique la verdad.

—Lo haremos, pero el mal está hecho. ¿Quién lee en nuestros días los desmentidos? ¡Y ese abogado sigue sin llegar! —exclamó, irritado, frente a la ventana, apoyando la mano derecha en la cadera.

Thomas contempló la portada del *Vanity Fair* enmarcada y colgada en la pared, donde Raymond aparecía con equipo de remero, cabellos cortos y ondulados separados por una ancha raya, camiseta blanca con ribete naranja, pantalones cortos beis y calcetines rojos, en una postura similar, una mano sobre el costado de la pierna de apoyo y la mirada puesta en un punto del horizonte. Un retrato realizado siguiendo el modelo de los héroes griegos, que en otro que no fuera él parecería ridículo, pero que en el caso de su amigo resultaba totalmente apropiado. Etherington-Smith era uno de esos hombres a los que nada podía abatir, y superaría esa dificultad una vez más.

—¡Por fin! —exclamó cuando llamaron a la puerta—. ¡Pase!

Se había acercado para recibir al procurador del hospital, pero manifestó su decepción al encontrarse con el gerente, que se detuvo, sin saber muy bien qué hacer.

—¿Le molesto?

—No, pase, Watkins. ¿Qué noticias tenemos esta mañana? ¿Malas?

—¿Cómo lo sabe? —preguntó este último tendiéndole las misivas que llevaba en la mano.

Raymond las cogió enérgicamente y las leyó. El gerente solo se desplazaba cuando había notificaciones importantes, que, normalmente, oscilaban entre las acciones legales emprendidas contra médicos del centro y las donaciones recibidas por correo. Pero aquel no era un día para donaciones.

—Tenemos un juicio —anunció Etherington-Smith con una flema exagerada—. Por suerte, el causante no es el servicio de urgencias, sino el de cirugía torácica —comentó dejando la primera hoja encima de la mesa—. Y otro en el que tendremos que testificar como expertos. Este te toca a ti —añadió tendiéndole la citación a Thomas.

La «tragedia del champú en seco», como la habían llamado los periódicos, iba a entrar en su fase judicial a petición del County Council de Londres, y se citaba a Thomas, al médico forense y a los testigos del drama para responder a las preguntas sobre la investigación que acababa de iniciarse.

—Por cierto, ¿dónde están las dos pacientes? —preguntó Raymond leyendo por encima la carta siguiente.

—Las han trasladado al ala este esta mañana. No deberían tardar mucho en volver a casa. Esta investigación será una pérdida de tiempo para nosotros.

—¿No me necesitan? —preguntó el gerente dando un paso atrás.

—Gracias, Watkins —dijo Etherington-Smith acompañándolo a la salida—. Vuelva mañana con más noticias malas. Y si ve a nuestro procurador, dígale que venga inmediatamente a mi despacho, si no, seremos nosotros los que emprenderemos acciones legales por falta de asistencia a hospital en peligro.

Raymond siguió leyendo y adoptó una expresión divertida para comentar el último mensaje.

—Esto te gustará: el embajador de Francia ha decidido visitar nuestra venerable institución por consejo de tus colegas del hospital francés de Londres. Y lo acompañarán para que les enseñes Uncot. ¡Todo esto huele a medalla, amigo mío!

—Con el artículo del *Daily News*, espero que lo anulen: ¡ya no soy una persona recomendable!

—Ni lo sueñes, no te librarás. Está previsto para febrero, entonces todo el mundo habrá olvidado este incidente.

Etherington-Smith conocía la aversión de su amigo a los eventos sociales y los honores, y la idea de verlo recibir felicitaciones diplomáticas le hizo reír.

—¡Los franceses descubren por fin tu talento! Siempre habéis ido un paso por detrás —dijo entregándole la misiva.

—¿Y qué me dices del suero contra la difteria? —replicó Thomas con ironía—. El que ha salvado a Reginald.

—¡Un punto a tu favor! —admitió Raymond sentándose tras su mesa para calmar la pequeña contractura del abductor que se resistía a curarse—. ¿Cómo está el doctor Jessop?

Reginald había salido el día anterior del pabellón de enfermos de difteria. Estaba curado, pero debía esperar una semana antes de reincorporarse a urgencias. Él había aprovechado la ocasión para pedir hospitalidad a sus padres, que habían aceptado el regreso del hijo pródigo, aunque lo habían instalado en la habitación de la mansión más alejada y le obligaban a comer en el *office* y a utilizar los baños de la servidumbre. La cuarentena familiar era tan drástica como la del pabellón del doctor Andrews.

—Estará de vuelta a principios de noviembre —confirmó Thomas—. Y he tomado una decisión: voy a formarlo en acupuntura. Con el éxito de Uncot, un médico solo no es suficiente.

—Thomas, tenemos que hablar de eso —objetó Etherington-Smith—. No podemos convertirla en una enseñanza oficial, y lo digo como director de la escuela médica. ¿Te imaginas las consecuencias?

—No quiero que afrontes esa batalla, y menos cuando veo la alergia que mi simple presencia produce en algunos colegas. Lo haremos de forma oficiosa, pero es importante ponerlo en marcha. Yo no estaré eternamente ocupando este puesto.

—¿No tendrás intención…?

—¿De marcharme? No. Te debo demasiado, Raymond, le debo demasiado a este hospital. Pero prefiero ser prudente. Debemos asegurar la continuidad de Uncot.

Durante toda la tarde Etherington-Smith estuvo dándole vueltas en un rincón de su mente a la conversación con Thomas. Intentó representarse las consecuencias de la apertura de una cátedra de medicina china en el Barts. Ciertamente, estaba William Osler, el profesor de medicina de la Universidad de Oxford que había introducido la noción de acupuntura en sus clases, pero únicamente para aconsejar la utilización de alfileres en los puntos de dolor de la espalda en los casos de lumbago. Los resultados eran pobres y, pese a toda el aura que tenía entre sus colegas, sus estudiantes y la población, Raymond no estaba dispuesto a verse en la picota de la medicina académica a los treinta años. Los contrarios se apresurarían a sepultarlos bajo montones de argumentos caricaturescos y las carreras de ambos no tendrían ningún futuro.

Belamy, por su parte, salió pronto, cuando la luz aún se hallaba presente detrás de la tela de bruma. No tomó el transporte público, sino que echó a andar por London Wall pensando también en ese asunto. Occidente asimilaba la medicina china a una tradición bárbara, y, por más que él había demostrado en su trabajo cotidiano la complementariedad de las dos prácticas, las mentes estaban poco predispuestas a abrirse, tanto menos cuanto que la comunidad china de Londres, pese a que se reducía a doscientas cincuenta almas establecidas en Limehouse y Pennyfields, daba alas desde hacía algunos años a no pocas fantasías. Las principales estaban relacionadas con la criminalidad causada por la presencia cerca de los muelles de algunos fumaderos de opio clandestinos, que la imaginación novelesca de algunos autores había exacerbado hasta convertir a esos emigrantes de Shanghái o Cantón en implacables asesinos vinculados al mundo de la droga y el juego. Uncot tendría que continuar en la sombra durante mucho tiempo, pero Thomas se había dado cuenta de lo frágil que era su existencia. Ya llevaba unos meses iniciando a Frances, cuando la joven iba a su casa a estudiar. Ahora formaría también a Reginald, que tenía la firme intención de ablandar a sus padres respecto a sus designios amorosos e imponerles su elección. Sus dos asistentes serían perfectos para hacerse cargo de Uncot llegado el momento. Thomas presentía que su pasado iba a alcanzarlo en cualquier momento.

Se dirigió directamente al edificio más sórdido de la calle más peligrosa del East End y entró en el número 10 de Flower & Dean Street. El hampón que vigilaba la entrada le lanzó un *Doc!* con el típico acento *cockney*, sin siquiera retirar el Capstan que se consumía en la comisura de sus labios. Thomas, sin hacerle el menor caso, subió al primer piso, donde dos hombretones con abrigo largo y botas de estibador cerraban el paso. Uno de ellos le ordenó que levantara los brazos y lo palpó bajo la trenca, mientras el otro registraba el maletín médico.

—Tienen que hacer aún muchos progresos si buscan un tumor, pero han mejorado algo —ironizó Thomas.

Los cancerberos se quedaron más impasibles que la guardia real montada, se apartaron para dejarlo pasar e inmediatamente cerraron la puerta vidriera, compuesta por cuatro cristales de color separados por una cruz central. Una sombra se alzó detrás de los vidrios granulados y fue a saludar a la de Thomas. Comenzó una conversación que parecía viva; la silueta del anfitrión se movía con rapidez, agitando los brazos, frente a la del médico, que, inmóvil, negaba con la cabeza para expresar su desacuerdo, pero acabó por bajarla, vencido. Al cabo de diez minutos, Thomas salió de la habitación con gesto grave para instalarse en la única estancia de la planta superior que tenía agua corriente. Examinó la herida cicatrizada del *cockney* que lo vigilaba, una cuchillada en el abdomen que él había suturado la semana anterior, y después sacó su instrumental del maletín y le indicó al maleante que estaba preparado. El hombre asomó la cabeza al pasillo y gritó:

—¡Trae a la primera chica!

56

Fitzroy Square, 29, Londres, jueves 28 de octubre

Adrian, inquieto, daba vueltas compulsivamente alrededor del sillón recubierto de terciopelo verde en el que Virginia se había sentado, en el salón del primer piso.

—Nessa vendrá más tarde —advirtió esta después de haber permanecido callada mirando el fuego de la chimenea—. Al pequeño Julian le cuesta dormirse por la noche.

Lo había dicho en un tono serio, como si se tratara de un asunto importante que exigiera debatirse. Luego se quedó en silencio, oyendo crepitar el fuego.

—¿De quién hablas? —preguntó él tras un momento de indecisión.

—De Nessa. Mi hermana, tu hermana. Vanessa. Estás muy distraído, ¿no estarás enamorado o, tal vez, preocupado?

—Quizá un poco de cada, perdona —reconoció acariciándole un hombro.

—¿Se trata de esa sufragista a la que has invitado esta noche? ¡Eso sí que sería un notición!

—Vas desencaminada, cielo, no siento nada por miss Lovell. ¿Te he dicho que he tenido noticias de Horace?

Vere Cole le había telegrafiado desde el puerto de Nueva York antes de embarcar en el *Lusitania*. Regresaba solo, pero su plan de seducir a los Montague había sido un éxito y, contra toda expectativa, el padre había aceptado conceder la mano de su hija a aquel excéntrico británico de la *gentry*.

—Ella vendrá cuando su matrimonio haya sido anulado y se irán a vivir a Irlanda.

—Qué buena noticia, es verdad —dijo Virginia dándole unas palmaditas en la mano.

—Pareces sincera y te lo agradezco. Sé que no siempre lo has tenido en mucha estima.

—Es una verdadera buena noticia que se marche de Londres y que no tengamos que seguir soportando su zafia presencia. Todo el grupo se alegrará.

—¡Virginia! —protestó sin ganas su hermano—. ¡Esta noche no!

Por toda respuesta, ella le sonrió y pasó a otro asunto.

—He ido a la biblioteca Day's y he comido en la cantina de los cocheros. Es tosca, pero está limpia y no se sirve alcohol.

Los pensamientos de Virginia seguían siempre un curso sinuoso, lejos del lecho tranquilo de los razonamientos convencionales.

—Voy a pedirle a Sophie que prepare té, con miel y leche —propuso Adrian.

El joven salió sin esperar la respuesta de su hermana.

—Duncan me dijo que prefería Giotto a Shakespeare. ¿Me oyes? —dijo ella. Un gruñido de su hermano se lo confirmó—. Vendrá esta noche con Lytton —continuó Virginia acercándose al hogar—. Creo que mantienen una relación.

Duncan Grant, joven pintor escocés, había sido introducido en el grupo por su primo Lytton Strachey, cuyas críticas literarias en *The Spectator* permitían presagiar una futura carrera de hombre de letras.

Adrian reapareció en el marco de la puerta con aire contrariado. Virginia comprendió que él también estaba enamorado de Duncan, cosa que sospechaba desde hacía unas semanas.

—Lo siento por ti —dijo acariciándole la mejilla afectuosamente antes de colocarse delante de la ventana que daba a la plaza.

Adrian no tenía ningunas ganas de desahogarse hablando de sus sentimientos por el joven, aunque la sexualidad era uno de los temas favoritos de las conversaciones de los jueves. Su grupo se había formado en torno a la familia Stephen y había adquirido una reputación escandalosa debido a la libertad de palabra y al abierto desprecio de las convenciones. Eran conscientes de ser una vanguardia intelectual en un Imperio en descomposición, pero ninguno de ellos había encontrado aún su lugar en el vasto mundo de las ideas y las artes.

—¿Desde cuándo sabes cómo se apellida? —preguntó Virginia mirando a una pareja que atravesaba el parque circular en dirección a Maple Street.

—¿A quién te refieres?

—A nuestra sufragista. La has llamado Lovell. Ella solo nos dijo su nombre de pila, Olympe, ¿no?

—¡Ah, Sophie! —exclamó Adrian al entrar la cocinera con la bandeja del té—. Póngala en la mesa de centro, yo me ocupo de servirlo.

A Virginia le pareció divertido el apuro de su hermano, que intentaba a todas luces ganar tiempo. Adrian llenó dos tazas, le llevó una a su hermana, cogió la segunda sin apresurarse y se sentó en una butaca situada en la otra esquina de la ventana en la que ella se encontraba. Dejó que se disolviera un terrón de azúcar, removió concienzudamente el líquido y luego dejó la cucharilla en el plato.

—Creo que tengo que hacerte una confesión.

El encuentro con la sufragista no había sido fortuito. Si le había propuesto a Virginia dar un paseo por Victoria Park era porque sabía que ella estaría allí. También sabía que la abordaría y que le propondría que fuera a su casa ese jueves por la noche. Y si todo había sido premeditado, sin el acuerdo de su hermana, era a causa de Horace. Cuando Adrian lo acompañó a Liverpool para embarcar en el *Lusitania*, su amigo le había hecho jurar que buscaría a Olympe y la invitaría a su reunión. Asimismo, le había hecho jurar que invitaría al doctor Belamy.

—Horace está convencido de que están hechos el uno para el otro. ¡Ahora ya lo sabes todo! —concluyó tomando su primer sorbo de té, que se había enfriado—. Pero te ruego que no les digas nada a los demás.

—¿Tan poca confianza tienes en mí que...? En fin, da igual, no vale la pena discutir por Vere Cole. Así que nos hemos convertido por una noche en el arco y la flecha de Cupido... ¡Qué antiguo es todo esto!

Duncan Grant y Lytton Strachey entraron en escena, puntuales, a las nueve de la noche. Adrian, para ocultar sus emociones, se mostró frío e indiferente con los dos hombres, que creyeron haberlo ofendido por una razón desconocida. A él, su relación le parecía ridícula y abocada al fracaso. Lytton era un insaciable conversador de constitución delgada y rostro oculto bajo una barba de eremita y unas grandes gafas redondas, todo lo contrario del físico de Duncan, que poseía la belleza carismática y solar de Jack London, con quien lo comparaban regularmente. Todos los hombres y todas las mujeres del grupo estaban secretamente enamorados de Duncan, salvo quizá Virginia, y Adrian acabó convenciéndose de la precariedad de aquella relación. Le bastaba esperar.

Vanessa y su marido, Clive Bell, interrumpieron con su llegada una conversación sobre la poesía china. El grupo estaba al completo a las diez, cuando Olympe entró en la sala acompañada por Sophie. Todos callaron y aguardaron a que Adrian hiciera las presentaciones. Virginia se alegró al ver el efecto que la sufragista causaba en los demás; no era la única que sentía hacia ella una extraña atracción que no tenía nada de sexual, pero que no lograba definir. Se acordó del cuento del flautista de Hamelin y le pareció que la joven tenía el aspecto seductor de aquellos a los que se sigue ciegamente. Duncan y Lytton, excitados por aquella presencia nueva, monopolizaron la palabra, tanto para centrar la atención en ellos como para descubrir a su invitada, cosa que Virginia les señaló y suscitó las primeras risas de la velada. Adrian se relajó rápidamente en cuanto se dio cuenta de que su hermana no tenía intención de vengarse de Horace en la persona de Olympe, sino que, por el contrario, estaba atrapada por el encanto de miss Lovell.

Nessa y su marido permanecieron en un segundo plano hasta que se interesaron por su relato de la vida en Holloway, solo entonces participaron en la conversación. Olympe les hizo una descripción detallada de la alimentación forzosa, que los conmocionó a todos. Duncan se levantó del canapé diciendo con vehemencia:

—¡Esos son los monstruos que el Imperio ha engendrado, esos funcionarios del horror autorizado, esos eslabones de la burocracia torturadora! ¡Alzo mi copa por ustedes y su lucha, por las mujeres de honor, por la igualdad, por todas las igualdades!

Todos saborearon el vino francés que Nessa había llevado y apreciaron la embriaguez que los despegaba de la realidad exterior.

Lytton, a quien la falta de provocación verbal empezaba a aburrir, pasó a la acción.

—Hablemos de la libido: ¿hay mucho amor homosexual en prisión?

—La libido es un lujo que solo pueden permitirse los que están en libertad —replicó Olympe de inmediato—. Allí no hay lugar para el amor, sobre todo cuando estás aislada veintitrés horas al día y en un estado de sufrimiento permanente.

—Bien dicho —aprobó Adrian.

—¿Y qué me dice del placer solitario? El onanismo es una forma de libertad individual, ¿no? —insistió Strachey.

Todos intervinieron al mismo tiempo. Era un tema recurrente en sus reuniones. Debatieron sobre el placer comparado de los amores homosexuales y heterosexuales, y todos hablaron con una gran libertad. Virginia abogó por la no violencia del amor asexuado al tiempo que observaba la reacción de Olympe y tomó conciencia de que con sus conversaciones rutinarias estaban excluyéndola. Acalló el alboroto y se disculpó ante ella.

—Esperamos a otro invitado, pero parece que no es puntual —añadió Virginia al ver que Adrian había abierto la ventana y se había asomado al exterior.

—¿Quién es? —preguntó Duncan, al que la noticia sacó de su amodorramiento alcohólico.

—Una sorpresa de mi querido hermano que nos ha dado plantón. En cualquier caso, le agradezco a miss Lovell que haya aceptado nuestra invitación.

—Tengo que confesarles una cosa —dijo Olympe, haciendo callar al grupo y regresar a Adrian—. He venido aquí con un objetivo muy preciso. Sé que algunos de ustedes son antiguos apóstoles de Cambridge.

—Está rodeada de ángeles, miss Lovell, incluido yo, por supuesto —dijo Duncan poniendo la mano sobre un muslo de Lytton.

—Entonces podrán ayudarme.

57

Fitzroy Square, 29, Londres, jueves 28 de octubre

De pie junto a un coche de punto con las luces apagadas, el policía se frotaba los brazos para librarse del frío como si fuera una capa de polvo.

—Espero que sepas lo que haces —dijo en dirección al habitáculo—. A estas horas ya no estoy de servicio. Corro el riesgo de tener problemas.

—¿Problemas? —replicó riendo una voz desde dentro del coche—. ¿Qué más puede pasarte? ¡No puedes degradarte más!

—¡Podrían echarme de la policía, como a ti!

—A mí no me han echado, he dimitido. Me han propuesto algo mejor. Atengámonos a lo que hemos decidido.

—¡Ahí está!

Olympe acababa de salir del número 29 de Fitzroy Square en compañía de Adrian.

—¿Qué hace ese aquí? Espero que no la acompañe.

Tras reiterarle su agradecimiento, el joven Stephen entró en casa mientras Duncan y Lytton, un tanto achispados, le enviaban a Olympe un saludo ruidoso desde el balcón del primer piso.

—Te toca a ti entrar en acción —dijo el hombre del cabriolé.

El policía echó a andar hacia la sufragista y la llamó.

—¡Miss Lovell!

Ella se detuvo sin contestar. Una frondosa barba cubría el rostro del hombre y sus ojos se cobijaban detrás de unas gafas con montura de metal, pero su aspecto general no le resultaba desconocido.

—Ahí hay alguien que quisiera hablar con usted —dijo señalando el vehículo—. Alguien que necesita discreción.

—¿El Apóstol? ¿Es él?

—Vaya a verlo —insistió el hombre—. Yo me ocupo de vigilar.

Olympe, recelosa, se acercó al vehículo sin darle la espalda y abrió la portezuela: el habitáculo estaba vacío.

—No hay nadie —anunció cerrándola.

—¿Cómo que no hay nadie?

El *bobby* se acercó de inmediato a la otra portezuela y constató que la joven decía la verdad: el pasajero había desaparecido.

—Pero... ¡es imposible! —exclamó—. ¿Qué ha...?

No pudo terminar la frase: salió proyectado contra el vehículo y se desplomó como un muñeco de trapo. La sorpresa había paralizado a Olympe. Se agachó para mirar por debajo del coche: el policía yacía al otro lado, inconsciente, con la frente ensangrentada. Cuando se levantó, vio a Belamy en el hueco de la puerta.

—¡Usted!

—Siento el retraso —dijo sacudiéndose la chaqueta—, hoy ha habido muchos heridos en urgencias.

Ella rodeó el cabriolé mientras él arrastraba el cuerpo del policía hasta la hierba no iluminada de la plaza ajardinada, donde ya estaba el del pasajero.

—Estarán un rato fuera de combate. Solo se exponen a coger un poco de frío.

—Pero ¿por qué ha hecho eso? ¡Ese hombre es El Apóstol!

—¿Usted cree? ¿No se acuerda de ellos?

Olympe se inclinó sobre el que iba vestido de paisano, a quien Thomas iluminaba con la llama de un mechero.

—¡Dios mío!

Acababa de darse cuenta de que se trataba de sus dos torturadores de Westminster. Como esa noche iba de *bobby* y con barba, no había reconocido a su perseguidor cuando la había abordado.

—Venga, no nos quedemos aquí.

Se alejaron en silencio por Grafton Way.

—¿Cómo lo ha hecho? —preguntó Olympe, estremecida por el frío y el miedo retrospectivo.

Él se detuvo, se quitó el abrigo y se lo dio. El suave calor del grueso paño y su sedoso perfume de benjuí la calmaron. La joven cruzó los brazos para hacerse un ovillo bajo la prenda demasiado grande.

Thomas había estado a punto de no ir. Se había pasado la mañana en el tribunal respondiendo a las preguntas de los investigadores y del juez del caso del champú y había pospuesto las visitas de Uncot para última hora de la tarde. A la salida, Raymond lo había atrapado para que le diera su opinión sobre la lista del material que había que comprar para los futuros laboratorios y Belamy no había podido regresar a urgencias hasta las ocho, momento en el que había realizado la ronda de visitas a los enfermos. A las diez, estaba de vuelta en su apartamento, donde Frances estudiaba un tratado de cirugía de urgencia. Él respondió concienzudamente a sus preguntas y la enfermera se fue a su casa. Thomas no tenía intención de ir a casa de los Stephen, pero su intuición lo empujó hacia allí. Había sacado la tarjeta de invitación de Adrian, la había releído, había comprobado la hora y se había decidido. Al llegar a Fitzroy Square, reconoció a los dos exinspectores antes de que estos lo vieran a él.

—Me he escondido para averiguar sus intenciones. No me ha extrañado ver que uno de ellos la abordaba y he preferido acortar su puesta en escena.

—Pero ¿qué querían de mí?

—Quizá disculparse por lo de Westminster, aunque lo dudo.

—Estoy otra vez en deuda con usted por haberme salvado —reconoció Olympe—. Tengo la impresión de que estamos hechos para encontrarnos, pase lo que pase.

—No hay nada casual.

Ella se detuvo bajo una farola de gas y lo observó. Faltaba uno de los cristales de la caja y la llama oscilaba en el interior, creando sombras danzantes sobre sus ojos cargados de emoción.

—Quería disculparme por lo de Derrybawn House —dijo.

Sus manos se rozaron y luego, con naturalidad, se encontraron. Olympe se acurrucó contra Thomas. Se abrazaron. Por encima de sus cabezas, el crepitar de la llama que devoraba el gas se volvió irregular y acabó por cesar, extendiendo un manto de noche en torno a ellos. Se quedaron como dos estatuas de sal, besándose con la mirada.

—¡Los bolsillos! —exclamó ella de pronto, desasiéndose del abrazo—. ¡Deberíamos haberles registrado los bolsillos! Venga, rápido.

La joven dio unos pasos en dirección a la plaza antes de percatarse de que él no la seguía.

—No hace falta —aseguró Thomas.

—¿No? —dijo ella, sorprendida, mientras regresaba despacio al lugar donde se encontraba el médico.

Thomas se subió a la farola y acercó el mechero encendido al interior de la caja. La llama brilló de nuevo con viveza. El médico saltó directamente a la acera con la flexibilidad natural de un felino.

—Está todo aquí —dijo señalando el abrigo que llevaba Olympe—. He tenido tiempo de registrar al pasajero.

Ella metió la mano en el bolsillo izquierdo y sacó un tallo seco de artemisa.

—No, en el otro —rectificó Belamy.

Olympe encontró un sobre vacío doblado por la mitad, un billete de tranvía y una entrada de un music-hall de Charing Cross.

—Tendremos tiempo de analizarlo más tarde. ¿Confía en mí?

—Nuestro momento de abandono me lleva a pensar que sí.

—Entonces, voy a enseñarle algo que no le he enseñado a nadie más.

Caminaron en dirección a la catedral de San Pablo, cuya cúpula asomaba por encima de los edificios, y tomaron Fleet Street a la altura de la mitad de la calle. El lugar, sede de varios periódicos y editoriales, mantenía algo de la animación del día. Thomas se detuvo delante del número 125, una casa victoriana de tres plantas con la fachada cincelada, donde una placa rezaba *The Review of Reviews. Publishing office*. Cogió a la sufragista de la mano antes de entrar. A Thomas le gustaba el tierno contacto de su piel y la manera franca con que le presionaba los dedos. Olympe no tenía miedo y él sentía cómo su corazón latía de excitación. La joven conocía de oídas al editor y propietario de la revista, por el que sentía una inmensa admiración, aunque no tanta como la que le profesaba a madame de Gouges, ya que, a diferencia de ella, él no había muerto por sus ideas. W. T. Stead no era un cronista cualquiera. Para ella, era la encarnación del periodista de opinión y de investigación, del periodista combativo. No solo había revolucionado el oficio, lo había creado de nuevo. Había sido el primero en reclutar a mujeres para ejercer esta profesión, había emprendido una cruzada contra la prostitución infantil y contra la pobreza, se había unido al movimiento del Ejército de Salvación, así como a los movimientos pacifistas, hasta el punto de haber sido uno de los organizadores de la Conferencia por la Paz de La Haya. Y era un feminista convencido. La lista de sus buenas acciones era tan larga como la de sus enemigos, que habían conseguido que lo encarcelaran varios meses, aunque nada le había hecho callar. Olympe acababa de entrar en el santuario de un gigante.

El pasillo de la planta baja estaba abarrotado de cajas llenas de ejemplares del mes, preparadas para que las enviaran por toda Inglaterra. Thomas condujo a Olympe al piso de abajo, de donde llegaba un ruido mecánico y repetitivo, un clic-clac que ella conocía muy bien y que procedía de la única habitación iluminada.

58

Fleet Street, 125, Londres, jueves 28 de octubre

El taller de impresión, débilmente iluminado, estaba atestado de material. Un tipógrafo inclinado sobre una prensa echaba pestes en un francés florido y burlón que Olympe no entendía. Desprendió el molde que se disponía a poner sobre el mármol cuando se percató de la presencia de Belamy, lo que le hizo sonreír y soltar otra palabrota. Sin preocuparse por la cantidad de aceite y tinta que impregnaba sus manos, le dio un caluroso abrazo, luego se volvió hacia Olympe y se quitó la gorra para saludarla con gesto alegre.

—Le presento a Jean —dijo Thomas cogiendo un trapo para limpiarse.

—¿De dónde es? No reconozco su acento —preguntó la joven en francés.

—Era un crío cuando aterricé en París, señorita.

—Jean tenía una imprenta en Montmartre, editaba una revista anarquista.

—¡Anarco, sí, un anarco de verdad! Y, lo peor, un día la lie y todo se torció. Así que, para no acabar en el trullo, me di el piro al paraíso de los anarcos. ¡Y me encerré en este tabuco!

—Hace tres años, Jean tuvo problemas con los gendarmes —tradujo Thomas— y prefirió refugiarse en Inglaterra. Londres es la tierra de exilio ideal para todos los que son perseguidos por las autoridades francesas. Aquí a los anarquistas se los considera refugiados políticos.

El tipógrafo asintió y se echó la gorra hacia atrás, dejando un rastro negro en su frente. Olympe se interesó por una doble página que estaba secándose sobre una cuerda.

—¿No es un periódico anarquista lo que publican?

—Yo no soy anarquista, y Jean dejó de serlo cuando se marchó de Francia —precisó Thomas cogiendo un ejemplar impreso para dárselo—. Somos pacifistas.

L'Idéaliste repartía la portada entre «La paz y sus enemigos», que denunciaba los intereses del mundo de los negocios en la industria pesada, y «¿Santa Juana?», una tribuna sobre la reciente beatificación de Juana de Arco, a la que el redactor llamaba con ironía «el apóstol de la paz». En cuanto se publicaran, los autores de ambos artículos recibirían torrentes de insultos y de odio por parte de un sector de la población.

—El señor Stead nos permite utilizar su antigua prensa para imprimir nuestra revista, que se distribuye en Francia —explicó Thomas—. Nosotros solo pagamos el papel.

—¿Y quién está al corriente de sus actividades? —preguntó Olympe mientras Jean, sin dejar de escucharlos, comprobaba que el metal depositado en el horno se hubiera fundido.

—Nadie, ni siquiera la policía, que me investigó cuando empecé a prestar asistencia médica a algunas personalidades. Soy prudente, aunque en Inglaterra no está prohibido militar en favor de la paz. En Francia, a algunos pacifistas se les acusa de ser traidores dispuestos a vender su país. La situación es aún más complicada para un anamita como yo.

—Es usted un alma buena, y las almas no tienen país… Thomas, siento muchísimo haber dudado de usted en Irlanda. Me siento estúpida.

El tipógrafo vertió el plomo entre los dos mármoles y el calor obligó a ambos a retroceder. Cogió la placa y la sumergió en una cubeta llena de arena mojada.

—Espéreme aquí, ahora vuelvo —dijo el médico acariciándole la mano—. Jean, te dejo al cuidado de mi amiga.

El obrero asintió con una expresión ininteligible. Olympe se acercó a la impresora retráctil.

—¿Es una Alauzet?

—Tal vez sí, tal vez no.

—Querido Jean, tengo la impresión de que se burla de mí —dijo en francés.

—Tal vez sí, tal vez no —contestó él antes de romper a reír. Se limpió los labios con el pañuelo que llevaba alrededor del cuello antes de continuar—: Tiene razón, miss Lovell. Es un juego en el que a veces me enfrasco con el doctor. O con la policía cuando viene a tocarme las narices. ¡Se van sin haberme sacado una palabra! Así que ¿entiende usted de imprenta?

—Las sufragistas tienen en común con los pacifistas y los anarquistas el gusto por la clandestinidad y las revistas, ¿no? ¿Puedo ayudarle?

A W. T. Stead no le gustaba Londres, pero se había resignado a vivir allí. Se había mudado a Smith Square, muy cerca del palacio de Westminster, una calle tranquila y circular construida alrededor de una antigua iglesia barroca que le hacía la vida más soportable.

Respiró hondo delante de la ventana abierta que daba a Fleet Street, a través de la cual los ruidos amortiguados de la noche entraban en su despacho. Le agradaba ese momento por la serenidad que aportaba a las actividades y el pensamiento.

—*La estinteco ofte estas ĝena ŝarĝo, mia amiko** —le dijo a Belamy sin volverse.

—*Mia estas pulvoro, plena de salitre*** —contestó Thomas.

Stead dio media vuelta sobre el parquet encerado y le invitó a pasar delante de él.

—*Ni iru vidu ĉi tiun junan virinon ke vi diru al mi tiom multe.****

Bajaron al sótano y entraron en el taller mientras Olympe terminaba de corregir la prueba y Jean comprobaba los juegos de rodillos entintadores.

—*Fraŭlino Lovell, mi ĝojas scii vin***** —anunció el editor con la palma de las manos hacia el cielo en señal de bienvenida. La sorpresa de la sufragista fue mayor que su emoción, al oír al hombre que para ella era una leyenda viva hablarle en una lengua desconocida—. *Ĉu vi ne parolas Esperanton?* —añadió este, encantado del efecto que había causado.

—Creo que, efectivamente, Olympe no habla esperanto —intervino Thomas.

—Qué pena —concluyó Stead cogiéndole las dos manos entre las suyas—. Prométame que lo aprenderá, miss, y que propagará lo que es mucho más que una lengua sin nación: un manifiesto por la paz entre los pueblos.

La lengua inventada por el doctor Zamenhof hacía más de veinte años se había convertido en el estandarte de los pacifistas, que veían en ella la manera de unir a los seres humanos por encima de sus diferencias identitarias.

—Podremos abolir las fronteras y, sin ellas, se acabaron las guerras —declaró, entusiasmado, el editor—. Venga, no nos quedemos aquí, arriba hay un salón.

La habitación parecía un bosque de papel, llena de pilas de revistas distribuidas por el suelo y rodeada de hileras de libros alineados en estanterías murales. Arreglaron el mundo durante unas horas a la luz de una bombilla eléctrica colgada del techo.

---

* El pasado suele ser un molesto fardo, amigo mío.

** El mío es un polvorín lleno hasta los topes.

*** Vayamos a ver a esa mujer de la que tan bien me hablas.

**** Miss Lovell, me alegro de conocerla.

Stead llevaba la barba característica de los pensadores contemporáneos, y la suya, que se había vuelto blanca con el paso de los años, se combinaba con una mirada poderosa, dándole un aspecto que recordaba el de Victor Hugo.

Olympe había borrado de su mente la velada en casa de los Stephen, cuyas conversaciones le parecían estériles y vanas comparadas con la que mantenía con W. T. Cuando la campana de San Pablo sonó tres veces, Thomas y ella se despidieron de su anfitrión, no sin antes prometer que volverían a verse, y regresaron al fresco de la calle.

—¿Me enseñará esperanto? —le preguntó a Thomas después de haberlo cogido del brazo.

—¿No prefiere empezar por entenderse con Jean?

—Por aquí es por donde me gustaría empezar —respondió cogiéndolo por la nuca y besándolo.

Un beso de sabor afrutado, un beso sedoso y carnoso. Un beso más apasionado e inesperado que un fandango.

—Aclaremos las cosas, doctor misterio: esto no es una petición de matrimonio. Ni siquiera es para agradecerle esta maravillosa velada. Es simplemente porque me apetecía, porque me siento atraída por usted y solo por usted, y hace un rato, cuando los amigos de Adrian Stephen me han preguntado por mi libido en Holloway, no les he dicho que, para resistir, pensaba en usted, en nuestro reencuentro. Le llamaba, le invocaba como remedio para el dolor, la soledad, la tristeza y la melancolía. Nunca he hecho esto por ningún otro hombre, no está en mi naturaleza. No tiene ganado mi corazón para siempre; mi corazón hay que ganárselo todos los días. Es así. Entrar en mi intimidad no es tarea fácil, Thomas. Quería que lo supiera.

X

59

Saint Bart, Londres, viernes 5 de noviembre

L as cinco filas del anfiteatro estaban abarrotadas, los últimos en llegar se habían sentado en los peldaños de la escalera lateral. Además del acostumbrado público de estudiantes, la primera fila estaba ocupada por médicos y profesores del Barts, mientras que la última acogía a los periodistas habituales del hospital atraídos por la lista de conferencias del día.

Etherington-Smith terminó su clase sobre las suturas en la cirugía intestinal.

—Sé, porque veo a respetados colegas entre los asistentes, que algunos de ustedes no han venido aquí solo para aprender algo de la sutura de Bishop, que dominan mejor que yo, y me congratulo por ello. Quería presentar por primera vez en este templo del saber al doctor Jessop. Y me alegro de su presencia por partida doble, pues debo decir, para los pocos que no lo saben, que nuestro amigo ha sobrevivido a la inyección del suero francés contra la difteria.

El comentario hizo reír a todos los asistentes y desencadenó nutridos aplausos mientras los periodistas se apresuraban a tomar nota.

—También ha sobrevivido, aunque eso es accesorio, a la propia difteria, y ha salvado a la paciente que se la contagió, lo que denota su altruismo y su amor a la humanidad.

Más risas mientras Raymond se alejaba de la pizarra negra, que durante una hora había blanqueado con dibujos de nudos, y se acercaba a Reginald, quien mostraba una sonrisa tensa. El interno estaba de pie junto al cuerpo sin vida de un vagabundo que había fallecido aquella misma mañana en un parque del East End.

—El doctor Jessop va a hablarles del nuevo método de reanimación cardíaca que practicó con su paciente y la devolvió a la vida tras un paro calculado en un minuto. La paciente está bien, ha salido del hospital esta semana a fin de reanudar sus actividades. En lo que a mí respecta, solo deseo una cosa: ver pronto encima de mi mesa un artículo publicado en una revista prestigiosa. Le cedo la palabra, Reginald.

El interno se acercó a las gradas repitiéndose mentalmente las primeras frases. Tenía la impresión de que las palabras no le saldrían de la boca, seca debido a la tensión nerviosa. Centró su pensamiento en Frances y comenzó su discurso.

—Quisiera en primer lugar dar las gracias al doctor Belamy, cuya práctica me ha inspirado este método de masaje.

Por más que había escrutado las gradas, Reginald no había visto a Thomas entre los asistentes. Su superior no le había asegurado su presencia y, contrariamente a Etherington-Smith, había intentado disuadirlo de llevar a cabo una presentación que consideraba demasiado prematura, teniendo en cuenta los resultados.

—También quisiera dar las gracias a la enfermera Frances Wilett, que me ha ayudado a confirmar el método con perros beagles, cuyos resultados les ofreceré durante esta exposición. Por último, quisiera darles las gracias a ustedes, queridos colegas, por estar aquí esta mañana y mostrar de este modo el interés que esta nueva vía merece. Voy a relatarles el primer intento exitoso de hacer que reviva el corazón mediante compresión externa.

Apoyado en una de las paredes de la antesala del anfiteatro, junto a la hilera de lavabos donde se alineaban los barreños de productos de limpieza y antisépticos, Thomas oyó el murmullo confuso del público, en el que percibió una mezcla de reprobación y de aliento.

—Si bien, en general, las tracciones rítmicas de los brazos no producen ningún efecto y su utilidad es cuestionada, hemos...

El interno desarrollaba los argumentos que había revisado con Thomas, los inconvenientes de un masaje directo o a través del diafragma, los beneficios del masaje externo y sus límites. Belamy sabía por anticipado cuáles serían las reacciones de sus colegas a cada frase, a cada palabra, y había intentado canalizar el entusiasmo de su interno a fin de evitar que atacara frontalmente los dogmas y que le cayera encima una tormenta doctoral. La medicina era como una roca cuyos contornos solo las caricias de las mareas podían pulir a lo largo de un tiempo siempre demasiado largo para los pioneros.

—Hemos efectuado diez ensayos con animales a fin de corroborar nuestro método —continuaba Reginald—, y hemos obtenido éxito en ocho. El protocolo que hemos utilizado...

A través de la puerta entreabierta, del interior de la sala, Thomas solo podía ver a Raymond, que se había situado aparte y, con los brazos cruzados, le enviaba a Reginald una mirada llena de confianza. La misma que él había recibido en su primera presentación de la acupuntura a los médicos del Barts, al poco de su llegada a Londres. Pese a todas las precauciones oratorias que Etherington-Smith había tomado, la demostración había finalizado entre risas y burlas. Hablar de unos meridianos desconocidos por la medicina occidental, que supuestamente transportaban la energía por el cuerpo y se activaban o inhibían con ayuda de agujas, era una empresa arriesgada ante cualquier audiencia, y funesta ante unos médicos del Imperio británico. El fracaso había desembocado en la creación de Uncot, a fin de que todo se hiciera a salvo de las miradas y las críticas.

—La única limitación que encuentra nuestra técnica es la presencia de una lesión incompatible con la vida —concluyó Reginald—. En presencia de un coágulo que obtura una arteria, la eficacia del masaje es nula. Lo importante es no esperar demasiado a que la irritabilidad del corazón haya desaparecido. Señores, queridos colegas, les doy las gracias y estoy a su disposición para responder a todas sus preguntas.

Los educados aplausos a duras penas habían finalizado cuando un profesor de anatomía formuló la primera pregunta.

—Su exposición me ha parecido interesante, doctor Jessop, pero le veo puntos débiles, el primero de ellos asociado al hecho de que el tórax aplanado de los animales de laboratorio permite un masaje que no tendría ningún efecto en el hombre. —Se levantó para proseguir su análisis—. Porque, verá, el gran diámetro torácico es transversal, y el ligero masaje practicado según este procedimiento quedaría en gran parte anulado por la elasticidad de los pulmones. Siento decirle que su procedimiento es fisiológicamente inútil por su ineficacia en un cuerpo humano.

—Pero, entonces, ¿cómo se explica el regreso a la vida de la paciente? —preguntó un hombre que estaba en la última fila y resultó que era el periodista del *Morning Post*.

—Quizá, en algunos casos muy benignos, cuando el paciente presenta signos de debilitamiento del corazón, esa presión torácica pueda reanimarlo —explicó el profesor volviéndose hacia él—. Pero en ningún caso devolverlo a la vida, ¡seamos serios! —exclamó, indignado.

Mientras el profesor se sentaba se produjo un revuelo en la sala. Raymond hizo una seña para calmar a los asistentes y el anatomista aprovechó el silencio para remachar el clavo.

—La única explicación lógica es que el corazón no estaba en parada. Se trataría de un caso clásico de pulso débil que nuestro joven colega tomó por un estado de muerte clínica.

Volvió a producirse un alboroto. Reginald se acercó a su detractor y le contestó en un aparte.

—Puedo asegurarle, porque lo comprobé varias veces con un estetoscopio, que ya no latía, y sor Elizabeth, cuya pericia no puede ponerse en duda, también lo comprobó. Nuestra paciente estaba muerta, profesor.

El hombre hizo un gesto negativo.

—Su paciente se hallaba en un estado catártico debido al crup que padecía —intervino el que estaba a su lado—, y estoy seguro de que una simple flagelación de la cara habría producido el mismo efecto que la compresión externa que le practicó, doctor Jessop. Saca usted conclusiones demasiado apresuradas. Las costillas constituyen una protección tal que solo un masaje directo del corazón puede devolverlo a la vida.

—Practicando una incisión en el peritoneo, se puede contraer fácilmente el corazón a través del diafragma —intervino otro facultativo—. Yo lo hice una vez.

—¿Y salvó al paciente? —preguntó Reginald.

—Falleció por otras razones —contestó el médico, cortante.

En todo el anfiteatro surgieron debates, como fuego prendido en la hierba seca. Los periodistas estaban en la gloria. Etherington-Smith había alcanzado su objetivo: se hablaría del método fuera del círculo restringido del centro. Aunque se desarrollara en otra parte y tardara décadas, quedaría escrito para siempre jamás que se había descubierto en el Barts en 1909. Satisfecho, se acercó a la antesala para felicitar al doctor Belamy, pero allí solo encontró al empleado que se encargaba de cambiar las soluciones antisépticas. Thomas había salido del hospital al recibir una nota del gerente, según la cual un coche de punto lo esperaba en la entrada principal.

60

Café Royal, Londres, viernes 5 de noviembre

El vehículo dejó a Belamy en el número 68 de Regent Street. Cuando el médico entró en el establecimiento, la mezcla de olor de tabaco y perfume había formado una especie de bruma olfativa. En la sala, abarrotada, reinaba el bullicio ante la mirada impasible de las cariátides doradas que enmarcaban los espejos. Un grupo más numeroso de lo habitual formaba alrededor de la mesa del fondo una especie de mole de la que emergía la copa redondeada de un sombrero. Todos se apartaron al llegar Belamy y un Horace radiante apareció ante sus ojos.

—¡Thomas, amigo mío, me alegro de que haya respondido tan deprisa a mi invitación!

Vere Cole se levantó para darle un caluroso abrazo, al que Belamy respondió pasivamente.

—¿Tan deprisa? —replicó este, asombrado, mientras se sentaban después de que Horace apartara a los curiosos haciendo un gesto con la mano—. ¡Me ha enviado un coche al Barts con una nota diciéndome que se trataba de una cuestión de vida o muerte! He pensado que estaba realmente mal. ¿Qué pasa?

—Vamos a beber champán —dijo Horace sacando la botella del cubo con hielo—. Ante todo, quiero decirle que estoy encantado de volver a verlo, le he echado de menos… y también a miss Lovell —añadió sirviendo dos copas.

—No parece que se encuentre muy mal. ¿Qué celebra?

—Mi futuro matrimonio con la excondesa Pasolini.

—Le deseo la mayor felicidad del mundo, Horace. Pero, sáqueme de dudas, ¿me ha llamado urgentemente solo para anunciarme que se va a casar?

Vere Cole bebió un sorbo antes de continuar.

—Ese es el problema de las personas que trabajan: con ellas hay que circunscribir los arrebatos de alegría a unos horarios muy precisos. Ser feliz por encargo. Yo no puedo hacerlo, mis sentimientos no están abonados a los horarios de la Great Western Railway.

—Horace, tengo pacientes esperándome…

—¡Pero si esto es una urgencia! —se exasperó el irlandés—. A ver, como mi médico personal, ¿cree que me está permitido comer ostras? El camarero me ha confirmado que están deliciosas, son de Colchester. Desde que embarqué en el *Lusitania*, me muero por comer ostras.

—No tiene ninguna restricción alimentaria, lo sabe perfectamente —respondió Thomas, que, dándose por vencido, se llevó la copa a los labios.

—¡Menos mal! ¡Mario, ostras para dos!

Se sirvió y levantó la copa.

—¡Por nuestro reencuentro! Solo falta nuestra Olympe, si me permite esta familiaridad —dijo frunciendo los ojos en señal de complicidad.

Horace era a la vez insoportable e irresistible, lo cual formaba parte de su encanto y de la exasperación que provocaba en las numerosas personas que solo lo conocían por sus bromas. Acababa de regresar de Irlanda, donde había encontrado una casa para su futura pareja y estaba desbordante de la energía exaltada característica en él, que lo hacía entrañable a los ojos de Belamy. El médico estaba sinceramente impresionado por la fuerza de sus sentimientos, que lo habían impulsado a atravesar Europa para raptar a una mujer casada y cruzar el Atlántico para imponerse a sus padres. Thomas no consideraba el matrimonio como el fin de una pareja, y también en eso se asemejaba a Olympe. Desde su reencuentro, habían vuelto a verse varias veces cuando sus actividades respectivas se lo habían permitido, sin preverlo jamás, en una especie de clandestinidad y precariedad sentimental adecuada para ellos, a mil leguas del romanticismo académico de Vere Cole.

—¿Qué le parece mi sombrero?

Horace lucía un stetson típicamente americano de ala ancha ligeramente levantada, de fieltro color crema, que contrastaba con todos los sombreros que había a su alrededor y del que se sentía orgulloso.

—Es un modelo Carlsbad que compré en Chattanooga. La ciudad de mi familia política —precisó—. Me encanta llevarlo. ¿Está libre mañana por la tarde? —dijo, saltando sin transición de una cosa a otra como solo él se permitía hacer.

—Sabe de sobra que no, a no ser que no se presente ningún herido en urgencias.

—Es una lástima. Voy a llevar a cabo una broma que se me ocurrió durante la travesía. Le habría gustado participar en ella. Se desarrollará en Piccadilly y será espectacular.

—Razón de más para quedarme en el Barts esperándole.

—Qué detalle tan delicado. Le prometo que pasaré por allí después de mi triunfo.

Thomas se terminó la copa de champán antes de replicar:

—Solo si ha perdido un brazo, un ojo o la vida. Es el precio de la entrada en el Saint Bart's Club.

—Un poco elevado. Prefiero invitarle al Café Royal, aquí solo las ostras acaban despanzurradas en los platos.

En una mesa vecina, el pintor Augustus acababa de beberse una hilera de copas llenas de Teeling entre los aplausos del grupo que lo rodeaba. Miró a Horace con aire desafiante, pese a que sus ojos entornados luchaban contra los efectos del alcohol, y se desplomó hacia delante. La cabeza golpeó la mesa de mármol con un crujido que recordaba el de una cáscara de nuez. La joven actriz que lo acompañaba profirió un grito de espanto y escondió la cara en su boa mientras los demás levantaban al artista, y su nariz tumefacta, cuya punta formaba con la base un ángulo obtuso de buena factura, quedó al descubierto.

—Las ostras y Augustus… una apuesta estúpida —explicó Vere Cole—. Estúpida porque él tuvo la osadía de poner en duda el éxito de mi empresa en Estados Unidos. Solo podía perderla y debía asumir las consecuencias. Esta es la urgencia por la que se ha desplazado, Thomas. El deber le llama.

El pub Saint Bartholomew era el más cercano al hospital y tenía fama de ser un anexo para el personal y también para las familias de los enfermos. El encargado lo había acondicionado como salón y lo había dividido en boxes, bautizados con el nombre de «servicios amistosos». Cada uno disponía de una decena de cómodos asientos alrededor de una mesa redonda y una cálida decoración en piel y madera. La segunda particularidad del Saint Bartholomew era la presencia de clientela femenina, que en otros establecimientos se habría percibido como una provocación y habría alentado las pullas y la concupiscencia. Sin embargo, el pub era más bien un club con ambiente tranquilo, donde la cerveza raramente conducía a la ebriedad, el billar había cedido el puesto a un retrato del rey y los juegos de cartas estaban prohibidos.

El box de las «urgencias amistosas» estaba situado junto al único juego de dardos —que se practicaba sin excesos verbales ni apuestas— y Reginald lo había reservado para esa noche. Había llegado con otros internos, y pronto se les unieron algunos estudiantes que trabajaban en el servicio. Frances se había hecho esperar y llegó acompañada de dos enfermeras del departamento. Sor Elizabeth, que no había puesto nunca los pies en un pub, por correcto que fuera, había declinado la invitación advirtiéndole de que no dudaría en mandar a alguien en su busca en caso de necesidad. El doctor Belamy había salido al mismo tiempo que Reginald, envuelto en su abrigo raído y con el maletín médico en la mano, en dirección opuesta al pub. El interno lo imaginó en las calles sórdidas del East End, curando a los vagabundos y a todas las almas errantes bajo la amenaza permanente de los gánsteres, se congratuló de no estar allí y se juró que no volvería jamás, aunque le obligaran a ir.

Pagó la primera ronda de cerveza, la segunda, y se olvidó de Belamy y del mundo exterior. El pub era un refugio para los sanitarios del Barts, allí estaba prohibido hablar de medicina y de casos clínicos, y el tiempo transcurría al ritmo de los vasos de Fuller's hasta el cierre del local y la vuelta a la realidad.

El grupo, alegre pero sin perder la compostura, había invadido la zona del juego de dardos y comprobaba la distancia entre el blanco y el lugar de lanzamiento.

—Dos metros y medio, perfecto —dijo un interno lanzando una mirada curiosa hacia el box donde Reginald y Frances estaban sentados.

Los dos tortolitos apreciaban aquella relativa intimidad, la primera que se concedían desde que se habían abierto el uno al otro. Reginald notó que su timidez se reavivaba cuando la embriaguez debida al alcohol empezó a evaporarse.

Frances sacó del bolsillo un papel doblado y se lo tendió.

—Lo ha conservado —dijo él al descubrir la frase que la joven le había mostrado por la ventana del pabellón de enfermos contagiosos—. «Esperaré todo el tiempo que haga falta» —leyó con orgullo Reginald.

—No tiene ningún mérito, no tardó mucho —relativizó ella.

—Sé que habría mantenido su palabra, tardara lo que tardase.

—Mi paciencia habría tenido unos límites humanos, doctor Jessop.

Cerca de ellos, el grupo había iniciado una partida de *301 double out* y se oían las reacciones que provocaba cada lanzamiento de dardo.

—Sueño con el día en que te llame doctora Wilett, amor mío —continuó Reginald.

—¿Estás completamente seguro, Reginald? —le preguntó ella desplazándose ligeramente sobre el asiento de piel burdeos para mirarlo de frente.

—¿Qué quieres decir?

—No pongo en cuestión tus intenciones actuales, pero ¿qué pasará cuando haya obtenido el diploma?

—Vendremos a celebrarlo aquí —aseguró él cogiendo el vaso para apurarlo.

La primera ronda de lanzamientos había terminado. Uno de los estudiantes fue a retirar los dardos mientras un interno contaba los puntos. Una enfermera había obtenido cien puntos y podía acabar la manga en tres vueltas, lo que desencadenó una cascada de comentarios sobre el ingrediente de la suerte en el juego. El interno de más edad argumentó que, el año anterior, el tribunal de Leeds había reconocido oficialmente en una sentencia que los dardos no eran un juego de azar sino de habilidad. La afirmación reavivó el debate y dividió a los jugadores en dos bandos iguales en número y en estruendo. Frances, que no les prestaba atención, insistió:

—¿No tendrás la impresión de que puedo hacerte sombra?

—¡Qué va! —replicó Reginald estirándose la chaqueta—. Podremos abrir un consultorio compartido, ¿qué te parece? Tú atenderás a las mujeres y yo a los hombres.

—¿Crees que los sanitarios están hechos para aliviar solo a las personas de su sexo?

—No, por supuesto que no, pero imagino lo incómodo que puede resultarle a una mujer atender a un hombre. Disculpe, por favor —le dijo al camarero haciéndole una seña con el brazo para que se detuviera—, ¿puede traerme una Fuller's? ¿Quieres otro té? —le preguntó a su compañera, que rechazó la invitación con una elegancia educada.

El camarero asintió con un gesto y prosiguió su camino hacia los jugadores, que habían comenzado la segunda manga.

—¿Qué tiene de incómodo? —quiso saber Frances, cuando se quedaron solos—. ¿No hemos aprendido en las clases la anatomía de los dos sexos?

—Sí, pero tú ya me entiendes, algunos pacientes podrían sentirse humillados si una mujer les practica una exploración —adujo él, midiendo sus palabras.

—¿Y las mujeres no se sienten nunca humilladas por que las toquen los médicos, hombres, incluso en sus partes más íntimas?

—Sí, es posible, pero reconoce que hay bastante diferencia, eso forma parte de la naturaleza de las cosas, Frances. Los hombres siempre han ejercido esta profesión, ¿no?

—¡Reginald Joshua Jessop, lo que dices no es digno del hombre que quiere casarse conmigo!

Lo enérgico de la reacción sorprendió al interno, que se hundió en el asiento. El grupo se volvió hacia ellos y enseguida reanudaron la partida comentando en voz baja lo que parecía su primera riña amorosa. El camarero dejó delante de Reginald la cerveza que este había pedido.

—No digo que lo apruebe —se defendió el joven, dando maquinalmente vueltas al vaso—, sino que lo constato, es un hecho.

—¿Y qué harás cuando uno de tus colegas utilice ese argumento contra mí? ¿Me defenderás o te mostrarás de acuerdo con él?

Reginald puso la mano sobre la de Frances, que mantuvo el puño apretado.

—Sin duda alguna, te defenderé, no lo dudes, amor mío.

—Lo siento, pero me veo obligada a dudarlo, puesto que consideras un hecho consumado que un hombre explore a una mujer porque siempre ha sido así. ¿Me defenderás contestándole a tu colega que tiene razón?

—¿Y si dejáramos esta conversación? —propuso él retirando la mano. Ella se la cogió inmediatamente y la estrechó con la suya.

—No quiero incomodarte, cariño, pero lamentablemente es una situación a la que nos veremos enfrentados con frecuencia. A veces tengo la impresión de que no disponemos de armas para encararla, eso es todo.

—Y yo tengo la impresión de que estás molesta porque aún no he hablado de lo nuestro con mis padres.

La segunda ronda había terminado y la enfermera había vuelto a ganar cien puntos. Los chicos propusieron dejarlo con el pretexto de que era hora de volver al hospital. En la mesa, Frances se había sentado junto a Reginald y sus miradas no se cruzaban.

—Sé que haces todo lo que puedes y nunca te he reprochado nada sobre ese asunto —repuso ella con delicadeza.

—Te dije que estoy esperando el momento propicio. Y llegará.

—No tengo prisa por provocar la ira del señor Jessop.

—Mi padre te adorará —afirmó Reginald en un tono convencional.

—Me bastaría con que no me haga responsable de todos los males. Te doy permiso para ocultarle mi pertenencia a la WSPU. Aceptar una nuera médica, sufragista y sin título de nobleza sería excesivo.

61

Piccadilly, Londres, sábado 6 de noviembre

El grupo de alegres juerguistas entró por la mañana en la tienda de vestuario de teatro de Willy Clarkson, cuyo rostro se iluminó al ver al cabecilla de la tropa que invadía ruidosamente su establecimiento.

—¡Horace de Vere Cole! Así que es verdad, ha regresado de América. ¿Qué viene a pedirme esta vez? —preguntó el comerciante, encantado de ver de nuevo al que consideraba un bufón de la alta sociedad capaz de gastar cientos de libras sin rechistar.

—Mi querido Willy, creo que necesitamos unos trajes —respondió Vere Cole—. A menos que se haya dedicado a vender pescado durante mi ausencia.

Clarkson sumó su risa aduladora a la del grupo antes de preguntar:

—¿De qué tipo?

—Querido amigo, va a transformarnos en proletarios de manos encallecidas. En obreros de la construcción londinenses. En los que se dedican a hacer trabajos de excavación, para ser precisos. Necesitamos la ropa adecuada y maquillaje para que nuestra cara aparezca surcada por el esfuerzo y el sol. También necesitaremos material: palas, picos y cuerda para delimitar nuestra zona de trabajo.

—Y carteles para señalizar —añadió uno de los cómplices.

—Exacto —aprobó Horace—, grandes carteles en los que ponga: «Cuidado, zona en obras».

—Pero ¿para cuándo lo quiere? Como supondrá, no tengo todo eso en la tienda.

Vere Cole sacó dos billetes de cien libras y se los tendió con un gesto majestuoso.

—Dispone de tres horas —dijo.

El argumento obró maravillas en el comerciante y, a mediodía, cinco obreros alegres y ruidosos almorzaban en una taberna de los alrededores. Cada uno interpretaba su personaje adoptando gestos, entonación y expresiones que imitaban los de la clase obrera, o eso creían. Horace observó la reacción de las otras mesas y del patrón: nadie parecía fijarse en ellos, cosa que le tranquilizó, al menos hasta el momento de marcharse, cuando el tabernero le preguntó por la fiesta a la que iban.

—Ahora habrá que tener un poco de contención, señores —advirtió Vere Cole cuando salieron—. Debemos resultar creíbles, el éxito de nuestra empresa depende de ello.

—Pero si yo me limito a imitar a mi jardinero —protestó uno de los participantes—. Llevo una semana observándolo y puedo asegurarle que el bribón habla con esa vulgaridad tan típica del Eastern London.

—Lord Grantley, con todos mis respetos, debería cambiar de personal —dijo Horace instándole a montar en un carro—. El hombre al que imita parece salido directamente de un manicomio.

—¿No es ahí donde acaban todos? Esos hombres se pasan la vida bebiendo, vociferando y peleándose.

—¿Por qué le has invitado? —le susurró a Horace su vecino.

—Le he sacado cien libras por participar en esta broma y diría que le ha parecido barato —respondió Vere Cole indicándole al conductor que se pusiera en marcha—. Eso me divierte tanto o más que nuestro montaje.

El carro bordeó el barrio del Soho por el sur y atravesó Piccadilly Circus. La plaza estaba animada y la circulación era densa, los coches de motor se colaban dando volantazos y bocinazos entre los vehículos tirados por caballos, cuyos conductores respondían con gritos y chasquidos de látigo. En el London Pavilion representaban *El conde y la muchacha*, un espectáculo de music-hall que estaba de moda, y en la fachada de la tienda de enfrente se anunciaba una marca de soda con letras luminosas gigantes. La modernidad comercial había penetrado en el corazón del Imperio.

Al pasar por delante de la Royal Academy of Arts, Horace se quitó la gorra y declamó:

> *Conocí a un hombre, un hombre de honor,*
> *para el que el odio, el miedo y el amor*
> *eran palabras complicadas y sin vida.*
> *No tenía corazón ni tampoco empatía.*
> *En el lugar del alma, un cuchillo había,*
> *y, grabadas en la hoja, estas palabras se leían:*
> *lujuria, lujuria es la vida.*

Saludó al auditorio, que se había ganado más por educación que por la calidad de su poesía, y se caló bien la gorra de manera que le cubriera la frente.

—Señores, tomemos conciencia de la importancia de este momento —declaró con solemnidad—. ¿Saben por qué les he propuesto este plan?

—Para hacer de obreros, por lo excitante que resulta formar parte de esa clase solo una hora —dijo lord Grantley.

—No, esta broma es mucho más, queridos amigos.

—¿Acaso nos ha ocultado algo? —preguntó su vecino.

—Dentro de unos minutos vamos a crear una obra de arte en el corazón de Londres —anunció pomposamente.

Su declaración produjo silencios de perplejidad y algunas carcajadas de incomprensión.

—Veamos, Vere Cole, esto es simplemente una diversión, una farsa —le reconvino lord Grantley.

—Me decepciona, querido. Hoy vamos a abrir el vientre de Londres, será un rito sacrificial como en las más antiguas civilizaciones. ¡Ese agujero será el símbolo de la brecha de nuestra sociedad, que engulle a las masas laboriosas como un dios ogro!

—Me había asustado, amigo, por un momento he creído que hablaba en serio.

La observación de Grantley distendió la atmósfera y todos la dieron por cierta, tanto más cuanto que Horace guardó silencio.

Piccadilly desfiló lentamente hasta el número 127, que albergaba el Club Ecuestre, ante el cual se detuvieron. Horace llamó a un policía que estaba apostado en la esquina de Down Street. Las miradas se crisparon un instante, pero se relajaron enseguida al constatar que el agente había empezado a desviar la circulación. Horace hizo una seña autoritaria a sus compañeros y todos se pusieron manos a la obra, trazando con la cuerda un círculo de cinco metros de diámetro en cuyo interior empezaron a cavar enérgicamente, golpeando la tierra batida con el pico y amontonándola a paladas alrededor del agujero central que se iba formando. Al cabo de media hora, los aprendices de obrero, agotados, hicieron un descanso y vaciaron la caja de botellas de agua fresca que Horace había previsto que llevaran.

—Es lo único que tomarán hasta que volvamos —les avisó Vere Cole.

—¡Paremos ya! ¡Tengo ampollas! —gimió lord Grantley.

—Me duele la espalda… —se quejó otro.

—A mí me encanta esta vida al aire libre —replicó Horace señalando los árboles de Green Park, frente a ellos—. No hay nada mejor para elevar el alma, ¿verdad?

—Yo conozco otros medios más elegantes. He venido para divertirme envileciéndome, no para perder la salud.

—Pero perder la salud es el pan de cada día del proletariado.

—Es cierto que no imaginaba que este trabajo fuera tan agotador —admitió uno de los participantes a fin de distender el ambiente—. Ahora comprendo mejor por qué hacen tantos descansos.

—Los hacen para beber vino, querido amigo —explicó lord Grantley—, el vicio eterno del obrero.

Un curioso refunfuñó al pasar.

—Creo que acabamos de ganarnos que nos llamen perezosos —dijo Horace conteniendo la risa—. Volvamos al trabajo, el agujero debe alcanzar dos metros y en este momento ahí no cabría ni un recién nacido.

El ruido de los útiles golpeando la tierra gredosa sustituyó sus conversaciones durante otra media hora. La obra ocupaba la mitad de la calle contigua al club, y los automóviles y coches de punto se veían obligados a dejar a sus ocupantes unos metros más lejos. Los obreros procuraban cuidadosamente dar la espalda al edificio para evitar que algún conocido los desenmascarara, salvo Horace, quien se regodeaba saludando a aquellos hombres de la alta sociedad, que no dejaban de fulminarlo con la mirada, furiosos por verse obligados a cambiar sus costumbres.

Estaban metidos hasta las rodillas en la zanja cuando Vere Cole decidió dar por terminada la obra.

—¡Ya está, señores! ¡La operación *Pulling up Piccadilly* ha finalizado!

Ante la mirada atónita de algunos curiosos, los cinco se marcharon a media tarde y echaron sus útiles al carro, congratulándose como compañeros de equipo al final de un derbi deportivo. Admiraron por última vez su trabajo y se dirigieron a pie al hotel Ritz, en la esquina de Piccadilly con Arlington Street, donde Horace había reservado una suite. Su entrada causó sensación. Después de que el empleado, receloso, les pidiera que pagasen la habitación por adelantado, de que Horace armara un escándalo exhibiendo unos billetes a modo de pase y de que el gerente, alertado, acabara por darles la llave, se ducharon y se cambiaron, y a continuación comentaron su travesura ante un bufet reconstituyente y champán.

Media hora después de que abandonaran la obra, un inspector de New Scotland Yard llegó al lugar, alertado por el personal del Club Ecuestre, donde le explicaron el extraño comportamiento de los obreros que habían cavado un agujero en Piccadilly en plena tarde. El policía que había desviado la circulación se ganó una sarta de reproches; el hombre no intentó defenderse, los encajó con la cabeza gacha. Deseando hacer algo bien, desmontó las primeras estacas que sostenían la cuerda; el inspector lo amonestó de nuevo y le pidió que volviera a colocarlas donde estaban. No se iba a tapar el agujero hasta que se llevara a cabo una investigación, y el infeliz tendría que montar guardia para evitar que se produjera algún accidente.

En el Ritz, el ágape iba de maravilla. Lord Grantley había manifestado su buen humor pidiendo otra botella de champán.

—Llamé a mi contacto en el *Daily Mail* cuando llegamos al

hotel —les informó Horace—. Escribirán un artículo, pero nosotros quedaremos en el anonimato —precisó ante la inquietud que había endurecido las facciones angulosas del lord—. Esta operación ha sido un verdadero éxito, señores —concluyó levantando la copa—. A partir de mañana, los transeúntes irán a admirar el agujero cuya razón de ser dará que hablar a todo Londres. ¿No es ese el objetivo de una obra de arte?

—Bravo —aprobó su vecino sirviéndole champán—. ¡Por tu próxima broma! Ahora tendrás que poner el listón más alto. A ver, señores, ¿quién de nosotros va a correr con los gastos? —bromeó.

—Hombre, espero que la educación de nuestro amigo lo ponga a salvo de semejante falta de gusto —advirtió el lord.

—Dice usted bien, lord Grantley, tengo algunos principios. Pero, como sabe, desciendo de Edward de Vere, el más decadente de los condes de Oxford. Carezco, pues, de toda moral; eso es lo que constituye la sal de mi amistad.

62

Royal Albert Hall, Londres, lunes 15 de noviembre

En la entrada del Royal Albert Hall, un cartel indicaba: «Escuela de arte dramático y de entrenamiento de la dicción. Segundo piso». Olympe se detuvo delante del edificio oval y fingió que observaba la cúpula mientras comprobaba si la habían seguido la policía o El Apóstol. No le gustaba la relación que el misterioso desconocido le imponía. En su último mensaje, le había indicado el lugar y la fecha de un acontecimiento futuro en el que ella tendría que actuar. Al principio, Olympe no le había hecho caso. Se negaba a ser una marioneta cuyos hilos moviera un dios de pacotilla. Seguía preguntándose si las estaba ayudando o las manipulaba. Pero el 12 de noviembre el acontecimiento había sido anunciado y Olympe se había dado cuenta de que era una oportunidad única de llamar la atención sobre la causa asociándola a un símbolo de la represión.

Entró por la puerta número 9 y subió la escalera levantando el vestido y las enaguas, demasiado largos, preguntándose cuándo ofrecerían los costureros un poco de comodidad cotidiana a las mujeres. Al llegar a la segunda planta, oyó una voz grácil pero firme que se escapaba de la primera puerta de la derecha.

—No, sigue siendo demasiado nasal. ¡Utilice todo el cuerpo, no solo los pulmones! Empiece otra vez y cambie de postura, ¿no se lo he dicho ya?

Elsie Fogerty dirigía la escuela que se había establecido en una sala del Royal Albert Hall en 1906. Olympe entró discretamente y esperó a que acabara la clase y la decena de alumnos, la mayoría profesores o actores, salieran. Miss Fogerty no pareció preocuparse por su presencia y recogió sus cosas sin siquiera mirarla.

—¿Puede cerrar la puerta? —pidió.

Miró a la sufragista con atención y la invitó a sentarse frente a ella, al otro lado de su escritorio, que consistía en una mesa desnuda de elegante factura. Toda la habitación era de una sobriedad similar, que combinaba con una gran luminosidad gracias a las altas y numerosas ventanas.

—Ya sabe por qué he venido —dijo Olympe.

—Nuestra común amiga me lo ha contado todo.

Si bien Olympe había preferido no hablar del asunto con Christabel, dado que sus desacuerdos sobre el movimiento eran cada vez mayores, había informado a Ellen.

—Vino a mi casa y aún cojeaba, la pobre —comentó miss Fogerty—. Lo que le han hecho es monstruoso.

—Por desgracia, cojeará toda su vida.

—Usted estaba con ella en Holloway, ¿verdad? Ellen no escatima elogios a su valor.

—Mi valor no evitó que resultara herida.

—Todavía hoy, la ayuda a superar su deficiencia, téngalo por seguro. —Elsie Fogerty dejó sobre la mesa una llave dorada con la cabeza en forma de corazón y el paletón tallado, y la empujó hacia Olympe, pero mantuvo la mano encima—. Acepto ayudarla con una condición.

—No habrá violencia ni degradación por mi parte, le doy mi palabra. En cuanto haya desplegado la pancarta, me marcharé. Mi objetivo no es que me detengan.

La profesora de arte dramático le tendió la llave.

—Abre una puerta de servicio situada en el sótano. Los cocineros la utilizan para los repartos, y los músicos, para los instrumentos de gran tamaño. Hay un acceso directo bajo el escenario. El servicio de orden será mínimo. Nadie espera que las sufragistas vengan a perturbar un acto organizado por los obispos. Si hace lo que le digo, no se cruzará con un solo policía.

El acto había sido organizado en apoyo a la población del Congo, que acababa de salir de ochenta años de pertenencia directa al rey belga Leopoldo II. El soberano lo había convertido en una tierra de explotación esclavista de las riquezas del país. Tras una oleada de indignación mundial y una comisión de investigación que se había formado cuatro años antes, poco a poco el rey se había visto obligado a ceder el Congo al Estado belga. Inglaterra, donde numerosas personalidades se habían implicado y donde la emoción aún era inmensa, había encabezado el movimiento. El autor británico más conocido de principios de siglo había escrito hacía unos meses una obra sobre lo que consideraba el mayor crimen del que hubiera constancia en los anales de la humanidad.

—¿Seguro que estará presente? —preguntó miss Fogerty levantándose—. No ha sido invitado oficialmente.

—Según mi informador, sí.

—Si es así, su intervención no pasará inadvertida, puesto que es contrario al derecho al voto para las mujeres. Venga, voy a enseñarle el camino. Manténgase unos metros por detrás de mí. Oficialmente, ha venido a informarse sobre mis clases y no he vuelto a verla más. Tiene toda mi consideración, querida.

Olympe salió de allí más tranquila, pero tenía la impresión de que estaba traicionando a Christabel y toda la familia Pankhurst ocultándoles sus intenciones. Ellas no volverían a tolerar sus acciones individuales. Desde que la desconfianza se había apoderado de Christabel, Olympe se sentía en libertad vigilada. Al final decidió revelarle su proyecto y se dirigió al número 4 de Clement's Inn, donde acababa de finalizar una reunión preparatoria de las acciones futuras. Olympe estuvo a punto de renunciar a hacerlo, pero cambió de opinión y le contó su plan, omitiendo precisar que había recibido la información de El Apóstol, cosa que Christabel adivinó. La conversación tomó un giro áspero, y, aunque no hubo reproches por ninguna de las dos partes, el tono de miss Pankhurst no dejaba ninguna duda sobre su reprobación. Las dos mujeres se separaron después de que Christabel advirtiera a Olympe de que la WSPU no reivindicaría en ningún caso su acción. Olympe subió a su habitación, cogió una bolsa de viaje, metió algunas prendas de vestir pensando que volvería enseguida, cuando se les hubiera pasado el enfado, y se dirigió a West Smithfield.

—¡Miss Lovell! —exclamó Frances al abrir la puerta—. El doctor Belamy no está, lo han citado en la comisaría para que testifique en el caso de un incendio provocado por un champú. Pase, tiene que contarme las últimas novedades, hace mucho que no puedo colaborar con la causa.

El entusiasmo de la enfermera ayudó a relajarse a Olympe, quien le contó las últimas actividades de la WSPU y después le preguntó por los estudios que tenía intención de cursar. Frances había decidido que no quería obtener simplemente el título de médico que otras mujeres ya tenían, sino que deseaba ser admitida en la escuela médica del Barts, que estaba reservada a los hombres. Se había abierto la London School of Medicine for Women para que estudiaran las mujeres, pero la enfermera no soportaba esa segregación que les concedía un título diferente del de los hombres. La universidad debía ser mixta, y ella, con la ayuda de algunos sanitarios del Barts y la indulgencia de Raymond Etherington-Smith, se sentía capaz de conseguirlo.

—Ha sido sobre todo el doctor Belamy quien me ha ayudado a creer en mis aptitudes y mis posibilidades —dijo cerrando el libro que tenía en la mano—. Le estoy muy agradecida —añadió devolviéndolo a su sitio en la estantería llena de revistas y libros médico-quirúrgicos. Frances se puso su elegante chaquetón de mangas abombadas y confesó—: Admiro su valor, yo jamás habría podido afrontar toda esa violencia física y ese odio contra nuestras reivindicaciones.

—La violencia que usted tendrá que afrontar no será menor.

—Digamos que estoy más acostumbrada a ella. No creo que Thomas tarde —dijo, y se despidió.

Olympe se quedó un rato sola, acurrucada en el rincón del canapé observando el entorno íntimo del hombre que había derribado una tras otra todas sus defensas amorosas. El lugar olía a perfume para quemar, una mezcla de sándalo —ambarino— y artemisa —alcanforado— que ya había notado en el pelo y las camisas de Thomas. Y, sobre todo, de la sala emanaba una gran serenidad: cada uno de los objetos y los colores parecían haber sido elegidos con una finalidad calmante. Comprendió por qué a Frances le gustaba estudiar en el apartamento del doctor Belamy. Por primera vez, sintió deseos de encariñarse con un lugar, de encontrarle un alma propia, de sentirlo respirar, latir, como si fuera el cuerpo de su amado en el que se hubiera refugiado.

La llegada de Thomas no interrumpió su ensoñación, sino que la prolongó; él se arrellanó a su lado y permanecieron acurrucados en silencio, acariciándose con la yema de los dedos, escuchando cómo latían sus corazones, uno contra otro, y cómo martilleaban después, al besarse en un deseo de fusión. El hambre acabó por separarlos, ya entrada la noche. Thomas preparó una sopa y tortas de arroz, y lo puso todo en una bandeja. Ella no había visto nunca a un hombre cocinar para su mujer, ni siquiera en ausencia del servicio, ni en los hogares más modestos, y le pareció algo deliciosamente sensual y provocador.

—¿Estás tratando de seducirme, Thomas?

—¿Una sufragista se dejaría aprisionar por la seducción?

—He conocido una prisión más dura que los sentimientos.

—Entonces, dejémonos guiar simplemente por nuestros deseos.

—Los míos me han conducido con frecuencia al desastre.

—Empieza a confiar en ti misma, Olympe.

—Desconfío tanto del mundo que desconfío también de mí misma. Algún día te hablaré de mi pasado.

—¿Tan importante es?

—Yo creo que sí, abrirse es una prueba de amor. Das tu intimidad sin esperar nada a cambio. ¿Lo harás tú conmigo?

—Para ser sincero, no lo sé.

—¿Te da miedo que te juzgue?

—Más que si lo hiciera la ley de los hombres.

—Ahora me toca a mí decirte que tengas confianza en ti mismo. Cuando estés preparado, me hablarás de eso. —Olympe cogió una torta y la dividió en dos—. Cuando estés preparado, no antes —repitió antes de empezar a comerse su porción—. No me da miedo tu verdad. ¿Cómo ha ido la sesión en el tribunal? Frances me ha contado lo del accidente de la peluquería.

La investigación policial se había dado por concluida y el juez había interrogado a las dos heridas, así como al hermano de la peluquera y exnovio de su clienta. Los tres protagonistas habían dado al inspector la misma versión, diferente de las que cada mujer había dado a Belamy, por un lado, y a la enfermera, por otro, el día del accidente. El local no se había ventilado lo suficiente para eliminar las emanaciones de petróleo después de la aplicación del producto y la peluquera había acercado demasiado la lámpara de secado, que había incendiado su vestido y los cabellos de su clienta. El muchacho había reaccionado con gran rapidez y sofocado el fuego con su abrigo.

—Fui a verlos a los tres ayer —explicó Thomas—. Comprendieron que su primera versión los llevaría directos a un juicio, puesto que yo me veía obligado a mencionar en mi informe la presencia de una tercera persona. Les propuse que me contaran lo que realmente había sucedido y lo modifiqué a fin de que el tribunal llegara a la conclusión de que había sido un accidente. Las dos mujeres coincidían en querer evitarle una condena al muchacho, que desea ingresar en la policía. Ya estaban lo bastante impresionadas por lo sucedido, no valía la pena agregar el juicio.

—¿Y eso es legal, señor Belamy? —preguntó Olympe con malicia.

—No, pero ¿es moralmente escandaloso, miss Lovell? —replicó él, y la besó con delicadeza.

—¡Me parece una conclusión jugosa! —dijo ella recobrando el aliento.

—¿Te refieres al beso?

—Al caso. Saber que el juez ha sido engañado es algo que más bien me complace..., pero buscar un apaño para saltarse la ley ¿no es un acto anarquista?

—Es una prolongación de mi lucha pacifista —rectificó él.

—¿Y qué pasó realmente? ¡Quién fue la víctima y quién el culpable?

—¿Deseas saberlo? ¿O prefieres la versión oficial?

Olympe se sorprendió dudando.

—Su pasado solo les pertenece a ellos. Si así lo han decidido, entonces la única verdad es la suya. —La joven le devolvió el beso y susurró—: En cuanto a nuestra conclusión, ¡la encuentro apasionante!

63

Royal Albert Hall, Kensington Gore, Londres, viernes 19 de noviembre

En un desfile perezoso, los *hansom cabs* dejaban a los oficiales en la entrada sur del Royal Albert Hall mientras los otros invitados accedían a pie por las diferentes puertas principales. El acto había sido organizado por el clero inglés, y sotanas negras y mucetas púrpura convergían hacia la sala donde se habían instalado varios cientos de asientos frente al escenario. Solo habían abierto el foso y las gradas de la planta baja, dado que el acto había atraído a poco público, aparte de los participantes y los periodistas habituales, cuyos artículos no ocuparían más que una columna relegada a las últimas páginas de los diarios, aunque les habían prometido que habría un invitado de honor sorpresa.

El carruaje negro se detuvo detrás de la estatua del príncipe Alberto. Olympe bajó la primera, seguida de un clérigo de porte altivo, que la cogió del brazo y la invitó a entrar; los porteros, con uniforme rojo, se inclinaron a su paso. En la entrada del foso, el clérigo se presentó como el arzobispo de Madrás acompañado de su hermana y fue conducido a su lugar; Olympe, en cambio, pidió que la condujeran a los lavabos. Allí, se quitó el sombrero, esperó a que el pasillo estuviera vacío y diez minutos más tarde salió para dirigirse a la escalera que conducía al piso superior.

Entró por la puerta batiente situada a la derecha del inmenso órgano que destacaba detrás del escenario, donde los participantes se habían instalado. Se desplazó hasta el centro de la primera fila de la zona reservada a los coros en las representaciones de ópera, que estaba vacía. Esa zona no se había abierto a los espectadores y la elevada altura de la barandilla, cubierta con una tela roja, le permitió pasar inadvertida. Sin precipitarse, retiró la pancarta que llevaba enrollada alrededor del cuerpo y ató los dos extremos al tubo superior de la barandilla. Cuando llegara el momento, no tendría más que dejarla caer por el otro lado para que apareciese ante los ojos del público, apenas tres metros detrás del areópago de personalidades que ocupaba el escenario. Todo se desarrollaba tal como estaba previsto.

El arzobispo de Canterbury presidía el acto, acompañado de los obispos de Oxford y Londres, así como de varios reverendos ilustres de la comunidad anglicana. El asiento central continuaba de momento vacío, lo que espoleaba la curiosidad de los reporteros. Sentado en la quinta fila, el arzobispo de Madrás departía con su vecino de la izquierda, un misionero de la Asociación por la Reforma del Congo, al tiempo que lanzaba miradas discretas hacia el coro.

Los discursos comenzaron con retraso y se sucedieron con lentitud. Olympe se había sentado en el suelo y cambiaba de postura con regularidad para evitar el anquilosamiento. Por fin, después de una hora de presentación en la que hablaron sobre la situación en el Congo, y durante la cual los intervinientes hicieron todos los ejercicios de contorsionismo oratorio imaginables para condenar la explotación de la población sin provocar el enfado ni del Estado belga ni de su rey, el arzobispo de Canterbury presentó al invitado sorpresa, lo que despertó el interés de los periodistas. Había llegado el momento de que Olympe entrara en acción.

Dejó caer la pancarta y se levantó, dispuesta a pronunciar el texto que había pintado sobre la sábana blanca, cuando su compinche, que también se había levantado, atrajo la atención de toda la sala. Horace, vestido de obispo de Madrás, declamó con voz potente y teatral:

—Señores, estamos al lado de la población del Congo, que sufre lo que consideran el mayor crimen cometido hasta hoy. ¡Sepan que las sufragistas también están a su lado!

—Pero ¿quién es usted? —preguntó el prelado de Canterbury antes de que el orador prosiguiera.

—Las sufragistas son víctimas de este mismo crimen por parte de los dominantes —continuó él, haciendo caso omiso de la pregunta—. ¡A todos ustedes, en calidad de hombres de la Iglesia, les pido que las incluyan como víctimas de la esclavitud de los hombres!

El follón que se armó fue apoteósico. Vere Cole continuó arengándolos, provocándolos, en una improvisación que enfureció a Olympe. Nadie se ocupaba de ella ni de su pancarta. Los periodistas se dirigían al obispo de Madrás, que se adelantó con paso orgulloso para responderles.

Sus palabras, que serían reproducidas al día siguiente en todos los periódicos, desacreditarían definitivamente al movimiento, y Christabel expulsaría forzosamente a Olympe de la WSPU. Esta última salió del anfiteatro apresuradamente, bajó al sótano y recorrió el pasillo que conducía a la salida de los proveedores. Cuando llegó a la puerta de servicio, accionó la manilla para constatar que estaba cerrada y registró el bolsillo de su abrigo en busca de la llave, que había apretado firmemente con la mano durante su huida. Ya no estaba.

Por encima de su cabeza, el alboroto, marcado por el golpeteo anárquico de pasos contra el suelo, se había desplazado. Olympe se arrodilló para comprobar si la llave se había caído sobre la alfombra, pero no la vio. Metió de nuevo la mano en el bolsillo y descubrió un agujero en el forro. De repente, la voz estentórea de Horace se hizo audible: acababa de surgir de la escalera y, con su verborrea habitual, recorría el pasillo en su dirección flanqueado de periodistas divertidos y clérigos furiosos. Olympe palpó el interior de su abrigo: el bulto con la forma característica de las llaves se encontraba abajo del todo. Más lejos, Horace avanzaba sin preocuparse de sus perseguidores, se detenía de pronto para arengarlos con prédicas provocadoras y echaba a andar de nuevo sin responder a sus preguntas, repitiendo una y otra vez sus argumentos en favor de las sufragistas con los brazos abiertos, a la manera de un predicador.

Olympe intentó rasgar la tela, pero ni siquiera tirando con

todas sus fuerzas lo consiguió. Vere Cole y el grupo se acercaban envueltos en una atmósfera de sobreexcitación y nadie parecía preocuparse por ella hasta que el supuesto obispo la señaló con el dedo.

—¡En nombre de todos los apóstoles aquí presentes, quería dar las gracias a miss Lovell por su lucha! —Todas las miradas se volvieron hacia ella. El grupo se hallaba a unos metros—. Darle las gracias por su sacrificio —añadió apartándose, imitado por los demás, y revelando la presencia de dos inspectores que cerraban la marcha.

Olympe metió la mano en el bolsillo, agrandó el agujero rasgando la tela y buscó desesperadamente bajo el dobladillo. El contacto frío de la llave le arrancó un grito. Cuando se incorporó, los policías no se habían movido del sitio. Todos parecían observarla como si fuera un curioso animal. Olympe introdujo la llave en la cerradura y la hizo girar rápidamente. Al dar la segunda vuelta, la cabeza en forma de corazón se rompió y se le quedó en la mano. Ella la miró, incrédula, antes de arrojarla contra ellos con un gesto furibundo. La puerta seguía cerrada. Horace emitió una risita de satisfacción, se atusó el bigote y concluyó:

—No olvide que la vida no es sino una inmensa broma, querida. ¡Señores, hagan su trabajo!

Olympe se despertó sobresaltada, jadeando, con el corazón a punto de salírsele por la boca. Se sentía angustiada por la pesadilla que la había devuelto bruscamente a la realidad y se quedó inmóvil, mirando largamente la pared de la habitación de Thomas hasta que logró recuperarse. Cuando Saint Bartholomew-the-Less dio las cinco y media, se sentó en la cama, estaba sola: sor Elizabeth había llamado a media noche al médico para una operación urgente y este aún no había regresado. El cuarto estaba iluminado por un rayo de luz amarillenta que escapaba de la farola más cercana. Todo estaba en absoluta calma.

Olympe era consciente de los riesgos que había corrido Thomas al proponerle que se quedara en su casa. Del mismo modo que la administración cerraba los ojos ante las relaciones que podían establecerse entre los estudiantes y las enfermeras que se alojaban en las casas pertenecientes al hospital, los médicos residentes debían ser irreprochables a los ojos de la moral cristiana. El celibato constituía en sí mismo un estado sospechoso, que Belamy sumaba a sus prácticas médicas marginales y sus relaciones con los pacifistas y con una sufragista multirreincidente.

Ella no le había puesto al corriente de sus intenciones a fin de protegerlo de las consecuencias de su empresa, que debía seguir siendo exclusivamente responsabilidad suya. Olympe ya no estaba tan segura de sí misma.

La jornada avanzó con dificultad, a trompicones, hora tras hora, al ritmo marcado por el bronce en los campanarios vecinos. Angustiada por su sueño, la sufragista cambió varias veces de plan, para, finalmente, volver al original. Almorzó con Thomas disimulando y le anunció que saldría y no regresaría hasta la noche. Él no le hizo preguntas, cosa que ella le agradeció, y se marchó enseguida para pasar la visita diaria a los enfermos con Reginald. Cuando se quedó sola en el apartamento, de nuevo en silencio, Olympe se preguntó qué sería de su vida cuando su lucha hubiera acabado y tomó conciencia de que, sin esa lucha, le parecería desesperadamente vacía. La tranquilizó concluir que tendría una existencia plena hasta el final.

Salió de Saint Bart antes de las dos para ir al Royal Albert Hall, a una hora y media caminando. A Olympe no le gustaba el transporte público y se desplazaba a pie por Londres. Por eso había acabado conociendo muchísimas calles y callejuelas que no figuraban en los planos, cosa que le daba una ventaja innegable sobre la policía, que, como trabajaba por sectores, no era capaz de seguirla de este a oeste o de norte a sur de la capital. También debía procurar no gastar inútilmente los escasos ahorros de que disponía, conseguidos mediante su trabajo en la WSPU. Las Pankhurst retribuían a sus miembros permanentes con alojamiento y comida, completados con unos chelines por los trabajos de imprenta, de los que ella se había beneficiado hasta el lunes anterior; no tardaría en echarlos en falta. Para preparar su acción en el Royal Albert Hall,

Olympe había invertido dos chelines y seis peniques en el pago de las octavillas, realizadas por Jean, el tipógrafo. La joven había ido a verlo a su taller de Fleet Street tres días antes, le había hecho prometer que no le diría nada a Thomas y lo había convencido de que la ayudara a defender la causa de las sufragistas. No había sido una tarea muy difícil. El francés solo le cobró el coste del papel y, haciéndole una reverencia con el sombrero en la mano, le regaló la tinta destinada a su publicación. Tampoco a él lo decepcionaría.

Olympe entró en Hyde Park y se detuvo junto al lago Serpentine, donde observó cómo un grupo de cormoranes se disputaban un pez en medio de un concierto de gritos guturales y el batir de alas de un negro azabache. El día anterior había dejado una pequeña bolsa de tela de yute —como las que utilizaban los empleados del Royal Post— bajo la mesa de uno de los palcos situados en el piso donde se impartían las clases de dicción. La sufragista comprobó una vez más que no la seguía nadie, salió del parque y se detuvo a unos metros del edificio con la cúpula de acero. Las imágenes del sueño seguían resultándole tan agobiantes que tuvo la impresión de que volvía a vivir la misma escena otra vez: el desfile de coches de punto, las sotanas que confluían junto a civiles hacia el lugar del acto, todo le parecía tan familiar que su temor desapareció para dejar paso a la excitación. Dejó atrás la entrada principal, se dirigió a la puerta de servicio y la abrió con la llave de miss Fogerty. Recorrió el corredor del sótano y cruzó sus innumerables puertas batientes hasta la altura del pasillo oeste, donde subió la escalera. Cuando llegó a los palcos del segundo piso, contó el número de puertas que daban a la sala y empujó la octava. Al entrar en el palco, el bullicio procedente del foso la acogió como una ola de calor humano. Un olor a tabaco y miel flotaba en el aire. La bolsa seguía en el mismo sitio. Olympe la puso encima de la mesa, la abrió y sacó las octavillas. Las alineó en diez montones. Todo estaba a punto. En el estrado, el presentador caldeaba el ambiente anunciando la intervención del más famoso escritor inglés del incipiente siglo.

El instinto de Olympe la alertó en una fracción de segundo.

Había percibido una presencia a su espalda y se volvió con presteza.

Una silueta apoyada en el palco la estaba observando mientras el tabaco enrojecía en su pipa.

—Señora, lamento comunicarle que su tentativa acaba de alcanzar su punto final.

64

Royal Albert Hall, Kensington Gore, Londres, viernes 19 de noviembre

Cuando Olympe entró, el hombre estaba sentado en el extremo izquierdo del palco, justo delante de la cortina roja que había impedido a la joven verlo. Se acercó a ella y la luz eléctrica iluminó sus facciones. Tenía unos cincuenta años, rostro lozano, pelo corto, un poblado bigote que terminaba en dos puntas finamente cortadas y unos penetrantes ojos rasgados que lo dotaban de una mirada inquisitiva. Se asemejaba a los policías de Scotland Yard que había visto en innumerables ocasiones en los últimos años, a los que reconocía al primer golpe de vista. Este incluso habría podido servir de modelo para una estatua erigida en honor de los inspectores ingleses. Tuvo una intuición.

—¿Es usted sir Conan Doyle?

El brillo rojizo de la Taylor & Breeden de brezo se hizo más intenso.

—El mismo. Soy el invitado a este acto que usted tenía intención de perturbar. —Se acercó a la mesa y cogió un papel de una de las pilas—. «Las sufragistas apoyan al pueblo oprimido del Congo» —leyó—. «Apoyad a las mujeres en su lucha por el derecho al voto.» Me he permitido abrir su bolsa. Tengo la costumbre de aislarme antes de mis intervenciones y al principio pensé que se trataba de propaganda de un espectáculo del Albert Hall. La curiosidad forma parte de mi oficio.

—¿Qué tiene intención de hacer? —preguntó ella sosteniendo su mirada para demostrarle que no le temía.

Conan Doyle dio una calada a la pipa antes de responder.

—¿Se da cuenta de que interrumpiendo un acto de apoyo a un pueblo tiranizado se sitúa en el bando de la radicalidad y la intolerancia?

—¿Qué más puedo hacer? Las mujeres son el mayor pueblo del mundo víctima de la esclavitud de los hombres. Usted que defiende a los oprimidos, ¿organizará un congreso en su apoyo?

—¡Basta ya de palabras desmesuradas! Mi esposa no se considera una esclava. Es más, reprueba su lucha. Nos queremos y yo la aprecio. Acabamos de tener un hijo. Esa es la vida de una mujer. Que yo sepa, no es precisamente la definición de la explotación.

—Una mujer pertenece a su marido —dijo Olympe pronunciando despacio las palabras—, no dispone de sus ingresos y no tiene derecho a elegir a los que quiere que la representen.

Conan Doyle contrajo las mandíbulas, irritado, y pasó la pipa de una comisura a la otra mientras, en el estrado, el primer orador tomaba la palabra.

—¡Tampoco tiene derecho a comportarse como los golfos del East End! —replicó antes de expulsar una bocanada de humo.

—¿Qué hace un pueblo cuando está desesperado? La violencia no es un fin en sí mismo, pero en ocasiones es el único camino hacia la liberación. Usted es un humanista, ¡tiene que comprenderlo!

—Deje de mezclarlo todo, por favor. Y acabemos esta conversación estéril, es de lo más indigno. No tengo por qué argumentar contra usted y las arpías de la WSPU.

—¿Acaso no ha utilizado usted mismo la violencia? ¿Qué le hizo a Sherlock Holmes para liberarse de su yugo?

El autor, cansado del éxito de un personaje que hacía sombra al resto de su obra y al que había acabado por detestar, había hecho que pereciera junto con su enemigo, el profesor Moriarty, en las cascadas del Reichenbach, aunque unos años más tarde había tenido que resucitarlo debido a la presión de los lectores y a su situación económica. La comparación le pareció tan peregrina que se sintió desconcertado.

—Señora, creo que nuestras posiciones son irreconciliables. Por consideración hacia los organizadores y benevolencia hacia usted, le pediré que se marche sin armar escándalo. Y le confisco el material.

Uniendo el gesto a la palabra, Conan Doyle comenzó a guardar las octavillas en la bolsa.

—¿Qué hará si no me voy?

—Cumplir con mi deber. Soy un hombre que lo cumple siempre.

A sus cincuenta años, el escritor lo había demostrado en repetidas ocasiones mediante su compromiso político. Pero detestaba la lucha de las sufragistas y Olympe sabía que era capaz de interponerse. De forma inesperada, la joven tiró de la bolsa, la sujetó con los brazos y retrocedió hasta la barandilla. Conan Doyle, sorprendido, se quedó perplejo con un montón de octavillas en las manos.

—Su comportamiento es… irritante —acabó por decir arrojando los papeles a la mesa.

En el escenario, el orador anunciaba la llegada del escritor, cuya silla continuaba vacía.

—Le esperan —dijo Olympe asomándose al foso para calcular la altura.

—Si intenta lanzar las octavillas, la llevaré yo mismo a la comisaría. ¡Deme eso! —ordenó acercándose a ella.

—¡No se acerque más, señor Doyle! De lo contrario, salto —lo amenazó, pegada a la barandilla.

El escritor trató de calibrar por su mirada y sus gestos lo que había de farol en sus palabras. La sufragista no temblaba, ni siquiera pestañeaba. Conan Doyle se guardó la pipa en un bolsillo de la chaqueta, dispuesto a intervenir.

—Hay unos tres metros y medio hasta el suelo —señaló—. No es para matarse, pero puede resultar herida de gravedad. Supongo que no es ese su objetivo.

—Eso me permitiría atraer la atención de la prensa. No intente hacer nada. ¡Retroceda, retroceda! —ordenó Olympe al ver que él daba un paso adelante.

El escritor obedeció.

—¡Más! —exigió ella—. Hasta la puerta.

—Retrocederé si me lanza la bolsa. Yo cedo y usted también.

—Creo que no lo ha entendido, sir. No hay mercadeo posible. Siento que se vea involucrado en todo esto, no he hecho nada para que tal cosa sucediera, pero estoy dispuesta a saltar para que los periódicos se pregunten qué hacía usted en un palco con una sufragista y cientos de octavillas.

—Todo el mundo sabe qué opino sobre el voto de las mujeres. Me acusa de mercadear, pero lo que usted hace se llama chantaje.

—Está en su mano elegir.

El arzobispo de Canterbury hizo un llamamiento a la sala.

—Voy a lanzar las octavillas y me marcharé. Si quiere impedírmelo, no dudaré en arrojarme al foso y mañana los dos saldremos en los titulares de la prensa.

—¡Es usted una diablesa!

Olympe dejó la bolsa sobre el terciopelo rojo que cubría la parte superior de la baranda y se sentó a su lado.

—Retroceda —insistió sin alterarse.

—¡Yo jamás he cedido al chantaje!

Ella pasó una pierna al otro lado de la balaustrada, a caballo entre el palco y el vacío, y luego la otra. Sentada en el borde del palco, Olympe se hallaba a solo unos metros del estrado, donde un segundo orador había tomado el relevo en espera de que llegase el escritor. Varios espectadores de las primeras filas habían visto la silueta en equilibrio y la señalaban con el dedo.

—Muy bien —accedió Conan Doyle—, retrocedo. ¡Ahora vuelva al palco!

Olympe volvió la cabeza hacia él.

—No era mi deseo que pasara esto.

Los oradores se habían callado. Todo el mundo tenía los ojos clavados en ella. Puso boca abajo la bolsa, que se vació diseminando las octavillas sobre el escenario y las primeras filas, y el gesto le hizo perder el equilibrio. Conan Doyle la vio desaparecer mientras se elevaba un grito colectivo del público que cubrió el de Olympe. El escritor permaneció un instante paralizado frente a la barandilla vacía antes de acercarse a ella. Respiró hondo y se inclinó hacia el foso.

65

Cadogan Place, Londres, viernes 19 de noviembre

Horace tenía frío. Envuelto en una manta de tartán y con una escribanía sobre las rodillas, acababa de terminar su carta diaria a Mildred embutido en un sillón de su apartamento.

—¡Mayor! —llamó volviéndose hacia la puerta abierta.

Su mal humor se debía a la falta de correo procedente de su amada en los tres últimos días. Por más que intentaba entrar en razón, continuaba imponiéndole a Mildred un ritmo de intercambio epistolar que ella no podía seguir. Sin embargo, él necesitaba demostrarle sus sentimientos mediante ese vínculo cotidiano.

Los pasos amortiguados del mayordomo avanzaron por el parquet del pasillo.

—Mayor, deje todo lo que esté haciendo y vaya a correos para enviar esta carta a Chattanooga —ordenó Vere Cole tendiéndole el sobre.

—Muy bien, señor, voy inmediatamente. Pero acaba de venir a verle una dama. Me parece que necesita ayuda. La he instalado en el salón. Quizá sea mejor que yo espere un poco antes de ir a correos.

—¿Una dama? Su nombre, mayor —dijo Horace dejando la escribanía en el suelo.

—Madame de Gouges.

—¿De Gouges? Descríbala, hombre de Dios, ¿o tengo que sacarle la información con sacacorchos? —se impacientó el irlandés.

El criado trazó un retrato de la visitante mientras extraía a su señor del sillón. La descripción fue certera, ya que, en cuanto estuvo en pie, Horace exclamó:

—¡Olympe! ¿Qué habrá pasado para que venga a verme?

—Creo que está herida, señor.

—Vayamos inmediatamente a verla —resolvió Vere Cole en un tono marcial.

El mayordomo permaneció plantado delante de él.

—Señor, con todos mis respetos...

—¿Qué ocurre, mayor?

—Su capa —indicó el criado señalándole la manta que llevaba sobre los hombros.

Horace se la quitó de un tirón y se la plantificó en las manos.

—Gracias, mayor, de no ser por usted habría hecho gala de un mal gusto indudable. Vaya a buscar la de mi tío abuelo Aubrey.

Olympe estaba tumbada en el canapé victoriano que Vere Cole había mandado trasladar desde la casa familiar de Issercleran, con los pies apoyados en el grueso terciopelo rojo acolchado. El canapé era, junto con la capa de piel de lobo de su antepasado —una reliquia de la guerra de Crimea—, la única concesión que había hecho a sus recuerdos de familia; todos los demás seguían en Irlanda. No obstante, la habitación estaba decorada con objetos heteróclitos, como, por ejemplo, una decena de cascos de policía —uno encima de una silla, otro colgado de la pared—, a modo de trofeos de un enemigo vencido. Uno de ellos, puesto al revés, hacía las veces de cenicero.

Horace, precedido del criado, apareció como un príncipe ruso con su capa de piel y fue a besar la mano de la sufragista, cuya palidez revelaba su sufrimiento físico. El irlandés se sentó delicadamente al borde del sofá y no pudo evitar admirar las piernas de la joven, descubiertas desde los pies hasta las rodillas. Tenía el tobillo derecho hinchado y amoratado, y en la piel y en la cara resultaban visibles algunos rasguños.

—Mayor, coja el coche y vaya a buscar al doctor Belamy. Dígale que Olympe… de Gouges necesita su ayuda urgentemente. ¡Corra, pero no olvide mi carta! ¿Cómo se encuentra? —preguntó volviéndose hacia ella.

—Viva. Me siento viva —respondió Olympe mientras se incorporaba ligeramente haciendo una mueca.

—Cuénteme —dijo Horace cubriendo con su capa las piernas de la sufragista.

Ella le relató el plan y los obstáculos que había encontrado para su ejecución sin omitir ningún detalle, incluida la pesadilla, que divirtió mucho a Horace, y luego le habló de su caída del palco.

—He tenido la suerte de caer en el pasillo, al menos en parte: mi pie derecho se enganchó con uno de los asientos antes de recibir el impacto y di una voltereta. Eso es lo que me ha salvado.

Me he levantado completamente grogui y creo que he gritado: «¡El voto para las mujeres!», pero ni siquiera estoy segura. Pese a que me dolía la pierna, solo tenía una obsesión: huir, huir, huir para no acabar en la comisaría. Nadie ha intentado retenerme, creo que estaban todos tan sorprendidos como yo.

—¡Un ángel caído del cielo! Imagino la cara de esos clérigos —dijo Horace, entusiasmado.

—Sí, un ángel con las alas rotas. He salido por la puerta de servicio y he bordeado Hyde Park sin siquiera volverme. Me dolía todo y tenía frío.

—Admiro sus agallas, es capaz de plantarle cara a quien sea, incluso a sir Conan Doyle. ¡Es capaz de saltar antes que rendirse! —se enardeció Vere Cole.

—Soy capaz, sobre todo, de hacer cualquier cosa por salvar la piel —dijo Olympe atemperando la exaltación de su amigo; el dolor le subía por la columna vertebral hasta la nuca—. ¿Sabe qué? Justo antes de caer he pensado en ella, en madame de Gouges. Cuando subió al cadalso, plantó cara a todo el mundo, a la multitud que gritaba y a sus verdugos, con un valor ejemplar. Murió por haber reclamado la igualdad de derechos entre las mujeres y los hombres. Quiera Dios que no lleguemos a eso, yo simplemente aspiraba a ser digna de ella. —Hizo una pausa hasta que su respiración se calmó—. Me he acordado de que usted vive en Cadogan Place —prosiguió—. No habría podido llegar andando al Barts, y no quería tomar un coche, la policía ya debe de estar interrogando a todos los cocheros del barrio. Esa es también la razón por la que no le he dado mi nombre a su mayordomo.

—Yo respondo de él —objetó Vere Cole—. Ahora debe descansar, querida. Aquí está segura.

—Pues yo tengo la impresión de que me encuentro en el vestuario de Scotland Yard —replicó ella señalando el casco que estaba debajo de la mesa de centro.

—No tema, lo de robar cascos de *bobbies* es una manía. No puedo evitarlo. Vamos a cuidar de usted, mi querida amiga.

Al quedarse sola, Olympe se sintió invadida por sentimientos encontrados. Su acción no había sido un éxito y temía la versión oficial de los periodistas, pero había escapado de un arresto. Cerró los ojos para tratar de recobrar un poco de serenidad, pero no lo consiguió: las imágenes de su caída desfilaban por su cabeza. Observó con detenimiento la habitación y miró el reloj coronado por una odalisca de bronce que decoraba la chimenea. La joven esculpida estaba desnuda, sentada en una pose lasciva, con un turbante en la cabeza y una pierna recogida junto al cuerpo, y miraba hacia atrás con aire desafiante. El artista le había otorgado a esa prisionera de harén una dignidad que nadie podría arrebatarle.

A las seis y media, el mayordomo estaba de regreso con Thomas. Horace dejó al médico a solas con Olympe y se dispuso a leer la carta procedente de Estados Unidos que su empleado le había entregado.

Belamy no le hizo preguntas a la joven, ni tampoco reproches, y ella se sintió agradecida. Su sola presencia bastó para acabar con la melancolía de Olympe. El médico le examinó el tobillo y le aplicó una cataplasma de belladona. Después le tomó los pulsos en las dos muñecas antes de sacar del maletín el material de acupuntura. Cuando el mayordomo fue a llevar las plantas que el médico le había pedido que pusiera en infusión, dejó escapar una exclamación al ver a la joven. Olympe tenía clavadas en las piernas y los brazos desnudos unas agujas sobre las que se consumían bolitas de artemisa. Thomas, inclinado sobre ella, soplaba sobre una de las moxas.

—¡Dios mío! Pero ¿qué clase de medicina es esa? —dijo, estupefacto—. Perdone mi reacción, señor —añadió tras volverse de espaldas para no ver el cuerpo de la sufragista, que consideraba demasiado desnudo—. ¿En qué más puedo ayudarle?

—¡Mayor, socorro, soy víctima de los malos tratos de un hechicero anamita! —bromeó Olympe, revitalizada por la desaparición del dolor.

La espalda del sirviente se contrajo y sus hombros se levantaron, manifestando su incomodidad.

—El señor de Vere Cole me ha presentado al doctor Belamy como el médico más brillante del Reino Unido —declaró—. Confíe en él, señorita. ¿Puedo retirarme?

—Sí —dijo Thomas, que seguía concentrado en la combustión de las moxas.

—No —respondió ella al mismo tiempo.

—Estaré en el *office* —dijo el mayordomo antes de salir al pasillo.

—Una prueba más de la desgraciada condición femenina —concluyó Olympe—. Nuestra voz no se escucha jamás. Y así será siempre, aun cuando consigamos el derecho al voto.

—Estate quieta —la reprendió Thomas antes de mover una aguja clavada en el nacimiento de la pantorrilla.

—Thomas, ¿es normal que me sienta eufórica?

—Es una reacción a la conmoción. Y también es posible que te haya administrado una dosis excesiva del tratamiento.

—¡Claro, eso es! ¡Intentas drogarme!

—Intento ahorrarte las consecuencias traumáticas de la caída —rectificó él.

Thomas sopló suavemente sobre una bolita de artemisa que se consumía demasiado despacio.

—¡Para, me produce escalofríos! —protestó Olympe mostrándole los brazos—. Voy a tener que acabar llamando al mayor.

—Creo que ya lo has traumatizado bastante.

—Bésame.

—Olympe…

—Bésame, abrázame, tengo unas ganas locas desde que has llegado.

La joven intentó levantarse para llegar a sus labios, pero Thomas la retuvo.

—Déjame al menos que retire las agujas —argumentó—. Si no, acabaremos ardiendo los dos.

—¿Y no es eso lo que está pasando ya?

Thomas le quitó las agujas como pudo mientras Olympe le acariciaba la cara y, cuando aún tenía en la mano la última moxa recién apagada, se besaron apasionadamente, medio tumbados y medio sentados en el canapé, un beso entrecortado de gemidos de placer que se transformaron en un grito de dolor cuando cayeron sobre la alfombra del suelo.

—¡Olympe! —exclamó Thomas intentando levantarse para examinarla, pero ella se lo impidió y se pegó a él.

Su abrazo se prolongó hasta que sonó el tintineo cristalino del reloj.

—Las diez, tengo hambre, ¡tengo mucha hambre! —dijo Olympe levantándose.

—Eso significa que la curación está cerca. Yo me ocupo de eso, si el mayor tiene a bien servir a un hechicero y una sufragista. Horace debe de haber ido al Café Royal.

Thomas se dirigió al *office*, donde el sirviente había dejado preparada y a la vista una cena fría.

—Creo que estamos solos —dijo llevándola al salón—. Nuestro anfitrión es un caballero.

—El último de los caballeros ingleses —confirmó ella poniendo los platos en la mesa de centro—. Te propongo que hagamos un pícnic como en tu casa.

Se sentaron sobre la alfombra y se repartieron los huevos, el pan y la carne fría. También compartieron algo de su pasado, unas pinceladas, y comprendieron que aún era demasiado pronto para abrirse por completo. El presente los mantenía plenamente ocupados.

—Tengo la impresión de que una parte de ti está todavía en el Albert Hall —señaló Thomas examinándole de nuevo el tobillo, que se había deshinchado por completo.

—Mi zapato derecho al menos —repuso ella dedicándole una sonrisa más dulce que un beso—. Buscarlo no estaba entre mis prioridades. ¡Dios, cómo me alivian tus manos! ¡Continúa masajeando, qué agradable! —Se quedó en silencio un momento, disfrutando del placer, antes de continuar—. ¿Sabes cuántos palcos hay en el Albert Hall?

—¿Cincuenta?

—Más de cien. ¿Cómo se explica, entonces, que Conan Doyle se aislara precisamente en el palco en el que yo había dejado las octavillas?

—¿El azar? —propuso Thomas sin convicción.

—¿Una posibilidad entre cien?

—La mala suerte. Y tú, ¿por qué habías elegido ese?

—Estaba lo suficientemente cerca del escenario para que los oradores me oyeran sin que tuviera que gritar, y lo bastante lejos para que me diera tiempo a huir.

—El puesto de observación ideal. Quizá él lo eligió por las mismas razones.

—No lo creo. ¿Y si El Apóstol le hubiera avisado?

—¿Qué interés podría tener en hacerlo? —preguntó Thomas, que paró de repente de masajearla.

—La acción de una sufragista desmontada por el padre de Sherlock Holmes: a nuestros detractores les habría encantado. Tengo la sensación de haber sido manipulada.

Olympe se acurrucó contra él.

—No hagas caso de sus mensajes.

—No es suficiente. Quiero saber quién es y por qué lo hace. Atraparlo en su propio juego.

—Te comprendo. Cuenta con mi ayuda.

Thomas había apoyado la barbilla en el hombro de Olympe y, mejilla contra mejilla, la estrechaba entre sus brazos.

—Nunca me he abandonado con ningún hombre como contigo, Thomas. Quería que lo supieras. Pero esto no es una petición de matrimonio —precisó inmediatamente.

—Nada detiene al viento; es inútil enjaularlo, siempre escapará. Nosotros somos dos hijos del viento.

—¡Díselo a los inspectores de Scotland Yard para que nos dejen en paz!

Él asintió en silencio y se relajó imaginando el placer de una existencia apacible.

—¿Qué sabes de nuestro apóstol?

—Descubrí una cosa interesante en mi visita a la familia Stephen. El nombre de todos los apóstoles desde los inicios del club, así como todos sus temas de debate, figuran en un libro guardado en un cofre que han bautizado como «el arca». Sé dónde está y estoy segura de que podremos averiguar mucho leyéndolo.

Un alboroto ensordecedor interrumpió su conversación. Alguien gritaba en la escalera. Vociferaba. La voz del mayordomo les llegó desde la entrada.

—Venga a ayudarme, doctor, el señor está enfermo.

Los dos hombres transportaron a Horace, completamente borracho, a la gran butaca situada ante el cálido hogar, aquella en la que acostumbraba leer poesía y escribir su correspondencia. Él se debatió un poco antes de rendirse, incapaz de coordinar sus movimientos. Tras varias tentativas infructuosas acompañadas de maldiciones que, supuestamente, un hombre de la *gentry* no debía conocer, Horace consiguió sacar un papel del bolsillo de su chaleco.

—¡Se han atrevido! —farfulló mostrando la hoja arrugada—. ¡Se han atrevido!

—Es la carta de la señora —explicó el mayor—. Ha sido la causante de todo.

Horace la estrujó y trató de arrojarla al fuego, pero la bola, ligera, aterrizó a los pies de Thomas. El gesto le provocó a Vere Cole unas náuseas irreprimibles. Entre espasmos, el irlandés se apoderó del casco que estaba a sus pies y, metiendo la cabeza en él, vomitó una mezcla de jugos y bilis. El mayordomo se apresuró a retirar el cubo improvisado de la vista de todos.

—Disculpe al señor, la emoción lo ha destrozado —dijo antes de marcharse a la cocina.

Vere Cole escondió la cara en la piel de lobo y rompió a llorar. Thomas cogió el papel arrugado, lo estiró y se sentó al lado de Olympe. Mildred Montague manifestaba en la carta que rompía definitivamente su compromiso con Horace y se quedaba a vivir en Chattanooga.

XI

23 de noviembre-31 de diciembre de 1909

66

Cadogan Place, Londres, martes 23 de noviembre

Horace pasó los dos días siguientes en la cama, negándose en redondo a salir y a comer, exacerbando su romanticismo con la mortificación extrema que se imponía. Pero la realidad era obstinada, y Dwight Montague se había anticipado por telegrama a la multitud de cartas que había enviado y todavía navegaban hacia Estados Unidos, para confirmar la voluntad de su hija y al mismo tiempo indicarle que no responderían a ninguna misiva suya. Olympe, que se había quedado en Cadogan Place, consagró su tiempo a escucharlo y tratar de hacerle entrar en razón. Horace oscilaba entre los lamentos del enamorado desconsolado, la ira del amante rechazado y la esperanza loca de un regreso de su amada. Buscaba en Olympe un oído atento y un alma compasiva, incluso cómplice. Exhibía su tristeza ante ella de manera ostensible, a fin de que un día Mildred se enterara y se sintiera responsable de aquel dolor en el que se envolvía su honor.

El lunes, Adrian Stephen, informado por Thomas, fue a ver a su amigo y, ante su sufrimiento, acabó aceptando viajar a Estados Unidos para defender su causa ante los padres de Mildred. Su decisión tuvo un efecto inmediato: Horace pasó de un estado apoptótico a la euforia. Le suplicó de rodillas que partiera enseguida, le prometió una parte de su fortuna, cosa que ofendió a su amigo y estuvo a punto de comprometer el acuerdo. El mayordomo quedó encargado de comprar un billete en el primer transatlántico que se hiciera a la mar, que resultó ser el *Mauritania*, de la Cunard Line, la misma compañía que la del *Lusitania*. Los astros se habían alineado de nuevo y el martes, en torno al mediodía, cuando se despertó, Horace ya no dudaba del éxito de su empresa.

—¿Qué hora es, mayor?

—Las dos de la tarde, señor.

—Ya ha embarcado, ¿verdad? —le preguntó Vere Cole a Olympe como un niño inquieto.

Ella asintió con un ligero movimiento de cabeza y se volvió hacia Thomas, quien respondió:

—La suerte está echada, Horace, ahora hay que pensar sobre todo en recobrar fuerzas.

—Lo intento —aseguró este último mostrándole el muslo de pollo pinchado con el tenedor—. Estaré preparado para su regreso.

—También debe estar preparado para considerar otras opciones.

—Si ella no ha querido que yo hiciera el viaje, es únicamente porque teme no soportar nuestro reencuentro. Está enamorada, pero la han obligado a obedecer a su padre. Yo la liberaré de él como la liberé del conde. ¡Ya no estamos en el siglo XIX, qué demonios!

—¡Por el siglo XX! —proclamó Olympe levantando su copa—. ¡El siglo de la libertad!

—¡Por el siglo XX! —repitieron todos a coro.

—Y por el éxito de nuestra expedición —añadió Vere Cole después de vaciar la suya—. No se imaginan cómo me divierte volver al Trinity College para robar el libro de los apóstoles.

—No vamos a robarlo, solo a consultarlo —le corrigió Thomas—. Nadie debe saber que hemos tenido acceso a él.

Después del almuerzo pasaron al salón para calentarse ante el hogar. Horace dio cuerda al reloj de péndulo y acarició la cabeza de la odalisca con un gesto supersticioso.

—No tardará en pasar a la altura de Dublín. Estará en casa de los Montague el uno de diciembre.

—Sigue sin aparecer nada —anunció Olympe cerrando el *London Daily News* del día.

Ningún periódico había relatado su intervención en el Royal Albert Hall. Era como si el acto hubiera transcurrido sin incidentes: Conan Doyle había pronunciado un discurso que destacó por su profunda humanidad y había sido muy aplaudido.

—Empiezo a preguntarme si no lo soñé todo otra vez —añadió Olympe suspirando—. Habría preferido una oleada de indignación de toda la prensa antes que este silencio frustrante.

—Esto no demuestra que sir Conan Doyle sea cómplice de El Apóstol —señaló Thomas—. Pero tampoco disculpa a este último.

—De todas formas, es mucho menos emocionante si no lo robamos —objetó Horace a destiempo—. Yo había pensado sustituirlo por el libro de oro de la abadía de Westminster. Lo sustraje el año pasado —precisó levantándose—. Es instructivo.

Cogió un libro de la biblioteca y se lo tendió a Thomas, que lo hojeó distraídamente.

—¿Cuánto tiempo estuvo en el Trinity College? —preguntó Olympe mientras el mayordomo les llevaba el té.

—Tres años, hasta 1905. Conocí a Adrian el primer curso y su vertiente subversiva enseguida me pareció adorable. Hacía teatro, tenía unas dotes excelentes como actor. A Vanessa y Virginia las veía en mayo con ocasión de la semana de las familias, ¡eran tan guapas! Todos los estudiantes de Cambridge estaban enamorados de al menos un miembro de la familia Stephen. En el segundo curso cogimos dos habitaciones contiguas en una de las alas de la Nevile's Court, el lugar más difícil de conseguir para un alumno, el sanctasanctórum. El príncipe de Siam tenía una habitación en la planta baja. Fue él quien nos dio la idea del sultán de Zanzíbar.

—¿El sultán de Zanzíbar? —preguntó la joven poniendo cara de asombro.

—¿No conoce esa broma? Es la mejor que he organizado. Adrian iba disfrazado de gran visir, y yo, de tío del sultán. Dimos gato por liebre a todas las eminencias de Cambridge, desde el alcalde hasta nuestros profesores. Después, Adrian y yo fuimos al *Daily Mail* para contarles nuestro engaño. El *Daily Mail*, ¿se lo puede creer? Un millón de lectores —insistió ante su falta de reacción—. Y salimos en la portada del *Tatler* con los disfraces. Tres meses más tarde, nos expulsaron del Trinity. No hubo arrepentimiento por nuestra parte. —Horace hizo una pausa para paladear la infusión de té negro de Assam con un gesto de aristocrática elegancia secular—. Recuperar esta noche una faceta festiva es muy de agradecer, amigos míos —concluyó.

—¿Está seguro de dónde se encuentra el arca? —insistió Olympe.

—Podría llevarla hasta ella con los ojos cerrados. La tradición tiene la ventaja de que en Trinity no cambia nada. Estará en el lugar exacto que le he indicado.

—¡Horace, es usted un genio! —intervino Thomas.

—Digamos que a veces lo pienso, pero en este caso concreto…

—No me refiero a nuestro paseo de esta noche, sino a esto —dijo mostrándole el libro de oro.

—¿Eso? Ni siquiera fue premeditado. El reverendo deán se lo dejó en la sala capitular. No tiene nada de glorioso.

—¿Lo ha leído?

—Por encima. Está todo lo que nuestra época aporta en materia de grandes hombres que han ido a recogerse ante la tumba de los famosos desaparecidos. Los autores frecuentan el sector de los poetas; los científicos, el de los hombres de ciencia, y los ambiciosos, el de los estadistas. Todos dejan una frase para la posteridad confiando en acabar en la necrópolis de los ilustres en que se ha convertido esta abadía. Pintoresco, ¿no? ¿Qué tiene eso que me haga merecedor de tanta indulgencia por su parte?

—Olympe, ¿has guardado los mensajes de El Apóstol?

—Voy a buscarlos —respondió ella saltando del sillón—. ¡Horace, es usted brillante! —gritó desde el pasillo.

—La letra, ¿es eso? —preguntó Vere Cole, que empezaba a comprender.

—Vamos a compararla con las dedicatorias —explicó Thomas—. He visto pasar a todos los ministros y buen número de diputados por su libro de oro. Incluido a sir Conan Doyle.

Al mayordomo le gustaba trabajar al servicio de Vere Cole. Sabía que su rigor de suboficial era valorado por su empleador, así como su carácter decidido, del que Horace no podía sino felicitarse, ya que lo liberaba de todas las preocupaciones de la vida cotidiana. El hombre apreciaba la excentricidad de su señor, que le hacía la vida mucho más divertida que en ninguna de sus funciones precedentes.

Acabó de llenar el maletín de viaje de piel, comprobó que no faltaba nada de la lista hecha previamente y fue al salón, donde los tres compinches llevaban una hora encerrados. De vez en cuando salían de allí exclamaciones y risas. El mayor se preguntaba qué juego sería el que les apasionaba tanto, pero su profesionalidad le impedía satisfacer su curiosidad. Dejó el equipaje junto a la mesa de centro, pidió confirmación de que no lo necesitaban y se fue a la cocina.

—¿Cuántas páginas faltan? —preguntó Horace, preocupado.

—Unas diez como máximo —respondió Thomas—. Todo el año 1908. ¿Cuántos sospechosos?

—De momento, dos —dijo Olympe.

Habían examinado minuciosamente todas las dedicatorias, de firmantes conocidos o desconocidos, riéndose de las frases mientras bebían el champán que Horace servía sin parar.

—Aquí tenemos a nuestro diputado favorito —anunció Horace descifrando la firma de Winston Churchill.

—Fue antes de la humillación del látigo —señaló Olympe.

La semana anterior, el político había tenido un altercado en el tren de Bristol con una mujer que le había propinado un azote con una fusta.

—«¡Pedazo de bruto, voy a enseñarle lo que las mujeres inglesas pueden hacer!» —dijo Olympe repitiendo las palabras de la sufragista—. ¡Me quito el sombrero, miss Garnett!

—Sin duda esto les sorprenderá, pero es un candidato potencial —afirmó Thomas, lupa en mano.

—Su letra está ligeramente inclinada, y la de El Apóstol no —objetó Horace.

—Supongo que nuestro desconocido intenta cambiar la suya, pero hay puntos en común interesantes. Es fina y apretada. Mire la «e», qué cerrada está, y la «f» forma el mismo ángulo. La «h» no se enrolla, como la de El Apóstol.

—Añadámoslo a la lista —decidió Olympe—. Sé por Christabel que en privado no se muestra tan hostil al voto de las mujeres como en las reuniones públicas.

—¿A qué hora sale el tren? —preguntó con inquietud Horace, que conocía la respuesta.

—A las cuatro, tenemos tiempo de sobra para acabar —lo calmó Thomas.

Las últimas páginas solo aportaron un candidato suplementario, cuyo texto, firmado con el apellido Smith, les pareció tan turbador como su letra, en mayúsculas separadas. Decía así: «A todos los apóstoles de la literatura, la ciencia y las artes, convertidos en ángeles. Que su memoria sea honrada».

—Un último sospechoso selecto —dijo Olympe mostrándoles la lista definitiva, de la que habían eliminado de mala gana a Conan Doyle pese a la semejanza de la letra, ya que el escritor había estudiado en Escocia—. Espero que averigüemos más esta noche.

Junto a Churchill y Smith, figuraban el diputado laborista Keir Hardie y un par del reino.

—Ahora sí que es hora de irse —decidió Horace levantándose—. Es imprescindible llegar a la hora de la cena. Voy a decirle al mayor que saque el coche.

67

Trinity College, Cambridge, martes 23 de noviembre

Caminaron desde la estación, atravesando diferentes barrios y varios parques antes de ver la imponente silueta de los edificios de la universidad, que rodearon por el norte hasta Queen's Road. Dejaron la carretera para adentrarse en un camino de tierra endurecida por el hielo. Hacía frío, pero no llovía, el anticiclón anunciado en todos los periódicos había acudido a la cita. La luna también, solo salpicada de nubecillas, por lo que su albedo permitía ver incluso sin linterna. Cruzaron el río Cam y se detuvieron delante de un portón abierto en la parte posterior de una propiedad. Horace entró y, sin titubear, se dirigió hacia una puerta encastrada en la pared que marcaba el linde con la propiedad adyacente. No estaba cerrada con llave y Vere Cole los invitó a pasar al jardín vecino.

—Está abierta los martes por la noche y cerrada los demás días —susurró—. No me pregunten por qué, no tengo ni la menor idea. Esta ciudad es un pozo de incongruencias.

Se encontraron sobre un rectángulo de césped cortado a ras, cuidado como un *green* de golf.

—Estamos sobre el terreno de juego —explicó Horace—. Los martes no hay entrenamiento.

—Horace, tranquilíceme, ¿ha estado aquí recientemente? —preguntó Thomas.

—¿Yo? No, no he vuelto desde 1905.

—¿Y cuenta con información de hace cuatro años para que nuestra empresa sea un éxito?

—¡Eso es lo bueno que tiene la tradición, querido! ¡Por aquí!

Bordearon el seto que delimitaba el terreno de juego y siguieron por el paso que desembocaba en la parte posterior de uno de los edificios que rodeaban Great Court, el patio principal de la universidad. Vere Cole se detuvo y levantó la cabeza a fin de comprobar que no había luz en los pisos.

—Ya hemos llegado: la antigua biblioteca —dijo solemnemente—. ¿Doctor Belamy?

Thomas apoyó en el suelo el saco de marinero que llevaba al hombro y sacó una batería con una bombilla encima.

—Linterna eléctrica. La he cogido del hospital, es el mismo modelo que utilizan los bomberos. Tiene la potencia de cuatro bujías y seis horas de autonomía, y solo pesa quince kilos —explicó mientras la encendía.

La fachada mostró tres largas hileras de pequeñas ventanas ojivales a diferentes alturas y una sola puerta de servicio. Olympe movió el pomo.

—Cerrada —constató—. Está claro que no forma parte de la misma tradición, mi querido Horace.

—Tal como me pidieron, vamos a evitar cualquier clase de infracción —aseguró este mientras Thomas comprobaba la solidez de las ventanas—. Esto debería sernos de ayuda —añadió enseñándoles una llave—. No llegué a devolverla —confesó con una amplia sonrisa, satisfecho del efecto causado—. Apague la linterna y síganme de cerca. Vamos a subir al segundo piso.

El interior olía a madera y a papel enmohecido. Las siluetas de las estanterías, bajas y macizas, y los pupitres, enmarcaban el estrecho pasillo de suelo gastado que crujía bajo sus pies. Avanzaron en medio de la penumbra en fila india, cogidos de la mano, Horace a la cabeza. Al fondo de la sala había una puerta estrecha encajada entre dos librerías atestadas de libros. Entraron en la habitación de la esquina, que daba al río.

—Ya puede soltarme —le dijo Olympe a Vere Cole, que tardaba en hacerlo.

—Tiene razón, querida —reconoció él, y obedeció tras haber esbozado un besamanos—. Ahora, una última precaución antes de encender nuestro faro.

Sacó de su maletín una manta con la que cubrió la ventana antes de que Thomas pusiera en marcha la batería. Aquel lugar se utilizaba como almacén de obras antiguas que no podían estar expuestas por falta de sitio. Todas llevaban la huella del tiempo impresa en sus tapas agrietadas.

—Ahí está el arca —dijo Horace en tono grandilocuente señalando un cofre de madera de cedro y marquetería rudimentaria, cerrado con un candado de grandes dimensiones.

Olympe se arrodilló y tendió la mano hacia Horace.

—La llave.

Vere Cole se atusó el bigote antes de contestar con su expresión más plácida:

—No la tengo. No formaba parte de mis atribuciones, nunca fui guardián del arca, a duras penas me consideraban digno de abrir la puerta de servicio. Yo les he traído hasta el Grial, ¡ahora les toca a ustedes demostrar sus aptitudes, amigos! —dijo adoptando su posición favorita, brazos cruzados y mano derecha sosteniendo la barbilla.

Olympe se levantó y se plantó delante de él.

—¿No la tiene? ¡Pero usted nos aseguró que se ocupaba de todo! Íbamos a «dar un paseo por Cambridge» como simples turistas. ¿Por qué no nos lo ha dicho?

—Para estar seguro de que no desistirían. Ustedes necesitan este cofre y yo necesitaba este retorno a los orígenes. No se preocupen, he pensado en todo —rectificó abriendo el maletín—. Le pedí al mayor que hiciera unas compras. Veamos, ¿podría serles útil esto?

Dejó delante del cofre una serie de ganzúas, un martillo y varias tenazas de gran tamaño.

—Yo soy médico, no ladrón —protestó Thomas acercando la fuente de luz al mueble—. Habíamos decidido no forzar nada para no atraer la atención de El Apóstol.

—Pues va a tener que forzar la cerradura —dijo Vere Cole—. Es mucho más emocionante, ¿no?

—Mi querido Horace, recuérdeme que a la vuelta lo tache de la lista de mis pacientes —replicó Thomas escogiendo dos ganzúas. Las introdujo en la cerradura, las movió varias veces hacia un lado y hacia el otro, pero no consiguió nada—. No nos queda más remedio que recurrir a las tenazas —concluyó, disgustado. Olympe ya no podía disimular su contrariedad.

—Déjame a mí, y vuélvanse los dos. ¡Vuélvanse! —ordenó.

Los dos hombres obedecieron sin discutir.

—Estaba convencido de que usted sabría hacerlo —se justificó Horace, compungido.

—¿Qué se lo hizo creer?

—Me dijeron que se relacionaba con los delincuentes de Whitechapel.

—Recuérdeme también que lo tache de la lista de mis amigos.

—Cuando uno frecuenta un club de equitación es que sabe montar a caballo…

—Usted frecuenta el Café Royal y trata con Augustus, y pese a ello no es un artista —dijo Thomas con sorna.

—Su flecha ha dado en el blanco, no lance más —imploró Horace—. ¡Acaba de vengar usted solito la batalla de Crécy! —Lanzó una mirada hacia atrás—. Estamos perdiendo el tiempo —susurró mientras se oía el tintineo de las ganzúas.

—¡Ya está! —anunció Olympe.

La joven se había arrodillado delante del cofre con la tapa abierta y había metido las manos dentro.

—Pero ¿cómo lo has hecho?

—No me preguntes nunca sobre lo que ha pasado —respondió ella sacando un montón de cuadernos—. ¡Dios del cielo, lo que hay aquí! Horace, ¿dónde está el de los apóstoles?

—Digamos que hay un punto que no he tenido tiempo de analizar con ustedes.

—No estará insinuando que…

—Me temo que sí. Hay un cuaderno por año. Es decir, noventa a día de hoy.

Thomas cogió uno al azar. Contenía todos los textos que escribieron los participantes durante el año 1854, así como el relato de cada entronización.

—Nos llevará horas —calculó devolviéndolo a su sitio.

—Espere, enséñemelo, tengo curiosidad por ver quién formaba parte del club ese año.

—No tenemos tiempo para divertirnos, Horace. Venga a ayudarnos.

Vere Cole, ofendido, no obedeció. Cogió un libro de tapas claras y se alejó para consultarlo mientras Thomas y Olympe buscaban los volúmenes más recientes. Horace cerró de golpe el cuaderno y apuntó hacia el cielo con el índice.

—¿Perciben lo mismo que yo? —dijo.

—¿El olor a moho? —sugirió Olympe.

—No. ¿Perciben la presencia de los grandes hombres? Están todos: Isaac Newton, Francis Bacon, lord Byron, Charles Babbage, todos esos genios que vivieron aquí y que habitan esta biblioteca desde hace años. ¡Dense cuenta de que estamos en la universidad que ha producido los espíritus más grandes de nuestro imperio! Percibo sus almas excepcionales, viven aquí, las oigo rodearnos de su benevolencia.

—Lo que yo oigo son pasos fuera —susurró Thomas, que apagó inmediatamente la luz.

Olympe se acercó corriendo a la ventana y apartó la manta.

—Cuatro hombres se dirigen hacia este edificio —resumió—.

Dos de uniforme. Los otros tienen aspecto de guardianes. Llevan linternas.

—¿Hay otras salidas? —le preguntó Thomas a Horace, quien, contrariado por el suceso, no reaccionó—. ¿Horace? —insistió el médico.

—No, solo una —respondió Vere Cole, que solo aparentemente tomó conciencia de lo urgente de la situación—. ¿Qué hacemos con los libros?

—Cogemos los últimos veinte años —decidió Olympe—, al diablo la discreción. La pila de la derecha —le indicó a Thomas, que se apresuró a cogerlos.

Ella cerró la tapa y puso el candado mientras Thomas guardaba cuadernos y útiles en el saco. El médico se lo cargó al hombro, agarró la batería por la correa y con un gesto los invitó a salir.

Al llegar a la escalera, oyeron el tintineo de un manojo de llaves.

—No nos dará tiempo a llegar abajo antes de que entren —susurró Thomas.

—Creo que necesitaremos sus aptitudes de guerrero —concluyó Vere Cole, que había recuperado el entusiasmo.

—No pienso pelear. ¿Por qué clase de maleante me toma, Horace? Bajemos al primer piso y esperemos a que inspeccionen el segundo. Deben de haber visto un poco de luz y seguro que van directos ahí.

—¿Y si hacen un registro metódico? —preguntó Horace, inquieto.

Thomas no respondió, cogió de la mano a Olympe y empezó a bajar la escalera. La primera planta era exactamente igual que la segunda, con la salvedad de la habitación del fondo, que había sido reemplazada por dos globos terrestres delante de las ventanas ojivales. El médico y la sufragista se apostaron entre dos hileras de estanterías y Vere Cole se plantó al otro lado del pasillo principal. Los hombres acababan de entrar e inspeccionaban ruidosamente la planta baja.

«Tienen miedo —pensó Thomas—. Anuncian su presencia.»

Horace le sugirió con una seña que saltara por la ventana. El médico calculó la altura en cuatro metros, demasiado arriesgada la caída, y le hizo un gesto negativo con la cabeza. Los guardianes avanzaban despacio. Uno de ellos les indicó a los demás que en la planta baja todo estaba en orden. Sin avisar, Vere Cole abrió la ventana, que daba a Great Court, pasó una pierna por encima del marco, se colgó agarrándose con las manos y saltó.

Antes de que Thomas tuviera tiempo de reaccionar, la voz de Horace subió desde el patio:

—¿Alguien puede ayudarme? ¿Un alma caritativa?

Los guardias salieron y encontraron a Vere Cole sentado sobre la hierba y frotándose el tobillo.

—Señores, no se imaginan lo que acaba de pasarme.

—Vamos —dijo Thomas.

Olympe y él salieron del edificio por la parte de atrás, atravesaron el terreno de juego y recorrieron el camino inverso a lo largo del Cam y del Trinity.

—Nos ha sacado del apuro —señaló Olympe cuando ya llevaban un rato caminando en silencio—. Espero que salga bien librado.

—Lo único peligroso era la caída. Dejando eso a un lado, es capaz hasta de sacarles dinero.

Cuando llegaron a la puerta principal del Trinity, Vere Cole ya estaba esperándolos allí, junto a un manzano de ramas desnudas.

—Los he embaucado tan bien que han puesto dinero para pagar a un médico —anunció haciendo sonar las monedas dentro de un bolsillo.

—Siéntese y deme la mano —ordenó Belamy.

—¿Para qué? ¿Quiere pedirme en matrimonio? Sepa usted que ya estoy comprometido —bromeó tendiéndole el brazo.

Thomas no dijo nada y le tomó los pulsos.

—No vuelva a hacerlo nunca más, Horace.

—Le agradezco su solicitud, amigo, pero la altura no era tan considerable.

—No olvide que tiene fragmentos de dum-dum junto al corazón. Cualquier caída, por pequeña que sea, puede ser fatal.

—¿En serio? Habría sido una muerte hermosa. Mi sacrificio no habría sido inútil.

—Vámonos antes de que nos descubran —intervino Olympe.

—Me temo que hemos perdido el último tren —dijo Vere Cole—. Les propongo que vayamos a casa de mi antiguo mentor, el único profesor de Cambridge digno de tal nombre, puesto que fue despedido.

—Presentarse de improviso en casa de su amigo la noche que se ha cometido un robo no me parece muy juicioso —objetó ella.

—No tema, querida. George Macaulay Trevelyan fue también un apóstol. Y no le sorprenderá vernos: le anuncié que veníamos. Ya le dije que todo estaba previsto.

68

Saint Bart, Londres, jueves 2 de diciembre

La orquesta se había instalado en la plaza ajardinada pese al frío y la coral del hospital, dirigida por Etherington-Smith, se había unido a ella. Todos habían ocupado sus puestos en medio de un alegre bullicio mientras los pacientes se asomaban a las ventanas que daban al patio. Raymond dio la señal de salida con «Joy to the World». El tradicional concierto de canciones de Navidad acababa de empezar.

Frances, instalada en el centro del grupo, se desgañitaba imaginando que Reginald reconocería su voz entre la treintena de cantantes, alrededor de los cuales una nube de vapor se elevaba lentamente hacia el cielo, iluminado por los últimos rayos del crepúsculo.

Las piezas se encadenaron, «The First Noel», «Hark the Herald Angels Sing», «God Rest ye Merry», «Gentlemen», todas las canciones que habían acunado su infancia y su adolescencia en el barrio popular de Saint Marylebone. La parte cantada duró media hora y finalizó con «We Wish You a Merry Christmas», tras lo cual Etherington-Smith dio las gracias a todos los participantes, que recibieron los aplausos desde los pisos de los diferentes edificios; después, cada cual regresó a su servicio mientras la orquesta continuaba sola el concierto de Navidad.

Reginald cerró la ventana de la sala tres lamentando no haber podido ausentarse; la patología de la paciente no presentaba carácter de urgencia, pero no había querido dejarla con sor Elizabeth, que se había mostrado irascible con ella. La joven estaba tumbada en la camilla con los ojos cerrados, bajo los cuales se extendían sendos semicírculos de un negro brillante. La religiosa limpió el contorno de los ojos con un paño de guata mojado y se lo enseñó a Reginald: estaba cubierto de una sustancia semejante al hollín.

—¿Se pone maquillaje en la cara? —preguntó este observando el algodón.

—Oh, no, doctor, mis padres no me lo permitirían.

—¿Qué edad tiene?

—Diecinueve años.

—¿Desde cuándo observa este fenómeno?

—Empezó en el ojo izquierdo y después de aproximadamente una semana desapareció de repente. El mes pasado volvió a aparecer en los dos ojos. Y ahora es continuo desde hace una semana, doctor.

—¿Tenía trastornos oculares antes de la aparición de este fenómeno? ¿Ojos enrojecidos, hinchados o irritados?

—Sí. Siempre.

—Voy a pedirle que se quede tumbada y no se frote los ojos. No se los toque, ¿de acuerdo?

Reginald le indicó a sor Elizabeth que lo acompañara y notó su reticencia. Ya en el pasillo, ella no esperó su diagnóstico para darle el suyo:

—Se trata de una afección simulada, doctor Jessop, es evidente.

—Pero, vamos a ver, Elizabeth, ¿cómo puede haberlo hecho? No lleva encima ningún agente colorante.

—Eso usted no lo sabe. Debería haberme quedado con esa chica. Con su permiso…

—Vaya, vaya —accedió él, ante la determinación de la religiosa.

Cuando se quedó solo, Reginald se apoyó en la pared y se quedó pensativo. Lo que le preocupaba no era tanto lo extraño del caso —no parecía que la materia negra que le manchaba las ojeras hiciera sufrir a la joven— como la actitud de Elizabeth. La monja estaba seria e irritable desde hacía varios días.

—¿Te ha gustado?

No había visto entrar en urgencias a Frances, envuelta en un gran abrigo de lana por encima del uniforme de enfermera y con las mejillas enrojecidas por el frío: llevaba consigo la frescura perfumada de las noches de invierno.

—Sí, aunque estaba lejos de las primeras filas —bromeó para no confesarle que prácticamente no había oído a la coral.

—¿Va todo bien? —preguntó ella evitando toda muestra de ternura en público—. Tienes cara de perplejidad.

—Sí, no te preocupes —dijo Reginald comprobando que estaban solos, y le acarició la mano.

—¿Es a causa de él?

La relación de Reginald con su padre se había deteriorado desde que el interno le había informado de su intención de casarse con la enfermera y continuar trabajando en urgencias. Sir Jessop cortó los lazos con él y dejó de pagarle su renta. Reginald buscó entonces una habitación más modesta en una casa de Snow Hill y consiguió un empleo de demostrador en el laboratorio de anatomía patológica, y otro de prosector en la escuela médica del Barts. Exaltado por su amor por Frances, el joven vivía bien su descenso en la escala social, pero el número de horas suplementarias que trabajaba era tiempo que no podía pasar con ella.

—Soy feliz así —le aseguró una vez más—. No te preocupes, mi padre ya no tiene ninguna influencia sobre mí, soy libre.

—¿No es demasiado elevado el precio?

—Vale la pena con creces, te lo aseguro.

Frances comprobó también que nadie los observaba antes de contestar:

—Me otorgas un valor que quizá no tenga.

—Eso me corresponde a mí juzgarlo, solo a mí. No debes preocuparte, amor mío. Ahora he de ver a Thomas.

Elizabeth había terminado de retirar la sustancia negra con algodones nitrados y los había depositado en un recipiente lleno de éter siguiendo las indicaciones de Reginald, que quería examinar la muestra en el microscopio. Observó a la paciente preguntándose dónde habría podido esconder el pigmento y cómo lo habría aplicado sobre la piel.

—Usted tampoco me cree —dijo la joven—, me doy cuenta perfectamente. ¿Qué demonios hace falta...?

—¡No blasfeme! —la interrumpió Elizabeth. La paciente se echó a llorar—. No existe ninguna enfermedad que produzca ese fenómeno.

La religiosa cogió otro paño, le limpió los ojos y constató que las lágrimas no coloreaban la guata; eso la reafirmó en su opinión de que se trataba de un engaño. Esbozó una sonrisa de satisfacción que enseguida se transformó en una mueca: el dolor que le taladraba el pecho izquierdo desde hacía semanas se había intensificado más aún y le había impedido dormir, pese a la aplicación de bálsamos.

Reginald regresó con el doctor Belamy y lo dejó examinando a la joven mientras él llevaba la muestra al laboratorio de química. La monja, reticente al principio, se plegó de buen grado a la petición de Thomas, que había cogido una lupa Zeiss.

—La zona ennegrecida corresponde a la fisura palpebral —señaló dirigiéndose a sor Elizabeth mientras limpiaba la piel, que había comenzado a oscurecerse de nuevo—. Ahora está limpia y clara. Observaré las gotas de sudor que aparezcan, lo único que tenemos que hacer es ser pacientes, señorita. Por suerte, sor Elizabeth se preocupa de que las salas donde realizamos los reconocimientos estén siempre bien caldeadas —añadió esperando la respuesta de la religiosa, que no llegó.

La primera gotita que brotó de una glándula sudorípara era incolora.

—Soy francés —continuó Thomas, mientras que la paciente guardaba silencio siguiendo las instrucciones que había recibido—, y hace dos años uno de mis colegas, el doctor Blanchard, escribió una comunicación sobre un muchacho al que le sucedía lo mismo que a usted: un polvo negro se depositaba sobre su fisura palpebral.

—La gota se evaporó, dejando un rastro negro alrededor del orificio glandular—. Pese a que todos sus colegas aseguraban que se trataba de un caso de manipulación, el doctor Blanchard realizó esta prueba con una simple lupa. Y vio lo que yo observo ahora en usted: esa sustancia negra que se deposita poco a poco sobre su piel procede de un pigmento soluble que se oxida en contacto con el aire y toma este color. Puede relajarse —dijo retirando la lente.

—¿Es grave, doctor? —preguntó la joven sentándose con presteza en el borde de la camilla.

—Tranquilícese, señorita, es tan inofensivo como extremadamente raro, y no es doloroso. A partir de ahora, podrá decirles a todos los escépticos que tiene una melanohidrosis, lo que, para su satisfacción, con toda probabilidad los sumirá en un abismo de perplejidad. El doctor Jessop no tardará en volver y le confirmará que el nombre de ese pigmento es...

En aquel mismo momento, Reginald entró anunciando enérgicamente:

—¡Fucsina! ¡Es fucsina!

La oportuna aparición del médico hizo reír a la joven, al tiempo que se le saltaban lágrimas de emoción, que diluyeron el colorante natural producido por su cuerpo. Los dos hombres compartieron la alegría de su paciente. Solo sor Elizabeth permanecía apartada y muy seria.

—La fucsina es un pigmento de la retina del ojo, lo que explica sus trastornos oculares —añadió Thomas—. No tema, se curará enseguida y estoy seguro de que este fenómeno no volverá a producirse. La dejo con el doctor Jessop para formalizar el alta. ¿Puedo hablar con usted un momento, hermana?

La habitación de la religiosa olía a algún producto cáustico pese a que la ventana estaba entreabierta. Belamy no hizo ningún comentario y se limitó a contarle con detalle su conocimiento de la melanohidrosis mientras ella preparaba el té. Luego la conversación pasó a otros casos del servicio. La religiosa respondía mecánicamente y con un malestar que le resultaba difícil disimular. Thomas esperó a que se hubiera acabado su taza para abordar el tema que le preocupaba.

—Hermana, no vamos a engañarnos, usted sabe de qué quiero hablarle.

—No tengo nada particular que decirle, doctor.

—Está utilizando cáustico arsenical, seguramente con cloruro de cinc añadido, lo que provoca fiebre, dolor de cabeza y náuseas, y resulta evidente que padece todas esas cosas desde hace varios días. Usted sabe tan bien como yo lo que el empleo de esa sustancia significa.

—Discúlpeme, estoy cansada. Le agradecería infinito que me dejara sola.

—No puedo, Elizabeth. No debo. Tiene un tumor que intenta tratar con el medio más peligroso.

—Doctor Belamy…

—Por lo que he observado hace un momento, yo diría que está situado a la altura del pecho izquierdo. Y al parecer le produce intensos dolores. Déjeme verlo.

—De ninguna manera. No me desnudaré delante de nadie. Y menos de usted.

—Entonces, deje que la examine otro médico del Barts.

—He dicho «nadie». Es la voluntad de Dios someterme a esta prueba y debo respetarla.

—¡Pero usted me ayuda todos los días a salvar mujeres que están en su misma situación!

—No intente comprenderlo, es así. Le pido que deje que me ocupe yo de este asunto eminentemente personal.

—Hoy en día existen tratamientos menos bárbaros y mucho más eficaces para los escirros atróficos.

—Se trata de un lipoma, blando al tacto, sin adherencia y del tamaño de una avellana. Le agradezco su solicitud, pero no hay ninguna razón para alarmarse.

—Entonces ¿por qué emplea el cáustico arsenical?

—Por simple precaución.

Thomas sabía que la religiosa le mentía. Sor Elizabeth ni siquiera se tomaba la molestia de mostrarse convincente.

—Hágame al menos el favor de descansar hasta el lunes, y no es un consejo, sino una orden. Voy a avisar al gerente.

Ella le dio las gracias con una débil sonrisa y con un gesto cansado lo invitó a marcharse. Fuera, la orquesta había comenzado a interpretar una versión instrumental de «Les anges dans nos campagnes», que, siendo el único villancico francés que había entrado en el repertorio inglés, todos los años era objeto de una broma recurrente entre ellos. Elizabeth ni siquiera pensó en eso y, antes incluso de que Thomas hubiera cerrado la puerta, se arrodilló con dificultad para rezar.

Después de pasar consulta, Belamy fue a la biblioteca, donde comprobó que la religiosa había pedido en préstamo la obra sobre el cáncer de mama de T. W. Nunn. Sor Elizabeth iba a convertirse en su paciente más difícil, pero se juró que nunca la abandonaría. Cuando salió, nevaba, caían grandes copos estrellados, tan ligeros que subían y bajaban varias veces antes de posarse delicadamente sobre Londres, como plumas que escaparan de un edredón. Olympe, que había pasado el día en el apartamento de Thomas, estaba sobreexcitada cuando este llegó.

—He avanzado en nuestra investigación, pero, por encima de todo, necesito salir. No te quites el abrigo, vamos al music-hall. ¿Te gusta atrapar con la boca los copos que caen?

69

Londres, jueves 2 de diciembre

El Coal Hole era un cabaret de tercera clase, como atestiguaba su decoración sucinta y de relumbrón. La fachada, de color amarillo, estaba cubierta de carteles de gran tamaño que anunciaban los espectáculos del momento y los futuros, esencialmente cantantes desconocidos o imitadores de artistas de moda. El portero barría la nieve de la acera junto a la estatua de escayola que representaba al cantante George Robey con su vestuario de escena, semejante a una sotana de vicario, invitando con la mano a entrar en el antro.

Bajaron la escalera sacudiéndose de la ropa las estrellas de nieve que se habían quedado adheridas a ella. Abajo, un cartel proclamaba: «El cabaret que descubrió a Robey», lo que era pura invención, en una época en la que todas las salas se jactaban de haber contribuido a que las celebridades del momento hicieran carrera.

El local, pequeño y abovedado, había sido realmente una carbonera, como su nombre permitía suponer, eso era lo que los periodistas locales habían señalado como la única información auténtica del lugar.

El escenario podía acoger como máximo a tres personas sobre las tablas, delante de un decorado campestre a modo de paspartú al que le faltaba el lado derecho: el pintor, un estudiante italiano, se había visto obligado a marcharse de Londres precipitadamente a causa de sus deudas de juego, y al propietario le había parecido que no tenía ninguna utilidad acabarlo. La orquesta se reducía a un pianista, situado a la izquierda del escenario, que aceleraba el ritmo de las partituras conforme se iba haciendo tarde y él iba consumiendo cervezas. El presentador estaba en el lado derecho, en un sillón colocado encima de una caja de Fuller's, a fin de que el público pudiera verlo en todo momento. Fumaba un cigarro tras otro y, según cuál fuera la reacción de los asistentes, golpeaba la caja con un mazo de subastador para acompañar las presentaciones. Una veintena de mesas se disputaban el espacio restante, pero aquella noche de jueves nevosa el público era escaso.

La pareja se sentó en el lugar más alejado del escenario, entre la barra y la salida. Olympe puso encima de la mesa la entrada manoseada que habían encontrado en el bolsillo del exinspector.

—Ya va siendo hora de explorar esta pista.

—¿Quién te dice que tu perseguidor no es un incondicional del music-hall?

El presentador dio perezosamente un mazazo para anunciar un número de imitación de los más grandes éxitos de George Robey. Esperó a que el artista saliera a escena y le pidió que se acercara a su sillón antes de indicar su nombre, que había olvidado, así como el papel que supuestamente debía servirle de guion. Unos aplausos educados acompañaron el mazazo siguiente. El pianista hizo sonar las primeras notas de «Simple Pimple».

—Una canción misógina que es una burla descarada de una pobre chica —comentó Olympe—. Llevan veinte años dando la tabarra con ella en todos los cabarets del país. Pero este tipo de espectáculo no es lo que trajo a «Guy» aquí.

Llamó a la camarera, que transmitió el pedido a la cocina. En el escenario, el artista interpretaba ante un público distraído las canciones de Robey, vestido y maquillado como él.

—Nuestro hombre se llama Frawley —dijo Olympe—. Qué raro, me cuesta pronunciar su apellido, como si eso lo volviera más humano, después de lo que intentó hacerme. Dejó la policía a finales del año pasado. El que me seguía se llama Milne.

—Pero ¿cómo te has enterado de todo eso? ¿Quién te ha ayudado?

—Tengo mis fuentes —respondió ella, encantada de que Thomas estuviera intrigado—. Ahora trabaja por su cuenta como detective privado y Milne le pasa información. O se la pasaba: lo destituyeron de sus funciones después de la noche de Fitzroy Square. Deberías leer más a menudo los periódicos, no solo citan los nombres de las sufragistas.

—¿Cómo no se me ha ocurrido? ¡Soy un investigador pésimo! —exclamó, y el cantante interrumpió su número.

Thomas recibió una mirada de reprobación procedente del escenario y una salva de mazazos contra la caja, acto seguido el espectáculo se reanudó entre la indiferencia creciente del público.

—¿Los dos sándwiches de jamón son para ustedes? —La camarera no esperó la respuesta para dejarlos sobre la mesa, así como dos copas de oporto—. De todas formas, es lo único que hay esta noche. Serán tres peniques en total.

Probaron la comida, cuyos ingredientes debían de haber pasado varios días en la barra, y se resignaron a conformarse con el vino.

—Nada de eso me dice por qué estamos aquí esta noche —prosiguió Thomas.

—La pregunta no es «por qué», sino «por quién» —le corrigió Olympe.

La camarera volvió para darles la vuelta. Puso las monedas sobre la mesa una a una y señaló con el dedo los sándwiches, prácticamente sin tocar.

—Les aconsejo que eviten hacer reclamaciones —dijo—, el jefe no está de humor esta noche.

Olympe la siguió con la mirada mientras regresaba detrás de la barra con paso hastiado.

—¿Por ella?

—Habrá que esperar a que acabe de trabajar, pero su testimonio vale la pena.

—¿Cómo lo sabes? ¿Ya has estado aquí?

El espectáculo continuó con un humorista que confirmó que el cabaret era de tercera. Logró la proeza de que la mitad de los espectadores salieran huyendo. Un grupo protestó por la comida, queja que la camarera transmitió a la cocina y que le valió un rosario de insultos. La escena divirtió al público más que los *sketchs*.

El presentador se puso a dar mazazos y la velada continuó avanzando a trancas y barrancas, y las mesas siguieron vaciándose hasta el final de los números. La empleada no tardó en acercarse a la mesa del médico y la sufragista.

—Supongo que ustedes son los amigos de Betty —dijo sentándose.

—Yo soy Olympe Lovell y…

—Chisss…, nada de nombres —la interrumpió la mujer—. Aquí preferimos la discreción, evita problemas. Betty me ha comentado lo que quieren.

El cocinero la llamó vociferando despropósitos desde su antro. Ella le contestó con una sarta de groserías que calmó al marmitón.

—No hagan caso, señores —dijo con una amabilidad que contrastaba con el chaparrón de insultos que acababa de caer—. La persona que buscan viene regularmente aquí con sus clientes. Es más discreto que reunirse con ellos en su despacho. —La camarera cogió la entrada del cabaret que Olympe tenía en la mano y se la metió en el escote—. Aquel día era el 20 de octubre. Me acuerdo perfectamente, estaba con un hombre distinto de los demás.

—¿De qué tipo?

—Del tipo que no viene a un local como el nuestro —contestó ella antes de romper a reír—. Un hombre de la alta sociedad. Se sentaron a esta misma mesa.

El presentador, que se había bebido una última copa en la barra sin preocuparse de ellos, los saludó y salió del local en compañía del portero.

—¿Puede describirlo? —preguntó Olympe.

—Era como todas las personas del gran mundo, bien vestido, educado y en guardia.

—¿Algún detalle físico que pueda ayudarnos? —insistió Thomas.

—Bastante mayor, yo diría que unos cincuenta o sesenta años, aire severo y bigote muy espeso, pero a esa edad todos lo llevan así. Todos los ricos se parecen, debe de ser el color del dinero.

—¡Cerramos! —vociferó el cocinero, que entró con un trapo para limpiar el gastado cinc de la barra—. Espero que el espectáculo les haya gustado —añadió para suavizar su tono.

—Figúrate, con lo que traes, ni de lejos alcanzaremos el éxito del New Eagle —replicó la camarera, lo que desencadenó un rosario de gruñidos y recriminaciones al que ella no hizo el menor caso—. Los acompaño —dijo señalando la escalera.

Al llegar a la puerta de la calle, miró con hastío la nieve que continuaba cayendo y agarró la estatua de Robey para entrarla.

—Y pensar que pongo a este tipo a resguardo todos los días, cuando nunca me ha hecho reír. —Suspiró—. Debería dejarlo fuera para enseñarle a burlarse de las mujeres. Betty me ha contado todo lo que usted ha hecho por la causa —prosiguió—. Yo no soy una militante activa, aunque me he adherido a la NUWSS.* Pero detesto la violencia, ya tengo bastante en casa. Ahora me acuerdo de un detalle que quizá pueda ayudarlos: el cliente tenía una cicatriz en el lado derecho de la cara. No muy visible, la disimulaba con las patillas, pero le llegaba hasta la oreja.

—Gracias, seguro que nos será útil —dijo Olympe—. ¿Hace mucho que conoce a Betty?

—¡Desde siempre! Soy su hermana mayor.

Ya no circulaba ningún vehículo. La nieve había devuelto Londres al silencio que la ciudad había olvidado. Tomaron Victoria Embankment e hicieron una parada junto a Cleopatra's Needle. Las esfinges de bronce que enmarcaban el obelisco habían conservado su aire estoico. Olympe trazó con el dedo la frase «El voto para las mujeres» sobre el manto blanco que les cubría la espalda; luego, con una rama caída de un árbol, lo escribió en grandes letras sobre la calzada inmaculada. Aguantarían hasta que pasara el primer tranvía.

* National Union of Women's Suffrage Societies, movimiento sufragista pacífico.

En el puente de Waterloo, las farolas titilaban como pequeñas lunas que atravesaban la bruma. Detrás se alzaban las chimeneas fantasmagóricas de las industrias de la orilla derecha. Se entretuvieron ante aquel paisaje directamente salido de un cuadro de Monet.

—No hemos avanzado prácticamente nada, te he hecho perder el tiempo, Thomas —se disculpó ella golpeando el suelo con el palo.

—En absoluto: gracias a la descripción que nos ha hecho la camarera, ya sé quién es el cliente. Nos habíamos equivocado por completo respecto a tus torturadores, Olympe. Debería habérseme ocurrido antes: iban detrás de mí, era a mí a quien esperaban en Fitzroy Square.

—¿Y aprovecharon que yo aparecí para intentar violarme? ¡Qué bonito! ¿Y quién estaba interesado en que te siguieran? ¿Quién es ese hombre de la cicatriz? Thomas, ¿me escuchas?

Belamy, con todos los sentidos alerta, acababa de identificar el débil olor de quemado que flotaba en el aire desde hacía unos segundos y se reprochó haber relajado la atención. Se volvió rápidamente. A menos de cinco metros de ellos había dos hombres con complexión de lanzadores de las Highlands, uno de ellos armado con un garrote que palmeaba rítmicamente con la mano desocupada, y el otro, con un cuchillo en forma de machete con el que los apuntó. Más lejos, apoyado en la esfinge, el presentador mordisqueó el cigarro antes de escupirlo. Sacó un martillo y lo hizo girar como si fuese una varita.

—Ha llegado la hora de saldar cuentas, señoras y señores —dijo golpeando la escultura de bronce—. Espero que les haya gustado el espectáculo. Pero, como no son habituales del Coal Hole, voy a explicarles las normas: vamos a pasar entre ustedes y ustedes van a darles a mis ayudantes todo el dinero que llevan encima. Es el precio que deben pagar los que hacen demasiadas preguntas. Y esto les garantizará nuestro silencio.

—Corre, escapa —susurró Thomas—, yo me ocupo de ellos. Vuelve al Barts.

—De ninguna manera —replicó ella en voz alta—. ¡Una reacción típica de hombre, siempre enviándonos a casa! Mal que te pese, me quedo.

—Yo solo quería evitar que fueras testigo de un suceso violento —contestó él—. Mi intención era protegerte.

—Es un acto dictado por un sentimiento honorable, no cabe duda, pero yo pido igualdad, incluso ante una lucha desigual —se empeñó Olympe apoyándose en el palo como si fuera un bastón.

—¡Eh! —los interrumpió el presentador—. ¡Ya discutirán más tarde! ¡Ahora saquen el dinero!

—¿Cómo que desigual? —dijo Thomas, sorprendido, haciendo caso omiso de los atracadores.

—Solo son tres, debería darte vergüenza pelear contra personas más débiles que tú.

—¡Cállense inmediatamente! —gritó el hombre del martillo.

A una señal suya, los dos brutos avanzaron hacia Thomas separándose uno de otro, como predadores rodeando a su presa.

—Voy a ocuparme de mis futuros pacientes —dijo el médico con toda tranquilidad— y después reanudaremos nuestra conversación.

—No me hagas esperar mucho, amor mío.

El primer agresor se abalanzó sobre él gritando. En el momento en que dirigía el cuchillo de abajo arriba, Thomas le bloqueó el brazo, le obligó a soltar el arma asestándole un golpe seco con el filo de la mano, se volvió para propinarle un codazo en la cara y, acto seguido, dándole una patada lateral en el tórax, lo envió tres metros hacia atrás sin esfuerzo aparente. El hombre patinó en la nieve hasta un parapeto que detuvo su carrera. En el intervalo, el segundo se había colocado a su espalda y había levantado el garrote para golpearlo, pero Thomas se anticipó y el arma azotó el vacío. El médico le agarró el brazo, se lo retorció e hizo crujir la articulación y terminó asestándole un potente talonazo en plena cara. El agresor se desplomó, inconsciente. La velocidad de ejecución había sido fulminante: los dos hombres estaban en el suelo cinco segundos después del ataque. El presentador lo miraba, desconcertado por lo que acababa de ocurrir. Pero enseguida se rehízo, sacó una pistola del bolsillo del abrigo y dijo suspirando:

—Qué duro es a veces conseguir que le paguen a uno. Sea cual sea su técnica de combate, creo que no puede resistirse a mi Pieper Bayard. Una pequeña maravilla de la tecnología, cinco balas del calibre 7.65, suficiente para hacer que se vuelva razonable. Pero, en vista de los daños causados, me temo que el precio ha aumentado. Necesitaré también todas sus joyas.

El hombre del cuchillo había recobrado el conocimiento, pero seguía grogui; se apoyaba contra el murete, incapaz de levantarse, mientras que el otro no había recuperado aún el sentido.

Olympe apretó dentro del bolsillo la pequeña bolsa de piel que contenía todos sus ahorros y de la que no se separaba nunca.

—Deje que ella se marche y le daré todo lo que tengo —propuso Thomas.

—No está en condiciones de negociar. ¡Vamos, dense prisa! —se impacientó el presentador—. ¡Si no, aquí hay una bala para cada uno!

Olympe cruzó una mirada con Thomas que le hizo comprender a este que no se rendiría jamás. Había plantado cara a los carceleros de Holloway, no sería un pequeño atracador de tres al cuarto quien la doblegara. Le entraron ganas de decirle a Thomas que lo amaba apasionadamente, carnalmente, celosamente, pero las palabras se perdieron y pronunció una frase inesperada.

—¿Te gusta Dickens?

—¿Dickens? —repitió él, sorprendido.

—Sí, Dickens. Hace mucho que quería preguntártelo. Si me quieres, es importante que te guste él también.

—¡A todo el mundo le gusta Dickens! —saltó el presentador, exasperado—. ¡Acabemos de una vez o los mato! —dijo apuntando al médico con la Pieper Bayard.

Thomas se dio cuenta de que el hombre no había matado a nadie a sangre fría, quizá ni siquiera había utilizado nunca su pistola de bolsillo. El hombre del cuchillo acababa de ponerse en pie apoyándose en el parapeto y avanzaba tambaleándose como un borracho.

Thomas se acercó para examinarlo, pero el maleante se asustó y salió huyendo en dirección a Waterloo Bridge utilizando el murete a modo de guía, pese a las órdenes del presentador, que amenazaba con disparar contra Belamy si seguía alejándose.

—¡Adelante! —dijo Thomas abriendo los brazos—. ¡Dispare!

—¡De rodillas! —gritó el presentador—. ¡De rodillas, deprisa!

Thomas se le acercó con los brazos en cruz.

—¿Está temblando?

—Es el frío —balbuceó el hombre agarrando el arma con las dos manos—. De rodillas, y saque la cartera. ¡A la de tres, disparo! —vociferó, con las comisuras de los labios espumeantes de saliva.

Thomas se detuvo.

—Eso está mejor. ¡La cartera! Uno… dos…

El hombre volvió de pronto la cabeza hacia la calle: se había olvidado de vigilar a Olympe, que había salido de su campo de visión. Había desaparecido.

—Pero ¿dónde está…?

No acabó la frase: Olympe le golpeó la cabeza con el palo, que se partió. El hombre se inclinó a causa del impacto, apoyó una rodilla en el suelo y se volvió para disparar hacia donde calculaba que estaba la joven. Las dos balas rebotaron en la esfinge con un ruido metálico mientras Thomas se precipitaba hacia él. Las piernas del médico le rodearon el cuello y el hombre quedó inmovilizado contra el suelo después de hacer una pirueta. Le falló la respiración y perdió el conocimiento.

Thomas se levantó sacudiéndose, sacó las balas restantes de la Pieper Bayard y la arrojó lejos. Estrechó a Olympe entre sus brazos y la besó largamente.

—Nunca había visto una cara como esa, ni siquiera en los luchadores de feria —dijo la joven cuando recobró el aliento—. ¡Lo has asfixiado con las piernas, como una boa a su presa!

—Es una tenaza. Tranquila, no está muerto.

—Eso no me tranquiliza, ha disparado contra mí. La próxima vez…

—No habrá próxima vez, en el futuro estaré más atento.

Se besaron de nuevo, los cabellos mojados de ambos se mezclaron en sus caras.

—Esta vez has sido tú quien me ha salvado la vida, Olympe Lovell.

—He dudado de hacerlo, pero habíamos dejado una conversación a medias, doctor Belamy. ¿Quién es el cliente de Frawley?

70

Café Royal, Londres, viernes 3 de diciembre

Sir Jessop observó su rostro en el espejo y se alisó los cabellos sobre las sienes. No le gustaba su físico, sus facciones reflejaban la dureza de su carácter, pero era una ventaja para su personaje, temido y respetado. Se había formado con las convicciones heredadas de sus antepasados, que habían convertido el Reino Unido en la mayor potencia mundial. Un hijo, tuviera la edad que tuviera, debía obedecer a su padre. El matrimonio era un asunto de alianzas, no de amor. ¿Acaso no se utilizaba la palabra «alianza» para designar el anillo de casado? Añadió mentalmente esa idea a la lista de argumentos para convencer a Reginald. Su hijo, que no había dado señales de vida desde que le había retirado la ayuda económica, le había enviado una nota citándolo en el Café Royal para tener una conversación, algo que Jessop interpretó como una rendición. El hijo pródigo, falto de dinero, volvía al redil a pedir perdón y a reconocer que nada en el mundo era más importante que el bienestar material, matriz de todos los demás. Lo perdonaría —tras un período de reprobación, pero lo haría—, y las aguas volverían por fin a su cauce.

Sir Jessop salió de los servicios y volvió a su sitio, en la mesa del fondo, pensando que Reginald ya llevaba un cuarto de hora de retraso, una execrable costumbre. Se concedió cinco minutos más antes de marcharse y pidió otro brandy mientras leía la primera página rosa salmón del *Financial Times*.

—¿Sir Jessop?

El hombre que había interrumpido su lectura no era Reginald.

—Siento el retraso, pero las urgencias se llevan mal con la puntualidad —dijo Thomas sentándose.

—Doctor Belamy, lo siento, pero...

—Reginald no vendrá. Ni tampoco dará marcha atrás en su decisión. Me ha ayudado a organizar esta cita.

Jessop, acostumbrado a no manifestar jamás sus sentimientos, permaneció impasible y dobló con cuidado el periódico.

—En ese caso, me voy, doctor. Yo no le he pedido que nos veamos —dijo antes de apurar de un trago su copa de brandy.

—Lo que tengo que decirle le afecta de manera directa, señor Jessop. Quédese.

El Café Royal desbordaba su exuberancia habitual, que a Jessop le parecía vulgar comparada con el ambiente tranquilo de los clubes londinenses que él frecuentaba. Comprobó que nadie los vigilaba ni les prestaba atención y, con un gesto magnánimo, invitó al médico a continuar.

—Mario, un té, la misma mezcla que de costumbre —pidió Belamy, cuya soltura desagradó a sir Jessop.

Los dos hombres se miraron de hito en hito, a la manera de dos boxeadores antes del combate.

—Reginald no abandonará la medicina y se casará con la mujer a la que ama. Es lo que él ha elegido y yo lo apruebo totalmente.

—Eso no le concierne en absoluto. Le ruego que permanezca al margen de los destinos de mi familia.

—En ese caso, ¿por qué le ha encargado al detective Frawley que me siga?

Jessop ni siquiera intentó negarlo, se limitó a mirarlo directamente a los ojos, sin responder.

—Ha intentado perjudicarme ante los ingleses instigando al *Daily News* a publicar un artículo en que me atribuía unas declaraciones incorrectas. Ha intentado perjudicarme ante mis superiores haciendo correr rumores sobre mí. Ha intentado perjudicarme ante Reginald desacreditándome. Le informo de que ha errado el tiro, sir. Su hijo no dará marcha atrás en su decisión y eso no tiene nada que ver conmigo.

Thomas se calló mientras Mario depositaba el té y la taza delante de él con una delicadeza que no dejaba traslucir la energía que ponía habitualmente al servir ostras y champán en su mesa. A Jessop, que seguía impasible, se lo llevaban interiormente los demonios por haber caído en la trampa que le habían tendido con la complicidad de su hijo.

—He puesto fin a la misión del detective Frawley —continuó Belamy—. Ya no seguirá trabajando para usted.

El padre de Reginald se levantó sin pronunciar palabra, se puso el sombrero de copa y saludó al médico con un movimiento del bastón.

—Estamos en paz —concluyó este último sin volverse.

—Desde luego que no —masculló entre dientes el hombre de negocios antes de dejarse atrapar por la puerta giratoria.

Thomas esperó a que la infusión se enfriara un poco y se la bebió lentamente frente al espejo que reflejaba la sala, imaginando el furor de sir Jessop cuando se pusiera en contacto con Frawley a fin de verificar sus palabras. El exinspector había recibido la visita de dos miembros de la banda de los Coon y, en aras de su supervivencia profesional y personal, se había visto obligado a ceder. El médico sabía que pagaría caro ese favor, y detestaba estar en deuda con los peores maleantes del East End, pero la urgencia de la situación no le dejaba otra alternativa. A fuerza de husmear, cabía la posibilidad de que Frawley hubiera descubierto el secreto que Thomas había logrado ocultar desde su llegada a Inglaterra.

Vio el reflejo de Horace entrando en el local con la cabeza descubierta y dirigiéndose directamente hacia él. Vere Cole se sentó enfrente de Thomas, quien por sus facciones tensas comprendió que las noticias procedentes de Estados Unidos no eran buenas.

—Se ha acabado —dijo tendiéndole un telegrama.

Adrian informaba en él de que su mediación había fracasado y que tomaba el barco de vuelta ese mismo día.

—Lo siento mucho, Horace, de verdad.

—Una mujer a la que salvé de las garras de su marido, que me decía que lo era todo para ella. ¿Usted lo entiende, Thomas, lo entiende? —se lamentó, con los ojos llorosos, lo suficientemente fuerte para que lo oyeran desde todas las mesas—. Mujeres… ¿cómo es posible confiar en ellas? Mi corazón sangra como no puede imaginar, ¡Mildred será la responsable de mi muerte cercana! —afirmó con un énfasis shakesperiano.

Horace continuó desplegando el catálogo de reproches que no había cesado de repetir en los últimos diez días, alternándolo con los momentos de esperanza. A Thomas le apenaba su dolor, pero él no tenía ni la paciencia ni la empatía de Olympe para curar las heridas sentimentales de su amigo.

—Cuídese, Horace. Es el único consejo que puedo darle. En el amor uno siempre está solo. Pero usted cuenta con sus amigos.

La frase produjo en Vere Cole un efecto inesperado. Su rostro cambió radicalmente de expresión.

—Tiene razón —dijo antes de levantarse y declamar: «El amor al rosal silvestre se parece, y la amistad es semejante al acebo…». —En vista de que todo el mundo se había callado para escucharlo, trató de recordar cómo continuaba la cita—: «El acebo florece cuando el rosal silvestre ensombrece…», no. «El rosal silvestre está siempre en flor…», tampoco. «El sombrío acebo florece…» No me acuerdo —reconoció—, ¡pero es de Emily Brontë y es endemoniadamente acertado! El amor pasa, pero la amistad queda. ¡Mario, champán para todos! ¡Celebro la perennidad de la amistad!

Horace, que destacaba en todos los registros, recibió una ovación de los clientes y circuló de mesa en mesa antes de volver a la suya. Sus bruscos cambios de humor formaban parte de su carácter, motivo por el cual era apreciado por algunos y odiado por otros. Interpretaba permanentemente su propio personaje.

Augustus se unió a ellos y les propuso participar en un baile ruso que organizaba un miembro de la familia del zar, cosa que reanimó definitivamente al irlandés. Thomas aprovechó la circunstancia para desaparecer. El pintor ocupó su lugar y se acabó la botella bebiendo a morro, a la manera de un marinero en una taberna de los muelles, y seguidamente pidió ostras por cuenta de Horace.

—No te preocupes, amigo —le dijo el pintor—, me apuesto lo que sea a que mañana morirás de amor por otra mujer. ¡Mira, fíjate! —añadió con orgullo mostrándole la mano izquierda, en cuyo anular llevaba un anillo de plata con cuatro inscripciones—. Regalo de mi amante.

Horace hizo una mueca al ver aquella joya deslustrada y sin gracia.

—No te equivoques, es una reliquia que perteneció a Juana de Arco y que es propiedad de su familia desde hace generaciones. ¡Es la prueba de que hay mujeres dispuestas a dar lo más precioso que tienen al hombre al que aman!

Vere Cole retiró el anillo del dedo de su amigo y miró con interés el objeto.

—IHS y MAR —dijo leyendo el texto grabado en el engaste—. Jesús y María —tradujo—. Ningún valor, aparte de que es una antigüedad —zanjó, poniéndoselo en su anular—. Préstamelo, presiento que va a darme suerte.

Augustus protestó un poco antes de alcanzar un acuerdo con Vere Cole en el momento en que llegó Mario con el marisco sobre un lecho de hielo.

—Me lo devolverás cuando hayas encontrado a tu sílfide. Mira a aquella joven actriz de allí —dijo señalando a un grupo que estaba junto a la entrada—. Desde que he llegado, te devora con los ojos. Actúa en el Empire todas las noches, salvo los jueves. No me des las gracias, amigo —concluyó, y pasó a engullir ruidosamente una ostra.

Horace cogió el *Financial Times* que había dejado sir Jessop, lo puso delante de él y empezó a leer la primera página con interés.

—He decidido que el impresionismo está muerto —declaró Augustus despidiendo gotitas de agua de mar al hablar— y que yo seré el primer representante del postimpresionismo. Es el precio que hay que pagar para seguir estando en la vanguardia, ¿no?

Vere Cole ya no le escuchaba. Los artículos del periódico describían la crisis provocada por el rechazo de los presupuestos en la Cámara de los Lores. Asquith había decidido forzar la convocatoria de unas elecciones anticipadas para principios de año. Los acorazados en construcción eran uno de los puntos de desacuerdo entre las dos asambleas. El gobierno quería construir más aún, a fin de que la flota británica superase en número a la de la Marina alemana, pero los lores habían rechazado la propuesta de un impuesto sobre la propiedad que supuestamente debía financiarlos. Las naves, símbolo del poder y el orgullo del Imperio… La idea surgió en su mente como una evidencia.

—¡Lo tengo! —exclamó al tiempo que le daba a su amigo un cachete en la mejilla con el periódico cuando este se disponía a zamparse un molusco, que le cayó sobre el chaleco.

—¿Qué te pasa? —renegó el pintor recuperando la ostra con el tenedor antes de dar buena cuenta de ella.

—Se me ha ocurrido una idea para mi próxima broma, amigo mío. Será la más grandiosa de todas. Vamos a burlar nada menos que a la Marina Real. ¡A por los *dreadnought*!

71

Saint Bart, Londres, viernes 31 de diciembre

Raymond Etherington-Smith abrió la tapa de su reloj fetiche, un calibre Zenith de la fábrica de Billodes que le habían regalado al ganar la medalla en los Juegos. Más que consultar la hora, admiró el objeto y lo guardó cuidadosamente en el bolsillo de su chaleco. Sabía que iba con retraso y que no podría recuperar el tiempo, pero le daba igual: la velada sería larga y todavía faltaban cuatro horas para la llegada del año 1910. Le gustaba la calma del último día del año, cuando toda actividad parecía suspendida hasta la cuenta final. Sentado sobre su mesa de trabajo, en la actitud desenfadada que le gustaba, esperó a que Thomas acabara de leer el discurso que tenía intención de pronunciar en el próximo consejo de administración del hospital.

—Me parece prematuro —dijo Belamy devolviéndole las hojas.

—¿Prematuro? ¿Eres tú quien me lo dice?

Etherington-Smith se levantó y recorrió a lo ancho la habitación varias veces en ambos sentidos. En los momentos de contrariedad, sentía la necesidad de moverse, como en los entrenamientos.

—Aprecio mucho tu propuesta, Raymond, pero…

—¿No es tu sueño oficializar la medicina china en un hospital occidental? ¿Poder utilizar libremente las dos escuelas?

—Sí, pero no están preparados.

—¡No lo estarán nunca! No quiero ponerlo todo patas arriba, es simplemente un primer paso, pero Uncot aparecerá en el organigrama de los servicios del hospital.

—Tendrás problemas. Tendremos problemas.

—No te reconozco, Thomas. Estoy acostumbrado a los problemas y mi trabajo es lidiar con ellos. Tu servicio es ejemplar y tu equipo es el que más casos ha tratado de todos los equipos de urgencias. Treinta y cinco mil este año —precisó consultando los papeles que descansaban sobre la mesa—. Y hemos recaudado cerca de cien mil libras en donaciones, en parte gracias a vosotros: insistiré en este hecho ante nuestros administradores.

Raymond se dejó caer en el sillón que estaba frente al canapé donde Thomas se había sentado.

—La embajada de Francia me ha llamado para la visita de febrero: proponen concederte una medalla, no recuerdo cuál, los franceses han inventado más medallas aún que nuestros pares. Es imposible imaginar una situación más favorable.

—No lo hagas, te lo pido por favor.

Etherington-Smith observó detenidamente a su amigo. Nunca le había visto aquella expresión de malestar. Belamy era un hombre reservado, pero Raymond tenía la sensación de que los secretos que guardaba estaban aflorando y de que en aquel mismo momento Thomas se debatía con ellos para evitar que salieran a la luz, de que estaba luchando entre el deseo de compartirlos y la necesidad de silenciarlos.

—Dime qué te corroe, Thomas, dímelo.

Belamy tragó saliva e inspiró largamente. En el momento en que iba a hablar, entró el gerente, tras haber llamado y sin esperar respuesta.

—Siento molestarlos, caballeros, pero necesito al doctor Belamy. Estaba por marcharme cuando ha llegado esta dama —dijo señalando a la mujer que lo acompañaba—. La policía ha ido a su casa para informarle de que su marido estaba aquí, pero yo no tengo ninguna ficha a su nombre. He pensado que usted podría ayudarla.

—Yo me ocupo de ella, Watkins —contestó Thomas levantándose.

—Gracias, doctor —dijo Etherington-Smith—. Me voy —añadió, resignado—, mi mujer me espera desde hace una hora. Vamos a uno de esos restaurantes donde hay música y se baila entre plato y plato. ¡Feliz Nochevieja a todos!

La visitante se apellidaba Wilkinson. Llevaba un sombrero sin pluma de ala corta y un abrigo de Selfridges con las mangas demasiado largas, consecuencia directa del entusiasmo de las clases medias por el prêt-à-porter. Su marido había salido a primera hora de la tarde a comprarse unos zapatos para la fiesta de la noche y no había vuelto a saber nada de él hasta que un agente de policía se presentó en su casa. Thomas no había atendido a nadie que se apellidara así, pero todos los miembros del equipo habían permanecido en sus puestos y el día había sido fértil en accidentes, uno de ellos mortal. La señora Wilkinson no parecía preocupada por su esposo, solo impaciente por ir a la fiesta. Cuando llegaron a urgencias, Thomas la dejó con Reginald, quien, con la ayuda de sus dos estudiantes, buscó las fichas de admisión. Inmediatamente después lo llamó sor Elizabeth, cuyas facciones hundidas llevaban la máscara del dolor. La religiosa le indicó que fueran a su cuarto y, una vez dentro, cerró la puerta con cuidado.

—Todo el mundo está preocupado por usted, Elizabeth, y yo el primero.

—El dolor no me deja dormir. Nada de lo que he hecho ha servido de nada. Quería decirle que acepto el tratamiento, pero con mis condiciones.

—Conociéndola, no intentaré discutirlas.

—Nada de palpaciones. Nadie me tocará, ni siquiera usted. He confirmado mi diagnóstico: el tamaño del tumor ha aumentado y hay adherencias. Necesito su ayuda para aplicar electroterapia, yo sola no puedo manejar el aparato.

—El doctor Lewis Jones es el mejor especialista del país, él nos ayudará.

—Esto debe quedar entre nosotros. El servicio de electricidad médica acaba de cerrar. Empezaremos esta noche, solo usted y yo. Iremos después de la cena de nuestro equipo. —Belamy sabía que la única manera de controlar el tratamiento era aceptar sus condiciones sin negociar—. No hace falta que me diga que soy la peor paciente que ha tenido nunca —añadió sor Elizabeth abriéndole la puerta para poner fin a la conversación—, lo sé.

Thomas estuvo a punto de darse de bruces con Reginald, que acompañaba a la señora Wilkinson a la salida. La mujer lloraba y se agarraba con fuerza al brazo del interno. Thomas comprendió que el desenlace había sido fatal y tuvo un pensamiento para aquella a quien la suerte había dejado viuda a tres horas escasas del nuevo año, en un ambiente de fiesta general. Se dirigió al despacho de los médicos, donde Reginald entró también poco después.

—Acaba de producirse un incidente singular —dijo en un tono alegre, desacostumbrado en él.

—¿Se refiere a la pobre señora Wilkinson?

—A decir verdad, no sé qué calificativo sería más adecuado. A su marido lo atropelló un ómnibus esta tarde en el viaducto Holborne —explicó el interno—. Solo tenía una pierna rota al llegar aquí. Pero el destino ha querido que se produjera otro accidente en la misma línea. Trajeron al hombre a este hospital, yo lo instalé en la segunda sala de camas. No se podía hacer nada, los caballos lo habían pisoteado y las ruedas le habían pasado por encima. Se llamaba Wilkins, y nuestro estudiante cambió los apellidos.

—Entonces, la señora Wilkinson no se ha quedado viuda…

—Su comportamiento me ha desconcertado: cuando le he comunicado la muerte de su marido, se ha quedado impasible, no ha manifestado ninguna emoción, ni la menor muestra de tristeza, pero al descubrir el cuerpo se ha echado a llorar y, aunque no podía parar, al final ha conseguido decirme que no era él. Después se ha negado a ver a su esposo y se ha ido. Es como si hubiera preferido que su marido estuviese en el depósito de cadáveres.

—Con frecuencia el médico se ve envuelto en la intimidad de sus pacientes. Él ve y oye lo que no es accesible para nadie más, a veces ni para los confesores… Todo eso forma parte del secreto médico en la misma medida que las patologías, Reginald. Venga, vamos, es la hora de nuestra última cena del año —añadió Thomas al oír la última de las nueve campanadas de Saint Bartholomew-the-Less.

Frances había adornado la mesa con ramas de muérdago, a las que sor Elizabeth había añadido un poco de acebo cogido de los árboles de Navidad. El cocinero había ido personalmente a llevar los platos —albóndigas, salchichas italianas, puré de guisantes y *plum-pudding*—, después de servir a los enfermos que no podían desplazarse. Sor Elizabeth recitó una oración para bendecir la mesa, sonrió por primera vez en todo el día e invitó a que los comensales empezaran a comer. Thomas había llevado un vino de arroz con hierbas de destilación ligera, y Reginald, un vino de Cornualles. Los demás miembros del equipo se habían marchado para pasar la velada en familia o entre amigos, pero ellos habían preferido cenar juntos. El interno los miró y una melancolía inesperada lo invadió de pronto: se sentía en familia con ellos, mucho más de lo que nunca se había sentido en casa de sus padres; le habría gustado que aquel momento no acabara nunca.

—¿El doctor Jessop está aquí?

El cálido bullicio de la conversación cesó de golpe. El joven, que estaba en la puerta de la cocina, llevaba un delantal de carnicero.

—Soy el asistente del doctor Andrewes en anatomía patológica. Acabamos de recibir una entrega de última hora de Saint Thomas.

El término designaba a los pacientes recién fallecidos cuyo estado de conservación permitía utilizarlos en las clases.

—¿En qué nos afecta eso a nosotros? —preguntó Thomas.

—El doctor Andrewes necesita el cuerpo para la clase del lunes por la mañana y un prosector debe ocuparse de él —respondió el asistente—. Lo siento, pero usted es el único que está en el hospital —añadió dirigiéndose a Reginald.

—Voy enseguida, estaré de vuelta antes de la medianoche —dijo el interno levantándose—. Aprovechen el postre.

—Voy contigo —anunció Frances.

—Elizabeth y yo también tenemos algo que hacer —añadió Thomas levantándose a su vez.

Media hora después del inicio de la cena, la cocina estaba desierta.

72

WSPU, Londres, viernes 31 de diciembre

Una bandera verde, blanca y violeta, con la inscripción «El voto para las mujeres» cruzándola, ondeaba en la fachada del número 4 de Clement's Inn, a la altura de la planta superior. En la planta baja, una habitación estaba iluminada y desde la calle se podía ver a las militantes celebrando la llegada del nuevo año. El ambiente era alegre y ligero, como en todas las calles que Olympe había recorrido. La joven se había apostado al otro lado de Clement's Inn, delante de las verjas del Real Tribunal de Justicia, y podía distinguir los rostros de sus amigas.

Fue un deseo súbito: se puso su abrigo más grueso, le dejó una nota a Thomas y recorrió el camino con decisión. Sin embargo, cuando se encontró delante de la sede de la WSPU, Olympe no dio los últimos pasos que la separaban de las sufragistas. Allí estaban Ellen y Betty, que hablaban entre sí. Christabel hizo callar a todo el mundo y pronunció un discurso que fue muy aplaudido y cuyas palabras Olympe habría podido repetir literalmente.

Se acordó de El Apóstol y se volvió hacia las ventanas del Real Tribunal; ninguna de ellas estaba iluminada. Él también debía de estar con su familia. La imagen le pareció cómica. Como no había vuelto a dar señales de vida después del episodio del Royal Albert Hall, Olympe llegó a la conclusión de que, al haberse alejado de las Pankhurst, había dejado de tener interés para él. El estudio de los cuadernos robados resultaba pesado: Olympe comparaba todos los textos con las cartas de El Apóstol y, tras haber examinado más de la mitad, solo había seleccionado dos nombres suplementarios, que le eran desconocidos.

—Que se vaya al infierno —murmuró.

En el momento en que decidió volver al Barts, la puerta se abrió: Christabel salió del inmueble y se dirigió hacia ella.

La placa indicaba: «Laboratorio de anatomía patológica. Inaugurado el 7 de mayo de 1909 por sir George Wyatt, alcalde de Londres». El edificio era la nueva joya del Barts.

—Está en el último piso —dijo Reginald después de haber accionado el conmutador general que iluminaba todas las zonas comunes.

La planta albergaba una biblioteca y una cámara mortuoria espaciosa para las disecciones. Cuando entraron, el cadáver estaba cubierto con una sábana manchada de sangre seca. En la habitación había muchas lámparas, a fin de facilitar el trabajo de los cirujanos y los prosectores. Dos velas encendidas a ambos lados del cuerpo, así como una cruz colocada sobre un soporte, llamaban a la contención y el respeto.

—Vaya sitio para nuestra primera Nochevieja —dijo ella en voz baja.

—No hay ningún riesgo de despertarlo —señaló él exagerando su indiferencia.

Reginald abrió un cajón que contenía pinzas y escalpelos, los puso sobre el mueble y tiró descuidadamente de la sábana.

—De despertarla —lo corrigió ella al ver el cuerpo femenino—. ¿Qué te pasa?

El interno se había quedado paralizado al ver la cara de la muerta.

—¿Qué te pasa? —repitió Frances—. ¿Quién es?

El abrazo duró tanto que Olympe sintió la mordedura del frío en sus dedos desnudos.

—Me alegro de que hayas vuelto —le susurró Christabel antes de separarse—. Ven, entremos.

—Iba a marcharme —repuso Olympe—. Os he estado mirando y ya no me necesitáis.

—¿Por qué dices eso? Todas te echamos de menos.

Olympe se metió las manos entumecidas en los bolsillos. Se había enterado por los periódicos de la nueva estrategia de la WSPU, que consistía en mantenerse más a la expectativa, en vista de que el primer ministro había entreabierto la puerta a una reforma del derecho al voto.

—No confiamos nada en Asquith, no hace más que ganar tiempo para las próximas elecciones —insistió Christabel—. Vamos a interrumpir las acciones llamativas, pero haremos campaña contra todos los que se presenten bajo sus colores. Y te necesitaremos.

—Yo continúo defendiendo la causa, Christabel, más que nunca, pero me siento mejor fuera del movimiento.

—Nunca he forzado a nadie a quedarse, tú lo sabes. Es una decisión tuya, pero te agradecería que no te adhirieras a la NUWSS, supongo que lo entiendes…

—Lo entiendo. No te preocupes, recupero mi libertad para conservarla —aseguró Olympe mientras las campanas cercanas empezaban a sonar—. ¡Las once! Tengo que irme.

—¿Con tu salvador? ¿Sigues enamorada de él? Estoy un poco celosa, ha sido él quien te ha apartado de nuestra causa —dijo Christabel retrocediendo unos pasos.

—Nadie puede apartarme de mi ideal. Solo puede formar parte de él.

El rostro, demacrado, había adquirido el color de la bruma londinense. El cuello formaba con el cuerpo un ángulo desacostumbrado y presentaba marcas de estrangulación. Reginald la había reconocido al primer golpe de vista. Era la trabajadora cuyo corazón había devuelto a la vida.

Frances cogió el informe médico y leyó en voz alta las conclusiones del doctor Andrewes. La joven se había ahorcado cuando sus pulmones, demasiado dañados por el ácido fénico, se llenaron de agua.

—Insuficiencia pulmonar aguda —resumió.

Las indicaciones para el prosector eran recuperar y limpiar los lóbulos pulmonares más dañados, así como el corazón y los riñones, para la demostración del lunes por la mañana.

Reginald había escuchado sin pestañear ni apartar los ojos del cuerpo.

—Hay una nota a pie de página —añadió la enfermera—. Ha sido la madre la que ha pedido que su cuerpo se done a nuestro hospital. El cementerio es demasiado caro.

—No puedo, no puedo hacerlo —balbució Reginald volviéndose hacia Frances. Se acercó a la trabajadora y la cubrió con la sábana, dejando al descubierto solo la cara—. Merece una sepultura decente. Yo me encargo, pagaré los gastos y hablaré con el capellán del Barts.

—¿Y para la clase del lunes?

—Por desgracia, después de la fiesta de esta noche tendremos un montón de cadáveres. Vendré mañana. Vámonos.

El clic del conmutador volvió a dejar la sala iluminada tan solo por las dos velas.

—Tengo la impresión de ser un maleante del East End cometiendo un robo.

La voz de sor Elizabeth revelaba una pizca de excitación cuando entraron en el despacho del doctor Lewis Jones.

El departamento contaba con material de tecnología punta: rayos X, electrocinesis, galvanoplastia, electrólisis…, más de una decena de procedimientos se utilizaban a diario en la mayoría de las patologías, y ya se habían producido robos de material.

—Tengo la llave de la sala de rayos X —dijo el doctor Belamy.

—No vamos a hacer rayos X, Thomas.

—¿En qué está pensando?

—En la fulguración.

El término hizo reaccionar al médico, que intentó disuadirla de recurrir a esa técnica que utilizaba las chispas eléctricas de corrientes de alta frecuencia.

—Es un método cuya eficacia no ha sido demostrada —concluyó después de haber desgranado todos los inconvenientes.

—Conozco sus reticencias, por eso he esperado a estar aquí para pedírselo.

—Hay que extraer el tumor antes de proceder a una fulguración, hermana.

Ella cogió una llave de un cajón de la mesa de Jones y se dirigió a la sala dedicada a la fulguración, obligándolo a acompañarla.

—Estoy al tanto de esos argumentos. Pero he estudiado todos los artículos recientes. Es posible utilizar las chispas directamente en un tumor con éxito. Me pondré anestesia local para atenuar el dolor.

Elizabeth se sentó en la mesa de operaciones.

—¿Tiene siempre respuesta para todo?

—He solicitado asistir a varias fulguraciones estos últimos días. El clorhidrato de cocaína está en el tercer cajón del mueble. Dentro de media hora estaremos fuera de aquí.

Belamy renunció a luchar contra la voluntad de la religiosa. Preparó la jeringuilla e inyectó la solución entre el seno y la clavícula, única zona que ella había aceptado dejar al descubierto.

—El hospital ha recibido recientemente un electrodo condensador de Oudin. Póngalo a mi lado y yo haré la fulguración mientras usted me ayuda regulando la intensidad.

Cuando el material estuvo preparado, Elizabeth comprobó que la anestesia le había hecho efecto y, dándole la espalda al médico, se desabrochó la blusa y levantó la camiseta de lienzo. Cogió el electrodo, enfundado en un mango de cristal, y lo colocó sobre el tumor. El conjunto se asemejaba a una gran estilográfica de la que escapaban cables trenzados, unidos a una enorme bobina de inducción desde la cual Thomas podía regular la intensidad de las chispas.

—Espero que todos los sacrificios que hace por su Dios valgan la pena —dijo este último sin disimular su enfado.

—Por esta vez le perdono sus palabras, hijo —replicó ella—. ¡Adelante!

Thomas empezó al mínimo y subió la potencia siguiendo las indicaciones de Elizabeth. Se oyó una crepitación y una lluvia de chispas finas y violáceas rodeó el electrodo.

—No noto nada, continúe, ¡suba más, suba más!

Él empujó ligeramente el cursor varias veces. La hermana profirió débiles gemidos de dolor, pero continuó exigiendo una intensidad superior. Acabó por soltar la sonda gritando y se encogió sobre sí misma mientras Thomas cortaba la corriente.

—Se pasará, se pasará —dijo abrochándose la blusa para evitar que Thomas la examinara.

—Le prescribiré una pomada para las quemaduras.

Ella se levantó y se acercó a él con paso vacilante.

—Le agradezco sinceramente su ayuda. Solo se lo podía pedir a usted.

—Admiro su valor, Elizabeth, pero lamento su tozudez.

Ella puso la mano sobre la del médico.

—La fiesta ya puede empezar.

El Big Ben tocó los Westminster Quarters, interrumpió la melodía veinte segundos y a continuación dio las doce primeras campanadas del año nuevo. Frances y Reginald estaban en la habitación del interno y habían abierto la ventana para escucharlo. Se besaron, expresaron sus deseos y la joven llevó a su amado a la cama. Nada más volver a su cuarto, sor Elizabeth se refugió en la oración, y solo hizo una pausa para escuchar el sonido familiar y tranquilizador de la campana del palacio de Westminster. Presionó el vendaje que le aprisionaba el pecho y se puso de nuevo a rezar. Olympe se había reunido con Thomas en el apartamento del médico. Su piel, fresca y salada, se fundió con el perfume herbáceo de la de Thomas. No oyeron el carillón, ni los golpes que dieron en la puerta antes de meter por debajo un sobre que no encontraron hasta la mañana siguiente. Entre los brazos de su amante, la joven reconoció la letra de El Apóstol. Deseaba verla y la citaba para el día siguiente.

XII

2 de enero-5 de febrero de 1910

73

Paddington, Londres, domingo 2 de enero

La estación de Paddington presentaba aún un aire festivo. Guirnaldas de bombillas de colores serpenteaban en la gran galería y los usuarios, más bien escasos, se desplazaban con menor premura que en los días laborables. Solo los empleados de los almacenes trajinaban en los andenes adyacentes a las líneas de viajeros, donde había montones de cajas de madera de todos los tamaños en espera de que las cargaran.

«Curioso sitio para un encuentro», pensó Olympe entrando en la vía número cuatro, cuyos listones de madera estaban desgastados.

El tren para Hampstead esperaba a los pasajeros, que entraban en los vagones con las puertas de los compartimentos abiertas. La presión de la caldera de la locomotora subió y expulsó un chorro de humo blanco que se diluyó rápidamente y desapareció antes de tocar la cúpula de hierro que cubría la estación como un dosel forestal.

Olympe se sentó en el primer banco del andén, conforme a las instrucciones. Thomas había dejado que se adelantara y pasó por delante de ella sin mirarla. Se sentó en el banco siguiente, junto a un vagabundo. El hombre comía un sándwich y echaba generosamente las migas a los pájaros que habían construido sus nidos bajo la estructura de hierro.

Thomas observó a los viajeros que iban y venían junto a los vagones, y de vez en cuando lanzaba miradas discretas al banco donde Olympe aguardaba. El grupo de pájaros que se congregaban alrededor de su vecino había aumentado. No se había acercado ningún hombre solo a la sufragista y no detectó a nadie parecido al sospechoso.

El mendigo tuvo un acceso de tos interminable que le impedía respirar. Se levantó, se tambaleó y cayó de rodillas. La tos había cesado, pero no conseguía recobrar la respiración y unos espasmos silenciosos agitaban su cuerpo. Mientras los viajeros se apartaban, con incomodidad o repugnancia, Thomas se arrodilló junto a él.

—Túmbese de lado, voy a ayudarle. Soy médico —añadió al ver que el hombre no le obedecía de inmediato.

Cuando el vagabundo hubo adoptado la postura requerida, Thomas le inclinó la cabeza hacia atrás, liberando las vías respiratorias congestionadas por una bronquitis crónica que la comida había irritado.

—Aspire y suelte el aire lenta y profundamente.

El hombre se sintió mejor, se sentó, le dio las gracias y mostró su preocupación por el sándwich, que había desaparecido de su vista. Thomas se levantó y miró el banco de al lado: Olympe ya no estaba. Soltó un juramento y se acercó al tren cuando el conductor accionaba el silbato de vapor para indicar la salida inminente, confirmada por el silbato de mano del jefe de estación.

Belamy corrió a lo largo del andén, de vagón en vagón, buscando con la mirada en cada compartimento una silueta que pudiera ser la de Olympe. Los silbidos sonaron más fuerte, y a ellos se sumaron órdenes de apartarse del andén mientras cerraban las puertas, una tras otra. En el último momento, Thomas montó en el vagón de cola. Unos segundos más tarde, la locomotora sacaba los nueve coches de Paddington Station con una gracia paquidérmica. Thomas se percató de que el vagabundo había desaparecido del andén.

Estaban solos en el habitáculo. Olympe no prestaba atención a las calles que desfilaban por la ventana y miraba al Apóstol, sentado frente a ella. Pese al antifaz de terciopelo que cubría la parte superior de su rostro, al hombre le costaba sostener la mirada de la sufragista. Su voz, sus manos, su tez lozana, todo hablaba de la juventud de su interlocutor, pese a que unas anchas patillas cubrían parte de sus mejillas, señal de madurez. «Entre veinticinco y treinta años», pensó Olympe.

—Siento todas estas precauciones, pero en mi mensaje le precisaba que viniera sola —dijo sin dejar traslucir su contrariedad.

—Debo de haberme saltado una línea —replicó ella—. Pero usted le ha puesto remedio.

—No se preocupe, se reunirá con el doctor Belamy enseguida.

—Se lo agradecería. Es mi médico particular.

—Es mucho más. ¿No le he dicho ya que lo sabemos todo de usted?

—En ese caso, hábleme de usted en lugar de refugiarse detrás del Evangelio y de una máscara. ¿Cómo se llama? ¿Para quién trabaja? ¿Por qué habla en plural?

El Apóstol se quedó un momento en silencio ante la avalancha de preguntas y la autoridad natural de Olympe, para las que se había preparado, pero que lo cogieron por sorpresa.

—No he organizado este encuentro para contarle mi vida.

—¿Para qué, entonces?

—Porque queremos hallar una solución. Debemos superar este conflicto que se desliza hacia la violencia.

—Concédannos el derecho al voto ya —le espetó secamente Olympe.

—No es tan sencillo —contestó él mirando el asiento vacío al lado de ella—. Hay muchas fuerzas que se oponen. Hace falta tiempo para conseguir que las mentalidades evolucionen.

—¡Embustero! Han tenido tiempo de sobra. ¡Las mujeres llevamos pidiéndolo desde hace una generación!

—Voy a hablar claro —dijo él para abreviar el capítulo de acusaciones—. Las elecciones que van a celebrarse este mes son cruciales. La familia Pankhurst ha anunciado que va a recurrir a lo que sea necesario para que pierdan los liberales. Y lamento constatar que cuenta con los medios para hacerlo. Sin embargo, eso debilitará su causa. Si los conservadores llegan al poder, jamás les concederán ese derecho.

—Supongo que se ha dado cuenta de que yo no soy Emmeline Pankhurst. ¿Qué espera de mí?

—Pronúnciese en favor de no oponerse a los candidatos liberales, pronúnciese por no seguir a las Pankhurst.

Olympe había reparado en el ligero temblor de sus manos. El hombre parecía incómodo. O quizá se sentía intimidado, una idea que le divirtió.

—Eso sería traicionarlas —objetó ella—. Mis principios me lo impiden.

—Miss Lovell, usted se ha alejado de la WSPU. Lo ha hecho porque se ha dado cuenta de que su estrategia no es la buena. Muchas la seguirán.

—Me concede una importancia que no tengo.

—Escúcheme: estoy en condiciones de prometerle que, si las elecciones son favorables a los liberales, el rey, en su discurso de febrero, abrirá la puerta al voto de las mujeres.

—Sin ánimo de ofenderle, es muy joven para que el rey le escuche. ¿Quién está detrás de usted?

—Yo soy como usted, nunca traiciono a nadie.

Una vez en el vagón, se percató de que la silueta que había tomado por la de Olympe correspondía a una joven que se había quitado el sombrero y ahuecado el pelo, ganándose con ello una mirada reprobadora y concupiscente de su vecino. Belamy estuvo a punto de saltar en marcha, dado que la escasa velocidad del tren no suponía ningún peligro, pero cambió de opinión y se sentó en espera de que parara en Hampstead. El trayecto solo duró quince minutos y Thomas fue el primero en bajar al andén. Recorrió la vía, dejando que los viajeros bajaran a la estación, que era también el fin de trayecto, y, cuando el flujo de gente hubo cesado, empezó a revisar uno a uno los compartimentos. Olympe no apareció. Al bajar del vagón de cabeza, fue recibido por el jefe de estación acompañado de un policía del puesto local.

—Señor, ¿me permite comprobar su billete? Le han visto montar en este tren cuando acababa de ponerse en marcha en la estación de Londres —explicó el hombre con el mínimo de cortesía que exigía su función.

Thomas mostró su sonrisa más ingenua y apretó el nudo de la cinta con que se recogía el pelo.

—Puedo explicárselo —dijo—, pero será largo.

Un policía había ido a buscar a Olympe al banco y le había pedido que lo acompañara al andén de carga de mercancías, donde le esperaba un carruaje. La joven se reprochó haber subestimado a su adversario e intentó identificar el trayecto. Tras una parada en Lord's Cricket Ground, tuvo la impresión de que el vehículo regresaba hacia el punto de partida.

Se produjo un breve silencio durante el cual ambos afilaron sus armas y luego el hombre enmascarado recuperó el control.

—Sé que ha robado los cuadernos del arca.

—Siempre me ha gustado la lectura.

—Pierde el tiempo.

—¿Tiene miedo de que encuentre ahí sus escritos? ¿O vergüenza, quizá?

—No averiguará nada interesante. ¿Nos ayudará en el asunto de las elecciones?

—Si acepto, necesito una prueba de su buena fe. No palabras.

—¿En qué está pensando, miss Lovell?

Ella buscó en sus bolsillos y le tendió una hoja de papel de rayas arrancada de una libreta, así como un lápiz fino con la punta gastada.

—Quiero un número para localizarle en cualquier momento.

El Apóstol hizo un gesto negativo con la cabeza y se recolocó el antifaz, que le molestaba.

—Se acabaron las relaciones unilaterales, yo también debo poder ponerme en contacto con usted. Así son las cosas con las sufragistas: tenemos una necesidad desenfrenada de igualdad. Si no, no cuente conmigo.

Él cogió el papel y el lápiz, pero siguió dudando.

—¿Qué teme?

El Apóstol escribió un número y le devolvió la hoja.

—Solo en caso de urgencia —precisó mientras intentaba secarse el sudor que se había acumulado bajo el antifaz y se le metía en los ojos.

—Debería practicar más los secuestros de mujeres —se burló Olympe—. Pero, ahora que tengo su número de teléfono —añadió levantando la mano con el papel—, ya no es obligatorio ir enmascarado.

—A veces, miss Lovell, su humor está…, ¿cómo le diría?…, fuera de lugar. Este asunto es serio, no debería tomárselo tan a la ligera. Yo me juego el puesto intentando ayudarla.

—¿Tiene una idea de lo que yo me he jugado para conseguir los mismos derechos que usted, jovencito? —replicó ella, furiosa, pero al ver la estación de Paddington se calmó—. Estamos en paz, señor Apóstol.

El carruaje se detuvo en la fila de coches de punto que dejaban a los viajeros.

—Una última cosa —dijo el desconocido—, aléjese del doctor Belamy. Es muy posible que tenga problemas con la justicia en un futuro próximo, y la protección con que cuenta, incluso en Buckingham, esta vez será vana. Ese hombre no es quien usted cree.

—Le agradezco su deferencia, pero él al menos no se esconde detrás de un antifaz —dijo ella antes de apearse.

—¿Usted cree? Entonces, pregúntele cuál es su verdadero nombre y por qué se ha refugiado en Londres.

Olympe cerró la portezuela y se alejó sin contestar. El Apóstol le hizo una seña al cochero para que se pusiera en marcha, se quitó el antifaz y se masajeó la cara. No estaba hecho para ese tipo de misiones. Pero iría hasta el final.

El trayecto hasta Parliament Square duró unos veinte minutos por unas calles que la ausencia de circulación por ser domingo había despejado. Iba perdido en sus conjeturas cuando el cochero le abrió la puerta tras haber estacionado en King Charles Street. El Apóstol entró en uno de los edificios por la puerta de servicio, subió la escalera hasta el segundo piso, comprobó el estado de su vestimenta y llamó a una puerta. Un breve gruñido lo autorizó a entrar. El hombre que lo recibió estaba de pie, con las manos a la espalda, de cara a la ventana que daba a un patio circular.

—¿Cómo ha ido? —preguntó sin volverse ni preocuparse por las buenas maneras.

El Apóstol no se ofendió. Admiraba al mentor para el que había aceptado trabajar en secreto y compartía sus puntos de vista sobre la cuestión de las sufragistas. Sabía que era capaz de seguirlo a cualquier sitio, aun cuando él raramente le manifestaba su satisfacción. Con él, por fin tenía la impresión de que era útil para su país.

—Ha aceptado, señor —respondió El Apóstol en un tono en el que se traslucía el orgullo por el trabajo hecho.

El otro se volvió.

—Espero que lo haga por convicción y que no se trate de una argucia —refunfuñó.

—Eso no lo sé, señor. Miss Lovell es imprevisible.

El hombre arqueó las cejas e hizo una mueca. Su deseo era ganársela y manipularla para que se sintiera en deuda con ellos, pero con Olympe las cosas no habían ido como estaba previsto.

—Debo reconocer que en el Royal Albert Hall tuvo sangre fría y desparpajo. Nuestro amigo Conan Doyle pasó un mal rato.

El escritor había aceptado ayudarlos a tenderle una trampa y había preparado él mismo el guion. Pero El Apóstol, que se había escondido en el palco, solo pudo asistir, impotente, al desenlace. Se les había escapado.

—Lovell debe comprender que el equilibrio de fuerzas en el Parlamento es tan frágil que, si los liberales pierden un solo escaño, tendrán que negociar con los conservadores o, peor aún, con el Partido Irlandés. Que no crea que están más dispuestos que Asquith a concederles el derecho al voto. Entre tanto, vigílela de cerca. Y vuelva a ponerla en el buen camino si se desvía. ¿Entendido?

El hombre se volvió de nuevo hacia la ventana. La conversación había terminado.

Cuando Thomas bajó del Hampstead-Londres, Olympe había vuelto a ocupar su lugar en el banco. Pasó por el quiosco de la entrada del andén, compró dos vasos de leche caliente y fue a sentarse a su lado.

—¿Ha sido bonito el paseo? —preguntó ella calentándose las manos con el recipiente—. Hampstead es bastante señorial, ¿no?

—Me he dejado engañar, he pensado que forzosamente tenías que estar en el tren. Sería un desastre como espía —concluyó y se bebió la leche de un largo trago.

—Es verdad. Pero yo he conseguido lo que buscábamos —dijo ella devolviéndole el vaso lleno.

Le enseñó el papel con el número de teléfono.

—¿No ha sospechado nada?

—Seguro que me ha dado el número de un compinche por precaución, pero, aunque me hubiera dado el del Barts, el resultado habría sido el mismo. ¡Bebe, y vayamos a ver quién es nuestro misterioso contacto!

74

Saint Bart, Londres, domingo 2 de enero

«3257 HOPE.» Olympe había colocado el papel delante de ella y lo comparaba con los cuadernos. El Apóstol podía falsear su letra; las cifras, en cambio, no mentían nunca. Y todos los textos, además de estar firmados, estaban fechados. Había observado dos particularidades en el número que había escrito El Apóstol: dos curvas muy pronunciadas en el 2 y la presencia de una raya en el 7.

Al cabo de una hora, tras verificar el último cuaderno, solo quedaban dos candidatos potenciales.

—Elimino el primero: fue apóstol en Trinity en 1885. El nuestro es más joven. Así que aquí lo tenemos, ¡por fin! —dijo mostrando el cuaderno etiquetado «1901».

Thomas lo cogió con delicadeza, como si tuviera una reliquia entre las manos.

—Waddington —leyó—. Pat Waddington. Las cifras son idénticas. ¡Bravo!

—El nombre no me dice nada. La semana que viene haré un recorrido por los ministerios. Pero, antes de nada, tengo que hablar con Christabel. Debe conocer la propuesta que me han hecho.

—¿Vas a aceptar la oferta de El Apóstol?

—Si puede hacer que la causa avance, sí. Quiero encontrar medios de lucha que no sean lanzar tejas al primer ministro —añadió—. Entre otras cosas, porque fallé. Nunca he tenido buena puntería.

Olympe miró a Thomas intensamente, pero no se acercó para besarlo ni abrazarlo; mostraba una actitud desafiante que él no supo interpretar.

—¿Qué te pasa? —preguntó—. Tengo la impresión de que te preocupa algo que te resulta difícil decirme.

—No… No quiero volver a ser el peón de nadie, Thomas. De nadie. ¿Y tú? ¿Tienes algún secreto que yo debería saber?

Thomas no respondió: el tono no dejaba lugar a dudas sobre la seriedad de la pregunta.

Frances puso fin a su fuego cruzado llamando a la puerta.

—Siento molestarle, pero tenemos un caso complicado.

La enfermera le resumió la situación por el camino. El paciente era un niño de seis años que sufría dolores de cabeza, vértigo y náuseas. Ella había detectado una ligera taquicardia y la respiración algo acelerada, y, como Reginald estaba suturando una herida de arma blanca, había preferido avisar a Belamy antes que dejar al niño en espera.

—Se llama Lawrence —dijo el padre, que cogía la mano de su hijo.

—¿Desde cuándo tiene estos síntomas? —preguntó Thomas acercándose para aspirar el aliento del niño.

—Empezaron hace más de dos horas, doctor. Vivimos cerca de aquí y he preferido venir. Estoy preocupado.

—¿Ha comido su hijo almendras esta tarde?

—Sí. He preparado una masa. Lawrence me ha ayudado a pelarlas y ha comido algunas. Pensaba hacer un roscón de Reyes al estilo francés.

—¿Había almendras amargas?

—Sí, no tenía suficientes almendras dulces y añadí algunas amargas. ¿Es una indigestión?

—Una intoxicación —dijo Belamy con calma—. Frances, vaya a buscar sulfato ferroso y carbonato de sodio. Y saque tintura de belladona. Puede sufrir bradicardia.

—Pero ¿qué ha comido? ¡Doctor, dígamelo!

—Solo las almendras.

—No lo entiendo. Yo también he comido.

—La variedad amarga contiene amigdalina, mientras que la dulce, no —dijo Thomas tomándole el pulso al niño—. La amigdalina no es peligrosa, pero se convierte en un tóxico potente dentro del cuerpo. He percibido esa sustancia en el aliento de Lawrence. —Examinó detenidamente al chico y notó que su corazón latía más despacio. Le frotó una mejilla para tranquilizarlo—. ¿Recuerdas cuántas has comido? ¿Cuántas almendras amargas?

—Cuatro. O cinco, no estoy seguro. A lo mejor más.

—Vamos a curarte —dijo mientras Frances regresaba con los medicamentos—, y podrás comerte el roscón con tus padres.

Thomas había calculado que la cantidad de ácido cianhídrico ingerida debía de ser de cuatro o cinco miligramos. Le hizo beber los antídotos, así como la belladona, a fin de estimular el debilitado corazón. Todo quedaría en un buen susto.

—Se quedará aquí esta noche. La próxima vez, tueste las almendras o cómanlas con azúcar, eso inhibe los efectos del veneno. O compre roscones de Bertaux, el cocinero francés los hace muy buenos.

Al quedarse sola, Olympe se sintió invadida por una languidez melancólica. No conseguía concentrarse y no quería pensar. Se tumbó en la cama, cuyas sábanas olían al incienso que ardía en el apartamento de Thomas, e hizo un esfuerzo para no seguir dándole vueltas a los acontecimientos de la tarde, pero estos se imponían y ella no lograba apartarlos de su mente. Miró la gran biblioteca —en realidad, una simple estantería provista de un buen número de anaqueles—, que estaba atestada de libros, algunos colocados horizontalmente y otros sobre ellos en vertical, como estratos de la vida de Belamy, y se acercó a ella. No le gustaba la idea que acababa de tener, no le gustaba lo que iba a hacer, pero toda su vida, desde la adolescencia, había estado basada en la desconfianza hacia los demás. Nunca había podido contar más que consigo misma para salir adelante, sobre todo en sus relaciones con los hombres.

Olympe inclinó la cabeza para leer los títulos. La mayoría de los libros eran franceses. Había tratados de medicina, libros de arte, de espiritualidad, testimonios políticos y algunas novelas. Sonrió al ver el diccionario de esperanto. Cogió un atlas de anatomía de un estante y lo abrió por la página de cortesía. No aparecía ningún nombre escrito. Tampoco dedicatoria del autor. Repitió la operación con el siguiente libro. Luego con el tercero. Y así con toda la hilera. Cada vez más deprisa, como un obrero ejecutando una tarea mecánica: extraer el libro, mirar la primera página, volver a ponerlo en su lugar. Inspeccionó la segunda hilera a un ritmo intenso. Pero las páginas seguían estando vírgenes.

Acababa de abrir *La materia médica en China* cuando se le aceleró el corazón: el autor, Dabry de Thiersant, había firmado la obra. La dedicatoria atravesaba toda la página con una letra ancha y orgullosa: «A T. P., para que se sirva de él lo mejor que pueda. Saludos del autor».

—Es una buena elección —dijo Thomas, al que ella no había oído entrar. Olympe, sobresaltada, dio un pequeño grito y soltó el libro—. Lo siento —añadió el médico recogiéndolo del suelo—, te he asustado.

—Me has sorprendido —lo corrigió ella, humillada por su propia reacción—. ¿El autor te lo dedicó?

Thomas lo abrió y leyó la dedicatoria como si la viera por primera vez.

—No sé quién es T. P. Compré este libro de segunda mano en París. Hay algunos errores, pero la comprensión del espíritu de la medicina china es correcta.

Mientras lo dejaba en la estantería, advirtió que Olympe seguía estando recelosa. Pero él tenía la cabeza en otra parte.

—¿Era un caso muy grave? Hace mucho que te has ido —dijo ella intentando que se le pasara la vergüenza.

—Debería recuperarse —respondió él, evasivo—. ¿Te preparo algo de comer?

La comida se desarrolló entre frases vacías y silencios densos. Olympe lo interpretó como desconfianza por su parte, mientras que Thomas se sentía culpable por no haber dado al diagnóstico del pequeño Lawrence la importancia que tenía.

Tras la marcha de su padre, el estado del niño había empeorado de forma escalonada. El ritmo de sus latidos cardíacos continuó disminuyendo pese a la belladona. Entonces Thomas duplicó la dosis y el niño se estabilizó. Al quejarse Lawrence de un dolor en la boca, Belamy comprendió que la cantidad de cianuro que había en su cuerpo era mayor de lo previsto y lamentó no haber empezado por hacerle un lavado de estómago. Le administró otra ración de antídoto y le pidió a Frances que llamara a Reginald inmediatamente. La pérdida de conciencia se produjo enseguida, bruscamente, al tiempo que se le contraían los músculos y se le dilataban las pupilas. Thomas le puso la inyección de atropina que había preparado y empezó a practicar el boca a boca en cuanto se produjo la parada respiratoria. Reginald, encargado de vigilar el corazón, realizó su masaje a través de la caja torácica. Los dos médicos se relevaron eficazmente y, menos de un minuto después, el conjunto de las funciones vitales se reactivó. Las contracciones musculares cesaron rápidamente y Lawrence recobró la conciencia; no entendía qué le había pasado. Thomas pidió que le dieran un baño caliente antes de comprobar sus constantes y le pasó el relevo a Reginald. La tormenta de la sustancia tóxica había pasado.

Thomas había borrado cuidadosamente las huellas de su antigua vida de todos los objetos de su pasado, en primer lugar sus libros. No estaba preparado para hablarle de aquello. Pero El Apóstol había empezado a hacerlo y la reacción de Olympe le contrariaba. Tenía que protegerse.

—De 1874 —dijo cuando ya estaban acostados y ninguno de los dos podía conciliar el sueño.

—¿Qué?

—El libro que tenías en las manos data de 1874, Olympe, yo no había nacido.

A la joven no le cabía ninguna duda: la frase de El Apóstol era un veneno más lento, pero tan potente como el cianuro.

75

Fitzroy Square, 29, Londres, jueves 13 de enero

Sophie trajinaba en la cocina, de donde el olor de los *scones* se extendía por todo el apartamento. Como todos los jueves, la familia Stephen recibía a sus amigos. Lytton y Duncan, que seguían siendo amantes, habían discutido antes de ir y se ignoraban mutua y ostensiblemente al tiempo que intentaban acaparar la atención colectiva. Vanessa estaba cansada tras haber pasado la noche anterior junto a la cabecera de su hijo, que tenía fiebre, y su marido, Clive, estaba cansado del cansancio de su mujer. Adrian, de vuelta de Estados Unidos, no paraba de hablar de la familia Montague de Chattanooga, que contaba con todos los honores de su aborrecimiento, pero les había advertido a los demás que sería un tema tabú cuando llegara Horace. En cuanto a Virginia, su atención se centraba en una caja decorada con esmaltes de colores vivos y su contenido, unos terrones de azúcar que se dedicaba a contar. Todos ellos formaban un amplio círculo, sentados en los sillones tapizados en terciopelo verde a uno y otro lado de la chimenea.

Vere Cole se presentó el último, dos horas más tarde, con la esperanza manifiesta de que las conversaciones más aburridas se hubieran desarrollado ya hasta extinguirse. Sin embargo, la reserva del grupo era inagotable.

—Mi querido Horace, llega usted a punto —le informó Lytton con su voz característica, que se rompía en los agudos—. Virginia nos decía que es posible escribir con frases, no solo con palabras, y estábamos debatiendo el tema: ¿nos basamos en la estructura o en la textura para escribir?

—No está obligado a responder —intervino Virginia—. Ya sabe lo pretenciosos que somos aquí.

Como le sucedía a menudo con ella, Horace ignoraba si acudía amablemente en su ayuda o lo despreciaba abiertamente. La menor de las hermanas Stephen despertaba en él un sentimiento de temor, pero al mismo tiempo le atraía y le intrigaba. Sabía que su corazón estaba dispuesto a apasionarse por esa mujer cuyo comportamiento con él alternaba ternura y rudeza. Virginia solía tratarlo con una altanería intelectual que, pese a su ingenio, famoso en todo Londres, lo dejaba paralizado. Horace no sabía si la distancia que marcaba entre ellos era real o escondía un llamamiento a asediar una fortaleza inexpugnable, lo que excitaba su carácter romántico. Pero, tras su desengaño con Mildred, no se quería arriesgar a jugar con sus sentimientos montándose en una montaña rusa.

—Se lo agradezco —respondió, al tiempo que se subía las mangas de la camisa dejando a la vista unas manchas oscuras en los antebrazos—. Pero antes de nada debo ir al cuarto de baño: todavía tengo sangre en las manos.

Nada más salir, todas las miradas se volvieron hacia Adrian, que levantó los brazos en señal de desconocimiento. Lytton aprovechó para recordar sus años de estudio en Cambridge.

—¿Saben que un día me amenazó con un *shillelagh*?* En otra ocasión, clavó un cuchillo en la almohada de su compañero de cuarto. ¿Se imaginan la cara del infeliz al despertarse a media noche y encontrarse a ese payaso delante de él? ¡A saber lo que le pasaba por la cabeza!

—Horace no es peligroso —aseguró Adrian—. Es un poeta, deberían entenderlo.

—Hasta el día que pase a la acción —lo corrigió Lytton—. ¿Y esa sangre en las manos?

Vanessa, a quien la conversación aburría, propuso cambiar de tema. Se parecía físicamente a su hermana y tenía los mismos ras-

---

* Cachiporra irlandesa.

gos melancólicos, atenuados por un velo de ligereza que su matrimonio y la maternidad no habían empañado.

—Tienes razón, Nessa —aprobó Lytton levantando la voz—. ¿No es esperma lo que veo en tu vestido? —dijo señalando con el dedo una mancha en la manga de la joven.

La risa general fue la señal de un nuevo giro en la velada. Debatieron sobre la influencia del sexo en el pensamiento literario británico.

—Estoy pensando en inscribirme como miembro de la British Sex Society —dijo Virginia contando maquinalmente los terrones de azúcar—. Se reúne en Hampstead. Hablan sin vergüenza alguna de penes, masturbación e incesto.

Hizo una mueca que todos tomaron como una aprobación de sus propias palabras y que estimuló las reacciones de los demás. Pero Virginia estaba preocupada por otra razón: faltaban diez terrones.

Nadie se preocupaba de la ausencia de Horace. Él los escuchaba desde el pasillo, apoyado en la pared frente a un retrato de Adrian pintado por Duncan el año anterior y cuya mirada parecía juzgarlo severamente. En el salón, Vanessa y Clive iniciaron un debate sobre los celos fruto de la vanidad y los celos fruto del afecto, y a Horace le entraron ganas de entrar y decir ante todos *Coitus interruptus*, a fin de que cesara lo que él consideraba una masturbación intelectual de una juventud privilegiada cuyas provocaciones nunca pasaban de la puerta de su casa. Se contuvo y, viendo que ya no era tema de interés para el grupo, decidió marcharse.

El olor característico del pastel de pollo atrajo su atención. Todas las miradas se volvieron hacia Virginia y la conversación cesó por sí sola. Era más de medianoche y el apetito de todos estaba tan aguzado como su ingenio.

—No le he pedido nada especial a Sophie —confesó la anfitriona.

—Nos conoce muy bien y habrá tomado la iniciativa —dijo Vanessa saliendo de la habitación.

Volvió acompañada de la sirvienta, que dispuso la fuente y unos platos sobre una mesa baja.

—El señor Vere Cole vino a verme cuando llegó —explicó Sophie—. Traía un pollo vivo y le cortó el cuello de un tajo, así —añadió haciendo el gesto de asestar un hachazo.

Su interpretación de la escena arrancó gestos de repugnancia a los invitados.

—¡Un sacrificio animal! —exclamó Lytton—. Cuando yo os decía que no tiene la cabeza del todo en su sitio… Quizá incluso ha consultado el futuro en las vísceras.

—Ahórrenos los detalles —le ordenó Virginia.

—Y el futuro es tan sombrío… —añadió Adrian.

—Lo cual es, en definitiva, lo mejor para un futuro —completó Virginia adoptando un tono grave.

—Después me pidió que hiciera un *chicken pie*. Yo creía que estaba al corriente, señora. Me ha llevado bastante tiempo desplumarlo. Lo siento.

—Ha hecho bien, pero, de ahora en adelante, le prohíbo que acceda a una sola de sus peticiones.

—Bien —se impacientó Duncan—, ¿podemos pasar a la mesa? Ese hombre nunca dejará de sorprenderme.

Todos fueron a servirse con presteza y luego se dispersaron por la habitación como mariposas tras libar en la misma flor. Comer a la manera de los nómadas formaba parte de las costumbres que consideraban rebeldes, contra las convenciones, y les daban la impresión de que infringían las leyes.

Duncan se comió su parte de pastel de pie ante una de las ventanas, mirando hacia la plaza, que parecía congelada por la noche en una acuarela de John Ruskin, y le entraron ganas de pintar. Horace también había despertado en él un deseo sexual irreprimible, una necesidad animal que no sentía con Lytton, cuyo físico comparaba con el de todos los demás hombres del grupo. Suspiró fantaseando con una noche de perversión con el imprevisible irlandés.

—¡Pero si es él! —exclamó de pronto—. ¡Adrian, ven a ver! ¡Venid todos!

Tumbado a la manera de un vagabundo en el banco de la plaza situado frente a la casa de los Stephen, Horace observaba las estrellas que habían atravesado el cielo londinense pese a algunos jirones de nubes y al alumbrado público.

No respondió cuando todos lo llamaron desde el balcón. Los gritos cesaron enseguida, la cristalera se cerró y volvió a hacerse el silencio. Horace reanudó su contemplación. Los astros lo devolvían a la noche del 2 de julio de 1900, que había pasado tendido boca arriba, frente a la inmensidad de la bóveda celeste, dado por muerto en un camino sudafricano. Había un cielo purísimo aquella noche. Convencido de su fin inminente, lo había contemplado en paz y se había sentido en poderosa armonía con el universo entero. Aquella noche mística había sido su único contacto con el mundo de la espiritualidad, pero desde entonces vivía cada día como una tregua suplementaria respecto a la muerte.

Lanzó una mirada hacia la casa, de donde Duncan había salido con Lytton, seguidos a unos metros por Vanessa y Clive. Los cuatro ignoraron su presencia. Adrian, que iba rezagado, fue a su encuentro.

—Quería darte las gracias por el pollo, aunque es un presente bastante especial.

Horace se levantó lentamente, se masajeó la nuca y lo invitó a sentarse.

—Se metió bajo mi coche y le encontré un aire de familia con nuestro rey Eduardo —explicó muy serio—. Cierta arrogancia en el porte de la cabeza… Y le puse remedio. ¿Qué efecto os ha causado comeros la monarquía?

—No estoy seguro de que la explicación te reconcilie con los demás. El pastel sabía mejor que tu broma, amigo mío.

En el piso superior, Virginia fumaba un cigarrillo mirándolos.

—La broma forma parte de las bellas artes —contestó Horace—, y tú lo sabes mejor que nadie. Requiere imaginación y poesía, es como una obra de teatro sin repetición ni reglas, en la que el peligro de fracasar está siempre presente. ¿Hay algo más excitante?

—¿Que un torbellino que uno ya no controla? Necesitas, sobre todo, límites.

—Pero los sueños no tienen límites.

—La decencia sí.

—¿Y tú me hablas de decencia? ¿Sois más decentes vosotros con vuestras reuniones que yo con mis felonías? Hablar de fornicación durante horas no es arte. No es subversivo, es simplemente una pose. Yo paso a la acción.

—¿Nos tachas de impostores?

Adrian había formulado la pregunta en un tono afable, el mismo que habría utilizado para hacer un cumplido. Siempre mantenía un tono desprovisto de pasión, en cualquier situación, cosa de la que Horace se sentía incapaz y que tomaba en su amigo por una reminiscencia del barniz educativo del que supuestamente se había liberado. Lo miró directamente a los ojos.

—Todos lo somos, desde el rey hasta el más pobre de sus súbditos. Todo es impostura, todo son papeles para representar. Las relaciones humanas son una impostura, el amor es una impostura y el propio Dios, el gran organizador de esta farsa trágica, es una impostura. Por eso yo quiero ser el mejor en la materia, después de Dios, por supuesto. Siéntate, tengo que hablar contigo sobre esto.

—La ruptura te ha afectado, Horace —dijo Adrian obedeciendo.

—Cuando se entere de esta genialidad que vamos a montar juntos, Mildred lamentará eternamente su decisión.

—Cuéntame, amigo mío.

—Nos disfrazaremos de delegación oficial.

—¿Como en el montaje del sultán de Zanzíbar?

—Sí, pero esta vez Clarkson nos transformará en príncipes de Abisinia.

—¿Y quiénes serán nuestras víctimas?

—Nada de morralla. Vamos a ridiculizar al Estado Mayor de la Royal Navy.

—¡Demonios! ¿Piensas introducirte en el Almirantazgo?

—No, actuaremos con más audacia. Haremos una visita oficial al barco más grande, el más caro, el más codiciado de la Marina Real, el orgullo del imperio: el *Dreadnought*. Dispararán cañonazos en nuestro honor.

—¡Dios santo!

Adrian se había levantado, como si la noticia no pudiera comentarse estando él sentado. Lanzó una mirada hacia el balcón vacío. Virginia había entrado en casa y corrido la cortina.

—Es arriesgado —dijo tras haber evaluado todas las consecuencias.

—Eso es lo que le da color.

—Si nos descubren, nos arrojarán al mar.

—Sin duda. Pero, si nos sale bien, será una obra maestra.

—¿Sabes que tengo un primo que es oficial en el *Dreadnought*? William Fisher.

—Lo ignoraba. Confío en Clarkson, él conseguirá que estemos irreconocibles. En Cambridge engañamos a nuestros compañeros y profesores.

—Para ser sincero, Virginia y yo no le tenemos mucho aprecio. Es el hijo de la tía Mary, un tipo austero y pedante, un conformista que busca incansablemente la respetabilidad. Todo lo que detestamos. Creo que gastarle una broma de ese tipo me causaría un placer infinito.

—Entonces ¿te apuntas?

—Con una condición: ni una palabra a la prensa.

—Adrian, nuestra mejor broma…

—No quiero humillar a la Navy. Me lo tomo como un asunto de familia. No avisaremos a los diarios, ¿de acuerdo?

—¿Tengo otra opción? Este montaje tenemos que hacerlo juntos. ¡Será el engaño del siglo!

Vere Cole se levantó del banco, lo saludó con el sombrero y se alejó unos pasos para luego volverse.

—Por cierto, si Virginia no para de contar los terrones de azúcar, no te preocupes, no es que se haya vuelto loca: yo robo unos cuantos cada vez que voy a vuestra casa. Buenas noches a todos los Bloombies.*

76

Saint Bart, Londres, lunes 24 de enero

La secretaria del doctor Lewis Jones llegaba todas las mañanas a las siete al departamento de electricidad médica, una puntualidad que treinta años de carrera en el hospital, diecinueve de ellos en ese

---

* Sobrenombre de los miembros del grupo de Bloomsbury.

mismo servicio, jamás habían desmentido. Abría concienzudamente la docena de puertas de edificio, que cerraba igual de concienzudamente a las seis de la tarde, con excepción del despacho de Henry Lewis Jones, donde la luz permanecía encendida hasta muy entrada la noche.

Cuando entró en el departamento la mañana de aquel lunes, el reloj marcaba las seis y media. Había pedido permiso para salir antes ese día porque quería ir a ver a su padre, que estaba enfermo y vivía en los suburbios del norte; para ella era una cuestión de honor que eso no afectara a su trabajo.

El despacho del médico ya estaba abierto, así como una de las salas de electroterapia. Manifestó su llegada con un «Buenos días, doctor Lewis Jones» tan caluroso como el respeto le permitía y, sin aguardar respuesta, se fue a su despacho pensando en su padre.

Thomas y Elizabeth se quedaron inmóviles; luego, los pasos se alejaron y la religiosa hizo una seña para indicar que podían continuar.

—La misma dosis que la última vez —susurró.

Le daba la espalda a Thomas y había desprendido la tela que le cubría el pecho. Elizabeth había notado una clara mejoría después de la primera sesión: la acción cáustica de la fulguración había hecho que el tumor se redujera a la mitad, y los dolores se habían atenuado. Pero dos días después se produjo un abundante derrame seroso de color amarillo limón, que se volvió más denso hasta que cesó, al cabo de una semana. Aparecieron unas protuberancias carnosas y se formó una cicatriz en el lugar de la fulguración. Reapareció el dolor, lancinante, sordo al principio y luego cada vez más agudo. La religiosa le pidió a Thomas que la ayudara a realizar otra sesión. Él intentó convencerla de que se sometiera a una operación, a fin de eliminar el tumor, antes de aplicar electroterapia. Elizabeth se mantuvo inflexible. Al principio, Thomas se negó a colaborar, pero, ante la obstinación de la monja, que lo habría hecho sola, acabó por ceder de nuevo.

Thomas puso en el resonador y el interruptor los valores que había anotado en su libreta. Regulaban el tamaño y la frecuencia de las chispas violáceas que la sonda descargaría.

—Estoy listo.

La religiosa se puso el pañuelo entre los dientes, colocó el electrodo condensador sobre su pecho e hizo una seña con la cabeza. El sonido característico de la electricidad y un olor a quemado acompañaron al dolor, que se propagó desde su seno hacia todo el cuerpo. Elizabeth mordió el pañuelo para no gritar, emitiendo un gruñido sordo. Apartó el electrodo al cabo de cinco insoportables segundos.

La secretaria estaba contenta de sí misma: en menos de media hora, ya había recuperado todo el retraso que habría provocado su salida adelantada. Oyó que varias puertas se abrían y cerraban, pero hasta después de un buen rato, cuando en el exterior el sol intentaba traspasar la niebla, el doctor Lewis Jones no fue a saludarla.

—Esta mañana ha sido más madrugador que yo, doctor —dijo tendiéndole los informes que había mecanografiado en su Remington.

El médico, que acababa de llegar, le dio las gracias vagamente y se metió en su despacho prometiéndose estar pendiente de la salud mental de su asistente, preocupado ante la idea de que se diera a la bebida tras toda una vida de abstinencia. En aquellos tiempos revueltos, incluso las mujeres honorables resultaban impredecibles.

Thomas había dejado a sor Elizabeth descansando en su habitación, con la orden de que se quedara allí como mínimo hasta mediodía. Aún no había sumergido las hojas de *pekoe* en el agua de la tetera cuando el gerente le llevó una nota de Etherington-Smith pidiéndole que lo dejara todo y fuera a verlo enseguida.

Raymond tenía a un visitante en su despacho, un hombre de aspecto hosco y bigote fino cortado en punta que se presentó como un colaborador del embajador de Francia. Su mirada, alojada bajo unos párpados caídos, proyectaba un gran hastío.

—He venido a preparar la visita del veintiuno de febrero. Es una excelente iniciativa de los médicos de La Providence —explicó con un tono de voz severo que lo delataba como antiguo jesuita—. El doctor Dardenne representará al hospital francés.

—¿No será el doctor Vintras? —preguntó, sorprendido, Thomas—. Fue con él con quien hablé.

—No, se fue para ocupar un cargo en París a principios de año. Su colega Dardenne es un excelente cirujano que trabajó en La Salpêtrière —dijo el hombre consultando su libreta.

—Hemos incluido en el programa una visita a los nuevos edificios del Barts y, por supuesto, a Uncot —dijo Etherington-Smith, cuya alegría comunicativa estaba en las antípodas de la morosidad de su interlocutor—. Podrás hacernos una demostración de acupuntura, ¿verdad?

Thomas asintió educadamente. Raymond insistió en entrar en los detalles de la agenda mientras el representante de la embajada tomaba notas asintiendo con la cabeza y decía «muy bien» con regularidad, como un fumador de pipa expeliendo aros de humo.

—Ahora pasemos a las distinciones —dijo Raymond con un placer pícaro—. Nuestro amigo el doctor Belamy es un hombre modesto que no las busca.

—Transmítale al embajador mi agradecimiento por su propuesta, pero no busco nada de eso —confirmó Thomas.

—Los honores se merecen sin buscarse, señor mío. Son ellos los que vienen a nosotros, y no al contrario —comentó el visitante—. En el caso que nos ocupa, al parecer hay cierto consenso en concedérselo. Sepa que la medalla de honor de Asuntos Exteriores no se puede rechazar.

—Eso zanja todo pudor excesivo —dijo Etherington-Smith—. Organizaremos una bonita ceremonia, no tema.

Thomas parecía ausente. Raymond lo sintió por él, pero pensó en todos los beneficios que podrían obtener de aquello para asentar la reputación del doctor Belamy en el hospital.

—Antes de nada, necesitaré información suplementaria sobre su pasado. Su *curriculum vitae*, como se dice ahora —continuó el funcionario con una pronunciación exagerada—. Comprenda que debemos comprobar esa información antes de hacerle entrega de una insignia tan prestigiosa. Debemos estar seguros de quién la recibe —concluyó tendiéndole una hoja de su cuaderno—. ¿Puede enviar esta lista de documentos a la embajada?

—No tema, tendrá todo lo que pide —intervino Etherington-Smith—. Lo haremos lo antes posible. Doctor Belamy, ¿puede quedarse? Tengo que tratar algunos asuntos con usted.

Sintiéndose empujado hacia la salida, el hombre les dio las gracias sobriamente y les prometió que volvería el 21 de febrero con la delegación francesa. Cuando se quedaron solos, Thomas tiró displicentemente la lista a la papelera del despacho.

—¿Qué ocurre? No te reconozco, amigo —dijo, preocupado, Etherington-Smith, que se contuvo para no ir a rescatar el papel de inmediato.

—Todo esto está tomando un giro que no me gusta —respondió Thomas, que se había acercado a la ventana para ver al intruso saliendo del hospital—. Ese hombre es un inspector de policía.

—¿Y qué? ¡Qué más da!

—En Francia me relacioné con pacifistas.

—Y con algunos anarquistas, ya me lo has dicho, y te lo agradezco. Pero eso no cambia en absoluto tus méritos. ¿Qué quieres que haga ese hombre? ¿Que te prive de una medalla que tú no deseas?

Thomas no insistió. Su amigo tenía razón. Con la salvedad de que ignoraba lo esencial, y que lo esencial podía ser descubierto en la investigación rutinaria de un inspector en el tramo final de su carrera y de unos médicos deseosos de honrarle. Se sentía atrapado entre los hilos tejidos por una inmensa araña dispuesta a engullirlo.

—Te he pedido que vinieras por otra razón.

El comité del centro iba a reunirse a fin de elegir una nueva enfermera-jefe y una superintendente de las enfermeras. Teniendo en cuenta el salario de doscientas cincuenta libras anuales, más alojamiento, alimentación y lavandería, no faltaban candidatas.

—No tengo a nadie que proponerte de mi servicio —dijo Thomas—. La más brillante es Frances, pero es también la que cuenta con menos experiencia.

—El comité había pensado precisamente en ella. —Etherington-Smith había pronunciado la frase sin entusiasmo. Él, habitualmente tan adulador, no ocultaba su incomodidad—. Y no me regañes —añadió al ver asomar la reprobación en la cara de Thomas.

—Sabes que va a presentarse para cursar estudios médicos en el Barts. Lo sabéis todos y queréis impedírselo proponiéndole un trabajo que no podrá rechazar.

—Thomas, no es idea mía y no la apruebo. Pero tenía que decírtelo. Hará un trabajo excelente en ese puesto, no me cabe ninguna duda.

—Pero no será la primera mujer que estudie en la escuela médica del Barts, lo cual os va muy bien a todos.

—¡No digas eso, eres injusto! Digamos que hay una fuerte oposición a su solicitud, pero su expediente es tan bueno que resulta difícil no verlo como una discriminación. Podría demandarnos ante los tribunales. —Miró la hora y se metió nerviosamente las manos en los bolsillos del chaleco—. Y tendría razón —concluyó.

—La Historia está en marcha, Raymond. Si no es ella, será otra, en el Barts o fuera del Barts, dentro de un año o de diez, pero es inevitable. Más vale dar el paso ahora. Frances está hecha para ser médico, no le fastidiemos esta oportunidad.

—No sé lo que podré hacer. No soy Dios todopoderoso.

Thomas le dio una palmada amistosa.

—Eres mucho más: eres el venerado director de la escuela médica.

Thomas pasó una parte de la tarde pensando cómo eludir la cita con los franceses y al final decidió que la afrontaría. Acababa de entrever una solución gracias a la ausencia de Vintras.

Fue a la peluquería de Mills, en Cavendish Square. Poco después de su llegada a Londres, le había curado el pulgar en el que se había hecho un corte con una navaja, y Mills se convirtió en su barbero oficial. El hombre se quedó sorprendido al oír su petición e intentó disuadirlo, pero acabó plegándose a su voluntad.

Cuando regresó a su casa, poco antes de las siete de la tarde, Olympe estaba releyendo los textos de El Apóstol a fin de encontrar más indicios sobre su persona. Thomas se plantó delante de ella y se quitó su sombrero preferido, una gorra de obrero que le había regalado uno de sus pacientes del East End.

—Thomas, ¿qué le has hecho a tu pelo? —exclamó, y se acercó para examinarle la cabeza rapada—. Pasarán meses hasta que puedas volver a recogértelo… ¡Con lo que a mí me gustaba acariciarlo! ¿Por qué?

No podía mentirle —y Dios sabía que la mentira formaba parte de su vida desde hacía años—, pero tampoco podía decirle la verdad. No en aquel momento. Como se negaba a darle una excusa que la habría ofendido por su torpeza, le pidió que confiara en él sin hacer preguntas, y la avisó de que también se dejaría barba; le dijo que todo era provisional y que no tenía que preocuparse por su salud mental ni por los sentimientos que le profesaba. Belamy se sintió injusto con ella, se sintió injusto con todas las personas del Barts que confiaban en él, a quienes sentía que traicionaba a diario. Olympe se acurrucó contra él y lo abrazó amorosamente. El sentimiento de culpa de Thomas se desvaneció con el calor de su abrazo. Olympe no estaba preocupada por su cambio físico, al que le encontraba un encanto subversivo, sino por la creciente sensación de que apenas lo conocía. La frase de El Apóstol estaba cada vez más presente en sus pensamientos.

Horace se presentó sin avisar, uno de sus placeres favoritos, y los encontró abrazados y pensativos, de pie junto al hogar, que solo dispensaba ya un resplandor crepuscular.

—Pero ¿qué ha pasado, Thomas? —dijo al ver la cabeza desnuda de su amigo—. ¿Lo han condenado a trabajos forzados? ¿Lo envían a galeras?

—Una epidemia de piojos en el hospital —respondió Olympe para poner fin de inmediato a la curiosidad insaciable de Vere Cole.

—¿Cree que debería posponer mi visita? —dijo este último con una inquietud no fingida.

—Sabe que usted siempre es bien recibido aquí, Horace —contestó Thomas acercándose para saludarlo—, incluso cuando entra sin llamar.

—Es que se trata de un asunto importante —explicó Vere

Cole dejando todos sus efectos, sombrero, bastón, guantes, fular y abrigo, sobre el canapé—. Tengo la respuesta a su enigma: sé quién es Pat Waddington. —Le cogió las manos a Olympe antes de revelar la información—: El Apóstol está embaucándola, querida. Es un hombre de Scotland Yard, el asistente del inspector Scantlebury.

77

Marylebone Road, Londres, lunes 31 de enero

Winston Churchill miraba a Olympe con un aire de joven bulldog. Ella le prendió en la americana un trozo de tela con los colores de la WSPU y la inscripción «El voto para las mujeres» sin que él se moviera, y retrocedió para admirar el resultado.

—Venga, no se quede ahí —ordenó Horace.

Ella atravesó la sala de los políticos británicos saludándolos como lo hubiera hecho la reina a sus súbditos y siguió a Vere Cole hasta la colección de los soberanos extranjeros.

A aquella hora del día no había casi nadie en el museo de Madame Tussauds y su juego no tenía consecuencias. A Vere Cole, Olympe le parecía deliciosamente rebelde y sensualmente provocadora, en las antípodas de las últimas mujeres con las que había compartido su vida. Le devolvía la esperanza en los sentimientos amorosos y se prometió que su próxima conquista sería una mujer libre, artista rebelde, feminista comprometida, dotada de un sentido del humor y de la burla fuera de lo común, al tiempo que lamentaba que el modelo de su descripción ya le hubiera entregado su corazón a otro, si bien le costaba comprender el funcionamiento de la pareja que formaba con Thomas.

Se reunieron con Adrian, que los esperaba ante el personaje del negus moldeado en cera.

—Les presento a Menelik II, emperador de Abisinia —dijo señalándolo.

El hombre tenía la cara redonda y una barba corta y recia que acentuaba la expresión fría y dura de sus ojos, coronados por unas cejas ondulantes. Llevaba el cabello envuelto en un fular sedoso, cubierto con un sombrero redondo de ala ancha, muchos collares, entre ellos una cruz, y una capa de terciopelo de color púrpura y dorado.

—No me lo imaginaba así —reconoció Horace mientras Olympe prendía en la capa una cinta con las tres franjas, violeta, blanca y verde.

—Por su aspecto parece más bien un gitano —reconoció Adrian—. Al menos la idea que tenemos de un príncipe gitano.

—Da igual —dijo Horace—. No es de su identidad de lo que vamos a apropiarnos, él se encuentra inmovilizado en su palacio de Adís-Abeba a raíz de un ataque reciente, no puede moverse de la cama.

—Entonces ¿quién va a visitar el *Dreadnought*?

—Una delegación encabezada por el primo de Menelik, Ras el Makalen. Un primo ficticio, su verdadero pariente se llama Ras el Mekonnen. Él y su familia vinieron hace poco a Londres. Jugaremos con esa confusión.

—¿Por qué Abisinia? —preguntó Olympe.

—La política, querida. Abisinia es nuestra aliada en África. Y estamos en un momento propicio para montar a bordo de la flota inglesa: los chinos vinieron a visitar nuestros barcos en noviembre y la Navy se desvivió para recibirlos.

Se callaron mientras uno de los vigilantes del museo pasaba apresuradamente con una cinta de la WSPU en la mano.

—Su acción de sabotaje ha sido descubierta —bromeó Horace—. Seguramente nuestro querido Churchill se ha quejado.

—Van a tener trabajo, he colocado diez más repartidas por todo el museo.

—Esta noche ya las habrán quitado todas. Son muy estrictos y revisan las figuras todos los días.

—Me subestima, querido —contestó ella jugando a esconderse detrás de Menelik—. Vine hace dos años y le puse una cinta a un personaje de cera, como hoy. Y ahí sigue.

—Jamás se me ocurriría subestimarla, Olympe, pero hay una cosa de la que estoy seguro: su provocación desapareció hace mucho.

—Le apuesto lo que quiera a que no.

—Y yo a que sí. Una comida con champán en el Café Royal.

—Nuestra amiga parece tan segura de sí misma que yo me inclino por apostar a su favor —intervino Adrian.

Horace frunció el entrecejo y le dijo que la seguía. Fueron a la sala número tres, donde se encontraban los dobles de los grandes representantes de la sociedad civil inglesa. Olympe se plantó delante de una mujer que lucía una cinta de la WSPU.

—Señores, les presento a Christabel Pankhurst.

En febrero de 1908, Christabel y una delegación de su partido habían ido a Marylebone Road, donde John Tussaud había realizado un modelo de su figura para incluirlo en el grupo de los representantes del movimiento.

—Una buena manera de ganar fácilmente una apuesta —comentó, divertido, Adrian.

—Me inclino encantado —dijo Horace esbozando un besamanos.

—Ahora, vayamos a ver a la familia real —propuso la joven.

—Está arriba —indicó Adrian.

Al salir, se cruzaron con el vigilante, que se dirigía a la sala de la fechoría acompañado de dos esbirros.

—La vía está libre —dijo Horace—. Podrá prenderles la cinta a todos los miembros de la Corona.

—¿Cree que solo he venido para eso? —dijo ella sacando del bolsillo un puñado de cintas para repartirlas—. Quiero participar en su broma, Horace.

Desde que se había enterado de que la policía estaba detrás de El Apóstol, la sufragista había decidido reanudar la lucha sin esperar el discurso del rey. Vere Cole disimuló su satisfacción bajo la indiferencia que tenía la costumbre de manifestar, por la educación recibida y por herencia. Jamás se habría atrevido a pedírselo por miedo a recibir una negativa, pero la participación de Olympe daba una dimensión nueva a su acción.

Habían llegado a la sala dedicada a la realeza y, tal como Horace había imaginado, ya no estaba vigilada.

—Me sentiré muy honrado, Olympe, pero con una condición —dijo Horace prendiendo una cinta en la pechera de Eduardo VII.

—No enarbolaré una bandera en la que ponga «El voto para las mujeres» en la atalaya, prometido.

—Ni ahí ni en ninguna otra parte. Su sola presencia será tanto un manifiesto político como una mistificación de alto vuelo.

Olympe le prendió una cinta a la reina Victoria, que siempre había manifestado su rechazo al voto de las mujeres.

—Le prometo que no armaré ningún escándalo en el barco.

—Ni después —intervino Adrian—. Dijimos que no habría comunicado a la prensa, Horace —le recordó.

—Tienes razón, amigo. No se facilitará ningún nombre a los periódicos. Vayamos a la tienda de Clarkson a anunciarle la noticia: ¡sus disfraces pasarán a la historia!

El trío decidió ir a pie y dio un rodeo por Oxford Street para admirar los escaparates de Selfridges, en uno de los cuales aparecían las sufragistas. Olympe estaba convencida: recién iniciado el año 1910, habían ganado la batalla de los corazones; faltaba por vencer a la Cámara de los Comunes.

El diseñador de vestuario los recibió en el local de su nueva tienda de Wardour Street.

—¿Qué le parece? —preguntó tras enseñarles el local.

—Lo suficientemente fastuoso para un príncipe de Abisinia —respondió Horace antes de explicarle lo que debía saber del plan para preparar trajes y maquillaje.

Vere Cole le mostró fotografías que había recortado de una enciclopedia.

—Esos no son abisinios —dijo Clarkson después de leer la leyenda—. Llevan vestimenta de la India.

—No importa. Nuestros personajes deben parecerse a estos. Lo que cuenta es la idea que tienen de ellos los ingleses. Quiero color y turbantes.

—¡El cliente manda! Utilizaré polvo del número doce para las caras —dijo examinando las fotos—. Será mucho más realista que el corcho quemado. Puede confiar en mí, colaboré con la policía en el caso de Jack el Destripador.

Scotland Yard había recurrido al diseñador de vestuario para disfrazar a policías de prostitutas y este les describió los atuendos y maquillajes que había realizado veintidós años antes.

—Con el éxito conocido por todos —lo fustigó Horace—. Yo, en su lugar, no haría tanta propaganda de eso. Su mayor éxito soy yo, pero voy a pedirle que no se vaya de la lengua. De lo contrario, le diré al director del Queen's Theatre que cambie de diseñador de vestuario.

—Siempre es un placer trabajar para usted. ¿Cuál es la fecha de su… actuación?

—El siete de febrero —respondió Olympe pillándolos a todos desprevenidos.

Las miradas se volvieron hacia Horace, quien lo confirmó:

—Exacto, el siete de febrero. Tres días antes de las elecciones.

Clarkson emitió un silbido de admiración. Adrian palideció y se pellizcó los labios. La cuestión de la financiación de los acorazados de la Marina estaba en el corazón del debate de la campaña de las legislativas. Burlar a la Navy se convertía en un acto político.

Los dos amigos acompañaron a Olympe al Barts y tomaron el tranvía hasta Fitzroy Square. Adrian no dijo nada en todo el trayecto. Horace fingió que no se daba cuenta, y se mostró tan afable y jovial como de costumbre. Virginia había salido cuando llegaron al apartamento de los Stephen. Adrian cargó tranquilamente una pipa, la encendió y se arrellanó en su butaca favorita, junto al hogar.

—Dime, si has aceptado esa fecha es porque no tienes intención de callarte, ¿verdad? ¿Miss Lovell y tú queréis convertirlo en un acontecimiento público? —le preguntó.

—Adrian, amigo mío, cumpliré mi palabra: no saldrá ningún nombre en la prensa. Pero será un momento demasiado importante para dejarlo en la sombra. Un grupo favorable a las sufragistas va a engañar al Estado Mayor de la Armada más poderosa del mundo. El público debe ser informado. La propuesta de Olympe me parece fantástica: ¿no ves que vamos a influir en la historia de nuestro país?

—Veo sobre todo una cosa: te has enamorado otra vez. Y eso nunca nos ha salido bien.

78

Fitzroy Square, 29, Londres, sábado 5 de febrero

Adrian había recuperado rápidamente la sonrisa. Horace, no sin segundas intenciones, le había pedido a Duncan Grant que participara en la expedición al *Dreadnought*. El pintor escocés había aceptado de inmediato, excitado ante la idea de dar sentido a su contestación de salón poniéndola en práctica, lo que había desvanecido las reticencias de Adrian. Vivir un acontecimiento como ese en compañía del hombre del que estaba enamorado merecía todos los compromisos. Distinto era el caso de Virginia, quien, al enterarse de la presencia de Olympe, reclamó su lugar en el comando. Horace se opuso sepultándola bajo una infinidad de argumentos, ayudado por Adrian y sobre todo por Vanessa, que temía que su hermana, de salud frágil, volviera a caer en un estado depresivo tras semejante aventura. Virginia acabó por renunciar, pero la más cabezota de los hermanos Stephen permanecía al acecho y no había dicho su última palabra.

Reunidos en torno a la mesa del comedor, que Sophie acababa de despejar de los restos del almuerzo, Horace explicaba a los demás, con el énfasis que lo caracterizaba, el papel que le había asignado a cada uno.

—Adrian, tú serás el intérprete oficial del séquito real.

—¿Abisinio? —preguntó este juntando unas migas desperdigadas delante de él.

—No, inglés. Es un personaje crucial —explicó al mostrar Adrian una decepción indudable—. Tendrás que inventarte todas sus réplicas. Para quien quiere convertir el teatro en su profesión, es un papel de oro —insistió—. El personaje se llamará señor Kaufmann.

Duncan suscribió con un gesto de aprobación, lo que tranquilizó a Adrian.

—Horace se reserva de nuevo el papel más lucido —se burló Virginia, de pie junto a la ventana con un cigarrillo entre los labios.

—Yo me he adjudicado el personaje menos interesante —se

justificó el irlandés a fin de parar un ataque para el que estaba preparado—. Seré el representante del Foreign Office, Herbert Cholmondeley.

—¿Existe realmente? —preguntó Duncan, arrellanado en la silla tras un almuerzo generoso en vino.

—No, por supuesto que no, me lo he inventado.

—¿No hay peligro de que lo comprueben?

—No tendrán ninguna posibilidad de hacerlo. Enviaremos un telegrama una hora antes de nuestra llegada. Jugaremos con el efecto sorpresa, como en una emboscada. Tendrán el tiempo justo de cepillar los uniformes y limpiar los fusiles, no de comprobar su veracidad.

—Le sigo, mi capitán —dijo Duncan esbozando un saludo—. ¿Qué personaje me ha reservado a mí?

—El del príncipe Ras el Mendax.

—Ras el Mendax… —repitió el pintor lentamente, como para impregnarse de su papel—. Siendo latinista, supongo que ese nombre no es casual.*

—Puede cambiarlo, si lo desea.

—No, es perfecto, debemos humillar al establishment hasta en los menores detalles. ¿Quién más habrá de la familia real?

—Tony Buxton será Ras el Makalen. ¿Conoces a Tony? Participó en el engaño de Cambridge. Es de fiar.

—Sí, estaba en el Trinity con nosotros —recalcó Adrian.

—Y tendremos a miss Lovell —dijo Horace haciendo el gesto de un besamanos dirigido a Olympe, que había permanecido callada—. Ella será el príncipe Ras el Mikael Golen. No puede haber una princesa en una delegación oficial. Y Clarkson ha confirmado que puede convertirla en un dignatario abisinio real como la vida misma. Con barba y todo. Estoy impaciente por ver esa estampa —se entusiasmó Horace—. Para completar la delegación, le he pedido al hermano de Tony que participe, pero todavía no ha aceptado. Para ser franco, algunos han rechazado el ofrecimiento.

Virginia se había vuelto para mirar cómo caía la lluvia sobre la

---

* *Mendax* significa «mentiroso» en latín.

plaza. Imaginó la llegada del equipo al barco durante un chaparrón y visualizó sus rostros mojados, por los que chorreaba el maquillaje. Un marino les tendería una toalla, que acabaría de borrar los últimos vestigios de disfraz y marcaría el fin de la superchería.

—¿Qué pasaría si los detuvieran? —preguntó, interrumpiéndolos.

—¿Cómo que qué pasaría? —dijo Horace, molesto por el hecho de que la más imprevisible de las hermanas Stephen lo importunara.

—¿A qué se exponen si son desenmascarados?

Vere Cole miró a sus compinches como para tranquilizarlos por anticipado.

—Si nos descubren en el barco, sin duda nos arrojarán por la borda. Es la costumbre —dijo en un tono despreocupado.

—Forma parte del juego —recalcó Duncan—. Y todos somos buenos nadadores.

Virginia, que esperaba esa réplica, la utilizó como un argumento a su favor.

—Yo puedo nadar tan bien como cualquiera de ustedes. Incluso mejor. Lo saben perfectamente. Y estoy dispuesta a correr ese riesgo. ¿Por qué no puedo participar en el complot?

Duncan se echó a reír.

—Virginia tiene razón —dijo—. Tiene toda la razón. Admitámosla en el equipo y habremos encontrado a nuestro último príncipe.

—Estoy de acuerdo —comentó Olympe—. Dos mujeres en ese acorazado serán un símbolo todavía más fuerte.

—*Vox populi* —admitió Horace con la boca pequeña, resistiéndose todavía a aceptar la idea.

Adrian también era reticente, pero acabó por convencerse de que la protegerían en el caso de que los marineros montaran en cólera. Además, estaba descartado contemplar la posibilidad de un fracaso.

Virginia, por su parte, daba muestras afectadas de satisfacción. Como siempre, había conseguido lo que quería con un poco de perseverancia y sutileza táctica. Decidió llamarse Ras el Singanya y se divirtió pensando en la humillación que le infligiría a su primo. William Fisher no volvería a mirarlos nunca más por encima del hombro.

—Ahora vamos a establecer las bases de nuestro lenguaje —anunció Horace mostrándoles el libro que había comprado en Hatchards.

Duncan lo hojeó enérgicamente.

—¿Una gramática suajili?

—Es lo más cercano que hemos encontrado —intervino Adrian—. Será más que suficiente.

El pintor apuró la copa de vino que tenía en la mano antes de lanzarse. Pronunció una frase con un éxito moderado y le pasó el libro a Adrian. Las tentativas siguientes fueron tan poco convincentes como la primera. Olympe y Virginia practicaron adoptando voz de hombre y se decidió que permanecerían lo más calladas posible durante la visita.

—Así no lo conseguiremos —reconoció Horace—. Habrá que improvisar, pero todo saldrá bien.

—Algo como esto, por ejemplo: *Entaqui, mahai, kustafan* —pronunció Duncan, que se había levantado y hablaba moviendo los brazos.

Su intervención hizo reír al grupo.

—¡Más solemne! No olvides que eres un príncipe —lo corrigió Horace—. Pero la dirección es correcta. ¡Mezclemos latín y griego e improvisemos!

La reunión se animó. Todos hablaban al mismo tiempo en una alegre anarquía. Olympe los observaba divertida. Eran como una pandilla de niños sin tabúes ni control, que jugaban a provocar para sentirse vivos. Sus pensamientos derivaron hacia su propia infancia, que ella había conseguido apartar de sus recuerdos, pero que a veces se colaba en su presente. Una infancia en la que no había tenido la dicha de la despreocupación. En el asilo para huérfanos de Londres, en Watford, cada edificio, construido gracias a la caridad de ricos donantes, albergaba a cincuenta huérfanos. El suyo estaba situado junto a la lavandería, de donde escapaba durante todo el invierno un humo blanco y caliente en el que a ella, camino del pozo y de su faena diaria, le gustaba perderse. Había sido totalmente financiado por la J. & J. Shipfield Company, cosa que recordaba una placa de fundición en el pasillo de la entrada. A veces, a las imágenes se les adherían los olores, de leche en el comedor y sus hileras de mesas, de polvo sagrado de la capilla, tan fría en verano como en invierno, los efluvios de cera de las oficinas de la administración, que más valía evitar, y el tufo acre de la cal en la enfermería, el único lugar donde se sentía bien, debido a al intenso calor y las camas más anchas.

—¿Olympe?

La joven cerró su caja de Pandora. Los hermanos Stephen se habían quedado huérfanos siendo muy jóvenes los tres, pero se habían apoyado mutuamente y continuaron viviendo en la casa familiar. Adrian y Virginia parecían muy unidos. Aunque Olympe no quisiera, entre ella y el mundo nuclear de la familia siempre habría un foso. Y nadie podría comprender que, para ella, la soledad era un refugio, su mundo, que la había acompañado desde su nacimiento, aquel día en que fue depositada en la entrada de la institución. Nadie salvo Thomas. Había entre ellos un lazo indescriptible, una fuerza frágil a causa del pasado desestructurado de ambos. Lo había sentido desde su primer breve encuentro. Cualesquiera que fuesen sus secretos, él era el primero con quien Olympe deseaba compartir los suyos.

—¿Olympe? —repitió la voz.

Virginia se había sentado frente a ella y le tendía una copa de champán.

—Por el éxito del *Dreadnought* y por la causa de las mujeres —dijo antes de brindar derramando un poco de líquido, que se depositó en los dedos de la sufragista.

—Por los Bloombies, ahora usted forma parte de ellos, Olympe —añadió Duncan.

—Por el amor —dijo Adrian mirando al pintor.

—Por los rebeldes que somos —concluyó Horace—. ¡Y por que la poesía de nuestras acciones cambie el mundo!

XIII

79

Fitzroy Square, 29, Londres, lunes 7 de febrero

L legaron al amanecer. Clarkson los esperaba en el salón en compañía de sus ayudantes, con los productos de maquillaje preparados sobre la mesa. Ofreció asiento a los cuatro príncipes y, con un chasquido de dedos teatral, dio la señal de salida. Los maquilladores les cubrieron la cara con una crema de base y luego con el negro número doce, ante la mirada del maestro, que explicaba a los presentes las diferentes etapas del proceso.

—Ahora le toca a usted —le indicó a Adrian, que se sentó en el sillón que le correspondía para que le aplicaran el polvo número tres y medio—. Debe parecer un occidental al que el sol de Abisinia le ha quemado la piel. Es importante para su credibilidad.

A continuación les embadurnaron las mejillas y el mentón con cola para postizos, antes de proceder a ponerles mechones de lana teñida. Los ayudantes presionaron cuidadosamente los postizos utilizando una toalla para evitar que se despegaran. A Virginia se le acabó la paciencia enseguida, mientras que a los demás no parecía incomodarles la espera, con excepción de Tony Buxton, que estaba resfriado y se sonaba con frecuencia. Pese a la prohibición de hablar mientras la cola no estuviera seca, Duncan practicaba emitiendo frases en su lengua inventada, que Adrian traducía con una seguridad convincente. Olympe permanecía impasible, como una estatua de cera en fase de preparación, indiferente a la tensión ambiental. Horace ni siquiera conseguía distinguir su respiración, tan ligera era. El aislamiento en la cárcel le había enseñado a evadirse mediante la inmovilidad.

Cuando llegó el momento de probarse los trajes, la excitación aumentó. A los príncipes les tocaron en suerte prendas de colores tornasolados y turbantes, cuya combinación acabó de convencerlos de la calidad del trabajo de Clarkson.

—¡Parezco un viajante de comercio anticuado! —comentó Adrian observando en el espejo su bombín y su largo abrigo brillante.

—Tengo que reconocer que, si te viera por la calle, no te reconocería —dijo Virginia, lo que, dado lo espectacular de su propia transformación, hizo reír al grupo.

Ella había elegido su vestimenta, una túnica azul celeste cubierta de bordados. Las dos mujeres estaban irreconocibles. Se habían fundido con elegancia en sus disfraces, pese a sus facciones finas y su cuerpo menudo, y habían tranquilizado a los demás participantes sobre la verosimilitud de sus personajes.

En cuanto a Horace, no necesitó ningún disfraz especial. Había elegido de su propio guardarropa un sombrero de copa y un frac, y había aprovechado para comprarse un bastón con empuñadura de plata parecido al de Oscar Wilde, que blandía como un cetro en todas sus intervenciones.

—Querido Clarkson, quería darles las gracias, a usted y a sus ayudantes, por su contribución exitosa a nuestra jornada.

—*Bunga bunga!* —exclamó Duncan.

—El príncipe Ras el Mendax está de acuerdo con el enviado del Foreign Office —tradujo Adrian adoptando una actitud tremendamente seria.

—*Bunga bunga gedelika* —añadió Virginia con voz ronca.

—El príncipe Ras el Singanya lo aprueba y le da las gracias —improvisó Adrian—. Pero Su Majestad debería evitar hablar demasiado —le dijo a Virginia—, de lo contrario, acabará en el agua.

Horace admiró el resultado antes de proclamar:

—Puesto que todos estamos listos, ¡rumbo a Mayfair!

El Austin 40 se detuvo ante el número 179 de New Bond Street. Horace, que lo había alquilado para la ocasión y se había sentado delante, al lado del chófer, fue a abrirles la puerta a los príncipes y a su traductor. El director del estudio Lafayette, James Lauder, había viajado desde Dublín para recibir a sus prestigiosos invitados y los hizo pasar directamente al plató donde iban a tomar las fotos. Vere Cole fue muy estricto en lo que se refería a los horarios: a las once debían haber salido de allí, de modo que solo tendrían tiempo para dos fotos.

La primera la hicieron rápidamente, pero, una vez revelada, la consideraron demasiado protocolaria. Los cuatro príncipes posaban de pie, con las manos juntas y la mirada atrapada por el objetivo. Adrian, detrás de ellos, debido a su elevada estatura, formaba el vértice de una pirámide humana. Horace, a la derecha del grupo, era el único que no se había olvidado de la cámara y presentaba su perfil izquierdo, que consideraba más fotogénico.

—Quiero una composición como esta —indicó este último mostrando la reproducción de una foto de la auténtica delegación real de Abisinia.

—La recuerdo muy bien —aseguró James Lauder—, fue hace ocho años. Hagamos la misma, Irving —le dijo a su ayudante francés.

Dispusieron una meridiana y un sillón en el plató. Virginia se sentó en la primera y Duncan se quedó de pie junto a ella. Adrian y Horace ocuparon el centro, más retrasados que los príncipes, mientras que Buxton se sentó en el sillón y Olympe posó a su lado. En el momento de inmortalizar el instante, Horace se puso deliberadamente las manos en los bolsillos de los pantalones. Su actitud desenfadada, impensable en un miembro del Foreign Office, pretendía ser una última provocación al poder.

El ayudante regresó de la cámara oscura con la prueba positiva, que Vere Cole aprobó asintiendo con la cabeza. Irving se la pasó a los demás miembros del grupo mientras Adrian les indicaba que era la hora de marcharse. Cuando Olympe se la devolvió, el francés se inclinó hacia ella y le susurró: «El voto para las mujeres». El piloto de aeróstato había reconocido a la sufragista pese a todos los esfuerzos que ella había hecho para no cruzar la mirada con él.

Llegaron a las once y media a la estación de Paddington. Horace había avisado al jefe de estación de la presencia de los abisinios y la Great Western Railway organizó una ceremonia de bienvenida con un comité de recepción en el que se hallaba presente uno de sus representantes, quien aprovechó la oportunidad para elogiar la capacidad de su compañía para llevar el ferrocarril a cualquier parte del mundo. A mediodía, la delegación se montó en un compartimento que Vere Cole había reservado en exclusiva para ellos. Adrian corrió las cortinillas. El tren se puso en marcha a las doce y cuarenta en dirección a Weymouth.

Los primeros minutos transcurrieron en silencio. Los corazones recobraron su ritmo normal, y Horace, su afabilidad.

—La buena noticia es que hay un vagón-bar —anunció—. La mala es que los que llevan un postizo no pueden comer.

La bronca general se oyó hasta en los compartimentos vecinos.

—¡Todos callados! —ordenó—. O protesten en suajili. Prohibido alimentarse si no quieren que se les despegue la barba. El único que puede hacerlo es Adrian.

—Pero nos moriremos de hambre antes de llegar al barco —se quejó Virginia.

—Llevaremos cuidado, no masticaremos —propuso Buxton—. Bueno, lo mínimo —rectificó e imitó el gesto.

—Por lo menos ve a buscarnos té —dijo Duncan—. Es lo mínimo para que podamos sobrevivir.

Olympe era la única que no había participado en las recriminaciones.

—Yo podré aguantar —respondió a una pregunta de Virginia—. El Estado me permitió entrenarme en Holloway.

—Ese es el ejemplo que hay que seguir —observó Horace provocando otra retahíla de protestas antes de disculparse.

Tras una larga negociación, acabó por acceder a que comieran algo. Horace aprovechó la parada en Reading para comprar unos *buns*, que degustaron como si fuese caviar, dando pequeños bocados con un cuidado infinito, lo que provocó risas incontroladas.

Cuando los estómagos estuvieron saciados, se hizo de nuevo un profundo silencio. Aparte de Olympe, a la que no asustaba ninguna eventualidad, y de Adrian, a quien la inminencia del acontecimiento excitaba tanto como el ensayo general de una obra de teatro, todos sentían que una angustia sorda se apoderaba de su cuerpo.

—Tengo que pedirles una cosa —dijo Olympe, considerando que el momento era propicio—. He prometido no enarbolar una bandera de nuestra causa, pero, una vez a bordo, me gustaría que todos hiciéramos algo.

Su propuesta recibió la aprobación unánime. Un entusiasmo contagioso reconfortó los corazones y les dio una motivación suplementaria para llevar a cabo la mistificación con éxito.

Horace aprovechó para arengarlos otra vez y se sentó al tiempo que consultaba su Hamilton de bolsillo, que había comprado durante su periplo americano y que, para su gran satisfacción, ya no le recordaba a Mildred cuando lo sacaba para mirar la hora.

—Por mi parte, tengo algo que anunciaros —dijo cuando su reloj marcaba las tres de la tarde—. En este instante, mi mayordomo se encuentra en la oficina de correos de Saint James Street y acaba de enviar un telegrama al almirante May, que lo recibirá en el *Dreadnought*, según mis estimaciones, dentro de media hora. —Sacó el borrador del bolsillo de su chaleco y leyó—: «Príncipe Makalen de Abisinia y séquito llegan Weymouth hoy cuatro horas veinte. Quieren ver *Dreadnought*. Recíbanlos inmediatamente. Siento aviso último momento, olvidé telegrafiar. Intérprete con ellos. Firmado: Hardinge Foreign Office.» —Con el sentido de lo trágico que le gustaba cultivar, Vere Cole añadió—: Ya es demasiado tarde para dar marcha atrás.

80

Saint Bart, Londres, lunes 7 de febrero

Reginald esperó a que el paciente acabara de toser, un acceso de tos seca, irritada, acompañada de esputos de saliva espumosa mezclada con sangre, y lo observó de nuevo utilizando el laringoscopio. En el primer examen, no había dado crédito a sus ojos. El segundo confirmó su diagnóstico. Le mostró a Frances la imagen que reflejaba el espejo y le pidió unas pinzas laríngeas y también un frasco.

—¿Puede decirme desde cuándo siente esta molestia? —preguntó mientras se cepillaba las manos bajo el chorro de agua fría que salía del grifo.

—Estaba en Egipto por negocios —respondió el paciente, un hombre de unos cuarenta años, de considerable corpulencia, que hablaba con una voz ronca y entre cada dos frases se interrumpía para tragar saliva o beber un trago de agua—. Importo algodón —precisó—. A mediados de enero, fui a la región de Asuán, donde tenemos nuestra mayor producción. Recorrimos decenas de kilómetros montados en asnos para visitar los campos y bebí agua de la alcarraza de mi guía. Sentí picor y una molestia en la garganta, y desde entonces no ha parado, día y noche, accesos de tos y cosquilleo en la garganta. —Tosió de nuevo, como para ilustrar sus palabras—. Debí de tragarme una ramita y se ha quedado atravesada —concluyó en espera del diagnóstico, que no llegó.

—Voy a aplicarle una sustancia anestesiante en la garganta —explicó el interno—. Es indolora. Y extirparé la causa de sus males.

El hombre se dejó hacer sin temor y, una vez que el interno le hubo aplicado la cocaína, inclinó la cabeza hacia atrás y abrió la boca al máximo. Reginald retiró el cuerpo extraño al primer intento y lo depositó en el recipiente que Frances le tendía; aprovechó para dirigirle una sonrisa discreta a la que ella respondió. Todo iba a pedir de boca entre ellos: habían encontrado el equilibrio en un lenguaje franco y directo, y eso había relegado las inhibiciones del interno, fruto de su educación. Reginald había abrazado la lucha de Frances y la apoyaba sin ninguna restricción. La única sombra en su cuadro recién pintado era que sir Jessop se negaba a bendecir su unión, que no era para él sino un capricho pasajero de su hijo por una mujer de una clase social inferior. La discrepancia había cortado definitivamente el fino lazo entre los dos hombres.

Reginald le enseñó el frasco al paciente, que hizo una mueca.

—Pero ¿qué es eso? ¡Parece que esté vivo!

El interno era incapaz de identificar el cuerpo negruzco, semejante a un gusano, enroscado al fondo del recipiente.

—Vamos a llevarlo al laboratorio para que lo analicen.

—No vale la pena, es una sanguijuela —dijo Thomas, que acababa de entrar en la sala de reconocimientos para dejar su maletín de urgencias—. ¿De dónde ha salido?

—Llevaba tres semanas agarrada a las cuerdas vocales del paciente —respondió Reginald sin apartar los ojos del hombre, que había palidecido.

—*Linnotis nilotica* —dijo Belamy sacudiendo ligeramente el frasco—. No cabe duda, está viva. Vi varios casos idénticos en el hospital de Hanói. Un poco de tintura de eucalipto ayudará a calmar la inflamación.

Mientras Reginald acompañaba al empresario, todavía bajo los efectos de la conmoción, Thomas depositó sobre un paño esterilizado una serie de pinzas, separadores y escalpelos. Frances observó discretamente al médico. Además del pelo cortísimo y de la barba, más tupida, el doctor Belamy llevaba unas gafas redondas con montura plateada. El conjunto había transformado su rostro y le daba un aire severo y maduro, alejado del aspecto juvenil y afable de antes, pero más cercano a la apariencia doctoral que requería su función. «A veces los hombres cambian cuando están enamorados», pensó desviando la mirada cuando él se dio cuenta de que lo observaba.

—La policía portuaria ha llamado al Barts —explicó—. Vamos a recibir a un paciente en estado crítico. Lo operaré con la ayuda de Reginald. Necesitaremos su ayuda y la de sor Elizabeth.

A la hora del almuerzo, John Robert había montado a bordo del *London Belle* en compañía de su esposa y de su hijo. El barco de vapor había descendido por el Támesis hasta Tilbury, donde se había producido el accidente.

—Se ha apoyado en la barandilla de la cubierta y esta ha cedido —dijo el bombero que acababa de llevar a la víctima al servicio de urgencias—. Al caer al agua, ha quedado enganchado en la rueda de paletas, es un milagro que aún siga con vida —añadió quitándose el casco para masajearse la frente—. Lo dejo en sus manos. Su familia espera en admisiones. Vuelvo al puerto, no sé qué les pasa hoy, se han puesto todos de acuerdo para tirarse al agua.

Thomas consultó el reloj. La delegación abisinia estaba en el tren rumbo a Weymouth y no tardaría en llegar. Estaba preocupado por Olympe, pese a que Horace había prometido que velaría por ella. Pero Vere Cole era tan imprevisible e inconsciente del peligro que esa promesa era lo que más le inquietaba. Belamy no se había atrevido a disuadirla de participar en la aventura, no quiso ser la voz de la razón: sabía que a él tampoco podía detenerlo nada cuando tomaba una decisión.

—El paciente está preparado —anunció Frances, que lo había desnudado con ayuda de Elizabeth.

A John Robert lo habían rescatado inconsciente y aún no había recobrado el conocimiento. Thomas identificó tres costillas rotas, una lesión torácica y un traumatismo craneal con compresión. El pulso era débil, casi imperceptible, y sospechó que podía haber una hemorragia interna. Tras examinarle los miembros inferiores, Reginald señaló una fractura abierta en cada pierna.

—Sus probabilidades de supervivencia son tantas como las del Barts de ganar este año el campeonato, pero nuestros jugadores son capaces de hacerlo —dijo Thomas para motivar a su equipo ante un desafío que parecía insuperable—. Reginald y Frances, ustedes se encargarán de reducir las fracturas. Hermana, usted me asistirá por la parte superior. ¿Se encuentra bien?

A Elizabeth le afectaba el cansancio, que acentuaba la rudeza natural de sus facciones.

—Sí, no se preocupe, es solo que esta noche he dormido mal.

Belamy comprendió que el dolor había reaparecido, más fuerte aún, y se prometió que la convencería de que debía operarse.

—Pero eso no cambia en absoluto mi decisión —dijo ella en voz baja, mientras el interno y la enfermera comenzaban a ocuparse de la herida situada a la altura del fémur derecho—. Simplemente necesitaré pronto su ayuda.

Thomas le pidió que preparara el instrumental necesario para una trepanación, aunque confiaba en poder evitarla, y se concentró en las constantes vitales.

—¿Cómo es la respiración, hermana?

—Estertórea.

—La pupila derecha está dilatada —constató Thomas levantando los párpados—. La hemiplejia se ha instalado. Sospecho que hay una hemorragia subdural. Preparémoslo por si acaso. Frances, hay que afeitar la mitad izquierda del cráneo.

La enfermera, que estaba disponiendo cánulas alrededor del foco de fractura, hizo un gesto de impotencia.

—Con su permiso, señor, no puedo prescindir de ella —intervino Reginald—. Habla el médico, no el hombre enamorado —añadió mientras modelaba los dos extremos del hueso con ayuda de una pinza gubia.

—Ya lo hago yo —propuso la religiosa.

Dejó la zona despejada en menos de cinco minutos. Belamy advirtió que cada uno de sus gestos le costaba un esfuerzo tremendo y decidió evitarle al máximo el trabajo, pero el estado del paciente se agravó de repente.

—Derrame sanguíneo —anunció Thomas—. Es una rotura de la meníngea media, abrimos sin esperar.

Cogió tintura de yodo y trazó con el dedo una raya entre la apófisis cigomática y el meato auditivo; luego, desde el centro de la línea, trazó una raya perpendicular de la longitud de dos falanges de su índice, mojó de nuevo el dedo en el yodo, dibujó una línea paralela a la primera y marcó en ella dos puntos. Acababa de localizar la abertura que iba a practicar, entre meníngea media y posterior.

—Las arteriolas van a sangrar mucho, hermana. Habrá que comprimir y suturar.

—¿Me toma por una novata?

—Estoy preocupado por usted. Eso exige fuerza física.

—Preocupémonos más bien por él.

Thomas cogió un bisturí y cambió de sitio una legra curva para tenerla a mano.

—¿Qué hora es, hermana?

—Las doce y media.

«Ya han llegado», pensó antes de concentrarse en sus gestos. La sangre manó en abundancia durante el desprendimiento periostal, pero Elizabeth reaccionó con rapidez y comprimió la hemorragia con las pinzas de Kocher y luego pasó unos hilos con la aguja de Reverdin. Thomas había calculado bien y la trepanación se efectuó en el lugar exacto del desgarro de la duramadre. Amplió la pérdida de sustancia craneal con la pinza gubia y descubrió el hematoma que se había formado.

—¿Reginald? —dijo.

—Todo va bien, hemos reducido la primera fractura con hilo de plata y vamos a empezar la segunda.

—¿Elizabeth?

—No hay variación en el pulso —anunció la religiosa con el estetoscopio en los oídos.

Belamy estudió minuciosamente el foco antes de tocar el hematoma cerebral. Extrajo los coágulos más grandes y utilizó una cureta roma para los pequeños grumos sanguíneos. En el momento de retirar el último, el instrumento tocó el encéfalo y provocó una contracción de los músculos de la pierna izquierda, que subió y volvió a bajar. La sorpresa hizo gritar a todos al mismo tiempo.

—¿Daños? —preguntó Belamy.

—Hemos tenido suerte —respondió Reginald—, estábamos acabando la derecha. Todo va bien.

La sangre había llenado de nuevo la cavidad. El chorro formó una capa abundante que no se redujo taponando. Thomas comprimió el vaso y la duramadre mientras Elizabeth le preparaba pinzas e hilo. La hemorragia cesó inmediatamente por efecto de la sutura. Tras un último taponamiento, el cerebro estaba de nuevo en su lugar.

—Voy a preparar la escayola —dijo Frances—. Eh, ¿qué haces tú aquí?

Un niño que llevaba un trapo en una mano y se chupaba el

pulgar de la otra había entrado por la puerta entreabierta y los miraba.

—Papá... —dijo señalando con un dedo la mesa de operaciones.

La enfermera se apresuró a apartarle la vista cogiéndolo en brazos, pero la imagen traumática de su padre moribundo no lo abandonaría jamás, ni cuando fuera adulto. En cuanto salieron al pasillo, la madre, que buscaba a su hijo por todas partes, desesperada, la llamó.

—Lo siento —dijo llorando—, lo siento mucho, he ido un momento a beber mientras él dormía en el banco. Lo siento —repitió, cubriendo al niño de besos—. ¿Cómo está mi marido? No nos han dicho nada.

Frances la tranquilizó lo mejor que pudo y le explicó que la operación aún no había terminado, que había que tener esperanzas y rezar, que era lo que les decía a todas las familias angustiadas a falta de algo mejor, ya que había visto curaciones milagrosas de casos desesperados, pero, con mucha más frecuencia, fines trágicos y personal sanitario resignado. El doctor Belamy no se daba nunca por vencido e iba más allá de lo razonable, y veía que Reginald le seguía cada vez más los pasos, lo que a veces la asustaba. No se desafía impunemente a Dios.

Frances aprovechó para coger del almacén dos férulas de yeso y volvió a la sala de operaciones. Cuando entró, los dos médicos estaban inclinados sobre un cuerpo que yacía en el suelo: Elizabeth acababa de perder el conocimiento.

81

Weymouth, lunes 7 de febrero

Todo estaba a punto. En menos de treinta minutos, los hombres de la Navy habían conseguido extender una alfombra roja sobre el andén de la estación e instalar un cordón de seguridad, a fin de canalizar a la pequeña multitud que se había formado por la presencia misma del cordón.

—Soy el alférez de navío Willoughby —dijo, todo sonrisas, el militar encargado de recibirlos.

—Herbert Cholmondeley —contestó Horace trabándose con su propio apellido, y enseguida procedió a presentar a la principesca delegación.

Pronunció lentamente los cuatro nombres, como para darle al alférez la posibilidad de retenerlos, a sabiendas de que era un reto y que el militar se limitaría a llamarlos por su título honorífico.

—Ah, se me olvidaba —dijo volviéndose hacia Adrian con un brillo en la mirada que a este último no le decía nada bueno—. Tenemos con nosotros a herr Kaufmann, que será el intérprete durante esta visita.

El instante que siguió pareció estirarse hasta el infinito. Todo el grupo sabía que ir con Horace suponía exponerse a cualquier exceso por su parte, y convertir a un intérprete inglés en súbdito del káiser era una provocación monumental que sin duda no había premeditado, pero a él le divertía tanto el apuro de sus amigos como la incomodidad de su anfitrión. Horace siempre estaba dispuesto a bailar al borde del abismo.

Willoughby fingió que no se daba cuenta del incidente diplomático que podía desencadenar la presencia de un alemán en la joya de la Marina real recién salida de los astilleros.

—Bravo —le susurró, furioso, Adrian, y Virginia le dio un pisotón al caminar mirando para otro lado.

El alférez de navío los invitó a pasar revista al destacamento de marinos en posición de firmes y después a montarse en coches de punto para ir al muelle, desde donde embarcaron en una lancha de vapor que los estaba esperando con los motores en marcha. Willoughby se mostró sumamente afable durante el trayecto, lo que les permitió relajarse momentáneamente.

Por fin, al salir de la bahía, el *Dreadnought* apareció ante sus ojos. Todas las conversaciones cesaron. Adrian se lanzó con un *Mein Gott!* basándose en sus recuerdos de clase. Duncan optó por *Kawango!*, que le parecía el equivalente abisinio. Los otros príncipes se apresuraron a repetir la interjección como un mantra.

—Demonios —susurró Horace levantando el borde de su sombrero de copa.

El navío les parecía más pequeño de lo que las fotos permitían imaginar. De dos anchas chimeneas centrales escapaba humo negro. Ametralladoras y cañoneras se extendían a lo largo de toda la embarcación, y dos enormes cañones asomaban en la proa. Pero lo más importante era que todos los hombres se hallaban reunidos en la cubierta, decorada con guirnaldas y banderas, esperándolos. La música de «Yankee Doodle» les llegó cuando se disponían a abordar el mastodonte de metal. Las respiraciones se habían acelerado y los corazones latían más deprisa. «Ya estamos», pensó Horace, en quien la excitación se había impuesto al temor.

En el momento de subir a bordo, Buxton no vio el último peldaño y tropezó, soltando un *Damn!* al tiempo que se agarraba del brazo de Duncan. Por suerte, la exclamación quedó cubierta por la banda de música, que justo en ese momento había empezado a tocar un himno nacional. El alférez de navío les hizo esperar para reunirse con los oficiales que estaban a unos metros, con sus uniformes de ceremonia, luciendo todas sus condecoraciones.

—¿Qué hacen? —susurró Duncan masajeándose el brazo al que Buxton se había agarrado—. ¿Por qué no vienen?

—Deben de estar discutiendo sobre la presencia de un alemán en la delegación —sugirió Virginia—. Vere Cole, si nos descubren a causa de su estúpida broma, prometo que lo ahogaré yo misma.

—Relájese, no pueden armar un escándalo —dijo Horace—. No tienen ningún medio de comprobar la identidad de herr Kaufmann. Y, cuando los periodistas se enteren, ¡serán todavía más el hazmerreír de todo el reino! Ah, mire, ya vienen.

El almirante May, rodeado de sus oficiales, fue a darles la bienvenida. Mientras tanto, el director de la banda había hecho un aparte con el alférez Willoughby.

—¿Cómo han reaccionado al oír el himno? —le preguntó—. Espero que no hayan protestado.

—¿Por qué iban a hacerlo? Me ha parecido que apreciaban el detalle.

—Ah…, menos mal. Es que no he encontrado la partitura del himno de Abisinia y hemos tocado el de Zanzíbar. Por un momento he temido lo peor.

Willoughby se tomó tiempo para reflexionar antes de responder.

—Esté tranquilo, son personas muy bien educadas, no habrán querido causar problemas.

El alférez se reincorporó al grupo cuando Virginia acababa de estrecharle la mano al primo Fisher, que no los había reconocido. Adrian le preguntó al almirante sobre los uniformes y sus grados, exagerando el acento alemán. El militar le respondió con cortesía antes de pedirle que tradujera para sus invitados. Adrian obedeció e improvisó una mezcla de palabras de diferentes lenguas, mientras los príncipes fingían un gran interés moviendo ostensiblemente la cabeza de arriba abajo y soltando *Bunga bunga* a diestro y siniestro, a modo de asentimiento.

—Fisher, a usted que ha vivido tres años en África, ¿no le resulta rara esa lengua? —preguntó Willoughby, que empezaba a sospechar algo—. Me ha parecido reconocer palabras en latín.

—No, son auténticos africanos del Cuerno —respondió el oficial en un tono perentorio—. Observe la presencia de numerosas kas y uves dobles, típicas del África oriental. Lo que ocurre es que sus dialectos son tan diferentes de una región a otra que ni siquiera se entienden entre ellos —añadió con suficiencia.

La explicación convenció al alférez, que no insistió. Había viajado poco, solo por las costas de Europa, y para él el mundo lejano se reducía a los relatos de los exploradores en las columnas de las revistas, en las que le habían llamado la atención cosas mucho más raras.

El almirante propuso a la delegación que bajaran al comedor de oficiales para tomar el té y el refrigerio que habían preparado en su honor.

—Con sumo placer —dijo Horace levantando el bastón para indicar que le siguieran.

—Con su permiso, señor Cholmondeley, y con el suyo, almirante, me temo que no va a poder ser —intervino Adrian. Se acercó para hablar con May en voz baja—. Verá, su religión exige que los alimentos se preparen de un modo muy específico, y, si se vieran obligados a rechazarlos, les resultaría muy embarazoso. Si podemos evitarlo...

—Por supuesto, querido señor, gracias por habernos avisado —contestó el almirante—. Iremos con nuestro invitado del Foreign Office mientras el alférez Willoughby los acompaña a visitar nuestro acorazado.

Al ver que había conseguido impresionar al militar, Adrian decidió aprovechar que la situación le era favorable y continuó improvisando.

—Debo informarle también, si nadie lo ha hecho aún, de que al ponerse el sol tendrán que prosternarse en la cubierta de cara a La Meca.

—¿En la cubierta? —El almirante, cuya voz subió de frecuencia, a punto estuvo de atragantarse.

—Veo que el ministerio no le ha avisado —constató Adrian advirtiendo las discretas señales que Horace le hacía.

A unos metros de ellos, los cuatro príncipes de la delegación llevaban ostensiblemente una cruz de plata alrededor del cuello. Toda la familia real era cristiana ortodoxa.

—Eso no va a ser posible: están a bordo de un barco, de un buque británico —continuó el almirante, cuyos ojos se movían rápidamente dentro de las órbitas en busca de una solución diplomática.

—¿Cómo tienen conocimiento de la hora en que se pone el sol? —intervino Horace.

—Un toque de corneta desde la atalaya: cuando el faro se enciende, es el final del día naval.

—Entonces, retrase el toque de corneta —propuso Vere Cole—. De ese modo, ya no estaremos a bordo cuando suene.

—Pero ¿seguro que eso es correcto? —preguntó el militar, inquieto y desconcertado por la propuesta.

—¿Acaso no somos el imperio donde no se pone nunca el sol? ¿No somos los señores de los mares? Entonces, podemos —concluyó Horace acompañando su parrafada con un golpe de bastón en la cubierta—. Estoy a su disposición para tomar el té.

Bajaron al comedor de oficiales mientras Adrian y los príncipes continuaban el recorrido por el barco. El aire estaba saturado de humedad y Buxton a duras penas podía contener los estornudos. Había tomado conciencia de que llevaba un pañuelo con sus iniciales bordadas y ya no se atrevía a sacarlo del bolsillo.

Willoughby esperaba pacientemente a que el intérprete tradujera sus palabras cada vez que explicaba algo, lo que alargaba la visita, aunque había observado que algunas palabras se repetían bastante y que el aprendizaje de una lengua como aquella no debía de plantear grandes dificultades.

Mientras admiraban los dos cañones principales, cuya potencia y precisión el oficial elogiaba, se levantó viento, acompañado de una lluvia fina y densa. Virginia, que desde el inicio de los preparativos había temido que pasara precisamente eso, imaginó el momento en que el maquillaje empezara a diluirse y se dirigió con su voz más masculina a Adrian.

—¿No tendrán unos paraguas? —preguntó él traduciendo la pregunta de su hermana.

Olympe, que había sido la más discreta, se dio cuenta de que la barba de Duncan se había despegado a la altura del labio superior y le hizo una seña. El pintor se puso una mano sobre la boca en actitud pensativa y presionó sobre los hilos de lana.

En el intervalo, habían llevado varios paraguas y los marinos los sostuvieron por encima de las principescas cabezas. Adrian se apresuró a coger uno y se puso debajo de él con Duncan, a fin de comprobar que su postizo aguantaba.

—Nuestros amigos no están acostumbrados a este tiempo, tendremos que marcharnos enseguida —anunció, lo que alivió a los demás, incluido Willoughby, para quien aquella visita estaba convirtiéndose en una carga.

A fin de resguardarlos de la lluvia, el alférez los condujo a la cabina de comunicaciones por radio, donde les propuso ponerse en contacto con el cuartel general del Almirantazgo a modo de prueba. La única respuesta fue un estornudo de Buxton y una salva de *Waka bene*, que él tradujo como un cortés rechazo sin ayuda de Adrian. Había llegado la hora de marcharse.

Horace se reunió con ellos en la cubierta, donde la banda tocó «God Save the King». En el momento de saludar a la tripulación, Olympe le dijo algo al oído a Adrian, quien movió la cabeza de arriba abajo con satisfacción y realizó la oportuna traducción ante el almirante May.

—El príncipe Ras el Mikael Golen le da las gracias por esta

visita sumamente instructiva —explicó—. Sus Majestades van a expresarles ahora su gratitud de manera oficial, deseándoles lo mejor a usted y a sus hombres. Sería de buen tono que usted hiciera lo propio —añadió a modo de consejo.

—¿Y cómo?

—No tendrán más que repetir las palabras amistosas que pronuncien.

Los abisinios se habían agrupado delante del almirante y sus subalternos. Virginia no apartaba los ojos de su primo, que parecía fascinado por los visitantes. Olympe miró al almirante y dio la señal. Los cuatro dignatarios pronunciaron dos veces la frase ritual:

—*Kura kwa wanawake!**

Tras unos instantes de vacilación, May dio ejemplo, seguido de Horace, de Adrian y de los oficiales, repitiendo la frase cuyo significado ignoraban al tiempo que se inclinaban ligeramente como habían hecho los príncipes.

El almirante, encantado de haber participado en una ceremonia tradicional que le era desconocida, les estrechó la mano con energía y, satisfecho y aliviado, los acompañó hasta la pasarela de embarque.

La lancha se alejó con un ruido de motor, encendidas todas las luces, mientras el crepúsculo extendía su manto oscuro de costuras rosadas y en el *Dreadnought* sonaba la corneta. La broma de Horace tenía todo el aspecto de una obra maestra.

82

Saint Bart, Londres, lunes 7 de febrero

John Robert se había despertado en el mismo momento en que sor Elizabeth había perdido el conocimiento. La resección del hematoma cerebral lo había sacado del coma. No podía hablar y la hemiplejia lateral no había desaparecido, pero la urgencia había pasado; tras colocar una lámina de gasa aséptica, Thomas le suturó

---

* «El voto para las mujeres» en lengua suajili.

el colgajo cutáneo mientras que Reginald preparaba a Elizabeth para la operación. Después de trasladar al paciente a un servicio de cirugía, el médico le explicó la situación al interno.

—Vamos a operarla en contra de su voluntad, expresada en repetidas ocasiones —dijo resumiendo—. No es una decisión fácil, pero yo asumo toda la responsabilidad. Diré que usted no estaba al corriente de lo que ella quería.

—¡Yo me solidarizaré con usted! —replicó enérgicamente Reginald—. No la dejaremos morir sin hacer nada.

—Necesito su ayuda, lo haremos juntos, pero tiene que darme su palabra. Es impensable que se exponga a que lo expulsen.

—La tiene, Thomas.

—No quiero correr ningún riesgo. Anestesia general. Cloroformo y máscara de Schimmelbusch. Empecemos con cinco gotas.

Mientras el interno preparaba el equipo, Thomas se desinfectó a conciencia las manos y alineó los instrumentos que iba a utilizar. Esperó a que Reginald se cepillara cuidadosamente los dedos y se dio cuenta de que no había pensado en Olympe desde hacía rato. El reloj le indicó que eran las cinco y media. La broma debía de haber terminado, pero no conseguía estar tranquilo.

Thomas le cogió la muñeca a la religiosa y buscó los pulsos chinos. Todo indicaba que estaba a punto de recobrar el conocimiento. Le pidió a Reginald que le pusiera la máscara y sintió rápidamente su efecto en los equilibrios interiores.

—Ocupe mi lugar y vigile sus constantes como le he enseñado. No se centre en el corazón, compruebe los tegumentos, el aspecto de la piel, evalúe la respiración y vigile las pupilas: primero se dilatarán, luego se contraerán y se volverán insensibles a la luz. En ese momento habrá que ser prudentes y contemplar la posibilidad de que se despierte. En cuanto note un cambio, la anestesiamos de nuevo. Esperemos que no sea necesario —añadió situándose ante el abdomen desnudo de la religiosa.

Localizó con gran rapidez el tumor, rojo, hinchado y duro al efectuar la palpación. Thomas había repetido mentalmente los gestos que iba a realizar y fue anunciándoselos uno a uno a Reginald.

—La incisión tiene forma de raqueta con dos mangos centrada en el tumor. El primer mango sube hasta la axila, así —explicó, al tiempo que cortaba la piel—. El segundo desciende hasta abajo del esternón. ¿Cómo está Elizabeth?

—Todo se mantiene estable —contestó Reginald, que seguía escrupulosamente las indicaciones. Vaciló un momento y añadió—: ¿Trabajó en el hospital de Hanói, Thomas?

La pregunta irritó a Belamy. Reginald interpretó el hecho de que frunciera el entrecejo como un reproche.

—Bueno… es que como antes lo citó… —se defendió el interno.

—No tiene ningún interés hablar de eso. Fíjese, hay que quitarlo todo a la vez: la glándula, la aponeurosis y todos los paquetes ganglionares —dijo realizando el movimiento—. No voy a seguir el modelo de Halsted, que retira también los dos pectorales. Es una mutilación que no aporta ninguna ventaja en términos de recidiva y, mientras confíe en mí, le prohíbo que la practique.

—Entendido —aseguró Reginald, todavía sorprendido por la reacción del médico.

Thomas depositó la parte extirpada en una caja llena de formol y le propuso a su asistente que se ocupara de la sutura.

—Perdóneme por haber sido tan brusco antes —dijo Belamy tras un largo silencio durante el cual había observado cómo el interno cerraba la herida—. Me han hecho tantas veces esa pregunta para darme a entender que no le llego ni a la suela del zapato al médico más modesto de la metrópolis que he acabado por no soportar hablar de ello.

—Comprendo que eso le irrite, pero no había ninguna mala intención en mi pregunta. Admiro sus conocimientos médicos.

—Por eso siento haberle contestado mal —dijo Thomas comprobando una vez más el estado de las pupilas de la religiosa—. Formo parte de la primera promoción de la Escuela de Medicina de Hanói —explicó.

Los tres años de estudios acudieron a su memoria con una fuerza que jamás habría imaginado. El gran edificio colonial cuya entrada principal se sentía tan orgulloso de cruzar todas las mañanas; las vastas aulas donde los veintinueve alumnos eran una audiencia minúscula y preciosa para los profesores; la presencia del fundador de nombre famoso, Alexandre Yersin, descubridor del bacilo de la peste. Yersin, que paseaba su figura alargada y su aire severo por los pasillos hasta entrada la noche, pero que siempre estaba presente para los alumnos; las prácticas en el hospital de Hanói, sus primeros fracasos, sus primeros éxitos, todo había sido para el joven anamita como soñar con los ojos abiertos a partir del momento en que recibió la carta de admisión al examen de ingreso.

—Nada más llegar a París sufrí un desengaño. La República me había brindado la oportunidad de mi vida, pero, fueran cuales fueran mis méritos, se vieron reducidos a la nada por el color de mi piel y el lugar donde había cursado los estudios.

—Durante mucho tiempo, creí que llevar el apellido de una de las familias inglesas más ricas era una maldición para dedicarse a la medicina —confesó por su parte Reginald—. En todos los servicios a los que llegaba, todo el mundo pensaba que me habían enviado gracias a la influencia de mi padre y no por mis méritos.

—Otro punto más en común entre nosotros —dijo Thomas sonriendo y tendiéndole la mano.

Un apretón de manos cargado del aprecio que se profesaban. Elizabeth emitió un débil gemido.

—Empieza a despertarse. La respiración es regular. Una última cosa: asegúrese de que no ha pasado junto a nódulos aislados —indicó efectuando una inspección del seno izquierdo—. Eso es, ya está. Solo falta enfrentarse a su ira.

—Le ha salvado la vida, no podrá reprochárselo.

—El cáncer es un enemigo mucho más astuto que un simple quiste, Reginald. Las recidivas son numerosas.

—Quería darle las gracias.

—No ha sido una gran lección de cirugía.

—Quería darle las gracias por haberse abierto conmigo. ¿Thomas?

Belamy había rodeado la mesa de operaciones y observaba el seno derecho de la religiosa, en el que había visto cuatro bultos fibrosos.

—No, no puede ser… —dijo palpándolos.

—¿Qué ha notado?

Belamy examinó la zona otra vez antes de concluir:

—Induraciones. Del tamaño de lentejas. No me gusta nada.

—Está pensando lo mismo que yo, pero no es posible, ¿verdad?

—Por desgracia, ya he visto un caso así. Reginald, mucho me temo que sor Elizabeth presenta un cáncer primario en los dos senos.

83

Weymouth, Londres, lunes 7 de febrero

A las seis menos cuarto, Willoughby los saludaba por última vez en el andén de la estación y era recompensado con un último *Kura kwa wanawake.*

Se dejaron caer en los asientos del compartimento, al principio callados; luego, al tomar conciencia de la magnitud de su éxito, liberaron la palabra en un torbellino indescriptible. Tenían hambre y frío, estaban agotados, pero nada era más importante que revivir lo que acababa de pasar. Solo Horace continuaba interpretando su papel y, tras sermonear a los camareros por llevar las manos descubiertas, exigió que trabajaran con guantes blancos. La consecuencia de su broma fue un retraso en la salida del tren porque un empleado de la compañía fue enviado a la ciudad a comprar guantes.

Duncan se había arrancado la parte superior de la barba y devoraba los *scones* todavía calientes en compañía de Buxton, a la vez que relataba los acontecimientos como si fuera el único que los había vivido. Virginia se reía con su hermano de la credulidad de su primo. Horace se sentó junto a Olympe y se felicitaron con un caluroso abrazo. Habían ridiculizado al poder y trabajado por la causa de las mujeres, sin armas ni violencia.

Tras un rato de euforia, las conversaciones se apaciguaron y finalmente se hizo el silencio. Adrian fue el primero en romperlo.

—Tengo una mezcla de sensaciones sobre lo que hemos hecho. Por una parte, me ha resultado agradable ridiculizar a William Fisher y a su almirante, pero, por otra, pienso que el oficial Willoughby y el resto de los hombres del buque no merecen ser ridiculizados públicamente.

—Estoy de acuerdo —aprobó Buxton, mientras que Duncan bajaba la cabeza—. Deberíamos disculparnos. Esos marineros se han mostrado encantadores.

—No son ellos quienes han sido objeto de burla, sino todo el establishment, ese orden moral que nos aplasta bajo el conformismo —intervino Virginia—. A mi entender, no hemos ido lo bastante lejos.

—Es preciso despertar las conciencias que aún no lo están. Debemos hablar de eso, si queremos que nuestra causa avance —añadió Olympe.

—Bravo, señoras —aprobó Vere Cole, divertido—. Una vez más, nos dan ejemplo.

El comentario hirió en su amor propio a los otros, que se reafirmaron en su postura. La conversación derivó hacia los temas predilectos del grupo: la libertad de escandalizar, de amar, de descarriarse.

—Concedámonos la noche para reflexionar —propuso Horace a modo de conclusión, lo que calmó inmediatamente los ánimos.

Vere Cole se acomodó frente a Olympe y le hizo una discreta seña. El grupo de Bloomsbury acababa de darse de bruces con las consecuencias de la realidad de un acto que lo comprometía más allá de las provocaciones de salón, que constituían su singularidad, y le costaba asumirlo. Los tres hombres habían decidido ir al cuartel general de la Navy para explicarse y pedir perdón. Él no veía las cosas así y nadie le arruinaría su placer.

Olympe se desenrolló el turbante y dejó que los cabellos le cayeran sobre la nuca y los hombros. Pasó la última parte del trayecto con la cabeza contra la ventana, viendo desfilar las luces como luciérnagas en la noche, y antes de llegar a Paddington se durmió pensando en Thomas.

El Saint James's, en el número 106 de Piccadilly, era el más pequeño de los clubes de caballeros de Londres: solo permitía un máximo de cuatrocientos setenta y cinco miembros, lo que algunos consideraban un signo de calidad. El batallón más nutrido lo proporcionaba el cuerpo diplomático, así como las personalidades del

Foreign Office y numerosos autores británicos. Estas razones le habrían bastado a Horace para frecuentarlo, pero, además —colmo del refinamiento—, era también el único club que disponía de una sala entera dedicada al backgammon. La admisión de Vere Cole por cooptación fue difícil, puesto que su reputación de persona poco seria ya se había consolidado en los círculos de la capital, pero el prestigio de su ascendencia y sus relaciones todavía sólidas con algunos miembros del club habían hecho que, cuatro años antes, la balanza se inclinara a su favor. Sin embargo, desde entonces numerosas personalidades habían lamentado no haber introducido una bola negra en la urna que se utilizó para la votación, lo que habría impedido su admisión.

Cuando Horace llegó al Saint James's, pasadas las once de la noche, reinaba un ambiente más silencioso aún que de costumbre. Pidió un Teeling y se dirigió a un grupo de seis caballeros que habían ocupado cargos en Asuntos Exteriores.

—Señores —dijo tras haberlos saludado—, acabo de tener una experiencia inigualable.

—Señor de Vere Cole, estoy seguro de que está deseando compartirla con nosotros —ironizó un exembajador que, tras recibir un título de nobleza, se había vuelto más pretencioso aún, pese a su predisposición ya elevada.

—Apostaría a que dentro de media hora estará boquiabierto ante mí, preguntándome para saber todavía más —replicó Horace, seguro de sí mismo, haciendo caso omiso de la condescendencia del lord—. Espero simplemente a que venga la intendencia a abastecerme antes de empezar.

El camarero le llevó su whisky y volvió a la barra a fin de limpiar la superficie y guardar los ingredientes de los cócteles que había preparado. Le gustaba ejercer su oficio en aquel club donde las conversaciones sigilosas eran el centro de los pequeños y grandes secretos de los señores del Imperio. Vere Cole, sin embargo, hablaba en voz muy alta, demasiado alta, y era pródigo en confidencias. El barman lanzó una mirada hacia el grupo, que parecía escuchar a Horace con un interés indudable, del que daba fe el humo creciente de los cigarros elevándose por encima de sus cabezas. Los diplomáticos, que normalmente ocultaban sus emociones detrás de una fachada imperturbable, se mostraban inusualmente entusiasmados. Uno de ellos se retiró después de haberle espetado a Vere Cole un calificativo que el empleado no entendió, pero que desde luego no era ningún cumplido. Horace le hizo una seña al camarero para que llevara una botella de champán. El hombre obedeció y les sirvió en el momento en que Vere Cole describía su llegada al *Dreadnought*. Después retiró los vasos vacíos y, de mala gana, regresó a la barra para fregarlos en espera de la hora del cierre. Tenía la impresión de ser un centinela en su garita, preparado para intervenir en cuanto un oficial lo ordenara y cuyo papel principal consistía sobre todo en esperar. Otro miembro se retiró, y el camarero no supo determinar si era por cansancio o en señal de protesta.

A la una se despidieron los últimos diplomáticos. Horace encendió un cigarro, que consumió lentamente degustando el champán, y después se acercó a la barra para dejar el mágnum de Ruinart vacío y pedir un brandi.

—Sírvase uno para usted. Vamos a brindar, amigo.

—Lo siento, señor, el reglamento lo prohíbe.

—¿Quién va a enterarse? A estas horas, estamos solos. ¿Le gustaría escuchar una historia de la que todo el reino hablará dentro de unos días?

Horace se despertó a mediodía y se quedó tumbado, mirando los rayos de luz que las cortinas dejaban pasar; formaban en la pared y en el techo arabescos cuya intensidad variaba con el desplazamiento de las masas de nubes que el viento empujaba sobre Londres. Se deleitó una vez más recordando su aventura del día anterior, a la que en cada rememoración añadía más adornos.

Se puso la bata, le pidió a su mayordomo que le preparara el baño y se sentó ante un huevo y unas lonchas de beicon a la plancha para leer la prensa del día. Le habría sorprendido encontrar ya el relato de sus hazañas, y, en efecto, ningún periódico aludía a ellas. Había que tener paciencia, una cualidad que nunca había formado parte de sus atributos.

En la bañera, Horace prosiguió sus lecturas con el semanario *The Sketch*, que presentaba la ventaja de tener un gran número de ilustraciones en sus cuarenta y pico páginas, así como la rúbrica «The Clubman», que no faltaba nunca. Allí descubrió divertido una foto de Clarkson, bautizado como «el único e incomparable Clarkson», lo que le provocó un ataque de celos. El diseñador de vestuario había emprendido una acción judicial contra unos directores de teatro parisinos que no habían utilizado sus trajes en la obra *Chantecler*, de Edmond Rostand, para la que tenía la exclusiva. Clarkson no merecía tantos honores por una simple acción judicial sin interés, mientras que él, Horace de Vere Cole, acababa de realizar con éxito la broma del siglo. Se prometió salir en la portada del «Clubman» en una próxima edición.

El mayordomo interrumpió sus fantasías anunciando la visita de un oficial de la Navy que lo esperaba en el salón.

—Hágalo pasar aquí, mayor —ordenó.

—¿Aquí, señor? ¿Al cuarto de baño?

—Sí, al cuarto de baño. Cuando se trabaja para la Marina, uno puede muy bien enfrentarse a una bañera. Vaya, y traiga una silla para él.

Horace se hallaba dividido entre la satisfacción por una reacción resultante de su paso por el Saint James's Club y la inquietud por el nivel potencial de esa reacción.

El hombre era un coronel del Almirantazgo al que habían encargado que comprobara la extraña información que un diplomático había ido a comunicarles esa misma mañana. Entró sin acercarse a la bañera y rechazó la silla, incómodo por la situación que le imponía el anfitrión. Horace escuchó atentamente el relato minucioso de su historia sin atreverse a mirarlo.

—El almirante May nos ha confirmado que una auténtica delegación fue al barco y que la visita se desarrolló perfectamente —concluyó el militar—. Pero está ese testigo según el cual usted ha afirmado que esos príncipes eran unos embaucadores. Vengo simplemente a asegurarme de que todo esto no es sino un malentendido, señor Vere Cole, un estúpido malentendido de altas horas de la noche, y me marcharé sin importunarle más.

Horace encendió con calma uno de los cigarros del club y dio varias caladas, luego se irguió en la bañera para responder.

—Apreciado señor, sepa que un miembro del Saint James's

Club es la fuente más fiable que pueda imaginar. Le han dicho la verdad. Podrá confirmarle al almirante May que yo personalmente tuve el honor de llevar a una delegación de falsos abisinios a bordo del *Dreadnought*. Aproveche para agradecerle una vez más su hospitalidad. *Bunga bunga…* —concluyó Horace con manifiesta delectación.

El coronel comprendió por su actitud desafiante que no bromeaba y cambió de tono.

—¿Es consciente de la gravedad de lo que ha hecho, señor? Me atrevo a confiar en que este asunto no se divulgará fuera del Saint James's y que usted le presentará sus disculpas al almirante.

—¿Puede pasarme el cepillo de la espalda, amigo? —le pidió Horace señalando el objeto.

El militar lo descolgó del gancho y contestó empuñándolo:

—Semejante provocación, en este momento, es… es…

—Saludable para todo el mundo —lo interrumpió Vere Cole apoderándose del utensilio con un gesto enérgico.

El hombre se quedó atónito ante la actitud del patán que se frotaba la espalda mientras mordisqueaba el resto del cigarro. Cuando se hubo recuperado, añadió:

—El público no debe tener conocimiento de su descabellado acto, ¿se imagina el escándalo? —Al no obtener respuesta, insistió—: ¿Puedo volver a Whitehall con su palabra de caballero?

—La tiene —dijo Horace apagando la colilla en el agua jabonosa.

Al coronel le costaba disimular su malestar ante la actitud del anfitrión, que le parecía insultante. De buena gana lo habría ahogado en la bañera, y sin duda la Navy le habría concedido una medalla por ello, pero intentó tranquilizarse con la respuesta de Vere Cole, aflojó los puños y se despidió de él con frialdad.

—¿Coronel?

El militar se detuvo en el umbral estrujando la gorra con las manos.

—Tiene mi palabra de que no revelaré ninguno de los nombres de los que han participado en esa obra maestra.

84

Londres, miércoles 9 de febrero

El titular aparecía en una de las páginas interiores del *Daily Express* y del *Globe*: «Unos falsos príncipes abisinios visitan el *Dreadnought*».

Los artículos contaban la broma con multitud de detalles, desde la preparación en la tienda de Clarkson hasta el regreso desde Weymouth, insistiendo en la calidad de los disfraces, su coste, que calificaban de exorbitante, los honores de la acogida, el *bunga bunga* de los príncipes y el eslogan de las sufragistas en suajili que habían hecho repetir a la tripulación.

—¡Hay muchísimos errores! —exclamó Horace—. ¡Muchísimos! ¡No se puede confiar en que los periodistas hagan bien su trabajo!

Sentado a una mesa, al fondo del Café Royal, en compañía de Olympe y de Thomas, Vere Cole consumía una copa tras otra y llamaba a todo el que entraba para leerle la prensa.

—Dicen que llevábamos labios postizos y babuchas. ¡Y que yo invertí quinientas libras en joyas! Pero todo eso es falso. Voy a ir a verlos para restablecer la verdad histórica —dijo, y bebió un largo trago de champán—. No tienen derecho a adornar la realidad así. Es como si alguien cambiara las palabras de una obra de Shakespeare, ¡es una falta total de respeto por los artistas!

—Tiene usted la misma coquetería que todos los autores, Horace. Pero lo esencial se consiguió —dijo Olympe mientras se comía una pasta—. Y las sufragistas se lo agradecen.

Christabel le había enviado un mensaje pidiéndole que reivindicara la acción en nombre de la WSPU, pero ella se había negado porque deseaba conservar su autonomía para las acciones futuras. Le gustaba su vida en el seno de la organización, pero había comprendido que apreciaba su libertad por encima de todo.

Augustus entró con un periódico en la mano y, al ver a Vere Cole, pronunció un vibrante «*Bunga bunga!*». Se sentó a su mesa, escuchó el relato de Horace bebiendo champán a largos tragos, como si fuese agua fresca de un oasis, y se marchó después de haberse empeñado en que toda la asistencia del café, camareros incluidos, dijera *Kura kwa wanawake*. Mario les sirvió otra botella por invitación de los clientes de una mesa vecina, la *troupe* de una revista teatral cuyo éxito iba en aumento, y aprovechó para preguntarle de nuevo sobre la broma.

Horace presentía que habían provocado una reacción en cadena: aquellos artículos irían seguidos de otros, más numerosos, en los diarios de la tarde, y estos, de una lluvia de reacciones entusiastas u ofendidas en los periódicos del día siguiente y los días sucesivos. Inglaterra sucumbiría a la locura de los príncipes de Abisinia, estaba convencido. En el colmo de la embriaguez, Vere Cole se sintió súbitamente invadido por un esplín incontrolable al pensar que había alcanzado una cima insuperable.

—Ahora que hemos triunfado, Thomas, me debe la broma en el hospital —dijo para tranquilizarse.

—¿A qué se refiere? —intervino Olympe.

—A una apuesta entre mi buen doctor y yo. Usted me abrirá las puertas de la morgue, Thomas.

—Disfrute de su éxito, Horace, ya llegará el momento —prometió este levantándose.

—¿Ya me dejan solo? —dijo con inquietud Vere Cole al ver que Olympe hacía lo mismo.

—Tenemos una cita con W. T. Stead —explicó ella cogiéndose del brazo de Thomas—. No confía en los periodistas del *Daily Express* y quiere que le cuente el suceso en persona.

—Un hombre excelente, el señor Stead, pero usted merece estar rodeada solo de hombres excepcionales —añadió Horace haciéndole un besamanos con contacto.

En una ecuación complicada, Horace reprimía sus sentimientos cada vez más intensos por ella al tiempo que se negaba a destruir su amistad con Thomas, y esperaba secretamente que Olympe los compartiera un día. Por el momento, la presencia de aquellos dos seres que le eran tan queridos le bastaba.

En cuanto cruzaron la puerta giratoria, Olympe besó a Thomas ante la mirada y los comentarios de desaprobación de un matrimonio de edad y moral victorianas.

—En plena calle, ¡qué vergüenza! —dijo la mujer pavoneándose bajo su abrigo de pieles—. ¿Acaso son salvajes?

—No de los que llevan la muerte a su espalda —le espetó Olympe.

—¡Que Dios salve al Imperio de la decadencia! —exclamó el marido invitando a su esposa a subir en su automóvil.

—Que lo salve de la tristeza y la renuncia —replicó la joven antes de depositar otro tierno beso en los labios de Thomas y conducirlo hacia Piccadilly Circus.

Al dejar atrás la plaza, que cruzaron en silencio, Olympe le apretó más fuerte la mano.

—Pareces contrariado, ¿te he ofendido?

—No, claro que no —respondió él acariciándole el brazo—. Estoy preocupado por ti. Horace no se da cuenta de lo que ha desencadenado. ¿Has leído el final del artículo? El periodista pide que se os castigue por este fraude.

—Horace no le ha dado nuestros nombres a nadie. Y Scotland Yard tiene otros pescados más grandes que freír, con las sufragistas y las elecciones.

—En Francia decimos «otros gatos que azotar» —dijo él, divertido.

—¡Dios mío, vosotros los franceses sois peores que ese viejo matrimonio! ¡Torturáis a los animales antes de rematarlos! ¡Acabaré adhiriéndome a la Vegetarian Society!

Riéndose, cruzaron la calle delante de un tranvía tirado por caballos, cuyo conductor se creyó obligado a tensar exageradamente las riendas, lo que provocó un movimiento hacia delante de los pasajeros del piso de arriba, que lanzaron al aire sus enérgicas protestas.

—La culpa es de esos enamorados —dijo a modo de excusa el hombre, que ya había hecho eso mismo dos veces, por diversión, durante el trayecto.

—Estaban muy lejos. Lo hace aposta —lo acusó el viajero más cercano, un marinero de uniforme que volvía a casa de permiso.

—*Bunga bunga!* —gritó el conductor volviéndose para que cerrara el pico.

El hombre intentó darle un sombrerazo, pero azotó el aire.

—¡Desde luego, está claro que no son muy hábiles ustedes, los hombres de la Navy! —se burló el conductor.

Otros pasajeros intervinieron y la polémica se extendió por todo el primer piso. Aquellos a los que la broma les parecía divertida se enfrentaron a los que la percibían como una afrenta a la patria, y los que aún no estaban al corriente se hacían una idea escuchando a unos y otros. Veinte minutos más tarde, la cosa continuaba, incluso se había extendido al piso inferior. El marinero intentaba unir a los que el suceso les había escandalizado para obtener las disculpas oficiales del conductor, quien, sobrepasado, detuvo al tiro de caballos en Fitzroy Square.

—Todo el mundo abajo.

—¡Pero el final de trayecto es en Regent's Park! —protestó una niñera acompañada de un crío.

—Termínelo a pie, está a tres minutos. Yo ya no puedo garantizar la seguridad en el tranvía. ¡Todos abajo! —ordenó gesticulando.

La polémica se reanudó aún con más intensidad y atrajo a varios residentes de los inmuebles de la plaza a las ventanas.

—¿Qué pasa? —preguntó Adrian mientras Virginia salía al balcón.

—Es la policía, que viene a detenernos —dijo ella riendo de su broma.

—No tiene gracia, hermanita. No, ninguna gracia —replicó él con aire afectado desde el sillón.

Adrian se había desencantado después de la broma y lamentaba aún más su participación cuando se publicaron los artículos.

—No se lo perdono a Horace. No debería haber ido contando por ahí el engaño. Ridiculizamos a la Navy.

—Es cosa de Clarkson —objetó Virginia—, estoy segura de que ha vendido la historia a cambio de dinero contante y sonante. Ese hombre es perverso, no se puede confiar en él.

Los dos hermanos se leyeron el pensamiento el uno al otro.

—Ya lo sé, es la primera vez que defiendo a Vere Cole, ¿no?

—Y yo, la primera vez que estoy resentido con él —completó Adrian.

El timbre eléctrico les hizo dar un respingo y los dos se quedaron mudos hasta que Sophie les anunció la visita de un periodista del *Daily Mirror*.

—¿Cómo es posible que estén al corriente?

—Saben que Horace lo ha organizado, y yo formaba parte del engaño de Cambridge —dijo Adrian acercándose con prudencia a la ventana—. Es fácil atar cabos.

—Le he dicho que no estaban y que no sabía cuándo llegarían —declaró Sophie, satisfecha de sí misma.

—Buena chica —la felicitó Virginia.

—No parece que tenga intención de irse, ¿qué haremos? ¿Enclaustrarnos? —se lamentó Adrian.

—No debemos avergonzarnos simplemente porque la prensa se desboque. Disfrutamos con nuestra farsa, ¿no?

—Sí.

—Pues daremos nuestra versión del asunto, pero en el momento que nosotros decidamos. Iré al *Daily Mirror* exigiendo que no den nuestros nombres.

—Tienes razón. Siempre tienes razón. Bueno, casi siempre.

En la calle, el tranvía continuaba parado. Algunos pasajeros se habían marchado a pie, otros rodeaban el vehículo y a su conductor, que tenía dificultades para salir del atolladero. El periodista, presintiendo un golpe de suerte, se acercó al grupo. Los viajeros se convirtieron en testigos y se agolparon a su alrededor hasta que una nube reventó encima de sus cabezas, y descargó litros de gotas finas y frías sobre los reunidos, que se disgregaron como pompas de jabón. La nube prosiguió su avance hasta Westminster Palace, donde el almirante May había entrado justo antes de que el aguacero estallara.

—¡Convocado por el primer ministro, yo, almirante de la flota, cuando soy una víctima! —vociferaba mirando su reflejo en un cristal—. ¡Después de todo lo que he hecho por mi país! —añadió ajustándose la gorra.

—Es una vergüenza, y yo tengo parte de la responsabilidad —remachó William Fisher, que lo acompañaba y no las tenía todas consigo.

—Ni siquiera reconoció a sus primos, Fisher —recalcó el almirante.

—Prueba de que los había maquillado un profesional —protestó su segundo—. El mejor del país.

May se detuvo en seco, lo que obligó al ujier que los precedía unos pasos a detenerse también.

—Ese es un argumento que podemos emplear —aprobó agitando los guantes que llevaba en una mano.

—Sí, no podían parecer más auténticos.

Reanudaron la marcha siguiendo a su guía a través de los pasillos.

—Sir Asquith no es un hombre que se deje engañar, Fisher. El riesgo que se corre es verse sometido a un consejo disciplinario.

—Almirante, no creo que se atrevan a hacerle eso. Con todos sus títulos…

—No me refería a mí, Fisher, sino a usted. Si no hubiera sido usted mi segundo en ese barco, no habría habido una broma en el *Dreadnought*.

El comandante bajó la cabeza, abrumado.

—Debo reconocer la pertinencia de su afirmación, sir.

—Hemos llegado —indicó May después de que el ujier abriera una doble puerta acolchada—. Espéreme aquí.

Fisher esbozó un saludo. El empleado le propuso que se sentara en un banco, pero él prefirió caminar arriba y abajo por el pasillo. Era su primera visita a Westminster y no lo había imaginado así. Seguía echando chispas contra Adrian y Virginia. En el exterior, la lluvia golpeaba con fuerza las tejas y las cristaleras, y el ruido, como de tambor, impedía que las conversaciones fueran sigilosas. Si se le acusaba de haber cometido una falta, se defendería y, pasara lo que pasara, lavaría su honor ultrajado por la familia Stephen.

—¡Fisher!

Absorto en sus pensamientos, no había visto salir al almirante. La entrevista había sido breve; él lo interpretó como si un hacha hubiera cortado su carrera y sintió sudores fríos.

—No hay sanciones para los oficiales —lo tranquilizó May, que había recuperado la altivez y se dirigía a la salida a paso rápido—. Puede darme las gracias —añadió.

—Tiene toda mi gratitud, almirante, así como la de la tripulación.

—Oficialmente, seremos discretos. Cuanto más hablemos de ello, más publicidad les haremos, y eso es lo que queremos evitar.

—¿Y oficiosamente? —preguntó Fisher, que, por deferencia, caminaba ligeramente retrasado.

—Oficiosamente también. Los servicios del ministerio se ocupan del asunto.

—Pero, con todos los respetos, han infringido la ley, ¡son unos criminales!

—Han falsificado un telegrama oficial, ese es su único crimen, y la notoriedad que pueden obtener siempre será mayor que la sanción. Esa es la opinión del primer ministro y la mía —declaró May antes de detenerse bajo el porche de Saint Stephen—. ¿Pueden protegernos de la lluvia? —dijo, irritado.

—Almirante, no debemos dejar impune esta afrenta, es una cuestión de honor —insistió Fisher mientras el ujier les abría un paraguas—. Le pido permiso para ocuparme de ello.

—¿No he sido claro? Salgo de una entrevista con sir Asquith en la que le he salvado la cara, ¿quiere que revise su decisión?

—No, almirante.

—El primer ministro está furioso. No se preocupe por sus deseos, se verán satisfechos incluso por encima de sus expectativas. En este momento, nada le impide lavar la ropa sucia en familia, pero no quiero verme involucrado en eso, y para la Navy el incidente está zanjado —sentenció May dirigiéndose hacia su vehículo, seguido como una sombra por el empleado y su paraguas por un lado, y Fisher y su ira por el otro.

El ujier esperó a que subieran al coche y volvió, empapado, al Parlamento, donde continuó su servicio hasta mediodía. Después fue al vestuario y se quitó el uniforme, todavía húmedo, para ponerse la ropa de paisano. Cruzó Parliament Square cuando la lluvia ya se había alejado hacia el noreste de Londres y algunos rayos ambarinos atravesaban el tejido de nubes gredosas. Al llegar a King Charles Street, entró en un edificio por una puerta vigilada y, bajo el porche que daba a un patio circular central, esperó a que su contacto se reuniera con él. El Apóstol no se hizo esperar. La conversación no duró mucho más de cinco minutos en la penumbra de la puerta cochera; a continuación el empleado regresó a Westminster y El Apóstol subió al último piso del inmueble, donde lo esperaba su mentor.

La habitación, con las paredes revestidas de papel pintado de un verde desvaído, estaba pobremente decorada. El mobiliario se reducía a una modesta biblioteca y una larga mesa cubierta de piel agrietada sobre la que se extendían los periódicos del día. El Apóstol lo encontró delante del hogar donde crepitaba un fuego incipiente.

—Tenía razón, señor. Mi informador acaba de confirmarme que el primer ministro ha apartado a la Navy del asunto. Ha tomado el relevo el Ministerio del Interior.

—Lovell es suficientemente inteligente para saber que iban a desencadenar un cataclismo. Lo ha hecho adrede. En cuanto a Vere Cole…, es un acto mucho menos meditado. Ese hombre es más peligroso para sus amigos que para sus enemigos, aunque estos últimos son numerosos.

Se acercó a la mesa y sirvió dos whiskies.

—¿Le gusta la caza, Waddington? —preguntó tendiéndole un vaso.

—No tengo tiempo para eso, señor.

—Lo cierto es que la practica en su trabajo. ¿Qué es lo que un animal salvaje más teme? El encierro. Lovell hará cualquier cosa para no volver a la cárcel. El incidente del Royal Albert Hall nos lo demostró. Voy a ingeniármelas para que usted tome las riendas de este asunto. Y anunciaremos que la presa está acorralada.

—No le sigo, señor.

—Nadie es totalmente imprevisible. Cuando todos hayan pagado por su acto incalificable, Lovell comerá de mi mano. Vamos a domarla, créame —dijo levantando el vaso para concluir su parrafada.

Ambos bebieron, uno un trago enérgico y decidido, el otro simplemente se mojó los labios y dejó el vaso de cristal sobre la mesa.

—Las elecciones de mañana serán una derrota para los liberales y se formará un nuevo gobierno. Usted es un valioso ayudante, Waddington, y lo necesitaré para resolver este asunto. Las mujeres tendrán derecho al voto, es inevitable, pero con nuestras condiciones y a nuestro ritmo.

XIV

21 de febrero-16 de marzo de 1910

85

Saint Bart, Londres, lunes 21 de febrero

Sor Elizabeth suspiró antes de dirigir la mirada a lo que se veía reflejado en el espejo. Sus senos habían sido sustituidos por dos grandes cicatrices oblicuas que le cruzaban el torso y sostenían una piel ahora flácida a causa de la ausencia de glándula. Ya no se reconocía en aquel cuerpo mutilado.

—El sacrificio de la mama… —murmuró.

—¿Perdón, hermana? —dijo Frances, que estaba preparando una gasa impregnada de un polvo compuesto de estoraque, yodoformo y esencia de eucalipto, cuyo olor impregnaba el cuarto desde hacía una semana.

—¿Cuántas veces he escrito ese término en informes de operaciones? Decenas, sin pensar nunca que un día la afectada sería yo. En fin, estoy compadeciéndome de mi suerte —añadió dando palmadas como para ahuyentar los pensamientos tristes—. Dios me envía una prueba y debo mostrarme digna de su confianza.

La enfermera se acercó para aplicar el preparado sobre las cicatrices, pero Elizabeth se negó y tendió la mano para hacerlo ella misma. En una semana había adelgazado varios kilos y estaba demacrada. Su alojamiento en la entrada del servicio se había convertido en su habitación de hospital.

—No, hermana, tengo que examinarla —dijo Frances en un tono sosegado, pero lo suficientemente firme para que la religiosa no protestara.

Al principio, tras superar el impacto de la doble ablación, sus relaciones con el doctor Belamy fueron conflictivas, ya que Elizabeth consideraba que el comportamiento del médico constituía una traición a su intimidad y a su libre albedrío. Todo el equipo se turnó solidariamente para atenderla y hacerle entender su punto de vista, hasta que al final la hermana acabó por aceptarlo: ella era la primera en saber que en urgencias las decisiones casi siempre se toman sin el consentimiento del paciente. Y, aunque seguía negándose a que ningún médico le viera las cicatrices, aceptó la presencia de una enfermera para las curas. Frances palpó la zona y también los recorridos ganglionares, la ayudó con el vendaje y la dejó descansar.

Thomas la despertó dos horas más tarde llamando a su puerta.

—Si lo prefiere, paso después del almuerzo —propuso desde el umbral.

—No, entre, debo asistir a la misa en la capilla.

Elizabeth se sentó en la cama mientras él tomaba asiento en la mesa. Esa actitud, que hasta entonces divertía a la religiosa por su familiaridad, le desagradó, pero hizo un esfuerzo para que no se le notara.

—El informe de Frances es alentador —resumió—. No hay adenitis cervical ni subclavicular, no hay necrosis de la aréola y no hay fiebre. Por ese lado, las cosas van por buen camino. Me preocupa más la anorexia y el cansancio.

La religiosa había rechazado varias veces la ayuda de plantas orexígenas y de la acupuntura. El médico no había insistido, pero veía en la alteración de su estado algo más que las simples secuelas operatorias.

—¿Tiene dolores más allá de la zona de la intervención, hermana?

—No. ¿Es hoy cuando una delegación francesa le hace entrega de una medalla?

El debate estaba cerrado. Era inútil insistir.

—Esta tarde, en Uncot. Pero no habrá medalla.

—¿No la habrá porque ha operado a una religiosa en contra de su voluntad? —dijo ella mientras se levantaba, tambaleándose, para acompañarlo.

—No han llegado todos los documentos a tiempo —respondió Thomas sin tratar de contestar a su pulla.

—Por cierto, ¿tiene noticias del paciente al que estábamos atendiendo cuando me desmayé?

—El señor Robert falleció hace tres días de una meningoencefalitis difusa.

—Lo siento, rezaré por él y por su familia. No tenía posibilidades de sobrevivir, ¿verdad?

—Estaba hemipléjico y había perdido el uso de varias funciones, entre ellas la palabra. Pero no me arrepiento de haberlo intentado: su mujer y su hijo han podido preparar su marcha y pasar cuatro días con él.

—Esos momentos que les ha regalado son preciosos.

—La viuda va a demandar a la compañía fluvial. La barandilla estaba defectuosa. Que pase un buen día, Elizabeth. Volveré mañana.

«Es usted un buen médico, Thomas, el mejor que he conocido», pensó ella. Pero no tuvo fuerzas para decírselo y se limitó a cerrar la puerta.

Paul Cambon bajó en compañía del doctor Dardenne de un Renault BH de color crema, seguido de otros dos vehículos de la representación francesa.

—Señor embajador, es un honor recibirlo en nuestro centro, a usted y a su delegación —dijo Etherington-Smith, que había salido al patio para darles la bienvenida.

—Es un honor para mí ser recibido por un gran cirujano ganador de una medalla olímpica —contestó el representante francés, que había tomado de Napoleón III la barba, el bigote y el porte de la cabeza—. Y usted debe de ser el doctor Belamy —dijo el embajador saludando al hombre que estaba al lado de Etherington-Smith.

—Le presento a nuestro gerente, el señor Watkins, que estará encantado de acompañarnos en su visita al centro y le abrirá todas las puertas. ¡No tenemos nada que ocultarles a nuestros amigos franceses! Thomas Belamy se reunirá con nosotros en Uncot, en estos momentos está operando a un paciente de urgencias.

El diplomático se volvió hacia Dardenne con una expresión de complicidad.

—Estoy impaciente por ver a mi colega —dijo el médico de La Providence—. Tenemos una sorpresa para él.

De pie tras la ventana del despacho de Raymond, escondido por la cortina, Thomas vio que el grupo entraba en el ala norte. Había preparado aquella jornada de manera que le permitiese evitar a la delegación el mayor tiempo posible. Para gran sorpresa de su equipo, había programado dos intervenciones quirúrgicas en lugar de enviar a los enfermos a los departamentos correspondientes. Cuando Etherington-Smith se enterara, le pediría explicaciones, y Thomas, una vez más, le mentiría. Ya no controlaba ese pasado que lo alcanzaba cada día un poco más, simplemente intentaba mantener la distancia.

Cuando el grupo entró en la sala de reconocimiento, Reginald estaba suturando el pulgar de un carnicero de Meat Market que se había cortado.

—Continúe, continúe —insistió Etherington-Smith—. Traigo de visita a nuestros amigos franceses. Les molestaremos lo menos posible.

El interno estaba colocando una férula sobre el dedo del paciente mientras Raymond detallaba el coste de las obras en el servicio de urgencias.

—Disponemos de una zona de recepción equipada para las ambulancias de motor —les explicó en voz baja al embajador y al doctor Dardenne, que se había inclinado entre los dos hombres—. Podemos recibir a cientos de pacientes al día.

Los franceses asentían regularmente con la cabeza y le hacían preguntas a su anfitrión, que sustituía la ausencia de Thomas con una locuacidad mayor aún que la acostumbrada. Pese a todas las precauciones, los susurros acabaron desconcentrando a Reginald, que tuvo que repetir el vendaje final. El paciente frunció el entrecejo en señal de descontento, pero no se atrevió a intervenir, impresionado por el areópago de personalidades.

—Dejaremos que acabe —anunció Raymond, notando que perdía la atención de sus invitados y atraía la del médico y el herido—. ¿No le ayuda hoy Frances Wilett? —preguntó, al darse cuenta de pronto de su ausencia.

—Está operando con el doctor Belamy —respondió Reginald al tiempo que verificaba el resultado de su trabajo.

—Espero que podamos verlo pronto —dijo Dardenne mientras Etherington-Smith los invitaba a proseguir la visita.

El médico francés los dejó salir y le preguntó a Reginald:

—¿Cómo es su jefe? Tiene muy buena reputación en este hospital.

—Y muy merecida, señor. Él me lo ha enseñado todo. Le debo mi vocación por la medicina de urgencias.

—Según parece, estuvimos juntos en el hospital de La Salpêtrière, en París, hace unos años, pero no me acuerdo de él. Eso aviva aún más mi curiosidad por verlo. He traído la foto de todos los internos de 1906. Nos la hicieron en el patio principal. Mire —dijo sacándola de la cartera que llevaba.

Reginald la miró atentamente, el carnicero hizo lo mismo por encima de su hombro, y luego se la devolvió sin hacer ningún comentario.

—¿Lo ha visto?

—Doctor, le esperamos —lo interrumpió Raymond asomando la cabeza por la puerta entreabierta.

Una vez solo, Reginald rellenó una receta y se la dio al herido con las instrucciones oportunas. El paciente la cogió y la dobló en silencio.

—No estaba —dijo mientras se la guardaba en el bolsillo del delantal.

—¿Cómo dice?

—Me acuerdo muy bien de él. Hace dos años, el doctor Belamy me curó una uña negra con un alambre de acero al rojo vivo. Y no estaba en esa foto.

El embajador Cambon ya no disimulaba su impaciencia, no paraba de darle vueltas y más vueltas al anillo que llevaba en el meñique izquierdo.

—Doctor Etherington-Smith, comprendo que la función de médico exige una atención continua a los enfermos, pero esta visita estaba prevista desde hace tiempo. No podemos siquiera hacerle entrega de la medalla por no haber recibido todos los documentos. Esto empieza a resultar un completo fracaso. Y no es a usted a quien hay que censurar, el culpable de esta situación es nuestro compatriota, que, debo decirlo, no hace honor a la reputación de los franceses. Tengo otra ceremonia dentro de una hora y no puedo faltar.

Los demás miembros de la delegación aprobaron sus palabras. El doctor Dardenne miraba al suelo. Raymond había agotado las anécdotas que habían forjado la leyenda de Thomas. Se acercó a un cartel mural y acometió una explicación.

—Mis conocimientos de acupuntura son ínfimos, pero puedo decirles que se basa en la existencia en el cuerpo de numerosos meridianos que se indican en este dibujo. No son visibles en la anatomía humana tal como la conocemos, pero se supone que transportan la energía vital del cuerpo —prosiguió, incómodo—. El doctor Belamy lo explicaría mucho mejor que yo.

—Buenas tardes, señores —dijo una voz a su espalda.

El hombre estaba de pie en la puerta de Uncot. Tenía parte de la cara hinchada, desde el ojo izquierdo hasta el labio, y la mejilla presentaba algunas ulceraciones en forma de ampolla.

—Soy el doctor Belamy.

86

Saint Bart, Londres, lunes 21 de febrero

—Les pido disculpas por el retraso, señores —añadió, saludándolos.

—Thomas, pero ¿qué ha pasado? —preguntó Etherington-Smith, preocupado, yendo a su encuentro.

—Parece una flictena de irritación —dijo el médico francés.

—Reacción a *Schoenocaulon officinale* —precisó Thomas.

—Le confieso que no la conozco.

—No es una planta de nuestra zona. La mando traer de México por la veratrina presente en su composición. La utilizo en friegas para neuralgias rebeldes y parálisis.

—El doctor Belamy siempre está interesado en terapias exóticas y experimentos nuevos —dijo sonriendo Etherington-Smith, cuyo alivio resultaba visible.

—Pero ¿no es peligroso para los enfermos? Viendo el estado de su cara…

—Sospecho que el preparado no estaba lo bastante purificado y contenía cebadilla tóxica. Por suerte, mi paciente no se ha visto afectado. Esta es la razón de mi retraso, señores, y les pido humildemente disculpas.

—¡Y pensar que mi colega lo había descrito como un joven imberbe, con pelo largo recogido en una coleta y endiabladamente guapo! Y aparece rapado, barbudo y desfigurado. Sin ánimo de ofenderlo, jamás lo habría reconocido por esa descripción —aseguró Dardenne.

—Siento recibirlos así. Podemos posponerlo para otra ocasión, si lo desean.

—¡Por favor, usted no tiene la culpa! No hablemos más del asunto y pasemos a su demostración —apremió el embajador.

—No voy a hacerla con un paciente de Uncot para descartar toda sospecha de connivencia —explicó Thomas mientras se lavaba las manos—. ¿Su Excelencia querrá prestarse al juego? Tengo entendido que padece de dolores en la espalda —añadió, recuperando la idea que Raymond le había sugerido.

Paul Cambon aceptó sin vacilar, lo que arrancó aplausos en su delegación. Consintió en quitarse chaqueta, pantalones y camisa, y se tumbó, en camiseta, sobre la camilla. Thomas explicó al grupo los pasos del examen médico, uno a uno, y aprovechó para mirarlos a todos. Identificó al inspector vestido de paisano que había ido a preparar la ceremonia, así como a un periodista, probablemente empleado del ministerio, y dos agregados militares.

Cambon volvía a estar afable y alegre, pese al rostro tumefacto de Belamy, que lo incomodaba más que las agujas clavadas en su piel sobre las que la moxa de artemisa se consumía lentamente. En cuanto a Dardenne, Thomas lo había reconocido de inmediato. Dardenne, Martin el Bocazas, era uno de los internos más populares de La Salpêtrière en 1904. Una réplica mordaz y una resistencia al alcohol fuera de lo común le habían hecho mucho más famoso que su físico y sus cualidades de médico, fueran cuales fuesen. Aunque nunca trabajaron en el mismo departamento, se cruzaron con frecuencia dentro y fuera del hospital durante dos años. Thomas evitaba su mirada, que le parecía inquisidora, y concentró su conversación en el embajador.

—Para sus molestias lumbares, Excelencia, es conveniente dispersar el dolor. Le he puesto unas agujas de plata desde el sacro hasta la cara posterior de la pierna, en unos puntos precisos de los meridianos de la vejiga y la vesícula biliar.

—Esa lógica se me escapa —intervino Dardenne—. ¿Cuál es el vínculo entre la ciática y esos dos órganos?

—Hay relaciones entre los diferentes órganos que en Europa todavía ignoramos —respondió Thomas sin siquiera mirarlo—. Me resulta difícil resumirlo en unos minutos. El aprendizaje dura años.

—En definitiva, su medicina cuestiona los principios centenarios de la fisiología humana —concluyó Martin el Bocazas con la misma suficiencia que exhibía ya en La Salpêtrière.

—¿No sería al revés? La medicina china se practica desde hace varios milenios.

—¿Qué siente? —le preguntó Dardenne al embajador.

—Calor y un cosquilleo, nada desagradable —declaró este mientras Belamy retiraba las agujas—. ¿Cuántas sesiones son necesarias para notar los efectos?

—¿Puede levantarse, Excelencia?

Paul Cambon se sentó con presteza en la camilla y se deslizó sobre ella para ponerse en pie.

—Solo una —anunció Thomas dosificando el efecto, mientras el diplomático caminaba por la habitación para comprobar la veracidad de su afirmación.

—Pues es verdad, tengo que reconocer que me encuentro mejor: ha desaparecido el dolor que tenía en el muslo y en la espalda.

—¿Se producen muchas recaídas? —preguntó el médico francés mientras examinaba unos tratados en chino que estaban sobre una mesa.

—Si el paciente es razonable, no. No más que en la medicina clásica.

—El doctor Belamy ha tratado a muchas personas ilustres —recalcó Raymond—. Una libreta de direcciones que haría palidecer a los médicos del rey y del presidente Fallières juntos —bromeó.

Dardenne había cogido uno de los libros y estaba hojeándolo. Etherington-Smith advirtió la súbita crispación de Belamy.

—¿Dónde ha aprendido esta medicina, doctor? —preguntó el francés dejando el tratado en la mesa.

—Aprendí acupuntura durante una estancia en Cochinchina.

—Interesante, muy interesante.

—El doctor Belamy es el primero que ha realizado una síntesis entre estas dos escuelas de medicina y las ha utilizado con acierto, combinándolas y tomando lo mejor de cada una —resumió Etherington-Smith.

—¿Cuándo volverá a Francia para que los pacientes de nuestro país se beneficien de su método? —preguntó Cambon poniéndose la chaqueta.

—Soy fiel al Barts y a los que han confiado en mí. No todo el mundo está preparado para estas técnicas —respondió Thomas mientras guardaba las agujas y las moxas.

—Incluso en Londres tenemos detractores —subrayó Raymond—. Tendrán que pasar décadas antes de que esta medicina se admita con normalidad aquí, al igual que en París, supongo. Pero podemos empezar trabajando con La Providence de Londres —propuso.

—Apruebo esa idea —dijo el embajador.

—No puedo comprometerme en nombre de las autoridades del hospital —dijo el médico francés—. Pero estoy dispuesto a utilizarla a título experimental, si todo el mundo accede.

La declaración no presagiaba un horizonte prometedor, pues estaba claro que no «todo el mundo» —a saber, los administradores de La Providence— iba a acceder. Etherington-Smith fingió que no lo advertía y aplaudió.

—¡Fantástico! Les propongo que subamos a mi despacho para tomar una copa amistosa en nombre de la Entente Cordiale.

Thomas los dejó salir y se entretuvo cerrando con llave la sala Uncot, pero Dardenne lo esperó mientras el grupo se alejaba por el pasillo.

—Según me han dicho, es usted antiguo interno de La Salpêtrière, como yo —dijo el hombre acompañando la frase con una sonrisa cómplice.

—Estuve allí entre 1904 y 1906 —confirmó Thomas mientras atravesaban el inmenso bloque de la antigua sala de urgencias y sus voces se perdían formando eco con el ruido de sus pasos.

—Yo también estuve en esos años —dijo Martin el Bocazas—. No recuerdo a ningún Belamy, pero seguramente no coincidimos.

Le preguntó por los servicios en los que había trabajado y los colegas comunes, le recordó anécdotas sobre las clases del profesor Hayem y sobre las operaciones del doctor Terrier, el follón que organizaron los internos contra la agregaduría durante el invierno de 1904, la invasión de chinches de la primavera siguiente, el vale que se echaba a suertes para tener derecho a un quinto de fiambre y las partidas de whist en el internado.

Thomas contó sus propias anécdotas y le hizo otras preguntas, mostrando su conocimiento de los lugares y las personas, en un duelo con floretes embotados en el que cada uno intentaba sacarle ventaja al otro.

Cuando todos estuvieron reunidos en el despacho de Etherington-Smith, brindaron y continuaron evocando episodios de La Salpêtrière. Belamy sabía que Dardenne acabaría mencionando el asunto que causó un gran revuelo en el hospital en aquel período, el de un interno que no lo era, un hombre invisible en las fotos, de nombre impronunciable, que curó y escondió a un fugitivo que había agredido a un policía. Se preparaba para ello. Desde que Dardenne pisó Londres, Thomas sabía que ese momento acabaría por llegar.

Durante la conversación, Thomas se había descubierto apoyado en la ventana, como un llamamiento de su subconsciente a buscar su salvación en la huida. Vio a Frances cruzando el patio central sin prestar atención al cocinero, que la llamaba pero acabó dándose por vencido al ver que la joven apretaba el paso. Echaría de menos el servicio de urgencias. En ningún sitio se había sentido tan bien como en el Barts. Decepcionaría a Raymond, los decepcionaría a todos, y, de todos los pesares, ese era el más punzante. Había decidido varias veces contárselo a Olympe, pero siempre se había echado atrás por temor a que la joven sufragista lo dejara. Sabía que callando acabaría por perderla definitivamente, pero el presente siempre había sido para él más importante que el futuro.

El inspector francés estaba a unos metros de ellos, solitario y atento a su conversación. Thomas lo imaginaba preparado para saltar a la primera señal, al igual que los agregados militares. Apaciguó el desbocamiento de su corazón y se reprochó que estuviera interpretando el menor gesto como una muestra de hostilidad hacia él. Se encontraba tan bien llevando su nueva vida que había acabado por olvidar la paranoia del fugitivo.

Dardenne acababa de evocar el baile del internado y la carroza que había afianzado su reputación. Thomas no estaba allí, y tenía un motivo para no estar: fue el día del escándalo, el día que atendió y ocultó a Jean el impresor en los propios locales del hospital, el día que decidió huir de nuevo, como en Hanói, y cambiar de identidad.

—Lástima que se perdiera aquella fiesta, fue memorable, en mi vida he reído y bebido tanto —confesó Martin el Bocazas—. O sea que fue uno de los infortunados a los que les tocó guardia esa noche, ¿no? Entonces, estaba en primera fila cuando la policía fue a detener al anarquista al que Ghia Long Toan había dado cobijo.

—Sí, en primerísima fila —contestó Thomas mirándolo con un aire de desafío que el francés hizo como si no viera.

—¡Y pensar que llevaba dos años ejerciendo sin tener el diploma de interno! —añadió Dardenne antes de beber un largo trago de champán—. ¿Cómo pudo infiltrarse un falsario en un gran hospital parisino sin que nadie lo descubriera? Si no se hubiera llevado a cabo aquella investigación policial, quizá aún seguiría allí.

—A todos nos conmocionó lo sucedido —dijo Belamy.

Ghia Long Toan no era un falsario, no era un charlatán como tantas veces había oído decir cuando se hablaba de aquel caso, pero no debía defenderlo, era una cuestión de supervivencia. Sin embargo, el apellido de su madre, por el que tanto cariño sentía, quedó irremediablemente manchado, mientras que el de su padre, el responsable de la administración del protectorado de Anam que los había abandonado a ambos y había reconocido a su hijo tardíamente, era el orgullo del Barts y lo protegía desde hacía cuatro años. Ese apellido era la única ayuda que había recibido de su padre, y, pese a ser una ayuda totalmente involuntaria, le había permitido obtener un pasaporte en el extranjero con ese nombre, mientras que su pasaporte en el interior* llevaba el de su madre.

—¿Se acuerda de la foto de grupo de los internos? —dijo el médico francés abriendo la cartera—. La conseguí antes de marcharme de La Salpêtrière, gracias a todos los servicios que presté a la asociación de estudiantes. Le traerá muchos recuerdos. Estaba todo el mundo, ni uno solo faltó a la cita. Aparte de Ghia Long Toan, porque la tomaron al día siguiente de su marcha. Mire... —insistió tendiéndole la copia de color sepia.

La entrada enérgica de Frances interrumpió las conversaciones.

—¡Doctor Belamy, venga enseguida! Es sor Elizabeth...

—Disculpen, señores, una urgencia —dijo Thomas saliendo precipitadamente.

El olor a fenol del pasillo le produjo el mismo efecto que una bocanada de aire puro. Acompañó a la enfermera sin hacerle preguntas durante el trayecto. El estado de la religiosa le preocupaba desde hacía varios días y, como no podía examinarla, sospechaba que habían aparecido nódulos ganglionares y ella se lo había ocultado. Llegaron a urgencias y entraron en la habitación de sor Elizabeth, que los esperaba sentada en la cama, seria, en compañía de Reginald.

—Gracias, Frances —dijo levantándose sin esfuerzo.

—Pero ¿qué pasa? No tiene aspecto de...

—Perdone que hayamos utilizado esta estratagema para traerlo aquí, pero el doctor Jessop tiene algo que decirle.

—Sí —confirmó Reginald, sonrojado hasta la raíz de los cabellos—. Thomas, señor, no sé cómo empezar... Todos hemos observado desde hace un tiempo ciertos cambios en usted, y no me

* Equivalente del actual carnet de identidad.

refiero solo a su aspecto físico. —Thomas se masajeó la barba enmarañada antes de invitarlo a continuar—. Y están esos franceses que no han parado de hacer preguntas… y ese médico de La Providence que se ha puesto a enseñar la foto de los internos… y…

Reginald luchaba contra su timidez y su educación, cuya influencia era todavía considerable.

—Y todos esos rumores sobre mí —añadió Thomas.

—Sí —admitió el interno, aliviado—. Nosotros no los creemos —prosiguió—, pero los hemos oído y hemos hablado los tres sobre ese asunto —añadió señalando a Frances y Elizabeth—. No queremos saber qué quieren de usted ni qué buscan, eso es asunto suyo. Pero hemos considerado que nuestro deber era ayudarle. Por respeto a usted y por todo lo que nos ha aportado, haya hecho lo que haya hecho. ¡Bien, ya está dicho! —exclamó—. Sepa que siempre podrá contar con nosotros.

—Teníamos que ayudarle a escapar de las garras de esos franceses demasiado curiosos —resumió Frances.

—Se quedará aquí hasta que se hayan ido —completó Elizabeth—. Después podrá reanudar sus visitas. El doctor Jessop le necesita.

—Digamos que hoy hemos tenido algunos casos difíciles —reconoció este último—. Pero ahora todo irá mejor, estando usted aquí.

Thomas sintió deseos de besarlos a los tres, pero se contuvo y expresó su gratitud a la inglesa, con un discreto movimiento de cabeza. Por haber sembrado el bien, en todos los momentos difíciles había contado con ángeles protectores, tanto en Hanói como en París y en Londres. Acababa de obtener una tregua, pero la tormenta estallaría de nuevo.

—Sin duda escucharán horrores sobre mí. No me juzguen sin saber.

La delegación francesa había salido rápidamente del Barts después de la marcha precipitada de Belamy y había montado en los Renault BH en dirección a la embajada, donde Paul Cambon fue conducido de inmediato ante los representantes de la Escuela Francesa de Londres, que lo esperaban para otra ceremonia. Dardenne acompañó al inspector hasta su despacho, en el segundo piso, donde El Apóstol los aguardaba admirando la vista sobre Hyde Park a la luz del sol poniente.

—¿Y bien? —preguntó sin siquiera esperar a que se quitaran el sombrero.

—Es él —dijo el médico francés—. Sin duda es él.

—¿Lo ha reconocido claramente?

—El tipo ha cambiado. Su rostro resulta irreconocible. Pero he encontrado sus iniciales en sus libros: G. L. T.

—Parece poca cosa, ¿no? —le señaló El Apóstol al inspector.

—Eso no es todo —contestó el empleado de la embajada indicándole al médico que continuara.

—Ese hombre puede falsificar su documentación, puede maquillarse la cara, pero hay una cosa que no puede cambiar y que le ha delatado: su voz. La he reconocido en cuanto ha pronunciado las primeras frases. El doctor Belamy es Ghia Long Toan y estoy dispuesto a afirmarlo ante un tribunal.

—Eso sella su destino. Su ayuda ha sido decisiva, señores. Les expresamos nuestro más profundo agradecimiento.

87

Cadogan Place, Londres, martes 8 de marzo

Thomas se afeitó la barba enseguida y recuperó la sonrisa. Los días siguientes parecieron ligeros para todos en el Barts, salvo quizá para Etherington-Smith, que se mostraba taciturno. La popularidad de Horace continuó aumentando en la prensa y entre la población. Vere Cole recibía decenas de cartas todos los días, entre ellas algunas peticiones de matrimonio. Virginia acabó concediendo una entrevista al *Daily Mirror*, que la publicó con el título de «La historia de la mujer príncipe». Olympe volvió a ver a Christabel y, pese a la insistencia de la sufragista, mantuvo su negativa a reivindicar su hazaña como acto político de la WSPU. El nombre de las dos mujeres del comando seguía siendo desconocido para el gran público, para disgusto de Christabel, que habría querido convertirlas en ejemplos. Virginia, con quien se puso en contacto, tampoco accedió. Cuando la excitación del momento hubo pasado, la hermana de Adrian sintió una gran melancolía y se marchó a Saint Ives para descansar en compañía de Vanessa y Clive. Tras un mes de presencia en los periódicos, la broma desapareció de la actualidad y se convirtió en un fenómeno de sociedad.

—¿Qué te parece?

Olympe se presentó ante Thomas con el disfraz que llevaba en el *Dreadnought*, túnica de seda de color vivo, turbante y rostro embadurnado con negro número doce. Solo faltaba la barba.

—Así que este es el príncipe de Abisinia que ha hecho correr ríos de tinta —dijo con admiración el médico mientras ella daba vueltas sobre sí misma con los brazos abiertos—. Clarkson ha vuelto a obrar maravillas.

—*Kura kwa wanawake* —declaró Horace entrando en su salón disfrazado, en compañía del maquillador—. Soy el sultán de Zanzíbar —precisó para poner remedio a la ignorancia de su amigo.

—¿Y quién es su diseñador de vestuario? —preguntó Clarkson al ver el atuendo tornasolado de Thomas.

—Mi abuelo materno. Este traje de ceremonia era suyo. Yo nací en Hué, la ciudad de mis antepasados, que pertenecían a la dinastía Nguyen.

—Tenemos a un auténtico príncipe asiático con nosotros, no es un engaño —proclamó Vere Cole—. ¡Aleluya! Esta noche será usted el rey de la fiesta.

—No olvide su promesa: iremos de incógnito. Nada de provocaciones, ¿eh, Horace?

—Yo solo tengo una palabra, y es la de un caballero.

El Royal Albert Hall era como una colmena en la que bullían miles de insectos. El baile del Chelsea Arts Club era uno de los acontecimientos festivos más populares de Londres y todos los años la gente rivalizaba en ingenio con los trajes que representaban los momentos gloriosos del Reino Unido. Cuatro mil asistentes disfrazados lo habían invadido, batiendo el récord de afluencia; la mayoría de ellos habían elegido como tema el engaño del *Dreadnought* e iban vestidos de príncipe exótico, de pirata, de indígena, algunos incluso de oficial de la Marina, dispuestos a ser objeto de las burlas de la sala. Solo se hallaban presentes dos reinas Victoria, entre la indiferencia general, mientras que todos los príncipes de Abisinia estaban rodeados de una cohorte de admiradores.

Los organizadores, superados por el entusiasmo que despertaba la mistificación de Horace, que no respaldaban, pusieron al mal tiempo buena cara y recibieron a los invitados con sonrisas y cumplidos de compromiso. Nadie reconoció a Vere Cole cuando entró, acompañado de Thomas y de Olympe. El irlandés saludó con su *shillelagh*, que la gente tomó por una cachiporra de pega. La mano de la sufragista se tensó en la de Belamy cuando llegaron a la inmensa sala atestada de participantes alegres y ruidosos.

—¡He reservado un palco! —dijo Horace, a quien la sordera parcial obligaba a gritar en medio del bullicio, señalando con el dedo uno del primer piso.

—No, no se habrá atrevido… —susurró Olympe.

—Sí, querida, siempre hay que combatir el mal con el mal. Su palco. Esta noche, con nosotros, no corre ningún peligro.

El mayordomo los esperaba allí con un refrigerio compuesto principalmente de champán y Teeling.

—Gracias, mayor —dijo Horace sirviendo a sus amigos—. Diviértase y espérenos en el coche. Tenemos lo suficiente para resistir toda la velada.

Olympe se relajó rápidamente, ayudada por los efectos del alcohol, y, a petición de Vere Cole, les relató con detalle su desventura. Horace representó la escena y fanfarroneó delante de ella como lo habría hecho un estudiante para seducir a su amada, no dudando en sentarse a horcajadas en la barandilla del palco y fingir que iba a saltar, lo que atrajo la atención de toda la sala.

—¡Es Vere Cole! ¡Es el autor de la broma! —gritó alguien disfrazado de oso.

Una horda se apiñó rápidamente bajo su palco, gritando y aplaudiendo a un Horace en la cima de su popularidad. Él los saludó varias veces a la manera de un actor al que reclaman que vuelva a salir para aclamarlo, y les hizo repetir *Kura kwa wanawake* y «El voto para las mujeres» entre una algarabía indescriptible. Thomas y Olympe se habían echado hacia atrás a fin de no resultar visibles desde abajo. El alboroto duró unos diez minutos y terminó con un *Bunga bunga!* general. La velada siguió su curso, pero los periódicos no dejarían de señalar la presencia del ilustre mistificador en sus ediciones del día siguiente.

Horace se disculpó para guardar las formas, aunque por dentro estaba exultante, e ingirió su whisky preferido y una decena de pastas en un tiempo récord.

—Conque su palabra de caballero, ¿eh? —le recordó Thomas, más divertido que enfadado.

—Vamos, vamos, amigo, Londres ha recuperado por fin el gusto por la fiesta, y ha sido gracias a nosotros. Esta ciudad se había dormido en medio de los convencionalismos y la tristeza, pero no pedía sino ser despertada, como una mujer hermosa, con un beso dulce y apasionado. Hemos iniciado un movimiento que ya no se detendrá. Tengo en mente una mistificación para la semana que viene que dará que hablar. ¡Hay que aprovechar la ocasión, vivimos los momentos más rebeldes de la historia de Inglaterra! —concluyó alzando la copa.

La puerta se abrió bruscamente y dos hombres con uniforme de soldado se abalanzaron sobre él. Antes de que Horace tuviera tiempo de empuñar su cachiporra, el primero lo había agarrado y se preparaba para golpearle cuando alguien retuvo su puño y le inmovilizó el brazo en la espalda. El hombre sintió dolor en la nariz, después en el pecho y perdió el conocimiento. El segundo intentó agarrar por la cintura a Thomas, pero no consiguió acercarse a él. Perdió el equilibrio a causa de una patada en la rodilla, seguida de otra en el pecho, salió disparado hacia atrás por un último impacto y acabó tirado en el suelo del pasillo.

—Esto es lo que pasa cuando se desafía a la Navy —comentó Thomas estirándose el traje, que en el transcurso del combate se había arrugado—. Debemos ser prudentes.

—Marineros disfrazados de marineros, una treta muy militar —añadió Horace ayudando al primero a levantarse y salir del palco tambaleándose—. Espero que este entreacto no le haya resultado desagradable, querida —le dijo a Olympe, que no se había movido.

—«Perdonar es un acto más noble y excepcional que vengarse» —replicó ella adoptando la dicción de una actriz.

—Shakespeare, *La tempestad* —aplaudió Vere Cole—. El almirante May no la ha leído. A decir verdad, ninguna de mis víctimas la ha leído.

Thomas se había inclinado por encima de la barandilla y observaba la sala.

—¿Otras tempestades a la vista? —preguntó Horace acercándose a él.

—El *Dreadnought* ha ampliado su círculo de enemigos, pero ¿cómo identificarlos? ¿Quién es quién esta noche?

—Con usted y mi *shillelagh* no corremos ningún peligro —dijo Vere Cole acariciando su cachiporra—. No tema, querida.

Esta última precisión iba destinada a Olympe, pero ella no contestó. Los dos hombres se volvieron simultáneamente: la joven había desaparecido.

Después de buscarla en los otros palcos de ese piso y en los de abajo, regresaron a su punto de partida.

—¿La habré ofendido sin querer? —dijo Vere Cole, preocupado, sirviendo una copa que le ofreció a Belamy.

Thomas se había sentado en la barandilla y observaba la sala, en la que reinaba un ambiente desenfrenado. Rechazó el champán y continuó examinando metro a metro a los invitados presentes en el foso.

—No está —concluyó masajeándose la nuca.

—No —confirmó Horace, que había ido provisto de unos gemelos de teatro—. En cambio, he visto a Augustus del brazo de Euphemia Lamb. Esa mujer es deliciosa y su marido debería estar preocupado: Augustus no sabe lo que es la solidaridad entre pintores. Debo ir a liberarla de sus garras —dijo tendiéndole los gemelos.

Al quedarse solo, Thomas pensó en el día que el azar había

cruzado a Vere Cole en su camino e intentó lamentarlo, pero no lo consiguió. Su amigo era imprevisible, desde luego, y le hacía la corte a Olympe de un modo insistente y torpe, pero se sentía cercano a su marginalidad y su huida frenética hacia delante.

Comenzó a observar los palcos. Todos estaban ocupados por grupos, algunos de los cuales bailaban al son de la orquesta, que tocaba valses y polcas. Finalmente la localizó. La princesa abisinia estaba en compañía de un hombre vestido de *bobby*, en la hilera más alta de palcos, muy cerca del inmenso órgano. Los gemelos le ofrecieron una imagen suficientemente precisa de su interlocutor, al que reconoció por la descripción que Olympe le había hecho de él.

—El Apóstol… —murmuró mientras pensaba en la mejor opción disponible.

Thomas vio a Horace en el foso, dándole la espalda. Imposible ponerse en contacto con él sin llamar la atención. Cogió las pastas que quedaban, las colocó sobre la mesa y salió. Tras haber intentado convencer a Augustus y mistress Lamb de que fueran a su palco, y de haber recibido por parte de ambos una negativa educada pero firme, Vere Cole saludó a otros conocidos y volvió a subir, cansado y sediento. El palco estaba vacío; sobre la bandeja de plata que había llevado su mayordomo, las pastas habían sido dispuestas formando la palabra «casa». Suspiró deplorando la incapacidad de sus amigos para la diversión, cogió la bandeja y una copa llena y se sentó apoyando los pies en la barandilla, en una de esas actitudes de provocación que tanto le gustaban.

Acababa de dar el último bocado de pasta hojaldrada, maldiciendo al inventor de un manjar cuya mayor parte acababa hecha migas sobre la ropa y el resto descendía con dificultad por la garganta, cuando Olympe reapareció.

—¿Adónde ha ido Thomas?

—Yo también me alegro de volver a verla —respondió él sacudiéndose discretamente el chaleco—. Creía que se había fugado, querida. Thomas la ha buscado por todas partes. Después se ha fugado él también y nos ha citado en mi casa.

—Entonces, vayamos a su casa —dijo ella saliendo sin esperarlo.

Cuando llegaron al coche, estacionado en la entrada de Kensington Gore, Olympe se echó a reír e inmediatamente pidió disculpas al mayordomo: el hombre llevaba el traje de Thomas y las mangas le llegaban a la mitad de los antebrazos.

—El señor Belamy me ha pedido que nos cambiáramos la ropa, señor —dijo abriéndole la puerta sin perder la seriedad.

—Ha hecho bien en aceptar —lo tranquilizó Horace—. Los franceses tienen extrañas manías.

Thomas llegó a las diez de la noche y se sentó junto al fuego para calentarse. Había seguido al Apóstol desde el Albert Hall hasta Parliament Square, concretamente hasta un inmueble en el que entró por King Charles Street.

—Él tenía la llave y no pude seguirlo más. Alguien lo esperaba en el último piso. Era la única luz que había en todo el edificio. ¿Qué te ha dicho, Olympe?

Ella tardó un poco en responder.

—Me ha hecho saber que subiendo a bordo del *Dreadnought* había traicionado su confianza y que ya no podría protegerme de todo. Quiere que reivindique la acción en nombre de la WSPU. Si no lo hago, dejará que me enfrente a solas con aquellos a quienes he ofendido. Que se vaya al infierno.

—Ahora sabemos a las órdenes de quién está —añadió Vere Cole—. Le ha conducido al Board of Trade. Y usted sabe tan bien como yo quién es el presidente…

—Nuestra bestia negra —Olympe suspiró y le cogió la mano a Thomas—, Winston Churchill.

88

Saint Bart, Londres, miércoles 16 de marzo

Reginald se despertó antes que ella. Apoyó un codo en el colchón con cuidado, admiró a Frances, que estaba dormida, y le acarició la cara. La enfermera sonrió sin abrir los ojos, se desperezó y se volvió de espaldas emitiendo un gemido de cansancio.

—Tenemos que irnos —le murmuró él al oído antes de mordisquearle el lóbulo.

—Señor Jessop, esa es la mejor manera de llegar tarde —contestó Frances acurrucándose contra él.

—Mi casera está a punto de levantarse, tenemos que irnos antes de que nos vea —imploró.

La realidad despertó a Frances más eficazmente que la ducha fría que compartían con todos los inquilinos de la planta. Se sentó rápidamente en la cama y se recogió el pelo en un moño no muy bien hecho.

—No hay nada más frustrante que esconderse para vivir un amor legítimo.

—Lo sé, lo sé, cielo —dijo él vertiendo agua en una palangana de chapa esmaltada para lavarse la cara.

Ella se aseó mientras él se vestía, y Reginald se entretuvo mirando por la ventana mientras Frances se ponía la ropa en medio de un denso silencio.

—Lo siento —dijo el interno en el momento en que Saint Sepulchre Church daba las seis.

—¿Qué es lo que sientes? —preguntó ella poniéndose su sombrero preferido, adornado con plumas de pájaro.

Reginald la cogió por los hombros.

—Siento no poder ofrecerte el reconocimiento que mereces.

—Soy feliz así.

—Casémonos. Casémonos lo antes posible y podremos vivir juntos sin escondernos.

—Pero ¿y tu padre? Querías convencerlo de que te diera su bendición.

—Me engaño a mí mismo esperando que lo haga. Prescindiremos de ella.

—¿Estás seguro?

Su única respuesta fue un largo y apasionado beso.

—Ven —dijo Reginald conduciéndola a la escalera, que bajaron con los zapatos en la mano.

Una vez en la calle, recuperaron su entusiasmo natural.

—Tengo que ir a casa de Thomas a buscar un manual de diagnóstico médico —comentó Frances—. ¿Vienes conmigo?

Belamy no dormía en el apartamento desde hacía una semana.

—Están instalados en casa del señor de Vere Cole. Thomas me

ha dejado las llaves para que venga a por los libros que necesite —explicó ella abriendo la puerta.

—Ah, claro, por eso durmió en la habitación de los internos en su última guardia… Por lo menos a él no le da la lata su casero.

—No tardo nada, sé dónde está —dijo ella entrando en el dormitorio.

Reginald la esperó en el salón, curioseando entre la pila de libros desordenados que decoraban la cómoda esquinera.

—¿Y si le pidiera que nos preste su apartamento? —sugirió mientras hojeaba el que tenía más al alcance de la mano—. No estaremos expuestos a que nos molesten como en mi casa.

La pregunta se perdió en el camino del dormitorio, donde Frances había echado el ojo a dos libros de medicina clínica. Le gustaba el olor de aquella habitación, que la había acompañado durante sus largas noches de estudio. La idea de llamar a Reginald para hacer el amor acudió a su mente sin que se sintiera culpable por pensarlo, y acabó instalándose en su cabeza como un deseo irreprimible tras la frustración producida por la marcha precipitada de aquella mañana. Volvió al salón y condujo a Reginald al dormitorio, donde lo besó con apasionamiento. Él comprendió su intención y no opuso resistencia. Se desnudaron y enseguida se encontraron tumbados en la cama, sus cuerpos y sus deseos entrelazados. En el momento en que sus gemidos iban a unirse en el placer, una voz los interrumpió:

—¿El doctor Belamy y miss Lovell?

Un hombre vestido de paisano y cinco policías uniformados los rodeaban sin ningún pudor.

—Tengan la bondad de acompañarnos, están arrestados. Los llevamos a Scotland Yard.

Thomas estaba preocupado. El anuncio de la identidad del mentor de El Apóstol divirtió y halagó a Horace y Olympe, quienes, al parecer, encontraban que el adversario estaba a su altura y estuvieron debatiendo sobre la estrategia que debían adoptar, como si se tratara de un juego. Belamy no podía revelarles a sus amigos que era precisamente a Churchill a quien había ido a visitar en Westminster la noche de su encuentro con Olympe. El joven político le había hablado de sus sentimientos hacia las sufragistas. Thomas sabía que era más sutil que el primer ministro y un estratega más fino. Y también más peligroso.

Horace se había marchado el día anterior a Cambridge para protagonizar una broma menos sofisticada que la del *Dreadnought*, pero que le permitiría que su reciente notoriedad no decayera. Belamy había intentado disuadirlo sin éxito. Olympe se había quedado en Cadogan Place y aún dormía cuando él salió de la residencia. La joven se disponía a convencer a W. T. Stead de que editara una nueva publicación favorable a las sufragistas y tenía una cita con él a última hora del día en Fleet Street, donde Thomas se reuniría con ellos.

Belamy descartó utilizar el transporte público, que ofrecía pocas escapatorias en caso de tener un mal encuentro, y recorrió a pie los cinco kilómetros que lo separaban del hospital. Cambió varias veces el itinerario habitual y constató que no lo seguían. No tardó en ver el campanario de Saint Bartholomew-the-Less. Se detuvo en la esquina de Old Bailey y Newgate Street al ver que en Giltspur Street reinaba una actividad inusual, y se entretuvo ante la fuente pública llenando uno de los dos vasos metálicos encadenados a su base de mármol. Mientras bebía, vio que había dos furgones estacionados cerca de la entrada de urgencias del Barts y le parecieron sospechosos.

—¡Psss! ¡Psss!

No había reparado en la presencia del párroco de Saint Sepulchre, que le indicó por señas que pasara al otro lado de la verja de la iglesia, donde la fuente estaba empotrada.

—Una persona le espera en la casa parroquial, doctor. Una persona que quiere evitarle problemas.

Thomas lo siguió sin vacilar al interior del edificio religioso.

—¿Cómo va su hígado, padre?

—Gracias a usted, como una seda. Los dejo solos —dijo el sacerdote tras abrirle la puerta.

Sor Elizabeth estaba sentada delante del fuego, que le dispensaba calor vital. Había adelgazado más y en el corto trayecto desde el Barts había invertido una gran parte de su energía.

—Le he pedido ayuda al padre Edwards para lo que no podía hacer yo misma —dijo, envuelta en una pequeña manta de tartán—. Siento el frío como si me mordiera un lobo hambriento. Siéntese y no se preocupe, estamos en un sitio de confianza.

Le contó el arresto de Frances y Reginald. No protestaron cuando los detuvieron, esperaron a llegar a Scotland Yard para identificarse. Según el procedimiento, debían presentarse dos testigos sin antecedentes a fin de confirmar su declaración, y Etherington-Smith había ido con Watkins, el gerente. Aún no habían regresado.

—Les debe un gran favor. Gracias a ellos, la policía acaba de regresar hace solo un momento al hospital. Yo he podido escabullirme antes de que cerraran las salidas para comprobar la identidad de todo el mundo. Están convencidos de que usted se esconde en algún lugar del Barts. He pensado que vendría por el sur y le he pedido al padre Edwards que lo esperase. Creo que el cielo le protege, sin duda porque no es culpable de las cosas de las que le acusan.

—Pero ¿de qué me acusan, hermana?

—El doctor Etherington-Smith ha venido a verme antes de ir a Scotland Yard. Estaba furioso. La policía le ha dicho que los periódicos de la tarde iban a publicar un artículo sobre usted. En él se dice que no es médico y que Belamy no es su apellido. Por eso han preferido intervenir esta mañana, para evitar que huyera.

—¿Y miss Lovell? ¿Por qué quieren detenerla a ella también?

—No han querido decir nada sobre eso.

Sor Elizabeth suspiró alargando las manos para calentárselas.

Thomas ni siquiera intentó defenderse. Debía regresar cuanto antes para avisar a Olympe.

—No sé cuándo volveré a verla, Elizabeth. No sé si volveré a verla. Cuídese mucho, este hospital la necesita a su lado más que Dios.

Ella no contestó y lo miró intensamente. Ni Dios ni los hombres podían hacer nada más por ella.

89

Cambridge, miércoles 16 de marzo

El mayordomo se inclinó hacia el hilo de agua que manaba de una fuente perezosa y acercó una toalla observando a su alrededor. Cuando estuvo empapada, la retorció para expulsar el exceso de agua y la transportó de la forma más elegante posible, como hacía con todo, hasta el coche de caballos estacionado junto a la calzada. Horace sacó un brazo por la ventanilla del vehículo, cogió la toalla y corrió la cortinilla para protegerse de las miradas exteriores, mientras el sirviente se colocaba delante de la portezuela a la manera de un guardaespaldas. Vere Cole, en camiseta, se limpió metódicamente la cara y el pelo, e insistió bajo las axilas y en los brazos.

—¿Va todo bien, señor? —preguntó el sirviente.

—No está lo bastante mojada. Más —ordenó Horace tendiéndole de nuevo la toalla.

La segunda tentativa pareció satisfacerle.

—¿Qué hora es, mayor?

—Las tres, señor —respondió la voz desde el otro lado de la cortinilla.

—¿Tiene el dorsal?

—Está en el asiento, debajo del *Times*. ¿Necesita ayuda?

—Todavía soy capaz de atar un trozo de tela, mayor. ¿Las tres, ha dicho?

—Sí, señor. Y cinco minutos.

—Voy a salir. Compruebe que nadie puede verme.

—No hay nadie. Aparte de un niño.

Horace, que acababa de entreabrir la portezuela, la cerró de golpe.

—¿Un niño? Pero ¿qué hace aquí?

—No lo sé, señor. ¿Quiere que se lo pregunte?

—¡Ni se le ocurra! Si hay un niño, habrá una niñera muy cerca. O hermanos y hermanas. O, peor aún, unos padres.

—Este está solo. Creo que puede salir.

—¡No, mayor, no! Tiene que irse. Espántelo. ¡Fuera, fuera!

—Voy a intentarlo, señor.

Horace esperó mordiéndose las uñas. El éxito de su plan dependía de que nadie lo viera salir del vehículo.

—Dese prisa, mayor —dijo mientras empezaba a evaporarse la humedad que impregnaba su piel y su ropa—. ¿Cómo va? —insistió.

—No quiere, señor.

—¿Cómo que no quiere? ¡Pero si es un niño! ¡Demuestre autoridad, qué demonios!

—Lo sé, señor, pero es ágil. Acaba de pasar al otro lado del coche. ¡Pequeño, ven!

—Dele unas monedas, una golosina, una bofetada, cualquier cosa, ¡pero tengo que salir!

—¡Ya lo tengo! ¡Adelante!

—¿Por qué lado? —preguntó Horace, exasperado.

—Derecho. ¡Buena suerte, señor!

Vere Cole salió del vehículo y avanzó rápidamente sin volverse. Iba con ropa de deporte: zapatillas, pantalones y camiseta blancos. Le quedaba por recorrer menos de un kilómetro para cruzar la meta de la prueba de marcha Newmarket-Cambridge. Los primeros competidores estaban lejos aún.

Oyó a su mayordomo maldecir, mala señal, ya que el hombre demostraba un dominio de sí mismo ejemplar en toda circunstancia. Horace no se volvió, pero se prometió darle un plus. Se prometió, sobre todo, intentar no olvidarse de hacerlo.

Había escogido con antelación el lugar, en la esquina de Victoria Avenue y Jesus Lane, rodeado de árboles y arbustos, lo suficientemente lejos de cualquier vivienda y de cualquier juez de carrera y lo bastante cerca de la meta, situada delante del Trinity College.

Horace oyó a su espalda el ruido de unos pasos rápidos y ligeros, y al cabo de un momento el niño llegó a su altura corriendo. Los dos se detuvieron y se miraron de arriba abajo.

—¡Vete! ¡Vete! —dijo Horace para que saliera huyendo como un gato vagabundo.

Reanudó la marcha sin preocuparse del niño, que lo alcanzó y se puso a trotar en silencio a su lado. Vere Cole intentó alejarlo con un «¡uh!» cuyo único efecto fue hacer reír al crío, quien le contestó con otro «¡uh!» juguetón.

Horace se volvió: el coche y el mayor ya no se veían. Tendría que arreglárselas solo frente al enemigo más imprevisible de todos. Nada le daba más miedo que los niños. Habría preferido enfrentarse a un ejército de indígenas, de bóeres, incluso de fieras del golfo de Bengala, antes que tener que soportar la presencia de un crío. Decidió hacer como si no estuviera y apretó el paso.

Faltaban quinientos metros. El niño no daba muestra alguna de cansancio. Horace no podía dejarlo atrás corriendo, eso lo habría descalificado, el colmo de los colmos para quien iba a ganar una marcha sin haberla hecho. Cuando pasó por el último punto de control, el juez, que no esperaba a nadie hasta pasada media hora, lo observó con cara de estupor, abrió su reloj de bolsillo y meneó la cabeza: el futuro vencedor estaba a punto de cubrir los veintitrés kilómetros que separaban las dos ciudades en menos de cuatro horas, lo que constituiría un nuevo récord difícil de batir.

—¡Bueno, ahora sí que ya está bien! —le espetó Horace al crío, sin aminorar la marcha ni dignarse mirarlo—. ¡Vuelve con tu niñera! ¡Media vuelta!

Por toda respuesta, el niño le cogió la mano. Vere Cole la retiró como si le hubiera tocado un atizador ardiendo.

—¡No, lárgate!

El niño se asió de su camiseta. Horace lo apartó con brusquedad. El chiquillo perdió el equilibrio, se agarró al pantalón de Vere Cole, tropezó y cayó al suelo entre una nube de polvo.

—¡Por fin! —masculló Horace, enfadado con su mayordomo por no haber sido capaz de deshacerse del engendro.

El llanto desgarrador del niño hizo que se asomaran varios vecinos a las ventanas. Vere Cole, que continuaba avanzando a un paso orgulloso y conquistador, sintió sobre sus hombros el peso de los reproches. Maldijo la niñez, invocó a san Jorge para que acudiera en su auxilio y volvió sobre sus pasos.

El niño tenía las rodillas cubiertas de una mezcla de sangre y tierra, y sollozaba.

—No es nada, vamos, sé valiente —le dijo Horace inclinándose hacia él a una distancia prudencial, a la vez que hacía un gesto urgiéndole a que se levantara.

El niño se sorbió ruidosamente los mocos, lo que acabó de asquear a Vere Cole.

—Un poco de dignidad, hijo, levántate, ¡qué demonios! A tu edad…

Dejó la frase en suspenso. A los diez años, Horace había dejado de llorar. Ya había intentado envenenar realmente a su compañero de teatro en la interpretación de una escena de asesinato en *Shade of Night*, había encerrado a su gobernanta alemana en un montacargas y lo había soltado desde el desván, acababa de ingresar en el internado de Eton, elitista y brutal, después de que la difteria y el segundo matrimonio de su madre lo hubieran dejado tirado.

El niño cesó de llorar, pero balbucía palabras incomprensibles con una voz de intensidad cambiante. Vere Cole chascó los dedos y dio unas palmadas pero no conseguía que el crío reaccionase. Acababa de entender qué era lo que no encajaba: el chiquillo era sordo.

Horace se arrodilló delante de él y articuló un «Levántate» silencioso. El niño obedeció y le sonrió. Horace le puso una mano tranquilizadora en el hombro y, antes de reanudar la marcha, declaró en tono grandilocuente, dirigiéndose a los curiosos que comenzaban a congregarse:

—¡Ahora, tenemos una carrera que ganar!

Al cabo de unos metros, Vere Cole se dio cuenta de que el niño cojeaba y lo cogió en brazos para recorrer los últimos metros. Las almenas de las torres del Trinity College ya despuntaban. Muy pronto vería la meta y a los oficiales que le entregarían el premio dudando de la integridad de su hazaña. No podía imaginar nada mejor para una broma. Su superchería sería descubierta por la tarde, cuando los jueces se percataran de que su dorsal no estaba anotado en los primeros controles. Pero la prensa ya estaría al corriente, y en Londres su nueva proeza iría de boca en boca.

El mayor lo esperaba delante del coche fumando un Benson & Hedges que se apresuró a arrojar lejos. Le gustaba esa marca no por el sabor a miel del tabaco, sino porque era la preferida de la aristocracia y se veía a sí mismo un aire distinguido con uno de sus cigarrillos en la mano como un símbolo de buen gusto.

Horace le contó su victoria omitiendo la presencia del niño en sus brazos. El mayordomo no habría comprendido su gesto; él mismo, de hecho, todavía se preguntaba cómo se las había arreglado para superar su aprensión.

—¿Qué ha hecho con el trofeo, señor? —preguntó el mayor después de haberle abierto la portezuela.

—No lo quería para nada —respondió Vere Cole, evasivo, pensando en la alegría del chiquillo cuando se lo había dado—. Volvamos a casa enseguida, quiero contarles todo esto a mis amigos.

Horace canturreó en el camino de vuelta mientras proseguía con la lectura del *Times* pese a los baches del camino. El Alhambra anunciaba un espectáculo de Bella y Bijou, dos cómicos del momento, una comedia titulada *Las sufragistas* que se prometió ir a ver con Olympe y Thomas. El vehículo bordeó Hyde Park con gran alivio de Horace, que estiró sus extremidades entumecidas, y después tomó Lowndes Square, cuyas casas de fachadas opulentas, en las que llevaba varios meses intentando alquilar una planta, le gustaban especialmente. Los caballos se detuvieron de golpe en la entrada de Cadogan Square.

—¿Qué pasa, mayor? —preguntó pensando en su bañera llena de un agua caliente reparadora.

—No lo sé, señor, voy a ver. Le aconsejo al señor que no salga.

Horace entreabrió la cortinilla: la calle estaba cerrada por policías, la mayoría de los cuales se hallaba a la altura de su vivienda. Dos *bobbies* salieron de ella con los cuadernos de los apóstoles en las manos.

El mayordomo regresó rápidamente.

—Según los vecinos, la policía está aquí desde esta mañana, señor. Al parecer, le buscan a usted.

—¿Y Olympe?

—No se han llevado a nadie. Solo cosas.

—Lléveme a esta dirección —pidió Vere Cole tendiéndole una tarjeta—. Después vaya unos días a visitar a su madre. El tiempo se está poniendo feo, mayor. Parece ser que no todo el mundo tiene sentido del humor.

XV

90

Fleet Street, Londres, miércoles 16 de marzo

A Olympe la había salvado el vendedor ambulante de leche de Hyde Park. La despertó su característica melodía cuando recorría la calle en dirección al parque, y le entraron tantas ganas de tomar leche que ese deseo la empujó a abandonar la cama, vestirse y salir a la calle. Junto al lago Serpentine, bebió un vaso y luego otro, sentada en un banco frente al agua, en cuya superficie el ligero viento del sur trazaba surcos. Olympe necesitaba esos momentos de libertad, de los que se había sentido privada desde el orfanato y cuya ausencia había estado a punto de matarla en Holloway casi en la misma medida que la alimentación forzada. Nadie podía prohibirle volar y posarse allí donde se le antojara.

No había vuelto nunca al asilo para huérfanos de Londres, ni siquiera al barrio de Watford. Se había marchado de allí a los dieciséis años, después de su última fuga, que tuvo lugar cuando el hombre que la había tomado bajo su ala protectora se volvió demasiado atrevido. El generoso donante, que había tomado la costumbre de exigir los favores de sus protegidas, resultó herido por la navaja que uno de los chicos de la institución le había prestado a Olympe. El asunto fue silenciado, y la huérfana, castigada. Aquel fue su primer enfrentamiento con los predadores y la pasividad culpable de los adultos.

Olympe aspiró una vez más el olor de hierba y madera húmedas y luego regresó a Cadogan Place, donde descubrió que la policía había entrado en el inmueble. Acostumbrada a jugar al gato y el ratón con las fuerzas del orden, continuó tranquilamente su camino, e incluso se permitió preguntarle qué pasaba a uno de los *bobbies* encargados de alejar a los curiosos. Fue directamente a su cita en casa de W. T. Stead, que era también el punto de encuentro que Thomas les había indicado en caso de urgencia. Este llegó a media tarde y Horace se presentó a las siete, después de haber hecho unas compras en Selfridges, entre otras cosas, dos botellas de champán que exhibió como trofeos de guerra.

Thomas y Olympe permanecieron silenciosos desde que llegaron; Vere Cole y Stead animaron la conversación. El irlandés, que admiraba al periodista de combate y su revista, encontró rápidamente infinidad de temas en los que coincidía con él.

—Quédense aquí todo el tiempo que quieran, mientras podamos garantizarles seguridad —dijo Stead cuando pasaron al salón, desde cuya ventana el tipógrafo vigilaba la calle—. Jean velará por ustedes.

—Todo está en calma —confirmó el lionés.

—Cuenta usted con toda mi admiración por su acción en el *Dreadnought* —añadió Stead dirigiéndose a Horace—, y me gustaría que me hiciera un relato detallado de ella. No para mi revista, tranquilo, sino por placer, no me canso de oírlo. ¡Provocaron la caída del gobierno ustedes solos!

—Quizá no sea lo mejor que conseguimos —lamentó Olympe.

Tras unas elecciones que los liberales habían perdido, Asquith formó un nuevo gabinete y se preparaba para constituir una coalición en el Parlamento a fin de evitar el bloqueo, ya que no tenía la mayoría. En el reparto de ministerios, Churchill recibió el de Interior. Nadie lo había mencionado, pero todos pensaban que la carga de Scotland Yard era cosa suya. Se estaba produciendo un cambio en la dimensión del juego.

—En lo que a usted respecta, Thomas, da igual lo que digan

los periódicos —continuó su anfitrión—. Espero que siga queriéndome como paciente. Es usted un médico excepcional.

—Sé que les debo una explicación —contestó Belamy, de pie al lado de Jean, mientras que todos los demás estaban sentados en las butacas de generosos brazos.

—No nos debe nada —protestó Horace—. Le admiro más aún ahora que sé que los ha engañado a todos durante años. ¡Yo soy un pésimo mistificador a su lado!

—Sí, les debo una explicación —insistió Thomas—. Sobre todo a Olympe.

Ella apartó la mirada. En el fondo de su ser, lo que más le reprochaba era haberse enterado de su falsa identidad por El Apóstol, que había sembrado la duda entre ellos. Fuera estaban cargando los periódicos en los vehículos, en medio del tranquilizador estruendo nocturno de Fleet Street. El caso del falso médico llenaba las páginas interiores, pero nadie ponía en duda que el episodio de su huida alimentaría a la prensa en los días venideros.

El tipógrafo le dio una palmada de ánimo en el hombro.

—Voy a comprobar todas las salidas —anunció.

El lionés era su amigo más antiguo y conocía todos los avatares de su vida fuera de lo común.

Thomas había nacido en la ciudad imperial del reino de Anam treinta años antes, en una de las familias de la dinastía que solo reinaba ya sobre sí misma, en el seno de un protectorado francés omnipotente. Su padre, uno de los representantes de la administración local, procedente de la metrópolis, había mantenido relaciones con su madre durante varios meses, pero se negó a casarse con ella cuando se confirmó el embarazo. No reconoció al niño al nacer y se comportó como un simple tutor. Pese a las presiones de la familia, su madre rechazó una unión de conveniencia con un anamita y le puso un nombre de pila europeo a su hijo. El escándalo fue sofocado y nadie hacía preguntas sobre el hijo de Dao Ghia Long Toan, aquel chiquillo mestizo sin padre conocido, enclenque y adorable. Francis Belamy regresó a París cuando su hijo tenía diez años y no volvió a preocuparse de él.

Jean abrió la ventana acristalada de la puerta de entrada, aspiró el aire acre y polvoriento del anochecer y observó cómo los trabajadores cargaban en las carretas los periódicos que se repartirían a la mañana siguiente. Oía a Thomas hablar despacio, haciendo pausas entre las frases, como si con sus silencios omitiera pensamientos que seguirían siendo siempre suyos.

El joven había vivido la adolescencia sobre el fino alambre que separaba el bien del mal y había establecido sus propias fronteras. Jean entró en su vida como el hermano mayor que nunca había tenido, cuando este, participante en la fundación del nuevo periódico militante *El Eco de Indochina*, entrevistó al anamita más joven que había sido admitido en la Escuela de Medicina de Hanói. Pese a los diez años que los separaban, entre los dos hombres nació una amistad basada en el amor a la libertad y en sus pasiones respectivas. Después, Thomas trabajó duro durante los tres años de estudios a fin de ingresar en el hospital indígena para obtener el grado de interno. Al anochecer, los dos amigos se encontraban en el pequeño apartamento de Jean, donde a veces flotaba el perfume de Dao Ghia Long Toan y donde reorganizaban el mundo a su medida. Jean le estaba agradecido a Thomas porque nunca había convertido la relación que aquel mantenía con su madre en un motivo de conflicto entre ellos. El joven anamita estaba al corriente de esa relación y la había aceptado como la elección libre y consentida por ambos que era.

El tipógrafo apagó la rotativa pensando en Dao con ternura. Ella debía de tener ahora cincuenta años y sin duda era tan guapa como en su recuerdo. No había vuelto a verla desde su marcha precipitada en la primavera de 1904, pero le preguntaba con regularidad a Thomas por ella y le enviaba una carta todos los años por su cumpleaños.

En el hospital, Thomas aprendía deprisa, tan deprisa que le prometieron una beca para realizar el doctorado en París, una vez que hubieran convalidado su internado. El joven adolescente indeciso se había convertido en un adulto a quien el vovinam, que practicaba con asiduidad, le había dado una gran seguridad y una prestancia felina que no pasaban inadvertidas, sobre todo entre el sexo femenino. Thomas, animado por su éxito, había olvidado la barrera que constituía el color de su piel entre las familias de los colonos. No era de los suyos y no lo sería jamás, pese a la cortesía con que le trataban. Cuando le contó a Jean su relación amorosa con la hija del presidente del tribunal de Hanói, el lionés no había tenido valor para hacer el papel de aguafiestas. Thomas merecía ser feliz, como todos los jóvenes, y su Lucie era una buena chica que se había atrevido a desafiar las prohibiciones familiares flirteando con alguien a quien los suyos consideraban un indígena. Al enterarse, los dos hermanos de la muchacha, azuzados por su padre, organizaron una expedición de castigo con objeto de poner fin a su relación. Thomas no se conformó con ahuyentarlos, se puso tan furioso que los golpeó con sus propios garrotes hasta romperles algunos huesos. Enseguida tomó conciencia de que acababa de infligirse a sí mismo un castigo aún mayor: no podría evitar una condena, tal vez de prisión, y la supresión de su puesto hospitalario.

«Solo le faltaban tres meses para obtener el diploma —pensó Jean—, los tres meses finales después de seis años de trabajo. No habría sido justo. Él era el mejor, valía lo que todos los demás juntos. Dao hizo lo que había que hacer.»

La madre de Thomas le entregó un documento que acreditaba la convalidación de su internado. Un documento auténtico, certificado por un funcionario de la administración, al que se lo había comprado por doscientas piastras indochinas. Todo fue muy deprisa. Jean decidió irse con él porque no se llevaba bien con los responsables del periódico. Dao se quedó más tranquila sabiendo que estaban juntos. Los dos hombres llegaron a París dos semanas más tarde y Thomas Ghia Long Toan, provisto del documento que le abría las puertas, prosiguió su carrera médica en La Salpêtrière.

Fleet Street había recuperado la calma. Los trabajadores habían terminado antes de lo habitual. Jean corrió la cortina tras el cristal de la puerta de entrada. Sentía que era su deber proteger a Thomas, tanto más cuanto que se consideraba responsable de su marcha de La Salpêtrière.

Subió al salón de arriba y ocupó de nuevo su puesto de vigilancia, junto a la ventana, en el momento en que Belamy relataba cómo las autoridades francesas, al investigar sobre él, habían descubierto su secreto.

—Tuve que marcharme de Francia para evitar la prisión —explicó el médico—. Había ocupado un puesto sin tener los diplomas exigidos después de haber huido de la Cochinchina sin ser juzgado. Aquello era demasiado para apelar a la benevolencia de los jueces.

—Su vida dio un vuelco por un encadenamiento de circunstancias —reconoció Stead—. Pero ¿cómo consiguió la documentación a nombre de Belamy?

Jean los interrumpió:

—¡Están aquí! ¡Scotland Yard!

91

Fleet Street, Londres, miércoles 16 de marzo

Dos furgones habían cerrado ambos lados de la calle y unos *bobbies* salían de ellos para tomar posiciones delante de la puerta de entrada. El timbre eléctrico sonó al mismo tiempo que unos aldabazos.

—Jean los acompañará a un lugar seguro. Yo me encargo de retenerlos.

Stead había hablado con una voz tranquila y opaca, casi desganada. No hubo despedidas. Todos sabían lo que tenían que hacer. El impresor los condujo a su taller, en el sótano, donde desplazó un armario metálico con ayuda de Thomas para dejar al descubierto un pasillo que los condujo al sótano de la casa vecina. El grupo subió a la planta baja y salió al patio interior, al fondo del cual había una puerta que daba a Shoe Lane. Jean comprobó que el barrio no había sido acordonado y les indicó que le siguieran. Se separaron en dos grupos, cada uno de los cuales tomó un camino diferente para ir a Goodge Street. Jean y Horace fueron los primeros en llegar al pub situado enfrente de Heal & Son y se metieron en la bodega, al fondo del patio trasero. Vere Cole retiró la capa de polvo depositada sobre el banco y la mesa que constituían los únicos muebles del lugar, y, después de asegurarse de su solidez, se sentó.

—¡Pensar que hace unas horas era aclamado por una multitud entusiasta! Y heme aquí ahora, como una rata escondida en su madriguera —se lamentó—. ¿Cuándo volveremos a casa de W. T. Stead y podré darme por fin un baño?

—Me temo que eso no será posible, señor Cole, la casa está vigilada.

—Vere Cole —precisó él, espaciando las palabras—. Comprenda que en semejantes circunstancias insista. Mis antepasados, entre ellos el decimoséptimo conde de Oxford, defendieron con honor este apellido, y yo debo mostrarme digno de él en la adversidad.

—¿Qué quiere que le pase, milord? Thomas y miss Lovell corren un gran peligro, pero usted…, usted no es francés, no es una mujer, y por sus venas corre sangre azul. Pagará una multa, recibirá una reprimenda como un niño y volverá tranquilamente a su casa.

A Horace le gustaba la impertinencia, salvo cuando no partía de él. Examinó con insistencia la ropa de trabajo del tipógrafo, cubierta de manchas de aceite y tinta, y se contuvo para no soltar una réplica asesina.

—Sepa usted que el nuevo ministro del Interior dice de mí que soy peligroso incluso para mis amigos —dijo abombando exageradamente el pecho—. Churchill sabe que soy incontrolable. Por eso ha soltado a los perros. Pero no se preocupe, a título personal, usted no corre ningún peligro: no tiene ninguna posibilidad de ser uno de mis íntimos.

—Me quedo más tranquilo, monseñor —replicó Jean sin mostrarse impresionado. Escaló al piso superior, un antiguo granero de heno, y apartó una lona que cubría unos colchones antes de continuar—: Pero quería disculparme por haber cometido un error. En realidad, usted sí que corre un gran peligro: sus bromas son tan malas que los jueces ingleses se verán obligados a condenarlo a la pena capital para que cesen.

Horace acusó el golpe, se contuvo y, con un amago de sonrisa, puso cara de que apreciaba la salida.

—¿Puedo sugerir algo? —acabó diciendo.

—Adelante.

—Un largo momento de silencio, es otra de las cosas en las que usted destaca —dijo reclinándose y cerró los ojos. Incapaz de contentarse con eso, los abrió casi de inmediato—. Sepa usted que hay más anarquía en la menor de mis mistificaciones que en el conjunto de sus publicaciones y sus acciones —le espetó levantándose y apuntando al tipógrafo con el índice—. Ni siquiera fue capaz de matar al gendarme de marras, acabó en el hospital y causó la perdición de Thomas, qué desastre. El día que yo quiera eliminar a un representante de las fuerzas del orden, no me temblará la mano.

—¿Lo dice en serio? —le preguntó Jean a Vere Cole, que había vuelto a cerrar los ojos y fingía no oírlo—. Creo que lo peor es que es capaz —remató, y se apostó delante de la lucerna redonda que constituía la única abertura y un observatorio perfecto del exterior.

El tipógrafo intentó concentrarse en el día siguiente. Los llevaría a Liverpool o a Birmingham, donde tenía contactos entre los sindicatos obreros, para dar tiempo a que la policía se calmara. Pero no conseguía pasar por alto las palabras de Horace y se sintió obligado a justificarse.

—Yo soy pacifista, señor Cole, jamás habría herido a aquel gendarme si no hubiera estado a punto de detener a Thomas y su grupo —declaró con calma, sin apartar los ojos del patio del pub, donde un camarero depositaba una caja de botellas vacías en lo alto de una pila. Esperó a que el hombre entrara para continuar—: Aquello tenía que acabar pasando, estaban en el punto de mira de la policía. Pero Thomas no era un activista político hasta que su padre reapareció. Ese progenitor de pacotilla dio señales de vida poco después de nuestra llegada a París. De pronto sintió que tenía alma de padre. Después de quince años de silencio. Yo creo, sobre todo, que el éxito de su hijo fue lo que despertó su interés. Y a fin de demostrarle que había cambiado inició el procedimiento para reconocer su paternidad. Aquello puso a Thomas fuera de sí. A partir de aquel día solo tuvo una idea en la cabeza: devolverle la independencia a Anam, por el honor de su madre y para que los franceses como su padre dejaran de ser los amos del país. Y aceptó recibir el apellido de Belamy por una sola razón, porque le permitiría obtener un pasaporte para viajar al extranjero. Un salvoconducto en caso de que tuviera problemas. No entró ilegalmente en Inglaterra, su documentación era auténtica. Los franceses habrían podido pasarse años buscando a Ghia Long Toan; Thomas estaba a salvo detrás del apellido de su padre. Ya ve, señor Cole, nosotros no hemos agredido nunca a nadie, ni gratuitamente ni con la coartada de la lucha. Ese gendarme al que dejé lisiado no tiene trabajo, y pienso en él y en su familia todos los días. El señor Stead le envía una parte de mi sueldo en nombre de una asociación de beneficencia. Y en lo que respecta a Thomas, invierte tiempo y dinero en los pobres del East End. Somos pacifistas y nuestra causa es más noble que cualquiera de sus títulos. Usted no tiene otro objetivo que combatir el aburrimiento divirtiéndose jugando al guiñol.

Horace no contestó. Jean bajó y vio que se había dormido de verdad.

Olympe y Thomas llegaron media hora más tarde cogidos del brazo. La sufragista se inclinó sobre Vere Cole y lo despertó soplándole en la cara.

—Ya no los esperábamos. ¿Han hecho una parada en el Café Royal? —gruñó Horace frotándose la mejilla.

—Su amigo está de mal humor —confirmó el lionés.

—Nos hemos entretenido discutiendo y reconciliándonos —respondió Thomas.

—Lo celebraremos sin champán. Se ha quedado en casa de Stead. Eso y la ropa que había comprado en Selfridges.

—Se la traeré mañana si consigo darle esquinazo a la policía, que estará vigilando Fleet Street —intervino Jean—. Hay comida en el arcón, y también algo de beber. Cierren bien después de que me haya ido. Tengo la llave y no llamaré para entrar.

Thomas y Olympe hicieron inventario de las provisiones mientras Horace, que había comprobado la solidez de los pestillos, los observaba con aire taciturno, apoyado contra la puerta.

—¿Saben dónde nos encontramos en este preciso momento? —masculló—. ¡Goodge es el cuartel general de todos los anarquistas europeos buscados en su país, el primer sitio al que Scotland Yard va a venir a buscarnos!

—No se preocupe —dijo Thomas quitándole importancia—. No hay peligro de que registren este pub, el patrón es un informador de la policía.

—¡Lo que nos faltaba! —se alarmó Vere Cole—. Valdría más ir a dormir a la comisaría, por lo menos allí tendría con qué hacer mis abluciones.

No prestaron más atención a las jeremiadas del irlandés, que subió para apostarse junto a la lucerna, adonde le llevaron algo de comer. Cenaron pescado y frutos secos, y bebieron un vino de pésima calidad, pero eso bastó para subirle la moral a Horace.

Extendieron los colchones de paja en el suelo y los sacudieron para desempolvarlos. Las mantas estaban impregnadas del olor a moho que reinaba en la bodega, pero Olympe y Thomas se durmieron enseguida. Vere Cole, que se había quedado delante de la lucerna con una botella al alcance de la mano, vio pasar las horas hasta el cierre del pub, luego se sumergió en el sueño sin darse cuenta.

Un chillido despertó a Belamy cuando ya había amanecido. Una gran rata marrón mordisqueaba el cordón de su zapato derecho. Intentó apartarla moviendo el pie, pero, en lugar de huir, el roedor se acercó más a él y levantó el hocico en actitud desafiante para luego batirse en retirada por la escalera. Belamy bajó para comprobar el estado del arcón, pero era demasiado tarde: a Vere Cole se le había olvidado cerrarlo y una colonia de roedores lo había invadido.

—¡Horace! —exclamó, furioso, volcando el arcón para dejar salir las ratas, que escaparon por un agujero de la pared.

El irlandés ya no estaba en la bodega y había dejado el pestillo abierto. Thomas lo corrió.

—¿Qué pasa? —preguntó Olympe bajando los últimos peldaños de un salto.

—Lo que queda está contaminado por las ratas. Vamos a tener que buscar otra fuente de comida —dijo consultando el reloj.

—Tengo frío.

Se quedaron un rato estrechándose con fuerza; sus alientos formaban nubes de vapor que desaparecían inmediatamente, diluidas en el aire de la habitación. Después subieron para abrigarse con las mantas.

—¿Nos ha dejado?

—No sé. Es tan imprevisible… Esperemos a Jean. Ya debería estar aquí.

La luz naciente, filtrada por la niebla, daba al rostro de Olympe la palidez de un cuadro impresionista. Thomas abrazó con más fuerza a su amante. Introdujo las manos bajo las capas de ropa de la joven y notó el calor de su vientre y el balanceo tranquilizador de su respiración. Las manos de Olympe cubrieron las suyas. Él apoyó la cabeza en el hombro de la sufragista y le habló en voz baja.

—Amor mío, no tengo elección, voy a verme obligado a abandonar el país. Soy médico y ya no puedo ejercer ni en Inglaterra ni en Francia. ¿Estás dispuesta a acompañarme?

—Démonos un poco de tiempo. Encontremos un refugio para pensarlo con más calma.

—¿Significa eso que no te gusta nuestro nido de amor?

—No puedo pedir más: nosotros, las ratas y los *bobbies* formamos una gran familia —bromeó—. Pero no quiero tomar decisiones bajo presión. El combate no es tan desigual, tenemos medios para negociar con Churchill y que no te entreguen a los franceses.

—¿De verdad crees que…?

Le interrumpieron unos golpes dados en la puerta con autoridad.

—¡Policía! ¡Hagan el favor de abrir!

92

New Scotland Yard, Londres, jueves 17 de marzo

El Apóstol estaba satisfecho. Acababa de obtener su primer éxito desde que se había dado la orden de detener a Thomas Belamy. El expediente que había enviado a los jueces había bastado para poner en marcha la mayor operación desde la de Jack el Destripador. Le habían encargado que la dirigiera, además de nombrarlo comisario con tan solo treinta años. Y todo en las narices de Scantlebury, su superior directo, la bestia negra de las sufragistas. Pero él, El Apóstol, les llevaba muchos metros de ventaja a todos sus colegas porque seguía a Olympe Lovell desde hacía dos años, la ayudaba unas veces, la manipulaba otras, según les interesara a él y a su mentor. Hasta tal punto que tenía la impresión de leerle el pensamiento a la joven, ella era un libro abierto para él. La conocía mejor que nadie, mejor incluso que Thomas Belamy. El médico fue una bendición para él: al descubrir sus secretos, habían podido convertirlo en un candidato ideal para la acusación más grave, que el asunto del *Dreadnought* había ilustrado de forma magistral. El Apóstol había convencido a las autoridades de que Belamy, haciéndose pasar por médico, trabajaba a sueldo de una potencia extranjera y había enviado a sus cómplices al acorazado para obtener información que la Navy les había ofrecido en bandeja. Estaban a punto de matar tres pájaros de un tiro y eliminar para siempre, además del francés, dos de las espinas más odiadas por el poder.

Contempló el Támesis majestuoso desde su despacho en la nueva sede de ladrillos rojos y blancos de Victoria Embankment.

—Comisario Waddington, su invitado ha llegado —anunció su nuevo ayudante, sacándolo de sus pensamientos.

Lo había elegido porque le recordaba a él mismo diez años antes: ambicioso, despierto y agradecido con los que le habían tendido la mano. Waddington era infinitamente leal a su tutor desde que lo sacó de la miseria del orfanato de Watford. Le pagó el colegio y luego la universidad, donde se convirtió en un apóstol el último curso, y lo había ayudado a ingresar en Scotland Yard. Le había dado tanto que podía pedirle cualquier cosa y Waddington se pondría manos a la obra.

—Lo he instalado en el salón de honor —precisó el ayudante—. ¿Ya lo conocía, o es la primera vez que lo ve?

El policía no respondió. Notó que una gota de sudor le corría por la frente. Las manos empezaron a temblarle.

—Es realmente impresionante encontrarse ante el gran Arthur Conan Doyle, ¿verdad, señor? —insistió el joven oficial.

—Si usted lo dice… —contestó Waddington—. Vuelva con él, yo iré ahora mismo.

Se acercó a su armario, del que sacó una caja de galletas, se comió dos y luego bebió agua mineral en abundancia directamente de la botella. Después de ser admitido en Scotland Yard le habían diagnosticado diabetes. Se lo ocultaba a las personas de su entorno, incluido su mentor, por miedo a que la enfermedad mermara la confianza que depositaban en él. El tratamiento con un derivado de la quinina le producía frecuentes crisis de hipoglucemia, pero su médico insistía en prescribírselo en dosis elevadas, asociado con codeína, que él tenía la impresión de que ralentizaba la actividad de su mente. Los síntomas desaparecieron rápidamente.

—Gracias por haber aceptado ayudarnos de nuevo.

El comisario saludó con familiaridad al escritor para mostrar ostensiblemente a su ayudante que se conocían, antes de pedirle que los dejara solos.

—¿Cómo va la diabetes, Waddington? —preguntó Conan Doyle con una mirada maliciosa.

—Pero…

El Apóstol se contuvo para no hacer la pregunta que debía de haber escuchado cientos de veces.

—¿Cómo lo he sabido? —completó el escocés—. En su caso ha sido muy sencillo. Su aliento despide un ligero olor a acetona característico de esta patología, y su retraso en venir me hace suponer que ha ido a comer algo, como atestiguan esos restos de galleta sobre su chaleco.

—Le ruego que lo mantenga en secreto, sir —dijo el policía sacudiéndose la ropa.

—No tema, amigo, soy médico. Pero le daré la dirección de un especialista de Saint Thomas. Lamentablemente para usted, el doctor Belamy ya no está disponible. ¿Cómo lleva el caso?

—Avanzamos deprisa.

—No lo suficiente, a juzgar por mi presencia aquí.

—Conoce a fondo el caso y posee una intuición legendaria, como acaba de demostrar, sir. Su ayuda nos será muy útil.

Waddington le detalló los últimos elementos que los habían conducido a Fleet Street mientras Conan Doyle cargaba su pipa con una mezcla de Virginia y Burley. La encendió antes de responder con una pregunta a Waddington.

—¿Ha leído mis libros, comisario?

—Desde luego, soy un ferviente admirador de Sherlock Holmes, señor.

—Tiene mucha suerte; a mí me irrita profundamente, pero no consigo librarme de él —dijo con una seriedad que El Apóstol no supo interpretar—. Si los ha leído, debería encontrar la solución a su enigma.

—¿Y cómo?

—Vayamos a ver al sospechoso.

—No le sacará nada. Es un francés… ¿cómo diría…? un poco especial.

Waddington lo condujo a una de las salas de interrogatorios. La habitación, neutra y desnuda, no tenía ventanas y estaba iluminada por bombillas eléctricas que colgaban del techo con un largo cable. Justo debajo había una mesa provista de dos bancos. Sentado, de espaldas a la pared, Jean el tipógrafo esperaba con los brazos cruzados y el labio inferior hinchado. El inspector que lo vigilaba saludó a los dos hombres y salió, visiblemente aliviado.

—Buenos días —dijo Conan Doyle en francés—. ¿Ha tenido un problema? —preguntó señalándole la boca.

—Pues sí, ¡yo no sabía que eran guindillas! Me han trincado, me han zurrado y me ha entrado canguelo. ¡Total, que he tenido un agarrón con ellos!

—Un poco especial, en efecto —convino el escritor dirigiéndose al comisario.

—Este hombre lleva cuatro años en Londres y pretende hacernos creer que solo habla francés, y de un tipo muy particular, como ve. Se burla de nosotros. Estamos convencidos de que los ha ayudado a escapar de Fleet Street.

Conan Doyle asió a Waddington del brazo y lo condujo al exterior.

—¿Le han tomado las huellas dactilares?

—No, ¿para qué? No es una investigación criminal.

—Hágalo y pídale que antes se limpie las manos con un trapo. Tiene rastros de polvo en los dedos. Mande que lo analicen. Le dará una idea de la ubicación de su escondite.

—¿Usted cree?

—La composición del salitre permite diferenciar dos barrios, incluso dos calles —dijo el escritor dando golpecitos en el pecho de su interlocutor con el tubo de la pipa—. No se puede imaginar hasta qué punto transportamos sobre nosotros pequeños detalles que pueden delatarnos.

—¡Comisario! —El ayudante de Waddington esperó respetuosamente, a unos metros de los dos hombres, a que su jefe le indicara que hablase—. Hemos recibido una llamada de nuestro informador de Goodge Street. ¡Los hemos encontrado!

El Apóstol sintió que lo invadía la desazón. Conan Doyle se rascó el cuello.

—Los viejos métodos aún son útiles —reconoció—. Pero agradecería que esto quedara entre nosotros. Yo no soy tan infalible como Holmes.

93

Goodge Street, Londres, jueves 17 de marzo

Olympe se acercó con presteza a la ventana mientras golpeaban con más fuerza la puerta.

—Vere Cole… —anunció, tan decepcionada como aliviada.

Horace entró, cargado con una caja de madera que dejó caer sobre el arcón, alrededor del cual todavía husmeaba una rata.

—Buenas noticias, tortolitos: ¡la casa Vere Cole reparte a domicilio todos los jueves! —Levantó la tapa, dejando que escapara un aroma de desayuno—. Beicon, salchichas, huevos revueltos, alubias rojas, tostadas y té negro —enumeró a medida que sacaba los platos.

—Pero ¿de dónde ha sacado todo eso?

—Da igual —dijo Olympe, que ya se había servido—. Mmm… ¡qué bueno!

Horace invitó a Thomas a que eligiera y echó unas alubias sobre una tostada, que devoró en dos bocados.

—Huele a jabón —observó Thomas—. ¿Dónde ha estado, Horace?

—En casa de Adrian. Fitzroy Square está a diez minutos a pie.

—¿De Adrian? —saltó Olympe, a punto de estrangularlo—. ¡Pero seguro que lo vigilan!

—No se preocupe —dijo Horace—. Eran las cinco y me he asegurado: nadie me ha visto entrar. El pobre estaba muy desanimado —añadió mientras se comía una loncha de beicon con los dedos—. Unos esbirros de la Navy fueron ayer a amenazarlo en nombre de su primo. Virginia sigue en Saint Ives y Duncan se ha encerrado en su casa. Le he hecho un poco de compañía.

—Una indudable muestra de su proverbial sentido del deber —dijo Thomas sonriendo mientras cogía una tostada—. ¿Y se ha dado un baño y le ha pedido ropa prestada para hacerle compañía?

—Adrian ha insistido en ayudar a su mejor amigo. Y yo le he pedido a Sophie que preparase este desayuno para nosotros.

—Se lo agradecemos, está delicioso —dijo Olympe—. Pero ¿cómo se las ha arreglado para venir con esta caja?

—He cogido un coche de punto.

—¿Un coche de punto? —repuso Thomas, alarmado—. No hay nadie más locuaz con la policía que un cochero.

—No hay motivos para inquietarse —aseguró Horace mientras Belamy escalaba al piso de arriba para observar el patio—. Le he dado la dirección de Heal & Son y me ha visto entrar. Dejen de creer que nos hemos convertido en enemigos públicos del

Reino Unido. Podemos salir perfectamente de esta tomando algunas precauciones.

—¿A qué hora abre este pub? —preguntó Thomas desde arriba.

—A las once, lo pone en la puerta. No me diga que se ha quedado con hambre. Tendrá que esperar.

—Hay por lo menos diez personas en el interior. Se preparan para intervenir. ¡Suban, nos largamos! ¡Deprisa, deprisa!

Jean les había dicho que, en caso de necesidad, salieran por la trampilla que daba a un tejado de pendiente suave. Recorrieron el vértice para saltar al tejado vecino y bajaron por una escalera pegada a la pared que acababa en una calleja desierta. Olympe se desgarró la falda y se torció el tobillo al poner el pie en el suelo. Thomas la examinó mientras Horace vigilaba Goodge Street. No tenía esguince ni hinchazón y, justo cuando la policía entraba en la bodega, ellos llegaron a la estación del metro. Se separaron y tomaron cada uno un tren en una dirección distinta.

Olympe fue a casa de Ellen, en el corazón del Soho. Su amiga profirió un grito al verla, agotada y cojeando, con la ropa rasgada, y la obligó a lavarse y cambiarse mientras ella se encargaba de transmitirle un mensaje a Christabel. Miss Pankhurst la acompañaba cuando volvió, poco antes de una hora.

—No he querido responderte con una simple nota —dijo Christabel dándole un abrazo muy afectuoso.

Olympe había aceptado su propuesta de reivindicar la broma en nombre de la WSPU con la condición de que el movimiento escondiera a los tres fugitivos el tiempo necesario.

—La organización acostumbra hacerlo con Emmeline —añadió Ellen—, no debería ser complicado para nuestras militantes.

—Es verdad que mistress Pankhurst cambia de alojamiento todas las noches —reconoció Christabel—. Pero eso ya exige dedicar muchos recursos, y en vuestro caso el riesgo sería mayor aún. Scotland Yard ha registrado la sede de la WSPU esta mañana. Os buscaban. Y van a por todas.

—Solo necesitamos organizar nuestra salida de Londres hacia un lugar seguro —dijo Olympe.

—Si lo que os hace falta es dinero, puedes contar con nosotras, Ellen recaudará fondos —respondió Christabel proponiéndole tomar asiento.

—Pero… —replicó Olympe, que se quedó de pie.

—Eso es todo lo que podemos hacer. Olympe, no sé qué hay detrás de todo ese despliegue policial.

—Christabel, fuiste tú quien vino a pedirme que reivindicáramos la acción en el *Dreadnought* —insistió ella, al tiempo que echaba un vistazo a la calle.

—Eso fue hace un mes, ahora el impacto sería mucho menor. Y el riesgo demasiado grande.

—¿Estás diciéndome que me dejas en la estacada?

—No, por supuesto que no, pero esto supera nuestra causa y nuestras fuerzas.

—Voy a prepararos un té —dijo Ellen, que salió evitando la mirada de Olympe.

Christabel guardó silencio unos instantes antes de continuar.

—El doctor Belamy no te aportará nada bueno.

—Eso soy yo quien debe calibrarlo.

—Es a él a quien buscan con prioridad. Mantén las distancias, si no quieres estar en su línea de mira.

—No voy a abandonarlo.

—Olympe, no es más que un hombre. No puedes echar a perder tu vida por él. Tú no.

—Lo que está en juego es otra cosa, Christabel. Tengo que pedirte un último favor —dijo Olympe cogiendo su chaqueta del respaldo de una silla—. Churchill no puede desplegar tantos medios sin recurrir a los jueces. Intenta averiguar de qué se nos acusa.

—Eso ya lo sé. Os buscan por atentar contra la seguridad del Estado. Os consideran sospechosos de conspirar en favor de Alemania.

Etherington-Smith salió de Saint Bartholomew a primera hora de la tarde. Fue a su casa, donde se cambió para ponerse una indumentaria deportiva, pantalones y chaqueta de tweed beis con las armas del Leander Club —dos remos con un hipopótamo arriba—, y se tocó con un canotier para dirigirse al embarcadero situado junto al hospital de Saint Thomas. Raymond se sentó en su yola de entrenamiento y se alejó de la orilla con un golpe de remo después de lanzar una última mirada al joven inspector desmoralizado que lo había seguido desde el Barts y lo observaba sin saber qué hacer.

Remó por el Támesis a un ritmo intenso, acoplando la respiración al movimiento de los remos. El esfuerzo le permitió expulsar toda la tensión acumulada desde el día anterior y el cansancio fruto de una corta noche de sueño. Cuando, poco después del Waterloo Bridge, se acercó al espigón, no miró siquiera a la persona que embarcó y se sentó en el banco situado detrás de él. Los dos hombres remaron unas decenas de metros antes de sincronizar sus movimientos.

—Te agradezco que hayas aceptado verme —dijo Belamy—. Es importante que pueda explicarme.

—Has traicionado mi confianza y mi amistad, y eso jamás te lo perdonaré —contestó Raymond acelerando el ritmo.

Thomas esperó a que terminara la ola de reproches, consciente de que eran justificados, y no intentó negarlos, ni siquiera minimizarlos. Etherington-Smith los desgranó con la extraña sensación de hablar solo ante la inmensidad pardogrisácea del Támesis. Su diatriba, entrecortada y tajante, estaba acompasada por el esfuerzo, cuya potencia aumentaba perceptiblemente. Detrás, Thomas seguía cada vez con más dificultad la cadencia impuesta. Raymond siguió acelerando. Le dolían los músculos, pero la ira no se le había pasado. Oyó el jadeo a su espalda, hizo acopio de fuerzas y aumentó todavía más la velocidad.

—¡Para! —gritó Thomas soltando los remos.

La embarcación viró ligeramente hacia la orilla y luego se estabilizó. Los dos hombres, con la espalda encorvada, intentaban aplacar el fuego que les abrasaba los pulmones y el desbocamiento de sus corazones.

—Para —repitió Thomas—. Sé el daño que he hecho y comprendo tu resentimiento, créeme.

Por toda respuesta, Etherington-Smith golpeó la superficie del agua con la palma de la mano.

—No soy un estafador, Raymond, y vivo con esta herida desde mi llegada. Sabía que un día u otro todo esto saldría a la luz, que perdería mi empleo y que tú me despreciarías. Pero, por más que me preparara para ello, bendecía a diario la suerte que tenía de trabajar con ese equipo, contigo. Aquí he vivido mis mejores años como médico, aunque haya mentido sobre mi título. Solo te pido que me escuches.

Thomas le contó su historia. Varias chalanas pasaron cerca de ellos, levantando olas que hicieron que la yola se balanceara. Cuando acabó, Etherington-Smith estaba emocionado.

—No es una cuestión de documentos y pedazos de papel, para mí tú eres el mejor médico que el Barts ha tenido jamás. Cerraremos Uncot, las urgencias sobrevivirán a tu marcha. Las donaciones disminuirán y volverán a incrementarse dentro de dos o tres años. Somos una institución sólida y nada puede hacer que se tambalee. Pero se trata de ti, Thomas.

—Esperaré a que la policía se calme y me marcharé a Australia o a Estados Unidos. Ahí es a donde van a parar todos los que quieren que se les olvide.

—No lo entiendes, la situación es mucho más grave. Según Scotland Yard, te has aprovechado de tu posición de médico para sonsacar información a algunos de tus ilustres pacientes. Incluso se habla del rey…

—Solo lo he visitado en tres ocasiones.

—Y aún no han mencionado tu relación con el hampa del East End.

—Raymond…

—Eres sospechoso de espionaje, y tus relaciones con los autores del *Dreadnought* no mejoran las cosas. ¿Te das cuenta de las consecuencias? —La barca había ido a la deriva hasta la orilla derecha y encalló en el borde—. No solo van a hacer todo lo posible para que no salgas del país, sino que van a poner Londres patas arriba para dar con vosotros. Y yo no puedo ayudaros. Habéis puesto en contra vuestra al poder del mayor imperio del mundo. Nadie puede hacer ya nada por vosotros. Ni siquiera Dios.

94

New Bond Street, Londres, jueves 17 de marzo

«Un curioso sitio para esconderse», pensó Horace contemplando el escaparate del estudio Lafayette, donde habían posado un mes antes. Se acercó al número 179, subió al tercer piso y dio unos golpes con la aldaba de la puerta en la que aparecía el nombre de Irving Delhorme. Le tranquilizó ver que le abría Olympe.

—Horace, ¿qué le ha hecho a su bigote?

—Afeitarlo. Con él era muy fácil reconocerme. ¿Qué le parece?

El rostro imberbe del irlandés hacía resaltar aún más el azul acero de sus ojos, de encanto malicioso, y su boca había recuperado el aspecto mohíno que le daba la mandíbula ligeramente saliente, que el bigote había ocultado. Ya no tenía nada que ver con la foto de los seis del *Dreadnought* que publicaron todos los periódicos.

—Está perfecto. Venga —dijo asiéndolo del brazo—, voy a presentarle a nuestro anfitrión.

Olympe confiaba plenamente en su piloto de aeróstato, que era ayudante en el estudio Lafayette y la había reconocido durante la sesión fotográfica. Irving fue a saludarlo en compañía de su mujer, Juliette.

—Somos franceses y pacifistas. En el pasado, mi padre se vio obligado a exiliarse por haber ayudado a un anarquista a esconderse.* Digamos que acogerlos a ustedes forma parte de una costumbre familiar. Aquí están como en su casa.

Thomas se había presentado poco después que Olympe y en el momento en que Vere Cole llegó estaba haciendo anotaciones en un plano de Londres.

—No se preocupen, no he ido a una barbería, me he escondido en los baños públicos para hacerlo. Y no me han seguido hasta aquí —dijo Horace para tranquilizarlos.

—Scotland Yard ya ha pasado por el estudio. Los inspectores han interrogado a todo el personal —precisó Irving—. No hay ninguna razón para que vuelvan.

---

* Véase *Allí donde se construyen los sueños, op. cit.*

—Solo nos quedaremos una noche, señor Delhorme. Horace, le explicaré nuestro plan. ¿Qué ha averiguado usted? —preguntó Thomas mientras Olympe se acercaba para escuchar.

A diferencia de sus dos amigos, Vere Cole había fracasado por completo, lo cual le había dejado una sensación amarga. Su hermana Annie se había negado a hablar con él por teléfono, su antiguo mentor de Trinity, George Trevelyan, le había echado una bronca tremenda sin escucharlo, y Augustus, que lo había citado en el Regent's Park, le había dado plantón. Augustus, su hermano de borracheras y de sangre, su *alter ego* del reino de la iconoclastia, se había escaqueado y en ese momento degustaba un Teeling a cuenta de Horace en el Café Royal interpretando el papel de amigo desconsolado. Vere Cole se sentía más desdichado aún que cuando la difteria había estado a punto de llevárselo a la edad de diez años. En aquella época, sus allegados habían cuidado de él día y noche.

No tuvo valor de confesárselo y se inventó un encuentro con un amigo imaginario del Ministerio de Justicia, que lo había tranquilizado sobre la importancia de los cargos que pesaban sobre ellos por su engaño.

—Pasemos un fin de semana tranquilo en el campo y regresemos para explicarnos la semana que viene, cuando las cosas se hayan calmado. Conozco a un abogado que podrá encargarse de nuestra defensa. ¡No veo la hora de volver al Café Royal! Todo esto es un simple malentendido, ¿no es cierto? —acabó diciendo, sin convicción, mientras se frotaba maquinalmente el labio superior, sin un solo pelo.

Nadie se atrevió a responderle. Daba pena ver a Horace.

Irving les llevó agua fresca y unas nueces, luego los dejó solos en el pequeño salón que utilizaba también como despacho y que estaba atestado de material fotográfico.

—Si Churchill quiere declararnos una guerra sin cuartel, no aflojarán la presión hasta que nos encuentren —dijo Belamy al tiempo que partía dos nueces apretando una contra otra con la mano derecha—. Les dejaremos algunas pistas para que crean que hemos conseguido salir de la ciudad —añadió mientras retiraba la cáscara.

—¿Y cómo lo haremos? —le preguntó Vere Cole introduciendo la mano en el cuenco.

—La policía aún no ha registrado mi apartamento, pero no tardará en hacerlo —dijo Thomas ofreciéndole los frutos pelados a Olympe—. ¿Qué le pasa, Horace?

El irlandés quería partir las nueces de la misma manera, pero la cáscara se había resistido y le había dejado impresa su forma en la mano enrojecida.

—Prefiero de lejos las ostras —masculló frotándose la piel magullada contra el muslo.

—Un día iremos los tres libremente a Colchester a comer ostras —prometió Olympe.

—Y nos emborracharemos con Ruinart —añadió Vere Cole—. Sobre todo yo. —Se acercó a la ventana de pequeños cuarterones y la abrió para respirar hondo—. Me doy cuenta de lo mucho que echo de menos mi vida, ahora que me veo privado de ella —dijo inclinándose para observar la actividad de la calle.

—Horace, nos enfrentamos a grandes dificultades. Vamos a pasar varias semanas en el mismo sitio, quizá varios meses —advirtió Thomas—. Debemos aprender a ser pacientes.

Vere Cole ya no le escuchaba. Había visto un grupo de cornejas en la cornisa, dos metros por debajo de la ventana. Les echó una de las nueces que aún tenía en la mano. La cáscara rebotó en la fachada y se estrelló contra la acera mientras los pájaros huían con desgana. Describieron una figura alambicada sobre la calle y regresaron a su posición de partida con una actitud que Horace tomó por un desafío. Volvió precipitadamente a la mesa donde Olympe y Thomas continuaban con los preparativos para su marcha.

—Me alegro de verlo de vuelta con nosotros —comentó este último.

—Solo estoy de paso —dijo Horace cogiendo un gran puñado de nueces del recipiente—. Continúen sin mí.

Thomas hizo como si no lo hubiera oído, dobló el plano de Londres y se lo dio a Olympe.

—Puedes confiar en Irving —aseguró ella—. Se lo dará a Frances sin falta.

La enfermera sería la encargada de dejarlo en el apartamento de Thomas. Cuando Scotland Yard lo encontrara, vería subrayados dos trayectos que conducían a estaciones del oeste y el noroeste de la ciudad.

—Eso debería tenerlos ocupados un tiempo. En cuanto a nosotros, estaremos en el único lugar de Londres donde la policía no pondrá nunca los pies —dijo Belamy con satisfacción.

Horace había vuelto a tomar posiciones en la ventana y, tras esperar el momento y a los transeúntes apropiados, lanzó el puñado de nueces en dirección a las cornejas. Una vez más, estas echaron a volar, mientras que las nueces rebotaron y se estrellaron contra el suelo, como si fuera pedrisco, a los pies de un grupo de monjas que se dirigía a Saint George's Church. Cuando las religiosas levantaron la cabeza, los pájaros daban vueltas graznando sobre la calle. Vere Cole vio que las tocas almidonadas se agitaban: las hermanas estaban divididas entre la inquietud y la incomprensión de un ataque que parecía haberlas elegido como blanco. Le divirtió ver cómo se alejaban precipitadamente y llamó a sus amigos para contarles la broma.

—Es usted incorregible. —Olympe suspiró y se inclinó para ver las cáscaras diseminadas por el suelo.

—Vuelven —observó Thomas—. Y acompañadas.

Las religiosas habían encontrado a un *bobby* en la esquina de Grafton Street y le mostraban el lugar del delito.

—Las creo, señoras —dijo el hombre con un fuerte acento galés—, pero esos pájaros no las han tirado sobre ustedes expresamente. No son enviados de Satán, sino cuervos londinenses hambrientos.

—Cornejas, señor agente, cornejas —lo rectificó la más vehemente—. Estaban reunidas en esa cornisa —dijo señalando con el dedo la fachada del número 179.

En el interior de la vivienda, todos se apartaron de la ventana.

—Bravo —susurró Olympe—. Un loable esfuerzo para conseguir que nos detengan.

—Si le parece que la situación no es ya lo bastante complicada —remachó Thomas—, dígamelo. Puedo llamar al agente y decirle que suba a tomar el té.

—El espíritu burlón, aun cuando esté cubierto con el manto de la desesperación, es la verdadera nobleza —pontificó Horace—. La creación última.

—¿Eso incluye el mal gusto?

—Se van. Se van todos —informó Olympe antes de cerrar la ventana.

—Mañana, en el *Daily News*, los lectores se enterarán de que la naturaleza animal ha iniciado su revuelta contra el orden moral y religioso, y eso aparecerá junto a las hazañas de nuestro espía sin diploma aquí presente —continuó Vere Cole, a quien los comentarios habían ofendido un poco—. Así que, en materia de mal gusto, no sé quién gana a quién.

—Horace, quisiera disculparme por el mayor error médico que he cometido en mi vida: haberlo sacado del coma.

La cena distendió la atmósfera gracias a la cordialidad de los anfitriones. La familia Delhorme había llevado una vida que no tenía nada que envidiar a las de los tres fugitivos, que los transportó hasta altas horas de la noche, cuando los bostezos dieron la señal de retirarse. La falta de espacio había obligado a Irving a colocar dos camas plegables en la habitación de invitados, además de la que ya había.

Horace se cambió y se acostó en la primera. Al constatar que las piernas se le salían por abajo, las dobló, pero eso no arregló el problema. No apartó los ojos cuando vio a Olympe en camisa interior y con las piernas al aire meterse entre las sábanas, antes de apagar el quinqué que estaba sobre la mesilla de noche. No hizo ningún comentario cuando oyó a Thomas acostarse a su lado, aunque estaba convencido de que ese lugar era el suyo. Con un ruido metálico, se volvió hacia la ventana a través de la cual, al no estar la cortina corrida del todo, pudo observar el perfil gracioso de la luna, que la bruma intentaba afear, y se durmió enseguida.

A las cuatro, todos estaban en pie. Salieron de casa de los Delhorme una hora más tarde, cuando el lechero empezaba su recorrido y dos empleados municipales llenaban una carretilla de desechos. Thomas había elegido, por precaución, un camino sinuoso, y, en cuanto estuvieron seguros de que no les seguían, los tres fugitivos se adentraron en el East End como en una ciénaga de aguas pantanosas.

XVI

25 de marzo-4 de abril de 1910

95

Flower & Dean Street, Londres, viernes 25 de marzo

Isaac Bogard estaba satisfecho. La semana había sido buena. Excelente incluso, a juzgar por las cuentas que estaba comprobando. En la columna «Reparaciones», anotó cincuenta y ocho libras, añadió treinta libras en la partida «Jardinería» y escribió quince libras debajo de «Servicio de limpieza». Los robos a domicilio seguían siendo su mayor fuente de ingresos, muy por encima de la prostitución y el chantaje. Los primeros eran los únicos que podía practicar en otros barrios, en particular los más distinguidos, y a veces daban lugar a suculentos botines, sobre todo en materia de joyería, mientras que el resto de sus actividades se limitaban a su territorio de Whitechapel. La banda de los Coon era la más activa de toda el hampa de Londres.

Le indicó a su guardaespaldas que se volviera y marcó la combinación de la caja para depositar en su interior las ganancias y retirar un billete de una libra, que se guardó en el bolsillo antes de cerrarla vigilando con un ojo a su esbirro. Desconfiaba de las otras bandas del East End, la competencia se había vuelto desleal desde que los Vendetta, ayudados por los Titanic y los Hoxton, intentaron cargárselo en el Clarks, el *coffee shop* de Brick Lane. Pero las aguas volvieron a su cauce y el elemento problemático, un antiguo estibador reconvertido en extorsionador para los Vendetta, recibió su castigo y su cuerpo fue encontrado en el puerto, flotando en las aguas del Támesis. Weinsley, el sargento encargado de la seguridad del barrio, llegó a la conclusión de que había sido un suicidio. Con el equilibrio de fuerzas en los territorios del East End no se jugaba.

—Darky, cielo, ¿dónde estás?

Entre todos los habitantes del este de Londres, las fuerzas del orden y los periodistas locales, Isaac era conocido por su nombre de gánster: Darky the Coon, así llamado en razón de su piel, cuya pigmentación cambiaba del claro al oscuro en su cara y le daba aspecto de mapache.

Él no respondió y vio que la sombra con sombrero ancho de Eva Angely se recortaba en el cristal esmerilado de la puerta de su despacho. El vigilante de guardia la abrió para dejar entrar a una mujer con el rostro deteriorado por el tabaco y el alcohol, vestida a la manera llamativa y vulgar de una encargada de burdel, justo lo que era en su versión más sórdida.

—¡Dos! ¡He encontrado dos! —dijo pavoneándose con su voz ronca, el índice y el corazón levantados, antes de dirigirse hacia la mesa en el centro de la cual, a falta de florero, había varias botellas de alcohol y una hilera de vasos.

—¿Estás segura de ellas? ¿No se rajarán como la última? —preguntó Darky mientras ella se servía un trago de whisky escocés.

—No tienen otra opción, las he recogido de la calle, su padre las ha echado de casa.

—¿Dos hermanas? Mala cosa, no me gusta. Tendrán tendencia a ayudarse mutuamente.

—No son de la misma madre. Yo me ocupo de ellas, no causarán problemas. Las instalaré en Chicksand Street, hay dos cuartos libres en el número cinco. Harán un buen trabajo, confía en mí. Están muertas de hambre.

El servicio era a tres chelines, y sus destinatarios eran los obreros y estibadores del barrio, los empleados y los escasos comerciantes que preferían los lugares de prostitución establecidos que ir a cuartos inmundos con busconas callejeras. Angely tenía uno de estos establecimientos en Old Montague, donde trabajaban sus cinco mejores elementos, que gozaban de un trato de favor, no tenían que pagar el guardarropa y trabajaban en habitaciones caldeadas. Para todas las chicas de mistress Angely, pasar de la calle a Old Montague era una oportunidad que no rechazaban.

—Que las vea el doctor, no quiero líos —indicó Darky—. La mínima enfermedad y las echo, que quede claro. ¿De acuerdo?

—Sí. Tendrán la sífilis dentro de seis meses, como todas las demás.

—No te hablo de una enfermedad profesional, sino de tuberculosis o de crup. El tratamiento me costaría demasiado. El doctor trabaja gratis, así que aprovechemos.

Eva miró su vaso vacío pensando en servirse otro trago, dudó y lo dejó sobre la mesa mascullando:

—Ese va a traernos problemas.

—Cura a mis hombres, cura a tus chicas, y tú también deberías consultarlo, tienes mala cara. Nos es muy útil.

—Pero los otros dos no valen para nada.

—El trato era ese, o los tres o nada, y yo respeto mi parte.

—Aun así, lo que yo digo es que van a causarnos problemas. Sobre todo la chica.

—Estás celosa.

Eva sorbió por la nariz meneando la cabeza y se tragó el moco que se disponía a escupir.

—¡Y el aristócrata debe de estar forrado!

—Mira, Eva, yo sé lo que hago. Nadie debe enterarse de que están aquí. Nuestros invitados son más valiosos que nuestra propia vida, y eso vale para todo el mundo —insistió mirando a su guardaespaldas—. Ahora, déjame y ve a ocuparte de tus nuevas pupilas.

Flower & Dean Street era una aglomeración de cuchitriles cuyas paredes parecían sostenerse unas a otras como un grupo de mendigos achispados. En medio de aquella precariedad, el número 10 casi tenía aspecto de casa burguesa, con su escalera de entrada sobre cuyos peldaños estaban sentados dos *coon* fumando y charlando, como los botones de un hotel del centro de la ciudad en espera de clientes. En el interior, los pasillos no olían ni a polvo ni a orina, y, aunque la limpieza era moderada, acogían al visitante con una mezcla de luz natural e iluminación con lámparas de aceite que bastaba para dar un barniz de honradez al conjunto. El despacho de Darky the Coon estaba en el primer piso; amueblado con diferentes estratos de robos, parecía el almacén de una sala de subastas. El delincuente había instalado a los tres invitados en el último piso, en habitaciones habitualmente destinadas a sus secuaces, quienes se habían trasladado abajo, en un cuarto abarrotado de objetos robados. Darky no vivía allí, se iba todas las noches a su casa, situada más al norte, en una calle donde se reunía con su mujer, sus dos hijos y su honorabilidad.

—¡No puedo más!

Vere Cole había entrado en la habitación de Olympe sin esperar su permiso, como tenía por costumbre.

—No puedo más —repitió, sin disculparse por su intrusión, mientras ella dejaba el libro cuya lectura había interrumpido.

—¿Qué pasa, Horace? —preguntó la sufragista con calma, acostumbrada a sus recriminaciones.

—Pasa que llevamos ocho días recluidos aquí y estoy perdiendo el tiempo leyendo y releyendo periódicos sin interés, hablando con *cockneys* sin conversación, huyendo del jugueteo de la madama y comiendo platos que hasta las ratas de Cadogan Place rechazarían. Eso es lo que pasa y que a usted no parece afectarle. No sé cómo se las arregla para resistir, querida Olympe, mire su habitación: es como la celda de una prisión —dijo señalando la ventana, cuyo único horizonte estaba compuesto de chimeneas alineadas como barrotes.

Olympe no contuvo su risa transparente y argentina. La alegría de la joven no dejaba de sorprender a Vere Cole desde su llegada. Él, en cambio, había perdido su sentido del humor en algún punto del trayecto. Ella le acarició amigablemente el brazo y le dio unas palmadas para infundirle ánimo.

La sufragista abrió la puerta y salió al pasillo. Horace la oyó correr, sus pies desnudos tocaban el suelo con un roce ligero y sensual. Olympe volvió enseguida y se sentó a su lado.

—La prisión, la de verdad, es no poder dar más de cinco pasos sin chocar con una pared. La prisión es lo que nos espera si no somos capaces de tener paciencia, Horace.

El irlandés se sintió avergonzado. Había pensado varias veces en ir a la policía, en explicarles que no era un espía, solo un bromista, un mistificador, el bufón del rey de una sociedad posvictoriana que necesitaba ser zarandeada, que necesitaba poesía y sueño, pero dudaba que esa versión le sirviera al poder establecido. No tenía ganas de huir al fin del mundo, aunque Olympe le confesara de pronto un amor indefectible e infinito. Tenía ganas de volver a Irlanda, de fundar allí una familia y vivir rodeado de los suyos y de poesía. Por primera vez en su vida, la normalidad no le daba miedo y la mofa permanente le parecía un ultraje sin interés, al igual que las borracheras sin fin con Augustus.

—¿Horace?

La voz de Olympe consiguió sacarlo de sus pensamientos.

—Siento ser un fugitivo tan poco agradable —se disculpó tras haberse atusado el remedo de bigote que había empezado a crecerle—. Thomas tiene mucha suerte, ¿sabe? —añadió—. Tiene suerte de contar con una mujer como usted. Eso es lo que le falta cruelmente a mi vida hoy por hoy, una mujer bella e inspiradora. —Olympe no contestó y Vere Cole pareció el primer sorprendido de su declaración indirecta—. Por cierto, ¿dónde está? —prosiguió el irlandés—. Apenas lo hemos visto desde que llegamos.

—Con Darky —respondió ella, evasiva.

—Está más con ellos que con nosotros. ¿Sabe lo que me ha dicho Charly, el *coon* que se pasa el día bebiendo *half-and-half*?*

—¿El que se pasa el día bebiéndola con usted? —rectificó la joven.

—Intento adaptarme a las costumbres locales. Es como el whisky que birlé en el almacén, lo único que tiene de whisky es el nombre, pero no es irlandés quien quiere.

—¿Qué le ha dicho Charly?

—Que el doctor Belamy visita gratuitamente a los habitantes

* Mezcla de cerveza rubia y cerveza porter.

del barrio desde hace dos años. Ahora entiendo por qué se nos acepta tan bien aquí.

Olympe prefirió dejar que Horace siguiera pensando eso. Si Thomas había podido abrir una consulta en una calle vecina, una noche por semana, era porque había aceptado también ser el médico de la banda de los Coon y de las chicas de Eva Angely. Y si habían podido refugiarse en el cuartel general de Darky era porque en ese momento Thomas estaba pagándole un alquiler exorbitante de tres libras por semana; alquiler que el gánster pensaba aumentar en los pagos futuros. Debido a su situación, Thomas había escondido hacía mucho el dinero suficiente para poder huir al extranjero, pero Jean, que era quien se lo guardaba, no había podido llevárselo a Goodge Street, como estaba previsto. Apenas le quedaba para permanecer un mes más en ese escondite. Olympe no consideró necesario informar de eso a Horace, que, como todas las personas de su rango, mantenía una relación distante con el dinero. Pero debía abrirle los ojos sobre la realidad del East End.

96

Flower & Dean Street, Londres, viernes 25 de marzo

Cuando volvió a su habitación, Vere Cole sacó del armario las prendas desgastadas que los Coon le habían comprado en el mercado de Pettitcoat Lane y las depositó sobre la cama como si fuesen un botín de guerra. «No cabe ninguna duda de que con estos pingos pasaremos inadvertidos en los barrios más miserables», pensó, un tanto deprimido por el curso que estaban tomando los acontecimientos. A través de Charly, le había enviado a su hermana Annie una nota rogándole que le mandara una suma de cien libras a su mayordomo, quien buscaría la manera de que llegaran a sus manos. Ya se había puesto dos veces en contacto con el mayor, pero este no había recibido nada. Horace había llegado a un punto en que dudaba de todo el mundo: de su hermana, que debía de estar del lado de su madre y su tío en el coro de los familiares indignados; de su criado, a quien el fajo de billetes, si le había llegado,

531

debía de quemarle los dedos; de Thomas, de quien sospechaba que no le había informado con detalle de los pormenores de la situación. Y todo eso lo encerraba en una melancolía que, sin acceso al Ruinart y el Teeling, no sabía controlar, y que el consumo de *half-and-half* exacerbaba tanto como lo habría hecho una pipa de opio. Notó que las lágrimas se le agolpaban en los ojos y las dejó correr por sus mejillas. Horace abrió la pequeña maleta que llevaba consigo el día que la policía entró en su apartamento, y sacó una libretita y su Waterman, último recuerdo de Mildred, quien se la había regalado en Washington antes de su separación. La cargó de tinta, gota a gota, y escribió el poema que le dictaba la inspiración:

> *Los pensamientos se arremolinan en mí*
> *como demonios tocando tambores,*
> *en un desfile desbocado los veo danzar*
> *y dentro de mi cabeza todo resuena.*
> *El primero se llama «bufón»*
> *y del segundo el nombre es «demasiado tarde»,*
> *tienen en la mano brasas ardientes*
> *y se bañan en un agua pantanosa,*
> *a su alrededor una barca gira y gira*
> *y en su casco una palabra de esperanza: «Y si»…*

Lo releyó, satisfecho de su inspiración, que a sus ojos demostraba que no era solo un falsario, sino también un artista, y decidió regresar a su casa, a Irlanda, fueran cuales fuesen las consecuencias.

El pasillo estaba desierto. Vere Cole bajó la escalera sin apresurarse, con su maletita en la mano. La impresionante espalda de Charly ocupaba toda la entrada. El *coon* se volvió al oír ruido de pasos y se quedó un instante sorprendido frente a Horace.

—Pero ¿qué hace, señor?

De todos los hombres de Darky, él era el que más se esforzaba en disimular su acento *cockney*. Vere Cole le explicó sus intenciones y le dio un sobre para entregárselo a Olympe.

—No puedo dejar que se vaya, señor, así no —objetó Charly—.

Espere aquí, Robby se queda con usted —dijo mientras su secuaz asentía.

Fue corriendo al despacho de Darky, que estaba allí en compañía de Olympe y Thomas. Charly tuvo que repetir dos veces lo que quería, ya que les parecía a todos tan incomprensible que no habían reaccionado. Cuando llegaron a la escalera de entrada, encontraron a Robby masajeándose la barbilla.

—No está muy lejos. ¡Me ha dado un puñetazo! —dijo el *coon* señalando hacia donde se había ido el irlandés.

Thomas hizo un gesto indicando que iba él solo a buscarlo y lo alcanzó antes de la intersección con Old Montague. Horace dejó la maleta en el suelo y no se hizo de rogar para dar explicaciones sobre su decisión.

—Hace ocho días que estoy encerrado como una rata en el peor de los tugurios. Huir, seguir huyendo, yo no estoy hecho para ese tipo de vida, Thomas, y no me iré del Reino Unido. Creo que nuestros caminos se separan. Habría preferido no volver a verlo, detesto los aplazamientos. Quizá nos encontremos de nuevo en otra vida para gastar una broma juntos —concluyó tendiéndole la mano.

Vere Cole había hablado con teatralidad, pero Thomas sabía que era sincero.

—Horace…

—En los periódicos ya no escriben prácticamente ningún artículo sobre nosotros. Voy a refugiarme en mi casa, en Irlanda.

—Le detendrán antes de que haya cruzado Londres.

—Clarkson consiguió que un criminal escapara disfrazándolo de mujer. Por lo menos presumió de haberlo hecho. Iré a verlo.

—Le entregará. Como todos los demás. Se nos acusa de la peor felonía.

—Precisamente por eso, el tal Darky y sus *coon* no pueden traernos nada bueno.

—Ellos son los únicos que pueden protegernos.

—No me venga ahora con bromas; aquí cualquiera está dispuesto a vender a sus hijos por una hogaza de pan duro, así que a tres extraños…

—Aquí nadie sabe quiénes somos. Darky nos ha presentado como miembros de los Peaky Blinders de Birmingham.

—¿Los Peaky Blinders? Todo el mundo les teme. Son unos bárbaros. ¡Menudo ascenso!

—Aunque la policía ofreciera una recompensa, nadie se atrevería a denunciarnos. Demasiado arriesgado.

—Pero si Scotland Yard encontrara nuestro rastro, vendrían a por nosotros sin dudarlo.

—Venga, voy a enseñarle algo. ¡Venga! Después podrá marcharse si lo desea, Horace.

Volvieron sobre sus pasos, cruzaron la calle para entrar en el inmueble que estaba justo enfrente del suyo y llamaron al segundo piso. El hombre que les abrió reconoció a Belamy; el médico había visitado varias veces a su familia. Los dejó entrar sin hacer preguntas y los llevó a una habitación donde había tres jergones extendidos en el suelo, alrededor de una mesa central. Thomas saludó a los dos niños y a su esposa.

—¿Cuánto tiempo llevan viviendo aquí, Stanley?

—Ocho años, doctor, desde que nació el mayor.

—¿Cuánto pagan de alquiler?

—Tres chelines por semana.

—¿Tres chelines por esta vivienda tan pequeña? —preguntó, sorprendido, Horace.

—No, señor. Por la habitación.

—Pero son cuatro...

—Pronto cinco, señor —dijo señalándole la barriga abultada de su mujer.

—¿Cómo es posible que se alquile un sitio tan pequeño para una familia entera?

—Lo compartimos con otro inquilino, un obrero de la fábrica de papel. Trabaja por la noche y el propietario le ha subarrendado una de nuestras camas durante el día.

—No es posible, ¡eso es inhumano! —se indignó Vere Cole.

—No solo es posible, sino que en todos los edificios de este barrio sucede exactamente lo mismo —le informó Thomas—. Su habitación en casa de Darky es un lujo inaudito en esta zona, Horace. Aquí se amontonan cuatro o cinco personas en cada habitación. La policía no se expone a entrar en las casas. Al menor incidente, se produce una revuelta. ¿Sabe cuántas personas hay en estas condiciones en el East End? Cuatrocientas cincuenta mil. Este lugar es una bomba de relojería mucho más potente que las de los anarquistas, por eso estamos a salvo aquí.

97

Flower & Dean Street, Londres, domingo 3 de abril

Acababa de transcurrir otra semana. Horace, que aceptó quedarse con ellos, había recobrado el ánimo. Los tres fugitivos salían a diario después de caer la noche, acompañados de sus guardaespaldas, por un cuadrado delimitado por Hanbury, Commercial, Great Garden y Old Montague, territorio central de los Coon en el que la dependencia de la banda era para los habitantes mayor que el miedo a la policía.

El lunes, Charly, enviado por Horace, había traído por fin de casa del mayordomo la suma esperada, que había permitido, el martes mismo, almacenar varias cajas de champán y whisky de las que toda la banda había disfrutado, y que profesaron a Vere Cole un agradecimiento etílico eterno. Su dinero había mejorado la vulgaridad de las comidas, ya que Darky había aceptado proveerse de carne y fruta en el Spitalfields Market. Tras un difícil regateo, Horace le compró también muebles procedentes de su almacén de objetos robados, a fin de mejorar la comodidad de sus habitaciones. El irlandés había llegado a la conclusión de que el número 10 de Flower & Dean Street funcionaba igual que el Café Royal, donde el cliente adinerado siempre tenía razón. El miércoles había organizado unas partidas de póquer en las que perdió todas sus apuestas, pero las recuperó, y con creces, el jueves, lo que despertó la suspicacia de los Coon y provocó el fin de los juegos de cartas. El sábado Vere Cole se dedicó a apostar en las carreras de galgos y el domingo se despertó a última hora de la mañana con una extraña sensación de opresión y sufrió un desvanecimiento en el momento de levantarse.

—Todo está normal —indicó Thomas dejando el estetoscopio—. Ni eretismo, ni soplo sistólico, ni estenosis aórtica. Una ligera tendencia a la bradicardia. Los tegumentos no presentan cianosis, solo se observa un eritema de la cara con pequeñas manchas rubeoliformes como consecuencia de la crisis sincopal.

—Más despacio, doctor —dijo Horace abotonándose el chaleco de terciopelo verde—. No estamos en el Barts y yo no soy uno de sus enfermos, a los que maltrata como si fueran beagles de experimentación.

—¿Puede deletrear «eretismo»? —preguntó Olympe, encargada de tomar notas—. No quisiera ser responsable de un error médico.

Belamy comprobó la ortografía y le hizo quitar la hache sobrante.

—Así está perfecto —aprobó después de haberlo leído todo—. Por el hecho de que estemos en el East End, mis pacientes no recibirán una atención médica peor que los del palacio de Westminster —añadió en respuesta a Vere Cole—. Cada persona debe tener un historial médico actualizado. La muñeca, por favor. —Le tomó los pulsos chinos y Olympe aprovechó para marcharse—. El mismo desequilibrio de siempre, pero no es grave. El desvanecimiento ha sido provocado por los fragmentos de dum-dum. ¿No había sufrido ninguno desde su aparición como obispo?

—Sí, de forma irregular, casi siempre al despertar.

—Debería haberme informado, Horace.

—Usted y yo tenemos otras preocupaciones, ¿no? Y lo mío no tiene cura.

—Yo no me arriesgaría a intentar extraerlos. Pero me habría gustado hacerle una radiografía. Están muy cerca del pericardio.

—Nuestro anfitrión debería pensar en invertir en un aparato de rayos X —dijo Vere Cole, divertido—. O en abrir una clínica.

La habitación que había sido acondicionada como consultorio médico era el antiguo *office* y tenía un amplio fregadero. Con el tiempo, Thomas había almacenado pequeño material de cirugía, así como objetos usados para examinar a los pacientes que el Barts iba vendiendo a medida que se modernizaba. El conjunto había acabado presentando el mismo aspecto que la mayoría de los consultorios médicos de Londres.

Charly entró sin llamar, una costumbre que, paradójicamente, irritaba mucho a Horace, aunque era algo que él solía hacer. El irlandés intentaba inculcarle rudimentos de buenos modales, que el matón parecía haber borrado de su memoria todas las mañanas.

—Darky le espera.

—¿Podría aguardar su turno en la sala de espera? —dijo Horace para poner a prueba el sentido del humor del gánster, que sabía que era limitado.

—Solo al doctor —precisó Charly con seriedad.

Cuando Thomas se hubo marchado con el *coon*, Vere Cole acabó de vestirse y, sin saber qué hacer, se puso a mirar el contenido de los cajones. Pensó en la broma del fiambre resucitado y le entró un ataque de risa al imaginar las caras de incomprensión de los médicos ante su Lázaro de los tiempos modernos. Sin la ayuda de Belamy, la mistificación era imposible. Cogió el estetoscopio y se metió las olivas auriculares en los oídos para escuchar su propio corazón. No encontró sino el ralentí de un caballo al galope y se divirtió imitando la jerga médica de Thomas en un tono académico y teatral:

—Nos hallamos ante un caso particular de eretismo sistólico con tendencia rubeoliforme… Vean cómo la crisis sincopal ha provocado una estenosis bradicardial de los tegumentos con cianosis… Bla, bla, bla…

Se oyó un carraspeo. Vere Cole se volvió rápidamente: dos chicas permanecían con timidez en la entrada del consultorio.

—¿Doctor Belamy? Nos envía mistress Angely. Venimos para… —dijo una de ellas, que, al no atinar con las palabras adecuadas, se volvió hacia su hermana.

—Para que nos examine —completó la otra—. Ya sabe…

Horace esperó a que se le pasara el ligero vértigo que su gesto le había provocado, se aclaró la garganta titubeando y finalmente contestó con aplomo:

—Thomas Belamy, para servirlas.

Darky the Coon tenía el ceño tan fruncido que sus cejas formaban una sola franja de pelos ligeramente convexa. Su aspecto de mapache era más pronunciado aún que de costumbre. Se levantó, fue a la ventana y volvió a su mesa de despacho, en una de cuyas esquinas se sentó.

—Las noticias no son buenas —anunció cogiendo una goma elástica con la que jugueteó maquinalmente—. Sin embargo, según mis informadores, Scotland Yard querría poner fin a esta operación que moviliza a cientos de hombres. Algunos están convencidos de que ustedes tres ya han abandonado el territorio. Pero los jueces insisten. Y ya han visto la prensa —añadió tendiéndole el *Daily News* a Belamy—, presiona al poder.

—No lo entiendo —dijo Olympe—. Churchill envía señales contradictorias. Si la policía quiere dar la operación por terminada, es por orden suya. Entonces ¿qué sentido tiene impulsar la acción de los jueces? ¿Y a qué viene mostrarse tan encrespados en la prensa?

—Cada vez son más los periódicos que le declaran una guerra sin cuartel al gobierno —señaló Thomas, que había abierto el diario por la página cuatro.

—Incluso el *Times* se ha sumado —confirmó Darky—. Esta mañana han publicado una primera lista de personalidades que eran pacientes suyos. No me gustaría estar en su lugar. Se habla de una comisión parlamentaria ante la que tendrán que jurar que no le han transmitido ninguna información, por mínima que sea. ¿Se imaginan el escándalo? Será una buena lección para todas esas personas respetables —concluyó antes de soltar una risotada semejante a un resoplido—. ¡Desde luego, con ustedes uno no se aburre! —Darky estiró la goma elástica hasta el límite—. Un invento fantástico, esta cinta de caucho: enormemente maleable, pero siempre fiel a su forma original —disertó antes de ponerla junto al vade de piel que adornaba el mueble—. Pero no les he hecho venir para mantener una conversación de salón. Siéntense —los invitó, arrellanándose en su sillón. Thomas se quedó de pie y Olympe se apoyó en una de las esquinas de la habitación en señal de desconfianza—. Como quieran —dijo Darky señalándole la salida a su guardaespaldas—. Ya ven, yo confío en ustedes.

—¿Qué es lo que tiene que decirnos?

—Acabo de explicarles la situación. Yo no soy más que un pequeño gánster de barrio, todo esto es demasiado grande para mí. Lo que han provocado es de una magnitud enorme, y en estas condiciones me veo obligado a renegociar nuestro acuerdo. No puedo seguir garantizando su seguridad por el mismo precio.

—¡Es usted un canalla! —exclamó enfurecida Olympe.

—Miss Lovell, guarde sus cumplidos para los que les persiguen y lea esto —dijo, presentándole la hoja enrollada y rodeada por la goma elástica.

—«Recompensa para quien ayude a capturar...» ¿Han puesto precio a nuestra cabeza?

—Cien libras esterlinas* por cada uno de ustedes. Han empapelado todas las paredes de la ciudad. Salvo las de aquí, nos hemos asegurado de ello. Por eso el alquiler acaba de subir. Doctor, sé que sus medios son escasos, y también sé que su fortuna, miss Lovell, se reduce a la pequeña bolsa que lleva siempre encima. Pero su amigo el aristócrata no tiene restricciones. Así que, o paga, o a partir de mañana están los tres en la calle.

98

Flower & Dean Street, Londres, domingo 3 de abril

—No, no y no.

Sentado en la butaca de estilo Chesterfield, tapizada en piel verde, que les había comprado a los Coon y había colocado junto a la minúscula ventana de su cuarto, Horace cogió el *Pall Mall Magazine* y lo abrió para indicar que la conversación había terminado. Lo cerró inmediatamente y prosiguió—: No voy a dejarle un solo chelín. Ese bandido nos está desplumando como si fuéramos gallinas, y, cuando no quede nada por desplumar, nos dejará a merced de las autoridades.

—Es posible, pero esta casa sigue siendo el único lugar segu-

---

* Unos ocho mil doscientos euros actuales.

ro de todo Londres —replicó Thomas—. Necesitamos un poco más de tiempo para organizar nuestra defensa.

—Más aún teniendo en cuenta que la situación se complica —añadió Olympe.

—¿Creen que no me había dado cuenta? —dijo Horace encendiendo un Benson & Hedges de uno de los paquetes que su mayordomo le había hecho llegar a la vez que el dinero—. Han aprobado el presupuesto —precisó señalando los periódicos del día anterior—, y nos han utilizado como chivo expiatorio.

Los representantes de ambas Cámaras, que llevaban meses echándose los trastos a la cabeza, incapaces de reunir las cantidades necesarias para construir buques de guerra, habían llegado a un consenso después del engaño del *Dreadnought* y las acusaciones de espionaje para favorecer a Alemania. Los astilleros botarían incluso dos acorazados más que los inicialmente previstos: esa era la respuesta del Imperio británico a su belicoso vecino.

—Churchill y su apóstol nos tienen bien pillados —dijo Horace levantándose con dignidad de lord, con una mano en el bolsillo de su bata de seda de las Indias británicas y la otra sosteniendo despreocupadamente el cigarrillo que se consumía con distinción.

A Vere Cole le gustaba mezclar el refinamiento de su educación, que debía a su madre, con la trivialidad más absoluta, que no debía más que a sí mismo y que le daba la sensación de no pertenecer al pasado ni a la norma. Aspiró con voluptuosidad una bocanada de tabaco antes de concluir:

—Nos han utilizado para lograr sus fines entregándonos a los jueces y a la prensa. Usted, Thomas, médico sin título, buscado por los franceses, íntimo de la élite británica, espía ideal, y nosotros, cómplices del espía, que con nuestra genial acción hemos deshonrado a la Navy. La trampa ha sido eficaz y el círculo se ha cerrado, ¡sobre todo el de la cuerda de la que nos colgarán!

—No está todo perdido. Churchill… —intervino Olympe antes de que un movimiento de muñeca regio la interrumpiera.

—Querida, a fuerza de leer relatos que me convierten en el sepulturero de la grandeza imperial, he acabado por esperar una muerte gloriosa más que el deshonor.

—Deje de leer la prensa, Horace, no es sino una jauría voluble.

—No, al contrario. ¿Sabe lo que dijo Hugo, ese gran hombre? «Leer diatribas es respirar en las letrinas de tu celebridad»... La nuestra, a juzgar por lo insoportable del olor, debe de estar en el firmamento.

Desde el pasillo llegaron gritos y un guirigay nervioso.

—Ya está, esto es el final. Recuerden, ante todo dignidad —proclamó Horace antes de sentarse de nuevo como un rey en su trono perdido.

Aplastó el cigarrillo y apoyó la barbilla en la mano derecha y el codo en el otro brazo, su postura favorita. Una mujer vociferaba y unas voces masculinas intentaban calmarla.

Eva Angely entró ruidosamente, llevando consigo los potentes efluvios de un perfume barato. Se le habían escapado del moño unos mechones de pelo que se agitaban en el aire como las serpientes de la gorgona.

—¡Qué atrevimiento! —gritó, seguida de Charly y Robby, que intentaban calmarla.

—Ahora que me acuerdo, Thomas, tenía otra cosa que decirle —intervino Vere Cole haciendo caso omiso de la furia.

—¿De qué se trata?

—Tiene dos pacientes que vendrán a verlo mañana.

—¡Su amigo se ha atrevido a tocar a mis chicas! —vociferó Angely levantando el puño.

—Vamos, vamos, ha sido todo muy profesional. La primera tiene un pecho sobresaliente que desafía la gravedad, pero unos dientes horribles, por lo menos los que le quedan. La segunda tiene un soplo en el corazón.

—¿Cómo lo sabe? No me diga que...

—He leído muchos tratados de cardiología, sí. Y también le digo que les he hecho un reconocimiento a esas dos jóvenes.

—¡Horace...! —protestó Thomas.

—¡Degenerado! —bramó Eva.

—¿Qué pasa? Me he dicho que, puestos a que las examine un médico sin título, también podía hacerlo yo. La más pequeña es la que me preocupa: se produce una doble pulsación en el primer tiempo de los latidos. A Mildred le pasa lo mismo. Bum-bum —dijo dirigiéndose a Belamy.

—No vuelva a acercarse nunca más a ellas, ni a ninguna de mis chicas —le advirtió Angely.

—Esas mujeres tienen derecho a ser respetadas —intervino Olympe.

—Exacto —aprobó la madama.

—Lo decía por usted, señora: su cuerpo les pertenece, y la prostitución es un acto degradante.

—¡No me lo puedo creer! Y usted, la sufragista espía, ¿quién es para dar lecciones de moral a todo el mundo?

—¡Me niego a pagar un alquiler exorbitante por esta habitación donde dejan que una arpía nos insulte! —protestó Horace, a quien la vorágine en la que empezaban a verse envueltos divertía muchísimo.

Charly, superado por el giro que tomaban los acontecimientos, obligó a la madama a salir sin contemplaciones. Ella profirió algunos insultos más en el pasillo, tras los que volvió a reinar la calma.

—Cincuenta y seis —anunció Horace quitándose la bata.

—¿De qué habla?

—Es mi broma número cincuenta y seis. Al menos de las que han sido un éxito.

—Entonces ¿la del *Dreadnought* fue la cincuenta y cuatro? —preguntó Thomas, impresionado por el número.

—No, la cincuenta y tres —precisó Vere Cole maliciosamente mientras elegía un abrigo del armario abarrotado—. La broma número cincuenta y cuatro fue la de la marcha, que lamentablemente pasó inadvertida a causa de los acontecimientos.

—¿Y la cincuenta y cinco cuál ha sido? —preguntó Olympe, algo inquieta.

Horace se puso su abrigo tipo *ulster* antes de responder.

—Un pequeño placer personal: el lunes pasado trituré algunas cucarachas de olor fétido que comparten esta habitación conmigo y las mezclé con la carne de su amigo Darky. Inadmisible en un establecimiento de este precio. Me pareció que le gustaban. Y pueden ahorrarse comentarios del tipo «No debería haberlo hecho, ese tipo es peligroso, no tiene sentido del humor». Será el destinatario de mi próxima cosecha de cucarachas.

—Y pensar que nos preocupaba verlo triste y deprimido… ¿Era todo teatro? —preguntó Olympe—. ¿Nos ha engañado?

—¡Por supuesto que sí! ¿Se lo habían creído? ¡Qué maravilla! ¡Verdaderamente soy un genio! Vengan, salgamos a tomar el aire, ya estoy harto de esperar a que nos saquen a pasear de noche entre una farola y otra como perros atados con correa.

Hanbury Street era, con Brick Lane, la calle más ancha del perímetro de seguridad definido por la banda de los Coon. Las casas de dos o tres pisos se asemejaban a los cuchitriles de Flower & Dean, pero el aire, aunque también estaba cargado de ácido sulfúrico procedente de las fábricas vecinas, parecía allí más respirable.

Charly y Robby dejaron que se adelantaran dos metros para no oír sus conciliábulos, o al menos para escucharlos discretamente y después informar a Darky. Desde hacía varios días, los tres fugitivos ni siquiera prestaban atención a su presencia. Se habían detenido poco después del cruce con Spelman Street, cerca del único lugar pomposamente bautizado con el nombre de *square*, donde sobrevivían algunos árboles que, como camaleones, habían adquirido el color entre marrón y amarillo del conjunto.

—Una semana suplementaria, de acuerdo, pero negociaremos el precio —dijo Horace dándoles la espalda a los dos *coon*—. Antes no hablaba en broma. Ese *cockney* nos somete a un auténtico chantaje. Estaríamos mejor escondidos en el campo, lejos de Londres.

—Es aquí donde se cuece todo —replicó Thomas—. Y espero tener pronto noticias de Jean. Charly ha pasado por Fleet Street. Aparentemente, siguen reteniéndolo. Le propongo que negociemos con Churchill.

—¿Negociar? —exclamó Vere Cole, quien inmediatamente se volvió y vio que los dos guardianes habían dejado de interesarse por ellos y fumaban junto al escaparate de una barbería charlando con el barbero—. Negociar… —repitió en voz baja—. Para eso habría que tener medios y posibilidades.

—Yo puedo ponerme en contacto con El Apóstol —propuso Olympe—. Será nuestro enlace con el ministro del Interior.

—Y ofreceremos nuestra versión a la prensa. Algunos periódicos no dudarán en publicarla para adelantarse a los demás. Si somos agresivos, Churchill se sentirá obligado a negociar.

Guardaron silencio mientras pasaban por su lado dos obreros que volvían de trabajar.

—De todas formas, su actitud es extraña —señaló Horace viendo a los trabajadores alejarse—. El gobierno está sobre un polvorín y… ¿Dónde se han metido?

Los dos *coon* habían desaparecido. La calle estaba desierta.

—Quédense junto a la plaza y vigilen los inmuebles de ambos lados —ordenó Thomas—. Yo voy a ver qué pasa.

Se acercó al establecimiento del barbero y, sin abandonar el centro de la calzada, observó el interior a través de la puerta abierta de par en par: Charly y Robby estaban de pie junto a la caja en compañía del barbero. «Había olvidado que la extorsión forma parte de su vida cotidiana», pensó, avergonzado de estar en el lado del opresor. Les hizo una seña a Olympe y Horace indicando que no pasaba nada y decidió abreviar la extorsión al barbero.

Justo en el momento de entrar, Thomas se fijó en la mirada de soslayo de Charly. Una gota de sudor cayó de sus pestañas. Belamy comprendió al instante. No vio a los dos agresores, escondidos a ambos lados de la puerta, pero sintió su presencia, retrocedió un paso dejando que azotaran el vacío, le propinó al primero una patada con la planta del pie y atacó al segundo encadenando un puñetazo, un golpe con el codo y otro con la rodilla, antes incluso de que pudiera ponerse en guardia. Se oyó una detonación. Charly cayó de rodillas, encogido sobre sí mismo. Robby se abalanzó sobre el hombre del revólver, que emitió un gorgoteo extraño cuando la hoja del cuchillo le atravesó el tórax. Fuera, Olympe gritó. Dos secuaces la habían agarrado por la cintura. Ella le mordió el brazo a uno, que la soltó, arrastrando al segundo en su caída. Mientras tanto, Horace malgastaba sus fuerzas en ganchos ineficaces contra otros dos delincuentes. Los cuatro habían salido de una casa vecina, como avispas de un nido, y se les habían echado encima. En el suelo, Olympe se debatía lanzando patadas contra sus atacantes e impidiendo que se le acercaran. Uno consiguió agarrarla de una bota y la arrastró unos metros; ella le rompió el dedo corazón de la mano derecha de un taconazo y se levantó mientras el individuo aullaba de dolor. Este acercó la mano al cinturón en busca de su arma blanca, pero no tuvo tiempo de sacarla: se encontró propulsado a varios metros, con la cabeza atrapada entre las piernas de Thomas, que se había arrojado sobre él con los pies por delante, en un movimiento de tijera, y lo noqueó. La rapidez de ejecución del médico había petrificado a su compinche, que intentó demasiado tarde una parada cuando Thomas se abalanzó sobre él y le asestó un puñetazo circular suficiente para derribarlo. El tercero lo atacó por la espalda empuñando una porra, pero Thomas lo había previsto, le desvió el brazo y lo enrolló con el suyo, derribó al bandido y lo dejó aturdido asestándole un golpe en la sien. Echó un vistazo rápido y vio que Olympe se levantaba indemne y Robby salía de la barbería sosteniendo a Charly, que tenía la camisa ensangrentada. Belamy se situó al lado de Vere Cole, quien, ya sin aliento, tenía dificultades para contener a sus agresores.

—Señores, deberían desistir, este hombre es un asesino —dijo señalando a Horace.

—Bueno, se acabó, van a acompañarnos —contestó el más alto, que tenía la complexión de un cargador de muelle y empuñaba un revólver—. ¡Inmediatamente!

Con un movimiento brusco del arma, le indicó a Olympe que se pusiera a su lado.

Vere Cole se había quedado inmóvil, con las manos apoyadas en los muslos, jadeando.

—¿Es un Colt M? —preguntó—. Del calibre 38 semiautomático —le explicó a Thomas—, no muy reciente, pero aun así eficaz.

—Exacto. Y hay suficientes balas para todo el mundo. Les aconsejo que se queden tranquilos.

A una decena de metros, los dos *coon* se alejaban lentamente, Charly dejando un reguero de sangre tras de sí.

—Supongo que tendrá instrucciones de llevarnos vivos —insistió Horace—. Por lo tanto, no la utilizará.

—Vivo no significa indemne —replicó el hombre.

—Hay una cosa que nunca se debe hacer conmigo —declaró Vere Cole—, y es amenazarme.

—Horace…, no —intervino Belamy.

—Porque eso multiplica mis ganas de desobedecer.

El delincuente apuntó con el Colt la rodilla del irlandés.

—Usted lo ha…

Antes de que acabara la frase, Thomas estaba encima de él. Obligó al brazo que empuñaba el arma a apuntar al otro maleante y dispararle en la pierna, luego consiguió que soltara el revólver y lo dejó fuera de combate con un rápido encadenamiento de golpes.

Sonó otra detonación: llegaban refuerzos para la banda de los Coon. El único agresor que aún seguía en pie prefirió abandonar y salió huyendo por Spital Street cojeando.

—He vuelto a partirme un tacón —constató Olympe arrojándolo junto a uno de los hampones inconscientes—. ¡Y siempre contigo, Thomas!

—Me encanta salir de día —dijo Horace sacudiéndose la ropa—. Hay mucha animación. No tardaré nada en volver.

El interludio parecía haberles divertido. Thomas era el único que seguía preocupado.

—Miremos las cosas por el lado bueno —dijo Horace dándole unas palmadas en el hombro—. ¡Nos hemos convertido en un valor seguro!

—Nos hemos convertido sobre todo en un blanco ideal. Vamos a ocuparnos del herido.

99

Flower & Dean Street, Londres, domingo 3 de abril

Tumbaron a Charly en la habitación que Thomas utilizaba de consultorio. El *coon* no había perdido el conocimiento en ningún momento. Había sangrado en abundancia y su camisa había adquirido un color oscuro. Logró quitársela él mismo mientras la banda al completo, alertada, invadía el lugar armando un alboroto ensordecedor. A Belamy le costó acercarse al herido y se vio obligado a gritar para conseguir que todo el mundo se callara.

—Vamos a ocuparnos de su amigo, pero les pido a todos que salgan. ¡Por favor! —insistió al ver que nadie parecía escucharlo.

Darky le ayudó a poner orden y, con un gesto imperioso, hizo salir a los *coon*.

—Tú también —le dijo a Eva Angely, que tenía cogido de la mano a Charly.

—Le interesa salvarlo —le advirtió Eva al médico.

—Eh, hermanita, estoy bien —murmuró Charly—, es solo un poco de plomo.

—El que le falta en la cabeza —completó Darky acompañando a la madama hacia el pasillo.

—Me han pillado desprevenido, jefe. Estaban escondidos en la barbería. Tenían a la mujer y al hijo del barbero como rehenes. Él no está implicado.

—Ya veremos eso más tarde. Pagarán por lo que han hecho.

Thomas había empezado a palpar el vientre de Charly, cuya pared resistía a la presión. La herida, situada bajo el ombligo, ligeramente a la izquierda, era pequeña y limpia. Alrededor, la piel estaba ennegrecida.

—¿Puede ponerse de lado? —preguntó, ayudándole a volverse.

Thomas observó que el proyectil había salido junto al omóplato izquierdo.

—¿Sabe quiénes son los que nos han atacado?

—Los mismos de siempre, los Vendetta y los Hoxton —respondió Darky frotándose la mejilla para contener su ira.

—También estaban dos hombres de los Titanic —añadió el herido—. Ha sido un *hoxton* el que me ha disparado como si fuese un conejo. Estaba escondido detrás del mostrador. Esos tipos son unos animales.

—Charly, me es imposible curarle sin operarlo. La bala ha atravesado algunos órganos. Tengo que comprobar si hay lesiones internas.

—De acuerdo, doctor, confío en usted.

—Necesitaré agua hervida y toallas también hervidas. Grandes cantidades. Todo lo que pueda —le indicó Thomas a Darky—. Y un alcohol fuerte, a falta de antiséptico.

—Encontraremos antiséptico en las farmacias. ¿Algo más?

—Nada de violencia con los boticarios. Me negaré a operar si alguien resulta herido. Y pagando, sin robar nada. ¿De acuerdo?

—Prometido, doctor. ¿Algo más? ¡Aproveche para pedir!

—En ese caso, voy a darle una lista de agujas e hilos especiales. Y necesito una palangana metálica. Gracias al Barts, tengo bastante anestesia. Abran la ventana, voy a pulverizar ácido fénico. Hay que intervenir lo antes posible.

Todo estuvo listo en una hora. Charly estaba pálido y tenía el pulso más débil, pero no presentaba ningún otro síntoma. Thomas había asignado un papel a cada uno y le había explicado a su paciente cómo iba a aplicar la anestesia. Le inyectó una mezcla de atropina y morfina que le hizo efecto rápidamente; luego le embadurnó de antiséptico todo el abdomen, desde la base del tórax hasta el inicio de los muslos. Un cuarto de hora más tarde, Olympe puso sobre la nariz del herido una mascarilla rudimentaria impregnada de cloroformo y la sujetó utilizando las gomas elásticas de Darky.

—El pulso es regular —anunció el médico antes de pasarle el estetoscopio a Horace—. Avíseme del menor cambio que se produzca en los latidos, ¿entendido?

Vere Cole, encantado de la importancia de su misión, asintió sin hacer ninguna broma.

Belamy practicó una ancha incisión centrada debajo del ombligo y constató la presencia de sangre en la cavidad peritoneal, que taponó con un trozo de toalla esterilizada. Agrandó la cavidad y examinó el epiplón, pero no encontró el origen de la hemorragia. Lo que seguía iba a ser menos agradable para sus colaboradores.

—¿El pulso?

—Regular —respondió Horace, concentrado.

—¿La respiración?

—Ídem —dijo Olympe, con una mano sobre el pecho del paciente.

—Darky, las toallas.

El gánster llevó las toallas hervidas y, con unas pinzas, las depositó en la palangana metálica colocada a la izquierda del abdomen de Charly.

—Me pregunto para qué van a servir —dijo Horace, movido por la curiosidad—. Es fascinante. Estoy pensando en inscribirme en la escuela de medicina del Barts —añadió dirigiéndose a Darky.

—Confiaba en que no fuera necesario, pero voy a tener que ampliar la incisión. Olympe, preferiría que no miraras, esto puede resultarte desagradable. Prepárate para poner tres gotas más de cloroformo en la mascarilla.

En el momento en que ella lo hacía, él cortó desde el pubis hasta el esternón y separó la pared.

—Señores, voy a sacar el paquete intestinal para buscar las heridas y suturarlas. Necesitaré su ayuda.

—Espere, ¿qué quiere decir con eso del «paquete»? —preguntó Horace, que se había desentendido de los latidos cardíacos del paciente.

Thomas no respondió, introdujo las manos en la abertura del vientre, sacó con mucha precaución los intestinos y los depositó sobre las toallas.

—¡Por todos los demonios! —exclamó Darky.

—Ah, sí…, caray —añadió Vere Cole, sintiendo sudores fríos—. ¿Es realmente necesario?

—No tengo otra opción. Darky, eche agua hervida sobre las vísceras. ¿Darky?

El jefe de la banda estaba petrificado.

—No puedo, lo siento, no puedo —dijo antes de salir con una mano cubriéndose la boca.

—¡Horace, ocupe su lugar! El agua está en la mesa —indicó Thomas empezando a examinar los intestinos.

El irlandés fue hasta la mesa, cogió maquinalmente la jarra que contenía agua esterilizada y volvió con paso vacilante.

—Es el olor —explicó dejándola sobre la mesa de operaciones—, es insoportable…

Horace no pudo continuar la frase. Se tambaleó y se desplomó al ralentí. Olympe fue a socorrerlo, lo apoyó contra la pared e intentó reanimarlo dándole una bofetada, pero Vere Cole siguió sin sentido.

—¿Cómo está? —preguntó Thomas, preocupado, mientras seguía examinando las vísceras.

—Respira, y su corazón late, pero no puede seguir jugando a médicos —dijo la joven levantándose—. Voy a ayudarte.

El médico titubeó.

—No te preocupes por mí, aguantaré.

—Muy bien. Necesitaré agua para que tú limpies las asas a medida que yo las desenrollo. Hay que actuar deprisa.

Olympe pasó por encima de Vere Cole y se colocó a la derecha del médico con una calma que impresionó a este. Thomas continuó su minuciosa exploración de los segmentos eviscerados.

—¡Aquí! ¡Una perforación! —dijo señalando el lugar de donde manaba sangre—. Está en el borde libre, necesito unas pinzas de forcipresión... Esas.

El médico suturó las heridas de entrada y salida de la bala y continuó examinando el intestino delgado. Trabajaban en silencio, Olympe respondiendo a las demandas del médico, que se reducían a simples señas. Belamy localizó, poco antes del duodeno, otra doble herida, que cerró en dos niveles superpuestos apretando los hilos al máximo, mientras la sufragista la restañaba con una esponja impregnada de ácido fénico.

—Es una sutura de Lembert —explicó.

—Encantada, pero no creas que, con tu cautivadora entrada en materia, vas a despertar en mí vocación de enfermera, Thomas —contestó ella desechando los paños ensangrentados.

—Has pasado la primera prueba, cosa que no consigue todo el mundo —dijo el médico cuando Horace aún no había recobrado el conocimiento—. ¿Puedes limpiar con antiséptico toda esta parte? —pidió señalándole el peritoneo.

Belamy aprovechó ese momento para examinar los otros órganos y comprobó que no había afectado ninguno más. El proyectil había pasado justo por debajo del diafragma.

—Ha tenido mucha suerte —concluyó mientras colocaba de nuevo con cuidado los intestinos en su cavidad—. Temía que tuviera que quitarle una parte.

—¿Cómo va? —preguntó Darky desde el exterior.

—Yo me ocupo de él —respondió Olympe.

La joven se limpió las manos y la cara, que habían recibido salpicaduras de agua y sangre, antes de salir. Thomas estaba impresionado por el control de la sufragista. Horace emitió un gemido que se transformó en una pregunta inaudible.

—Se ha desmayado, no tenga prisa en levantarse —dijo Belamy mientras cerraba las paredes abdominales para coserlas.

—Nunca había visto nada tan repugnante, ni siquiera en Meat Market —confesó el irlandés con una voz tan espesa como su conciencia.

—No se mueva, me ocuparé de usted luego.

—No sé si tengo muchas ganas, en vista de lo que les hace a sus pacientes.

Thomas terminó con calma las suturas, que formaban una «T» de cuarenta y cinco puntos en el abdomen del *coon*. Olympe regresó sola; un montón de zapatos chirriaban inquietos detrás de la puerta.

—Espero que salga de esta —dijo observando el trabajo del médico—. Toda la banda está conmocionada.

—Hemos hecho lo máximo teniendo en cuenta las condiciones. Las próximas horas serán críticas. ¿Cómo se encuentra, Horace? —preguntó al ver que este acababa de levantarse con bastante dificultad.

—Darky les ha contado tu intervención —continuó Olympe—. Sospechan que eres el hijo de Jack el Destripador. ¿Sabes que destripó a su primera víctima aquí, en esta calle?

El ruido de la caída les hizo volverse: Horace había vuelto a desmayarse.

100

Flower & Dean Street, Londres, lunes 4 de abril

Pudieron disfrutar de un baño para reponerse de las emociones y borrar las últimas huellas de la operación, a lo que siguió una buena noche de sueño. A la mañana siguiente, Robby fue a decirles que, después de un largo período de conciencia fluctuante, Charly ya estaba despierto del todo.

—No tiene fiebre —anunció Thomas, que lo había examinado antes de ir al despacho de Darky—. Tiene terminantemente prohibido comer antes de haber recuperado un tránsito normal.

—Bravo, doctor, es usted el mejor —lo felicitó el gánster, embutido en el sillón.

—Ojo, su pronóstico vital sigue siendo comprometido. Pero no se puede hacer nada más que rezar. Estamos preparados para irnos —añadió el médico.

—¿Por qué quieren irse?

—Necesitamos un lugar más seguro, las otras bandas nos denunciarán a la policía.

Darky se levantó y puso las manos sobre los hombros de Thomas.

—¿Se puede trasladar a Charly, doctor?

—De ninguna manera. Prohibido moverlo durante una o dos semanas, como mínimo.

—Entonces, no hay más que hablar, usted se queda aquí. Sus amigos pueden marcharse —dijo refiriéndose a Olympe y Horace, que habían permanecido en silencio—, pero usted no. Charly lo necesita.

—Encontrará otro médico.

—Un médico, sí, pero yo he visto de lo que es usted capaz... Aunque habría preferido no verlo, la verdad. Es usted un fuera de serie, y yo solo apuesto por los fuera de serie. Sobre todo cuando se trata de la vida de mis hombres.

—Darky...

—Le he prometido a Eva que usted se ocuparía de él hasta su completa curación. No hay discusión posible.

—No nos separaremos —intervino Olympe—, yo me quedo con él.

—Yo también —afirmó Horace—. Aunque en estos momentos el orden deja mucho que desear —añadió señalando la decena de cajas amontonadas en la habitación.

La banda de los Coon había robado en los muelles un cargamento de sombreros procedente de Francia, pero la transacción con un comprador no había podido llevarse a cabo a causa del ataque de Hanbury Street.

—El cargamento viene de la casa Herment, en el sudoeste. Hay de todo, fieltro, paja, tela, canotiers, panamás, trenzado chino

—enumeró Darky como si fuera un viajante de comercio—. ¡Adelante, sírvase, coja lo que le guste!

Horace levantó una de las tapas, pero Olympe le dio una palmada en la mano. Él la soltó de golpe quejándose.

—¡Querida, es la segunda vez que me pega! ¡Noté perfectamente la bofetada de ayer!

—No irá a llevarse el botín de un robo, ¿verdad? ¡Usted no puede hacer eso!

—Tenía intención de comprarlos —se justificó Horace, enfurruñado—. Estoy harto de esta gorra ajada, y encima no sirve para que pasemos inadvertidos, la prueba…

—Vengan conmigo —intervino Darky—, voy a enseñarles por qué ya no corren ningún peligro.

Los llevó a la bodega, una de cuyas puertas estaba custodiada por dos *coon* armados. En el interior, un tercer gánster vigilaba a un hombre atado y amordazado en una silla. El cautivo emitió unos gruñidos, que debían de ser insultos, y pataleó hasta que acabó por calmarse.

—Arthur Harding es el jefe de los Vendetta. Él es quien está detrás del ataque. Hemos secuestrado a su lugarteniente.

El prisionero profirió más gruñidos amenazantes.

—Si la policía pone un pie en esta casa, lo ejecutaremos. Si Charly muere, lo ejecutaremos. Si todo va bien, en cuanto ustedes se hayan marchado del barrio, quedará libre. Harding debe comprender que hay límites que no se pueden traspasar.

Thomas esperó a estar de nuevo arriba para replicar:

—No le permitiré que ejecute a ese hombre, le hayan hecho lo que le hayan hecho a Charly.

El *coon* rompió a reír.

—No tengo intención de hacerlo, pero me encanta haber sido tan convincente. Uno de los que vigilan es un informador de los Vendetta. Eso los calmará. No, en serio, no tengo ningunas ganas de una guerra total: es malo para los negocios.

El trío se encerró en la habitación de Vere Cole y se quedó un largo rato en silencio. Olympe se había tumbado y miraba el techo, como en la época de su cautividad, y Horace fumaba un cigarrillo tras otro. A Thomas le costaba comprender la estrategia del ministro del Interior viendo que la prensa denunciaba cada vez con más insistencia a ciertos miembros del gobierno por haber recurrido a los servicios de un médico extranjero acusado de ser un espía. Ninguna publicación había mencionado aún el nombre de Churchill como paciente de Belamy, pero estaba convencido de que la información acabaría saliendo. El ministro tenía tanto interés como ellos en que el asunto se olvidara cuanto antes.

—¡No es él! —exclamó de pronto, haciendo caer la ceniza que Horace intentaba conservar en su cigarrillo el mayor tiempo posible—. No es Churchill quien da las órdenes al Apóstol. Hemos seguido un camino equivocado, estoy convencido de ello.

—Entonces ¿quién es? —preguntó Olympe, sentándose en la cama con las piernas cruzadas.

—Horace, ¿quién más forma parte del Board of Trade?

Vere Cole hizo una mueca exagerada antes de responder:

—Aparte del presidente, está el representante del Parlamento y ocho miembros no electos.

—¿Dónde podemos encontrar la lista?

Horace se quedó pensando y dio varias caladas al cigarrillo de tabaco rubio antes de ordenar:

—¡Vengan conmigo!

Los objetos depositados en el desván olían a polvo y a cebo para ratas. Además de las cajas de bebidas alcohólicas que había pagado Vere Cole, había pilas de periódicos y revistas de los tres últimos años almacenadas.

—Los utilizan cuando quieren obtener información precisa sobre los habitantes de un barrio. Pueden hacerse pasar por enterradores tras un fallecimiento y desvalijar una casa, por ejemplo.

—Qué encanto de tropa —comentó Olympe.

—La reunión de enero del Board of Trade siempre da lugar a un artículo —explicó Horace—. Se celebró la semana pasada. Ahora les toca a ustedes salir a escena —dijo señalando una de las pilas—. Yo ya he interpretado mi papel.

Fue Olympe quien encontró la información, en el *Globe* del 31 de enero. Los tres se inclinaron sobre el diario. La lista de los ocho miembros permanentes figuraba al final del artículo. Se detuvieron en el primero. No cabía lugar a dudas.

—Así que es él...

—Pero ¿por qué a ti? —le preguntó Thomas a Olympe—. ¿Por qué está interesado en que El Apóstol te siga desde hace tanto tiempo? Desde antes incluso de que nuestros caminos se cruzaran...

Ella no respondió. La sufragista parecía petrificada. Belamy se acercó para abrazarla, pero ella lo rechazó, retrocedió hasta la pared, se sentó y apoyó la cabeza contra las piernas.

—¿Lo conoce? —preguntó Horace.

Olympe continuó impasible.

—Déjenme, déjenme sola —dijo con la voz sofocada.

Thomas se acercó y trató de reconfortarla.

—Luego —dijo ella—. Necesito estar sola. ¡Por favor!

Ellos no insistieron y regresaron a la habitación de Horace.

—Esto cambia las cosas —dijo Thomas leyendo otra vez el pedazo de papel que seguía teniendo en la mano.

—Todo esto me deja perplejo —confesó Horace—. Puedo comprender su relación con el *Dreadnought*, pero ¿con las sufragistas?

—Solo hay una persona que puede ayudarnos. Voy a ponerme en contacto con Reginald. Tenemos que averiguar qué es lo que quiere realmente sir Jessop.

XVII

19-25 de abril de 1910

101

Saint Bart, Londres, martes 19 de abril

D octor, ¿está con nosotros?
Reginald salió de su ensimismamiento y se dio cuenta de que todo el mundo esperaba su diagnóstico. Etherington-Smith, que ocupaba provisionalmente el puesto del doctor Belamy en urgencias, en espera del nombramiento de un sustituto, estaba con los brazos cruzados y unas arrugas de irritación le surcaban la frente. La religiosa que había tomado el relevo de sor Elizabeth iba y venía desde la cama de al lado, donde un exoficial de caballería se impacientaba porque aún no lo había atendido un médico tras su caída de un caballo. La enfermera que reemplazaba a Frances, enfrascada esta última en estudiar para el examen de ingreso en la escuela médica del Barts, reprimía un bostezo mientras esperaba las instrucciones del doctor Jessop.

El interno había examinado a la paciente cuando llegó con anemia y fuertes dolores en el vientre. La orina presentaba una coloración verde.

—El análisis de sangre ha mostrado un aumento del número de plaquetas. Creo que puede tratarse de una intoxicación producida por un metal, quizá arseniato de cobre presente en una pintura. El resultado del análisis de orina todavía no lo tenemos —concluyó.

—¿Realiza usted un trabajo profesional, señora? —preguntó Raymond.

—No, doctor. Mi marido y yo acabamos de mudarnos a una de las casas nuevas que están junto a Barnard Park y tenemos tres hijos.

—Entonces, la pintura que cubre las paredes también es nueva —dijo Raymond a modo de respuesta a las palabras de Reginald—. ¿Cuál es la profesión de su marido?

—Tiene una pequeña empresa de pulidos.

—Acabáramos —dijo Etherington-Smith—. ¿Qué pule?

—Principalmente níquel. En estos momentos tiene mucho trabajo.

—¿Es usted quien lava la ropa de su marido?

—Sí, doctor. Con esta casa, tenemos que ahorrar.

—No busquemos más, doctor Jessop, supongo que la orina mostrará la presencia de níquel, lo que explica su color inusual. Señora, debe pedirle a su marido que sacuda bien su ropa antes de volver a casa por la noche. Mi colega le dará un tratamiento para los síntomas y ya verá cómo se recupera enseguida. La próxima vez, puede ir al hospital de Saint Pancras, no le queda tan lejos.

—Nos aconsejaron que viniéramos a las urgencias del Barts para ver al doctor Belamy, pero el doctor Jessop nos ha dicho que ya no está aquí.

Etherington-Smith no respondió y se volvió hacia la cama del jinete herido susurrándole a la enfermera:

—¿Es posible encontrar a alguien en Londres que aún no esté al corriente del escándalo?

La semana anterior, un desconocido había abordado a Reginald cuando regresaba con Frances a su apartamento, en Snow Hill. El hombre, que presentaba todas las características de un obrero del East End, le había entregado un mensaje escrito por Thomas. Desde entonces, no podía conciliar el sueño. Que su padre había actuado para alejarlo a él, un joven interno, del doctor Belamy calumniándolo, lo sabía. Que hubiera intrigado para convertir el engaño del *Dreadnought* en un argumento encaminado a acelerar la construcción de buques de guerra en sus astilleros, no le sorprendía. Pero no comprendía el vínculo que podía unir a sir Jessop y Olympe hasta el punto de inmiscuirse en la campaña de las sufragistas.

Reginald había intentado enterarse de algo por su madre, con la que había mantenido el contacto almorzando regularmente con ella, pero sus incesantes y torpes preguntas habían hecho que mistress Jessop se sintiera incómoda y al final había acabado por interrumpir las citas. Y esa mañana del 19 de abril, Watkins, el gerente, había ido a urgencias para entregarle una nota de sir Jessop. Después de meses de silencio, su padre le proponía que se vieran en su club del 107 de Pall Mall.

Después de la visita a los enfermos, Etherington-Smith subió a su despacho con el semblante taciturno que exhibía permanentemente desde la huida de Thomas. Frances llevó la comida y almorzó con Reginald en la cocina de urgencias, donde la mayor parte del tiempo estaban solos. Después fueron a hacerle una visita a Elizabeth. La religiosa había perdido el conocimiento varias veces, lo que la había obligado a dejar de trabajar. Pudo conservar su habitación en el departamento, de donde llevaba ya diez días sin salir debido a su extrema debilidad y delgadez, y pasaba la mayor parte del tiempo sumida en la oración para sustraerse al dolor.

—¿Puedo examinarla, sor Elizabeth?

La pregunta de Reginald se había convertido en un ritual entre ellos. Él sabía que ella se negaría, y ella, que él continuaría haciéndosela incansablemente. Hasta el momento, la religiosa solo había aceptado los remedios contra el dolor, con excepción de los opiáceos, pues sabía que alterarían su percepción de la realidad. No quería perder la lucidez, consciente de que ya estaba perdiendo el combate.

Sin embargo, aquel día no respondió. Tenía los ojos entornados y su respiración era rápida y superficial. El interno acercó la mano a la frente de Elizabeth.

—Tiene mucha fiebre —le dijo a Frances.

La enfermera apartó la doble capa de mantas que tapaba a la hermana y abrió la ventana.

—Elizabeth, ¿me oye? —preguntó el interno.

La enferma asintió moviendo despacio la cabeza. El menor movimiento parecía costarle un gran esfuerzo. Reginald vio a través de la tela del camisón que el bulto que tenía en el seno derecho había aumentado de tamaño. Habían descubierto la recidiva del sarcoma una semana antes, durante el examen efectuado por Frances. Reginald había consultado a los mejores especialistas del Barts y todos ellos habían confirmado la gran frecuencia de ese tipo de recaídas, para las que solo era posible un tratamiento.

Frances se inclinó hacia ella para escucharla. Elizabeth pronunció unas palabras que acabaron en murmullos.

—¿Está segura? —preguntó la enfermera.

La religiosa lo confirmó.

—Elizabeth acepta los opiáceos. Acepta otra ablación.

—¿De verdad? —El interno no salía de su asombro.

La enferma tiró de la manga de la enfermera para decirle algo al oído.

—Pone una condición —dijo Frances, cuya decepción era visible. Miró a la hermana y esta le indicó que continuara—. Elizabeth acepta ser operada únicamente por el doctor Belamy. Por nadie más.

En cuanto salieron, Reginald la reprendió.

—¡Frances, estaba dispuesta a aceptar, tenías que haber insistido!

—No lo has entendido. No se trata de ella. Su mensaje está claro, Reginald: debemos hacer todo lo posible para encontrar a Thomas.

El club Athenaeum era un edificio neoclásico situado en la esquina de Waterloo Place y Pall Mall, en cuya fachada el arquitecto había reproducido un fresco del Partenón. Sobre la entrada destacaba una estatua de la diosa Atenea recubierta de una capa de oro fino, que parecía prevenir al visitante de la opulencia del interior. Reginald fue recibido en el vestíbulo de mármol por un criado con guantes blancos. Unas estatuas de inspiración griega estaban dispuestas a uno y otro lado de la gran escalera que conducía a las salas. Otra, dentro de un nicho, coronaba una chimenea junto a la cual un hombre lanzó una mirada furtiva en su dirección mientras seguía calentándose. Era demasiado joven, y su ropa demasiado común, para ser un miembro del club.

«No seré el único que desentona con los criterios del lugar», se tranquilizó el interno antes de identificarse y seguir al mayordomo al piso de arriba. Su padre lo esperaba en la sala de fumadores. Aplastó el cigarro apenas consumido y lo saludó como si se hubieran visto el día anterior. Las emociones nunca habían sido su fuerte.

—Ven, he reservado un sitio donde estaremos más tranquilos.

Se instalaron en un apartamento, en el piso superior, compuesto de un salón y un dormitorio. Al joven le llamó la atención que no hubiera chimenea. Unas bocas situadas en las esquinas de la habitación despedían aire caliente.

—No sabía que hubiera un sitio como este, aquí —dijo, sorprendido, Reginald.

—A veces, si se me hace demasiado tarde jugando a las cartas o trabajando, me quedo a dormir aquí.

—Eso te permite escapar de la vida familiar.

Jessop no se dio por enterado, le sirvió un whisky y se sentó frente a él. Padre e hijo se observaron en silencio.

—Me alegro de que hayas aceptado la invitación.

Sir Jessop pronunció la frase en un tono que su hijo conocía, el que empleaba en las negociaciones con sus proveedores: una mezcla de seducción y firmeza que siempre acababa a su favor. Sin embargo, a diferencia de los que dependían de su padre, él no tenía nada que perder.

—No voy a mencionar los últimos sucesos que han tenido lugar en el Barts —continuó sir Jessop—. Sé lo mucho que deben de afectarte y quiero que sepas que no tengo nada que ver con ellos. Yo solo deseo tu bien y el de nuestra familia.

—Pero ¿cómo puedo creerte? —se enfureció Reginald—. No debería haber venido —añadió levantándose—. Todo esto no lleva a ninguna parte.

—Espera, por favor. Siéntate y escúchame.

El interno no se hizo de rogar. Había ido para ayudar a sus

amigos y no quería marcharse del club antes de haber obtenido lo que buscaba.

—Voy a contarte algo de lo que nadie, ni siquiera tu madre, está al corriente. Verás, en este país hay varios jóvenes que me deben mucho. Los apoyé en un momento de su vida en el que no eran nada y en el que podrían haber acabado muy mal. Me deben su vida actual y me pagan su deuda con creces. —Jessop parecía emocionado. Hizo una pausa para buscar las palabras, pero su hijo conocía de sobra sus artimañas—. Debes comprender que, no por el hecho de ser mi hijo, a diferencia de ellos, todo lo que has recibido es algo que se te debía. Tienes una deuda conmigo, Reginald.

—Si me hablas de dinero, te devolveré todo lo que has gastado conmigo, hasta el último chelín.

—Va mucho más allá de eso. Un día, heredarás mi fortuna, y después la heredarán tus hijos, y los hijos de tus hijos.

—Ya te he dicho que no quiero nada de tu fortuna.

—¡Pero no tienes elección! Tu deber es recoger la antorcha y hacer que mis negocios fructifiquen, como yo mismo he estado haciendo desde que los recibí de mi padre. Eres un eslabón de una gran cadena familiar que no tienes derecho a romper. Y ese antojo de ser médico debe terminar. Tu futuro te espera, hijo, y está al frente de J. & J. Shipfield. Debes pagar tu deuda, como yo hice con mis antepasados. Y, créeme, las hay mucho menos agradables.

—¿Me has invitado a venir aquí para darme esta lección de moral?

Jessop marcó una pausa bebiendo con lentitud un sorbo de whisky, después de hacer girar ruidosamente los cubitos de hielo dentro del vaso.

—No. Hay algo más. Tu madre me habló de tus preguntas sobre miss Lovell. No te acerques a ella, es una activista peligrosa.

—¿Qué es ella para ti?

La pregunta fue como una bofetada, casi una acusación. Su padre no pareció sorprendido, pero sir Jessop nunca parecía sorprendido por nada.

—¿Os conocéis? ¿Ha venido aquí? —insistió Reginald.

—Vamos, Reginald, esto es un club reservado para caballeros, tu alusión está fuera de lugar.

—Lo que yo veo es, sobre todo, un lugar con picaderos para hombres casados.

—¡Ya está bien!

Jessop había levantado la voz y se había puesto en pie. Reginald creyó que iba a abofetearlo, pero su padre recuperó inmediatamente el control. Fue a buscar el sifón y sirvió agua de Seltz para los dos antes de volver a sentarse frente a su hijo.

—Siento el arrebato, pero todo esto es muy vulgar. Supongo que, si haces esa pregunta, es porque ella te ha transmitido información falsa. Solo puedo decirte que forma parte de las personas que están en deuda conmigo y que me han decepcionado. Gracias a Dios, son muy pocas.

Reginald apartó su vaso y se puso de pie para anunciar:

—A partir de hoy, puedes incluirme a mí también entre ellas.

—Espera, escúchame antes de irte. Tus amigos están en una situación perdida por anticipado. Mantente al margen de sus asuntos.

—¿Eres tú responsable de la situación en la que se encuentran?

—Ellos son responsables de sus propias desgracias.

—Adiós.

—Espera. Tengo una propuesta que hacerte.

Diez minutos más tarde, Reginald, conmocionado, bajó la gran escalera flanqueado por el mayordomo enguantado y seguido a unos pasos por su padre, al que no se dignó dirigir una mirada al salir. Sir Jessop le hizo una seña al hombre que seguía calentándose junto al hogar.

—Sígale, Waddington. No se separe de él. Este asunto debería terminar en breve.

102

Flower & Dean Street, Londres, domingo 24 de abril

Charly cerró los ojos cuando su hermana le presentó el tenedor con el que había pinchado un cuadradito de carne. Abrió la boca y masticó con un placer incomparable el trozo de buey, pese a que estaba demasiado hecho: después de tres semanas sometido a una dieta drástica, por fin estaba haciendo una comida normal.

Unas horas después de la operación, había pedido que le dieran de comer, dispuesto a engullir un asado o una empanada entera. Thomas aplacó su entusiasmo durante toda la semana siguiente, en la que su alimentación había consistido únicamente en dosis crecientes de agua. La fiebre apareció el segundo día y, aunque era moderada, suscitó inquietud en todo el clan, pero remitió rápidamente a partir del momento en que Belamy aumentó las lavativas de trementina. El día 15, Charly pudo tomar caldo de carne. El 17, leche peptonizada, y una semana más tarde, tomó su primera comida completa en compañía de Eva, de Darky y del médico, al que ponía por las nubes, sobre todo después de que Horace le contara los detalles de la operación.

El enfermo no había salido de su habitación, ya que la gran cicatriz aún le dolía y necesitaba cuidados diarios, pero su estado ya no era nada preocupante. Incluso Eva Angely se había apaciguado y le propuso a Horace que pasara una velada en compañía de una de sus pupilas, ofrecimiento que él rechazó enérgicamente ante sus amigos, pero que luego, cuando se quedó solo con la madama, aceptó.

La vida cotidiana había vuelto a imponerse. Los días se confundían unos con otros en su monotonía y el trío, por lasitud, había bajado la guardia y se había adaptado al ritmo de vida de la banda. El tiempo de los combates y del esplendor parecía lejano, los cuerpos estaban agotados, y las mentes, vencidas por el peso de todos sus secretos.

—Esta carne está deliciosa —repitió el *coon* por tercera vez, antes de dejar el cubierto en el plato en señal de saciedad—. Entonces ¿cuándo podré salir?

—Dentro de una o dos semanas. No hay que precipitarse, lo más duro ya ha pasado.

Thomas dio una vez más las gracias a su buena estrella por haber vuelto en el momento oportuno, después de haberle dado la espalda desde principios de año. Sabía que siete de cada diez pacientes fallecían a lo largo de la semana siguiente a la operación y que debía ese éxito a la constitución física de Charly, a la localización de las heridas, a su pequeño número y a los lavados de la cavidad y las vísceras que Olympe había efectuado sin temblar. Sus pensamientos saltaron como una pulga de la sufragista a Reginald. Después de ocho días de haberse puesto en contacto con él a través de uno de los Coon, habían vuelto a enviarlo en busca de noticias, pero el interno lo había esquivado ostensiblemente. No habían avanzado ni un milímetro. Un solo punto positivo: al cabo de tres semanas, sus nombres habían desaparecido de los periódicos.

La tarde prosiguió en una atmósfera ociosa. Horace extrañaba el Café Royal y sus extravagancias, Olympe añoraba el ambiente exaltado que reinaba en la WSPU las vísperas de las manifestaciones y Thomas echaba de menos las urgencias. Belamy pensaba en la salud de Elizabeth cuando Darky the Coon entró. El contorno de sus ojos estaba más oscuro que de costumbre, daba la impresión de que llevara una máscara. Adoptó un tono sentencioso para anunciarles:

—Acompáñenme a mi despacho. Alguien ha venido a verlos.

Reginald había ido a misa en la capilla de Saint Bartholomew-the-Less con Frances. Al acabar el oficio, habían salido por la sacristía, desde donde habían accedido al antiguo edificio del servicio de urgencias. Habían tomado la salida de Uncot que daba a Duke Street, después habían ido en el ferrocarril metropolitano al parque Victoria, en Tower Hamlets, tomando todo tipo de precauciones para que no los siguieran. Habían almorzado y pasado la tarde en la inmensa extensión de césped, en compañía de numerosos londinenses, escuchando a los oradores del Speakers' Corner, gracias a que el cielo se había dignado guardar sus lágrimas para la noche. Hacia las cinco, habían paseado junto al Regent's Canal, deteniéndose a intervalos regulares para comprobar que no los seguían. Luego, Frances había tomado de nuevo el tren subterráneo, mientras que Reginald fue caminando hacia el único lugar en el que se había jurado no poner nunca más los pies.

—Estaba convencido de que se escondían en este edificio —dijo tras las efusiones del reencuentro—. Hace dos años le seguí hasta aquí, Thomas, ahora puedo contárselo. Y sabía que, después del infierno, era el último lugar donde los buscarían.

La comparación le gustó a Darky, que rio ruidosamente mostrando unas encías que los dientes habían abandonado, en parte, a causa de la dudosa higiene, y, en parte, debido a las peleas callejeras en las que había participado por el control del barrio.

—Ha tenido suerte, joven. Menos mal que mis hombres le han reconocido.

El primer *coon* que lo había detenido nada más entrar en la calle era el que le había transmitido el mensaje de Belamy. Reginald había podido llegar hasta ellos sin problemas.

—Hemos inspeccionado las calles adyacentes, no hay nada sospechoso —precisó Robby antes de reanudar la vigilancia en la entrada de la casa.

—Siéntense y sírvanse algo de beber —propuso Darky—. Les dejo mi despacho. Deben de tener muchas cosas que contarse.

En cuanto el mafioso hubo salido, la sombra de un *coon* de complexión imponente se recortó detrás del cristal esmerilado. Vere Cole se sentó en el sillón del gánster y puso los pies sobre la mesa.

—Doctor Jessop, le conviene decirnos la verdad —declamó adoptando el acento *cockney* de Darky—. ¡De lo contrario, procederé yo mismo a efectuar el lavado de sus asas intestinales en las aguas del Támesis!

—Si no se desmaya antes —se burló Thomas.

—En cuanto a usted, doctor Belamy, el alquiler acaba de aumentar de nuevo. Tiene un invitado suplementario. Hay que pagar. Pídale dinero al aristócrata, es para lo único que sirve: pagar, pagar, pagar.

—¡Pobre Horace! —lo compadeció falsamente Olympe—. Puesto que es usted el anfitrión, sírvanos algo de beber.

Vere Cole no se hizo de rogar y preparó *half-and-half* para todos mientras Reginald les describía la situación en el Barts. Después se desentendió de la conversación y abrió uno a uno los cajones de la mesa para examinar el contenido.

—El doctor Etherington-Smith acaba de nombrar a su sustituto —explicó el interno—. Es el doctor Haviland.

—Un buen cirujano.

—Un tipo vanidoso. El ambiente ha cambiado mucho desde que usted no está. Hasta su nombre se ha convertido en tabú.

—¡Ay! —gritó Horace, que acababa de hacerse daño en los dedos con la goma elástica con la que estaba jugueteando—. Lo siento —se disculpó, y cerró el cajón.

Reginald había aprovechado la interrupción para beber un trago. Parecía incómodo por la presencia de Olympe y le lanzaba frecuentes miradas.

—He visto a mi padre, Thomas. Y he tenido una discusión con él. Miss Lovell, si me lo permite… Siento mucho preguntarle esto, pero tengo que saberlo… ¿Puede describirme el club Athenaeum?

—Supongo que se refiere en concreto a los apartamentos privados. —Sin esperar la confirmación de Reginald, continuó—: En el vestíbulo hay un perchero a la derecha y un gran espejo mural a la izquierda. El escritorio, de un estilo anterior a la reina Victoria, está situado frente a la ventana. Sobre él hay una lámpara eléctrica cuyo pie se divide en tres partes iguales que parecen patas de caballo. El canapé es del mismo color y del mismo material que los asientos tapizados de la Cámara de los Lores. Hay una mesa auxiliar con una amplia selección de bebidas alcohólicas y una cigarrera procedente de La Habana. Y una botella de agua de Seltz siempre llena, es una petición especial de su padre. Las estancias se caldean mediante la entrada de aire caliente por unas rejillas. En cuanto al dormitorio…

—Está bien, es suficiente, miss Lovell, la creo.

—En cuanto al dormitorio, no entré nunca porque siempre me negué a ceder a las insinuaciones de sir Jessop. Ahora les debo una explicación y estoy dispuesta a dársela —dijo cerrando los ojos.

—No estás obligada —intervino Thomas.

—Quiero hacerlo. Si nos encontramos en esta situación, es en parte a causa de lo que voy a contaros. ¿Reginald?

El interno asintió con la cabeza. Horace, que permanecía apartado, había decidido que, fuera lo que fuese lo que les revelara, miss Lovell era la mujer con la que soñaba desde que tenía edad de amar.

—No sé dónde nací ni quiénes son mis padres. Solo que la misma noche de mi nacimiento me convertí en una interna del asilo para huérfanos de Watford, donde he pasado la mayor parte de mi vida. No deseo que me compadezcan por lo que viví allí. Es el lugar donde crecí, no hay más. No era ni peor ni mejor que otro orfelinato o que algunas familias. No he vuelto desde que me marché, pero, y aunque esto quizá les parezca extraño, sería capaz de tener buenos recuerdos. Reginald, usted no ha tenido hermanos, ¿verdad?

—Así es.

—Y la razón es que su madre tuvo una infección después de su nacimiento, una infección que la dejó estéril.

—¿Cómo lo sabe?

—Todo el edificio número cinco del orfelinato lo sabía. Su construcción fue posible gracias a la generosidad de la Jessop & Jessop Shipfield Company. Y ese mecenas que nos había brindado la posibilidad de no vivir en la calle tenía otras cualidades: todos los años seleccionaba a uno o dos de nosotros, los más prometedores, para pagarles el colegio y luego estudios en una universidad de élite. Las religiosas nos contaban que su padre, ese santo cuya esposa ya no podía tener hijos, hacía el bien a su alrededor. No nos adoptaba, pero nos sacaba de la miseria para ofrecernos una segunda oportunidad. ¿Se imagina el recibimiento que le dispensaban cuando nos visitaba, tres o cuatro veces al año? Creo que Dios en persona no nos habría causado más impresión que sir Jessop. Tenía el poder de cambiar nuestro destino.

—Nunca me ha hablado de eso. No sabía nada.

—¿Crees que Waddington estaba allí? ¿Era El Apóstol uno de los huérfanos? —intervino Thomas.

—Su nombre es desconocido para mí, pero los chicos de J. & J. Shipfield tenían su propio edificio. Es muy probable. Jessop seleccionaba a más chicos que chicas. A nosotras, como es fácil imaginar, no podía ofrecernos ir a la universidad. Nos elegía de acuerdo con otros criterios.

Reginald se levantó, balbuceó un «Dios mío» y le indicó que continuara.

—Cuando se interesó por mí, yo tenía catorce años. Al principio, aquello me parecía muy estimulante: me sacaba del orfelinato para que me dieran clases particulares, me compraba ropa lujosa para una chica que no era nada. Me llevaba a la Ópera. Tenía la impresión de que era una persona importante pese a mi origen. Al año siguiente me llevó al club Athenaeum. Las primeras veces nos quedamos en el despacho. Él decía que le gustaba mi conversación y mi madurez para ser una chica tan joven. Hasta que un día abrió aquella puerta que me intrigaba y me enseñó su dormitorio. Incluso intentó besarme, aunque no insistió. Creo que mi resistencia excitó su lado cazador. Recibí joyas y otros regalos. Sin embargo, al cabo de varios meses de rechazo, la paciencia de su padre se agotó y recurrió a las amenazas: o cedía, o volvería a ser una huérfana más de Watford. Entonces me escapé. Vendí todo lo que me había regalado, más un sello de oro suyo.

—De eso me acuerdo, estaba furioso y dijo que le habían atracado una noche volviendo del club… ¡Dios mío! —repitió Reginald.

—Aquel dinero me permitió sobrevivir una temporada y esconderme de él.

Olympe le cogió la mano a Thomas para continuar.

—Yo también tengo varios nombres —le dijo—. Lovell es el de mi marido, un buen chico que aceptó casarse conmigo justo antes de emigrar a Estados Unidos. No he vuelto a verlo y no sé qué ha sido de él. Pero, gracias a ese apellido, pude protegerme de Jessop durante años.

—Así que convertía a las huérfanas en sus amantes —comentó con frialdad Reginald.

—Su objetivo principal era convertirnos en mujeres guapas y brillantes en sociedad a fin de que pescáramos un marido rico. Al casarnos, éramos como agentes de los intereses de sir Jessop. Sin embargo, antes de lanzarnos al mundo, quería enseñarnos a ser sumisas. Éramos sus creaciones, completamente entregadas a su causa y a su placer. Conmigo, las cosas no fueron como estaba previsto.

—Me siento tan identificado con usted… —gimió Reginald—. Ese hombre nos ha traicionado a todos. Desde hace tiempo, sospechaba lo peor, pero…

Las palabras sobraban. Olympe abrazó al interno. Este permaneció impasible, con los brazos colgando a ambos lados del cuerpo, poco acostumbrado a demostraciones de emoción por parte de una mujer. Luego, poco a poco, se dejó llevar y estrechó a Olympe contra sí.

—¿Qué vamos a hacer ahora?

La pregunta de Horace se quedó sin respuesta. Darky entró de repente y se encontró cara a cara con él. Vere Cole estaba cómodamente sentado detrás de su mesa.

—Tenemos un problema, hay que marcharse —dijo el gánster sin mostrar ningún interés por el irlandés, que aprovechó para levantarse del sillón con dignidad.

—¿Qué pasa?

—¡Lo han seguido! —gritó Darky señalando a Reginald.

—¡No, es imposible! —se defendió el interno—. ¡He tomado todas las precauciones imaginables!

—Son unos inspectores de paisano. Deben de esperar refuerzos de la policía de Londres para intervenir. Robby los acompañará. Su estancia aquí acaba en este momento.

103

Flower & Dean Street, Londres, domingo 24 de abril

En todos los pisos de la madriguera de los Coon reinaba una agitación indescriptible.

—Yo voy con ustedes —dijo Reginald.

—¡Ni hablar, usted se queda! —ordenó Darky—. Le han visto entrar. Cuénteles alguna bola, eso evitará que me metan en chirona. Los demás tienen cinco minutos para coger sus cosas.

En ese mismo momento sonaron unos disparos. Gritaban en la calle y también en la entrada.

—¡Cambio de planes! ¡Robby, al sótano, deprisa!

Los gánsteres se habían atrincherado en el pasillo de la planta baja y la policía estaba ya en la escalera de entrada. Un *coon* le dijo algo al oído a su jefe. Entre tanto, Horace, que había manifestado su descontento mediante gruñidos dignos de una manada de jabalíes, se dispuso a ir a su habitación.

Lo atrapó el propio Darky, que lo apuntó con el revólver.

—Voy a buscar mis cosas, mi pipa y mis ahorros —dijo con calma Vere Cole.

—No hay tiempo, los *bobbies* están aquí. Dos de ellos han empezado a bajar por el tejado. Usted se larga ahora mismo, si no, lo entrego yo mismo a Scotland Yard.

—Es usted un truhan —dijo Horace sin perder la calma.

—Lo dice un entendido —replicó Darky, y se dirigió a uno de sus hombres—: Diles que dejen de disparar, bajo a parlamentar.

La despedida de Reginald fue breve. Solo tuvo tiempo de contarle a Thomas la petición de Elizabeth antes de que se separaran. Robby los llevó a la bodega por la escalera del *office* mientras el tiroteo se reanudaba de forma intermitente. Les hizo entrar en el almacén donde habían tenido encerrado al número dos de los Vendetta.

—Lo soltamos la semana pasada. Aprendieron enseguida la lección. ¿Puede ayudarme? —le pidió a Belamy mientras desplazaba una pesada caja llena de quincalla robada.

—¿Dónde está el pasadizo secreto? —preguntó Horace, inquieto, examinando las paredes.

—¿De qué habla? —dijo el *coon* sin dejar de desplazar las cajas apiladas.

—Del sótano al que vamos a pasar. Londres es la ciudad de los sótanos. ¿A qué casa conduce?

—A ninguna. No hay ningún sótano.

El hombre vio la jaula con un pájaro dentro que estaba encima de un viejo aparador —el único elemento que no procedía de un robo, sino de la madre de Eva Angely—, la cogió sin miramientos y la puso en las manos de Olympe. El canario, cuya inmovilidad hubiera podido hacerlo pasar por un animal disecado, se agitó en todas direcciones, soltando algunas plumas que salieron revoloteando a través de los barrotes.

—¿Qué haces tú aquí? —dijo Olympe, que no había reparado en él—. ¡Tu prisión es muy pequeña!

Acercó la jaula a su cuerpo. El pájaro se calmó inmediatamente y se puso a cantar.

—Si no hay ningún sótano, ¿qué hacemos en esta ratonera? —insistió Horace, que seguía furioso por la pérdida de sus cosas.

—Vamos a las alcantarillas —dijo Robby enrollando una alfombra y dejando a la vista una trampilla que se abría en el suelo.

—¡Ah, no! ¡No, no, no y no! No conseguirá meterme en esa cloaca pestilente —protestó Vere Cole—. Por nada del mundo.

Fuera se habían entablado conversaciones y la voz de Darky se elevaba para hacerse pasar por un ciudadano corriente que había tomado a los inspectores por una banda de maleantes del East End. Aceptó que entraran unos *bobbies* para registrar la casa.

Robby abrió la trampilla, de la que escapó un olor de cieno y fermentación.

—Váyanse, yo cuidaré del animalito —dijo Vere Cole apoyándose contra las cajas—. Le diré a la policía que Darky me tenía encerrado para que le hiciese compañía a su gorrión.

Un ruido de pasos y varias voces sonaron sobre sus cabezas.

—Están registrando la planta baja. No pueden esperar más —les advirtió Robby.

—¿«No pueden»? ¿Eso significa que usted no nos acompaña?

—Tengo que volver a ponerlo todo en su sitio cuando se hayan ido.

—No se preocupe, Horace, tengo el recorrido que debemos hacer —dijo Thomas mostrándole un papel en el que había dibujado un plano.

Horace se lo quitó de las manos y lo observó con un aire desdeñoso.

Robby sacó unas antorchas de un arcón y se las tendió a los dos hombres.

—Es increíble. Así que había previsto esta retirada y no me había dicho nada… ¿Y adónde vamos?

—Se lo diré cuando estemos abajo. Horace, no nos separaremos ahora. Es la única manera de escapar. ¿Por qué cree que nunca atraparon al Destripador?

—¿Las alcantarillas? ¿Quiere decir que se escondía en las alcantarillas después de sus crímenes?

—¿Es este un motivo suficiente para que venga con nosotros? No tenemos otra opción.

—Sobre todo, no se aparten del camino previsto —le advirtió el *coon* a Thomas encendiendo las antorchas—. Ha empezado a llover.

Olympe le devolvió la pequeña jaula.

—Es muy amable por hacerme un regalo de despedida —dijo—, pero vendré a buscarlo en otro momento.

—No es un regalo, señora, es su único medio de supervivencia.

Bajaron los quince peldaños metálicos del pozo y llegaron a una de las alcantarillas intermedias que descendían desde el norte hacia los muelles de la orilla izquierda del Támesis. La galería, totalmente construida con ladrillos unidos con cemento de Portland, tenía una forma ovalada de dos metros de alto, lo que permitía estar de pie con un cómodo margen, pero la falta de una plataforma obligaba a caminar sobre el fondo permanentemente inundado por el agua procedente de los pequeños conductos. Thomas llevaba en brazos a Olympe, quien a su vez llevaba la jaula, mientras que Horace avanzaba delante de ellos con una antorcha en cada mano. Avanzaban en silencio con los pies sumergidos en un agua fría que les llegaba hasta más arriba de los tobillos.

—Nos dirigimos al gran colector que va de Hammersmith a West Ham —avisó Belamy—. No podemos equivocarnos, mide tres metros de alto.

—¿Y adónde vamos?

—Giraremos hacia la izquierda y pasados ochocientos metros saldremos a Limehouse Causeway.

—¿En Chinatown? ¿Nos lleva a la comunidad china?

—Es nuestra única posibilidad. Si por alguna razón nos separáramos, vayan al número quince.

El gran colector parecía la nave de bóvedas románicas de una catedral subterránea que atravesaba de lado a lado la mayor megalópolis del mundo. El silencio solo era interrumpido por el ruido del agua al caer de los cientos de alcantarillas primarias que desembocaban en el canal subterráneo. El nivel de líquido era tal que incluso la plataforma lateral estaba inundada.

—No hay ningún sitio seco donde pueda poner los pies —constató Thomas.

—Yo puedo llevarla —propuso Horace.

—No, iré andando —dijo Olympe—. Avanzaremos más deprisa. De todas formas, cuando subamos por uno de los colectores, la ducha estará asegurada —añadió.

Apretó la jaula contra sí. El canario gorjeó al acercarle Horace la antorcha para verlo y luego se calló.

—¿Por qué ha dicho Robby que era nuestro medio de supervivencia? Que yo sepa, en las alcantarillas no hay grisú.

—Las aguas transportan muchos productos tóxicos, sobre todo en esta parte de Londres. Y pueden formarse algunos gases. Conozco casos de intoxicación provocada por el hidrógeno sulfurado en trabajadores de las redes subterráneas de alcantarillado.

—Fantástico, nos dan a elegir entre la peste y el cólera —masculló el irlandés.

—El nivel del agua ha subido —observó Olympe cuando ya le llegaba a las rodillas y adhería la tela de la falda y las enaguas a sus piernas.

—Arriba debe de estar lloviendo —comentó Thomas—. Por suerte, avanzaremos en el sentido de la corriente. Según el plano, habrá que subir dentro de unos veinte minutos, en uno de los colectores primarios. Sigamos.

Caminaron durante cinco minutos, hasta que al oír un ruido ensordecedor se detuvieron en seco.

—¿Qué ha sido eso? ¿Un trueno? —preguntó Horace, que cerraba la marcha, cuando el sonido retumbaba aún en todo el conducto subterráneo.

—No, una tapa de alcantarilla, se ha cerrado de golpe —indicó Thomas.

—¿De dónde venía?

—De bastante lejos a nuestra espalda.

—¿Nos han localizado?

—No tengo ni idea —respondió Thomas reanudando la marcha—. Pero llevamos bastante ventaja. No nos entretengamos.

—El agua sigue subiendo —dijo Olympe con preocupación.

Los colectores, que desembocaban en la galería desde las paredes inclinadas, vertían una lluvia cada vez más abundante. Los tres fugitivos se volvían con regularidad, pero no se veía ninguna luz en el túnel de largas líneas rectas. El esfuerzo les exigía cada vez más energía y respiraban entrecortadamente.

—Ya casi estamos, cien metros más —dijo Belamy.

—¡Thomas! —exclamó Olympe agarrándolo del brazo.

Un resplandor había aparecido al fondo del colector principal.

—Estamos salvados, están demasiado lejos. Subiremos después del cruce con el colector de Stepney, que está allí —dijo señalando una bifurcación situada unos diez metros delante de ellos.

—¡Por fin! Prefiero los baños bien calientes —comentó Horace.

El agua les llegaba a la altura de las caderas y debían oponer resistencia para que la corriente no los arrastrara. Otro ruido ensordecedor invadió las galerías.

—Las autoridades han cerrado otra tapa de golpe —ironizó Horace.

—No, esta vez es un trueno —lo contradijo Thomas.

—¿Cómo puede estar seguro?

—Era un rugido, no un chasquido.

—Le prometo que practicaré cuando todo esto haya acabado —bromeó Vere Cole—. Con los ruidos del corazón tengo algunas dificultades. Será más fácil con una boca de alcantarilla.

Thomas se detuvo para poner una mano sobre los ladrillos de la pared.

—¿Tú también lo notas? —preguntó Olympe—. Parecen vibraciones.

A lo lejos, los perseguidores gritaron. Dentro de la jaula, el canario empezó a revolotear de un lado a otro.

—¿Qué le ocurre? —dijo Olympe.

—Algo pasa —dijo Belamy mirando hacia atrás e intentando ver a través de la oscuridad de la galería—. Sus luces se han apagado.

Los gritos les llegaban como órdenes caóticas.

—¡Cielo santo, corran! ¡Corran, deprisa! —ordenó Thomas

cogiendo de la mano a Olympe, que estuvo a punto de soltar la jaula.

—¡Pero bueno, explíquenos qué pasa! —lo urgió Horace corriendo tras él.

—¡Hay que subir por el primer colector que encontremos, es una ola que avanza!

Apenas había pronunciado estas palabras cuando el nivel subió súbitamente. Se sintieron levantados del suelo y zarandeados antes de que la calma volviera de nuevo. El agua les había subido hasta el pecho.

—¿Esto es todo? ¡Nos ha asustado por nada, amigo!

—Habrá más, deben de haber abierto las compuertas a causa de la tormenta —explicó Thomas—. Vamos a subir por aquí —decidió, y se detuvo a la altura de un pequeño colector del que salía un arroyo de flujo constante.

La fuerza de la corriente les obligaba a agarrarse a los salientes de la pared, donde algunos ladrillos sobresalían lo suficiente para servir de asidero. La salida se encontraba a la altura de su cabeza y transportaba la lluvia recogida en dos callejuelas del barrio con un caudal menor que los colectores siguientes. El primer barrote de la escala estaba clavado aproximadamente a un metro cincuenta en el interior del colector.

—Va a haber que decirle adiós al canario —advirtió Thomas.

—¡Ni hablar! ¿No fuiste tú quien me dijo que no se abandonaba a nadie? ¡Saldrá de esta con nosotros!

Sin esperar respuesta, se desabrochó el cinturón, lo pasó por dentro de la anilla de la jaula y se la colgó del hombro en bandolera. Apoyó los pies en los muslos de sus dos compañeros para asirse al primer barrote, pero se quedaba a una distancia de cincuenta centímetros. Hizo varios intentos pero no conseguía alcanzarlo.

El grupo de los perseguidores fue sacudido de nuevo por un estruendo anárquico.

—¡Otra ola! ¡Rápido, sobre mis hombros!

Horace se pegó a la espalda de Thomas, lo que le permitió a este soltarse de la pared. Se sumergió en el agua y levantó a Olympe, que se encontró sentada sobre los hombros del médico. La joven apoyó ahí los pies y se levantó lentamente mientras Thomas la sujetaba por la cintura. Estaba entre los dos primeros barrotes.

—¡Ya está! ¡Lo he logrado! —exclamó, exultante, Olympe, que ya había apoyado los pies en el primero y se había agarrado con las manos al segundo.

En el momento en que volvió la cabeza, vio que una enorme ola arrastraba a los dos hombres como si fueran monigotes de paja. Los llamó con toda la potencia de su voz, en vano. Luego se hizo la penumbra.

104

Limehouse, Londres, domingo 24 abril

Olympe apartó la tapa y salió de bajo tierra ante la mirada incrédula de un viejo indigente que se había refugiado bajo un porche en espera de que amainase la tormenta. Se sentó, con las piernas temblando de cansancio y de frío, constató que el pájaro había superado la prueba mejor que ella y solo entonces advirtió la presencia del vagabundo raquítico que, hecho un ovillo, la miraba como un búho asustado desde su refugio.

—¿Sabe dónde estamos?

Él la miró con los ojos entrecerrados y le respondió en una mezcla de *cockney* y chino de flujo entrecortado. Al ver que no lo entendía, le señaló el interior del porche, donde había escrita una dirección con tiza.

—Salmon Lane… —murmuró Olympe desplazándose hasta apoyarse en la pared—. La calle de los salmones.

Le entró una risa nerviosa que acabó en lágrimas incontenibles. El indigente la envolvió en una manta seca que apestaba a moho y, sentado junto a ella, le habló en su jerga incomprensible hasta que el llanto cesó, al mismo tiempo que la lluvia. Olympe se sentía abatida, pero no contemplaba ni por un instante la posibilidad de que les hubiera pasado una desgracia a Thomas y Horace. Debían de estar en camino hacia el punto de encuentro, o quizá ya la esperaban allí. Aunque no conocía tanto la geografía del East

End como la del resto de Londres, sabía que se encontraba en el barrio de Poplar y que solo le faltaban diez minutos andando para llegar al lugar previsto. Tenía la ropa mojada, pero ya no tiritaba. Al viejo vagabundo le había llamado la atención el pájaro y se puso a jugar con él a través de los barrotes. Olympe comprobó que seguía llevando la bolsa colgada del cuello y se levantó. Le tendió la manta al hombre, pero él le indicó por señas que se la quedara.

—¿Quiere el canario? —le ofreció ella—. Se lo doy, estoy segura de que usted lo tratará bien.

Él le dio las gracias, también en su lenguaje incomprensible, y estrechó la jaula contra sí. Ella le dijo adiós con la mano y abandonó su refugio de relativo confort.

Limehouse Causeway, el centro de lo que los londinenses habían bautizado con el nombre de Chinatown, era la única calle donde la comunidad china se atrevía a salir, pese a la amenaza siempre presente de los marineros, que, preocupados por la posibilidad de quedarse sin trabajo debido a la presencia de una mano de obra más barata, habían organizado revueltas contra la comunidad dos años antes. La calma era precaria, y la discreción, obligada.

Olympe pasó por delante de algunos establecimientos con escaparates modestos, dos lavanderías y una tienda de comestibles, y se detuvo delante del número 15, un restaurante en cuya fachada colgaba una linterna roja. La puerta estaba cerrada con un postigo de madera. Llamó con la discreción que el lugar y su situación exigían. Nadie fue a abrirle. Ninguna luz se encendió en el restaurante. Estaba oscuro, la lluvia caía de forma intermitente, las escasas farolas que funcionaban difundían una luz irregular; las otras, que durante las revueltas habían sufrido desperfectos, aún no habían sido reparadas. La calle estaba vacía y, aun así, Olympe era consciente de que la observaban desde las ventanas. Y también desde el interior del establecimiento. Ella insistió una vez más y optó por esperar la llegada de sus compañeros al otro lado de la calle, en uno de los tugurios del barrio en el que solo quedaban en pie unos lienzos de pared tras el derrumbe del tejado como consecuencia de un incendio. Los habitantes del barrio sospechaban que lo había provocado el propietario, a fin de construir en los terrenos alojamientos que alquilaría a precio de oro a familias enteras. Pese a la falta de protección contra el frío y las inclemencias, una decena de pobres diablos se habían refugiado allí, hombres y mujeres mezclados que, ante la imposibilidad de estirar las piernas, dormían sentados, apoyados contra una pared, o tumbados en el suelo en posición fetal, en el espacio de la planta baja que quedaba transitable entre cascotes y vigas calcinadas.

Todos la miraron, algunos levantaron la cabeza o se incorporaron cuando ella entró, pero nadie le dirigió la palabra. Olympe miró a aquellos desechos humanos, caídos en un abismo del que no saldrían jamás. No tenía miedo: sus compañeros de infortunio estaban, como ella, exhaustos y hambrientos. Encontró una silla sin respaldo, pero con el asiento de paja trenzada intacto, la colocó delante del marco de ventana sin cristal que daba a la calle y se dispuso a esperar. A lo lejos, una campana anunció las ocho de la tarde.

Poco antes de las nueve, dos *bobbies* se detuvieron delante del restaurante y llamaron al postigo cerrado sin que nadie fuera a abrirles. Olympe se escondió y los observó por la abertura. Ellos no insistieron y se quedaron apostados junto al número 15 hasta que llegó un furgón, del que bajaron cuatro policías y dos inspectores de paisano. Los primeros descargaron un ariete de pequeño tamaño mientras uno de los inspectores golpeaba el postigo conminando a los habitantes a que abrieran.

Olympe pensó en escapar por la parte de atrás del tugurio, como los indigentes habían comenzado a hacer tras la primera arremetida. Pero necesitaba saber. La carga de las fuerzas del orden provocó gritos y alaridos en el interior, seguidos de una breve refriega; después volvió a reinar el silencio. Los policías registraron todas las habitaciones buscando a los fugitivos. Uno de los Coon los había traicionado, quizá el propio Darky. De vez en cuando, una voz de mujer, siempre la misma, protestaba con vehemencia en una mezcla de chino e inglés.

La espera se prolongó una hora. El hambre atenazaba a Olympe, pero ella la ignoró con soberbia, como había hecho en Holloway. De repente, todo se aceleró: abrieron el furgón y los policías salieron del restaurante llevando a dos hombres esposados. Aunque los *bobbies* los tapaban parcialmente, la sufragista pudo distinguir que no eran ni Horace ni Thomas. Por lo menos decidió convencerse de que así era. La china los seguía sin dejar de protestar. Uno de los inspectores la amenazó con arrestarla, pero ni por asomo eso la calmó. Hicieron caso omiso de la mujer y metieron a los sospechosos en un Black Maria, que arrancó inmediatamente. La china dio unos pasos tras ellos, se llevó las manos a la cabeza en un gesto de desconsuelo y entró en la casa cuya puerta había sido destrozada. Olympe se convenció de que sus compañeros estaban allí, agazapados en alguna parte, aguardando el momento oportuno para acceder al restaurante, y se pegó todo lo posible a la fría pared desde la que tenía una visión en diagonal del número 15. Sin darse cuenta, se durmió.

La despertó el fresco amanecer de los días de primavera en Londres y el dolor que le taladraba la nuca: Olympe no había cambiado de postura en toda la noche. Los fantasmas habían reaparecido en el tugurio y todos dormían a su alrededor, tendidos como soldados abatidos por la metralla. Se desperezó sin levantarse de la silla y vio que la puerta no había sido reparada y que una lámpara brillaba en el interior. Los indigentes que iban despertándose la saludaban en silencio antes de orinar sobre los escombros y alejarse en busca de comida. Solo entonces advirtió el olor pestilente de aquel lugar. A las siete, la restauradora se asomó e inspeccionó la calle e inmediatamente después dos niños salieron a escape como gatitos privados de libertad. Olympe se apostó en el umbral para ver cómo se alejaban hacia Pennyfields y luego observó los diferentes edificios y la actividad que reinaba en Limehouse Causeway: era evidente que las fuerzas del orden habían desaparecido. Aprovechó el momento en que la mujer salió de nuevo, cargada con la gran pizarra en la que figuraban los platos del día, para abordarla.

—Buenos días, soy una amiga del doctor Belamy. Hemos quedado en vernos en su casa.

La restauradora puso cara de no entender lo que le decía, pero, ante su insistencia, acabó por contestarle en chino.

—¿Sabe dónde está? —preguntó Olympe sin darse por vencida.

La mujer le indicó por señas que se fuera. La sufragista retrocedió un paso, pero no se marchó.

—¿Puede darle un mensaje? Siento mucho lo que pasó ayer. ¿El hombre al que se llevaron es su marido?

La mujer movió los brazos más enérgicamente aún. El tono de su voz se endureció.

—Me voy… Dígale que volveré a mediodía.

Olympe volvió a su refugio, donde todos los fantasmas se habían despertado. Una pareja se repartía medio pan ante la mirada de envidia de los demás. La cabeza de un chiquillo apareció en el hueco de entrada y la miró sin decir nada. Ella se acercó y reconoció a uno de los hijos de la restauradora. El niño echó un papel doblado al interior del tugurio y se alejó corriendo.

«No ha venido. Tiene que marcharse.» Estaba escrito con minuciosidad y aplicación. Debía de habérselo dictado su madre. Olympe dudó. No acababa de decidirse a abandonar su único vínculo potencial con Thomas, pero se sentía culpable de lo que le sucedía a aquella familia. Al final, el hambre la empujó a actuar. La sufragista recorrió Limehouse Causeway hasta una tienda de comestibles que hacía esquina con Gill Street. Compró cinco panes grandes y le dio una libra esterlina a la tendera.

Ella cogió el billete con circunspección y se lo devolvió:

—No tengo bastante en la caja para darle las vueltas, señora. Solo hay para un chelín.*

Olympe se reprochó haber llamado la atención de ese modo y completó la compra con un bote de leche concentrada, queso, arenque seco y beicon cocido. Comprobó que nadie la había seguido y regresó al tugurio, donde repartió trozos de pan entre todos los presentes, luego se aisló junto a la ventana para comerse el suyo. Cuando estuvieron saciados y la desconfianza hubo desaparecido, varios indigentes se acercaron a ella para darle las gracias y hacerle preguntas sobre un gesto tan inusual en un barrio donde con frecuencia la supervivencia de cada uno se lograba a expensas de los demás.

—La última vez que me pasó esto, fue con un americano —comentó un hombre de unos treinta años cuyo cuerpo ya empezaba a marchitarse—. Me invitó a comer y a dos pintas de *half-and-half.*

---

* Una libra esterlina de la época equivalía a veinte chelines.

580

Vino a mi casa y me hizo muchas preguntas sobre el East End. Después seguimos bebiendo y nunca más he vuelto a verlo. Más tarde me enteré de que era periodista y había escrito un libro sobre nosotros.* ¿Usted también escribe?

—No.

—¿Es una criminal que huye?

—Tampoco.

—Lo digo porque todo esto está lleno de patrullas.

Olympe miró de nuevo hacia la calle antes de responderle.

—Estoy buscando a un hombre.

—¿La ha abandonado?

—En cierto modo.

—Y usted todavía lo quiere.

—Me ha salvado varias veces.

—Pero no quiere cargar con una mujer. Comprendo.

—¿Cómo se llama?

—Ed.

—¿Quiere ayudarme, Ed?

—¿A encontrar a su hombre?

—Sí. Yo podría pagarle una buena comida.

—¡Unas pintas de cerveza bastarán! ¿Cómo se llama?

—Kenneth. Es escocés —mintió—. Le espero aquí.

105

Tower Hamlets, Londres, lunes 25 de abril

Thomas intentó apoyarse en la pierna derecha, pero un dolor fulgurante le atravesó el cuerpo como una descarga eléctrica. Se sentó de nuevo, con la espalda apoyada en el árbol contra el que había pasado la noche. La herida, aunque era poco profunda, le impedía desplazarse. Retiró el vendaje que había improvisado con las mangas de su camisa y constató que el corte de quince centímetros de

---

* En 1902, Jack London vivió ochenta y seis días entre los más pobres del East End a fin de dar testimonio de su miseria en el libro *La gente del abismo*.

largo que atravesaba el muslo y había rasgado el músculo en profundidad ya no sangraba, lo que constituía la única buena noticia de las últimas horas.

Miró, justo delante de él, el mausoleo que albergaba la sepultura de un personaje que sin duda había sido ilustre antes de acabar en una de las alamedas del Tower Hamlets & City of London Cemetery. Escondido entre la maleza del parque, protegido por los senderos bordeados de tumbas, Thomas pasó una noche poblada de imágenes de su huida.

Había ayudado a Olympe a subir por el colector y se habían mirado justo antes de que la ola lo arrastrara junto con Horace. Durante largos minutos, los dos hombres se dejaron llevar por la corriente. No podían luchar y no lo intentaron. Vere Cole se encontraba unos dos metros delante de él; la distancia entre ellos no dejaba de aumentar. Cuando el túnel se ensanchó, la corriente perdió intensidad y trataron de agarrarse a una salida de colector cada vez que aparecía alguna en el muro de ladrillos. Pero las paredes se habían vuelto resbaladizas por efecto del agua grasienta. Cuando la galería se dividió en dos, por debajo de Devons Road, Horace logró agarrarse al arco central y coger de la mano a Thomas. El médico se encontró pegado contra la pared y su muslo chocó con un objeto afilado que le hirió. Se soltó. Horace acudió en su auxilio: no podía dejar a su amigo, solo y debilitado, a la deriva en dirección a la estación de bombeo de Abbey Mills. La única luz provenía, de manera intermitente, de los colectores de aguas pluviales. Horace se guio por la voz para recuperar a Thomas y juntos consiguieron agarrarse con las manos a la salida de una pequeña alcantarilla. Vere Cole ayudó a Belamy a subir los peldaños sosteniéndolo y fue tras él. Desatornillaron la tapa de fundición y salieron por la abertura, extenuados pero vivos, bajo un fuerte aguacero, en el centro de Campbell Road. Se habían desviado de su objetivo dos kilómetros y medio hacia el nordeste. En cuanto dio los primeros pasos, Thomas se dio cuenta de que no podría llegar lejos, de modo que los dos hombres se dirigieron al refugio más cercano y seguro: el cementerio de la ciudad de Londres. Allí pasaron la noche.

—Bueno, ¿qué? ¿Ha encontrado a pacientes descontentos?

La salida de Horace le arrancó una sonrisa. Vere Cole era imprevisible, incluso en la adversidad. Se sentó al lado de Thomas bajo su escondrijo vegetal. Tower Hamlets era un parque en el que las tumbas habían crecido en una alegre anarquía como champiñones en el sotobosque, a lo largo de senderos sinuosos; sustraerse a la vista de los visitantes era fácil.

—Tengo lo que me ha pedido —dijo dejando junto a él una bolsa de papel.

—¿Ha tomado precauciones? —preguntó Thomas mientras comprobaba el contenido.

—He ido a una farmacia que está al otro lado de Victoria Park, no se preocupe. He dicho que soy médico militar y que mi mayordomo ha recibido una coz. Y he utilizado todo mi encanto —añadió mostrando su ropa sucia y ajada—. Pero no he visto a un solo *bobby*. Al parecer, las fuerzas del orden han cerrado el barrio de Limehouse.

—Haremos lo que haga falta para sacarla de ahí —dijo Thomas pintando con antiséptico una amplia superficie del muslo.

El médico apretó los dientes para no gritar.

—¿Conseguirá hacerlo sin anestesia? —-preguntó Horace, preocupado.

—No hay más remedio, el farmacéutico no se la habría dado. Ni aunque hubiera utilizado todo su encanto.

—Lástima. En el camino de vuelta, he hecho una parada en un pub. Ahí es donde me he enterado de lo de Limehouse…

Belamy se repitió mentalmente las suturas que tendría que hacer en diferentes niveles. Daría unos puntos profundos en asas transversales, después uniría los bordes de la herida y dejaría un drenaje, ya que su cuerpo había estado sumergido en el agua de las alcantarillas y la desinfección no se había podido llevar a cabo hasta el día siguiente. Teniendo en cuenta que había pasado la noche sin fiebre, las posibilidades de que la herida estuviera infectada eran solo del cincuenta por ciento.

Volvió a prestarle atención a Vere Cole cuando este dijo:

—Quizá tenga algo que pueda ayudarle a pasar mejor este mal trance.

—Horace, no tengo ganas de ingerir alcohol.

El irlandés le presentó un vaso lleno de cubitos de hielo.

—Una idea del farmacéutico, que estaba preocupado por el daño que le haría a mi mayordomo, y un regalo del patrón del pub. En realidad, podríamos decir que se lo he robado —confesó.

Thomas le dio una palmada amistosa a modo de agradecimiento. Prepararon una bolsa de cubitos con una de las mangas de su camisa y la aplicaron sobre la herida. Aunque la zona distaba mucho de estar anestesiada, el cirujano comenzó a suturar procurando no hacerlo apresuradamente y veinte minutos más tarde los labios cutáneos estaban unidos. Aplicó una buena capa de pomada antiséptica, protegió el conjunto con la otra manga, se tumbó y se durmió inmediatamente.

Cuando se despertó, Vere Cole continuaba a su lado, fumando un cigarrillo turco de ínfima calidad.

—La única marca que he encontrado —se justificó.

—¿Cuánto dinero tiene?

—Suficiente para aguantar una semana en un hotel. Mucho más en otras condiciones. Lo llevaba siempre encima, no me fiaba de Darky.

—No podemos quedarnos en el barrio de Tower Hamlets. Tenemos que ir a Limehouse.

—El problema es que usted no puede andar. Iré yo solo a buscar a nuestra querida Olympe.

—No, imposible. Mis contactos no se fiarán de usted.

—Arrastrándose, necesitará una semana para llegar, sin contar con que no podrá hacerlo con la discreción deseada.

Thomas sabía que su amigo tenía razón, pero le sublevaba su impotencia.

—Consígame un par de muletas e iremos juntos.

—No será lo ideal para pelear o huir, aunque sé que usted es capaz de todo. Iré yo y volveré con Olympe.

—El barrio está acordonado, usted mismo lo ha dicho. Encontraremos…

Thomas se quedó callado y le indicó a Horace que se sentara. En la alameda salmodiaban en latín.

—Un entierro —susurró—. Es el segundo desde que se marchó.

—No cabe duda de que se ha producido un aumento de la mortalidad desde que usted no practica la medicina, querido —comentó Horace, divertido, apartando el ramaje.

Un cortejo de una treintena de personas seguía, con la cabeza baja, al empleado de las pompas fúnebres, que empujaba una carreta mortuoria.

—Se alejan —constató.

—Ayúdeme. Ayúdeme a levantarme —pidió Thomas.

Fue cojeando hasta el mausoleo y miró hacia la entrada del cementerio.

—¡Creo que lo tenemos! —dijo apoyándose en un hombro de Vere Cole.

—¿El qué?

—El modo de ir al punto de encuentro.

106

New Scotland Yard, Londres, lunes 25 de abril

El comisario Waddington le hizo una seña a su ayudante para que fuese a buscar a Reginald. El interno había sido detenido junto con Darky e interrogado largamente. Pese a la presión de los inspectores, él no había modificado su declaración, aseguró que no tenía ninguna relación con el doctor Belamy desde su desaparición y que había ido a Flower & Dean Street para visitar a unos pacientes del médico. Había dormido en una de las celdas de Scotland Yard y, por la mañana, el abogado de sir Jessop se había presentado en la sede de la policía a fin de gestionar su puesta en libertad.

Reginald entró esposado, flanqueado por dos *bobbies*, y no respondió al saludo que le dirigió el abogado de su padre.

—Lo dejaremos en libertad —dijo Waddington—. No pesa

ningún cargo contra usted, doctor. Sentimos el malentendido —añadió, disculpa que el abogado recibió asintiendo con la cabeza—. Quítenle las esposas —le ordenó a su ayudante.

Reginald se frotó de manera ostensible las muñecas doloridas.

—Ahora, señores, ¿pueden dejarnos solos? —pidió el policía—. Usted también —le indicó al abogado.

El comisario aguardó pacientemente a que todos hubieran salido y le ofreció un té, que el interno rechazó. Waddington se sirvió y encendió un cigarrillo antes de tomar la palabra.

—Sé que es uno de los cómplices de Thomas Belamy. Si dependiera de mí, usted permanecería en la cárcel. Pero lleva un apellido que respeto. —Mientras hablaba, el policía iba de un lado a otro de la habitación, como cuando llevaba a cabo un interrogatorio—. Sir Jessop es un hombre de bien. Su padre es un ser excepcional, puedo dar fe de ello.

La risa sarcástica de Reginald le irritó. Se plantó delante de él y buscó una explicación en la mirada del interno.

—Creo que no es consciente de la suerte que tiene de ser su hijo. Es uno de los hombres con más grandeza del Reino Unido.

—¿Usted también es un huérfano de Watford?

—Sí. Y me siento orgulloso de ello. No le debo mi éxito a mi apellido.

—Está en deuda con él y su devoción le ciega, Apóstol.

El comisario no consiguió ocultar su sorpresa. Apagó el cigarrillo mientras reflexionaba.

—He aquí una prueba más de que es usted cómplice de esos enemigos de nuestro Imperio. Al menos, nos habrá sido útil al conducirnos hasta ellos.

—Fue mi padre quien le ordenó que me siguiera, ¿verdad? Usted estaba en el Athenaeum Club la semana pasada. ¿Tiene usted idea de lo que sucede allí? Usted que es policía, ¿sabe lo que su mentor les ha obligado a soportar a miss Lovell y otras chicas de Watford? ¿Sabe el tipo de chantaje que es capaz de practicar, incluso con su propio hijo?

—Cállese ya —dijo fríamente Waddington—. Está usted libre, no quiero volver a verlo —concluyó acercándose a la puerta para abrirla.

—No, ni hablar. Ahora va a escucharme usted a mí, y hasta el final. De lo contrario, denunciaré sus actividades paralelas ante sus superiores.

—No acaban nunca ahí adentro. —El abogado jugueteaba con la tapa de su reloj—. Están esperándome en el palacio —añadió guardándolo en el bolsillo del chaleco.

—¿En Buckingham? —exclamó el ayudante, impresionado.

—No, en el palacio de justicia —respondió el otro con desgana, entre incrédulo y consternado—. ¡Ah, aquí están!

El abogado dio las gracias una vez más al comisario y asió a Reginald del brazo.

—Venga, lo llevo a casa de su padre. Le está esperando.

Waddington miró con los brazos en jarras cómo se alejaban y luego se volvió hacia su ayudante.

—¿Tenemos noticias de Limehouse? —preguntó.

—Por el momento, no, comisario. El director de Abbey Mills ha confirmado que no se ha encontrado ningún cuerpo en las balsas de la estación de bombeo.

—No me extraña. Estoy seguro de que han salido con vida y se esconden en Chinatown. ¿Cómo están nuestros hombres?

—Han salido de esta con unos cuantos cardenales y un tremendo susto.

—En cualquier caso, a Conan Doyle no le ha fallado la intuición: se han desplazado por las alcantarillas. Seamos dignos de él y no dejemos que se nos vuelvan a escapar.

107

Limehouse Causeway, Londres, lunes 25 de abril

La policía no había aparecido en toda la tarde y la calle había recuperado su actividad normal, discreta y tranquila, a semejanza de la comunidad que la ocupaba. El restaurador y su hermano, a los que la policía se había llevado, habían vuelto a pie desde Victoria

Embankment y se habían puesto a reparar la puerta y el marco destrozados por el ariete.

Sentada con las piernas cruzadas en su puesto de observación, Olympe se comió el pan que le quedaba con el arenque seco mirando cómo trabajaban. Los ocupantes del tugurio se habían ido a mendigar su sustento del día. Algunos habían ido al «comedero», un barrancón del Ejército de Salvación en el barrio de Stepney, otros habían intentado conseguir un sitio para pasar la noche en el local del Ejército de Salvación de Whitechapel. Olympe se metió en la boca las migas que había juntado sobre la falda y tragó con dificultad. Pese a lo arriesgado que era, la sed, intensa, la obligaría a salir de su madriguera antes de la noche. Cogió la bolsa, contó el dinero, volvió a colgársela del cuello y se abotonó la blusa frunciendo los labios en una mueca de decepción. Solo llevaban separados un día, pero empezaba a dudar de que Thomas acudiera a la cita.

Una piedra cayó rodando por un montón de cascotes y Olympe dio un respingo. Apareció Ed y le hizo un gesto amistoso para disculparse. Los fantasmas del lugar habían tomado la costumbre de entrar y salir por la parte de atrás de la casa en ruinas, donde había un agujero en la pared que daba a un descampado al otro extremo del cual estaba la vía del tren. Los más temerarios la cruzaban para ir a los muelles de la West India a pedir trabajo o comida estropeada que descargaban de los barcos.

—Un buen día —dijo tirando su saco al suelo y levantando una nube de polvo mugriento que volvió a depositarse de inmediato—. He ganado un chelín y he comido bien.

—¿Tiene noticias de Kenneth, el hombre del que le hablé? —preguntó ella, al tiempo que constataba que, a juzgar por el aliento que despedía, Ed había invertido el chelín sobre todo en beber.

—He preguntado a mucha gente. No hay ningún escocés con ese nombre en el barrio. Solo dos hombres y una mujer que todos los maderos de Londres buscan por aquí. Unos burgueses, parece ser. ¿No podían quedarse en su casa? Ahora tenemos a un *bobby* en cada cruce. Solo faltaba que nos jodieran la noche no dejándonos dormir fuera. Y parece que esto va a durar.

—Gracias por haberlo intentado, Ed —dijo Olympe, satisfecha de la información que esperaba.

—Eso bien vale un chelín —reclamó él permaneciendo plantado delante de ella—. Por el tiempo que he dedicado.

—Sí, claro, y lo tendrá —cedió ella, comprendiendo que no había saciado su sed y que insistiría.

Ed fue hasta los cascotes y, poniendo el pie derecho sobre el montón, se inclinó hacia ellos como si buscara una piedra preciosa.

—Bueno, yo creo... —Se volvió hacia ella antes de continuar—: Yo creo que vale más. Yo creo que vale la bolsa que lleva colgada del cuello.

Olympe se había levantado.

—No hay nada dentro. No hay dinero.

—Démela —insistió Ed tendiendo la mano—. La he visto cuando contaba las monedas.

—Si se acerca, grito.

—No lo hará. Usted huye de la policía igual que todos nosotros. Quizá incluso con más razón que nosotros. —Ed desenfundó un cuchillo bayoneta a modo de argumento definitivo—. Su dinero a cambio de salvar el pellejo. En realidad, creo que usted es la fugitiva que buscan. Pero no les tengo simpatía. No voy a entregarla para cobrar la recompensa, pero usted va a indemnizarme. Y creo que incluso voy a ganar con el cambio —concluyó, al tiempo que le hacía una seña para que le lanzara la bolsa.

—¡No se acerque a ella!

La silueta de un hombre se recortó en el hueco de la puerta.

—Nadie amenaza a nadie en mi calle —dijo antes de entrar.

El desconocido, un hombre asiático, llevaba zapatos de charol y un largo abrigo con el cuello de piel. Una cicatriz cruzaba su ancho rostro desde la mandíbula hasta la sien izquierdas, y la impasibilidad de su mirada dejó helado al indigente.

—¿Quién es usted? ¡Lárguese! —dijo Ed sin convicción.

El hombre le enseñó una moneda antes de lanzarla a sus pies.

—Seis peniques para que vaya a emborracharse. Eso es todo lo que vale —dijo, apoyando las dos manos en la empuñadura del bastón—. Ahora es usted el que va a largarse. *Zaijián!*

En el momento en que Ed se inclinó para coger la moneda,

recibió un fuerte bastonazo que lo dejó inconsciente en el acto. El desconocido se agachó para recuperarla, sopló sobre ella y se la guardó en un bolsillo, luego se presentó.

—Brilliant Chang. Soy amigo del doctor Belamy. Ya no tiene nada que temer.

108

Limehouse Causeway, Londres, lunes 25 de abril

El agua caliente del baño era un océano de suavidad después de la rudeza de los últimos días. Olympe se acercó la esponja, que olía a sales perfumadas, a la nariz y se lavó otra vez la cara para comprobar que no soñaba. Descansaba en una bañera de cobre, en el centro de un gran cuarto de baño cuyo mobiliario, decorado con motivos campestres, era de mármol y loza. Una joven vestida con un traje tradicional chino entró, dejó ropa limpia y se retiró, acompañada únicamente por el tenue crujido de la seda. Al sacarla del tugurio, el hombre la había llevado al número 13 de Limehouse Causeway. Olympe tenía la impresión de ser una princesa en la corte del Imperio del Medio y se dejó flotar en agradables pensamientos hasta que el agua, ya fría, la estremeció. Se secó y se miró desnuda en el inmenso espejo que adornaba uno de los muebles, pero de inmediato pensó que quizá la estaban observando desde el otro lado del cristal pulido. Se vistió rápidamente y bajó para reunirse con su anfitrión. La forma radical en la que el señor Chang había tratado a Ed le daba una idea de su categoría profesional, pero sabía que no tenía intención de entregarla a Scotland Yard; de lo contrario, ¿por qué iba a poner a su disposición unas prendas tan bonitas? En cuanto a un intento de seducción forzada, ya habría tiempo de responder a eso, si se daba el caso. La había sacado de una situación comprometida, parecía apto para mantener a la policía alejada y conocía a Thomas, lo que, por el momento, bastaba para convertirlo en alguien digno de confianza.

Brilliant Chang la esperaba en un salón menos ostentoso, pero también oriental. Al entrar ella, el hombre reprimió una sonrisa de satisfacción; el gesto fue suficiente para revelar una boca desdentada, causa probable de la impasibilidad que se imponía. Se alisó con una mano sus largos cabellos negros, reunidos en una trenza, mientras con la otra la invitaba a sentarse.

—Le propongo un té maduro chino —dijo haciéndole una seña discreta a una de las dos sirvientas apostadas cada una en una esquina, más inmóviles que figuras de porcelana.

El hombre se mostró afable y cortés, pero la miraba con una insistencia y una avidez que le costaba dominar. Brilliant Chang era hijo de un hombre de negocios chino que lo había enviado a Londres para que cursara estudios de medicina. Él los había abandonado enseguida para abrir un restaurante en Regent Street.

—Bienvenida —dijo levantando su tazón para aspirar el aroma del té antes de tomar un pequeño sorbo—. Una vez que sus problemas actuales se hayan resuelto, naturalmente.

Olympe, que esperó a que el hombre bebiera primero, lo imitó y a continuación le relató lo que al parecer él ya sabía.

—Somos una pequeña comunidad y los acontecimientos de ayer no pasaron inadvertidos, miss Lovell. Rápidamente nos informaron de su presencia. No tenemos costumbre de intervenir en los asuntos ajenos. Sin embargo, parecía que su vida estaba en peligro, y la policía siempre nos considera sospechosos de las peores maldades. No quería que me acusaran. Jamás me atrevería a hacerle el menor daño a una mujer de su belleza.

—Estoy convencida de que habría acudido en mi ayuda fuera cual fuera mi físico, señor Chang.

Olympe no pudo evitar contestar en tales términos.

—Evidentemente —dijo él bajando los ojos por primera vez en la conversación.

Olympe se reprochó la futilidad de su victoria: sobre todo, no debía hacer nada que humillase a su anfitrión.

—Es usted amigo de Thomas, ¿no? ¿Cómo se conocieron? —preguntó ella mientras él ahogaba su frustración en dos ruidosos sorbos del líquido de reflejos rojo ladrillo.

Un tipo fornido hizo su aparición y esperó un gesto de Brilliant para acercarse a él. Aparte de Chang, era el primer hombre que veía en la vivienda. Tenía la misma morfología de luchador de feria que los Coon, los mismos tatuajes visibles, la misma deferencia con su jefe y la misma mirada impávida. Chang, que parecía reunir toda la fantasmagoría londinense sobre Chinatown, habló en voz baja con su esbirro.

—Le pido disculpas por este aparte —dijo cuando este último se marchó—. Quería saber cómo conocí al doctor Belamy, a quien parece unirle una relación íntima. Fue por esta cicatriz —declaró acariciándosela.

—Es un excelente cirujano. ¿Fue él quien se la curó?

—No, fue él quien me la hizo. Ahora, miss Lovell, voy a pedirle que vuelva a su habitación.

El caballo iba cubierto con una larga colcha negra, y llevaba una capucha del mismo color que solo dejaba ver los ojos y las orejas. Tiraba de un carruaje fúnebre adornado con enormes pompones en las cuatro esquinas del techo. La noche acababa de caer cuando el coche se detuvo, invisible, junto al tugurio. Horace, que lo conducía, bajó y entró en el número 15. Salió poco después con el encargado. Ambos ayudaron a Thomas, que había hecho el trayecto oculto bajo unas mantas, a instalarse en el piso superior del restaurante. Vere Cole se marchó inmediatamente para desembarazarse del voluminoso carruaje y se dio de bruces con un curioso personaje que llevaba un abrigo con el cuello de piel.

—Querido señor de Vere Cole, cuánto ha tardado —dijo Chang.

—No conozco a nadie que responda a ese nombre —replicó Horace fingiendo sorpresa.

—¿Puede decirle a nuestro amigo Thomas que miss Lovell está descansando en mi casa? —continuó el hombre haciendo caso omiso de su respuesta.

—¡Olympe! ¿Está a salvo?

—Veo que ha recuperado la memoria.

—¡Alabado sea Dios! ¡Está bien!

—Mis hombres se ocuparán de su coche fúnebre —dijo Chang señalando a dos de sus esbirros que estaban sacando a Ed, todavía inconsciente, del tugurio—. Precisamente tenemos que hacer una entrega.

—¿Y con quién tengo el honor de hablar?

Chang no tuvo tiempo de responder porque el restaurador y su hermano se interpusieron. Hablaron en chino, violentamente al principio, luego intercambiaron unas frases más calmados y acabaron encendiéndose de nuevo y soltándose un aluvión de invectivas. Horace los dejó enzarzados en su disputa, cuyas raíces debían de ser antiguas, y subió a darle a Thomas la buena noticia. Su tibia reacción le confirmó que a Chang había que ponerlo en la columna de los problemas más que en la de las soluciones. Belamy intentó apoyar la pierna derecha en el suelo, pero el dolor era demasiado fuerte. Se le había hinchado el muslo, la herida suturada estaba caliente y el drenaje revelaba la presencia de un principio de infección.

—Voy a buscarla —dijo Horace.

—Ni se le ocurra, Chang no le dejará. De todas formas, no podemos quedarnos aquí, la policía puede presentarse en cualquier momento.

—¿Está diciéndome que la retiene contra su voluntad?

—Sí, y que no tenemos otra opción que ir a refugiarnos a su casa. Es lo que él quiere.

Abajo, los hombres seguían echándose los trastos a la cabeza.

—Pero ¿por qué? ¿Quién es ese hombre? ¿Cuál es su objetivo?

—La culpa es mía. Lo he subestimado y estamos atrapados en su telaraña. Si no hubiera caído ayer esa lluvia torrencial, todo habría ido bien… Chang es el mayor traficante del East End, y él y yo tenemos un asunto pendiente que resolver. Un asunto que se remonta a tres años atrás.

XVIII

4 y 5 de mayo de 1910

109

Limehouse Causeway, 13, Londres, miércoles 4 de mayo

Cuando Thomas entró en su habitación, Olympe se había dormido con una escribanía sobre las piernas, después de haber llenado páginas de una carta que no sabía cuándo podría enviar. Pero se había jurado hacerlo, pasara lo que pasase, para reparar todos los momentos en los que habría podido, en los que habría debido decirle todo aquello, en los que no se había atrevido a afrontar sus propios miedos. Jamás había expresado sus sentimientos a nadie antes de aquel día, convencida de que las emociones eran objetos volátiles, vinculados a los momentos y no a los seres, y de que llevaban implícito el arrepentimiento de su declaración, como esos tatuajes descoloridos sobre pieles marcadas por las experiencias de la vida.

Ella percibió su presencia y se despertó. Se besaron hasta quedarse sin aliento, hicieron el amor gimiendo sus nombres, que habían gritado en el vacío de la ausencia demasiado tiempo. Después ella metió los papeles bajo la almohada. No era el momento, todavía no.

Los días se sucedieron. La infección se reabsorbió gracias al arsenal de drogas proporcionado por Chang y Thomas no se vio obligado a reabrir la herida. El médico retiró el drenaje el sábado y el lunes, al apoyar el pie, ya no sintió aquel vivo dolor. Su anfitrión seguía atentamente las etapas de su curación.

Olympe cortó el hilo y tiró de él delicadamente con unas pinzas.

—Ya está, ese era el último punto —dijo Thomas aplicando con una gasa un linimento elaborado con miel—. El tiempo se encargará de hacer lo demás. Serías…

—Ya sé lo que vas a decirme. Pero no quiero ser una enfermera entregada a la gloria de un médico semidiós, aunque seas tú, amor mío —concluyó tendiéndole los pantalones.

—Serías una cirujana fantástica —completó él—, y yo me sentiría feliz de ser tu ayudante.

La observación, de cuya sinceridad no le cabía duda alguna, la emocionó. Mientras se vestía, Thomas le puso el ejemplo de Emily Barringer, que acababa de terminar en la universidad de Nueva York su período de residencia como cirujana.

—Sabes tan bien como yo que nadie dejará que opere —objetó Olympe—. Tendrán que pasar aún una o dos generaciones para eso.

—Entonces, lo verán nuestros hijos —concluyó él besándole los cabellos.

Olympe retrocedió para liberarse de su abrazo.

—¡Eh! —exclamó Thomas, sorprendido por la vivacidad de su reacción—. No era una petición de matrimonio, Olympe.

—Lo siento. Se me pasará. Soy muy sensible a algunas cuestiones. Tengo la impresión de que a veces soy muy complicada.

Se volvió hacia la ventana, que daba a un patio interior de dudosa limpieza. La parte trasera de las casas que había a su alrededor se utilizaba como vertedero a cielo abierto; había acumulados montones de basura que la gente arrojaba desde las ventanas de los pisos superiores. A lo lejos, la línea ferroviaria atravesaba la calle como la línea del horizonte de un paisaje urbano.

Thomas guardó el material médico, que Chang —estaba seguro— había conseguido, a través de alguno de sus cómplices, en un hospital de Londres.

—Tengo otras preocupaciones que fundar una familia —se explicó Olympe—. Mis hijos nacerán en un país donde las mujeres tengan derecho a votar. No quiero que se vean obligadas a luchar para conseguirlo. Esa no debe ser su lucha.

—Entonces, huyamos a Australia —le propuso él rodeándola con los brazos.

—¡Tramposillo! ¿Crees que no sé que las australianas ya votan? —replicó la joven volviéndose para besarlo.

—Rehagamos nuestra vida allí. Siempre habrá alguna causa a nuestra altura.

—¿Ni siquiera podemos salir de esta calle y me propones ir al Nuevo Mundo?

—No es más que una cuestión de tiempo.

—Lo que no entiendo es por qué el señor Chang se muestra tan solícito con nosotros —dijo Olympe—. Parece un ganadero que rodea de toda clase de atenciones a un animal que va a matar para comérselo.

—Aparte de sus insinuaciones, no tienes nada que temer de él. Mientras yo no me haya repuesto, no sucederá nada.

—Explícamelo…

—No te preocupes y confía en mí. Por el momento, lo más urgente es que encuentre una manera de ir al Barts para operar a sor Elizabeth. ¿Dónde se ha metido Horace?

Brilliant Chang se limpió las comisuras de los labios con una afectación teatral antes de indicarle con una seña a su guardaespaldas que hiciera entrar a sus invitados. Estaba degustando carne en salsa, sentado tras su mesa de trabajo entre dos estatuillas plateadas que representaban a unos dragones.

—Pruebo platos para mi restaurante —les explicó antes de que un sirviente le retirara la bandeja—. Veo que su curación va por buen camino —añadió refiriéndose a Thomas, que se desplazaba con ayuda de un bastón—. No olvide nuestro acuerdo. En cuanto a su amigo, el señor de Vere Cole, es un invitado con gusto. Desde que llegó se ha interesado mucho por mis actividades, a diferencia de usted, doctor, que no me hace ningún caso.

—El doctor Belamy y yo teníamos mucho tiempo que recuperar —explicó Olympe.

—Es una lástima que una mujer como usted malgaste su juventud con un hombre de sociabilidad dudosa.

—La razón es que él se adapta a la mía, que es una catástrofe, querido señor Chang.

—Resulta difícil de creer. ¿Será que es usted un demonio oculto en el cuerpo de un ángel? Qué interesante.

Belamy estaba acostumbrado a las provocaciones verbales de su anfitrión y no le prestó atención. Chang las lanzaba sin parar, como picaduras de insecto, a fin de desconcertar a sus interlocutores.

Thomas estaba preocupado por Horace, que había perdido gran parte del dinero que le quedaba jugando a las cartas con Brilliant Chang. Este tenía la paciencia de los felinos, que debilitan a su presa antes de darles la puntilla. Y, sobre todo, hacía trampas de manera descarada.

—Su amigo ha querido conocer mejor mi actividad principal.

—¿No se habrá atrevido…? —Thomas se contuvo—. ¿Dónde está?

—¿Quiere acompañarme? —le preguntó el traficante a Olympe tendiéndole el brazo.

El fumadero de Chang no se hallaba situado en Limehouse Causeway por razones de seguridad y también para tranquilizar a sus principales clientes, burgueses, artistas y aristócratas depravados que lo frecuentaban asiduamente. Pero la transformación del opio bruto en *chandoo* se llevaba a cabo en el sótano de la casa. Chang los precedió al bajar la escalera y abrió la puerta por la que se accedía a su taller clandestino, en el que estaban trabajando cuatro personas. De pronto se volvió más hablador y dio una explicación, a la manera de un guía turístico arrastrado por su pasión.

—Verán, la calidad reside principalmente en la fabricación del *chandoo* —dijo mostrándoles una bolsa llena de un líquido con consistencia de jarabe—. Yo me ocupo personalmente de comprar las bolas de opio procedentes de la región de Yunnan. La primera operación consiste en cocerlas un mínimo de dos horas; luego se amasan y se dejan macerar un día en agua pura para obtener un jugo.

—Fase uno: excitación seudomaníaca, logorrea, pérdida de ideas, delirios de grandeza —comentó Thomas.

—A continuación, se decanta ese jugo —continuó Chang haciéndole caso omiso—. Hay que concentrarlo hasta un punto determinado, a fin de obtener un jarabe de consistencia espesa, y luego se bate para incorporar una buena dosis de aire.

—Fase dos: embotamiento, depresión y somnolencia.

—En ese momento, querida miss Lovell, hay que conservarlo en vasijas de arcilla durante al menos tres meses y dejarlo fermentar.

Chang los condujo a una bodega donde había varias hileras de vasijas extendidas en el suelo. Sumergió la punta de un cuchillo en una de ellas, recubierta de una gruesa capa de moho, dejó que el líquido goteara y se acercó la hoja a la boca antes de asentir con la cabeza con aire de satisfacción.

—Solo después de todas estas operaciones podemos ofrecerlo a nuestros clientes. Un chelín el gramo, seis peniques el de calidad inferior. El mejor de Londres —concluyó, pasándole el cuchillo a su ayudante.

—Fase tres: dependencia asegurada. El despertar es tan doloroso que el fumador de opio solo tiene una idea en la cabeza: repetir.

—El doctor está en lo cierto. Es la magia del *chandoo*. Todos nuestros clientes nos son fieles. Incluso los animales que lo inhalan se vuelven opiómanos. He visto ratas salir de sus agujeros, indiferentes al peligro, en cuanto percibían el olor del opio. He visto perros volverse locos.

—Bonita empresa —comentó Olympe—. ¿Y en qué caja cuidadosamente escondida ha guardado su conciencia, señor Chang?

—Si no lo hiciera yo, lo harían otros. Más vale garantizar un producto de calidad. Yo le doy felicidad a la gente en un mundo en el que la existencia es muy aburrida.

—¡Amén! —Thomas suspiró—. ¿Dónde está Horace?

Sin decir una palabra, Chang los llevó al fondo del taller y al descorrer una cortina roja y dorada quedó al descubierto un cubículo que los recibió con una humareda densa y viscosa como la niebla del East End, de un olor amargo reconocible. Horace estaba tendido de lado, con la cabeza apoyada en un leño, los ojos cerrados y expresión absorta. De la pipa característica de cazoleta plana se elevaba aún un delgado hilo de humo.

—Solo ha tomado una pizca, una cantidad mínima de opio —aseguró Chang—. No corre ningún peligro —precisó al ver que Belamy le tomaba el pulso.

—Mi amigo tiene el corazón frágil —dijo Thomas abriendo el párpado izquierdo de Horace para comprobar la dilatación de la pupila—. Ayúdeme a subirlo a su habitación.

El traficante le dio una orden en chino a su guardaespaldas, que cogió a Vere Cole en brazos como si fuera un simple muñeco de trapo y lo depositó sobre su cama, en el piso de arriba, antes de dejarlos solos.

—Sigue bajo los efectos del narcótico, tiene las pupilas contraídas y el corazón le late un poco rápido. Va a instalarse progresivamente en un sueño profundo —diagnosticó Belamy—. Pero sus sentidos aún están despiertos. ¿Verdad, Horace? ¿Me oye?

El rostro de Vere Cole permaneció impasible. Thomas comprobó su respiración, que no se había alterado, y le apretó la mano. No notó ninguna presión en respuesta.

—Qué raro, ya está en la fase profunda. Ha debido de fumar varias pipas seguidas. Me quedaré aquí para observarlo.

—¿Son sueños agradables? —preguntó Olympe sentándose a su lado.

—Eso depende de cada individuo. A veces son alucinaciones, a veces solo un largo túnel negro.

Horace dio un respingo, como electrizado, pero no se despertó.

—En su caso, parece una pesadilla —dijo Thomas mientras comprobaba de nuevo sus constantes—. En una época frecuenté los fumaderos.

—¿En Anam?

—No, en París, con Jean. Íbamos a la trastienda de una herboristería del barrio de Fontaine. Yo no pasé de tres o cuatro pipas al día, él llegó a veinte. Intenté que parara, pero ¿cómo se puede luchar contra una señora tan poderosa? Tenías la ligereza, el bienestar del momento, en el que nada se te podía resistir, y al despertar, la lengua enredada, la garganta seca, y calambres y dolores de cabeza que solo remitían con más opio. Jean había fumado cuando agredió a un gendarme. Todavía me siento culpable de no haber conseguido rehabilitarlo a tiempo.

Olympe se acurrucó contra él y apoyó la cabeza en su hombro.

—Te quiero —dijo de pronto.

Se besaron largamente, y unas lágrimas se mezclaron con sus besos.

—Tengo mucho miedo de perderte.

—Acabamos de encontrarnos, amor mío.

Ella asintió y contuvo la marea salada en sus ojos.

—¿Estás seguro de que no nos oye?

—Permanecerá varias horas en su mundo.

—¿Se convertirá en un opiómano?

—No, para que se cree adicción hacen falta dos o tres semanas. Y él siempre preferirá el champán al *chandoo*. El opio no es una droga lo bastante festiva para él.

—Me da pena. Lo noto desamparado desde que Mildred lo dejó. No sé cómo ayudarle, creo que se ha enamorado de mí y no quisiera hacerle sufrir inútilmente.

—Es tan imprevisible… —dijo Thomas—. Eso forma parte de su encanto.

Miraron a su amigo en silencio. Su expresión parecía serena. De pronto, como un demonio que saliera de una caja de sorpresas, se incorporó bruscamente, con los ojos abiertos, profiriendo un alarido de fantasma.

110

Limehouse Causeway, 13, Londres, miércoles 4 mayo

Horace estaba inclinado sobre el fregadero, estirando el cuello hacia delante.

—Continúe comprimiendo la fosa nasal —indicó Thomas tendiéndole una gasa—. Así dejará de sangrar.

—Estoy seguro de que está rota. ¡Me duele!

—No, no, no hay fractura. Es doloroso, pero nada más.

—¿Nada más que doloroso? ¡Pero si me la ha destrozado! —se quejó Vere Cole incorporándose para enseñarle la nariz hinchada.

—La culpa es suya —replicó Thomas obligándolo a inclinarse de nuevo—. ¿Cómo se le ha ocurrido gastarnos esa broma estúpida?

—Divertida, no estúpida —dijo el irlandés con una voz nasal.

—Practico un arte marcial, Horace, y me han entrenado para reaccionar de manera refleja. Es una cuestión de supervivencia.

—No lo he visto venir —reconoció Vere Cole.

—¿Cómo va? —preguntó Olympe, que entró con más gasas limpias.

—Creo que ha parado —constató Horace.

Se taponó la fosa nasal derecha con una gasa enrollada y se miró en el espejo.

—Yo que siempre me he negado a boxear para proteger mi físico, y ahora mírelo, echado a perder del todo.

—No tema, seguirá teniendo éxito.

—No con usted, querida —dijo Horace con un suspiro mientras se ponía el chaleco, que no se había manchado de sangre—. No dormía y lo he oído todo. —Le sonrió con aire contrito y se examinó de nuevo ostensiblemente en el espejo, luego se tumbó en la cama, apoyado en un montón de cojines—. Pero tenga por seguro que ser su amigo es para mí un placer suficiente. Por cierto, nadie desconfía de ti cuando todo el mundo cree que estás sumergido en el torpor extático de los fumadores de opio.

—¿Ha fingido que consumía opio para espiarlos?

Por toda respuesta, Horace levantó ligeramente las cejas y saboreó el aura de admiración en la que se sintió envuelto. La realidad era menos heroica: cuando se tumbó, con la cabeza sobre el leño, se sintió como un condenado al que iban a cortarle la cabeza. Mientras una vieja *cockney*, de arrugas tan profundas que parecían cicatrices, trituraba la pasta de color amarillo ámbar para removerla en la pipa, vio desfilar los cuerpos descarnados de los amigos a los que el opio había convertido en esclavos melancólicos y le entró miedo. Le preguntó a Chang, quien, como anfitrión solícito, vigilaba las operaciones, y este le confesó que lo había consumido una sola vez en su vida y estuvo enfermo una semana. Así pues,

Horace evitó cuidadosamente inhalar el humo, lo expulsó como los que fuman el primer cigarrillo. La anciana, que en realidad solo tenía cuarenta años, veinte de los cuales los había pasado en una fábrica de la industria química del este de Londres, estuvo alimentando con regularidad su pipa con bolitas de *chandoo* y llenando su vaso con licor de ochenta grados.

—Después de la tercera pipa, fingí que estaba inconsciente y enseguida se olvidaron de mí.

—¿Ha averiguado algo interesante? —preguntó Thomas en voz baja tras comprobar que no había nadie en el pasillo.

—Chang tiene un teléfono aquí mismo.

—Eso no es un secreto. Está encima de su mesa a la vista de todos —dijo Olympe.

—Podríamos utilizarlo para llamar al Apóstol y parlamentar con él.

—En menos de una hora, la policía tendría nuestra dirección. Sería como enviarle una invitación —objetó Thomas.

—Subestima a su amigo: oficialmente, ese aparato fue instalado en un comercio de Royal Mint Street. Y, agárrense, Chang se encargó de que trajeran un cable de cobre hasta aquí sin que nadie se enterara.

—Eso es imposible, hay por lo menos tres kilómetros de distancia —refutó Thomas—. No habría pasado inadvertido. Los vapores del opio han debido de afectar su comprensión, Horace.

La observación ofendió a Vere Cole, que se quedó callado.

—¿Cómo lo hizo? —preguntó Olympe para animarlo a seguir.

—La línea del ferrocarril. La London & Blackwall Railway empezó unas obras de renovación de sus líneas el año pasado. Chang pagó a dos empleados para que tendieran el cable por debajo de los raíles. Es un hilo de Ariadna imposible de seguir. El señor Chang puede hacer sus negocios con la mayor tranquilidad del mundo. Pero a lo mejor lo he soñado —añadió, enfurruñado, cruzando los brazos.

—Le pido disculpas, Horace —dijo Belamy, a quien le costaba permanecer serio.

—¿Y eso le hace gracia, Thomas?

—No..., sí... Lo siento, es el cilindro de algodón que le sale de la nariz… Parece una morsa… con un solo colmillo —dijo, incapaz de seguir reprimiendo la risa.

Olympe, que había pensado lo mismo pero había conseguido contenerse, rompió a reír también. Horace se levantó para mirarse en el espejo e imitó gruñendo al mamífero marino antes de sumarse a la hilaridad general. Extrajo el algodón y con un gesto teatral lo arrojó a la papelera. Toda la tensión de los últimos días desapareció.

—Suponiendo que quiera dejarnos telefonear —dijo Thomas, retomando el hilo de la conversación—, ¿cómo podemos presionar a Waddington?

—De ninguna manera, Thomas tiene razón —admitió Olympe—. Aunque dispusiéramos de pruebas irrefutables de todas las fechorías de sir Jessop, ningún periódico querría publicarlas y ningún juez las tomaría en consideración.

—¡Pero no vamos a pudrirnos aquí! —protestó Horace—. ¡Echo de menos mi antigua vida! ¡Sueño con oír la voz de Mario en el Café Royal diciéndome, con su peculiar manera de pronunciar las erres, que tengo mi mesa reservada y que mi champán está al fresco!

—Nuestra única oportunidad es hacerles creer que hemos conseguido salir de Londres, a fin de que aflojen sus redes —dijo Olympe.

—En nuestra situación actual, no se me ocurre cómo.

—¿No somos especialistas en la mistificación?

—Olympe tiene razón —aprobó Thomas—. Horace, cuento con usted para encontrar una manera de engañarlos. Yo me ocupo de Chang para el asunto del teléfono. Mañana a primera hora nos pondremos en contacto con El Apóstol. Los haremos correr.

111

Limehouse Causeway, 13, Londres, jueves 5 de mayo

Rodeaban el teléfono como los Reyes Magos protegiendo al Niño Jesús. El aparato, un Marty de madera color miel que Chang había importado de Francia, parecía una caja de tabaco sobre la que hubieran puesto una doble alcachofa de ducha. Olympe sostenía el pedazo de papel escrito de puño y letra de El Apóstol.

—¿Con quién quiere hablar?

La voz de la operadora transmitía una sensación de familiaridad que resultaba tranquilizadora.

—Con el 3257 HOPE —respondió la sufragista.

Los timbrazos roncos sonaron en el vacío hasta que, después del quinto, un ruido de fondo indicó que habían descolgado el aparato.

—Café Royal, dígame.

Olympe creyó que se trataba de una broma y estuvo a punto de colgar. Miró a sus dos compañeros. Thomas había oído al interlocutor, pero Horace no y maldijo su sordera.

—Ha llamado al Café Royal —repitió el hombre al otro extremo de la línea.

Thomas le indicó que continuara.

—¿Es el 3257 HOPE?

—Sí, señora, Mario al aparato. ¿Qué desea?

—Deseo hablar con El Apóstol.

Hubo un largo silencio de vacilación, puntuado por el tintineo de los cubiertos en las mesas que estaban preparando.

—Vuelva a llamar dentro de una hora al mismo número.

Horace se lo hizo repetir dos veces cuando la joven lo puso al corriente. Intentó encontrar una interpretación a lo que quería que fuese un malentendido, pero tuvo que rendirse a la evidencia: Mario, su camarero preferido, el personaje principal del establecimiento, era un informador de la policía.

—Bien pensado, eso explica por qué El Apóstol estaba al corriente de todas nuestras actividades. Mario ha sido siempre mi confidente. Y el Café Royal es el mejor sitio para enterarse de todo sobre todo el mundo. Scotland Yard habría sido idiota si hubiera prescindido de esa fuente de información.

—No tenemos más que esperar.

Chang, que se había ausentado toda la mañana para ver a los proveedores de su restaurante, les había permitido utilizar el teléfono y el despacho sin restricciones especiales, salvo la presencia del sansón de servicio, que se había acomodado en un rincón de la estancia y los observaba con la indiferencia de un guardia de prisiones durante el paseo diario. Volvieron a llamar al cabo de cuarenta minutos.

—No cuelgue… voy a ver —respondió Mario.

El Apóstol acudió inmediatamente.

—¿Miss Lovell?

—¿Inspector Waddington?

—Veo que no han permanecido inactivos —replicó intentando controlar su nerviosismo—. Pero su información no está al día, ahora soy comisario.

—Disculpe, pero me adelanto al momento en que sus superiores lo degraden al enterarse de que obedece más a sir Jessop que a ellos.

Thomas y Horace hicieron gestos de aprobación.

—Mis superiores confían plenamente en mí —se defendió el policía—, sean cuales fueren los argumentos falaces de personajes marginales de su ralea. ¿Qué quiere?

—Solo queremos advertirle de que vamos a presentar una denuncia contra sir Jessop y que, si usted no renuncia a seguir con sus investigaciones infundadas, revelaremos sus relaciones con él.

—Yo no tengo que justificarme, y menos aún ante ustedes. Afortunadamente, en este país los criminales no denuncian a la policía.

—No, la controlan.

—Ustedes… —Se interrumpió. Olympe oyó un vago cuchicheo. El comisario prosiguió—: Ustedes no tienen nada que negociar. Acaban de anunciarme que la casa en la que se encuentran está en estos momentos rodeada por nuestras fuerzas policiales.

—Ya está —susurró ella tapando el aparato con la mano—, han llegado.

—Su llamada ha sido muy imprudente, miss Lovell. Con la ayuda de la National Telephone Company, hemos identificado rápidamente su número. Y aunque creían que iban a sorprendernos llamando antes de lo previsto, ya hemos acordado Royal Mint Street. Mis hombres están enfrente de la casa en la que se han refugiado. Les aconsejo que se rindan. Se tendrá en cuenta.

—Inspector…

—¡Comisario!

—Si sigue en sus trece, no voy a tardar en verme obligada a llamarle sargento. No conocemos a los habitantes de esa casa, y la razón es muy sencilla: ya no estamos en Londres. Cuando se dé por enterado, llámenos al número que tan brillantemente ha identificado y por fin podremos hablar de nuestra propuesta.

Olympe colgó bruscamente, dejando a Waddington perplejo.

—¿Todo va bien, comisario? —preguntó Mario, que se había quedado junto a él.

—O esa gente está loca, o yo soy un inepto —resumió el policía.

—Es verdad que son raros —admitió Mario—, pero no me parece que estén locos. Y usted es un buen inspector —añadió para compensar.

—Comisario... —dijo Waddington con hastío.

Decidió ir a Scotland Yard a pie, pero los veinte minutos caminando no le aportaron ninguna solución. Se sentó en su despacho y miró el abrecartas dorado que sir Jessop le había regalado con motivo de su primer grado de oficial. Se quedó así hasta que su ayudante fue a informarle de que los fugitivos no estaban en el comercio de venta al por mayor y al detalle de Royal Mint Street, y que la actuación de la policía había asustado al gerente y su familia.

—¿Cómo es posible que una línea no esté en el lugar de su número?

—No lo sé, señor.

—¡Trabaje con la compañía telefónica, registre hasta el último rincón de esa casa, pero, maldita sea, averígüelo!

Cuando se quedó solo, Waddington retomó el hilo de sus pensamientos. Había comprobado las afirmaciones de Reginald sobre las relaciones de su padre con las jóvenes del orfelinato, pero no acababa de censurar su conducta. Sabía lo que el hombre de negocios había hecho para desacreditar al doctor Belamy, pero no podía reprochárselo, ¿acaso no era el médico un usurpador? Y Vere Cole, que había humillado el orgullo nacional, ¿no merecía un castigo digno de su traición? Pero ¿y si, queriendo obrar por el bien de la nación, sir Jessop había cometido un error?

Waddington cogió el abrecartas, lo metió al fondo de un cajón y salió a almorzar en el *fish and chips* más cercano. Regresó enseguida y se encerró en su despacho para releer el expediente de Olympe con la esperanza de avanzar en su investigación. No tardó en tomar conciencia de que era su chaqueta la que despedía el desagradable olor de fritura que le perseguía, de modo que se la quitó y la colgó en el guardarropa. Poco antes de las cuatro, el director de Scotland Yard se presentó en su despacho.

—Un asunto muy urgente, Waddington. Un coche va a llevarlo a Buckingham Palace.

—¿El palacio del rey?

—A menos que haya habido una revolución durante la noche, sigue siendo su morada, en efecto. ¿Por qué? ¿Es la primera vez que va?

—Sí, señor.

—¿Tiene una americana correcta?

Al comisario le entraron sudores fríos al pensar en el olor de fritura.

—Bueno…, es que…

—Acompáñeme, yo le prestaré una. Quien trabaja aquí tiene que estar siempre preparado para cualquier eventualidad, desde meterse en las alcantarillas hasta visitar una residencia real.

El director escogió una chaqueta de tweed a cuadros que parecía de la talla de Waddington.

—¿Sabe para qué quiere vernos? —preguntó este último mientras se la ponía.

—No, pero parece que se trata de algo de extraordinaria importancia: el ministro del Interior le espera abajo.

112

Buckingham Palace, Londres, jueves 5 de mayo

Churchill lo examinó de la cabeza a los pies sin hacer ningún comentario. Subieron en el Austin 40 y le preguntó por el doctor Belamy. El ministro gruñó ante el anuncio de la falta de resultados en su persecución del trío y no pronunció una sola palabra más durante el trayecto.

Accedieron al palacio por la entrada de los escuderos y se detuvieron en el patio central, donde un sirviente con librea fue a abrirles, acompañado del responsable de la seguridad y de dos guardias. Churchill llevó al comisario al ala norte, a la terraza que se extendía sobre los jardines. Waddington no había visto nunca tanto refinamiento en los materiales: de las obras de ebanistería realizadas con maderas exóticas a las columnas de mármol, de las puertas de cristal enmarcadas con dorados de oro fino a las escaleras recubiertas de terciopelo granate, todo desprendía lujo y elegancia en proporciones catedralicias.

En el momento en que empezaron a subir por una ancha escalera, el ministro le anunció:

—Nos dirigimos a los aposentos privados del rey.

A diferencia de la animación que reinaba alrededor de los edificios, el piso superior estaba desierto. Una gruesa moqueta absorbía todos los ruidos. Aun así, Waddington no se atrevía a hablar y avanzaba con paso sigiloso. Churchill entró en una antecámara vacía.

—Espéreme aquí —ordenó antes de pasar a la estancia contigua.

Waddington tuvo tiempo de reconocer la figura del primer ministro antes de que la puerta se cerrara. La espera se le hizo larga. En la habitación no había ninguna ventana y el silencio creaba la impresión de que allí todo estaba paralizado. Waddington sintió los primeros síntomas de un ataque de hipoglucemia, maldijo el tratamiento y se acordó de que las galletas que llevaba siempre encima se habían quedado en su chaqueta, en Scotland Yard.

Cuando Asquith entró, seguido de Churchill, el comisario vio al rey sentado en un sillón, junto a una chimenea con brasas rojizas, así como a dos siluetas que se confundían con la penumbra del fondo de la habitación. El primer ministro se dirigió a él con el aire grave que adoptaba en sus intervenciones importantes en la Cámara de los Comunes.

—Nada de lo que vamos a decirle debe llegar a conocimiento de nadie. He dicho de nadie, incluidos sus superiores. ¿Está claro?

—Muy claro, señor.

—Su Majestad tiene problemas de salud —continuó Asquith.

—Problemas serios —confirmó Churchill—. Sus médicos están con él.

—La familia real todavía no está al corriente. La reina llega de Europa dentro de una hora y el rey no podrá ir a recibirla a la estación Victoria. El palacio hará público un comunicado en el que aludirá a una ligera indisposición.

—¿Qué le ocurre realmente, señor?

—Tiene una bronquitis mal curada desde su estancia en Biarritz —respondió Churchill—. A mediodía, después de comer, ha tenido dificultades para respirar. Desde entonces, los doctores Laking y Reid están a su lado.

—También ha venido el profesor Douglas Powel. Es un especialista en enfermedades pulmonares —precisó Asquith.

—Su diagnóstico es bastante pesimista. Y el hecho de que Su Majestad haya tenido una pequeña crisis cardíaca poco antes de su llegada ha empeorado las cosas.

—Estoy conmocionado —dijo Waddington, con la voz temblando de emoción—. Estoy dispuesto a dar la vida por mi rey —añadió con sinceridad—. ¿En qué podría mi modesta persona ayudar a Su Majestad?

—Eduardo VII ha expresado el deseo de… Quisiera que…

El primer ministro miró a Churchill, que continuó por él:

—El rey ha pedido que lo trate el doctor Belamy. Quiere que venga a palacio.

El policía sintió que la frente se le cubría de sudor.

—Pero ¿sabe que ese hombre está huido, que es un espía del extranjero?

—Por supuesto. El rey es plenamente consciente de la situación, la conoce bien —respondió, irritado, Churchill—. Pero Thomas Belamy le ha tratado con éxito varias veces. Su estado de salud es muy alarmante, hay que intentarlo todo por Su Majestad.

—¿Incluso recurrir a una medicina no convencional, practicada por un hombre que no tiene título para ejercer, señor?

—Comisario, no le pedimos su opinión, le pedimos que obedezca una orden de la mayor importancia —se impacientó Asquith, incómodo—. Añadiré que ese hombre debería hallarse en una de nuestras prisiones desde hace mucho, lo que facilitaría las cosas ahora. El ministro del Interior acaba de informarme de la situación.

—¿Cuál será mi margen de maniobra en la negociación, señor? ¿Qué puedo prometerle?

—El espionaje no se ha demostrado, es un punto sobre el que podemos hacer concesiones. En cuanto a lo demás, son delitos cometidos en suelo francés. Le prohibiremos ejercer la medicina en Inglaterra y, a lo sumo, lo expulsaremos.

—Si salva a Eduardo, no necesitará un título para volver a hacerse una clientela —intervino Churchill—. Pero no debemos engañarnos. El rey, según sus médicos, vive sus últimas horas, lamentablemente. Sin embargo, debemos acceder a la petición de nuestro soberano. Es nuestra obligación. Venga, Su Majestad quiere verle.

—¿Se encuentra bien? —preguntó Asquith, inquieto al ver que el policía parecía súbitamente indispuesto.

—No es nada, señor, es por el tratamiento para la diabetes —dijo Waddington enjugándose la cara—. Se me pasará.

Cuando entró en la habitación, un hormigueo le recorría todo el cuerpo. Tenía la impresión de estar soñando despierto. Estaba en el dormitorio del soberano del Imperio más vasto del mundo y él, un insignificante huérfano de Watford, iba a participar en un episodio único de la historia de Inglaterra.

Eduardo VII estaba recostado en un sillón. Le costaba mantener los ojos abiertos y su boca buscaba el aire que les faltaba a sus pulmones. Le hizo una seña al comisario para que se acercara y habló con una voz grave y decidida, que en su estado no cabía imaginar, pero pronto se interrumpió, exhausto, y cerró los ojos a fin de no quedarse sin fuerzas.

La mujer que estaba sentada a su lado y le tenía cogida una mano no era la reina Alejandra. Waddington supuso que se trataba de Alice Keppel, de la que no había visto ningún retrato, pero cuyo nombre circulaba desde hacía años como la amante más estable del soberano.

—El rey cogió frío el mes pasado —dijo ella dirigiéndose directamente al comisario—. Cuando estuvimos en Biarritz.

—Lo tratamos allí mismo y mejoró —intervino uno de los dos médicos, que hasta entonces había permanecido apartado.

—El doctor Belamy le trató con éxito la bronquitis hace dos años —continuó mistress Keppel—, después de que la medicina fracasara. Lo ha curado varias veces desde entonces. Él es el único que puede ayudarlo. ¡Es preciso encontrarlo!

El rey había abierto de nuevo los ojos y asentía lentamente.

—Una vez más, majestad —insistió el facultativo—, le ruego que no se ponga en manos de charlatanes aventureros como hizo el zar con ese tal Rasputín.

—¡Asquith! —dijo el soberano, irritado.

El primer ministro asió a Waddington del brazo.

—Tiene dos horas para traer a Belamy a palacio —dijo.

113

Limehouse Causeway, 13, Londres, jueves 5 de mayo

Brilliant Chang se caracterizaba por la ira fría e impasible de los hombres de la región de Hangzhou. Se sentó a su mesa de trabajo y mandó que fueran a buscar a los tres invitados, empezaba a arrepentirse de haberles dado albergue. Miss Lovell se resistía a sus avances y hacía caso omiso de todos los mensajes que le enviaba varias veces el día, Vere Cole no había mordido el anzuelo del opio y Belamy había estado a punto de descubrir su línea secreta, por la que había pagado doscientas libras. Chang desplazó ligeramente uno de los dos dragones que descansaban sobre la bandeja de marquetería en madera de cerezo, a fin de alinearlo perfectamente con el otro, y admiró su aparato telefónico, el primero en su género con una manivela que accionaba una magneto: una joya del modernismo. Todavía se preguntaba por qué lo había dejado en unas manos tan imprevisibles.

Los tres fugitivos se sentaron frente a él, pero Chang solo mostró interés por Belamy. Impaciente por tomarse la revancha, se acarició la cicatriz con la yema del dedo corazón y se tranquilizó.

—Ha traicionado mi confianza, Thomas. Cuando accedí a que utilizara mi teléfono, no me dijo que era para llamar a la policía.

—¿Se me olvidó decírselo? —replicó Belamy compartiendo su sorpresa con sus cómplices—. Cuánto lo siento, creía que lo había hecho. Estamos atravesando un momento muy difícil… —El traficante se disponía a contestar, pero decidió no insistir—. Por suerte, su estratagema es muy ingeniosa —añadió el médico.

—Perfecta para comunicarse sin ser localizado —aprobó Olympe—. Le hablaré de ella a mistress Pankhurst.

—A mí me ha dado un montón de ideas para bromas —completó Horace para no ser menos.

—La policía sigue en Royal Mint Street, y, si descubre que el propietario es un hombre que trabaja para mí, tendré problemas. Su deuda aumenta, Thomas —señaló Chang acariciando la base de madera pulida del Marty.

En aquel momento, el teléfono sonó. Chang interrumpió su gesto, pero, como tenía por costumbre, permaneció impasible pese al angustioso timbre metálico.

—¿Se les ha olvidado quizá contarme algo? —preguntó al trío.

—El pato que hemos comido hoy estaba demasiado hecho —dijo Horace con la seriedad de un profesor de Trinity Church.

—Esperábamos una respuesta de Scotland Yard —confesó Thomas.

Con un gesto mínimo, el traficante chino le indicó que descolgara.

—Miss Lovell, tengo que hablar sin falta con el doctor Belamy —dijo la voz cansada de El Apóstol.

—Le escucho —contestó Thomas.

—¡Alabado sea Dios, está usted aquí! Iré directo al grano…

El comisario le relató los acontecimientos y luego concluyó:

—Me han garantizado que los cargos contra usted serán reducidos al estricto mínimo. El rey le reclama.

—¿No habrá prisión?

—No. No daremos curso a la petición de Francia. Será expulsado de Inglaterra al destino que usted quiera. Ahora, dígame adónde debo ir a buscarlo.

—¿Cómo puedo estar seguro de que no se trata de una trampa?

—Tiene mi palabra de oficial, señor.

—¿Y qué hay de los cargos contra mis amigos?

El breve silencio que siguió auguró la respuesta.

—No tengo ninguna instrucción respecto a ellos, lo siento.

—Entonces, mi respuesta es no.

—¡Pero no se puede negar! ¡El rey se está muriendo! ¡Tengo órdenes de llevarlo a palacio antes de las ocho!

—Deje de perseguirlos también a ellos. De lo contrario, no iré —anunció con calma Thomas antes de colgar.

Todos habían comprendido cuál era la situación sin que él tuviera que explicárselo. A Horace se le habían pasado las ganas de bromear: la familia real era la única institución que respetaba, junto con la suya propia. Olympe, por su parte, veía abrirse un período de olvido para la causa de las mujeres si el rey moría. Chang fue el primero en defender su punto de vista.

—Tiene una deuda conmigo, Thomas. Si se marcha de Limehouse Causeway, ¿quién me dice que volverá para saldarla?

—Le doy mi palabra.

—No puedo aceptarla como garantía suficiente. Sus amigos se quedarán.

—Esperaremos tu regreso aquí —aseguró Olympe para impedir que Thomas se negara—. El señor Chang es un anfitrión solícito.

—Y su champán es absolutamente correcto. Thomas, ha llegado el momento de decirnos cuál es esa obligación que le ata a nuestro anfitrión.

—Un compromiso en el que está en juego el honor —respondió Chang—. Su amigo me debe un combate cuya primera parte no fue...

La campanilla metálica del teléfono se impuso por segunda vez. Thomas escuchó cómo Waddington le aseguraba que no se presentaría ninguna demanda por el engaño del *Dreadnought* y acto seguido le dio las instrucciones.

—Se retirarán inmediatamente todos los controles en el East End. Quedamos en la entrada principal del Barts a las siete.

Olympe había releído y acabado de escribir su carta. Thomas había llamado a Frances al hospital para que preparase una lista de material y remedios. Los demás habían desaparecido y la sufragista tuvo la impresión de que se disponía a despedirse de él en una casa que se había quedado de pronto vacía y silenciosa. Belamy había abierto la ventana del despacho y, apoyado en el marco, observaba la calle en espera del momento de irse.

—¿Qué posibilidades tiene?

Olympe se había acercado sin hacer ruido. Él la encontraba cada día más guapa, cada día descubría un nuevo detalle del que se enamoraba de inmediato, el pliegue de sus labios cuando le sonreía, la forma en que los cabellos se le escapaban del moño, el velo de distintos colores que le cubría los ojos dependiendo de sus emociones, los débiles gemidos que emitía a veces cuando dormía, como un gatito, el cuidado con que clavaba los dientes en los alimentos, como para evitarles una mordedura dolorosa, el revoloteo de las manos acompañando sus frases en una coreografía personal, y su voz viva, límpida, de timbre cristalino, como un riachuelo de montaña que podía transformarse en torrente impetuoso y decidido. Ella era todas las mujeres a la vez y él tenía la suerte de que lo amara.

—¿Lo superará? —insistió la joven.

Thomas se sintió inmerso de nuevo en la realidad.

—El rey nunca se ha cuidado. Su cuerpo estaba ya muy deteriorado la última vez que lo examiné. Intentaré retrasar la fecha límite.

—¿Y nosotros? ¿Cuál es nuestra fecha límite?

La pregunta lo pilló desprevenido. La abrazó largamente para aspirar la fragancia afrutada de su piel, que el jabón perfumado de Chang no conseguía domeñar.

—Hablaremos de eso cuando vuelva.

Ella se desasió suavemente de su abrazo y le tendió la carta.

—Thomas, no vuelvas. Renuncia a ese combate. Chang no nos hará daño.

—Lo sé, lo conozco. Es un vendedor de opio y un cabezota redomado, pero no corréis ningún peligro mientras estéis con él. ¿Qué hay dentro de este sobre?

—Todo lo que llevo días sin poder decirte. Creo que ha llegado el momento de dártela.

Un Benz Parsifal aparcó bajo la ventana. Desde el asiento posterior, Chang levantó los ojos hacia su despacho.

—Es la hora —dijo Thomas—. Ya deben de haber retirado los controles.

—No vuelvas. Aprovecha esta oportunidad.

Él le sonrió y la besó otra vez para no olvidar nunca el sabor de sus carnosos labios.

Belamy fue directamente a Uncot, donde Frances lo esperaba. Tras un rápido y efusivo saludo, la enfermera le enseñó el amplio maletín de piel que contenía todo lo que había pedido en su lista. Su confianza en la enfermera era total, Thomas no comprobó nada. Abrió el armario donde se guardaban los productos vegetales procedentes de China, seleccionó los necesarios para preparar una tisana *kinchoéi*, así como raíz de Polygala, Clematis, Aristolochia y Aconitum en polvo, y lo metió todo en el maletín. Añadió unas píldoras de *chan-su-uan* fabricadas la semana anterior a su huida. Mientras tanto, Frances le resumía la vida en las urgencias del Barts.

—¿Y Elizabeth?

—Tiene menos dolores desde que ha aceptado la morfina, pero sigue negándose a que la opere nadie más que usted.

—Vendré en cuanto me sea posible. ¿Cómo le va a Reginald desde nuestro agitado reencuentro?

A la enfermera se le empañaron los ojos.

—Ha ido a casa de su padre para intentar convencerlo otra vez de que deje de perseguirle. Últimamente no es el mismo. Se siente responsable de haber conducido a la policía hasta su escondrijo. Tengo miedo.

—Frances, dígale que no se preocupe por nosotros. Todo se arreglará.

Ella asintió con la cabeza: el doctor Belamy nunca la había decepcionado. Debía rehacerse y estar a la altura.

—Reginald se alegrará de saber que está bien. Thomas, en el

hospital corren rumores. Al parecer, el rey está enfermo. ¿Sabe usted algo de eso? —preguntó la enfermera, que había relacionado ese hecho con su presencia en el Barts.

—Siento no poder responderle. Tengo que visitar a un paciente urgentemente —dijo cerrando el maletín—. No renuncien nunca a sus sueños, ni usted ni Reginald —añadió antes de darle un beso en la frente—. Espero volver a verla algún día, Frances.

Salió por debajo del arco de la entrada principal y encontró a Waddington esperándolo con impaciencia. Los dos hombres montaron en el vehículo sin cruzar una sola palabra.

Cuando se adentraron en Fleet Street, El Apóstol se había tragado su orgullo y había digerido las culebras que el ministro le había obligado a engullir. El enemigo público que estaba sentado junto a él era ahora la persona a la que debía proteger de todo con la esperanza de que salvara al rey. Le hizo un resumen de cuál era la situación en palacio. Belamy le preguntó sobre los médicos que se hallaban presentes.

—Su actitud es hostil hacia usted. En cuanto a la familia real, creo que aún no está al corriente. Se trata de una petición de la reina de corazones.

—¿La reina de corazones?

—Belamy, sabe perfectamente lo que quiero decir…

—¿La amante del rey?

—Le pido la más absoluta discreción sobre esto.

—¿Está todavía en Buckingham?

—No lo sé.

—¿Puede hacer algo para que se quede el máximo tiempo posible?

—¡Desde luego que no! No es algo que entre en mis atribuciones.

—Pues tendrá que entrar, Apóstol.

—Y deje de llamarme así. Soy el comisario Waddington, encargado de esta misión por el ministro del Interior, el señor Churchill.

El policía no había podido ocuparse de su hipoglucemia desde la aparición de los primeros síntomas y tuvo un mareo más fuerte que los anteriores. Thomas, que lo había diagnosticado para sus adentros al primer golpe de vista, metió una mano en el maletín y le ofreció un puñado de bolitas que parecían guijarros blancos.

—No quiero sus remedios de salvaje —dijo el comisario, al que le costaba mantener los ojos abiertos—. Recurriré a los médicos del rey.

—Usted se lo pierde, estos trocitos de azúcar podrían salvarle la vida.

Waddington los cogió refunfuñando y se los comió. Los mareos desaparecieron rápidamente. Dio las gracias escuetamente al médico y se quedó callado.

Cuando entraron en el palacio, un pequeño grupo de curiosos consultaba la información expuesta en las verjas mientras caía la noche. Unos obreros depositaban una capa de turba en el gran patio interior y en los accesos al palacio.

—Se les ha dado la orden de amortiguar los ruidos de la circulación al máximo. El rey debe pasar la noche lo más tranquilo posible. Espero sinceramente que pueda ayudarlo, doctor, aunque no creo en sus métodos. A título personal, repruebo su presencia aquí. Acompáñeme.

114

Buckingham Palace, Londres, jueves 5 de mayo

Eduardo VII se enfrentaba a una rebelión: si bien todos sus súbditos le eran fieles y comenzaban a preocuparse por él, su propio cuerpo se amotinó y se negaba a obedecerle. Él, el rey más poderoso de la Tierra, era traicionado por su organismo, que le hacía pagar décadas de opíparas comidas y excesos con la bebida y el tabaco. A cambio, el soberano le haría pagar la peor de las traiciones no cuidándolo hasta el final.

Hacia las seis y media de la tarde, Eduardo sufrió una pequeña apoplejía, aunque no permaneció mucho tiempo inconsciente. Sin embargo, el habla se había visto afectada y los médicos lo obligaron a acostarse. Alice Keppel, que no se apartó de su lado, pidió que la dejaran quedarse a solas con él antes de que la reina, que acababa de llegar al palacio, fuera a la cabecera de su esposo. Eduardo había despedido a los tres médicos, quienes, después de haber redactado el parte oficial indicando que su salud era «causa de zozobra», se marcharon a cenar en espera de poder ocuparse de nuevo de su soberano.

El rey consiguió levantarse y, con la ayuda de Alice, volvió al sillón que abría sus brazos hacia el hogar. Ella se arrodilló junto a él y ambos estuvieron cuchicheado a la manera de los enamorados, como en los momentos más intensos de su relación.

Thomas entró acompañado por el secretario particular, que enseguida se retiró a petición del soberano.

—Aquí está, él va a salvarle —le anunció Alice a Eduardo, que hablaba con voz débil y entrecortada.

—No diga nada, majestad —le aconsejó Thomas—, no se canse. Voy a auscultarle y su cuerpo hablará por usted.

Eduardo asintió y Belamy empezó realizando un examen de las energías con los pulsos chinos. Luego escuchó el sonido del corazón con el estetoscopio. Mezclar lo mejor de las dos escuelas médicas era su credo cuando llegó al Barts, y el rey, ironías del destino, sería sin duda su último paciente inglés. El anciano se dejó hacer, esbozaba una sonrisa cuando su mirada encontraba la de Alice, miraba las brasas, dosificadas a petición de sus médicos a fin de no calentar demasiado la habitación, daba golpecitos con los dedos en el brazo del sillón, una manía que nunca se había quitado y que siempre había sacado de quicio a los que le rodeaban, salvo a Alice: eso fue lo que la convirtió a sus ojos en una joven extraordinaria doce años antes.

—Su Majestad ha tenido la gripe recientemente —anunció Belamy, que se había sentado junto al soberano a fin de que este lo viera sin esfuerzo.

—¡En Biarritz, estaba segura! ¡Se lo dije, Eduardo! —exclamó Alice—. Sus médicos llegaron a la conclusión de que se trataba de un simple resfriado.

—No es la causa de su estado actual, pero es el agente que lo ha agravado —explicó Thomas—. La gripe ha provocado una bronquitis aguda que le impide respirar adecuadamente. Ha sufrido también un infarto leve, quizá varios, y su corazón ya no bombea correctamente la sangre. Eso sin tener en cuenta la apoplejía —añadió al ver la ligera asimetría de la boca de su paciente. Sacó del maletín varios frascos llenos de polvos—. Habrá que librar una gran batalla, majestad, y no sé cuál será el desenlace, pero voy a darle unos remedios que mejorarán todos esos síntomas y reducirán los desequilibrios. Todo dependerá de la fuerza de su corazón. Voy a preparar unas mezclas de plantas que se tomará en infusión, como las veces anteriores. Necesitaré…

Thomas se interrumpió. Los doctores Laking y Reid acababan de entrar, seguidos del secretario del rey, que no había podido retenerlos, y de Waddington, que esperaba con él en la antecámara.

—Su Majestad —dijo Reid inclinando la cabeza en muestra de deferencia—, acabamos de enterarnos de la presencia de este hombre en su dormitorio. Nos oponemos tajantemente a cualquier cosa que intente hacerle. Podría tener consecuencias dramáticas.

—Señores, esta es la voluntad del rey —intervino mistress Keppel.

Ninguno de los dos facultativos le hizo caso. Laking le cogió la muñeca al rey para tomarle el pulso mientras Reid continuaba:

—Le pedimos, le suplicamos que no le conceda el derecho a tratarle. ¡Este hombre no tiene título de médico!

La intrusión contrarió a Eduardo VII, cuyas facciones se endurecieron.

—Hasta mañana —dijo con voz débil—. El doctor Belamy tiene derecho a tratarme hasta mañana… Si cuando me despierte no he mejorado…, entonces solo ustedes tendrán ese derecho. En caso contrario…, continuará él. —Hizo una larga pausa antes de finalizar en un susurro—: Y les prohíbo que me lo discutan.

—Muy bien, majestad —contestó Laking, mientras que su colega no se resignaba a obedecer—. Le imploro que nos dé permiso para quedarnos a fin de controlar a este hombre.

Pero el rey les señaló la puerta de la antecámara y con un gesto les indicó que salieran.

—Señores, por favor —dijo Waddington, que los acompañó a la habitación contigua.

—Majestad, la reina va a venir para ver cómo se encuentra —le advirtió su secretario.

—Gracias —dijo Alice—. ¿Puede dejarnos solos unos minutos más?

El hombre comprendió que no tenía más remedio que hacer esperar a la soberana a fin de que las dos mujeres no se cruzaran, hasta ese momento siempre lo había conseguido. Alejandra no era una incauta, pero tampoco estaba dispuesta a compartir su pena con la reina de corazones.

Thomas siguió al secretario del rey hasta el *office*, donde pidió que pusieran agua a hervir. Preparó dos infusiones, así como una decocción alcohólica de corteza de sauce, y puso unas píldoras encima de la mesa mientras le explicaba en qué momento debía administrárselas. El hombre le preguntó por los ingredientes y sus efectos. Mostró una insaciable curiosidad hasta que todo estuvo preparado. A su alrededor, el personal trabajaba en silencio, consciente de la gravedad del momento. Incluso los platos y las cacerolas, siempre cantarines, eran manipulados con cuidado. Los primeros partes se habían transmitido en los periódicos de la tarde, pero ni Londres, que empezaba a dormirse, ni el país entero se hacían una idea del combate que el soberano estaba librando en su palacio.

El rey bebió con dificultad una infusión de *kinchoéi* hacia las ocho y media, en presencia de su secretario y de Thomas, justo antes de la llegada de la reina y de su hijo, el príncipe de Gales, que no le dirigieron la palabra a Belamy. Los dos hombres dejaron a Eduardo con su familia y salieron a la antecámara; Waddington ya no estaba allí. Dos de las hijas del rey, Luisa y Maud, se reunieron poco después con sus padres. Una hora más tarde, todos abandonaron el dormitorio para dejar que el soberano descansara. Thomas aprovechó para auscultar de nuevo al paciente, mientras que el secretario le daba varias píldoras de *chan-su-uan*.

Eduardo había recuperado un poco de energía y pudo conversar, aunque seguía teniendo dificultades para abrir la comisura izquierda de la boca. Tras tomarse la infusión su respiración había mejorado.

—Realmente ha sido un acierto hacerle caso a Alice —dijo antes de ingerir las píldoras.

—Parece que responde al tratamiento. Hemos dado un paso adelante, majestad, pero faltan muchos. Y habrá que orillar muchos escollos.

—¿Qué hay en esas píldoras?

—Prefiero no decírselo.

—¿Secreto de fabricación?

—Exacto, majestad —respondió Belamy dirigiendo una mirada imperiosa al secretario—. Voy a pedirle un esfuerzo más —añadió presentándole una dosis de decocción de sauce.

Eduardo se la bebió de un trago y pidió que lo dejaran descansar. Su secretario llamó a miss Fletcher, la enfermera asignada al servicio del rey, para que lo acompañara mientras dormía, y se retiró con Thomas a la antecámara.

—Puedo buscarle un sitio para dormir en el palacio —propuso.

—No me resultará fácil descansar, y además prefiero quedarme aquí —respondió Belamy sentándose en uno de los dos canapés tapizados en tela—. Son cómodos. En cualquier caso, gracias por no haberle revelado que el *chan-su-uan* contiene baba de sapo.

—Gracias por haberle devuelto un poco de vida al rey y un poco de esperanza al palacio.

El secretario lo dejó para ir al *office* en busca de un refrigerio para los dos. Thomas, que había esperado ese momento de intimidad desde que salió de casa de Chang, sacó la carta de Olympe del bolsillo. En varias ocasiones él quiso expresarle sus sentimientos por escrito, pero las palabras que había plasmado en el papel no reflejaban la fuerza de sus emociones, e invariablemente las había desechado. Le había hablado a Olympe de esa dificultad y ella le había confesado que le ocurría lo mismo; entonces se habían prometido no seguir esperando la perfección de las palabras para enviárselas, no seguir esperando la perfección de los momentos para ser felices. El giro que habían tomado los acontecimientos había entorpecido un poco su plan.

En cuanto leyó las primeras frases, comprendió adónde llevaba el camino en el que la joven se había adentrado. Olympe le describía sus sentimientos como jamás lo había hecho, con el pudor que la sinceridad confiere a toda declaración, explicándole su dificultad para liberarse totalmente y para convertirse en alguien dependiente del otro, para entregarse con total confianza, especialmente en un período en el que su lucha contra el poder masculino dominante no toleraría ninguna concesión, para aceptar esa paradoja sin permitir que disminuyera su placer. Le hablaba de una dicha que jamás había conocido y dejaba que las emociones le dictaran las palabras.

Cuando le dio la vuelta a la hoja, la frase empezaba con un «pero». Thomas siempre había detestado ese término, ya que introducía todas las frustraciones y todas las inhibiciones. Era la palabra que reducía los espacios infinitos en células minúsculas, oscurecía los cielos más puros cubriéndolos de bruma londinense, reducía los esfuerzos a cenizas, y las mejores intenciones, a letra muerta. Pero… Olympe no se sentía capaz de abandonar el país, abandonar sus raíces, por desconocidas que fuesen, abandonar a sus amigas en lucha, incluso fuera de la WSPU, por nada del mundo, incluido su único amor. Lo sentía, pero no tenía otra opción que decirle que no iría ni a Australia, ni a Estados Unidos, ni a ningún otro sitio. Sabía que diciéndoselo lo perdería, puesto que él estaba condenado al exilio, y esa decisión la desgarraba. Sin embargo, no lo vivía como algo que ella eligiera. Sus últimas palabras eran un grito de amor apasionado, un grito ahogado en una hoja de papel que él dobló en cuatro y con la que cubrió su corazón. Se quedó tumbado, con la mirada fija en la superficie inmaculada del techo y no consiguió dormirse.

Miss Fletcher fue a buscarlos a las doce y cuarto de la noche. Eduardo se había despertado con una ligera sensación de opresión y había reclamado la presencia del doctor Belamy.

—No se ha producido ningún agravamiento, majestad —anunció Thomas después de auscultarlo al modo clásico, con el estetoscopio—. Solo hay que reanudar la ingestión de *kinchoéi*.

El rey había recuperado prácticamente la fluidez en el habla, aunque esta seguía siendo débil y de vez en cuando se veía interrumpida por pausas. El soberano se bebió a sorbitos la tisana fría bajo el control de la enfermera, a quien —no le cabía ninguna duda— los médicos interrogarían por la mañana sobre todos y cada uno de los gestos e intenciones de Belamy.

—¿Cree que podré salir mañana? —preguntó Eduardo recostándose sobre las almohadas—. Mi caballo corre en Kempton Park por la tarde y tenía previsto ir a la Ópera Bufa a ver *Los cuentos de Hoffmann*.

—En la historia ha habido decisiones más sensatas, majestad.

—Querer es poder, ¿no?

—Buenas noches, majestad —dijo Thomas eludiendo responder, mientras guardaba sus cosas en el maletín.

—Belamy… —El rey le hizo una seña indicándole que se acercara y le susurró al oído—: Alice ha hecho bien en insistir, es usted un gran médico, da igual los escándalos que le rodean. Conozco los métodos de sir Jessop, pero él es un hombre importante para el país. Mientras yo sea rey, usted gozará de mi protección. ¿Cree que podré fumarme un cigarro mañana después del almuerzo?

XIX

6 y 7 de mayo de 1910

115

Buckingham Palace, Londres, viernes 6 de mayo

Thomas y el secretario, arrellanados cada uno en un canapé, se durmieron rápidamente. Waddington los despertó entrando ruidosamente en la antecámara.

—¿Qué hora es? —preguntó el médico.

—Las siete y diez.

El secretario, con su discreción habitual, se levantó y entró sin hacer ruido en el dormitorio.

—Parece que el rey ha dormido bien. ¿Qué hace aquí, comisario?

—Mi misión no ha terminado. Debo vigilarle hasta su expulsión.

—Tengo que ocuparme de algunos asuntos antes de que llegue ese momento.

—La paciencia es la primera virtud del policía —contestó Waddington, que se sentó y desplegó el periódico—. Veamos qué se cuenta esta mañana.

Miss Fletcher los interrumpió. Sus facciones tensas mostraban que se había impuesto el deber de no dormirse y velar sin descanso a su soberano. No manifestaba ninguna empatía ni ninguna hostilidad hacia Belamy, solo la mínima cortesía que imponía su función.

—El rey Eduardo ha pasado una buena noche y solo se ha despertado una vez para ir al baño, a las tres y media —resumió—. Ahora desea hacer sus abluciones. ¿Tiene instrucciones que darme sobre los medicamentos, señor?

—Gracias, miss Fletcher. Su secretario particular sabe todo lo que hay que hacer por la mañana. En lo que a mí respecta, lo veré después del aseo y confirmaré el tratamiento.

—Lo siento, señor, pero la toma de los medicamentos es tarea mía. No se le puede asignar ese papel a su secretario. De modo que debo pedirle que me dé las instrucciones a mí.

—¿Quién lo ha decidido?

—La familia del rey, de acuerdo con sus médicos —respondió la enfermera, cuya incomodidad resultaba perceptible.

—En tal caso, dele inmediatamente decocción de sauce. Yo me ocuparé del resto cuando Su Majestad esté listo.

Belamy bajó al *office* en busca de un desayuno.

—¿Va a seguirme a todas partes? —le preguntó a Waddington, que lo había seguido.

—Con lo que me ha costado encontrarle…

—¿No somos más bien nosotros quienes le hemos encontrado a usted? —ironizó Thomas mientras se servía beicon a la plancha y tortilla en un plato.

—Razón de más para no soltarlo.

Se sentaron junto a una ventana que daba al parque.

—¿Cómo va la diabetes? —preguntó Belamy partiendo un panecillo redondo.

—Son esos malditos medicamentos los que me ponen enfermo. Mi médico está empeñado en que vaya a tomar las aguas a Buxton. Pero ustedes no me lo permiten. —Waddington dejó transcurrir un momento en silencio antes de continuar—: ¿Dónde estaban escondidos? Estoy seguro de que miss Lovell me mintió. Estaban en el East End, ¿verdad?

—Debería dejar los derivados de la quinina, comisario. No consigue estabilizar la glucemia.

—¿Quién les ha ayudado? Ahora puede decírmelo.

Thomas había comido deprisa y sin apetito. Se levantó, le dio las gracias a la cocinera y se volvió hacia el policía:

—Voy a darle tres nombres.

—Adelante —dijo Waddington sacando su cuaderno.

—Fenogreco, ginkgo y ginseng.

—Perdón…

—Mezclados a partes iguales en infusión. Eso le ayudará a regular la diabetes. Ahora le dejo, el rey me espera.

Eduardo tenía mucha mejor cara. Sentado en su sillón, leía las páginas de deportes del *Daily News*. Su secretario particular estaba reavivando el fuego y la enfermera se ponía la capelina.

Los dos médicos, que parecían cuervos con sus levitas negras, trajinaban a su alrededor. Reid olfateaba con circunspección la decocción de sauce, mientras que Laking interrogaba al rey al tiempo que preparaba el estetoscopio. La llegada de Thomas los dejó indiferentes. El soberano, en cambio, lo recibió con alegría.

—¡Doctor Belamy!

—¿Cómo se encuentra Su Majestad?

—Esta mañana mucho mejor.

—No nos precipitemos, majestad —dijo Laking—. Voy a auscultarle los pulmones.

Miss Fletcher los saludó y bajó los ojos al pasar por delante de Belamy.

—¿Le ha dado la medicación al rey? —le preguntó Thomas.

—Hable con estos señores —respondió ella antes de marcharse.

—¿Se refiere a esto? —dijo Reid mostrando el frasco marrón que tenía en la mano.

—Su Majestad debería haberlo tomado al despertarse —contestó Thomas preocupado.

—¿Qué hay dentro?

—Corteza de sauce.

—No es adecuada para su enfermedad, majestad —intervino Laking, provisto del estetoscopio—. Solo es de utilidad en caso de fiebre, y usted no tiene.

—La utilizo para prevenir las apoplejías. Es importante que el rey la tome.

—Su intervención ha finalizado esta mañana —proclamó Reid con suficiencia—. La familia real nos ha pedido que volvamos a tomar las riendas.

—¿Cómo que la familia real? —intervino Eduardo—. Yo soy el jefe de la familia real y creo que he sido claro, señores.

—Su estado general apenas ha mejorado, majestad. La bronquitis continúa siendo inquietante. Debemos ponerle en guardia contra los peligros de los tratamientos del charlatán.

—Pero yo soy aún su soberano, a no ser que quieran discutir mi autoridad —dijo levantándose del sillón.

—No, majestad —susurró Laking inclinándose ante él a la vez que Reid.

—O sea, que así es como se me trata, a mí, en mi propia casa —dijo Eduardo, rojo de ira.

Sus accesos de cólera eran conocidos y temidos por todo el palacio. Cuando perdía los nervios, le resultaba difícil calmarse rápidamente. Tan solo Alice Keppel habría podido apaciguar su furia, pero ella ya no estaba en Buckingham.

—¡Pese a mi debilidad de ayer, mis órdenes eran precisas! ¡Me gustaría que se me obedeciera como espero!

—Sí, majestad —asintió el coro de las levitas.

—Voy a tomarme los remedios del doctor Belamy porque son beneficiosos para mí, y no tengo ningún interés en saber qué contienen. Estaría dispuesto a comer serpiente o sapo si fuera necesario. ¿Está claro? A partir de ahora, trabajarán en…

Eduardo se tocó el pecho con una mano. Su rostro se paralizó en una expresión de dolor y, por espacio de unos segundos, el tiempo quedó en suspenso. Después se le quedaron los ojos en blanco y se desplomó a los pies de los dos médicos.

Laking fue el primero en reaccionar. Le buscó el pulso con el estetoscopio mientras Reid impedía que Thomas se acercara al rey inclinándose al otro lado del cuerpo. El secretario salió corriendo en busca de ayuda. Tras intentarlo en diferentes localizaciones, Laking retiró las olivas de sus oídos y bajó la cabeza para manifestar la ausencia de latidos.

Mientras los dos hombres se levantaban santiguándose, Thomas se arrodilló empujándolos y comenzó a realizar movimientos de reanimación siguiendo el método de Reginald, presionando con la palma de las manos el esternón del soberano.

—¡Pare, estúpido francés, no toque a nuestro rey! ¡Está muerto! —exclamó Laking.

—¡Es el método Jessop! —intervino Reid—. ¡Vi cómo lo presentaba en el Barts! Ayudémosle.

—Insufle aire en su boca cuando yo le diga —ordenó Thomas—. Ahora —dijo después de presionar cinco veces.

Reid sopló cinco veces y a continuación Belamy presionó otras tantas la caja torácica.

—¡Lo tengo! —gritó Laking—. ¡Tengo de nuevo el pulso!

—Majestad, ¿nos oye? —preguntó Reid.

Despacio, como si el peso de los párpados fuera excesivo, Eduardo abrió los ojos. Intentó hablar, pero solo fue capaz de abrir la boca y susurrar imperceptiblemente.

—¿Qué ha dicho? —preguntó Laking, que continuaba oyendo los latidos después de que hubieran vuelto del silencio.

Reid se levantó, desconcertado. Laking insistió:

—¿Qué ha dicho nuestro rey?

—Ha dicho «en armonía».

116

Buckingham Palace, Londres, viernes 6 de mayo

Miles de personas esperaban, agolpadas tras la verja del palacio. El jefe de la guardia le dio el parte de la mañana a su ordenanza, que fue al punto de información, junto a la entrada de los embajadores.

—«Su Majestad ha pasado mejor la noche, pero los síntomas persisten y su estado es motivo de gran inquietud» —leyó un empleado de la City que había pasado una parte de la noche delante de Buckingham Palace—. ¿Qué significa eso de «gran inquietud»? —preguntó volviéndose hacia la multitud.

Todo el mundo hizo comentarios, alimentados por la lectura de los periódicos o por los rumores que corrían.

—Sir James Reid ha afirmado en el *Daily News* que no es

gripe lo que el rey ha tenido estas últimas semanas —señaló el empleado—. Un amigo mío, cuya hermana trabaja en el palacio, me ha dicho que tenía una bronquitis grave.

—Mi padre murió de eso —dijo su vecino, un comerciante del Soho—. Se ahogó con las flemas.

—Ya, pero el rey tiene a varios médicos a su lado…

—Y a varias amantes —añadió otro, que recibió un pescozón, se encogió de hombros y se marchó en busca de otro grupo que fuera más comprensivo.

—Miren, es el carruaje del arzobispo de Canterbury —gritó el comerciante señalando con el dedo la entrada de los embajadores.

—Están todos aquí —concluyó el empleado a modo de réquiem.

De pie ante el tragaluz rectangular de su habitación, en el último piso del ala este, el secretario del rey observaba a la multitud, que no cesaba de aumentar. Se pasó una toalla húmeda por la cara para atenuar la quemazón de la navaja. Había aprovechado el descanso de mediodía para cambiarse y afeitarse, pues no había tenido ocasión de hacerlo desde el día anterior. No podía quitarse de la cabeza todos los acontecimientos de aquella mañana dramática. Se sentía arrastrado con todos los presentes por una ola que los sobrepasaba, testigos impotentes de un drama que, sin embargo, él pensaba que podía evitarse.

Cuando regresó con miss Fletcher, dos hombres de la guardia y el príncipe de Gales, el rey había vuelto a la vida. Lo transportaron hasta la cama, pero el soberano era incapaz de hablar. La situación causó una gran confusión. Los dos médicos exigieron que Belamy se fuera, cosa que el príncipe les concedió, mientras que el comisario esgrimió ante los facultativos la orden del primer ministro, que emanaba de la voluntad real. La enfermera les pidió a todos que salieran a fin de que el soberano descansara en compañía de su hijo. La guardia recibió la orden de aislar a Belamy, y Waddington fue en busca de instrucciones al gabinete de Churchill.

El secretario cogió la bandeja con un refrigerio y atravesó el castillo hasta el extremo de la terraza norte. Entró en la Indian Room, pequeño gabinete de caza de ambiente exótico, cuyas paredes estaban decoradas con armas indígenas y trofeos de marfil, donde habían conducido y puesto bajo vigilancia a Thomas.

—Le he traído el almuerzo.

—¿Cómo está el rey? —preguntó el médico sin prestar atención a la comida.

—Su Majestad sigue en cama, pero reconoce a todos los miembros de su familia.

—¿Ha podido comer?

—Por desgracia, no. Pero hay otros dos médicos con él: el doctor Dawson y el doctor Saint Clair Thomson.

—Son grandes especialistas en enfermedades pulmonares. Podrán afinar el tratamiento, pero es preciso que el rey tome la decocción de sauce. El riesgo más urgente que hay que evitar es la aparición de un infarto. ¿Puede transmitirles esta información a través de su enfermera?

—Miss Fletcher y yo no haremos nada contra la opinión de los médicos de nuestro rey. Usted mismo lo ha dicho, son eminentes especialistas. He visto el efecto beneficioso de su tratamiento, pero no está en mi mano la posibilidad de cambiar las cosas. Lo siento en el alma, créame. Tengo que volver.

Thomas se quedó largo rato pensativo, dejó que su mirada vagara sobre los elementos heterogéneos de la decoración, entre ellos una piel de tigre, con la cabeza aplastada, extendida en el suelo, entre la chimenea y un gran cojín acolchado e iluminado por una lámpara de formas más victorianas que indias. Pensaba en Olympe, en su carta, en la decisión que debía tomar basándose en ella, y tuvo la sensación de encontrarse agarrado por una tenaza que unas manos perversas apretaban poco a poco con deleite.

Waddington regresó a las cinco y media de la tarde para anunciar el fracaso de su mediación. Asquith y Churchill habían ido a ver al rey, pero este se había pasado la mayor parte del tiempo dormitando y no había podido responder a sus preguntas. Su conciencia estaba alterada, y ni la reina ni el príncipe de Gales habían aceptado que Thomas prosiguiera su tratamiento. El asunto estaba zanjado.

—Según sir Reid, Su Majestad ha sufrido otro infarto. Su corazón está muy débil.

—¿Ha podido verlo? ¿De qué color tenía la cara?

—No se me ha autorizado a entrar. Pero el señor Churchill me ha dicho que los médicos se disponían a hacer público un comunicado para revelar que se halla en un estado crítico.

—Habríamos podido retrasar ese desenlace. El rey respondía bien a los remedios.

—Usted ha hecho todo lo que ha podido. Así es la vida. No se puede ir contra la voluntad de Dios.

Desde el exterior les llegó un clamor, un grito formado por miles de voces que creció en intensidad y se propagó como una ola alrededor de todo el palacio, antes de convertirse en un runruneo.

—Acaban de colgar el parte —informó con concisión el comisario.

—¿Cuándo podré irme? Ya no soy de ninguna utilidad aquí.

—Las órdenes son que se quede en Buckingham, por si el rey le reclama. Está a pocas horas de la libertad. El lunes, un juez solicitará su expulsión en el plazo de ocho días y estaremos en paz.

Al anochecer empezó a llover. Una lluvia densa, de gotas largas como rayos, que golpeaban los sombreros y traspasaban los abrigos, pero era impotente para dispersar a una multitud que había ido a demostrar el afecto que sentía por su soberano.

Virginia, que había vuelto de Saint Ives, miraba cómo las gotas salpicaban la ventana de su despacho dejando que su mente divagara entre las palabras que escribía mientras, en el salón contiguo, Adrian y Duncan charlaban sobre los méritos comparados de la democracia ateniense y la monarquía parlamentaria. Etherington-Smith, por su parte, le pedía al doctor Dawson, de regreso de Buckingham Palace, que le informara, y pensaba en dejar la dirección de la escuela médica para dedicarse únicamente al departamento de urgencias. En el mismo momento, Frances lloraba entre los brazos de Reginald y lo último que le preocupaba era el destino de su soberano. Sor Elizabeth había cerrado los ojos e intentaba engañar al dolor concentrándose en la música de Verdi, en especial *La forza del destino*, que tanto le gustaba, en espera de que los opiáceos le hicieran efecto. Emmeline Pankhurst había ido a la sede de la WSPU y releía con Christabel los textos de su último número de *El voto para las mujeres*. Horace bebía una copa de champán con Brilliant Chang dudando sobre la naturaleza de la broma que le reservaba para el momento de su marcha, y Olympe había ido al tugurio, donde repartía los panes y la carne curada que había comprado en la esquina de Gill Street. Los indigentes estaban al corriente de la agonía del rey y sentían tanta empatía por él como los demás estratos de la población, a los que detestaban: los empleados, los burgueses y la aristocracia del reino eran, en orden creciente, objeto de todo su desprecio, y en orden decreciente, de toda su envidia, al menos el desprecio y la envidia de aquellos a los que les quedaban suficientes fuerzas y energía para rebelarse. Olympe regresó en el intervalo entre dos chaparrones, acompañada por uno de los guardaespaldas encargados de vigilarla. Se refugió en su habitación, y estaba pensando en Thomas cuando Chang fue a informarle del estado crítico del rey.

Eduardo VII había permanecido tumbado en la cama desde la apoplejía que había estado a punto de ser fatal. Le pesaba el cuerpo y ya no era capaz de articular correctamente. No atinaba con las palabras. Observaba a su alrededor la danza silenciosa de los facultativos. Sus sonrisas tranquilizadoras mientras cruzaban miradas reveladoras de su impotencia no le engañaban. Trató de poner fin a aquellas tonterías, pero no consiguió expresarse de un modo comprensible y un cansancio apremiante lo venció. Al despertar, solo estaba en la habitación miss Fletcher. La enfermera empezó a hacerle preguntas separando las palabras unas de otras como si se hubiera quedado sordo, lo que le sacó de quicio. El rey contestó en un tono seco y regio, al menos eso creyó, y exigió la presencia del doctor Belamy, cuyo tratamiento le había sentado muy bien.

Ella salió para regresar con los tres médicos reales, que, una vez más, lo auscultaron con deferencia pero sin calidez y acto seguido se reunieron junto a la chimenea dándole la espalda, como conspiradores. Eduardo los oyó hablar en su jerga médica, pero no necesitaba ningún traductor para saber que estaba agonizando. La escena le contrarió, así que los llamó y, en medio del nerviosismo, tomó conciencia de lo mucho que le costaba respirar. Exigió ver a Alice Keppel, exigió la presencia de Belamy, a lo que Reid y Laking respondieron que su salud se había deteriorado mucho y que un nuevo infarto podía resultar fatal. Eduardo cerró los ojos y se adormeció. El pequeño reloj de péndulo que estaba sobre la repisa de la chimenea dio las diez y media, y lo despertó. El equipo médico había sido reemplazado por la reina Alejandra y el príncipe de Gales. El anciano se sentía mejor, aunque había perdido la sensibilidad en la pierna y el brazo izquierdos. Pudo hablar con su esposa y su hijo de la dificultad de ser rey y de lo que le esperaba a Jorge.

—Usted es mi mejor amigo y el mejor de los padres —dijo este último inclinado sobre él, controlando lo mejor que podía la emoción que amenazaba con invadirlo—. Dios me ayudará en mis responsabilidades, pero deseo que tarden lo máximo posible en llegar.

Alejandra hizo entrar a los demás miembros de la familia real, que rodearon al soberano. Él habló con todos, lo que pareció infundirle fuerza y lucidez. Después de las últimas horas pasadas en la antecámara temiendo el anuncio definitivo de los médicos, todo el mundo se relajó. Jorge escogió ese momento para hacer un comentario más ligero.

—Padre, no he tenido ocasión de decírselo, pero su caballo, Witch of the Air, ha ganado esta tarde la carrera en Kempton Park.

—Sí, me lo han dicho. Me alegro —contestó el rey esbozando una sonrisa.

Eduardo se quedó sin fuerzas de nuevo y se deslizó poco a poco hacia un irreprimible sueño. Cerró los ojos y no volvió a abrirlos. Murió un cuarto de hora más tarde, rodeado de los suyos.

117

Buckingham Palace, Londres, viernes 6 de mayo

En el palacio reinaba la calma y el recogimiento. Se acababa de anunciar la noticia al pueblo y la emoción era la misma en todas partes. Mientras los cuerpos constituidos desfilaban uno tras otro a fin de rendir homenaje a su soberano, Waddington recibió la orden del primer ministro de dejar en libertad a Thomas. Pero al comisario le faltaba una cosa por hacer.

A las doce y veinte de la noche, sir Jessop y El Apóstol se encontraron en la terraza norte del palacio. Ya no llovía, y del parque emanaban olores de hierba mojada y tierra húmeda, a los que el comisario añadía el de su cigarrillo.

—Le puse en guardia muchas veces sobre su estilo de vida —comentó suspirando el hombre de negocios—. Eduardo ha destrozado su existencia.

—Él habría podido salvarlo —dijo Waddington antes de tirar la colilla y volverse hacia su mentor—. Belamy habría podido salvarlo.

—Se equivoca, Apóstol. Nadie podía curarlo. Se puso él solo el cañón en la sien. Habría sido inconcebible que un charlatán tuviera éxito en algo que nuestros mejores especialistas eran incapaces de conseguir.

—¿Ni siquiera para que el rey viviese?

—No sea estúpido. Nuestro pobre Eduardo había llegado al final y unos días más no habrían cambiado nada. Un rey reemplaza a otro rey y las cosas siguen adelante, como siempre.

—¿Lo que insinúa es que usted ha estado detrás de la decisión de la familia real?

—Parece ser que he sido convincente para nuestra querida Alejandra y su hijo. He actuado por el bien de nuestro país.

—Con todos los respetos, sir, yo he sido testigo de una mejoría de su estado después del tratamiento de Belamy. Puedo acreditarlo, y también su enfermera y su secretario. Estamos convencidos de que el rey habría podido superar su enfermedad.

—No discutiré con usted, Apóstol. Voy a encargarle una última misión para esta noche: transmitirle un mensaje a Belamy.

—¿Por qué no lo hace usted mismo, sir?

—Porque usted está en deuda conmigo, porque le pago para eso.

—Sé todo lo que le debo, sir Jessop. Pero ahora sé también que no se lo debo todo. No quiero seguir trabajando para usted. Considero que ya he saldado mi deuda, y, además, no estoy de acuerdo con lo que me pide que haga.

—Descanse, Apóstol, achacaré esas tonterías al cansancio y la emoción.

—Quería pedirle una cosa más, sir: no vuelva a llamarme nunca más Apóstol. Me voy, pero no le dejo solo.

Thomas salió de la esquina de la terraza que quedaba a oscuras y se detuvo en un cuadrado de luz procedente de la habitación de la reina.

El comisario saludó a los dos hombres con un breve movimiento de cabeza y entró en el palacio. Como de costumbre, el padre de Reginald no manifestó sorpresa, sino que hizo gala de una impasibilidad desganada.

—Señor Belamy… Siempre he sabido que había que desconfiar de los que no hacen ruido al caminar.

Lo miró largamente refrenando su estima incipiente hacia ese joven anamita que siempre había logrado salir de las situaciones más complicadas y difíciles. Jessop veneraba el éxito, sobre todo cuando nacía de la nada. Admiraba asimismo el carisma que iba asociado a él en la mayoría de los casos, así como las técnicas de combate que se imponían a la fuerza física pura, y lo que le habían contado de Thomas le impresionaba enormemente. Respetaba la resistencia indescriptible de los que no se declaran jamás vencidos. Si Belamy hubiera sido un huérfano de Watford, habría sido su mayor éxito.

Había sido su adversario más tenaz, y que saliera indemne no le disgustaba, teniendo en cuenta que él, sir Jessop, ganaba la partida, cosa que se disponía a anunciarle.

—¿Sabe lo que es la *baraka* para los árabes? El poder de los milagros. Creo que usted tiene la *baraka*, Belamy. Muriendo, el rey le salva la vida. La monarquía en auxilio de los anarquistas, ¿no es una conclusión que nuestro amigo Conan Doyle aprobaría?

—Con la diferencia de que no estamos en una novela y que el final no está escrito. Nunca lo está con antelación.

—¡Oh, ya lo creo que sí! Es el mensaje que El Apóstol debía llevarle. —Jessop dio unos pasos por la terraza, instando a Thomas a acompañarlo—. No parezcamos conspiradores la noche de la muerte de Eduardo VII. Estemos apenados, como todos los que nos rodean.

—¿Qué tiene que decirme?

—Reginald ha venido a verme esta tarde. Quería anunciarle que mi hijo y yo nos hemos reconciliado.

—Me alegro por él —dijo Thomas, y se plantó delante de Jessop—. Hablando claro, ¿qué significa eso?

El hombre de negocios lo miró de arriba abajo con desprecio antes de responder.

—Reginald va a dimitir de su puesto en el Barts y a trabajar para la J. & J. Shipfield Company, de la que será el propietario tras mi muerte.

—Es imposible… —dijo Thomas.

—No hay nada imposible, y usted es el primero en saberlo. Adiós, Belamy.

Thomas salió solo sin que nadie lo importunara. Tras el rápido fallecimiento del rey, la incomprensión rivalizaba con el recogimiento, y cierta desorganización flotaba en el palacio, mientras todos los representantes de la sociedad civil y religiosa se presentaban para rendir homenaje al soberano. Belamy no tomó realmente conciencia de la intensidad de la emoción popular hasta que recorrió Constitution Hill y descubrió la inmensidad de la multitud que se había congregado desde la verja hasta el Victoria Memorial.

Decidió volver a pie al otro mundo. En todas las calles, pese a la avanzada hora, grupos de londinenses convergían hacia Buckingham. Los demás se enterarían de la noticia cuando se despertaran. Thomas anduvo junto al Támesis hasta la Torre de Londres, donde el olor de azufre y ácido de las fábricas del East End empezó a producirle picor en la nariz. Se detuvo delante de la verja de Trinity Square, que permanecía abierta: el césped estaba cubierto de cientos de cuerpos dormidos, indigentes que, aprovechando la ausencia de los *bobbies*, movilizados por el acontecimiento, habían entrado para pasar allí una noche de sueño tranquilo sin desalojos por parte de las patrullas que les prohibían dormir en la calle. La imagen de aquellas mujeres y aquellos hombres, de aquellos niños tumbados como espigas de trigo cortadas, permanecería en su memoria indisolublemente unida a la del soberano moribundo.

Thomas llegó a casa de Chang a las tres y diez de la madrugada. Tras haber llamado y luego aporreado la puerta, le abrió uno de los esbirros, medio grogui por la dosis de opio de la velada, que lo dejó pasar y se olvidó de él antes incluso de volver a la cama.

El médico se dio una larga ducha para intentar deshacerse de todos los sucesos y las emociones de aquella jornada interminable. Solo quería poder dormir lo suficiente antes de enfrentarse a Chang. Para él, su disputa era agua pasada, pero Brilliant no renunciaría jamás a lo que consideraba una deuda de honor. Desde su llegada a Londres, los dos hombres habían tomado la costumbre de entrenarse en su deporte de combate en la sala trasera de un restaurante, allí se conocieron. El gerente era un primo lejano de Chang, que le había ayudado a instalarse en el número 13 sin sospechar que la casa se convertiría en el cuartel general del traficante. Durante una de las sesiones de vovinam, Brilliant propuso un combate entre ellos dos con apuestas. Sabía que Thomas, necesitado de fondos para el material médico que le compraba de segunda mano al Barts, no podía negarse. En el combate no se produjeron irregularidades, pero la tijera voladora que Belamy empleó, y que le aseguró la victoria, finalizó con una herida en la cara de Chang. Desde entonces, el delincuente cuestionaba la validez del combate y reclamaba la revancha.

Thomas tuvo la sorpresa de encontrar a Olympe dormida en su cama. Durante toda la velada, la joven esperó que él no hiciera caso

637

de los requerimientos manifestados en su carta y volviera, había bebido con Horace el suficiente champán para ceder a la melancolía, pero no a sus insinuaciones, y había acabado refugiándose entre las sábanas del ausente. Cuando él se tumbó a su lado, sus cuerpos se unieron de manera natural. Olympe mantuvo los ojos cerrados para permanecer en el camino que serpentea entre sueño y realidad. Thomas, por su parte, no encontró el que conduce al sueño: antes de que le impidieran el acceso a la habitación del rey, las energías del soberano estaban a punto de equilibrarse.

118

Limehouse Causeway, 15, Londres, sábado 7 de mayo

El restaurador maldijo mientras abría la puerta, que había vuelto a salirse de sus goznes. La estructura de cinco hileras de tablas clavadas sobre un marco de un azul grisáceo había sido construida apresuradamente tras el paso de la policía y ya daba muestras de fragilidad. Su detención, aunque solo había durado unas horas, le había afectado profundamente. Chen Ouyang consideraba importante la respetabilidad de su establecimiento, sobre todo a causa de la proximidad de Brilliant Chang, cuyas actividades hacían que el peso de la duda recayera sobre la honorabilidad de toda la comunidad. Los inspectores de Scotland Yard también habían registrado la sala de entrenamiento, una especie de nave vacía con el suelo de tierra blanda, pero, al no encontrar ni mesas ni sillas que pudieran servir para organizar juegos, se habían quedado sin ningún motivo para inculpar al restaurador. Desde entonces, sobre los hombros de Ouyang recaía la vergüenza de la sospecha, tanto más cuanto que Chang había sido visto saliendo de su establecimiento al día siguiente de los hechos.

Ouyang cruzó la sala de su restaurante y fue a la nave donde la comunidad había tomado la costumbre de practicar las artes marciales. Cuando entró en el edificio, no pudo evitar que acudiera a su mente el recuerdo del más memorable de los combates que se habían desarrollado en su casa. Chang había presentado su enfrentamiento con Thomas como una oposición entre dos escuelas y eso había hecho subir la tensión dramática hasta la noche que se enfrentaron a un público sobreexcitado. El traficante se enorgullecía de practicar un estilo heredado de los monjes de Shaolin, el más antiguo y, según él, el más noble. Su velocidad y su fuerza física lo habían convertido en un adversario temido. Sin embargo, Thomas y su vovinam habían demostrado ser muy superiores. Este último había aceptado la revancha con la condición innegociable de que no hubiera ni espectadores ni apuestas sobre el resultado.

Los dos combatientes entraron al mismo tiempo, descalzos y con el torso desnudo.

—Acabemos —dijo Belamy.

Horace ayudó a Olympe a empaquetar sus cosas y las de Thomas en su única maleta.

—Tres cuartas partes del sitio lo ocupo yo —señaló—. Este Chang tiene gusto, las prendas que le he comprado son muy aceptables. Pero esta estancia nunca la echaré de menos, la cuenta es elevada.

—¿Cree que habrán acabado?

—No se preocupe, ¿no le he prometido que todo iba a ir bien?

«Horace y sus promesas...», pensó Olympe. El irlandés era capaz de darle su palabra a una mujer con absoluta sinceridad, para impresionarla o serle agradable, y acto seguido lamentar no poder mantenerla.

—El desenlace me da igual —reconoció la joven—, mientras Thomas no resulte herido y podamos salir de aquí.

Vere Cole cerró los dos pestillos de la maleta.

—Cuando Thomas haya embarcado rumbo al Nuevo Mundo, usted podrá seguir viviendo en mi casa, querida.

—Primero me reconciliaré con Christabel. La lucha no ha terminado.

Horace no insistió. Cuando ella le dijo que no quería exiliarse con Thomas, sintió que le crecían alas en la espalda, pero se había guardado mucho de desplegarlas.

—Pues yo tengo ganas de volver a saborear el Pimm's número dos de Mario y las extravagancias de Augustus, aunque estos dos tienen mucho que hacerse perdonar. Creo que podemos bajar, Thomas debe de haber acabado el trabajo —declaró con seguridad después de mirar el reloj.

—Horace, ¿tiene algo que decirme?

—Se lo he prometido, Thomas va a ganar el combate. ¿Sabe qué es? —preguntó sacando de uno de sus bolsillos una piedrecita negra—. *Dross* —dijo, poniéndosela en la palma de la mano.

—No sabía que le interesaba la geología —dijo ella devolviéndosela—. ¿Es un amuleto?

—En cierto modo. El *dross* es lo que queda del opio después de haberlo fumado. Lo cogí de la pipa que me ofrecieron.

—¿Y…?

—El *dross* tiene la particularidad de ser rico en morfina. Y, de forma accesoria, en productos tóxicos. Nuestros anfitriones me han explicado que su efecto no es en absoluto el mismo que el del opio. Normalmente lo consumen pobres diablos sin un céntimo. No produce la estimulación intelectual que es uno de los efectos del *chandoo*, sumerge en una ensoñación mucho más abrupta.

—¿No habrá…?

—Brilliant Chang es un hombre muy meticuloso, y eso será su perdición. Se ha preparado para el combate ingiriendo una mezcla de diferentes órganos animales que el decoro no me permite citar delante de usted y que supuestamente iban a dotarlo de más fuerza y vitalidad. Yo he añadido un poco de *dross*.

—¿De verdad que ha hecho eso, Horace?

—He equilibrado las fuerzas en acción. El efecto suele comenzar media hora después de la ingestión, es decir, exactamente en el momento de la justa.

Olympe se sentó en la cama y se cogió la cabeza entre las manos.

—¿Cómo puede estar seguro?

—Me lo dijo la vieja *cockney*, y ella tiene mucha experiencia en esto.

En la planta baja hubo ajetreo. Se oían pasos apresurados, voces dando órdenes en chino, movimiento de sillas.

—En cualquier caso, ahora mismo vamos a salir de dudas —concluyó invitándola a bajar.

Los hombres del traficante habían dejado a Thomas en un canapé, con las piernas estiradas. Chang se secaba la cara y el cuerpo, sudorosos, sentado en un sillón. Ouyang, que había oficiado de juez y único testigo, no callaba:

—¡El último encadenamiento ha sido una maravilla! ¡Ahí he visto todos los ataques y las paradas del repertorio!

—Ya he conseguido la revancha —afirmó Chang encendiendo un cigarro.

—El combate ha terminado en unas tablas perfectas —señaló Ouyang.

—No, no, está claro que he ganado yo —insistió Chang dando una calada.

—Yo declaro a Chang vencedor —dijo Belamy antes de desentenderse del debate para quitarse los pantalones de sarga, que presentaban una gran mancha de sangre en el muslo derecho.

—¡Pero yo no quiero que me declare vencedor un adversario al que le da igual el resultado! —replicó, furioso, Chang—. He sido realmente el mejor.

—Se me ha reabierto la herida —le dijo Thomas a Olympe.

—Si queremos atenernos a las reglas, yo he contado el mismo número de puntos, Brilliant —insistió Ouyang.

—¿Qué hay que hacer? —preguntó Olympe, preocupada.

—Y no tengo en cuenta el golpe asestado en la herida… —continuó Ouyang.

—Si no, ¿qué? —Chang, exasperado, mordía el cigarro.

—Dijo media hora, ¿verdad? —susurró Olympe con ironía al oído de Horace, que guardaba silencio.

—Si no, Thomas sería el ganador —decretó Ouyang.

—¡Qué usurpación! —exclamó el traficante, furioso—. Un juez imparcial no lo dudaría.

—Puede tardar más, a veces una hora —reconoció Vere Cole.

—¿Alguien puede traerme gasas y alcohol? —dijo Thomas mientras la confusión se generalizaba.

—¡Quiero que se reconozca oficialmente de una vez por todas mi victoria! —gritó Chang levantándose.

—O sea, que solo soy juez cuando el resultado le conviene, ¿no, Brilliant? —protestó Ouyang, que también estaba perdiendo la paciencia.

—Tengo whisky, ¿le serviría como alcohol? —preguntó Horace.

Chang se dejó caer pesadamente en el sillón y suspiró.

—¡Me siento muy cansado! —dijo.

—¡Ah, vaya! —exclamó Horace mirando a Olympe con aire triunfal.

—Ya sabía yo que esta revancha no iba a servir de nada —masculló el restaurador antes de salir de la habitación.

—Váyase, no quiero volver a verlo, no quiero volver a oír hablar de usted —ordenó el traficante sujetándose la frente con las manos—. Estoy muy cansado.

Thomas se levantó apoyándose en la pierna izquierda.

—Ya hemos perdido bastante tiempo —dijo—. Tengo que operar a Elizabeth.

119

Saint Bart, Londres, sábado 7 de mayo

Reginald se inclinó sobre Frances, cuyos ojos enrojecidos lo miraban en silencio. La besó y le acarició los cabellos como lo habría hecho con un gato, maquinalmente, mientras miles de consideraciones se agolpaban en su mente. Amaba a la enfermera, que había sido la primera persona con la que se cruzó al llegar al Barts; amaba su profesión, pese al cansancio, pese a los fracasos, la amaba por los milagros cotidianos que Elizabeth llamaba «la mano de Dios», y él, el progreso; amaba esa medicina en perpetua renovación en la que cada caso exigía superarse, inventar el futuro del servicio de urgencias. Amaba a la familia que había encontrado en su departamento. Y aun así…

Aun así, había capitulado ante su padre. Reginald no tenía la impresión de que hubiera podido hacer otra cosa, tan neurótico se había vuelto sir Jessop. Le había amenazado con retirar su donación al Barts, cuando esta representaba el quince por ciento del total de las que recibía el hospital. Le había amenazado con incitar a hacer lo mismo a otros mecenas, los más importantes, lo que supondría más de un tercio del presupuesto anual. Reginald sabía que era capaz de cumplir sus amenazas y que el golpe podía ser fatal para el hospital, ya en dificultades a causa del escándalo Belamy. Así pues, había cedido haciéndole prometer que dejaría en paz a Olympe. Como buen negociador, sir Jessop había aceptado. Su hijo no debía tener la impresión de que se rendía, sino de que había conseguido el máximo. Ya estaba todo dicho.

—Yo debería estar ya en urgencias para el View Day. El gerente estará hecho un manojo de nervios. En cuanto acabe la ceremonia, le presentaré mi dimisión al doctor Etherington-Smith —dijo mientras Frances se retocaba el peinado. En el cuartito que se hallaba bajo los tejados de Snow Hill, la atmósfera estaba cargada y los corazones atribulados.

—¿Por qué este año lo han hecho en sábado?

—El rey tenía que venir a visitar el Barts el próximo miércoles.

—¡Qué tristeza! Te acompaño —anunció Frances, a quien pronunciar cada palabra parecía costarle un esfuerzo—. Tengo que ir a ver a Elizabeth.

Una vez en la calle, ella lo cogió del brazo y se lo apretó ostensiblemente. Caminaron un rato en silencio antes de que ella planteara el asunto que la había atormentado toda la noche.

—¿Qué va a ser de nosotros?

Reginald no se había atrevido a hablar de ello. No había abordado esa cuestión con su padre, pero no le cabía ninguna duda de que sería la siguiente batalla que tendría que librar y que el desenlace era incierto. Irguió la cabeza para sentirse seguro.

—¡Amor mío, esto no cambia nada para nosotros! ¡Tú continuarás con tus estudios de medicina y nos casaremos!

—Tu padre no lo permitirá jamás y tú lo sabes. El único hijo Jessop está destinado a tener una descendencia rica, así que no me hago ilusiones.

—¡No! Me ha robado la vocación, no me robará a la mujer de mi vida. —Reginald se detuvo para abrazarla—. Sé que hoy no tengo nada que ofrecerte para nuestro futuro, aparte de mis bonitas palabras. Pero tomemos cada momento como viene y ten por seguro que lucharé por ti, por nosotros, como un león. Te lo prometo.

—¿Ante el Banco de Inglaterra? —bromeó Frances.

—Ante lo que queda del parterre de girasoles que destrocé el día de mi llegada al Barts —replicó él señalando la arboleda—. Jamás olvidaré aquel día catastrófico. —Le contó la anécdota—. Lo peor es que el doctor Haviland producía miel con el polen de esas flores.

—¿Él?

La risa de la enfermera hizo que una pareja de ancianos que entraba en el centro hospitalario se volviera.

—Eso es lo que les contaba a todos sus pacientes, pero se la compraba a un apicultor de Clapham.

—¿Por qué lo hacía?

—Tenía la impresión de que a sus pacientes les tranquilizaba saber que la miel se producía en el hospital, como todos los demás remedios. El poder de la sugestión.

—¿Y si empezáramos a aplicárnosla nosotros también? ¡He decidido que nada nos separará nunca!

En el Barts los recibió Watkins, el gerente, cuyo rostro se distendió de inmediato y las arrugas que surcaban su frente desaparecieron en un instante. Se hallaba en compañía del tesorero y el portero, ataviado este último con una toga negra y empuñando un bastón coronado con una esfera de plata; los dos hombres esperaban a los administradores a fin de dar la señal de inicio del desfile del View Day en todos los servicios del hospital.

—Empezaba a perder la esperanza de encontrar a un representante del servicio de urgencias —dijo el gerente conduciéndolos a un lado—. Solo está presente el doctor Haviland.

—¿No ha venido Raymond?

La pregunta de Reginald pareció incomodar a Watkins.

—Ha surgido una operación imprevista…, pero no puedo decir nada… ¡Qué dilema moral el mío! —añadió moviéndose con nerviosismo.

—Si se trata de un secreto, le prometemos guardarlo.

La invitación a hablar alivió al gerente, que se acercó a ellos para continuar en voz baja:

—Verán, es que «él» está aquí. Ha vuelto.

—¿Thomas?

—¡Chisss…! —ordenó Watkins mientras comprobaba que nadie le hubiera oído—. Ha venido con los otros dos fugitivos. Están en Uncot, con sor Elizabeth. La cosa parece seria.

En Uncot reinaba el silencio. Después de haber extirpado el sarcoma del tamaño de una avellana, que se había reproducido, Thomas estaba explorando la cavidad axilar que acababa de abrir. Cuando había entrado en el despacho de Etherington-Smith y se había sentado frente a él, hacía una hora, este había estado a punto de echarlo, pero había acabado abrazándolo y cerrando la puerta con llave. Raymond había seguido la persecución de Scotland Yard a través de la prensa. Se había convencido de que habían conseguido salir de Londres al tiempo que se temía lo peor. Tras el alivio por el reencuentro, había escuchado la petición de Thomas con la contención que imponía su cargo, a fin de darle a entender que no le había perdonado que hubiese traicionado su confianza. Había aceptado que se llevara a cabo la operación de Elizabeth en las dependencias del Barts, pero impuso dos condiciones: su presencia y la discreción de Uncot.

Raymond hizo una mueca al ver a Belamy extraer lo que parecía un ganglio de la cavidad axilar y raspar el tejido celuloadiposo.

—No estarán enfadados…

La voz de Elizabeth los sorprendió a los dos. Etherington-Smith casi había olvidado que Belamy le había administrado a la monja una anestesia local a base de cocaína para disminuir los riesgos.

—Evite hablar, Elizabeth, aún no he terminado —intervino Thomas.

—¿Podrían al menos fingir que se llevan bien y decirme qué están haciendo? Sin ocultarme nada, por favor —añadió arrastrando ligeramente la voz a causa de la morfina.

—Hemos encontrado dos ganglios axilares, pero nada en la zona próxima a la caja torácica. Thomas está cosiendo la herida.

—El doctor Belamy… Me gustaría oírselo pronunciar, Raymond —dijo la religiosa clavándole su mirada de acero, que había intimidado a dos generaciones de enfermeras y médicos.

—El doctor Belamy ha acabado de suturar, Elizabeth.

—Gracias, doctor Etherington-Smith. Ahora, díganme los dos qué posibilidades tengo de sobrevivir.

—Es muy probable que haya recidivas. Me ocuparé yo mismo de las intervenciones —dijo Raymond tendiéndole un vendaje antiséptico a Thomas—. Con su consentimiento, por supuesto, Elizabeth.

—Los casos similares al suyo muestran que la longevidad es de entre un año y un año y medio —respondió Belamy—. Hay riesgo de que los pulmones se vean afectados dentro de unos meses. He consultado la literatura médica y no existe ninguna paciente que haya sobrevivido más tiempo a un cáncer primario en las dos mamas. Pero los tumores son muy variables. Y Dios sabe que aquí la necesitamos.

—Gracias por su franqueza, Thomas. Dios no me ha concedido muchos deseos en los últimos meses. Salvo uno: el de volver a verle operar en el Barts.

La procesión pagana se había detenido en urgencias. De acuerdo con la tradición, el tesorero se sentó tras una mesa presidencial situada en la entrada de la primera sala de pacientes, rodeado de los administradores y del portero, quien blandía ostensiblemente el cetro que llevaba grabada la efigie de san Bartolomé empuñando un cuchillo de desollar.

Watkins pronunció el nombre del primer paciente del servicio, en el tono orgulloso y rimbombante que exigía la ceremonia. El doctor Haviland tomó la palabra para indicar su patología y el tiempo previsto de hospitalización. La letanía continuó con el resto de los enfermos.

—Y nuestra última paciente es sor Elizabeth —anunció Watkins, quien había insistido en añadirla a la lista.

Haviland no conocía los detalles de su historial, por lo que intervino Reginald.

—En nombre de los doctores Belamy y Etherington-Smith, quisiera comunicar a la docta asamblea la razón de su presencia como paciente entre nosotros.

El nombre de Thomas desencadenó una salva de recriminaciones entre una parte de los mecenas, pero el tesorero lo invitó a continuar.

—La hermana, a quien aquí todo el mundo conoce, se halla actualmente en tratamiento por un doble tumor primario en los pechos. Realizamos la ablación de las dos mamas, pero se produjo una recidiva y en estos momentos el doctor Etherington-Smith está ocupándose de ella.

—Muy bien, doctor Jessop, ahora vamos a pedirle al médico responsable del servicio que nos dé su opinión sobre los internos. Si Raymond no se halla presente, ¿quién debe ocupar su lugar? ¿Haviland? —preguntó el tesorero a Watkins, quien con un gesto expresó su ignorancia.

Justo en ese momento, un murmullo recorrió una parte de la concurrencia, que se apartó para dejar paso a Raymond y Elizabeth. La religiosa iba sentada en una silla de ruedas que empujaba el médico, quien se detuvo frente a la mesa del tesorero.

—Le agradezco al doctor Haviland que me haya sustituido. Proseguiré yo con la ceremonia.

Etherington-Smith, hombre carismático que controlaba a su audiencia, observó a los presentes antes de continuar.

—Reginald, para mí es usted, pese a su apellido, el vivo ejemplo del éxito del mérito, el ejemplo de lo que debe ser el Barts: una escuela de vocaciones.

Raymond continuó con el elogio del interno en sustitución de Thomas y, cuando terminó, le cedió a Reginald la palabra para que expresara su impresión sobre el trabajo de la religiosa, tal como exigía la tradición.

—Elizabeth ha tenido conmigo la rudeza de un padre y la bondad de una madre —dijo—, siempre le estaré infinitamente agradecido. Junto con el resto de los miembros de este equipo extraordinario, la hermana me ha convertido en el médico que soy en la actualidad, lo cual quizá no sea un cumplido para ella —añadió, satisfecho de arrancar algunas risas y aplausos para controlar la emoción que los invadía a todos.

A continuación le pidieron a Elizabeth que hablara sobre la enfermera del servicio. Frances había retrocedido para refugiarse entre la concurrencia, pero la religiosa la invitó a que se acercara. La anestesia y los opiáceos continuaban haciendo efecto; el dolor aún no había vuelto a imponerse.

—Mi querida Frances, mi querida niña, Dios sabe que no tenemos la misma visión de la sociedad, sobre todo del papel de las mujeres —comenzó—, pero usted era en este servicio más que una enfermera, poseía casi tanta sabiduría y obstinación como una vieja religiosa, y tanta sagacidad e intuición como un médico sin título. Cuando me anunció su intención de dejarnos para ingresar en la escuela médica, reconozco que me pareció mal, que encontré orgullosa y fuera de lugar su ambición de igualar a los hombres del oficio. Lo vi como una provocación, cuando era una vocación, natural y merecida. He pasado las últimas semanas acostada en mi habitación, como haré en los meses que me quedan de vida, y he cambiado más durante este viaje inmóvil que en todas las aventuras humanas que la vida me ha brindado. Sí, esa inmovilidad me ha dado una capacidad de juicio y una altura de miras que jamás había tenido. La apoyo en su decisión, Frances Wilett, la apoyo en su lucha, porque tiene todas las aptitudes necesarias para ser una excelente mujer médico, y espero que en el futuro cada vez más mujeres obtengan el título en nuestro querido Barts.

La intervención la había cansado, pero, antes de que Etherington-Smith tomara de nuevo la palabra, continuó:

—Y quisiera terminar diciendo lo muy orgullosa que me siento de haber trabajado con el doctor Belamy. Lamento su ausencia hoy y deploro las razones que la han provocado. Ese hombre ha salvado él solo tantas vidas como un departamento entero del hospital. Ha intentado tomar lo mejor de todas las escuelas médicas, ha experimentado, ha dado asistencia a los más desfavorecidos, aquí y en otros lugares de Londres, sin escatimar esfuerzos, sin pedir jamás su parte de gloria ni de reconocimiento. —Raymond le puso una mano sobre el hombro, un gesto que todos interpretaron como un asentimiento—. Esto es lo que quería decirles antes de callarme para siempre —continuó Elizabeth—. Me siento orgullosa de haber trabajado con todas estas personalidades que Dios ha querido reunir a mi alrededor. Éramos un equipo único que perseguía el mismo objetivo y nuestras diferencias han sido nuestra fuerza. Les deseo a todos que vivan momentos así.

120

Saint Bart, Londres, sábado 7 de mayo

La escalera olía a polvo y giraba formando un cuadrado, sumida en una penumbra que solo retrocedía en los contados puntos en que los rayos de luz entraban por las estrechas ventanas.

—Ya llegamos —dijo Thomas.

Cuando abrió la puerta, la oscuridad se diluyó en la blancura opalina de la tarde londinense. Salieron a la terraza de la torre de la iglesia de Saint Bartholomew-the-Less, que dominaba el Barts y todo el barrio de West Smithfield. Los tejados del inmenso mercado de Meat Market parecían un campo de pizarra. Más al sur, San Pablo y su cúpula se elevaban por encima de los inmuebles y se recortaban sobre el fondo de color humo allí donde fluía del río. Más lejos aún, el Big Ben apuntaba hacia el cielo para señalar el palacio de Westminster.

—¡Qué vista! —admiró Olympe acercándose a una de las esquinas del pretil—. A esta altura una se siente increíblemente libre.

La joven no conseguía disfrutar de aquel plácido instante de belleza. Su corazón continuaba latiendo deprisa después de la ascensión. Durante la operación de Elizabeth, Horace le había contado que acompañaría a Thomas a Liverpool la semana siguiente. Su escapada a la torre era lo más parecido a una despedida y Olympe lamentó no haberse despedido antes a la francesa.

—Voy a echar de menos esta ciudad. Voy a echar de menos mi vida en el Barts —dijo Thomas, que la había seguido pero se había quedado un poco atrás. No se habían preparado para ese momento, lo habían excluido de su mente como si quisieran conjurarlo—. No sé por dónde empezar —se disculpó—. Creo que ninguno de los dos tiene ganas de mantener esta conversación.

Durante el día, el viento había amainado y los ruidos de la ciudad les llegaban con una gran claridad: gritos, relinchos, bocinazos, martillazos de obras en construcción, todos esos fragmentos de vida que surgían de Londres.

—¿A qué hora sale el barco de la Cunard para Nueva York el miércoles?

Olympe se había vuelto para observar su reacción.

—A media tarde —dijo Thomas sin andarse con rodeos.

Ella esperó algunas palabras que mitigaran el desgarro que las emociones le producían, alguna explicación, un pesar, algún bálsamo para su corazón sangrante, pero el doctor Belamy no sabía expresarlos.

Olympe dio unos pasos en dirección a la sombra del campanario, que cortaba la terraza en dos triángulos idénticos. Se detuvo como si estuviera ante un acantilado y finalmente cruzó la invisible barrera.

—Ya nos hemos despedido —declaró.

—Horace no debería haber dicho nada del barco —se lamentó Thomas.

—Horace es torpe, pero se preocupa por nosotros. —La sufragista se había asomado a la plaza ajardinada del Barts, cuyos ocupantes parecían insectos perezosos—. Vete, vete ya, y no me pidas un último abrazo, no lo soportaría. Prefiero el recuerdo de nuestros besos despreocupados.

Hubo un silencio. Luego, se oyó el ruido de unos pies que retrocedían, titubeantes al principio, esperando una palabra, un gesto, antes de girar definitivamente sobre los talones.

Olympe se quedó inmóvil, esperaba verlo cruzar la plaza sin levantar la cabeza hacia su pasado, pero solo vio a una enfermera empujando la cama de un paciente hasta uno de los quioscos del patio. El enfermo vio la forma humana arriba, en la torre, y movió los brazos a modo de saludo, al que ella respondió. Después, la imagen se congeló.

La joven se negaba a castigarse con el arrepentimiento, pero este llegó a puñados, de repente. No quería sentirse responsable de lo que pasaba, aunque le habría bastado acompañar a Thomas para que su dicha no terminara.

Al igual que las razones para quedarse se alineaban ordenadamente sobre un platillo, las que había para marcharse se amontonaban en el otro, y la balanza oscilaba sin cesar. En ambos casos, le quedaría la sensación de haberse amputado una parte de sí misma.

—No es justo —murmuró—. ¿Por qué las mujeres…? Pero… ¡qué diantre…!

Decidió alcanzarlo, decirle que no podían separarse así después de que, gracias al destino, se hubieran encontrado, que aceptaba marcharse lejos de Londres y de sus desconocidas raíces, ser ella misma una raíz en un país nuevo, vivir allí felices y proseguir allí sus luchas.

Cuando se volvió, Thomas estaba allí, apoyado contra el pretil. Se acercó a ella, Olympe se había detenido en la frontera de sombra.

—Thomas…

—Chisss… —El médico puso el índice sobre los labios de Olympe—. Tienes razón, ¿por qué las mujeres tienen que sacrificar su vida por un hombre?

—¿Por qué es todo tan complicado, Thomas?

—No lo sé.

Estaban cara a cara sin atreverse a tocarse, como si el después ya hubiera comenzado.

—¡Y pensar que hemos hecho temblar al poder de la mayor nación del mundo! Si nos vieran ahora, nuestra imagen resultaría irreparablemente dañada —constató Olympe para atenuar la palpable tensión—. En cualquier caso, te agradezco que me hayas ahorrado grandes declaraciones del tipo «Jamás seré yo quien asfixie tu espíritu rebelde» —añadió—. No lo habría soportado.

—Horace me aconsejó que concluyera diciendo: «Aprecio más tu libertad que mis propios sentimientos». A él, esta situación le parece muy romántica.

—Si hubieras pronunciado esa frase, habría salido huyendo en el acto. —Se habían acercado y sus manos se rozaban—. ¿Por qué no te has ido? Esto hace que la separación resulte más difícil todavía.

—Olympe, yo… —Su voz carecía de la seguridad habitual—. No puedo dejarte. Te quiero y no quiero subir a ese barco. —Ella se quedó callada y se pellizcó los labios. Sus ojos interrogaban a los de Thomas—. Y ahora será mejor que hables, Olympe Lovell —le aconsejó el médico—. Sé que mi propuesta puede parecerte inesperada, pero la he meditado mucho, te lo aseguro.

—Thomas, yo siento lo mismo por ti. Pero… —Él se puso tenso al oírle pronunciar la palabra detestada, la que reducía los sueños a cenizas, y no pudo evitar mordisquearse el labio también—. Pero no podemos vivir eternamente en la clandestinidad.

—¿Cómo? ¿No te ha gustado el programa de las últimas semanas?

—¿Te refieres a nuestra luna de miel en las alcantarillas de Londres y los tugurios del East End? ¿Qué mujer no se habría sentido colmada recibiendo tantas atenciones? Ya ves lo difícil de satisfacer que soy.

Sus dedos se habían entrelazado.

—Entonces ¿qué hacemos?

—Para empezar, dejemos de mordernos los labios, nos habremos quedado sin ellos cuando queramos…

Se interrumpió para responder a su beso, un largo beso apasionado que ninguno de los dos quería que tuviese fin. Sus bocas se separaron mucho, mucho después. Olympe tuvo la sensación de que la gran bocanada de aire que aspiró era semejante al primer aliento del recién nacido.

—La expulsión solo afecta a Inglaterra —dijo Thomas—. Podríamos irnos con Horace a vivir a Irlanda. Allí necesitan médicos. Y sufragistas: los diputados irlandeses son muy cortejados en este momento por el gobierno inglés. Tú serías la única capaz de ganarlos para vuestra causa.

—¿Irlanda? ¿De verdad? Irlanda… ¿Podría participar en las manifestaciones de Londres?

—Con la condición de que no vuelvas nunca más a Holloway.

—Te prometo que no volveré a dejar que me arresten. Tienes que enseñarme vovinam.

—Te enseñaré prudencia.

—¡Irlanda me gustará! Iremos a la playa de Derrybawn House a reanudar nuestra conversación en el punto en que la dejamos. ¡Thomas, abrázame muy fuerte!

Se besaron de nuevo, envueltos en la sombra que tan propicia les era.

La campana, instalada en uno de los campanarios más antiguos de la ciudad, anunció el final de las horas rebeldes.

Las cinco. Etherington-Smith se arrepintió de no haber cancelado su clase el View Day. Llegaba tarde, pero no conseguía darse prisa. La jornada había estado cargada de emociones y no quería que estas se diluyeran. Cuando entró en la antesala del anfiteatro, Raymond reconoció la voz de Horace dirigiéndose al público.

—Me presento: soy el doctor Hoax y voy a impartir esta clase en sustitución del doctor Etherington-Smith. Les enseñaré una técnica revolucionaria para medir los latidos del corazón.

—Doctor —intervino un estudiante—, la exposición trataba sobre las anomalías de la arteria pudenda y sus operaciones.

—Muy bien, utilizaremos su arteria como ejemplo de mi método —contestó Horace, que no tenía ni idea de su localización.

La risa de Raymond quedó cubierta por la del público. Se quedó junto a la puerta y decidió dejar que continuara.

El espectáculo no había hecho más que empezar.

Apuntes históricos

1910 fue un año de desilusiones para las sufragistas. Tras haber conseguido en julio que una coalición de diputados presentara un proyecto de ley, vieron cómo este era rechazado por Asquith, con el apoyo de Winston Churchill. Y el 18 de noviembre tuvo lugar una manifestación que fue reprimida con una actuación inusitadamente violenta por parte de la policía. Los años que siguieron fueron como un juego del gato y el ratón durante el cual hubo numerosos arrestos y encarcelaciones, hasta el estallido de la Primera Guerra Mundial, período en el que las sufragistas hicieron un paréntesis en su lucha y demostraron su patriotismo.

En 1918, el Parlamento concedió un derecho de voto restringido a las mujeres de más de treinta años, siempre y cuando fueran propietarias o arrendatarias. Hubo que esperar diez años más para que se ampliara el derecho al voto a todas las mujeres mayores de edad gracias a la Representation of the People Act del 2 de julio de 1928. Emmeline Pankhurst había fallecido el mes anterior.

Raymond Etherington-Smith continuó dirigiendo la escuela médica del Barts hasta 1913. Murió el 19 de abril de ese año, a los treinta y seis años, como consecuencia de una herida que se había hecho cuando estaba operando a un enfermo con un pulmón gangrenado.

La familia Stephen fue el alma del grupo de Bloomsbury. Adrian se hizo psicoanalista y en 1936 escribió un libro sobre su versión del engaño del *Dreadnought*. Su hermana Vanessa hizo carrera como pintora; en cuanto a Virginia, se casó en 1912 con Leonard Woolf y hoy se incluye entre los más grandes de la literatura inglesa.

El engaño del *Dreadnought* fue la mistificación más brillante de Horace de Vere Cole, pero también la que precedió a su inexorable declive. Sus bromas, que en los locos años veinte habían pasado de moda, ya no salían en la prensa ni divertían a sus amigos, cuyo número era cada vez menor. Horace se casó dos veces y siguió siendo un eterno romántico. Unas inversiones cuestionables en Canadá acabaron arruinándolo. A partir de entonces, dependió económicamente de su hermano. Se instaló en Francia, donde murió solo, de un paro cardíaco, a los cincuenta y cuatro años. La muerte lo encontró en Honfleur, el 25 de febrero de 1936, en un modesto apartamento sin electricidad ni agua corriente. Los periódicos recordaron al que la prensa había llamado «Hoaxer King», el rey de los bromistas, o «King Cole». Su cuerpo fue repatriado a Inglaterra y solo Augustus y Mavis, su última esposa, asistieron al entierro. Augustus escribió en sus memorias: «Mientras el ataúd descendía lentamente en la tumba y la emoción alcanzaba su punto álgido, yo esperaba el momento en que la tapa se levantara y su habitual figura saliera dando un salto y un grito estridente. Pero en aquella ocasión mi viejo amigo me decepcionó».

Nota del autor

Las horas rebeldes relata las rebeliones que marcaron el inicio del siglo XX inglés. Una rebelión dura con la lucha de las sufragistas, una rebelión blanda con la vanguardia artística del Bloomsbury Group, una rebelión poética con el príncipe de las bromas.

Todas las acciones de las sufragistas que describo en la novela, incluso las más sorprendentes, como el lanzamiento de octavillas desde una aeronave, son auténticas, al igual que el encarcelamiento y la alimentación forzada a que se las sometió.

Las operaciones y los casos clínicos del libro están inspirados en documentos reales, en anales y en tratados de la época, y son representativos de los avances de la medicina hospitalaria en 1910.

Jack London describió maravillosamente el East End en *La gente del abismo*, después de haber pasado casi tres meses entre los habitantes más pobres de Londres.

Darky the Coon y Brilliant Chang existieron realmente. Fueron dos figuras emblemáticas de lo que era el East End a principios de ese siglo. Darky se redimió en la Primera Guerra Mundial, durante la cual su conducta fue ejemplar y recibió por ello la medalla militar. En la vida real, Chang no comenzó sus actividades de traficante hasta 1913; me he permitido adelantarlo por las necesidades de la novela.

Si tienen preguntas o comentarios, pueden ponerse en contacto conmigo escribiéndome a la siguiente dirección de correo electrónico: eric.marchal@caramail.fr. Estaré encantado de debatir con ustedes acerca de todo lo que deseen.

Principales referencias bibliográficas

Abeille, Jonas, *Guérison rapide de l'entorse et du diastasis par l'application méthodique de la belladone*, París, Librairie J.-B. Baillière et Fils, 1888.

Ackroyd, Peter, *Londres. La biographie*, París, Éditions Philippe Rey, 2016. [Hay trad. cast.: *Londres: una biografía*, Barcelona, Edhasa, 2002.]

Baldry, Peter, «The integration of acupuncture within medicine in the UK», *Acupuncture in Medicine* (2005), 23(1), pp. 2-12.

Barbier, Henry, y G. Ulmann, *La Diphtérie. Nouvelles recherches bactériologiques et cliniques, prophylaxie et traitement*, París, Librairie J.-B. Baillière et Fils, 1899.

Battelli, F., «La mort et les accidents par les courants électriques industriels», *Archives d'électricité médicale expérimentale et clinique*, n.° 120 (15 de diciembre de 1902), pp. 777-799.

Bedarida, François, «L'histoire sociale de Londres au XIXe siècle. Sources et problèmes», *Annales. Économies, Sociétés, Civilisations*, año 15, n.° 5 (1960), pp. 949-962.

Bergonie, J., «Les applications médicales de la diathermie», *Archives d'électricité médicale expérimentale et clinique*, n.° 357 (10 de mayo de 1913), pp. 392-409.

—, «Accidents causés par l'électricité», *Archives d'électricité médicale expérimentale et clinique*, n.° 352 (25 de febrero de 1913), pp. 165-179.

Blot, Jean, *Bloomsbury. Histoire d'une sensibilité artistique et politique anglaise*, París, Balland, 1992.

Booth, Charles, *Life and Labour of the People in London*, vol. 1: *East, Central and South London*, Londres, Macmillan & Co., 1892.

Bradley, Katherine, *Faith, Perseverance and Patience: the History of the Oxford Suffrage and Anti-Suffrage Movements, 1870-1930*, tesis doctoral, Oxford Brooks University, 1997.

Brock, Claire, «Risk, responsibility and surgery in the 1890s and early 1900s», *Medical History* (2013), vol. 57(3), pp. 317-337.

Brookfield, Frances M., *The Cambridge Apostles*, Londres, Sir Isaac Pitman & Sons, 1906.

Camp, John, *Holloway Prison. The place and the people*, Devon, David & Charles Newton Abbot, 1974.

Chapuis, Adolphe, «Acide phénique», en *Précis de toxicologie*, París, Librairie J.-B. Baillière et Fils, 1889, cap. V, pp. 490-498.

Darmon, Pierre, *La vie quotidienne du médecin parisien en 1900*, París, Hachette, 1988.

Delphi, Fabrice, *L'Opium à Paris*, París, Librairie Félix Juven, 1907.

Downer, Martyn, *The Sultan of Zanzibar. The bizarre world and spectacular hoaxes of Horace de Vere Cole*, Londres, Black Spring Press Ltd, 2010.

Dumont, F.-L., *Traité de l'anesthésie générale et locale*, París, Librairie J.-B. Baillière et Fils, 1904.

Dupouy, Roger, *Les Opiomanes, mangeurs, buveurs et fumeurs d'opium, étude clinique et médico-littéraire*, París, Librairie Félix Alcan, 1912.

Dupuy, Edmond, *Sérums thérapeutiques et autres liquides organiques injectables*, París, L. Battaille et Cie, 1896.

Fauconney, Jean, *La Perversion sexuelle*, París, Nouvelle librairie médicale, 1903.

Fromage, Georges, *Notes sur un rapide et court voyage aux États-Unis et au Canada*, Ruán, Imprimerie du Journal de Rouen, 1910.

Gouges, Olympe de, *Zamore et Mirza, ou l'Heureux naufrage.* Drama indio en tres actos y en prosa, París, Cailleau, imprimeur-libraire, 1788.

Guilleminot, Henri, *Électricité médicale*, París, G. Steinheil, 1907.

Guisez, Jean, *Diagnostic et traitement des rétrécissements de l'oesophage et de la trachée*, París, Masson et Cie, 1923.

Halevy, Élie, *Histoire du peuple anglais au XIXᵉ siècle. Épilogue (1895-1914)*, II: *Vers la démocratie sociale et vers la guerre (1905-1914)*, París, Librairie Hachette, 1932.

Hampstead and Highgate Express, «Suffragettes at Madame Tussaud's», 29 de febrero de 1908, p. 7.

Hennequin, J., y Robert Loewy, *Les Fractures des os longs. Leur traitement pratique*, París, Masson et Cie, 1904.

Holland, Evangeline, *Edwardian England. A guide to everyday life, 1900-1914*, Plum Bun Publishing, 2014.

Houssaye, J.-G., *Instructions sur la manière de préparer la boisson du thé*, París, À la porte chinoise, 1839.

Huard, Charles-Lucien, *L'Imprimerie*, París, L. Boulange, 1892.

Journal de Médecine et de Chirurgie Pratiques (1908), tomo 79, artículos 21.865 a 22.305.

Journal de Médecine et de Chirurgie Pratiques (1909), tomo 80, artículos 22.306 a 22.699.

Krishaber, Maurice, *Instruction pratique à l'usage du laryngoscope*, París, A. Gaiffe, 1866.

Laval, Édouard, *Guide chirurgical du praticien pour les opérations journalières*, París, Octave Douin, 1905.

—, *Comment on soigne le diabète*, Société d'impression et d'édition L. Boyer, 1903.

Lejars, Félix, *Traité de chirurgie d'urgence*, París, Masson et Cie, 1900.

Lemaire, Jules, *De l'acide phénique*, París, Librairie de Germer-Baillière, 1865.

Lepine, Raphaël, *Les Complications du diabète et leur traitement*, Librairie París, J.-B. Baillière et Fils, 1906.

Les nouveaux remèdes de pharmacologie, de thérapeutique, de chimie médicale et d'hydrologie, publicado por G. Bardet, G. Pouchet, Brissemoret, L. Kaufmann y J. Chevalier, París, O. Doin et Fils, tomos 22 a 25 (1906 a 1909).

Letulle, Maurice, *Inspection, palpation, percussion, auscultation. Leur pratique en clinique médicale*, París, Masson & Cie éditeurs, 1913.

Linlithgowshire Gazette, «The esperanto congress in Dresden», 28 de agosto de 1908, p. 8.

London, Jack, *Le Peuple d'en bas*, Éditions Phoebus, París, 1999 (edición original: *The People of the Abyss*, 1902). [Hay trad. cast.: *La gente del abismo*, Barcelona, Gatopardo Ediciones, 2016.]

Luro, E., *Le Pays d'Annam: étude sur l'organisation politique et sociale des Annamites* (2.ª ed.), París, Ernest Leroux, 1897.

Lutaud, Auguste, y Walter Douglas Hogg, *Nouvelles études sur l'isolement des contagieux en France et en Angleterre*, París, Librairie J.-B. Baillière et Fils, 1890.

Marlow, Joyce, *Suffragettes: the Fight for Votes for Women*, Virago, 2015.

Martin, Christopher, «Un nouveau regard sur les mutations de la Royal Navy au début du XXe siècle», *Revue historique des armées* (2009), 257, pp. 44-58.

Miller, Ian Robert, «The suffragette's encounter with the stomach tube», en *A Modern History of the Stomach: gastric illness, medicine and British society, v. 1800-1950*, tesis doctoral, Faculty of Life Sciences, University of Manchester, 2009, pp. 109-119.

Monod, Charles, y Félix Jayle, *Cancer du sein*, París, Rueff & Cie, 1894.

Monteuuis, Isidore, *Un hôpital moderne. Le nouvel hôpital de Dunkerque*, folleto publicado por la Commission administrative des hospices, 1910.

Moore, Norman, *The History of Saint Bartholomew's Hospital*, vol. II, Londres, C. Arthur Pearson Limited, 1918.

—, *Saint Bartholomew's Hospital in Peace and War*, Cambridge, University Press, 1915.

Morton, James, *East End Gangland*, Londres, Little, Brown and Company, 2000.

Myall, Michelle, *Flame and Burnt Offering: a life of Constance Lytton, 1869-1923*, tesis doctoral, School of Social and Historical Studies, University of Portsmouth, 1999.

Nansouty, Max de, «Sixième conférence: les transports maritimes», en *Le machinisme. Son rôle dans la vie quotidienne*, París, Pierre Roger & Cie, 1909, pp. 120-146.

Noiriel, Gérard, «Surveiller les déplacements ou identifier les personnes? Contribution à l'histoire du passeport en France de la Ire à la IIIe République», *Genèses*, 30, «Émigrés, vagabonds, passeports» (1998), pp. 77-100.

Noirrit, E., *et al.*, «Plaques palatines chez le nourrisson porteur de fente labiomaxillaire», en EMC, Elsevier, 22-066-B-55, 2005.

Olivier, Jean-Marc, «Chapeaux, casquettes et bérets: quand les industries dispersées du Sud coiffaient le monde», *Annales du Midi: revue archéologique, historique et philologique de la France méridionale*, tomo 117, n.° 251, «Dynamiques marchandes: acteurs, réseaux, produits (XIIIe-XIXe siècles)» (2005), pp. 407-426.

Pall Mall Gazette, «Eight centuries of ministration to suffering humanity» (9 de mayo de 1905), p. 4.

Pankhurst, Emmeline, *Suffragette. My Own Story*, Hesperus Press Ltd, 2015.

Pankhurst, Sylvia, *The Suffragette: the History of the Women's Militant Suffrage Movement*, Dover Publications, 2015.

Parville, Henri de, «Maquillage naturel: mélanhydrose», *Les Annales politiques et littéraires* (1908), n.° 1292, p. 305.

Pasquet, D., *Londres et les ouvriers de Londres*, París, Librairie Armand Colin, 1914.

Pennybacker, Susan D., y Sonia Lee, «Les moeurs, les aspirations et la culture politique des employés de bureau londoniens des deux sexes, 1889-1914», *Genèses*, 14, «France-Allemagne. Transferts, voyages, transactions» (1994), pp. 83-104.

Porter, Langley, «Robert Hutchison at the London hospital *circa* 1900: reminiscences of a clinical clerk», *Archives of Disease in Childhood* (1951), 26(129), pp. 369-372.

Rebaute, F.-H., *Vade-mecum de médecine dosimétrique, ou Guide pratique pour le traitement des maladies aiguës et chroniques, d'après la méthode du professeur Burggraeve, suivi d'un mémorial toxicologique*, Institut dosimétrique, París, 1881.

Reclus, Paul, «Onyxis», en *Traité de chirurgie*, tomo I, París, G. Masson, 1890, 2.ª parte, «Peau et tissu cellulaire sous-cutané», cap. IV, pp. 636-641.

Rémond, René, «Le pacifisme en France au XXe siècle», *Autres Temps. Les cahiers du christianisme social*, n.° 1 (1984), pp. 7-19.

Reverdin, Isaac, «Recherches expérimentales sur les brûlures produites par les courants électriques industriels», *Journal de physiologie et de pathologie générale* (julio de 1913), 4, X, pp. 861-872.

Rocaz, Charles-Henri-Félix, *Étude comparative du tubage du larynx et de la trachéotomie dans le croup*, Burdeos, Imprimerie Gounouilhou, 1900.

Rochard, Eugène, *Chirurgie d'urgence*, París, Octave Doin, 1899.

Roussel, Frédéric, «Qui a peur des Bloomsbury?», *Libération* (21 de julio de 2011).

Sainton, Paul, y Louis Delherm, *Les Traitements du goître exophtalmique*, París, Librairie J.-B. Baillière et Fils, 1908.

Schlesinger, Hermann, *Les Indications des interventions chirurgicales dans les maladies internes à l'usage des médecins praticiens*, París, Vigot Frères éditeurs, 1905.

Seed, John, «Limehouse Blues: Looking for "Chinatown" in the London Docks, 1900-1940», *History Workshop Journal*, 62 (otoño de 2006), pp. 58-85.

Smith, James Greig, *Chirurgie abdominale*, París, G. Steinheil, 1894.

Soubeiran, Jean-León, y M. Dabry de Thiersant, *La Matière médicale chez les Chinois*, París, G. Masson, 1874

Soulie de Morant, Georges, *Précis de la vraie acuponcture chinoise*, París, Mercure de France, 1934. [Hay trad. cast.: *Compendio de la verdadera acupuntura china*, Madrid, Alhambra, 1984.]

Tardieu, Eugène, *Étude sur le massage du coeur expérimental et clinique*, Montpellier, Imprimerie Firmin, Montane et Sicardi, 1905.

The Aberdeen Daily Journal, «Anarchists invade London» (17 de mayo de 1906), p. 5.

The Aberdeen Daily Journal, «The French "pacifists"» (2 de enero de 1906), p. 5.

The Daily News, «The women's war» (1 de julio de 1908), p. 6.

The Daily News, «Thirsty women arrested» (1 de julio de 1908), p. 7.

The Daily News, «Through the camera. Mrs Pankhurst leading the Women's suffrage deputation from Caxton Hall to the House of Parliament yesterday in expectation with an interview with Mr Asquith» (1 de julio de 1908), p. 11.

The Daily News, «Suffragettes at Bow Station» (22 de octubre de 1908), pp. 7-8.

The Daily News, «Outrage by women» (18 de septiembre de 1909), p. 7.

The Daily News, «Serious illness of the King» (6 de mayo de 1910), p. 5.

The Daily News, «King Edward the seventh» (7 de mayo de 1910), pp. 6-8.

The Daily Telegraph, «Diplomacy defined. French hospital dinner» (17 de mayo de 1909), p. 5.

The Daily Telegraph, «Suffragist raid at the Guildhall» (10 de noviembre de 1909), p. 11.

The Daily Telegraph, «Death of King Edward» (7 de mayo de 1910), pp. 11-14.

The Evening Post, «Anarchists in London», n.º 170 (7 de agosto de 1900).

The Globe, «"Bogus" princes on the "Dreadnought". An amazing story» (12 de febrero de 1910), p. 7.

The Hendon and Finchley Times, «A suffragette in the air» (19 de febrero de 1909).

The Lancahsire Daily Post, «Illness of King Edward» (6 de mayo de 1910), p. 2.

The Morning Post, «The assault on Mr Churchill» (16 de noviembre de 1909), p. 5.

The Nottingham Evening Post, «The royal hospital of Saint Bartholomew» (7 de noviembre de 1904), p. 3.

The Scotsman, «The illness of the King» (6 de mayo de 1910), p. 5.

The Sphere, «The Entente cordiale in the hospital» (13 de marzo de 1909), p. 243.

The Standard, «Fatal shampoo case» (16 de julio de 1909), p. 7.

The Standard, «Suffragist scenes» (18 de septiembre de 1909), p. 7.

The Standard, «Dangerous shampoo» (21 de octubre de 1909), p. 5.

The Standard, «Week-end shampoo tragedy» (28 de octubre de 1909), p. 9.

The Standard, «West-End fire mystery» (2 de noviembre de 1909), p. 10.

Thornbury, Walter, «Saint Bartholomew's Hospital», en *Old and New London*, Londres, Cassell, Petter & Galpin, 1878, vol. 2, cap. XLV.

Triaud, Henry, *Radiothérapie et cancer du sein*, Lyon, Imprimeries réunies, 1907.

Trouessart, Édouard-Louis, *La Thérapeutique antiseptique*, París, Rueff et Cie, 1892.

Valbert, G., «L'Abyssinie et son négus», *La Revue des deux mondes*, tomo 64 (1884).

Vaquez, Henri, *Les Arythmies*, París, Librairie J.-B. Baillière et Fils, 1911.

Vidal de la Blache, Paul, «Londres et les ouvriers de Londres», *Annales de géographie*, tomo 23, n.º 132 (1915), pp. 430-433.

Vincent, Eugène, *La Médecine en Chine au XXe siècle*, París, G. Steinheil, 1915.

Waddington, Keir, *Medical Education at Saint Bartholomew's Hospital 1123-1995*, Woodbridge, The Boydell Press, 2003.

—, *Charity and the London Hospitals, 1850-1898*, Royal Historical Society Publication, Woodbridge, Boydell Press, 2000.

Woolf, Virginia, *Journal*, tomo I, París, Stock, 1993. [Hay trad. cast.: *El diario de Virginia Woolf, vol. I (1915-1919)*, Madrid, Tres Hermanas, 2017.]

Agradecimientos

Muchísimas gracias:

A mis padres y a mis hijas por su indefectible apoyo y la energía que para mí representan.

A Anne, por haber sido mi primera lectora y haberme tranquilizado acerca del camino elegido.

A Fabienne, por sus correcciones sobre la medicina china. ¡Te deseo todo el éxito que mereces en tu consultorio!

A Laure y sus antepasadas sufragistas, las mujeres de la familia Mansel.

A Thierry, por las obras antiguas sobre medicina china y cirugía.

A todo el equipo de Éditions Anne Carrière: a Stephen, por el entusiasmo y los deseos que insufla; a Sophie, por su amor comunicativo a la lengua francesa; a Astrid, Anne, Anne-Sophie, Assia, Virginie, Yasmina y Alain, así como a Béatrice e Irène. Os emplazo a todas y a todos para la próxima aventura, que será una gran sorpresa...

Las músicas de *Las horas rebeldes*:

Alicia Keys (https://www.youtube.com/user/aliciakeys)
Ladislava (www.ladislava.fr)
Emmanuelle Marchal («Quatre brindilles pour violoncelle et piano»: https://www.youtube.com/watch?v=fEkO6Z9_FNw)
Jamie Cullum (https://www.youtube.com/watch?v=uVCSD93q18E)

«Para viajar lejos no hay mejor nave que un libro.»

EMILY DICKINSON

Gracias por tu lectura de este libro.

En **penguinlibros.club** encontrarás las mejores
recomendaciones de lectura.

Únete a nuestra comunidad y viaja con nosotros.

penguinlibros.club

 penguinlibros